# 특성 없는 남자

4권
양장판

# 특성 없는 남자

Der Mann ohne Eigenschaften

4권 양장판
3부 천년왕국으로_범죄자들

로베르트 무질
안병률 옮김

# 차례

3부 천년왕국으로(범죄자들)

3부

**천년왕국으로**(범죄자들)

# 1.
## 잊었던 여동생

울리히가 같은 날 저녁 무렵 ○○시에 도착해 역을 빠져나왔을 때, 거기에는 양쪽이 길로 이어진 넓고 평평한 광장이 있었다. 자주 봤던 풍경을 또다시 잊어버렸을 땐 늘 그렇듯 그의 기억은 고통스러울 정도의 충격을 받았다.

'장담하는데 수입은 20% 줄어들었고 물가는 20% 비싸졌으니 모두 합해 40%야!' '또 확실히 말해두건대 6일간의 사이클 경주는 민족을 결합시키는 행사지!' 그의 귀에선 아직도 이런 목소리가 들렸다. 기차 안에서 들었던 말들이다. 그는 누군가 분명히 말하는 소리를 들었다. '하지만 나한텐 오페라가 최고죠!' '그게 당신의 취미인가요?' '아니에요, 열정입니다.' 그는 귀에 들어간 물을 털어내듯이 고개를 옆으로 기울였다. 긴 여행인 데다 열차는 꽉 차 있었다. 여행 내내 그에게 스며들었던 대화의 물방울이 다시 쏟아져 나오는 것 같았다. 울리히는 배수관의 구멍 같은 역 출구가 도착하는 사람들의 기쁨과 조급함을 조용한 광장으로 쏟아내는 동안, 그 대화의 물방울이 몇몇 방울로 잦아들기를 기다렸다. 이제 그는 소음 뒤에 남겨진 텅 빈 고요함 속에 서 있었다. 또한 여전히 불편하게 귀에 소음이 울리는 가운데 눈앞의 낯선 고요와 마주쳤다. 보이는 모든 것들은 좀더 뚜렷하게 다가왔고 광장 위를 쳐다보자 건너편에 석양을 받아 창백해진 창문 사이로 아주 평범한 격자 모양의 창틀이 마치 골고다의 십자가인 양 서 있었다. 움직이는 모든 것들은 대도시에는 어울리지 않게 거리의 고요함에서 풀려나온 듯 보였다. 움직이는 것이나 멈춘 것이나 여기서는 자신의 중요성을 내뿜는 공간을 소유하고 있었다. 호기심을 가지고 다시 돌아보자 그는 짧지만 그리 유쾌하지 못한 시절을 보냈던 큰 지방 도시에 와 있음을 알게 되었다. 그가 잘 알듯이 그곳은 망명지나 식민지 같은 분위기를 풍겼다. 수백년 전 독일 시민계급의 핵심 세력이 슬라브족 땅에 들어왔다가 이곳에서 시들어버리는 바람에 몇몇 교회와 가문들의 성<sup>姓</sup>을 빼고는 남아 있는 게 없었다. 또한 이 도시가 중세의 지방의원을 보유했던 증거라고는 여전히 남아 있는 아름다운 궁전을 빼면 아무것도 없었다. 하지만 절대왕정 시대에 이 지역은 주요 행정 기관, 중등학교와 대학들, 병영, 법원, 감옥, 주교관, 연회장, 극장 및 여기에 연관된 사람들과 이들을 따라온 상인들과 수공업자들로 넘쳐나던 곳이었고 마침내 기업가들의 산업까지 들어서고 그들의 공장이 도시 주변 곳곳을 차지하면서 지난 시대 이 작은 지역의 운명에 그 무엇보다 큰 영향을 끼쳤다. 이 도시는 역사가 있었고 심지어 얼굴도 있었지만 눈은 입과 어울리지 않았으며 턱은 머리카락과 어울리지 않왔다. 또한 모든 것 위에는 텅 빈 내면으로 엄청 바쁘게 돌아가는 삶이 있었다. 그것은 특별히 개인적인 환경 가운데 위대한 독창성을 장려하는 분위기였다고 말할 수 있을 것이다.

그런 분위기를 한단어로 요약한다는 것은 논쟁의 여지가 있다. 그 안에서 울리히는 인간이 자신을 완전히 잃어버린 나머지 고삐 풀린 상상력을 일깨우는 '영혼의 공허함'을 느꼈다. 그는 주머니에 넣어둔 아버지의 각별한 전보를 기억해냈다. "내 성공적인 죽음을 너에게 알린다." 이것이 그 늙은 남자가 알려온 소식이었다. 그걸 소식이라고 할 수 있을까? 아무튼 마지막에는 '네 아버지가'라고 서명되어 있었다. 그 추밀고문관 각하는 심각한 상황에선 절대 농담을 하지 않았다. 그 기묘한 소식은 그러니까 자신의 마지막을 기다리면서 펜으로 꾹 꾹 눌러쓴 것이자 마지막 숨을 내쉬는 순간에 대한 법적 증명인 셈이어서 지독하게 논리적인 것이었다. 법률적 사실이야 더할 나위 없이 정확하게 기술되었겠지만 현재가 더이상 경험할 수 없는 미래를 지배하려는 이런 의도에서 분노에 차 부패한 의지가 내뿜는 기분 나쁜 시체의 냄새를 피할 수는 없을 것이다!

울리히에게 작은 도시의 세밀하지 못한 그저 그런 취향을 떠올리게 해준 이런 분위기 가운데 그는 이제 몇분 후면 만나게 될 그 지역에서 결혼한 누이에 대한 걱정을 지울 수 없었다. 여동생에 대해 아는 게 많지 않았으므로 그는 여행중에도 그녀를 궁금해했다. 이따금 아버지의 편지에는 규칙적으로 가족들의 소식이 등장했다. 가령 "너의 누이 아가테$^{Agathe}$가 결혼했다" 같은 소식에는 추가적인 설명이 붙어 있었는데 그건 울리히가 당시 고향에 올 형편이 못 되었기 때문이었다. 그러고는 1년 후에 누이의 젊은 남편이 죽었다는 소식을 전해 받았다. 기억이 맞다면 그러고 나서 3년 후에는 이런 소식이 도착했다. "네 누이 아가테가 기쁘게도 다시 결혼하기로 했단다." 5년 전에 있었던 두번째 결혼식에는 그도 참석을 했고 며칠간 누이와 함께 있었다. 하지만 기억나는 것이라곤 마치 흰 천으로 된 거대한 대회전차처럼 끊임없이 돌아가는 하루밤에 없었다. 그리고 남편이란 사람이 그리 마음에 들지 않았던 것도 기억났다. 아가테는 그때 스물두살이었고 그는 막 박사학위를 받은 직후이니 스물일곱이었다. 그러니까 지금 누이는 스물일곱이 되었을 것이다. 그동안 그는 그녀를 한번도 보지 못했고 편지조차 주고받지 않았다. 아버지가 종종 보내준 편지는 확실히 기억이 났다. "너의 누이의 결혼생활은 애석하게도 아주 좋다고 볼 수는 없구나. 신랑이 뛰어난 사람인데도 말이다." 이런 말도 있었다. "네 누이 아가테의 남편이 최근 성공을 거두어 나는 아주 만족스럽다." 이렇듯 소식은 매번 전해졌지만 그는 유감스럽게도 딱히 관심이 가지 않았다. 그러나 한번은 아버지가 누이에게 아이가 없는 것을 책망하듯 언급하면서 비록 그녀의 성격에 잘 맞진 않지만 결혼생활을 잘 이어나갔으면 하는 바람을 전한 것을 울리히는 정확히 기억했다.

'지금은 어떤 모습일까?' 그는 생각했다. 아내가 죽은 후 아직 어린 나이의 자식들을 집에서 떠나보낸 후 남매의 소식을 그렇듯 세심하게 각자에게 전해주는 것은 노인에게 하나의 색다른 임무가 되었다. 그들은 서로 다른 학교에서 교육을 받았고 행실이 좋지 못했던 울리히는 방학 때 종종 귀향을 허락받지 못했으며 그래서 그들이 서로 좋아했던 어린 시절 이후로 아가테가 열살 되던 해에 단 한번 오래 함께한 때를 제외하고는 사실상 제대로 볼 기회가 거의 없었다.

상황이 그렇다보니 편지를 주고받는 것도 울리히에겐 어색해 보였다. 서로 뭐라고 써야 한단 말인가? 지금 기억나기론 아가테가 처음 결혼했을 때 그는 소위였고 결투에서 받은 총상 때문에 병원에 누워 있었다. 도대체 그는 얼마나 멍청한 바보였던가! 제대로 말하자면 얼마나 많은 종류의 바보짓을 저질렀던가! 문득 떠올려보니 소위 시절의 총질은 그때 했던 바보짓이 아니었던 것도 같았다. 당시 그는 엔지니어가 되기 직전이었고 '중요한' 일을 하느라 가족 행사에 참여하지 못했다. 나중에 그는 그녀가 첫번째 남편을 지극히 사랑했다는 것을 알게 되었다. 누가 알려줬는지 기억이 나지 않았지만 '그녀가 지극히 사랑했다' 함은 무슨 말이었을까? 아무튼 사람들은 그렇게 말했다. 그녀는 재혼했고 울리히는 두번째 남편이 매우 거슬렸다. 과장이 아니었다! 그의 좋지 않은 인상뿐만이 아니라 그가 쓴 책들 때문에 울리히는 그를 싫어했고 그래서 그가 누이를 기억에서 잃어버린 것은 아주 우연만은 아니었다. 바람직한 행동은 아니었지만 그렇게 많은 생각을 했던 지난해조차 그녀에 관해서는 아무것도 떠올리지 못했으며 아버지의 부고를 받고서도 마찬가지였다는 사실을 인정할 수밖에 없었다. 하지만 역으로 마중나온 하인에게 그는 여동생의 남편이 도착했느냐고 물었고 교사 하가우어<sup>Hagauer</sup>는 장례식 때까지 도착하지 못한다는 소식을 들었다. 비록 장례식까지 2, 3일밖에 남지 않았지만 세상에서 가장 신뢰할 만한 사이라도 되는 듯 누이와 시간을 보낼 수 있는 무한한 유예를 허락받은 것만 같아서 기분이 좋았다. 왜냐고 누가 묻는다면 딱히 할말이 없었을 것이다. 아마도 '잘 모르는 누이'라는 관념은 널찍하고 모호한 공간일 텐데 그곳으로 어디서도 자리를 잡지 못한 여러 감정이 모여들었던 것이 아닐까.

이런 질문에 몰두하는 동안 울리히는 자신 앞에 펼쳐진 그 낯설고도 친숙한 도시로 천천히 들어갔다. 그는 출발 직전 꾸역꾸역 책들을 집어넣은 가방을 싣고 하인과 함께 차에 올라탔다. 그 하인은 어린 시절부터 봤던 사람으로 관리인이자 집사이자 사무원의 역할을 동시에 해오는 바람에 이제는 그의 본업이 무엇인지 모를 지경이었다. 울리히의 아버지가 자신의 부고를 받아적게 한 사람도 아마 이 겸손하면서도 뚱한 사람이었을 것이다. 울리히의 발걸음은 기이할 정도로 편안하게 집으로 향했으며 이제 그의 감각은 여기를 떠나 있는 동안 놀랍게 성장한 도시의 신선한 인상을 호기심에 차 받아들이고 있었다. 그런 감각이 그보다 먼저 기억을 일깨우는 지점에서 울리히는 어느새 큰길을 벗어나 두 개의 정원 벽 사이로 난 좁은 길로 접어들었다. 다가오는 길의 대각선 아주 가까이로 건물 중앙부가 높게 솟은 2층짜리 집이 서 있었고 그 한켠에 옛날 마구간이 자리잡고 있었으며 여전히 하인과 그의 부인이 머무는 집은 정원의 벽 쪽으로 치우쳐 있었다. 하인들에 대한 깊은 신뢰에도 불구하고 자신의 벽으로 감싸인 범위에서만큼은 그들을 가능한 멀리 떨어뜨려놓고 싶은 늙은 주인의 마음을 보여주는 것 같았다. 울리히는 생각에 잠겨 닫힌 정원 문에 이르렀으며 오래되어서 까맣게 변한 문 아래쪽의 초인종 대신 문에 걸린 크고 둥근 고리쇠를 두드렸는데 이내 하인이 달려와 그곳이 입구가 아님을 알려주었다. 그들은 벽을 돌아 다시 차가 서 있는 주현관 쪽으로 갔고 거기서 닫혀 있는 집의 정면을 보자 그제야 울리히는 누이가 역으로 직접 나오지 않았다는 사실이 떠올랐다. 하인은 경애하는 부인은 두통이 있어서 식사 후에 쉬고 있으며 박사님이 도착하면 자신을 깨우라고 했다고 전했다. 누이가 자주 두통을 겪느냐고 물어보고 울리히는 이내 그냥 침묵으로 지나치는 게 나을 가족문제를 건드려 나이든 하인을 당황하게 한 자신의 어리숙함을 후회했다.

"부인은 30분 후에 차를 대접하라고 말씀하셨습니다." 그 노련한 하인은 자신의 임무를 벗어나는 일은 아무것도 모른다는 듯 겸손한 표정으로 신중하게 말했다. 아가테가 창가에 서서 자신의 도착을 엿보고 있을지 모른다는 생각에 울리히는 문득 창문을 올려다보았다. 그녀는 편안한 사람일까, 그는 자문해봤고 만약 그녀가 자신의 마음에 들지 않으면 이번 체류는 아주 곤혹스러울 거라는 불편한 예감에 사로잡혔다. 그녀가 역에 나오지 않았을 뿐 아니라 문 앞에조차 나와보지 않았다는 사실은 그에게는 아주 바람직한 행동이자 어떤 감정의 일치를 보여주는 면이 있었다. 누이가 달려나와 그를 맞이했다면 그가 도착하자마자 아버지의 관으로 뛰어가는 것만큼이나 생뚱맞은 일임이 틀림없기 때문이다. 그는 30분 후에 나오겠다는 말을 남기고 방으로 들어가 짐을 풀었다. 그가 머물 방은 망사르식 지붕의 본채 건물 2층에 있는 방으로 원래는 그의 어린 시절 방이었는데 지금은 이상하게도 어른들의 가구로 가득 차 있었다. '고인이 집에 있으니 물건을 여기에 두는 게 최선이었겠군.' 그렇게 생각한 울리히는 마치 안개가 바닥에서 올라오듯 푸근함을 느끼면서 유년 시절의 잔해 속으로 어색하게 들어갔다. 그는 옷을 갈아입고 싶었고 짐을 풀다가 나온 평상복 파자마를 입어야겠다고 생각했다. '아가테는 내가 여기 왔을 때 적어도 인사라도 했어야 했어!' 그가 이런 옷을 대충 선택한 데는 그녀에 대한 견책의 의미도 있었다. 하지만 누이가 그런 처신을 한 데는 나름 받아들일 만한 이유가 있었을 것이고 그래서 편안한 옷차림으로 자연스런 신뢰를 표현하자고 그는 생각을 정리했다. 그 파자마는 커서 헐렁헐렁했고 검은색과 회색으로 네모나게 줄이 쳐져 있었으며 마치 피에로의 복장처럼 팔과 다리가 몸통에 붙어 있었다. 계단을 내려가면서 그는 지난밤을 꼬박 새우고 긴 여행을 마친 후에 그 옷이 주는 편안함에 기쁨을 느꼈다. 그러나 누이가 기다리는 방에 왔을 때 그는 척 보기에도 자신과 너무 똑같은, 부드러운 회색과 녹빛의 줄무늬와 마름모가 쳐진 피에로 복장을 한 금발의 키 큰 누이를 보는 순간 그 신비로운 우연에 깜짝 놀랐다.

"우리가 쌍둥이인 줄은 몰랐네!" 얼굴에 환한 미소를 담고 아가테가 말했다.


## 2.
## 신뢰


그들은 환영의 키스를 나누지 않은 채 대신 다정하게 마주섰다가 자리를 옮겼고 그제야 울리히는 누이를 관찰할 수 있었다. 그들의 키는 잘 어울릴 정도로 차이가 났다. 아가테의 머리카락이 좀더 밝았지만 피부는 둘 다 향기롭고 건조했는데, 울리히가 자신의 육체 가운데 유일하게 마음에 들어하는 것도 피부였다. 그녀의 가슴은 쪼그라들지 않았고 작고 탄력이 있었으며 팔다리가 길고 늘씬하면서도 곡선을 간직하고 있어서 육체의 힘과 아름다움이 잘 조화돼 있었다.

"두통이 좀 가라앉았길…. 지금은 괜찮아 보이는데?" 울리히가 말했다.

"두통 같은 건 없었어. 그냥 사소한 이유 때문에 그런 거야." 그녀는 설명했다. "하인을 통해 복잡한 이야기를 전달할 수가 없겠더라고. 난 그냥 게으른 거야. 잠이 들었어. 여기서 시간이 날 때마다 잠을 자는 습관이 생겼거든. 하여튼 나는 게을러. 무력감 때문인 것 같아. 그리고 오빠가 온다는 소식을 들었을 때 혼자 생각했지. '이게 마지막 졸음이면 좋을 텐데.' 그러고는 일종의 치유 수면에 들어갔어. 이래저래 생각해보고 하인에게는 그냥 두통이라고 이야기한 거야."

"운동은 안해?" 울리히가 물었다.

"테니스를 좀 치지. 하지만 난 운동을 싫어해."

말을 하는 동안 그는 아가테의 얼굴을 다시 살폈다. 그녀의 얼굴은 자신과 그리 닮지 않은 것 같았지만 그의 착각일 수도 있었다. 같은 그림을 파스텔화와 목판화로 표현했을 때처럼 재질의 차이 때문에 선과 면의 일치를 못 알아보는 것일 수도 있었기 때문이다. 그 얼굴에는 불안을 일으키는 뭔가가 있었다. 잠시 후 그는 그것이 무엇을 표현하는지 알 수 없다는 결론에 도달했다. 얼굴만으로는 인간에 대한 일반적인 추론이 불가능했다. 동생의 얼굴은 표정이 풍부했지만 그 어느것도 부각되지 않았고 일반적인 방법으로 특징을 집어낼 여지가 없었다.

"어쩌다 그런 옷차림으로 있게 된 거지?" 울리히가 물었다.

"뚜렷한 이유는 없었어." 아가테가 대답했다. "그게 좋겠다고 생각했어."

"아주 좋아!" 울리히가 웃으며 말했다. "하지만 마법 같은 우연의 일치야! 아버지가 돌아가셔서 크게 상심한 건 아니지?"

아가테는 천천히 발뒤꿈치를 들었다가 다시 내려놓았다.

"남편은 여기 있니?" 오빠는 그저 말을 시키려고 물었다.

"하가우어 교사는 장례 후에나 올 거야." 그녀는 남편의 이름을 형식적으로 부름으로써 마치 낯선 사람인 것처럼 자신을 남편에게서 떼어놓을 수 있는 상황을 즐기는 것 같았다.

울리히는 뭐라고 대답해야 할지 몰랐다. "그래, 전해 듣긴 했어." 그가 말했다.

그들은 다시 서로를 바라보았고 도덕적인 예의에 따라 작은 방 안에 누워 있는 고인에게 갔다.

하루종일 이 방은 조명을 어둡게 해두었다. 암흑으로 가득한 방에서 꽃들과 양초가 향기를 내면서 빛을 내뿜고 있었다. 두 피에로는 고인 앞에 꼿꼿하게 서서 고인을 관찰하듯 바라보았다.

"난 하가우어에게 돌아가지 않을 거야!" 아가테가 고백하듯 말했다. 누가 봐도 고인이 들으라는 듯한 태도였다.

고인은 자신이 생전에 지시한 대로 받침대 위에 누워 있었다. 연미복 차림에 관포가 가슴의 반 높이까지 덮여 있었고 그 위쪽으로는 빳빳한 셔츠가 드러나 있었으며 십자가상 없이 손을 포갠 채 훈장을 달고 있었다. 작고 단단한 눈썹, 초췌한 입술과 뺨은 눈을 감은 끔찍한 시체에 꿰매진 듯했는데 그 모습은 여전히 존재의 일부이면서도 이미 낯설어진 탓에 마치 인생의 여행가방 같아 보였다. 울리히는 자기도 모르게 아무 감정도 생각도 없는 이 존재의 뿌리에 전율을 느꼈다. 그걸 말로 표현해야 한다면 사랑 없이 이어져온 부담스런 관계가 이제 끝났다고 말할 수밖에 없었다. 나쁜 결혼에서 벗어날 수 없는 사람들이 황폐해지듯이, 그런 부담스런 끈은 죽어야 할 몸이 그 아래서 쪼그라들 때도 영원히 끊어지지 않는다.

"오빠가 좀더 일찍 왔으면 좋았을 텐데," 아가테는 말을 이었다.

"하지만 아빠는 그걸 원하지 않았어. 아빠는 자기 장례를 모두 준비했지. 오빠가 보는 앞에서 눈을 감는 것은 아빠에겐 괴로운 일이었을 거야. 나는 2주나 여기에 있었어. 끔찍한 일이었지."

"아버지가 너를 조금이라도 사랑하시던?" 울리히가 물었다.

"아빠는 정리하고 싶은 것은 모두 늙은 하인에게 맡겼고 그때부터 아무 할 일도 없고 어떤 목표도 없는 사람처럼 보였어. 하지만 15분마다 아빠는 고개를 들어 내가 방에 있는지를 확인했지. 처음 며칠은 그랬어. 그 다음에는 30분이 되었고 점점 길어지더니 소름끼치는 마지막 날들에는 하루에 겨우 두세 번 바라볼 뿐이었지. 그리고 내가 뭘 물어보지 않는 이상 아무 말도 하지 않으셨어."

그녀가 말을 하는 동안 울리히는 생각했다. '아가테는 정말 강하구나. 아이였을 때부터 조용하면서 고집이 셌지. 그럼에도 어딘가 유연해 보이다니.' 문득 눈사태가 떠올랐다. 그는 눈사태로 폐허가 된 숲에서 목숨을 잃을 뻔한 적이 있었다. 눈사태는 눈가루가 부드럽게 뭉쳐진 것에 불과했지만 거역할 수 없는 힘이 생기자 산을 흔들 것처럼 강렬했다.

"네가 전보를 보냈니?" 울리히가 물었다.

"당연히 늙은 프란츠가 보냈지! 다 그렇게 하기로 돼 있었어. 아빠는 내가 간호하지도 못하게 했어. 아빠는 날 사랑하지 않은 게 분명한데 왜 나를 불렀는지 모르겠어. 나는 기분이 상했고 틈만 나면 방안에 들어가 숨어 있었지. 그런 와중에 돌아가신 거야."

"아버지는 아마도 네가 잘못했다는 걸 증명하고 싶었을 거야. 나가자!" 울리히는 쓸쓸하게 말하고 그녀를 밖으로 이끌었다. "하지만 아버지는 네가 이마를 쓰다듬어주길 바라지 않았을까? 아니면 곁에서 무릎을 꿇기라도? 부친과의 마지막 작별은 그러해야 한다는 걸 아버지가 책에서 읽었을 뿐이더라도 말이야. 그저 너에게 부탁을 할 수 없었을 뿐이었겠지!"

"아마, 그럴 거야." 아가테가 대답했다.

그들은 다시 한번 멈춰 서서 고인을 바라보았다.

"모든 게 끔찍한 일이야!" 아가테가 말했다.

"그래." 울리히가 대답했다. "우리는 아는 게 별로 없지."

그들이 방을 벗어나자 아가테는 다시 멈춰 서서 울리히에게 말했다. "당연히 오빠와 상관없는 일이겠지만 뭔가 갑자기 떠오른 게 있어. 아버지가 아픈 동안 나는 어떤 경우에도 남편에게 돌아가지 않겠다고 마음을 먹었어." 아가테가 미간에 수직의 주름을 만들며 단호하게 이야기하자 오빠는 그 고집스러움에 자기도 모르게 웃음이 나왔다. 그녀는 오빠가 자기편을 들어주지 않을까봐 두려워하는 것처럼 보였고 울리히는 그 모습에서 너무 불안한 나머지 용감하게 싸움에 나선 고양이를 떠올렸다.

"남편은 동의하는 거야?" 울리히는 물었다.

"그는 아직 몰라." 아가테가 말했다. "하지만 동의하진 않을 거야!"

오빠는 추궁하듯 누이를 바라보았다. 하지만 그녀는 강하게 고개를 내저었다. "아, 오빠가 짐작하는 그런 건 아니야. 이 문제에 끼어든 제3자는 없어." 그녀는 대답했다.

대화는 잠시 중단되었다. 아가테는 울리히가 피곤하고 배가 고플 텐데 아무것도 내놓지 못해 미안하다면서 차가 준비된 방으로 데려갔으며 내올 것은 없는지 직접 확인하러 갔다. 혼자 있는 동안 울리히는 상황을 좀더 이해하기 위해 그녀의 남편에 대한 기억을 떠올렸다.

하가우어는 완고한 태도를 지닌 중간 키의 남자로 통통한 다리에 헐렁한 바지를 걸쳤으며 뻣뻣한 구레나룻 아래 입술은 부풀어 있었고 자신이 평범한 사람이 아니라 미래지향적인 교원임을 보여주기 위해 무늬가 화려한 넥타이를 즐겨 맸다. 울리히는 아가테의 선택에 대한 자신의 오래된 불신을 다시금 확인했다. 하지만 고트리프 하가우어의 눈과 이마에서 빛나는 솔직함을 떠올릴 때 그가 행여 비밀스런 악행을 숨기고 있다고 짐작할 수는 없었다. '그는 상관없는 일에 끼어드는 일 없이 자신의 분야에서 인간성을 키워나가는 문명화되고 유능하며 착실한 사람이지.' 울리히는 그렇게 규정하면서도 하가우어가 쓴 글이 다시 떠올라 그리 유쾌하지 못한 생각에 빠져들었다.

우리는 그런 사람들을 학창 시절에 처음 알게 된다. 그들은 양심적인—흔히 원인과 결과가 혼동된다고 말하는—것보다 실용적이고 질서정연한 것에 더 집중한다. 또한 모든 숙제를 미리 해놓는데 그건 내일 아침 빠르고 실수 없이 옷을 입기 위해 오늘 저녁에 옷의 단추를 끝까지 채워놓는 것과 비슷하다. 그들이 그렇게 준비된 대여섯 개의 단추로 자신의 생각을 확정할 수 있다는 추론도 가능하며 그것이 결국 믿음을 주고 시험을 견디게 해준다는 사실도 인정돼야 한다. 이로써 그들은 친구들에게 도덕적인 꺼림칙함을 주지 않고도 뛰어난 학생이 되며 그보다 훨씬 재능이 있지만 쉽게 과장에 빠지고 또 부족함을 드러내는 울리히 같은 사람들은 알 수 없는 운명에 이끌려 점점 더 뒤처지게 된다. 그들이 가진 사고의 정확성이 자신이 소유한 몽상적인 정확성을 어딘가 허황된 것으로 보이게 했기 때문에 울리히는 이런 호감형 사람들에게 약간의 내밀한 꺼림칙함을 가지고 있었다. '그들에게는 영혼의 흔적이 없어,' 그는 생각했다. '또한 선량한 사람들이지. 지적인 문제에 대한 관심이 뜨거워지는 열여섯살 이후에 그들은 눈에 띄게 뒤로 물러나 새로운 사유나 감정을 이해하기 어렵게 되지. 하지만 그들은 10개의 단추를 다룰 줄 알게 되고, 말도 안 되는 과장에 빠지지 않고 자신들이 모든 것을 이해하고 있음을 증명할 날이 오며, 다른 사람들에겐 이미 청소년기에 희미해졌거나 아니면 독단적인 과장이 돼버린 새로운 사상을 마침내 실용적인 삶에 접목할 바로 그런 사람이 된다고.'

아가테가 다시 방으로 돌아올 때까지 울리히는 그녀에게 정확히 무슨 일이 있었는지는 알 수 없었다. 하지만 그녀의 남편에 대한 투쟁은 비록 잘못된 것이자 천박한 취향에서 비롯되었을 수도 있지만 그에게 야비한 즐거움을 줄 것 같았다. 아가테에겐 자신의 결정을 이성적으로 설명할 가능성이 없어 보였다. 하가우어 같은 사람에게 달리 기대할 게 없긴 하겠지만 그들의 결혼은 겉으로 보기엔 완벽한 질서를 유지했다. 다툼도, 의견의 차이도 없었다. 울리히에게 고백했듯이 아가테가 어떤 의견도 남편에게 털어놓지 않았기 때문이었다. 무절제도, 술취함도, 놀이도 없었고 미혼시절의 습관 같은 것도 전혀 없었다. 수입은 정당하게 배분되었고 살림에는 질서가 있었다. 대부분의 사교적 모임은 두 사람만의 활동만큼이나 조용하게 진행되었다. "만약 네가 아무 이유 없이 떠난다면," 울리히는 말했다. "너의 잘못으로 결혼이 파탄났다고 결론이 날 거야. 그가 소송을 한다면 말이야."

"소송하라고 그래!" 아가테는 원한다는 듯 말했다.

"원만한 합의를 원한다면 적게라도 재산 분할을 해주는 게 좋지 않을까?"

"내가 가져온 거라곤," 그녀가 대답했다. "3주 동안의 체류에 필요한 것과 사소한 물건들 그리고 하가우어를 만나기 전에 간직했던 기억들뿐이야. 다른 모든 것은 그가 가지라고 해. 난 원치 않아. 하지만 미래에 관해서라면 아주 작은 것이라도 빼앗길 수 없어!"

그녀는 다시금 거칠게 내뱉었다. 다른 사람들이 들었다면 아마 과거에 너무 많은 것을 남편에게 빼앗겨서 그녀가 복수하고 싶어한다고 생각했을 것이다. 그리 즐거운 일은 아니었지만 울리히의 내면에선 투쟁욕, 스포츠정신, 어려움에 닥쳤을 때의 창조적 능력 같은 것들이 깨어났다. 그건 마치 외부의 자극을 촉발하면서도 내면은 매우 차분하게 만드는 흥분제 같았다. 그는 대화의 방향을 틀어 조심스레 전체적인 조망을 모색했다. "난 하가우어의 책을 읽었고 그에 관해 들은 바도 있어." 울리히가 말했다. "내가 아는 한 그는 교육과 양육 분야에서 전도유망한 사람이야."

"맞긴 맞아." 아가테가 대답했다.

"내가 읽은 바에 의하면 그는 모든 분야에 능숙한 교육자이자 우리 고등교육의 개혁을 주장한 선구자이기도 하더군. 언젠가 그의 책을 읽은 기억에 의하면 그는 도덕적 교양을 위한 역사-인문학적 수업의 독특한 가치, 정신적 교양을 위한 자연과학-수학 수업의 독특한 가치, 마지막으로 육체적 교양을 함양시키는 생활스포츠와 군사적 교육의 독특한 가치를 강조했지. 그렇지 않나?"

"아마 그럴 거야." 아가테가 말했다. "그런데 그가 인용하는 방식을 봤어?"

"그가 인용하는 방식? 가만 있자, 정확히 기억은 나지 않는데. 인용이 엄청 많기는 했어. 고전에서도 인용했고 당연히 현대 문헌도 있었지. 그래, 생각났다. 그는 교원으로서는 매우 혁신적 방식을 택했고 예전의 위대한 교육자뿐 아니라 오늘날의 비행기 설계사, 정치인, 예술가 같은 사람들도 인용했어…. 하지만 이건 나도 언젠가 했던 말 아닌가?…"그는 소심하게 말끝을 흐렸는데 기억이 궤도를 이탈해 어느 선에서 멈췄기 때문이다.

"그는," 아가테가 설명했다. "가령 음악에선 리하르트 슈트라우스에 이르고 미술에서는 피카소까지 인용했어. 하지만 그는 뭔가 잘못된 사례를 드는 경우에도 언론에 유력인사로 알려지지 않은 사람은 인용하지 않았어. 상대가 자신에 대해 비판적 입장이라 해도 꼭 유명한 사람이라야 인용을 했던 거지!"

그랬다. 그게 바로 울리히가 찾던 기억이었다. 그는 눈을 빛냈다. 아가테의 대답에 담긴 취향과 관찰이 그를 기쁘게 했던 것이다. "그렇게 그는 시대를 앞서감으로써 점점 지도자가 된 거로군." 그는 웃으며 이야기했다. "나중에 온 사람들은 앞서간 그 사람을 보게 되겠지! 하지만 넌 우리 시대의 선구자들을 좋아하니?"

"모르겠어. 어떤 경우에도 그들을 인용하진 않아."

"하지만 좀 겸손해지자고." 울리히가 말했다. "네 남편의 이름은 오늘날 많은 사람들이 최고로 여기는 프로그램과 같은 거야. 그의 성취는 확고하게 한걸음의 진보를 이뤄냈지. 그는 곧 더 크게 성공할 거야. 비록 밥벌이로 중등교사직을 힘들게 이어오고 있지만 조만간 그는 적어도 대학교수직을 얻게 될 거야. 네가 보다시피 나는 이제껏 앞에 펼쳐진 길을 똑바로 따라온다고 했는데도 어디 가서 강사직을 얻기도 어려운 처지잖아. 그게 현실이라고!"

아가테는 실망했고 그래서 상냥하게 대답하는 동안에도 얼굴은 도자기처럼 아무런 표정이 없어 보였다. "난 잘 모르겠어. 오빠는 하가우어를 좋게 보나봐?"

"그는 언제 온대?" 울리히가 물었다.

"장례식 때나 올 거야. 그는 시간이 없어. 하지만 이 집에서 머물진 않을 거야. 내가 허락지 않을 거야!"

"맘대로 하렴!" 뜻하지 않게 울리히는 결정했다. "내가 그를 맞아서 호텔 앞으로 데려가마. 원하다면 거기서 이렇게 말할게. '당신 방은 여기로 정해졌소!'"

아가테는 놀랐고 갑자기 흥분했다. "돈이 들기 때문에 그는 엄청 화를 낼 거야. 당연히 우리집에서 머물 거라 기대할 거라고." 그녀의 표정은 순간 변하더니 장난칠 때의 아이 같은 무모함을 되찾았다.

"유산은 어떻게 정리가 됐니?" 오빠가 물었다. "이 집은 누구한테 상속된 거야? 유언은 있었니?"

"아빠는 내게 큰 상자를 남겼는데 거기에 모든 내용이 들어 있을 거야." 그들은 고인이 안치된 방을 통해 반대편 작업실로 향했다.

그들은 다시 촛불과 꽃향기, 그리고 눈으로는 더이상 보이지 않는 고인의 시야를 통과해 들어갔다. 깜빡거리는 음영 속에서 아가테는 몇초 동안 금색과 회색, 장밋빛의 흔들리는 연무에 휩싸여 있었다. 그들은 유언장을 발견하고 그 종이뭉치를 티테이블에 가져왔지만 깜빡하고 상자를 열어보지 않았다.

그들이 다시 앉자마자 아가테는 자신이 남편과 한집에서 살지만 떨어져 지낸다고 오빠에게 말했다. 얼마나 오래 그렇게 지냈는지는 말하지 않았다.

그 말은 일단 울리히에게 나쁜 인상을 심어주었다. 결혼한 여성이 남편 아닌 한 남자를 장래의 연인으로 바라볼 때 그 남자에게 이런 식의 이야기를 털어놓곤 하기 때문이다. 비록 그의 여동생이 사실은 주저하면서 약간의 충격을 주겠다는 서툰 결의로 말을 내뱉었고 그런 정황이 분명히 느껴지긴 했지만, 그는 더 나은 말을 찾지 못한 그녀에게 화가 났고 그녀가 과장하고 있다고 생각했다.

"나는 네가 어떻게 그런 남자와 살 수 있었는지 전혀 이해가 되지 않아!" 그는 솔직하게 말했다.

아가테는 아버지의 뜻이었다고 대응했다. 또한 그 뜻을 거스르고 무엇을 할 수 있었겠느냐고 되물었다.

"하지만 너는 그때 이미 미망인이었어. 어린애가 아니었다고!"

"바로 그거야. 나는 아빠에게 되돌아왔고 내가 혼자 살기엔 너무 어리다는 말들을 들었어. 내가 과부가 되었을 때 겨우 열아홉살이었거든. 그래서 나는 더는 견딜 수 없었던 거라고."

"그러면 왜 다른 남자를 찾아보지 않았니? 아니면 공부를 하거나 독립적인 생활을 해보지 그랬어?" 울리히는 생각 없이 물었다.

아가테는 고개를 가로저을 뿐이었다. 잠시 틈을 두다가 그녀가 대답했다. "내가 말했잖아. 난 게으르다고."

울리히가 보기에 그건 대답이 아니었다. "그러니까 너는 하가우어와 결혼한 특별한 이유가 있구나?"

"그래."

"이뤄질 수 없는 상대와 사랑에 빠졌던 거야?"

아가테는 머뭇거렸다. "난 죽은 남편을 사랑했어."

울리히는 사랑이라는 단어의 사회적 의미의 중요성을 절대 침해할 수 없다고 여기는 사람처럼 습관적으로 말해버린 것을 후회했다. '위로를 준다면서 성급히 동전 한닢을 던진 셈이로군.' 그는 생각했다.

그럼에도 같은 방식으로 더 말을 해보고 싶었다. "그럼 너한테 무슨 일이 있어났는지를 깨닫고 나서 하가우어와 어려움을 겪게 된 거구나." 그가 말했다.

"맞아." 아가테는 인정했다. "하지만 곧장은 아니었고… 많이 늦었어." 그녀는 덧붙였다. "아주 많이 늦었던 거야." 이때부터 그들은 작은 논쟁에 휩싸였다. 비록 자발적으로 꺼낸 말이고 명백히—그녀 나이대라면 그렇듯이—자신의 성생활에서 중요한 대화의 소재를 찾은 것 같았음에도 이 고백을 하기 위해 아가테에게는 노력이 필요했다. 그녀는 처음부터 동정을 받든 못 받든 상관이 없는 것 같았다. 신뢰를 원했고 열정과 정직함으로 오빠를 사로잡기를 바랐다. 하지만 여전히 도덕적 입장에 섰던 울리히는 그녀를 곧장 받아들일 수 없었다. 강인한 영혼의 소유자임에도 그는 머릿속으로 비난하는 편견에서 한번도 자유롭지 못했고 그래서 종종 삶이 생각하는 것과 다른 방향으로 가도록 자신을 내버려두었다. 그는 사냥터에 나선 사냥꾼처럼 여성을 사로잡고 관찰하면서 자신의 영향력을 자주 악용하고 오용해왔기 때문에 여성을 사랑의 창槍에 사로잡힌 야생의 먹잇감으로 바라보는 시각에 젖어 있었다. 또한 사랑에 눈먼 여자를 굴종시키려는 욕망이 머릿속에 각인돼 있는 반면 남성이 그런 헌신에 몸을 내주는 일은 상상하기 어려웠다. 최근 젊은 세대들에게서 일어난 새로운 인식의 물결에도 불구하고 남성의 강인함에 비해 여성은 나약하다는 생각은 보편적이었고 남편에게 의존하는 것을 자연스럽게 여기는 아가테의 태도는 오빠의 마음을 불편하게 했다. 자신이 싫어하는 남자의 영향력을 수년간 지속적으로 견뎌내면서 여동생은 본인도 정확히 알 수 없는 치욕을 겪은 것만 같았다. 그가 겉으로 말은 하지 않았지만 아가테는 오빠의 표정에서 그런 낌새를 눈치챈 것이 분명했다. 그녀는 갑자기 이렇게 말했던 것이다. "나는 그와 결혼한 이상 거기서 달아날 수 없었어. 그랬다면 터무니없는 일이었을 테니까!"

항상 오빠이자 협소한 생각을 교화하는 입장에 섰던 울리히는 갑자기 크게 말했다. "혐오를 느끼고 곧장 필요한 결정을 내리는 게 정말 터무니없는 일이었을까?" 고조된 분위기를 누그러뜨리기 위해 그는 미소를 지었고 가급적 다정하게 여동생을 바라보았다.

아가테도 그를 바라보았다. 그녀의 얼굴은 오빠가 한 말의 의도를 파악하느라 멍한 상태였다. "건강한 사람은 불쾌한 상황에 크게 민감하지 않겠지?" 그녀는 계속 말했다. "그런데 그게 무슨 상관이지?"

울리히는 냉정을 되찾았고 자신의 생각이 더이상 한쪽으로 치우치지 않기를 원했다. 다시금 그는 기능적이고 이성적인 남성으로 되돌아왔다. "네 말이 맞아," 그는 말했다. "일어난 일은 그저 일어난 일뿐이야! 중요한 것은 우리가 사태를 바라보는 관념의 체계와 그 사태가 담겨 있는 인간적인 체계야."

"그게 무슨 말이지?" 아가테는 의심스럽다는 듯 물었다.

울리히는 너무 추상적으로 말한 것을 사과했다. 하지만 그가 좀더 쉬운 표현을 찾는 동안 오빠로서의 경쟁심이 다시 일어나 언어 선택에 영향을 주었다.

"우리가 교류하는 한 부인이 성폭행을 당했다고 가정해보자." 그는 설명했다. "영웅적인 시각에 따르자면 우리는 복수나 자살을 기대할 거야. 반면 회의적이고 경험적인 관점에서 보자면 닭이 물을 털어내듯이 그녀가 훌훌 털어버리길 기대하겠지. 그리고 최근 실제 벌어지는 일은 이 둘의 혼합과 유사할 거야. 그러나 이렇듯 우리 안에 성숙한 인식이 없다는 건 다른 어떤 것보다 추잡하지."

아가테는 그러나 이런 문제제기를 받아들이지 못했다. "그런 미숙함이 그렇게 끔찍하게 다가와?" 그녀는 단순하게 물었다.

"모르겠어. 사랑하지 않는 사람과 산다는 건 굴욕적인 일이라고 생각했어. 하지만 지금은… 그건 네 맘이니까!"

"이혼한 지 3개월이 되지 않아서 다시 결혼하려는 여자가 상속법상의 조항에 의해 혹시 임신을 한 건 아닌지 보건소 의사에게 검사를 받아야 하는 상황이 가장 나쁘지 않을까? 그런 경우를 책에서 읽은 적이 있어!" 아가테의 이마는 방어 태세에 놓였을 때의 분노로 가득해 보였고 다시금 미간 사이로 수직의 틈이 갈라져 있었다.

"그들은 법이 그렇다니까 참아내는 거라고!" 그녀는 경멸을 담아 말했다.

"그건 틀린 말이 아니야," 울리히가 대답했다. "모든 실제 일어나는 사건은 소나기나 햇살처럼 지나가게 마련이지. 그런 일을 자연스럽게 바라본다면 네가 나보다는 훨씬 이성적일 거야. 하지만 남자라는 자연은 그리 자연스럽지 않아. 오히려 자연을 변화시키고 그래서 이따금 극단적이기도 하지." 그의 웃음은 친절을 갈구하고 있었고 눈으로는 그녀가 얼마나 젊은지를 바라보고 있었다. 흥분할 때 그녀의 얼굴엔 거의 주름이 없었고 오히려 그 아래 감춰진 긴장으로 더 팽팽해졌는데 그 모습은 마치 장갑 안에서 둥글게 말려진 주먹 같았다.

"나는 그렇게 일반적으로 생각해본 적은 없어." 그녀가 대답했다. "하지만 오빠가 말하는 걸 들어보니 내가 심각하게 잘못 살았다는 생각이 드는군."

"그건 모두," 그녀의 오빠는 이런 고백을 가볍게 인정하면서 말했다. "네가 핵심은 방치한 채 너무 많은 말을 마음껏 해버렸기 때문이야. 네가 마음속에 둔 남자―결국 하가우어를 떠나게 만든―에 대해 털어놓지 않는데 내가 어떻게 옳은 판단을 하겠니?"

아가테는 마치 선생에게 모욕을 당한 어린 학생처럼 울리히를 바라보았다. "꼭 한 남자가 있어야 하나? 남자 없이 일어난 일이면 안 되나? 연인도 없이 남편을 떠난 게 잘못이란 말인가? 연인이 없다고 하면 거짓말쟁이가 되는 건가? 그런 웃음거리가 되고 싶진 않지만 지금 나한텐 연인이 없어. 또한 내가 하가우어를 떠나기 위해 연인을 만들었다고 생각한다면 오빠를 좋게 보지 않을 거야!"

그녀의 오빠는 열정적인 여성이라면 연인 없이도 남편을 떠날 수 있으며 차라리 그게 더 품위있는 일이라고 동생에게 확신시켜주는 수밖에 없었다.

차는 때이른 저녁 식사와 함께 차려져 나왔다. 매우 피곤한 데다 다음날 있을 부담스러운 일들을 위해서라도 일찍 잠자리에 들고 싶었기에 울리히가 식사를 함께 부탁한 것이다. 헤어지기 전 그들은 마지막 담배를 피웠고 울리히는 여전히 동생을 온전하게 이해하지 못했다. 서먹서먹한 오빠를 맞이하면서도 폭넓은 파자마 바지를 입고 나왔지만 그녀에겐 자유롭고 보헤미안 같은 점이 전혀 없었다. 오히려 어딘가 양성兩性 같다는 인상을 주었다. 약간 남성적인 의상 뒤에는 반투명한 물속에서처럼 부드러운 몸매가 비쳤고 자유롭고 독립적인 다리와는 달리 여성적으로 틀어올린 아름다운 머리를 하고 있었다. 이러한 모호한 인상의 한가운데는 얼굴이 있었다. 그녀의 얼굴은 여성적인 매력으로 가득 차 있으면서도 그가 잘 파악할 수 없는 감춰지고 억제된 뭔가가 존재했다.

동생에 대해 별로 아는 것이 없으면서도 친밀하게 앉아 있는 것은, 자신이 남자로 다가갈 여자는 전혀 아닐지라도, 이제 막 밀려오는 피곤함 속에서도 매우 즐거운 일이었다.

'어제와는 얼마나 다른 상황인가!' 울리히는 생각했다.

그는 이것에 감사했고 아가테와 작별하면서 오빠로서 진심으로 우러나오는 말을 해주고 싶었지만 상황이 너무 낯선 나머지 아무 생각도 나지 않았다. 결국 그는 그녀의 팔을 잡고 입맞춤을 해줄 수밖에 없었다.


## 3.
## 상갓집의 아침

다음날 아침 울리히는 물고기가 물에서 튀어오르듯 가뿐하게 잠에서 깼다. 꿈도 전혀 꾸지 않았고 전날의 피로를 말끔히 씻어버린 덕분이었다. 그는 아침을 먹기 위해 집안을 서성거렸다. 장례식은 아직 시작되지 않았지만 애도의 향기는 방마다 가득했다. 마치 거리에는 아무도 없'는데 문만 일찍 열어놓은 상점 같았다. 그는 트렁크에서 학술적 작업물들을 꺼내 아버지의 작업실로 갔다. 그가 자리에 앉았을 때 난롯불이 타고 있었으며 어제 저녁보다 훨씬 인간적인 느낌이 들었다. 그의 부친은 이런저런 일에 매달렸던 융통성 없는 지식인으로 책장 위에 대칭을 맞춰 석고 흉상을 마주보게 세워놓는 사람이었다. 여러 자잘한 개인적인 소지품들—연필, 안경, 체온계, 펼쳐진 책, 펜촉 따위의—때문인지 이제 막 세상을 떠난 고인의 빈자리가 감동적으로 다가왔다. 울리히는 방의 핵심이라 할 수 있는 창가 근처 책상에 앉아 노곤한 기분에 빠졌다. 벽에는 조상들의 초상화가 걸려 있었고 몇몇 가구는 그 조상들의 것이었다. 여기 살았던 남자는 껍질부터 하나씩 만들어나가 삶이라는 둥근 알을 완성했던 것이다. 지금 남자는 죽었고 그의 가재도구는 방에서 다듬어진 그의 모습인 양 날카롭게 서 있었다. 하지만 사물의 질서는 이미 부서져 후계자에게 넘어가고 있었고 이 모든 것들의 위대했던 인생역정은 침통하게 굳은 표정 뒤로 새롭게 밀려드는 생에 의해 거의 눈에 띄지 않았다.

이런 분위기에서 울리히는 몇달 몇주를 걸쳐 해온 자신의 작업을 펼쳤고, 그의 눈은 더이상 진척되지 못한 도입 단계인 유체역학 방정식 부분에 꽂혔다. 그가 물의 세 가지 근본 상태에서 새로운 수학적 모델을 끌어내고자 했을 때 어렴풋이 클라리세가 떠올랐던 일을 기억했다. 클라리세가 그 문제에 집중하지 못하게 했던 것이다. 그 기억은 언어 자체가 아니라 어떤 말을 주고받았던 분위기였는데, 울리히는 갑자기 다른 걸 떠올렸다. '탄소는…' 그러고는 문득 탄소가 발생하는 모든 상태를 알아야지만 생각을 이어갈 수 있다는 느낌이 들었다. 하지만 기억은 떠오르지 않았고 대신 이런 생각이 들었다. '인간은 두 종류로 존재한다. 남자와 여자로.' 그는 인간이 두 종류의 존재양식으로 살아간다는 것이 마치 굉장한 발견이라도 된다는 듯 놀란 상태로 아무 미동도 없이 한참을 생각했다. 그러나 이런 생각의 정지 상태에는 다른 것이 감춰져 있었다. 인간은 거칠고 이기적이며 야망에 차 있고 날카롭게 대립할 수도 있다. 또한 지금의 울리히가 갑자기 돌변하여 엄청 부드럽게 주변의 모든 것에 마음을 열어서 이타적이고 행복한 존재가 될 수도 있다. 그는 스스로 물었다. '내가 마지막으로 그런 이타심을 가진 게 언제였지?' 놀랍게도 24시간 내에는 그런 일이 한번도 없었다. 울리히를 둘러싼 고요는 신선했고 그가 떠올리는 기억은 낯설지 않았다. '우리는 모두 생명체지,' 울리히는 마음을 가라앉히면서 생각했다. '생명체는 적대적인 환경에서 온 힘과 열망을 모아 서로 맞서야만 하거든. 하지만 자신의 적이나 희생자들과 마찬가지로 각자의 존재는 세계의 일원이자 후손이란 말이야. 그러니 스스로 상상하듯 타자와 그렇게 떨어져 독립해 있지는 못하거든.' 그런 전제 아래서라면 이따금 세계에서 합일과 사랑의 감정이 솟구치는 것은 결코 이해 못할 현상이 아니었다. 또한 일상 가운데 긴급한 삶의 요구들 때문에 존재의 전체 상호관계 중 절반 정도만을 인식할 수 있다는 점은 거의 확실했다. 여기엔 수학적이고 과학적이면서 정확한 감정을 소유한 사람들을 불쾌하게 할 만한 요소는 없었다. 오히려 울리히는 개인적으로 알고 있는 심리학자의 연구를 떠올렸다. 그의 연구는 서로 대립되는 큰 개념을 다루는데 그중 하나는 인간의 체험으로 둘러싸인 것이며 다른 하나는 그 체험을 외부에서 둘러싸는 것이다. 또한 연구는 '존재 내적인 것'과 '바깥에서 보는 것', '오목한 감정'과 '볼록한 감정', '공간성'과 '사물성' 혹은 '통찰'과 '관찰'처럼 대립되는 여러 체험들과 언어 형상들을 반복하여 우리가 그 속에 담긴 인간 체험의 근원적 이중구조를 추측하도록 하는 것이었다. 그 연구는 엄격하게 실증적인 연구가 아니라 일상적 학술 행위 밖에서 일어나는 현상에 힘입어 상상력에서 뭔가를 끌어내는 것이다. 하지만 연구는 탄탄하게 기초되어 있고 매우 설득력있게 짜여 있으며 감정의 숨겨진 합일점 깊숙이 파고들어가 여러 조각으로 흩어진 잔해에서 현재의 태도를 가능케 한 것들, 즉 남성과 여성 사이의 대립 가운데 우리의 체험을 모호하게 구성하지만 오래된 꿈에 의해 비밀스럽고 신비하게 가려진 것들을 도출해낸다.

여기서 울리히는—말 그대로 자일과 쇠갈고리를 이용해 위험한 바위 표면을 내려오는 사람처럼—조심스럽게 생각을 발전시켰다.

'우리에겐 이해 불가능하고 모호한 고대의 철학자들도 종종 남성적이고 여성적인 〈원칙〉을 이야기했지.' 그는 생각했다.

'원시 종교에서 남신 옆에 자리한 여신들은 사실상 더이상 우리 감각에 호소할 수 없어. 그런 초인적인 여성과의 관계는 우리에겐 마조히즘에 가까울 테니까!'

'하지만 자연이,' 그는 반문했다. '남성에게 젖꼭지를 주었고 여성에게 남성의 흔적을 부여했다고 해서 우리 조상이 암수동체였다고 할 수는 없잖아. 정신적으로도 자웅동체였다고는 볼 수 없겠지. 또한 그들이 자연의 두 얼굴로서 시선을 주고받는 이중의 가능성을 부여받은 것은 분명히 외부로부터의 일이었을 테고 그래서 이 모든 것은 나중에야 정신적인 외양을 걸치게 된 성의 차이보다 훨씬 오래되었을 거야…'

그는 생각을 이어가다 결국 어린 시절의 세세한 기억으로 방향을 틀었는데, 오래전에 잊혔으나 즐겁게 떠올릴 만한 기억이기도 했기 때문이었다. 먼저 말해야 할 것은 그의 아버지가 전에 말을 탔다는 것이고 심지어 승마용 말을 기르기까지 했다는 것이다. 울리히가 집에 도착했을 때 첫번째로 눈에 들어온 텅 빈 마구간이 그 사실을 증명하고 있었다. 아마도 승마는 귀족 친구들에 대한 존경에서 비롯된 아버지의 단 하나의 귀족적인 취미였을 것이다. 하지만 당시 울리히는 작은 아이였다. 키가 큰 근육질의 말을 보고 경탄한 소년은 무한하고 엄청난 것에 사로잡혔고 마치 동화 속에 나오는 무시무시한 산맥이 갈기의 숲으로 뒤덮여 있고 피부의 경련이 그 산맥을 가로지르며 거대한 바람의 물결처럼 내달리는 듯 보였다. 그가 나중에 깨달았듯이 자신의 소원을 이루기엔 너무도 힘이 없는 아이였기에 더욱 찬란하게 느껴지는 기억이었다. 하지만 그후 어린 울리히가 최고를 추구하면서 자신의 손끝으로 느껴본 거의 초월적이고 기적에 가까운 위대한 찬란함에 비하면 그건 아무것도 아니었다. 왜냐하면 당시 그 도시에는 서커스단의 포스터가 걸렸고 거기에는 말뿐이 아니라 사자, 호랑이, 그리고 이런 동물들과 함께 지내는 크고 빼어난 개들이 있었기 때문이다. 그는 포스터를 한참 뚫어지게 쳐다보고 나서 그 화려한 색깔의 종이를 뜯어낸 후 동물들을 오려 작은 나무판에 붙여 세워두었다. 그 다음 벌어진 일은 아무리 오래 물을 마셔도 갈증이 해소되지 않는 상황과 가장 비슷했다. 그의 행위는 끝도 없이 이어졌고 몇주 동안 어느 곳에서나 계속되었다. 그는 외로운 아이의 표현하기 힘든 기쁨으로 그 놀라운 창조물들에 끊임없이 몰입했고 그것들을 볼 때마다 자신이 그들을 소유하고 있다는 감정에 사로잡혔으며 그와 동시에 어떤 것으로도 채울 수 없는 근원적인 것이 결여되었고 그 결여에서 비롯된 욕망이 전 존재를 흘러넘치는 끝없는 빛을 던져준다는 느낌을 받았다.

이렇듯 특별히 무한한 기억과 함께 망각 속에서 자연스럽게 지난 시절의 또다른 체험이 깨어났는데 그 체험은 어린아이다운 공상에도 불구하고 눈을 뜨고 꿈을 꾸는 성숙한 육체를 소유하고 있었다. 그 체험은 단지 두 가지 특성만을 소유한 작은 소녀에 관한 것이었다. 하나는 소녀가 오직 그에게만 속해야 한다는 것이고, 다른 하나는 그 때문에 치러야 할 다른 아이들과의 싸움이었다. 그중에서 오직 싸움만이 실제적이었는데, 사실 그 작은 소녀는 존재하지 않았기 때문이다. 마치 떠돌이 기사처럼—가장 좋기로는—자신보다 더 큰 상대를 한적하고 비밀스런 거리에서 마주쳐 그의 가슴에 뛰어올라 갑자기 격투를 벌이곤 했으니 얼마나 기묘한 시절인가! 그는 꽤 얻어맞기도 했고 종종 위대한 승리도 쟁취했으나 그때마다 자신의 만족에 속는 기분에 빠지곤 했다. 또한 그가 실제 알고 있는 작은 소녀들과 그 소녀들을 위해 맞서 싸운 존재들 사이에 어떤 연관성이 있다는 감정이 느껴지지 않았는데 그 역시 다른 또래 아이들과 마찬가지로 여자들 앞에서는 혀가 얼어붙어 아무 말도 하지 못했기 때문이다. 그런데 어느날 단 하나의 예외가 찾아왔다. 울리히는 마치 몇년 전 일을 뚫어보는 망원경을 통해 본 것처럼 그날 밤 아가테가 아이들 잔치용 옷을 입고 있었던 장면을 또렷이 기억했다. 그녀는 벨벳 드레스를 입었고 머리칼도 밝은 벨벳처럼 물결쳤다. 또한 그녀의 모습을 보자 그는 멋진 기사복장을 하고 있었음에도 뭐라 설명할 수 없는 이유로 서커스단 포스터의 동물들을 갈구했던 것처럼 갑자기 소녀가 되고 싶은 기분에 빠져들었다. 당시 그는 남자와 여자에 관해서 아는 것이 없었고 그래서 자신이 소녀가 될 수도 있다고 생각했다. 하지만 그는 다른 아이들이 그러하듯 자신의 바람을 이루기 위해 당장 많은 것을 하진 않았다. 지금 다시 말해본다면 오히려 그는 어둠 속을 더듬어 문으로 나아가 뭔가 따뜻한 피 또는 달콤한 저항에 맞닥뜨려 반복해서 그것과 부딪혔고 그 저항은 그것을 뚫고 들어가려는 그의 열망에 자리를 내주지 않으면서도 부드럽게 받아들여주었다. 그건 아마도 탐닉하는 대상을 흡입하는 뱀파이어의 무해한 욕망과도 비슷했는데, 어린 남자아이는 어린 여자아이를 자신에게 끌어오기보다는 완전히 상대방의 자리를 차지하기를 원했으며, 그것은 초기의 성적 경험에 특징적인 눈부신 부드러움으로 드러났다.

울리히는 일어서서 팔을 뻗었고 자신의 몽상에 깜짝 놀랐다. 열 걸음도 채 못 되는 벽 저편에 아버지의 시신이 있었고 사람이 죽은 후에도 여전히 살아있는 초상집은 땅에서 솟아난 듯한 사람들이 왔다갔다 하면서 붐빈다는 사실을 그제서야 깨달았다. 나이든 여인들이 양탄자를 깔았고 새로운 초에 불을 붙였으며 계단에선 망치질이 한참이었고 꽃이 배달되는 와중에 바닥에는 왁스가 칠해지고 있었다. 뭔가를 해야 하거나 문의해야 하는 사람들이 아침 일찍부터 그를 만나러 왔기 때문에 그는 자동적으로 이런 일들의 한가운데 있게 되었고 그때부터 사람들의 줄은 끊이지 않았다. 대학은 장례를 문의해왔고 한 고물장수가 와서는 수줍어하면서 버리는 옷이 있는지 물었으며 한 독일 회사의 위임을 받은 지역 고서적상은 깊은 유감을 표하면서 혹시 고인의 서가에 있을지 모를 희귀 법률 서적에 대한 가격표를 보내왔다. 한 사제는 주임 신부의 부탁으로 아직 해결되지 않는 문제를 상의하러 왔고 보험회사의 직원이 와서는 길고 복잡한 문제를 설명했으며 누군가는 피아노를 싸게 구입하고 싶어했고 부동산 회사에서는 집을 내놓을 것을 대비해 명함을 두고 갔으며 퇴직한 우체국 직원은 발송할 편지봉투에 주소를 써주겠다고 했다.

그런 식으로 사람들은 그 친절한 아침에 끊임없이 찾아왔고 물었으며 뭔가를 하길 원했다. 사람들은 죽음에 실용적으로 묶여 있었으며 자신의 생존권을 문서 또는 말로 요청했다. 문 앞에서는 나이든 하인이 힘을 다해 사람들을 돌려보냈지만 울리히는 그럼에도 뚫고 들어온 사람들을 상대해야 했다. 그는 얼마나 많은 사람들이 공손하게 타인의 죽음을 기다리는지 그리고 한 사람의 심장이 멈추는 순간 얼마나 많은 다른 심장들이 두근대는지 지금껏 생각하지 못했다. 그는 꽤 놀란 채 숲속에 죽어 있는 한 딱정벌레와 그 곁에 모여드는 다른 딱정벌레, 개미, 새, 흔들거리며 날아오는 나비 같은 것들을 바라보았다.

이득을 취하기 위한 열정으로 깊고 어두운 숲속 같았던 곳은 반짝임과 깜빡임으로 가득 채워지고 있었다. 마치 밝은 대낮에 켜둔 랜턴처럼 감정에 잠긴 눈의 렌즈를 통해 사적 욕망의 빛을 내비치면서 한 사람이 문가에서 마치 울리히나 자신이 울음을 터뜨리기를 기대하는 듯 서 있었는데 그는 검은 옷에 검은 상장을 걸쳐 입어 사무실 복장과 상복 중간쯤의 복장을 하고 있었다. 눈물이 터지는 일은 둘 모두에게 일어나지 않았고 얼마 후 그는 방으로 들어와 다른 보통의 사업가들이 그러하듯 자신을 장례업체의 대표라고 소개한 후 지금까지의 절차에 문제는 없는지 울리히에게 묻기 위해 왔다고 뿌듯해하며 말을 꺼냈다. 그는 나머지 모든 절차 역시 이미 고인이 된 아버님—누구나 알듯이 쉽게 만족하는 법이 없었던—조차 무조건 받아들일 만한 방식으로 진행될 거라고 확신했다. 장례업체 대표는 울리히에게 여러 사각형 안에 내용이 인쇄된 종이 한 장을 주었고 거기에는 장례에서 선택할 수 있는 여러 수준의 계약 조항이 기재돼 있었다. 가령 말 여덟 마리 또는 두 마리, 화환 마차, 마구의 숫자, 선도 기수의 은도금 치장, 마리엔부르크식 또는 아드몬트식 횃불 수행, 수행원의 숫자, 점화의 방식, 점등 시간, 관의 나무, 화분의 향기, 이름, 생년월일, 성별, 직업, 임의적 보증의 거부 등등이 적혀 있었다. 울리히는 도대체 어디서 이런 옛날 취향의 조항들이 나왔는지 알지 못했다. 그가 물었더니 장례업체 대표는 놀란 듯 그를 바라보면서 자기도 모른다고 대답했다. 그는 마치 욕망과 행위를 즉각 이어주는 인간 두뇌의 반사신경처럼 아무런 의식도 떠올리지 못한 채 울리히 앞에 서 있었다. 애도를 거래하는 이 상인은 수백년에 걸친 전통을 신뢰했기에 그런 신뢰를 상품 설명서로 활용했고 울리히가 엉뚱한 나사를 풀었다는 생각에 물건이 제때 납품돼야 한다는 말로 재빨리 사태를 봉합하려 했다. 그는 이런 조항들은 국가장의조합에서 마련된 공통 계약이며 그걸 지키지 않겠다는 건 의미없는 행동일 뿐 누구나 그렇게 한다면서 울리히가 서명만 한다면—여동생 분께서 어제 오빠의 동의 없이는 안하시겠다고 해서—아버님께서 체결한 계약에 유가족도 동의한다는 것을 의미하며 최고급의 장례 절차가 무리없이 치러질 거라고 말했다.

서명을 하는 동안 울리히는 남자에게 이 도시에서 전기로 작동되는 소시지 기계—성 누가$^{Luka}$를 육류가공업자들의 후원자로 앞쪽에 새겨넣은—를 본 적이 있느냐고 물었다. 울리히는 브뤼셀에서 그런 기계를 본 적이 있었다. 하지만 대답을 기다릴 사이도 없이 장례업체 대표를 대신해 또다른 사람이 서 있었는데 그는 지역 주요신문의 기자로서 부고에 실릴 만한 정보를 원했다. 울리히는 장의사에게 작별 인사를 하면서 기자에게 대답을 했는데 막상 부친 인생에서 가장 중요한 점이 무엇이었느냐는 질문에 과연 무엇이 중요했는지 잘 몰랐고 그래서 오히려 기자에게 도움을 받아야 했다.

알 가치가 있을 만한 지식을 쏙쏙 뽑아내는 기자의 직업적인 호기심을 마주한 울리히는 처음에는 세계의 창조자 옆에 있는 것 같은 기분이 들었다. 노인이 갑작스럽게 죽음을 맞았는지 아니면 오랜 고통 끝에 눈을 감았는지를 묻는 기자에게 울리히는 부친이 돌아가시기

몇주 전까지도 강의를 이어오셨다고 말했더니 기자는 '끝까지 강건하고 활력이 넘치게 일했다'는 문장을 뽑아냈다. 그러더니 늑골과 관절 몇개만 남기고 노인의 삶에서 모든 조각이 빠져나갔다. 프로티빈 Protivin에서 1844년에 태어났고… 무슨 지역에서… 어느 대학을 다녔으며 다섯 곳에서 근무하면서 명예학위를 받았다. 기본사항이 끝나자 결혼과 저서 몇권, 법무부장관이 될 뻔한 일―반대파 인사들 때문에 좌절되었던―이 끼어들었다. 기자는 글을 썼고 울리히는 글이 맞는지 확인했다. 기자는 충분한 기사분량이 나오자 만족해했다. 울리히는 한 인생이 한줌의 잿더미로 남겨진 것을 보고 놀랐다. 기자가 적은 6개나 8개의 문장에 모든 정보가 있었기 때문이다. 위대한 학자, 넓은 관심사, 미래를 바라보는 정치가, 우주적 범위의 재능 등등 기사에는 한동안 그런 죽음은 없었으며 오랫동안 이 죽음을 기다려왔다는 듯한 문장이 씌어 있었다. 울리히는 생각했다. 그는 아버지에 대해 뭔가 좋은 말을 해주고 싶었지만 기록자는 사실을 다 수집한 후 이미 필기구를 닫아버렸다. 남겨진 건 마치 유리잔도 없이 그 안에 담긴 물을 잡으려는 시도 같다는 인상이었다.

사람들의 왕래는 그사이 많이 줄어들었다. 그 전날 아가테가 그에게 넘겼던 모든 방문자들이 다녀갔기 때문이었다. 기자가 물러가자 울리히는 다시 혼자 남았다. 무슨 이유에선지 그는 쓸쓸한 기분에 휩싸였다. 지식의 자루를 질질 끌고가서 그 지식의 곡식더미를 조금 파헤친 후 결국 자신이 가장 강력하다고 믿은 삶의 위력에 순응하고 만 아버지가 옳았을까? 그는 책상 위에 내버려둔 자신의 작업을 떠올렸다. 아마도 그를 두고는 곡식을 파헤친 아버지와 같다고 말하는 사람조차 없을 것이다. 울리히는 시신이 안치된 작은 방으로 들어갔다.

이 경직된 수직의 방은 놀랄 만큼 어마어마한 소란과 부산함으로 가득 차 있었다. 죽은 자의 몸은 일의 홍수에 밀려온 나무토막처럼 뻣뻣했지만 이따금 그 이미지는 뒤바뀌어 살아있는 것이 오히려 딱딱해지고 죽은 자가 무시무시할 정도로 조용하게 미끄러져 나아가는 것처럼 보였다. "여행자에게," 그는 말했다. "선착장에 두고 온 도시들이 무슨 상관이란 말인가? 나는 여기 살았고, 사람들이 기대하는 일을 했으며 지금은 다시 길을 떠나려 하는데!…" 타인들 사이에서 그들과 다른 것을 욕망하는 자의 불안이 울리히의 심장을 옥죄었다. 그는 아버지의 얼굴을 바라보았다. 그가 자신의 독특함이라고 생각했던 것은 그저 유년 시절 아버지의 얼굴에 대한 적대감에서 비롯된 건 아니었을까? 그는 거울을 찾았으나 어디에도 없었고 오로지 그 눈 감은 얼굴만이 빛을 반사하고 있었다. 그는 비슷한 점을 찾아보려 했다. 아마도 몇가지가 있었을 것이다. 모두 다일지도 몰랐다. 인종, 과거와의 연결성, 비인간적인 요소들, 개성이 그 안에서 주름으로 존재할 뿐인 유전자의 흐름, 한계, 낙담, 자신의 생 깊숙한 의지 가운데 혐오스럽게 자리잡은, 끊임없이 이어지는 마음의 소요 같은 것들!

이렇듯 가라앉은 기분에서 갑자기 울리히는 장례가 끝나기도 전에 짐을 싸 떠나버려야겠다는 생각이 들었다. 그가 삶에서 뭔가 실제로 이룰 것이 있다면, 뭐하러 여기에 있는 것일까? 하지만 그가 문 쪽으로 나섰을 때, 자신을 찾기 위해 들어오는 여동생과 마주치고 말았다.

# 4.
## 동무가 있었다네

처음으로 여성다운 차림으로 나타난 여동생은 어제의 인상과 너무 달라서 마치 변장을 한 것처럼 보였다. 열린 문을 통해 이른 오전의 떨리는 회색 톤의 인공적인 빛이 들어왔고 금발의 검은 환영은 광채가 흐르는 동굴에 서 있는 것 같았다. 착 달라붙게 뒤로 넘긴 머리카락 덕분에 아가테는 어제보다 훨씬 여성스럽게 보였고 부드럽고 풍만한 가슴은 밀착된 검은 옷 안에서 관용과 저항 사이에 완벽한 균형을 이룬, 깃털처럼 가벼운 진주의 강인함으로 자리를 잡고 있었다. 또한 어제 보았던, 울리히 자신처럼 날씬하고 긴 다리는 치마에 가려져 있었다. 그러나 오늘은 그녀의 외양이 전체적으로 자신과 비슷하지 않았던 탓에 그는 얼굴에서 유사함을 목격했다. 마치 그 자신이 문을 열고 들어와 스스로에게 말을 하는 것 같았다. 다만 그보다는 아가테가 더 아름다웠고 자신에게서는 볼 수 없는 빛에 감싸여 있었다. 처음으로 여동생이 자기 모습의 꿈결 같은 변환이자 반복이라는 생각이 그를 사로잡았다. 하지만 이런 인상은 순간적으로 스쳐갔기 때문에 그는 곧 잊어버렸다.

아가테는 늦잠을 자는 바람에 놓쳐버린 하나의 책무를 오빠에게 상기시켜주기 위해 왔다. 그녀는 유언장을 손에 들고 당장 해결돼야 할 특정 문구를 가리켰다. 무엇보다 노인이 생전에 받은 훈장에 관한 모호한 규정이 문제가 되었는데 그것에 관해서는 하인 프란츠도 알고 있었다. 아가테는 불경스럽게도 유언장의 그 문구에 열심히 빨간

밑줄을 그었다. 고인은 적지 않은 훈장을 가슴에 단 채 묻히고 싶어했
는데 단순히 허영에서 비롯된 것은 아니었고 왜 이런 것을 원하는지
에 대한 숙고에 찬 긴 사유가 덧붙여 있었다. 딸은 그 문장의 앞부분
만 읽었고 오빠에게 나머지 부분을 읽고 말해달라고 떠넘겼다.

"이걸 어떻게 설명해야 할까?" 그 문장을 다 읽은 울리히가 말했다.
"아버지는 개인주의적인 국가론이 틀렸다고 생각하기 때문에 훈장과
함께 묻히고 싶어하는 거야! 그는 보편적 관점을 추천하고 있어. 사람
들은 창조적인 국가공동체 속에서만 개인을 뛰어넘는 선이라든가 정
의 같은 목적을 얻게 된다는 것이지. 사람은 혼자서는 아무것도 아니
라는 거야. 그러니 군주는 하나의 정신적 상징을 의미하지. 짧게 말해
서 선원이 죽었을 때 시신을 깃발에 싸서 바다에 수장시키듯이 사람
은 훈장을 두르고 묻혀야 마땅하다는 거야."

"하지만 훈장들은 반납돼야 한다고 들은 것 같은데?" 아가테가 물
었다.

"상속자는 훈장을 황제의 내각사무처에 반납해야 해. 그래서 아버
지는 복제품을 만들어두었지. 하지만 보석상에게 구입한 복제품이란
게 원래 훈장과 너무 달라 보였던 모양이야. 그래서 아버지는 관을 닫
기 전에 그 복제품을 원본으로 바꿔서 가슴에 달아달라고 했어. 그게
문제란 말이야! 누가 알겠어, 그건 아마도 아버지가 다른 곳에선 발설
하고 싶지 않았던, 규율에 대한 침묵의 저항일지도 모르지."

"하지만 그 순간에는 수백 명이 여기 모일 테고, 우리는 그걸 잊어버
릴 거야!" 아가테가 걱정했다.

"지금 할 수도 있잖아!"

"지금은 시간이 없어. 그 다음 부분에 슈붕 교수에 관해 뭐라고 썼

는지도 한번 읽어봐. 슈붕 교수는 언제든 올 수 있어. 어제는 하루종일 그를 기다렸다고!"

"그럼 슈붕 교수가 떠난 다음에 하자."

"마음이 너무 불편해," 아가테가 반대했다. "아버지의 소원대로 해 드리지 못하는 거잖아."

"아버지가 그걸 어떻게 알겠어."

그녀는 오빠를 의심스레 쳐다보았다. "정말 그럴까?"

"뭐라고?" 울리히는 웃으면서 크게 말했다. "그럼 그렇지 않다는 거야?"

"나는 아무것도 확신하지 못하겠어." 아가테가 대답했다.

"뭘 하든 아버지는 우리한테 만족하지 못할 게 뻔해."

"맞아," 아가테가 말했다. "그건 그럼 나중에 하자. 하지만 이건 좀 말해줘." 그녀가 말을 이었다. "사람들의 시선 같은 것에 신경을 쓴 적이 한번도 없었어?"

울리히는 망설였다. '그녀는 좋은 곳에서 일해도 되겠어.' 그는 생각했다. '그녀가 고루해졌을 거라는 쓸데없는 걱정은 하지 말았어야 했는데!' 이 말이 어제 저녁의 대화 전부와 연결된 것 같아서 그는 아주 적절하면서도 도움이 될 만한 대답을 하고 싶었다. 하지만 그녀를 오해에 빠지지 않게 하려면 어떤 말부터 꺼내야 할지 몰라서 울리히는 엉뚱하게도 마치 청년 같은 대답을 하고 말았다.

"아버지뿐 아니라 그를 둘러싼 의식도 죽은 거야. 그의 유언도 죽었지. 여기 모여든 사람들도 죽었고. 그걸 나쁘게 말하고 싶진 않아. 우리가 여기 세상을 떠받치고 있는 모든 사람에게 감사해야 함을 신은 알겠지. 하지만 그 모든 것은 삶의 석회석과 같은 것이지, 바다 같은 것은 아니야!"그는 동생의 미심쩍어하는 눈길을 감지했고 자신이 얼마나 모호하게 말하고 있는지 깨달았다.

"사회의 도덕이란 성자들에겐 악덕이나 마찬가지야."그는 웃으며 말을 마쳤다.

울리히는 거만하면서도 들뜬 사람처럼 동생의 어깨에 팔을 올렸지만 사실은 당황스러웠기 때문에 한 행동이었다. 하지만 아가테는 심각한 표정으로 뒤로 물러섰고 그의 행동에 반응하지 않았다.

"그게 오빠 생각이야?"그녀는 물었다.

"아니, 내가 좋아하는 어떤 사람이 그렇게 말했어."

울리히의 대답을 한문장으로 요약하려 하자 그녀는 마치 생각을 모으려 애쓰는 어린아이처럼 불편한 감정에 휩싸였다. "그러니까 오빠는 천성적으로 정직한 사람은 선하다고 보지 않는 거네? 하지만 뭘 처음 훔쳐서 심장이 밖으로 튀어나올 것 같은 도둑은 선하다는 건가?"

울리히는 그녀의 비범한 발언에 놀랐고 좀더 진지해졌다.

"정말 잘 모르겠어."그는 짧게 말했다. "어떤 상황에서 나는 뭐가 옳고 그른지에 대해 큰 관심이 없거든. 우리가 어느 방향으로 가야 할지 어떤 규칙도 제시할 만한 게 없어."

아가테는 뭔가를 구하는 듯한 눈빛을 그에게서 거두고 다시 유언장을 집어들었다. "우린 이걸 더 읽어봐야 해. 여기 강조된 부분이 더 있어!"그녀는 스스로 다그쳤다.

임종을 맞기 전에 노인은 몇몇 편지를 썼고 유언장에 그 편지에 대한 설명과 발송에 대한 지시를 담아두었다. 특히 강조된 부분은 슈붕 교수에 관한 것으로서, 그는 남매의 아버지와 평생 친구로 지내오다가 한정책임능력에 관한 법조문을 사이에 두고 벌어진 견해차 때문에 말년에 씁쓸한 갈등을 겪은 사이였다. 울리히는 표상과 의지, 법의 날카로움과 자연의 모호함에 관한 그 지루한 논쟁들—죽기 전 아버지가 다시금 요약해준—을 즉각 알아보았다. 사실 아버지가 참여한 '사회학파'가 프로이센 정신의 산물이라고 비난당한 것만큼 아버지의 마지막 여정에 큰 타격을 준 사건은 없는 듯 보였다. 아버지는 스스로 쇠약해졌다고 느끼거나 전장에서 유아독존하는 자신의 적을 분한 맘으로 바라볼 때마다 "국가와 권리 또는 논리와 비난" 같은 제목이 붙은 팸플릿을 작성하곤 했다. 죽음을 앞두고 신성한 명예를 지키려는 의지에서 나온 그 엄숙한 표현으로 아버지는 자식들에게 자신의 작업을 잊지 말라고, 특히 아버지의 지칠 줄 모르는 노력 덕분에 영향력있는 모임에 들어간 아들이 그 권한을 이용하여 슈붕 교수가 자신의 목적을 달성하려는 희망을 완전히 꺾어버리라고 전하고 있었다.

누군가 자신의 일을 다 끝내거나 적어도 거의 완성에 이르렀다고 느낄 무렵 이런 글을 썼다면 그 사람은 천박한 허영심에서 비롯된 옛 친구의 실수를 용서하고 싶었을 수도 있을 것이다. 사람이 매우 고통스러워서 이생의 삶이 다했다는 기분이 들 때는 용서하고 용서를 구하는 것이 인지상정이다. 하지만 몸이 좀 회복되는가 싶으면 다시 원상태로 돌아가는데, 건강한 육신은 원래 화해에 익숙하지 않기 때문이다. 죽음을 앞둔 노인은 두 상태를 번갈아 체험했을 것이며 하나가 다른 하나만큼이나 옳게 다가왔을 것이다. 하지만 그런 상황은 그 저명한 법률가에겐 참기 어려운 일이었고 결국 잘 다듬어진 논리로 유언을 남김으로써 감정의 혼동이 마지막 유지에 조금이라도 영향을 미치지 못하도록 해두었다. 그는 용서의 편지를 썼지만 서명을 하지는 않았고 날짜도 적지 않았으며 울리히에게 아버지의 사망 날짜를 적도록 위임하고 누이동생과 함께 서명을 하게 함으로써 고인의 자필 유언이 아닌, 구두 유언의 형식으로 보일 수 있게끔 했다. 사실 본인은 인정하고 싶지 않았겠지만 그는 조용한 기인이었다. 겉으로는 존재의 위계질서에 굴복해왔으며 그 굴욕감을 질투에 찬 충성심으로 방어해왔지만 이 작은 노인의 내면에는 막상 자신이 선택한 인생에서 한번도 적절한 용어를 찾아내지 못한 강한 반항심이 간직돼 있었다. 울리히는 자신이 받았던 아버지의 부고 역시 같은 성격을 띠었음을 인정할 수밖에 없었다. 그는 자신과 아버지의 유사성을 목격했는데 이번에는 분노가 치밀지 않았고 오히려 연민을 느꼈다. 평생 자신을 표현하고 싶었지만 그러지 못했던 이 노인이 용납할 수 없는 자유로 인생을 허비하고 있는 아들에게 품었을 그 혐오감을 울리히는 이번만큼은 이해할 수 있었다. 그건 어떤 아버지에게나 공통된 아들의 모습이었고 울리히는 자신의 내면에서 풀리지 않은 점을 떠올리면서 아버지에 대한 측은함에 빠져들었다. 하지만 한 남자가 엄청 부산스럽게 희미한 방 안으로 들어오는 바람에 울리히는 이 모든 것을 아가테에게 이해시킬 만한 적절한 표현을 찾을 여유가 없었다. 그 남자는 양초 불빛이 희미한 실내까지 성큼 미끄러져 들어왔고 관대가 놓인 곳 바로 앞에서 과장된 동작으로 손을 들어 눈을 가렸다. 그 남자에게 떠밀리는 바람에 뒤따라 들어온 하인은 이제야 그가 도착했다는 소식을 전할 수 있었다. "존경하는 친구!" 방문자는 엄숙한 목소리로 탄식을 내뱉었고 그 작은 남자는 자신의 적 슈퉁 앞에서 턱을 꽉 다물고 누워 있었다.

"젊은 친구들, 별이 빛나는 하늘의 존엄은 우리 위에 있고, 도덕법칙의 존엄은 우리 안에 있다네!" 그 작은 노인은 입을 열었고 베일에 싸인 눈으로 대학 동료의 시신을 바라보았다. "이렇게 차가워진 가슴에도 도덕법칙의 존엄은 살아 있지!" 그러고는 몸을 돌려 남매와 악수를 나눴다.

울리히는 이 첫 기회를 자신의 의무를 다하는 데 이용하려고 했다. "추밀고문관님과 저희 부친은 최근 사이가 좋지 않으셨지요?" 그는 은근히 떠보았다.

흰 수염의 노인은 한동안 그의 말을 잘 알아듣지 못한 것 같았다.

"의견 차이일 뿐이었네. 언급할 가치가 없지!" 그는 고인을 뚫어지게 관찰하면서 관대하게 대답했다. 그러나 울리히가 유언장을 넌지시 보여주며 예의 바르게 주장하자 그 방은 마치 누군가 탁자 밑에 숨겨둔 칼 때문에 다음 순간 무슨 일이 일어날지 뻔히 알 것 같은 싸구려 선술집의 분위기처럼 갑자기 긴장에 휩싸였다. 눈감은 노인은 마지막 순간까지 동료 슈붕 교수를 분노하게 할 줄 알았던 것이다. 그런 오래된 적대감은 당연히 더이상 감정이 아니라 습관적인 생각에 가까웠다. 뭔가가 적대감을 새롭게 자극하지만 않는다면, 그런 감정은 더이상 일어나지 않을 것이다. 단지 과거에 수없이 반복된 거슬리는 사건들이 경멸을 담은 견해로 상호간에 뭉쳐 있었고 그것은 편견 없는 진실이 그렇듯 어떤 감정의 흐름과도 무관한 일이었다. 슈붕 교수는 이제 고인이 된 적과 마찬가지로 그 사실을 받아들였다. 그가 보기에 용서라는 것은 너무 유치하고 쓸데없는 짓이었다. 왜냐하면 죽음 앞에 마음이 누그러지는 사람은 그것을 느낄 뿐 학문적인 무효선언을 하는 것이 아니며 당연히 수년간의 대결의 경험에 대해 어떤 증명 능력도 가질 수 없기 때문이다. 슈붕 교수에게 그런 관대함은 자신의 승리를 이용하여 나쁜 짓을 저지르는 대단히 뻔뻔한 일처럼 보였다. 슈붕 교수가 고인이 된 친구에게 작별을 고하는 일은 당연히 전혀 다른 문제였다. 세상에, 그들은 미혼이었던 강사 시절부터 이미 아는 사이였다! 자네는 우리가 부르크가르텐(빈 도심의 공원—옮긴이)에서 일몰 무렵 술을 마시면서 헤겔을 논했던 그때를 기억하는가? 그때부터 얼마나 많은 일몰이 지나갔겠는가마는 나는 그때의 석양을 잊지 못한다네! 그리고 우리를 적으로 만들었던 그 첫번째 논쟁을 기억하는가? 얼마나 멋진 시절이었는지! 자네는 죽었고 비록 관 앞에서지만 나는 기쁨으로 말한다네!

누구나 알듯이 나이든 사람이 동년배의 죽음 앞에 서 있는 기분은 바로 이런 것이다. 노년에 이르면서 시가 터져 나온다. 열일곱살 이후로 시 한편 써보지 않은 사람들도 유언장을 써야 할 일흔일곱 나이엔 갑자기 시인이 된다. 최후의 심판처럼 망자들은 하나하나 불려 나오고—비록 그들이 마치 침몰한 배에 실린 짐처럼 오랜 기간 안식을 취해왔다 하더라도—유언 속에서 사물들의 이름은 호명되면서 닳고 닳은 고유의 개성들을 회복한다. 그러면 "담뱃불에 구멍이 뚫린 부하라 Buchara산 양탄자가 내 작업실에 있었네." 또는 "코뿔소 손잡이가 달린 우산을 1887년 조넨샤인 & 빈터 Sonnenschein & Winter에서 구했지." 같은 구절이 마지막 유언에 첨부되게 마련이다. 그런 식으로 많은 이야기들이 숫자에 맞춰 하나하나 세세히 이야기되고 호명된다.

이처럼 마지막으로 빛나던 각각의 사물들이 떠오름과 함께, 그것을 도덕, 권고, 축복, 법칙과 묶어주고 싶다는 욕구, 다시 말해 가라앉는 듯했던 순간 다시 한번 떠오르는 그렇게 많은 예감되지 못했던 것들에 강력한 형식을 부여해주고 싶은 욕망이 일어나는 것도 우연은 아니었다. 또한 유언장의 시간이 만들어낸 시와 함께 철학 역시 깨어난다. 그것은 대부분 이해하기 쉬운 낡고 진부한 철학으로, 이미 50년 전에 잊혀진 것을 다시 퍼올린 것이다. 울리히는 이 두 노인 중 누구도 물러서지 못하리라는 사실을 문득 깨달았다. "원칙만 확실하게 남아 있다면, 삶은 마음대로 내버려두라고!" 누군가 몇달 혹은 몇년 후 자신의 원칙이 자신보다 더 오래 살아남는다면, 이런 말은 매우 타당할 것이다. 또한 그 늙은 추밀고문관의 내면에서 두 충동이 끊임없이 충돌하는 현상은 매우 뚜렷하게 감지되었다. 그의 낭만주의, 젊음과 시는 하나의 거대하고 아름다운 표현과 고상한 언어를 요구했으며 반대로 그의 철학은 이성의 법칙이 급작스런 감정의 변화나 나약한 기분—고인이 된 적이 덫에 걸린 듯 누워 있는 것처럼—에 휘둘리지 말 것을 요청하고 있었다. 이미 2년 전부터 슈붕은 생각했다. '이제 그가 죽는다면 한정책임능력에 관한 슈붕 파의 주장에 더이상 걸림돌이 없을 것이다.' 슈붕의 감정은 친구를 향한 거대한 파도가 되어 일렁였고 그는 오직 동원 명령만 기다리는 잘 준비된 군대처럼 작별인사 장면을 머릿속에 그려보고 있었다. 하지만 이런 계획에 식초 한 방울이 떨어지더니 정신이 번쩍 들었다. 슈붕은 엄청난 감정으로 시작했지만, 막상 벌어진 일은 마치 중간쯤 가다가 이성적이 돼버려 마지막엔 더이상 이어지지 않는 시처럼 돼버리고 말았다. 결국 그 둘은 희고 까칠까칠한 수염과 까칠까칠한 흰 수염으로 서로 만나 턱을 꽉 다물고 있었던 것이다.

'이제 그는 무엇을 할까?' 그의 출현을 호기심에 차 지켜본 울리히는 속으로 물었다. 결국 슈붕 교수는 형법 제318조가 어떤 방해도 없이 자신의 제안대로 받아들여질 것을 기쁘게 확신했고 어떤 분노에서도 자유로워졌으며 지금의 선의에 차고 합일된 감정을 표현하기 위해 "나에겐 동무가 있었다네…" 같은 노래를 흥얼거리고 싶을 정도였다. 하지만 이런 짓을 할 순 없었기에 그는 울리히를 향해 말했다. "친구의 아들, 나를 한번 믿어보게나. 도덕적 위기가 먼저 찾아온 이후에 사회적 타락이 이어진다네!" 그러고는 아가테를 향해 돌아서서 말을 이었다. "자네의 부친이 언제나 법의 원칙 가운데 이상적인 견해에 돌파구를 마련한 점은 위대한 업적이었네." 그러고는 한손에는 아가테의 손을, 다른 한손에는 울리히의 손을 잡고 두 손을 흔들며 크게 말했다. "자네들의 부친은 함께 오래 일하다보면 생기기 마련인 아주 작은 의견 차이에도 큰 의미를 부여했다네. 나는 부친이 자기의 섬세한 법적 감각에 어떤 비난도 허용하지 않기 위해 그랬던 것이라 믿고 있네. 내일 많은 교수들이 부친을 보내기 위해 여기 오겠지만, 부친 같은 사람은 하나도 없을 것이네!"

이렇게 만남은 화해의 메시지로 끝을 맺었고 슈붕은 떠나는 자리에서 만약 울리히가 학문적 이력을 계속 쌓아가길 원한다면 부친의 친구들에게 의지해도 좋을 거라고 강력히 조언했다.

눈을 크게 뜨고 듣던 아가테는 삶이 인간들에게 던져준 그 기묘한 마지막 형상을 바라보았다. "마치 석고 나무로 가득 찬 숲을 보는 것 같았어!" 그녀는 뒤늦게 오빠에게 말했다. 울리히는 미소지으며 대답했다. "나도 달빛 아래 선 개처럼 감상적인 기분에 빠졌는걸."

## 5.
## 그들이 나쁜 짓을 한다

"오빠는 기억해?" 잠시 후 아가테가 물었다. "내가 아주 어렸을 때, 오빠가 남자애들이랑 놀다가 허리까지 오는 물에 빠졌는데 그걸 숨기려 했던 일이 있었지. 위는 괜찮았지만 아래는 젖어 있어서 밥을 먹으면서도 이빨을 부딪히며 덜덜 떨었잖아."

기숙학교에 있다가 휴가를 얻어 집에 왔을 때의 일이었고—사실 이런 휴가는 그 긴 시간 동안 한번밖에 없었다—지금 이렇게 쪼그라든 시체는 당시만 해도 두 아이에겐 거의 전능한 남자에 가까웠으며 울리히가 잘못을 인정하지 않고 거칠게 저항하는 일은, 비록 나쁜 행동을 안했다고는 못할지라도, 종종 있는 일이었다. 이런 경우 그는 호된 열병을 앓았고 즉각 침대로 끌려가야 했다.

"수프밖에 주지 않았지!" 아가테가 말했다.

"그랬지!" 오빠는 웃으면서 동의했다. 그런 벌을 받았던 기억은 마치 어릴 적 신던 신발이 바닥에 놓인 것을 보는 것만큼이나 더이상 현실감이 없었다.

"열 때문에 어차피 수프밖에 먹을 수 있는 게 없었지만," 아가테는 다시 말했다. "역시 일종의 벌로 내려진 조치였지!"

"그래!" 울리히는 다시 한번 동의했다. "하지만 그런 벌은 당연히 증오가 아니라 어떤 의무감의 충족 같은 거였어." 그는 누이의 의도를 알지 못했다. 그에게는 여전히 아잇적 신발이 보였다. 아니 보이는 것이 아니라 보이는 척하고 있는지도 몰랐다. 그는 감당할 수 없게 커진 모욕감을 느꼈다. 그러고는 생각했다. '이렇게 더이상 관심이 없다는 감정 속에는 인생의 어떤 순간도 자신에게 완전히 속해 있지 않다는 표현이 숨어 있지!'

"아무튼 오빠한테 허락된 음식은 수프뿐이었다고!" 아가테는 다시 한번 말했고, 곧 덧붙였다. "나는 내가 그런 일을 이해하지 못하는 유일한 사람일 것만 같은 두려움에 평생 시달렸어."

서로가 알고 있는 지난 일을 이야기하는 두 사람의 기억이 서로를 채워줄 뿐 아니라 말을 꺼내기도 전에 하나가 되는 일이 가능할까? 순간 그 같은 일이 일어났다! 마치 외투에서 나온 손들이 전혀 예상치 못한 곳에서 서로를 붙잡은 것처럼, 둘이 공유한 기억이 남매를 놀라게 했고 당황하게 만들었다. 갑자기 그들은 자신들이 안다고 짐작했던 것보다 훨씬 더 과거에 대해 잘 알게 되었고, 울리히는 지금 그들이 서 있는 방의 양초 빛이 그러하듯 벽을 타고 기어오르는 열병의 타오름을 다시금 느꼈다. 그러더니 아버지가 탁자 램프의 원추형 빛을 건너와서 자기의 침대에 앉는 것이었다.

"네 의식이 행동의 파급력을 알지 못한 채 그런 행동을 했다면, 그 행동은 더 부드러운 빛 속에서 드러날 거다. 하지만 그런 경우에도 너는 먼저 행동을 인정해야만 해!" 아마도 그 말은 형법 318조에 대한 아버지의 편지나 유언장에 있었던 문장이 기억에 스며든 결과일 것이다. 보통 그는 세세한 상황이나 원문을 잘 기억하지 못한다. 그래서 이렇듯 전체 문장이 갑자기 떠오른 것은 아주 예외적인 일이었고, 앞에 서 있는 누이와도 관련이 있었는데, 아마도 동생과 가까이 있다는 사실이 울리히 안에서 이런 변화를 만들어낸 것 같았다. "만약 네가 어떤 외적인 강요에서 벗어나 스스로 악행을 선택할 수 있었다면 너는 죄를 범했다는 사실도 인정해야 해!" 그는 말을 이었다. "아버지 역시 너한테 이렇게 말했을 거야!"

"아주 똑같지는 않을걸." 아가테는 그의 말을 수정했다. "나한테라면, 아버지는 항상 '내 안의 심리적 상황에서 비롯된 변명'을 인정해 주셨지. 항상 나에게 의지는 사유와 연관되며 본능적인 행동은 아니라고 가르쳤어."

"그 의지라는 것은," 울리히가 아버지의 말을 인용했다. "지성과 이성의 점진적 발전 과정에서 사유에 뒤따르는 결단을 통해 충동을 굴복시켜야 하지!"

"그게 진실일까?" 동생이 물었다.

"그걸 왜 묻지?"

"내가 멍청하니까 묻겠지."

"너는 멍청하지 않아!"

"난 늘 힘들게 깨우치고 완전히 이해하지도 못해."

"그건 네 생각일 뿐이야."

"나한테는 뭔가 잘못된 게 있나봐. 나는 이해한 것을 온전히 받아들이지 못하겠어."

그들은 슈붕 교수가 떠날 때 열어둔 문의 문설주에 기대어 서로 가까이 마주보고 있었다. 햇빛과 촛불의 빛이 그들의 얼굴에 어른거렸고 둘의 목소리는 마치 번갈아 부르는 성가처럼 교차돼 울려 퍼졌다. 그는 기도문을 선창하는 것처럼 먼저 말했고, 아가테의 입술은 곧이어 침착하게 움직였다. 어린 시절의 부드럽고 천진난만한 머릿속에 딱딱하고 낯선 규율을 구겨넣던 구식 훈계의 고통이 지금은 그들을 즐겁게 했으며, 그들은 그 고통과 함께 놀았다.

그러다가 으레 있던 어떤 징후도 없이 아가테가 갑자기 외쳤다. "이런 것들을 모든 것에 확장시켜봐, 그러면 그게 고틀리프 하가우어가 되는 거야!" 그러고는 그녀는 학생들처럼 자기 남편을 흉내냈다. "당신은 라미눔 알붐$^{Laminum\ album}$(광대수염의 학명—옮긴이)이 광대수염인 줄 정말 모른단 말이야?", "그렇지만 우리가 많은 오류 가운데도 인류를 수천년간 한 계단씩 수고롭게 끌어올려 오늘날 인식의 단계까지 오게 한 논리의 땀방울이 없었다면—마치 진정한 영도자의 손에 맡겨진 것처럼—어떻게 이런 진보를 이루었겠어?", "아가테, 아직도 사유가 곧 도덕적 책무라는 사실을 깨닫지 못하겠어? 집중한다는 건 게으름을 극복한다는 뜻이야.", "정신적 훈육이란 그것을 통해 일련의 개념을 이성적으로 성숙시켜나가는 능력이야. 항상 끊임없이 스스로의 생각에 질문을 던지는 것, 말하자면 추론적이면서도 연쇄적인 결론 도출, 기호로부터의 귀납과 추론, 흠없는 삼단논법을 통해서 모든 사유가 일치할 때까지 오랫동안 입증의 과정을 거치면서 마침내 최종 판단을 얻어내는 것이지." 울리히는 동생의 기억력에 놀랐다. 아가테에게는 자신이 어떤 책에서 익혔을 법한 이런 현학적인 문구를 읊어대는 게 굉장히 즐거운 듯 보였다. 그녀는 하가우어가 그렇게 말했다고 주장했다.

울리히는 그 말을 믿지 않았다. "어떻게 그런 길고 복잡한 문장을 듣고 기억할 수 있어?"

"그 말이 머릿속에 깊이 박혔거든." 아가테가 대답했다. "난 원래 그래."

"그렇다면 너는," 울리히가 놀라서 물었다. "기호로부터의 귀납과 추론 같은 말을 안다는 거니?"

"하나도 몰라!" 아가테는 웃으며 말했다. "그 사람도 분명히 책에서 읽은 말일 거야. 아무튼 그의 말투가 그렇다니까. 나는 그저 그의 되풀이되는 의미없는 말을 암기해서 알게 됐을 뿐이야. 그건 그가 말하는 방식에 화가 나서 대응한 거라고 생각해. 오빠는 나랑 달라. 모든 것은 내 안에 그대로 머물러. 왜냐하면 나는 그것들을 어떻게 해야 할지 모르거든. 내 기억력은 그 덕분인 거야. 고로 내가 멍청한 덕분에 나는 끔찍하게 좋은 기억력을 갖게 된 거지!" 그녀는 자신의 생동감을 유지하기 위해서 뭔가 털어내야 할 슬픈 진실이 있는 것처럼 말했다. "하가우어는 테니스를 칠 때도 마찬가지였어. '내가 테니스를 배울 때 나는 첫 스매싱부터 의도적으로 어떤 방향을 정해서 쳤지. 그래야 공을 내가 원한 방향으로 보내서 만족할 수 있거든. 그런 식으로 나는 현상의 흐름에 개입했지. 나는 실험을 한 거라고!'"

"그는 테니스를 좀 치나?"

"내가 6대 0으로 이기지."

그들은 웃었다.

"그거 알아?" 울리히가 말했다. "네가 하가우어를 흉내낸 모든 말들이 사실 옳은 말이라는 거 말이야. 좀 우습게 들릴 뿐이지만."

"그가 옳을지도 모르지." 아가테가 대답했다. "나는 잘 모르겠다니까. 하지만 그의 학생 중 하나가 셰익스피어의 한 대목을 이렇게 번역한 적이 있었어."


'겁쟁이들은 목숨을 앞두고 이미 여러 번$^{oftmal}$ 죽는다네.

용감한 사람들은 죽음 앞에 단 한번 희생될 뿐이지.

내가 들어본 놀라운 일 가운데

인간이 죽음을, 오고 싶을 때 반드시 오고야 마는 그 끝을 두려워해야 한다는 사실만큼 기이한 일은 없었네.'

하가우어는 그의 번역을 수정했어. 내가 공책에서 본 바에 따르면 이렇게 바꿨지.

'겁쟁이들은 죽기 전에 수차례$^{vielmal}$ 죽는다네.
용감한 자들은 단 한번 죽을 뿐이지.
내가 들어본 놀라운 일들 가운데,
가장 위대해 보이는 것은…'

이런 식으로 그는 슐레겔(독일 낭만주의를 대표하는 작가─옮긴이)의 번역을 따라서 수정을 한 거야.

그리고 또 하나의 문장이 있어! 핀다로스(고대 그리스의 서정시인─옮긴이)의 문장을 학생은 이렇게 번역했어. '모든 죽을 것들과 불멸의 것들의 왕인 자연의 법칙은 전능한 손으로 지배하되, 폭력조차도 승인한다네.' 그런데 그는 그 문장을 이렇게 고쳤지. '모든 죽을 것들과 불멸의 것들을 지배하는 자연의 법칙은, 전능의 손으로 다스리되 폭력을 승인하기도 하네.'"

"그런데 정말 좋지 않아?," 아가테가 물었다. "하가우어가 만족하지 못했던 어린 학생의 번역 말이야. 단어 하나하나가 충실하고 소름 끼치게 무시무시해서 마치 무너진 돌무더기에서 단어를 찾아낸 것 같지 않냐고?" 그러고는 학생의 번역을 되풀이했다. "겁쟁이들은 목숨을 앞두고 이미 여러 번 죽는다네./ 용감한 사람들은 죽음 앞에 단 한번 희생될 뿐이지./ 내가 들어본 놀라운 일 가운데/ 인간이 죽음을, 오고 싶을 때 반드시 오고야 마는 그 끝을/ 두려워해야 한다는 사실만큼 기이한 일은 없었네."

그녀는 나무줄기에 손을 휘감듯 문설주를 잡고 날것으로 다듬어진 시구詩句를 야생적이면서도 아름답게 읊었다. 그러면서도 그녀는 그 쭈글쭈글해진 고인이 젊음의 자부심으로 빛나는 자신의 시야 속에 있다는 사실을 모르는 것 같았다. 울리히는 이마를 찌푸리며 동생을 바라보았다. '옛 시를 마무리하지 못하고 의미가 깨진 채 풍화된 상태로 내버려둔 사람은 마치 코를 잃어버린 조각상에 한번도 새로운 대리석 코를 달아주지 않은 사람 같겠지.' 그는 생각했다. '그걸 좋은 스타일이라고 할 수도 있겠지만, 사실은 그렇지 않아. 또한 그런 사람은 상상력이 너무나 풍부해서 사라진 부분을 느끼지 못하는 게 아니야. 오히려 그는 완성이란 것에 아무런 가치도 두지 않고 그러기에 자신의 감각이 완전해지기를 바라지도 않는 거야. 그녀는 키스를 할 수도 있지.' 갑자기 그는 전혀 엉뚱한 방향으로 결론을 내렸다. '자신의 온몸을 내던지지도 않고 말이야.' 순간 그는 누이에 대해서 이 열정적인 시구 외엔 알 필요가 없을 것 같았고, 그녀는 전혀 '어떤 것에 완전히' 몰입하는 사람이 아니며 자신과 마찬가지로 '파편적인 열정'을 소유한 사람임을 알 것 같았다. 심지어 그는 자신의 나머지 반쪽 존재가 절도와 자제를 요구한다는 사실조차 잊을 정도였다. 이제 그는 그녀의 행동 중 어떤 것도 주변 환경에 부합하지 않으며 오히려 시작된 곳도 경계지어진 곳도 없는 가장 의심스러운 세계에 속한다고 누이에게 자신있게 말할 수 있을 것 같았다. 첫째 날 저녁 그녀에게서 받은 모순에 찬 인상은 이로써 충분한 해명을 얻은 셈이었다. 하지만 그의 몸에 익은 신중함은 더욱 깊어졌으며 그는 아가테가 스스로 올라간 높은 가지에서 어떻게 내려올지를 호기심과 의심 속에서 기다렸다. 그녀는 여전히 팔을 문설주에 높이 올리고 서 있었으며 한순간 너무 많은 것들은 모든 과정을 망칠 수도 있었다. 그는 마치 화가나 감독에 의해 이 세상에 불려온 듯 행동하거나 아가테의 흥분처럼 강렬한 흥분에 도달한 후 교묘하게 식어가는 여성들을 좋아하지 않았다. '아마도 그녀는,' 그는 생각했다. '황홀의 정점에서 갑자기 뭔가 싱겁고 몽유병자 같은 인상을 받아서 다시 내려올지도 몰라. 마치 깨어난 영매靈媒처럼 말이야. 그녀에게 다른 선택의 여지가 없고, 그것조차 고통스런 일이 될 거야!' 하지만 아가테는 그런 사실을 알고 있거나 오빠의 시선에서 자신 앞에 숨겨진 위험을 예감하는 것처럼 보였다. 그녀는 발을 디딘 채 명랑하게 몸을 쭉 펴더니 울리히에게 혀를 내밀었다.

그러나 그녀는 곧 진지해졌고 아무 말도 없이 훈장을 가지러 갔다. 남매는 아버지의 마지막 유언을 어기기로 한 것이다.

아가테가 훈장을 빼냈다. 울리히는 무방비로 누워 있는 노인에게 심한 짓을 한다는 거리낌이 있었으나 아가테에겐 나쁜 짓을 한다는 생각이 없이 나쁜 짓을 하는 기술이 있었다. 그녀의 눈빛이나 손의 움직임에는 환자를 돌보는 여성 같은 면이 있었다. 이따금 잘 놀던 어린 짐승이 주인이 보고 있는지를 확인하기 위해 동작을 멈추는 자발적인 애원 같은 느낌을 주기도 했다. 울리히는 빼낸 훈장을 건네받았고 그녀에게 모조품을 건네주었다. 그는 심장이 가슴 밖으로 튀어나온 강도가 된 기분이었다. 그리고 만약 그가 여동생의 손에 쥐여준 별과 십자가가 자기 손에 있는 그것들보다 더 생생하게 빛나고 있다는 인상을 받았다면,—훈장들은 마치 마법의 물건으로 변한 것 같았다—

그건 큰 화분이 가득 찬 방에서 잎들이 반사되면서 어두운 녹색을 띠었기 때문이었을 것이다. 아니면 그의 의지를 발랄하게 사로잡으면서 주저하며 앞서가는 누이의 의지를 느꼈기 때문일 수도 있었다. 그러나 어떤 의도도 감지할 수 없었기에, 아무것도 섞이지 않은 접촉의 순간 두 존재 사이에선 무한하고 그래서 완벽하게 순전하고도 강력한 감정이 일어났다.

아가테는 멈췄고 일은 끝났다. 아직 뭔가 다른 일이 남아 있었고 그걸 잠시 생각한 후에 그녀는 웃었다. "우리 쪽지에 뭔가 좋은 일들을 적어서 아버지의 주머니에 넣어두지 않을래?" 그런 공통의 기억이 흔치는 않았기 때문에 이번에 울리히는 그녀의 말을 바로 알아들었다. 죽은 뒤 모두에게 잊혀진 사람들에 대한 슬픈 시나 이야기에 미친 듯 빠져든 시절이 남매에게 있었음을 울리히는 기억해냈다. 아마 어린 시절의 외로움 탓이었을 것이고 그들은 종종 그런 이야기를 사실로 꾸며내곤 했다. 아가테는 그때도 이야기를 실제로 재연해 보이는 편이었던 반면 울리히는 뻔뻔하고 냉혹한 남성적인 행동을 유독 잘했다. 어느날 손톱을 잘라서 정원에 묻자는 것도 아가테의 제안이었는데, 그녀는 자신의 금발 머리카락까지 한주먹 잘라서 손톱과 함께 묻었다. 울리히는 수백년 내에 누군가 이걸 발견하고는 누가 묻었을까 궁금해할 거라고 자신있게 말했다. 당시 그는 다음 생에 벌어질 일에 관심이 많았다. 하지만 어린 아가테에게는 땅에 묻는 것 그 자체 외에 다른 의미는 없었다. 그녀에게는 자신의 일부를 숨기는 느낌, 그래서 자신이 별로 중요하게 여기지도 않는데 사람을 주눅들게 만드는 교육적 억압 따위의 감시에서 벗어나는 느낌이 들 뿐이었다. 그리고 그 땐 마침 하인들을 위한 작은 별채가 정원 한구석에 지어질 때였으므로 그들은 뭔가 특별한 일을 하기로 했다. 그들은 두 장의 종이에 멋진 시를 쓰고 거기에 서명을 해서 별채의 벽에 묻어두려고 했다. 하지만 그들이 빼어난 시를 쓰려고 했을 때 머릿속에 아무것도 떠오르지 않은 채 며칠이 지났고 그사이 벽은 한참 올라가 있었다. 결국 시간에 쫓긴 아가테는 산수 책에서 문장을 베꼈고 울리히는 '나는―'이라고 쓰고 자기 이름을 적어넣었다. 그럼에도 공사중인 정원 건물의 두 벽돌공 곁으로 몰래 다가갔을 때 남매의 심장은 두려움으로 두근거렸고 아가테는 종이쪽지를 구멍 속에 던져넣고는 바로 도망쳤다. 하지만 울리히는 오빠인 데다 남자였는데도 놀란 벽돌공들이 제지하면서 무슨 짓을 하느냐고 물어볼까봐 더 두려워했고 긴장 때문에 손과 발을 움직일 수조차 없었다. 결국 아무 일도 일어나지 않은 것을 보고 용감해진 아가테가 다시 돌아와서 울리히의 쪽지를 낚아챘다. 그녀는 아무것도 모르는 행인처럼 걸어가다가 벽 맨 끝에 덮인 벽돌 하나를 목격하고는 그것을 들어서 사람들 눈에 띄기 전에 울리히의 이름이 적힌 쪽지를 그 속에 집어넣었다. 울리히는 주저하면서 쫓아갔고 그녀가 그런 행동을 할 때 그에게 덮친 불안은 날카로운 칼이 빠르게 돌아가는 바퀴로 변해서 폭죽을 터뜨릴 때처럼 가슴 속에서 불꽃을 일으키는 것 같았다. 말하자면 아가테는 그때의 이야기를 꺼낸 것이었고 울리히는 한동안 아무 대답 없이 거절의 뜻으로 웃고만 있었다. 그런 행동을 고인에게 한다는 것은 용납될 수 없었기 때문이다. 하지만 아가테는 이미 허리를 숙여 거들을 느슨하게 잡아주는 넓은 비단 가터벨트를 풀더니 관을 덮은 천을 열고 아버지의 주머니 속에 그걸 넣었다.

울리히는? 그는 어린 시절의 기억이 이렇게 삶으로 소환된 것을 처음에는 믿지 못했다. 질서에서 크게 벗어난 행동이기 때문에 그는 뛰쳐가서 그녀를 말리려고 했다. 그러나 그는 누이의 눈에서 이제껏 어느 우울한 일상에서도 보지 못했던 순수한 아침 이슬 같은 빛을 목격한 순간 멈칫했다. "무슨 짓을 하는 거야?" 그는 낮게 경고하며 말했다. 고인에게 나쁜 일을 했기 때문에 그녀가 화해하려는 것인지 아니면 고인이 나쁜 일을 너무 많이 해서 그녀가 뭔가 좋은 일을 해주려는 건지 그는 알지 못했다. 물어볼 수도 있었지만 그는 차가운 시신에 가터벨트를 건네주는 상상에 빠져들었다. 그건 딸의 다리에서 따뜻했던 가터벨트가 아버지의 목을 조이고 급기야 그의 머릿속까지 혼란스럽게 하는 야만적인 상상이었다.

6.
노신사가 마침내 안식에 들어갔다

장례를 치르기 얼마 전까지 수많은 낯설고 소소한 일들이 빠르게 지나갔다. 고인이 집을 떠나기 전 조문객들이 매시간 검은 줄처럼 늘어서더니 마지막 30분 동안에는 마치 검은 축제를 보는 것 같았다. 장의사들은 망치질과 구멍 파기에 더 힘을 냈고—누군가로부터 맡겨진 삶을 도맡아 아무것도 간섭받지 않는 의사와 같은 엄숙함으로—그 집의 손대지 않은 일상 사이로 문을 지나 계단을 건너 시신이 안치된 방까지 이르는 축제 분위기의 통로를 놓았다. 꽃과 화분들, 검은 천과 크레이프 벽걸이들, 은빛 촛대와 작게 흔들리는 금색 촛불의 날름거림이 손님을 맞았고 이 모든 것들은 마지막 경의를 표하기 위해 찾아온 조문객들에게 가족을 대표해 인사를 해야 할 울리히와 아가테보다 자신들의 할 일을 더 잘 알고 있었다. 그 남매는 손님들이 누구인지 거의 몰랐고 각별히 저명한 문상객이 나타날 때마다 드러나지 않게 알려주는 아버지의 늙은 하인이 아니었으면 아마 아무도 알아보지 못했을 것이다. 모든 방문객들은 남매에게 슬그머니 다가왔다가 멀어져갔으며 방 어딘가에 혼자, 또는 무리지어 자리를 잡고서는 가만히 남매를 바라보았다. 근엄한 절제로 그들의 표정이 점점 굳어져갈 때쯤 마침내 마부이자 장례감독관―울리히에게 양식을 건네주고 결재를 기다렸던 그 사람이며 마지막 30분 동안 계단을 적어도 스무 차례나 오르내린―이 울리히 곁으로 다가와 마치 군의 사열에서 장군에게 보고하는 장교처럼 거드름이 묻어나는 신중함으로 모든 것이 준비되었음을 알렸다.

장례 차량이 시내를 통과하고 난 후에 조문객들이 탑승하기 때문에 울리히는 선두에 서야만 했고 한쪽에는 황제-왕실의 지역 도지사가 고인이 된 상원의원의 마지막 안식을 기념하기 위해 서 있었으며 다른 한쪽에는 또하나의 고위직이자 상원의 세 수석의원 중 연장자가 서 있었다. 그들을 두 명의 고위 귀족, 그리고 대학 총장과 대학평의회 의원이 뒤따랐다. 바로 뒤에는 뒤로 갈수록 명성이 점점 떨어지는 엄청난 규모의 추모객들이 있었는데 맨 앞에 아가테가 검은 옷을 입은 여인들에 둘러싸여 최고위층 관료들이 그 이상의 도를 넘지 않도록 슬픔의 수위를 보여주며 걷고 있었다. 분명한 이유 없이 '그저 슬픔을 안고' 참가한 사람들은 공식적으로 참가한 사람들 뒤에 자리할 수밖에 없었으며 나이든 하인 부부는 행렬의 맨 뒤에 동떨어진 채 따라갔을 것이다. 이렇듯 행렬은 주로 남성들로 이뤄졌으며 아가테

옆에는 울리히가 아니라 입술 위의 뻣뻣한 콧수염에다 볼이 사과처럼 붉고 어둡고 푸른 인상 때문에 아가테에겐—두껍고 검은 베일 덕분에 그를 몰래 훔쳐볼 수 있었던—이미 낯설어진 남편 하가우어 교사가 자리했다. 많은 시간을 항상 누이와 함께 있었던 울리히로서는 대학이 처음 생기던 중세 시대의 오래된 장례 규칙에 의해 아가테에게 몸을 돌려볼 엄두도 내지 못했기 때문에 누이를 빼앗긴 느낌마저 들었다. 그는 누이를 다시 만날 때를 대비해 재미있는 농담을 생각해 보려 했지만 바로 옆을 말 없이 거만하게 걷다가 이따금 조용하게 울리히에게 말을 거는 도지사 때문에 생각을 이어갈 수 없었다. 여기 참석한 모든 고위직과 총장, 학장들과 마찬가지로 도지사 역시 울리히를 주목할 수밖에 없었는데, 라인스도르프의 애국운동이 점점 신뢰를 잃어감에도 울리히가 백작 각하의 그림자에 다름없다는 명성이 여전했기 때문이었다.

인도와 창문 앞으로 호기심에 찬 인파들이 모여들었고 울리히는 그런 흥분이 연극 공연처럼 한 시간이면 가라앉을 것임을 알았지만 어쩐지 그날의 모든 것이 생생하게 다가오는 것 같았고 자신의 운명에 드리운 세상의 관심은 무거운 장식이 달린 외투처럼 어깨를 짓눌렀다. 처음으로 그는 전통의 꼿꼿한 위엄을 체험했다. 군중의 관심은 길을 따라 파도처럼 행렬을 앞서 나갔고, 그들은 웅성대다가 조용해졌다가 다시 자유롭게 숨을 내쉬었다. 성직자들의 마법, 누가 오는지를 예감한 흙덩이가 나무를 두드리는 둔탁한 소리, 막힌 행렬의 침묵이 마치 원시적인 악기처럼 삶의 혼돈을 붙잡고 있었고 놀랍게도 뭐라 표현하기 힘든 내면의 메아리가 울리히의 몸을 흔들어 떠우는 것 같았는데 그땐 자신을 둘러싼 장중함이 실제로 그를 옮겨놓는 것 같은 기분이 들었다. 또한 이날 타인들에게 점점 가까이 다가서는 순간, 현대의 화려함 때문에 거의 잊혀진 원시적인 감각을 가지고 위대한 힘의 상속자로서 성큼성큼 나아간다면 어떨지를 상상해보았다. 이런 상상 덕분에 슬픔은 사라졌고 죽음은 개인의 끔찍한 사건에서 공적인 축제로 완성되는 행사가 되었다. 무시무시하게 입을 벌린 채 주목을 받는 구멍—모든 존재가 자신의 사라짐 뒤의 첫 날들에 남기게 마련인—은 이제 사라지고 죽은 자의 자리에 이미 그의 후계자가 걸어 들어와 군중은 그에게 경의를 표했으며 장례식은 검을 넘겨받고 처음으로 선친 없이 홀로 마지막을 향해 걸어가는 자를 위한 성년식이 된 것이다. '나는 아무래도,' 울리히는 뜻하지 않은 생각에 잠겼다. '아버지의 눈을 감겨드려야 했어! 그를 위해서나, 나를 위해서가 아니라…' 그는 이 생각을 끝까지 이어가지 못했다. 그가 아버지를 좋아하지 않았고 아버지도 그랬다는 사실은 이런 질서에 직면해서는 그저 옹졸하게 개인의 중요성을 과대평가하는 것에 불과해 보였다. 아무튼 죽음을 마주한 개인들의 머릿속에는 무의미의 밋밋한 맛이 떠오르는 반면, 그 순간 가장 의미있는 것은 바로 거리를 따라 느리게 나아가는 장례 행렬의 거대한 몸짓—그 속에 많은 게으름과 호기심, 경솔한 참여가 섞여 있다 하더라도—에 있는 것처럼 보였다.

하지만 음악은 이어졌고, 그날은 아주 가볍고 맑고 화창한 날이었으며, 울리히의 기분은 더없이 신성한 곳으로 이어지는 장례 행렬 위의 하늘처럼 이리저리 떠돌고 있었다. 이따금 울리히는 앞서 나가는 영구차의 유리 거울에 비친 자신의 모자 쓴 머리와 어깨를 바라보았고 때때로 화려한 문장紋章으로 치장된 관이 놓인 차의 바닥에 이전 장례 때 쓰인 작고 오래된 밀랍 찌꺼기가 미처 닦이지 못한 채 남아 있는 흔적을 쳐다보았다. 그는 아무 생각 없이 아주 단순하게도 길거리에서 차에 치인 개를 보았을 때의 연민을 아버지에게 느꼈다. 그의 눈가는 촉촉해졌고 수많은 검은 물결 너머 길가에 늘어선 구경꾼들이 마치 축축하게 젖은 화려한 꽃무더기처럼 서 있는 것을 바라보았다. 그리고 지금 여기서 모든 것을 보는 사람이 바로 자신, 울리히이며 여기서 일생을 살아왔으며 그 자신보다 축제를 더 좋아했던 아버지가 아니라는 이상한 생각이 떠오르자 평소 그렇게 좋게 여기던 세상을 아버지가 그리워하는 일은 더이상 불가능하리라는 예감이 다가왔다. 울리히는 내적으로 깊이 감동을 받았지만 현실에선 30대의 건장한 유대인 감독자 내지는 책임자가 가톨릭 장례 행렬을 묘지까지 별탈없이 이끌어왔음을 목격하고 있었다. 긴 구레나룻의 금발 남자는 관광 안내인처럼 주머니에 종잇조각을 넣은 채 위아래로 뛰어다니며 말의 가죽끈을 바로잡거나 반주자들에게 뭔가 귓속말을 전하고 있었다. 그제서야 울리히는 아버지의 시신이 전날 집에 있지 않았고 장례 직전에야 돌아왔음을 기억했다. 자유로운 탐구 정신에 따른 고인의 마지막 유언에 따라 시신은 과학의 처분에 내맡겨졌고 그 노신사는 분명히 해부당한 후에 급하게 다시 봉합됐을 것이다. 결국 울리히의 모습을 반사하는 유리판 뒤에, 엉성하게 꿰맨 시신이 거대하고 아름답고 장엄한 행사의 한가운데를 장식하고 있는 것이다. '훈장이 들어 있었나, 없었나?' 울리히는 당황하여 자문했다. 그는 닫힌 관이 집에 돌아오기 전까지 해부당한 아버지에게 옷이 다시 입혀졌는지 생각도 못했고 알 수도 없었다. 또한 아가테의 가터벨트도 어떻게 되었는지 몰랐다. 그건 발견되었을 수도 있을 텐데 울리히는 그때 의대생들이 주고받았을 농담을 떠올려봤다. 그 모든 것은 당황스러웠고, 그래서 현실의 항변은 잠시 둥글어져서 살아있는 꿈의 부드러운 껍질 속으로 들어가더니 이윽고 그의 감각 속에서 수많은 조각으로 흩어졌다.

이제 그는 인간의 질서와 자아 자체가 어지럽게 동요하는 어리석음만을 느낄 뿐이었다. '이제 완전히 세상에 혼자 남겨졌구나.' 그는 생각했다. '내가 잡고 올라갈 닻줄은 끊어진 거야!' 아버지의 부고를 받던 순간의 첫 기억이 사람들의 벽을 뚫고 나아가는 울리히에게 다시 한번 다가왔다.


## 7.
## 클라리세의 편지가 도착했다

울리히는 주소를 아무에게도 알리지 않았지만 자신의 어린 시절을 기억하듯 그의 사는 곳을 잘 알고 있는 발터를 통해 클라리세는 주소를 알아냈다.

클라리세는 다음과 같이 썼다.

나의 사랑꾼$^{Liebling}$, 나의 겁쟁이꾼$^{Feigling}$, 나의 꾼$^{Ling}$!

너는 꾼이 뭔지 알아? 그 말이 왜 나왔는지 모르겠어. 발터는 아마도 나약꾼$^{Schwächling}$이겠지. (모든 꾼이란 단어에는 밑줄이 두껍게 그어져 있었다.)

내가 취해서 너한테 갔었다고 생각해? 나는 절대 취하지 않아! (남자들은 나보다 먼저 취하더군. 놀라운 일이지.)

하지만 너한테 무슨 말을 했는지 모르겠어. 기억이 나지 않거든. 내가 말하지도 않은 것을 네가 상상하고 있을까봐 두려워. 나는 그런 말을 한 적이 없어.

그러나 그 말이 편지는 될 수 있을 거야. 곧! 그전에, 너는 꿈이 어떻게 열리는지 알고 있지. 너는 꿈꾸는 동안을 종종 인식하고 있어. 너는 벌써 꿈속에 가 있고 사람들과 이야기를 나누고 있지. 말하자면 그건 너의 기억을 다시 발견하는 거야.

깨어 있다는 건 깨어 있음을 안다는 거라고!

(나에겐 잠의 동료가 있어.)

아직 모오스브루거를 기억하고 있어? 너한테 해줄 말이 있어.

갑자기 그의 이름이 다시 나타났어. 세 개의 음절로.

하지만 음악은 속임수야. 음악 자체로는 그렇다는 말이지. 음악은 그 자체로 미학적이라 인생이 결여돼 있지. 하지만 음악이 얼굴과 연결되면 벽이 흔들리고 현재의 무덤에서 다가오는 삶이 우뚝 일어서지. 그들이 기억 속에 떠오르는 거야! 그러면 너도 문득 알게 될 거야. 그들이 일어서는 곳은 뭔가 다르다는 것을! 너의 백작에게 모오스브루거에 대한 편지를 쓴 적이 있지. 그걸 어떻게 잊을 수 있겠어! 나는 지금 사물이 서 있고 사람들이 움직이는 세계를 보고 듣고 있어. 그건 너도 알다시피 잘 들리고 확실히 보이는 세상이지. 단지 세 음절만이 떠올랐기 때문에 어떻게 설명해야 할지 잘 모르겠어. 그걸 말하기엔 너무 이른 것일지도 모르지.

발터에게 말했어. "난 모오스브루거를 만날 거야!"

발터는 물었지. "모오스브루거가 누군데?"

나는 대답했어. "울리히의 친구인데 살인자야."

우리는 신문을 읽었어. 아침이었고 발터는 사무실에 나가야 했지.

우리 셋이 신문을 읽던 때 기억나? (넌 기억력이 형편없으니 생각이 안 날 거야.) 나는 발터가 건넨 신문을 양손에 잡고 펼쳤지. 그랬더니 갑자기 딱딱한 나무 십자가에 못 박히는 기분이 들었어. 난 발터에게 물었지. "부트바이스<sup>Budweis</sup> 인근의 열차 사고에 관해 기사가 난 게 어제였나?" "맞아." 그가 대답했지. "왜 묻지? 그저 한두 명 죽은 작은 사고였는데."

잠시 후 내가 말했어. "왜냐하면 미국에서도 사고가 있었거든. 펜실베이니아가 어디 있지?"

그는 어디에 있는지 몰라서 그냥 "미국에"라고 대답했지.

나는 말했어. "기관사들은 절대 기차를 일부러 충돌시키지 않지!"

그는 이해하지 못하겠다는 듯이 나를 바라봤어. "당연하지." 그가 말했지.

나는 언제 지크문트<sup>Sigmund</sup>가 오는지 물었어. 그도 언제인지 잘 몰랐지.

한번 보자구. 당연히 기관사들은 나쁜 의도로 충돌을 일으키진 않아. 그런데 왜 그런 일이 벌어질까? 내가 말해볼게. 전 지구를 뒤덮은 수많은 선로와 변환기, 신호기의 그물망 속에서 우리는 의식의 힘을 잃어버린 거야. 다시 한번 점검하고 우리 임무를 유념할 힘이 있었다면 우리는 항상 필요한 일을 할 것이고 그래서 재앙을 피할 수 있었겠지. 재앙은 종말 바로 직전에 마주한 우리의 정거장이야!

물론 발터가 한번에 이해하기를 기대하긴 어렵겠지. 나는 사유의 거대한 힘에 도달할 수 있다고 믿었고 발터가 내 눈 속의 빛을 감지하지 못하도록 눈을 감아야만 했어.

이런 모든 이유들 때문에 나는 모오스브루거를 만나야겠다고 생각한 거야.

너도 알다시피 우리 오빠 지크문트는 의사야. 그가 도와줄 거야.

난 오빠를 기다렸어. 그는 일요일에 왔어. 사람들한테 그를 소개하면 그는 "저는 그런 사람도 아닌 데다 음악적이지도 않아요."라고 말하지. 그건 그만의 농담이야. 이름이 지크문트라는 이유로 사람들에게 유대인이나 음악 하는 사람으로 여겨지길 원치 않았던 거지(지크문트는 바그너의 오페라 「니벨룽의 반지」의 주인공 이름임—옮긴이). 그는 바그너 열광 속에 잉태된 사람이거든. 그에게서 이성적인 대답을 듣는 거의 불가능해. 내가 대화한 바로는 그는 언제나 엉뚱한 소리만 중얼거리거든. 그는 새한테 돌을 던지고 나뭇가지로 눈雪에 구멍을 뚫지. 땅을 파서 길을 내는 걸 좋아해. 종종 우리집에 텃밭 일을 하러 왔는데 본인 말로는 아내와 아이들과 함께 있기가 싫어서라고 했어. 네가 그를 한번도 본 적 없다니 놀라운 일이군. "너희 둘은 『악의 꽃』(보들레르의 시집—옮긴이)과 텃밭을 가지고 있잖아"라고 그는 말해. 난 그의 귀를 잡아당기고 입술을 때려보았지만 아무 소용이 없었어. 우리는 집에 들어갔고 발터는 당연히 피아노 앞에 앉아 있었어. 지크문트는 외투를 팔 아래 꽉 끼고 있었고 손은 완전히 더러운 채였지.

"지크문트," 나는 발터 앞에서 그에게 말했어. "도대체 언제쯤 음악을 이해할 거야?"

그는 씩 웃더니 대답했지. "그럴 일은 없을 거야."

"오빠 마음속에서 음악을 연주할 때 이해하게 될 거야." 난 대답했어. "언제 다른 사람을 이해하게 돼? 그 사람과 함께 있을 때야. 그와 함께 느낄 때."

함께한다는 것! 그건 위대한 신비야, 울리히! 너도 타인처럼 돼야 해. 하지만 네가 타인 안에 들어가는 게 아니라 타인을 바깥에서 네 안으로 끌어와야 해! 우리는 밖에서 구원을 얻지. 그건 강력한 방법이야! 우리는 사람들의 행동 안으로 들어가지만 그 행동을 채워서 그 위에 올라서는 거야.

이 문제에 대해 너무 많이 써서 미안해. 그러나 열차는 우리의 의식이 마지막 발걸음을 내딛지 못했기 때문에 충돌한 거야. 세계는 우리가 끌어내지 않는 한 나타나지 않을 거야. 그건 나중에 더 말해보자. 천재적인 사람들이 공격에 나서야만 해! 그들에게는 신비한 힘이 있지! 하지만 겁쟁이 지크문트는 시계를 보더니 저녁을 먹자고 하더군. 집에 가야만 했던 거야. 지크문트는 항상 자신의 직업적 능력에 큰 호감이 없는 노련한 의사의 거만한 태도, 그리고 정신적인 유산을 초월해 단순한 삶의 위생학과 정원 가꾸기 등을 재발견한 동시대인의 거만한 태도 사이에서 균형을 잡으려고 하지. 하지만 발터는 이렇게 소리쳐. "맙소사, 너희들은 왜 그런 말을 하는 거지? 도대체 모오스브루거에게 원하는 게 뭐야?" 그때 도움이 되는 한마디가 튀어나왔어.

지크문트가 말을 꺼냈기 때문이야. "그는 정신병자거나 범죄자야, 그건 사실이지. 하지만 클라리세가 그를 낫게 할 수 있다고 상상한다면? 나는 의사고 의사의 정신이 있기 때문에 당연히 그런 것을 상상하지. 그녀가 그를 구원한다고 그랬나? 그렇다면 왜 클라리세는 그 사람을 보러가지도 않는 거지?"

지크문트는 바지를 솔질하더니 조용한 태도로 손을 씻었어. 우리는 저녁식사 내내 모든 걸 타협했어.

우리는 프리덴탈Friedenthal 박사에게도 다녀왔지. 그는 지크문트가 아는 조교였어. 지크문트는 모오스브루거를 만나고 싶어하는 작가로 나를 위장해서 그에게 데려가겠다고 단도직입적으로 말했어.

하지만 실수였지. 그런 요청을 받자 프리덴탈은 안 된다고 말할 수밖에 없었어. "당신이 셀마 라겔뢰프$^{Selma\ Lagerlöf}$(여성 최초로 노벨문학상을 수상한 스웨덴 작가—옮긴이)라면 제가 당연히 기쁘게 맞이할 수는 있겠지요. 하지만 여기서는 학문적인 관심사만 인정된답니다."

작가로 불리는 일은 아주 마음에 들었어. 나는 그를 똑바로 보고 말했지. "지금 상황에서 저는 라겔뢰프보다 중요해요. 저는 '연구'를 위해 온 것이 아니거든요!"

그는 나를 바라보더니 말했어. "당신이 병원장에게 보내는 대사관의 추천서를 받아오는 게 유일한 방법인 거 같네요." 그는 나를 외국인 작가로 생각했고 지크문트의 누이라고는 생각지 못했어.

결국 우리는 모오스브루거를 정신병 환자가 아니라 죄수로 만나야겠다고 의견을 모았지. 지크문트는 어느 복지기관의 추천서와 지방법원의 허가서를 받아다주었어. 나중에 지크문트가 말하길 프리덴탈 박사는 정신의학을 반쯤 예술적인 과학이라고 생각하며 자신을 악마의 서커스 단장이라고 부른다더군. 하지만 나는 그 말이 좋았어.

제일 좋았던 건 병원이 오래된 수도원 안에 있었다는 거야. 우리는 복도에서 기다렸고 예배당에는 큰 강의실이 있었어. 강의실엔 커다란 유리창이 있어서 나는 마당 건너로 그 안을 볼 수 있었지. 환자들은 흰 옷을 입고 강단 곁의 교수 주위에 앉아 있었지. 교수는 그들의 의자 위로 친절하게 몸을 숙였어. 나는 생각했어. '이제 사람들이 모오스브루거를 데려오겠구나.' 나는 그 높은 창문을 통해 강의실 안으로 날아갈 것만 같았어. 내가 날 수 없다고 너는 말하겠지. 그럼 창문을 뛰어넘는다고? 하지만 나는 절대 뛰어넘지 않았어. 그건 내가 느낀 바가 아니니까.

네가 빨리 돌아왔으면 좋겠어. 이 상태를 뭐라고 표현할 수가 없어. 게다가 편지로는 더더욱.

클라리세.


그 서명 아래 힘있게 밑줄이 그어져 있었다.



8.
두 사람의 가족


울리히가 말했다. "만약 남자나 여자 둘이 한동안 방을 같이 써야 한다면—여행중 침대차라든가 붐비는 숙소 같은 곳에서—종종 그들 은 놀랄 만큼 친해지기도 하지. 누구나 입을 헹굴 때, 또는 신발을 벗 으려 몸을 숙이거나 침대에 들어가 다리를 구부릴 때 각자의 방식이 있어. 속옷이나 겉옷은 대체로 다 똑같지만 그걸 보는 사람의 눈에는 수만 가지의 차이가 있는 것처럼 보이지. 처음에는—아마도 최근의 과도하게 팽창된 개인주의 때문일 텐데—약간의 혐오 비슷한 저항 감이 들다가 사적인 영역을 침범당하지 않으려는 거리두기가 나타날 거야. 그것이 극복되면 마치 흉터처럼 기괴한 근원을 드러내는 공동 체가 형성되지. 이런 변화 후에 많은 사람들은 평소보다 더 쾌활해져. 대부분은 더 온순해지고 더 친근해지지. 인격이 변화된 거야. 말하자 면 피부 아래가 덜 개성적인 것으로 교체되었다고 말할 수 있어. 나 대신에—정말 불쾌하고 손해처럼 보이긴 하지만 저항할 수 없는—우리가 앞자리를 차지하는 거야."

아가테가 대답했다. "이런 친밀한 상태에 대한 혐오는 특히 여성들 사이에서 나타나. 나는 한번도 여성들에게 친숙해진 적이 없어."

"남성과 여성 사이에서도 그런 혐오가 있게 마련이야." 울리히가 말했다. "그 혐오는 사랑을 해야 한다는 의무감으로 덮어버리고 사랑이야말로 주목을 끌지. 하지만 생각보다 흔하게 사람들은 미몽에서 갑자기 깨어나 놀람이나 아이러니, 또는 경악 등을 통해 완전히 낯선 존재가 자신들의 한켠에 자리잡고 있음을 발견하지. 많은 사람들은 수년간이나 그런 상태에 있기도 해. 따라서 우리는 뭐가 더 자연스러운 건지 말할 수 없어. 타인과 결합하려는 성향, 또는 자아의 상처받은 움찔함이 이런 결합에서 벗어나 자신의 고유함으로 돌아가려는 성향 모두가 우리의 본성일 거야. 그리고 두 성향은 가족이라는 개념 속에 뒤섞여 있지. 가족 속에서의 삶은 완전한 삶이 아니야. 젊은 사람들은 자기 자신이 아니라 가족의 일원일 때 뭔가를 빼앗기거나 무시당한 듯한 느낌에 빠져. 나이들고 결혼하지 못한 딸들을 생각해봐. 그들은 가족에게 즙이 빨려 피까지 빼앗긴 것 같잖아. 그들은 나와 우리 사이의 아주 특별한 혼종이 돼버리지."

울리히는 클라리세의 편지를 받고 혼란에 빠졌다. 편지 안의 돌발적인 비약보다는 그 정신나간 계획을 위해 그녀의 내면 깊은 곳에서 꾸며지는 조용하고 이성적으로 보이는 작업이 더욱 그의 마음을 괴롭혔다. 그는 이번에 돌아가면 발터와 그 문제를 꼭 말해봐야겠다고 다짐했고 그때 이후로 의도적으로 다른 이야기만 했다.

안락의자에서 몸을 일으킨 아가테는 한쪽 무릎을 끌어올린 채 대화에 적극적으로 빠져들었다. "오빠는 왜 내가 결혼을 다시 해야 하는

지를 은연중에 말하고 있어." 그녀가 말했다.

"하지만 이른바 '가족의 신성함'이란 것도 있어. 서로에게 몰두하기, 봉사하기, 닫힌 공동체 안에서 이타적으로 행동하기 같은 것 말이야." 울리히는 불쑥 말을 꺼냈고 아가테는 그들이 가까이 있는데도 울리히의 말이 다시 멀어지는 것 같아 의아해했다. "보통 이 집단적 자아는 그저 집단적 이기주의에 불과해서 강한 가족주의는 가장 견디기 힘들다고 볼 수 있지. 다만 나는 서로를 향한 맹목적인 뛰어듦, 함께하는 투쟁과 서로의 상처를 만져주는 행위는 인류의 본성 깊이 파고든 근원적 감정, 다시 말해 동물로서의 인간에게 각인된 만족감 같은 거라고 생각해." 아가테는 대수롭지 않게 그의 말을 듣고 있었다. 그래서 다음 말도 흘려들었다. "이런 상황도 금방 퇴화되고 말 거야. 모든 옛 방식은 근원을 잃고 마니까." 그리고 마침내 그가 "우리가 만들어낸 전체가 아무 의미 없는 일그러진 초상으로 치부되지 않으려면 우린 아마도 개인이 뭔가 특별한 존재임을 요구해야만 할 거야"라는 말로 끝맺었을 때 그녀는 다시금 그에게 친근감이 더해졌고 그를 바라볼 때 잠시도 눈을 깜빡이지 않으려고 했다. 그가 앉아서 하는 말은 가지에 묶어둔 고무공처럼 하늘 높이 사라졌다가 갑자기 다시 떨어지는 놀라운 말이었기 때문에 그사이에 사라지지 않게 하기 위해서였다.

남매는 늦은 오후 응접실에서 만났고 장례를 치른 지 벌써 수일이 지난 후였다. 이 길쭉한 방은 시민적 앙피르$^{Empire}$ 양식* 뿐 아니라 실제로 그 시대의 진품 가구들로 장식돼 있었다. 창문 사이로 빛나는 금

* 나폴레옹 제1제정기(1804)부터 1830년까지 프랑스에서 성행한 예술 양식. 실내장식, 가구, 복장 등에 유행했다. 장중하고 화려한 반면 간결한 특색이 있어 생활용품으로 확산돼 전 유럽으로 퍼졌다. 이하 본문의 각주는 모두 옮긴이의 것이다.

빛 테두리를 한 커다란 직사각형 거울이 있었고 적당히 딱딱한 의자들이 벽을 따라 놓여 있었으며 텅 빈 바닥이 사각형의 희미한 빛으로 넘실대는 바람에 사람들은 빛의 얕은 물결 위로 머뭇거리며 발을 내딛었다. 그 방의 고유한 양식이 내뿜는 우아한 황량함의 가장자리—울리히가 첫번째 아침에 머물렀던 작업실은 그를 위해 남겨두었다—오목하게 파인 벽 안에 마치 근엄한 기둥처럼 난로가 화분을 하나 꼭대기에 얹은 채 서 있었고 (그 방의 정확히 정면 한가운데 허리 높이로 둥글게 세워진 선반에는 양초 하나가 놓여 있었다) 아가테는 거기에다 자기만의 반도半島를 만들었다. 그녀는 튀르키예식 안락의자 하나를 가져와 그 옆에 양탄자를 깔았는데 튀르키예 고유의 붉고 푸른 문양은 끝없이 무의미하게 반복되면서 조상의 의지로 가득 찬 그 방의 냉정하면서도 머뭇거리는 특성과 섬세한 회색빛에 맞서 매혹적인 도전을 선사하고 있었다. 그녀는 기강있고 품위있는 조상의 의지를 모독하기 위해, 장례용으로 가져왔던 푸르고 잎이 큰, 성인 키높이의 화분을 일종의 '숲'삼아 안락의자의 머리맡에 세워두었다. 다른 편에는 누워서 책을 읽을 때 쓰려고 커다랗고 환한 스탠드 램프를 세워두었고 그 램프는 고전적인 방의 풍경 가운데 탐조등 또는 안테나 기둥 같은 느낌을 주었다. 격자로 나뉜 천장, 벽기둥, 벽장이 있는 이 응접실은 백년 동안 변한 것이 거의 없었는데, 그건 방이 잘 사용되지 않았던 데다 후대의 소유자들에게 제대로 평가받지 못했기 때문이었다. 옛 조상의 시대에 그 벽은 지금 같은 희뿌연 외관이 아니라 좀더 부드러운 벽지로 장식되었을 것이고 의자의 덮개도 지금과는 달랐을 것이다. 하지만 아가테는 이 응접실을 꾸민 사람이 조상들인지 아니면 타인들인지도 모른 채 어린 시절부터 이런 모습으로 봐왔다. 이 집에서 자란 그녀가 유독 기억하는 것이라고는 이 방을 들어설 때마다 뭔가를 쉽게 부수거나 더럽힐 수 있다는, 어린애의 머릿속에 주입된 두려움뿐이었다. 그러나 이제 그녀는 과거의 마지막 상징이었던 장례복을 벗어던지고 다시 파자마를 입고서는 획기적으로 들여온 안락의자에 누워, 잠을 자거나 먹는 시간을 제외하고는 명작이건 졸작이건 가져온 책을 아침부터 닥치는 대로 읽었다. 그런 식으로 해가 저물고 나면 그녀는 어두워지는 방을 가로질러 이미 석양에 물들어 마치 돛처럼 창문 앞에 부풀어오른 환한 커튼을 보았고 순간 자신이 램프의 딱딱한 후광 속에서 그 완고하면서도 섬세한 방을 통과해 여행하다 방금 멈춰 선 듯한 느낌을 받았다.

오빠는 그녀가 마련해놓은 번쩍이는 거처를 단번에 알아보았다. 그는 응접실을 잘 기억했고 원래 이 집의 주인은 부유한 상인이었는데 나중에 가세가 기우는 바람에 결국 황제의 법률공증인으로 여유가 있었던 그들의 증조부가 이 아름다운 저택을 구입했다는 것까지 설명해주었다. 울리히는 그 외에도 자신이 주의 깊게 살폈던 응접실의 모든 것에 대해 알려주었는데 누이에게 특별한 인상을 남긴 말은 증조부 시대에는 그렇게 딱딱한 양식이 아주 자연스럽게 받아들여졌다는 설명이었다. 그런 양식은 마치 기하학 시대의 산물 같아서 그녀에겐 잘 이해되지 않았다. 또한 그렇듯 볼썽사나운 바로크 양식에 과도하게 몰입된 나머지 부드러운 상상력에 의해 은폐된 고유한 균형과 완고한 형식—순수하고 장식이 없으며 이성적인 자연이라는 의미에서—을 떠올리기에는 시간이 좀 걸렸다. 그러나 울리히가 구체적으로 말해준 모든 것들 덕분에 마침내 그녀가 개념의 전환에 이르렀을 때 자신이 지금까지 삶의 경험 가운데 경멸해왔던 것을 새롭게 깨달

게 된 것에 기뻐했다. 그리고 오빠가 자신이 무엇을 읽었는지 궁금해
하자 그녀는 졸작도 걸작만큼이나 좋아한다고 도전적으로 대답하면
서도 몸으로 자신의 책을 재빨리 가렸다.

울리히는 오전에 일을 한 후에 집을 나섰다. 일상적 삶에서 벗어남
으로써 집중력을 얻게 되리라는 울리히의 기대는 이뤄지지 못했지만
집중력 대신 새로운 환경에서의 기분전환을 얻었다. 장례 후 얼마 지
나지 않아 그렇게 활발했던 외부세계와의 관계가 단숨에 끊어지는
변화가 찾아왔다. 남매는 아버지의 대변인으로서 며칠 동안 사회의
동정을 형성하는 중심에 서 있었고 다양한 연대를 경험했다. 그러나
발터의 늙은 아버지를 빼고는 그들이 아는 사람도 없었고 방문하고
싶은 이도 없었으며 유족의 슬픔을 고려한 나머지 아무도 그들을 초
대하지도 않았다. 오로지 슈붕 교수만이 장례식뿐 아니라 그 이후에
도 찾아와 고인이 된 친구가 혹시 한정책임 문제에 대해 출판할 유고
를 남기지 않았는지 물었을 뿐이었다. 끊임없이 떠들썩하던 환경에서
납처럼 무거운 정적으로의 급격한 변화는 곧장 몸의 이상을 초래했
다. 게다가 집에는 객실이 없었기 때문에 그들은 어렸을 적 차지했던
지붕 밑 다락방의 간이침대에서 잤는데 그 방은 유아 시절의 옹색한
잡동사니로 둘러싸였고 정신병자들을 수용하는 방처럼 가재도구가
거의 없었다. 또한 탁자 위의 방수포 또는 얇은 리놀륨 바닥의 추레한
빛은 건축가의 완고한 생각을 뿜어내는 석조건물의 황량함과 더불어
꿈속까지 파고들었다. 그렇듯 앞으로 그들이 꾸려갈 삶처럼 의미없
고 끊임없는 기억들 덕분에 그들은 각자의 침실이 옷과 창고 따위로
만 나뉠 정도로 가깝다는 안도감을 얻을 수 있었다. 또한 한 층 아래
욕실이 있었기 때문에 그들은 잠에서 깨자마자 볼 수 있었고 텅 빈 집

과 계단에서 만나 서로를 걱정했으며 갑자기 그들에게 맡겨진 그 낯선 가족이 던지는 모든 문제들에 함께 대처했다. 이런 방식으로 그들은 예상치 못한 동맹이라는 친밀한 코미디를 자연스럽게 받아들였다. 그건 배가 난파되는 바람에 그들을 어린 시절의 외로운 섬으로 데려다놓은 모험 가득한 코미디 같았다. 그들이 뭘 어떻게 해야 할지 모를 날들이 지난 후에 그들은 각자에게 몰두했는데 자신을 위해서가 아니라 상대방을 먼저 생각한 때문이었다.

울리히는 아가테가 응접실에 자신의 영토인 반도를 차지하기 이전에 일어나 조용히 작업실로 들어가 중단된 수학적 탐구에 몰두했다. 시간을 보내기 위한 것이지 딱히 뭘 성취하려는 것은 아니었다. 하지만 매우 놀랍게도 그는 한 달 동안 손도 대지 않았던 모든 것들을 아주 자잘한 세부까지 그날 오전의 짧은 시간에 끝내버렸다. 이런 예기치 못한 해법을 찾아내기까지 그는 흔치 않은 생각에 도움을 받았다. 해법을 기대하기를 멈췄을 때 갑자기 생각이 떠올랐다는 게 아니라 이를테면 다른 여성 친구들과 섞여 있던 어떤 사람—그전까지는 다른 이들과 다를 게 없이 대했던—이 섬광처럼 연인으로 여겨질 때의 순간 같은 것이었다. 그런 통찰에는 이성이 아니라 열정의 요소도 포함돼 있었다. 울리히는 그 순간 모든 것이 끝나고 자유로워져야 할 것 같은 기분이 들었다. 하지만 사실 그는 그 통찰 안에서 어떤 근거나 목적을 인식하지 못했기 때문에 너무 서둘러 끝내는 것 같은 인상을 받았고 아직 남아 있는 에너지는 그를 몽상으로 몰아넣었다. 그는 문제를 풀어낸 생각을 더 큰 질문에 적용할 가능성을 엿보았고 즐겁게 자신의 학문의 첫 상상을 펼쳐보았으며 이런 행운이 깃든 편안한 시간에 슈붕 교수의 암시—원래 직업으로 돌아가 성공과 영향력을 키울 길을 모색해보라는—를 떠올리기까지 했다. 하지만 한동안 지적인 즐거움에 빠진 후에 자신의 열망을 따라 뒤늦게 학문적인 길을 걷는다면 무슨 결과가 있을지 냉철하게 떠올려보았고 처음으로 그는 뭔가를 도모하기엔 너무 늙었다는 느낌에 사로잡혔다. 유년 시절 이래 그는 나이듦이라는 이 반쯤 비인간적인 개념을 명백히 떠올리지 못했고 심지어 '너는 더이상 아무것도 할 수 없어!' 같은 생각은 해보지도 못했다.

울리히가 늦은 오후 누이에게 이 얘기를 할 때 뜻하지 않게 사용한 운명이란 단어가 그녀의 관심을 불러일으켰다. 그녀는 '운명'이 무엇인지 알고 싶어했다.

"'내 치통'과 '리어 왕의 딸'들 사이의 중간이지!" 울리히가 대답했다. "나는 운명이란 말에 지나치게 집착하는 그런 사람은 아니야."

"하지만 젊은이들에게는 인생의 노래나 다름없어. 그들은 운명을 지니길 원하지만 그게 뭔지를 알고 싶어하진 않거든."

울리히는 그녀의 말에 대답했다. "나중에 더 진전된 시대가 오면 운명이란 단어는 확률적인 뜻을 가지게 될 거야."

아가테는 스물일곱살이었다. 젊은이들이 처음 만들어낸 공허한 감각적 형식을 간직할 정도로 젊은 반면, 현실이 채워넣는 다른 것을 예감할 줄 알 정도로는 나이가 든 셈이다. "나이 든다는 건 그 자체로 하나의 운명이지!" 그녀는 대답했으나 젊은 우울감을 아무 의미도 없이 내뱉은 말 같아서 썩 기분이 좋지 않았다. 하지만 그걸 알아차리지 못한 오빠는 하나의 사례를 들었다. "내가 수학자가 되었을 때," 그는 설명했다. "다른 단계로 넘어가는 초보단계임을 알면서도 학문적 업적을 내기 위해 전력을 기울였지. 그리고 내 첫번째 작업은—초보자가 늘 그렇듯이 어리숙한 것이었지―비록 대체로 무난하긴 했으나 당시로서는 새로운 면이 있었는데 주목도 받지 못했고 심지어 비판까지 받았지. 내가 끈기를 갖고 그 쐐기에 온 힘을 가하지 못한 것도 운명이라고 부를 수 있을 거야."

"쐐기라고?" 아가테는 남성적인 노동에 쓰이는 단어에 불쾌감을 느낀 나머지 불쑥 끼어들었다. "그걸 왜 쐐기라고 하지?"

"그게 내가 처음 하고자 한 것이니까. 나는 쐐기를 박는 것처럼 나아가고 싶었거든. 그런데 인내심을 잃어버린 거야. 그리고 현재 내가 항상 같은 자리로 돌아가는 내 마지막 작업을 끝낼 시점에서 분명해진 것은, 당시 내게 좀더 운이 따라주었고 인내심을 보여주었다면 아마 난 새로운 학문을 이끄는 지도자가 됐을지도 모를 거라는 사실이야."

"지금도 늦지 않아!" 아가테가 말을 이었다. "남자들은 여자들처럼 뭘 하기엔 어려울 정도로 쉽게 늙지 않잖아."

"아니야," 울리히가 대답했다. "난 따라잡고 싶지 않아! 왜냐하면, 사물의 역사에서나 학문의 발전에서나 객관적으로 아무것도 변하지 않았다는 게 놀랍지만 사실이기 때문이야. 나는 우리 시대보다 10년 정도 앞서 있었을 거야. 하지만 좀더 느리게, 그리고 다른 방식으로 사람들은 나 없이도 목표에 도달해 있더군. 그들을 좀더 빨리 거기로 이끌어줄 수도 있었지만 내 인생에서 그런 변화가 그 목표 너머까지 나를 데려가줄 신선한 도약이 될 수 있었을지는 의문이야. 너에게도 개성적인 운명이라 불리는 것이 있지만 그건 엄청나게 비개성적인 것에 도달하고 말 거야."

"아무튼," 그는 말을 이었다. "나이가 들수록 내가 싫어하던 것이 좀더 뒤늦거나 우회하면서도 결국 나와 같은 방향으로 가는 것을 목격했고 그 순간 그들에게도 생존할 권리가 있음을 더이상 묵살할 수 없게 되었어. 아니면 내가 열광했던 생각이나 사건에서 어떤 오류를 보았는지도 모르지. 결국 누가 흥분하든지, 그 흥분에 어떤 이유를 대든지 나한테는 아무 상관이 없어. 그 모든 건 같은 목표에 도달하거든. 모든 것은 그 뜻을 알 수 없고 오류가 없는 진보에 기여하고 있는 거야."

"예전에 사람들은 그걸 불가해한 신의 수수께끼라고 불렀지." 아가테가 이마를 찌푸리며 대답했는데 그 목소리는 자신의 체험에서 나온 것이었고 그리 정중한 톤은 아니었다.

울리히는 동생이 수녀원에서 자랐던 것을 기억했다. 그녀는 발목이 타이트한 바지를 입고 소파에 기대어 있었고 울리히는 그 발치에 앉아 있었다. 스탠드가 둘을 비추고 있는 모습은 마치 어둠을 배경으로 바닥에 나타난 거대한 잎 하나에 둘이 타고 있는 것 같았다. "오늘날 운명이란 아주 중요한 대중의 움직임이란 인상을 주지." 그는 말했다. "사람들은 그 운명에 사로잡혀 함께 굴러가거든." 그는 오늘날 모든 진리가 반쪽짜리로 세상에 나뉘어 있지만, 그럼에도 모든 사람이 진지하게 각자의 의무를 다하려고 노력하는 것보다는 이런 허황되고 유동적인 방식이 더 위대하고 총체적인 성과를 이루리라는 생각에 사로잡혔던 것을 기억했다. 그는 내면에 갈고리처럼 자리잡은 이 생각—어찌 보면 위대한 가능성도 있어 보이는—을 내비치면서 약간 농담조로 그건 '누구나 하고 싶은 일을 할 수 있다'는 의미라고 결론을 낸 적도 있었다! 사실 그의 생각은 이런 결론과는 전혀 상관이 없었고 특히 운명이 그를 내던진 것처럼 보이고 아무것도 할 수 있는 게 없는 지금은 더욱 그러했다. 이처럼 그가 자신을 과거와 연결해주는 마지막 사물인 뒤늦은 작업을 가지고 끝을 향해 기이하게 내달린, 자신의 열망에 위험한 순간—말하자면 개인적으로는 완전히 발가벗은 순간—에 그는 편안함 대신 집을 떠나온 이후 지속되는 새로운 긴장을 느꼈다. 그런 긴장에 이름은 없었다. 당장은 그와 비슷한 더 젊은 사람이 그의 조언을 구한다고 말할 수 있었지만 다른 식으로 말해도 무방했다. 그는 그 방의 검고 푸른 기운 위로 황금색의 밝게 빛나는 매트와 아가테가 걸친 바보 같은 의상의 부드러운 마름모꼴, 그 자신, 그리고 어둠 속에서 잘려 가장자리가 선명하게 드러난 둘만의 우연한 공존을 놀라울 정도로 분명하게 바라보았다.

"아까 뭐라고 했더라?" 아가테가 물었다.

"우리는 아직 개인적 운명에 대해 이야기하고 있었어. 그건 집단적이고 종국에는 통계적으로 의미있는 과정에 의해 밀려나는 중이지." 울리히가 다시 한번 말했다.

아가테는 생각에 잠기더니 웃고 말았다. "그게 무슨 말인지 잘 모르겠어. 하지만 통계에 녹아든다는 건 멋지지 않아. 사랑은 그렇게 된 지 한참 지났잖아." 그녀가 말했다. 이 말에 갑자기 울리히는 자신이 일을 마치고 어딘가 허전한 공허함을 채우기 위해 집을 나서 시내로 나갔다가 겪은 일을 그녀에게 말하고 싶은 유혹을 느꼈다. 그는 그 일이 너무나 사적이라 굳이 말하고 싶지 않았다. 어떤 업무도 없이 시내로 나갈 때마다 그는 마음속에 솟아나는 외로움을 각별히 좋아했는데 그때만큼 외로움이 강렬했던 때는 없었다. 그는 자동차와 전차의 색깔, 진열장, 출입구, 교회 탑의 형태, 사람들의 얼굴과 건물의 전면을 바라봤다. 비록 그 모든 것들은 유럽의 평균적인 외양을 하고 있었지만 그의 시선은 마치 낯선 색으로 유혹하는 들판에서 길을 잃어 내려앉으려야 앉을 수 없는 벌레처럼 옮겨 다녔고 생각처럼 한곳에 정착할 수 없었다. 활기있게 자기에게만 집중하는 도시를 어떤 목적이나 의도 없이 돌아다니다보면 주변이 더 낯설어질수록 체험의 긴장이 더 높아지고 그래서 그런 긴장은 단지 하나가 아니라 오직 얼굴들의 집합에 의존하며, 이처럼 몸에서 찢겨나와 팔, 다리, 이빨의 군대로 합쳐진 미래에 속한 움직임은 완전히 폐쇄된 채 방황하는 우리 존재가 아주 반사회적이고 범죄적이라는 느낌을 불러올 수 있다. 하지만 우리가 이 방식대로 좀더 나아가면 마치 몸이 더이상 신경의 흐름에 갇힌 감각의 세계가 아니라 나른하고 충만한 달콤함의 세계에 젖어들어 뜻하지 않게 육체적인 편안함과 바보가 된 듯한 해방을 느낄 수도 있다. 이런 말들로 울리히는 목적이나 야망 없는 마음의 상태가 초래한 결과, 또는 과소평가된 개인의 상상력의 결과, 아니면 '신들의 근원적 신화' '자연의 두 얼굴' 그가 사냥꾼처럼 숨어서 '던지고' '받는' 시선 같은 것을 누이에게 설명했다. 그는 아가테가 이해한다는 신호 또는 그런 표현에 익숙하다는 신호를 보내는지 호기심에 차 기다렸지만 아무 반응이 없자 다시 설명했다.

"그건 의식 속의 작은 틈과 비슷해. 우리에겐 안기고 감싸이며 어떤 비자발적이고 편안한 의존에 의해 심장까지 구멍이 뚫리는 느낌이 들지. 하지만 다른 한편으로 우리는 멀쩡하게 비판 능력을 발휘해 꽉 막힌 불손함으로 가득 찬 인간 및 사물들과 싸움을 벌일 준비를 끝내기도 하지. 그러니까 우리에겐 평상시에 깊이있게 균형을 이루고 있는 비교적 독립적인 삶의 층이 있는 것 같아. 우리가 운명에 관해 이야기하고 있었으니 인간에겐 두 운명이 있다고 말할 수도 있겠군. 하나는 삶을 실현하는 활동적이되 중요하지 않은 운명이며 다른 하나는 우리가 체험하지 못하는 비활동적이되 의미있는 운명이지."

그때 오랜 시간 가만히 듣기만 하던 아가테가 갑자기 말했다. "그건 하가우어와 키스하는 것과 비슷하네!" 그녀는 한쪽 팔꿈치로 몸을 지탱한 채 웃었고 다리는 여전히 소파에 쭉 뻗고 있었다. 그녀는 덧붙였다. "물론 오빠가 말한 것처럼 아름답진 않았지만!" 울리히도 웃었다. 그들이 무엇 때문에 웃는지는 명확하지 않았다. 그 웃음은 아마도 허공이나 집에서 그들에게 떨어졌을 수도 있고 또는 지난 며칠 허무하게 저세상의 침통함을 건드린 당혹과 불쾌감 때문일 수도 있으며 아니면 자신들의 대화에서 발견한 특이한 즐거움 때문일 수도 있었다. 왜냐하면 극단의 경지에 이른 인간의 전통은 그 핵심에 변화의 씨앗을 품고 있으며 평범함을 넘어선 모든 흥분은 곧 슬픔과 어리석음, 싫증의 숨결로 인해 김이 서리고 말기 때문이다.

이런 식으로 그리고 먼 길을 돌아 그들은 마침내 나와 우리, 그리고 가족에 대해 편하게 이야기할 수 있는 회복의 길로 들어섰고 조롱과 감탄 사이를 부유하다가 자신들이 한 가족을 이루었다는 사실을 발견했다. 울리히가 공동체에 대한 열망을 이야기하는─자신의 진실한 본성인지 아니면 상상된 본성인지 모른 채 자신의 본성을 괴롭히는 한 남자의 열망으로─동안 아가테는 가까이 다가왔다 멀어지는 그의 말을 들었으며 울리히는 여전히 밝은 빛 가운데 종잡을 수 없는 의상을 입고 무방비 상태로 있는 그녀를 오랫동안 바라보면서 늘 그렇듯 유감스럽게도 누이에게서 혐오스런 점은 없는지를 찾고 있었다는 사실을 깨달았다. 하지만 그는 아무것도 발견하지 못했고 다른 곳에서 가져보지 못한 순수하고 단순한 호감을 가지고 감사해했다. 그는 또한 대화에 완전히 매료되었다. 대화가 끝났을 때 아가테는 솔직하게 물었다. "오빠가 가족이라 부른 것에 찬성이야 아니면 반대야?"

울리히는 본인의 개인적인 망설임이 아닌 세계의 우유부단함에 대해 말한 것이었다면서 그건 주제에 벗어난 질문이라고 대답했다.

아가테는 생각에 잠겼다.

그러나 그녀는 갑자기 입을 열었다. "난 판단을 못하겠어. 하지만 나는 완전히 하나가 되고 싶고 나 자신과도 잘 지내고 싶어. 그리고… 뭐랄까 그런 삶을 살고 싶어! 오빠도 그러고 싶지 않아?"


## 9.
## 아가테, 그녀가 울리히와 대화할 수 없을 때

아가테가 갑작스레 아버지 집으로 떠나려고 기차에 올라타던 그 순간 놀라운 파열 같은 일이 벌어졌고 출발의 순간 둘로 찢어진 조각은 마치 한번도 하나였던 적이 없었다는 듯이 서로 멀리 튕겨나갔다. 그녀의 남편은 기차역까지 배웅을 나와서 그 뻣뻣하고 둥글고 점점 작아져 보이는 검은 모자를 마치 이별을 표시하듯 잠깐 들었다 허공에 비스듬하게 멈추었고 그사이 열차가 출발하자 아가테에게는 열차가 앞으로 나아가는 만큼 빠르게 역이 뒤로 미끄러지는 것처럼 보였다. 이때만 해도 아가테는 상황이 절박하지 않는 한 오래 머물지 않을 것이라 생각하면서도 이미 돌아가지 않으리라 결심했고 그녀의 마음은 전혀 의식하지 못한 위험에서 갑자기 벗어난 것처럼 흥분되었다.

아가테가 나중에 그때를 숙고했을 때 완전히 만족스럽지는 않았다. 자신의 태도가 마음에 들지 않았던 이유는 막 학교에 나가기 시작할 어린 시절에 겪었던 기이한 병이 떠올랐기 때문이었다. 1년 이상이나 그녀는 오르지도 내리지도 않는 무시하지 못할 열에 사로잡혀 있었고 연약하고 마른 상태였기 때문에 그 원인을 찾지 못한 의사들은 걱정에 빠졌다. 그 병은 나중에도 전혀 원인이 밝혀지지 않았다. 오히려 아가테는 그렇게 근엄하고 학식있는 태도로 방문을 열고 들어온 대학병원 의사들이 한두 주가 지나면서 자신감을 잃어버리는 모습이 즐겁기까지 했다. 또한 그녀는 처방된 약을 별 말 없이 먹었고 사람들이 기대하듯이 정말로 더 나아지기를 바랐다. 하지만 체력이 점점 약해지긴 했으나 의사들이 뭘 어찌지 못하는 데다 스스로 비현실적이고 평범하지 않은 상태에 있는 게 여전히 만족스러웠다. 그녀는 아픈 동안 위대한 체계가 아무런 힘도 쓰지 못하는 것에 자부심을 느꼈고 자신의 작은 육체가 어떻게 그런 일을 하는지 알 수 없었다. 하지만 결국 몸은 정말 신비하게도 스스로 회복되었다.

그녀의 기억에 남은 것은 나중에 하인들이 설명해준 것밖에 없었다. 그들은 그녀가 종종 집에 찾아오는 여자 거지—한번은 문지방에서 거칠게 쫓겨난 적이 있는—의 마법에 걸린 것이라고 주장했다. 아가테는 그 말에 얼마나 진실성이 있는지 몰랐는데, 그건 하인들이 말을 흘리기를 좋아하는 반면 한번도 어떤 해명을 하지 않았고 그녀의 아버지가 내렸음에 분명한 강력한 입단속을 두려워했기 때문이었다. 그 시절 그녀에게는 하나의 강렬한 기억이 남아 있었는데 그건 아버지가 분노로 타올라 수상해 보이는 한 여인을 마구 때리는 장면으로, 그의 넓적한 손이 그녀의 뺨을 수차례 가격하는 이미지였다. 보통 때는 수심에 잠긴 채 이성적이고 정의로운 작은 남자가 완전히 다른 사람이 되어 정신을 놓아버리는 순간을 그녀는 처음 목격했다. 하지만 그녀가 기억하는 한 이 사건은 아프기 전이 아니라 아픈 기간에 일어난 일이었다. 그녀는 당시 침대에 누워 있었고 그 침대는 아이 방이 아니라 한 층 더 아래 '어른들 곁에' 있었으며 설령 여자 거지가 다용도실이나 계단 밑까지 들어왔다고 해도 하인들이 그 방에까지 거지를 들일 수는 없는 일이었다. 그렇다. 아가테의 기억에 그 사건은 병이 끝나갈 무렵 벌어진 것이 틀림없으며 그녀는 며칠 후 건강해졌고 시작이 그랬던 것처럼 갑자기 병을 끝내버린 특이한 조급함으로 침대에서 일어났다.

당연히 그녀는 이 모든 기억들이 현실에서 비롯되었는지 아니면 고열 상태의 환상 때문인지 알지 못했다. '아마도 흥미로운 것 하나는,' 그녀는 침울하게 생각했다. '이런 연상들이 내 안의 현실과 환상 사이 어디쯤에서 흘러 다녔는데 나는 거기서 아무 이상한 점도 찾지 못했다는 것일 테지.'

형편없이 포장된 도로 위를 거칠게 달려가는 택시 때문에 대화는 중단되었다. 울리히는 비가 오지 않는 겨울날이니 소풍을 가자고 제안했고 목적지까지 생각했는데 확실히 아는 장소가 아니라 기억 속에 반쯤 남아 있는 시골로 무작정 가볼 작정이었다. 지금 남매는 그들을 교외로 데려다줄 택시에 앉아 있었다. '그게 단 하나의 이상한 점이었어!' 아가테는 머릿속의 생각을 되풀이해 중얼거렸다. 그녀는 학교에서도 그런 식으로 수업을 들었고 자신이 멍청한지 똑똑한지 의지가 있는지 무력한지 결코 알지 못했다. 사람들이 요구하는 질문에 그녀는 쉽게 대처했지만 질문의 요점이 무엇인지는 전혀 다가오지 않았으며 스스로 깊은 내면의 무관심에 의해 보호받는 느낌을 받았다. 병에서 회복된 후 그녀는 예전처럼 다시 즐겁게 학교에 다녔으며 의사 중 하나가 아버지의 집에서 고립돼 있기보다는 또래들과 함께 있기를 권했기 때문에 그녀는 수도원 학교에 들어가게 되었다. 그녀는 거기서도 유쾌하고 순종적이었으며 나중에 고등학교에 진학했다. 그녀는 사람들이 요긴하고 진실하다고 말해주는 것을 따랐으며 사람들이 요청하는 모든 것을 진지하게 받아들였다. 그렇게 하는 것이 가장 편안했고 명백히 아버지나 선생님들의 의지에 따라 세워진, 자신과 무관한 세계에 반기를 드는 것만큼 어리석어 보이는 짓이 없었기 때문이었다. 하지만 그녀는 배운 것을 하나도 믿지 않았고 뚜렷하게 순종적인 태도에도 불구하고 모범생은 아니었으며 자신의 욕구가 생각과 부딪힐 때는 조용히 좋아하는 일을 했기 때문에 학교 친구들의 존경을 누렸으며 학교에서 편하게 지내는 법을 아는 사람으로 열렬한 사랑을 받기까지 했다. 심지어 그녀가 자신의 희귀한 병을 마련했다고 볼 수도 있었는데, 그 병을 제외하고는 언제나 건강했고 거의 예민하지도 않았기 때문이었다. "한마디로 굼뜨고 쓸모없는 성격이지!" 그녀는 대충 결론을 내렸다. 그녀는 친구들이 얼마나 격렬하게 기숙학교의 훈육에 반항했으며 어떤 근거로 규율에 대한 공격을 정당화시켰는지를 기억했다. 하지만 그녀가 관찰하는 입장에서 보는 한, 세세한 부분까지 가장 격렬하게 저항하던 바로 그 학생들이 나중에는 삶 전체와 가장 잘 타협을 이루었고 그런 소녀들 사이에서 자신들이 양육된 바대로 아이들을 양육하는 안정된 여성이 만들어졌다. 그녀는 비록 자신에게 만족하진 못했지만 활동적이고 착한 성격이 더 낫다고는 생각하지 않았다.

아가테는 남자가 만들어준 둥지에서 새끼를 키우는 여성의 의무를 경멸하는 만큼이나 여성 해방을 혐오했다. 그녀는 자신의 가슴이 처음으로 옷에 꽉 끼던 때와 불타는 입술이 거리의 차가운 기운에 부딪히던 때를 즐겨 기억했다. 그러나 마치 핑크빛 망사가 둥근 무릎을 가리듯이 소녀 시절을 은폐하는 여성의 번잡스럽고 에로틱한 잠무들은 평생 그녀에게 불쾌감을 일으켰다. 도대체 무얼 확신하고 있었느냐고 누군가 묻는다면 그녀는 뭔가 기이한 다른 종류의 것을 체험할 것 같은 느낌이라고 대답했을 것이다. 이미 그때 그녀는 세상에 대해 거의 관심이 없었고 배운 것을 거의 믿지도 않았다. 또한 사건을 과대평가하는 일 없이 한동안 일어나도록 내버려두는 일 자체가 그녀에겐 신비하면서도 자신의 느낌에 어울리는 행동으로 여겨졌다.

아가테는 차 안에서 신중하고 뻣뻣하게 앉아서 몸을 기우뚱거리는 울리히를 힐끗 바라보았고, 남편을 좋아하지 않았음에도 결혼식 저녁에 도망쳐나오지 않았다는 사실을 오빠가 첫날 저녁의 만남에서 얼마나 받아들이기 어려워했는지를 회상했다. 오빠가 도착하기를 기다리는 동안에는 위대한 형제에게 두려운 경외감이 있었지만 지금 그녀는 미소를 지었고, 첫 한 달 동안 뻣뻣한 구레나룻 아래서 음탕하게 둥글어지던 하가우어의 두꺼운 입술을 비밀스럽게 떠올렸다. 그의 얼굴 전체는 두꺼운 주름이 입가까지 늘어져 있었고 그것만으로도 그녀는 토할 지경에 이르렀다. '저렇게 못생긴 남자가 있다니!' 그의 선생다운 부드러운 허영과 친절조차도 그녀에겐 내면에서가 아니라 겉으로 드러나는 육체적 혐오감을 불러일으킬 뿐이었다. 그 첫번째 경악의 순간이 지난 후 그녀는 여기저기서 다른 남자들과 외도에 빠졌다. '그걸 그렇게 부를 수 있다면,' 그녀는 생각했다. '관능이 메마를 날 없는 여자에게 남편이 아닌 한 남자가 마치 문을 잡아 흔드는 천둥처럼 돌진한 셈이지!' 그러나 그녀는 외도에는 재능이 없었다. 얼마간 알아갈 때가 되면 연인들은 남편만큼이나 자제심이 부족한 사람들로 보였고 유럽인들이 사랑의 가면을 쓰는 것처럼 자신도 흑인 무용수들이 쓰는 가면을 쓸 수 있을 것만 같았다. 그녀가 한번도 정신을 잃지 않았다는 말은 아니다. 하지만 상대를 한번만 더 만나도 환상은 사라져버렸다. 꾸며진 상상의 세계와 연극 같은 사랑은 그녀에게 아무런 매력도 주지 못했다. 삶의 혹독함은 언젠가 나약한 시간을 만나고야 만다는 결론에 이르는,—이런저런 나약함의 하위 범주들, 즉 탐닉, 시들어짐, 선택받음, 내어줌, 굴복, 미쳐버림 등과 함께—대체로 남자들에 의해 세워진 영혼의 무대 규칙들은 그녀에게 나긋나긋한 과장처럼 다가왔는데 그건 남성들의 강인함에 의해 그렇듯 탁월하게 세워진 세계에서 그녀는 오직 약하다는 느낌 외에는 가져본 적이 없기 때문이었다.

그런 방식으로 아가테가 얻은 철학은 아무것에도 속지 않으려고 했으나 자기도 모르게 남성적인 인간이 자기를 속인 것을 목격한 여성적 인간의 철학 같은 것이었다. 맞다. 그건 철학은 아니었고 도전적으로 숨겨진 실망에 가까웠다. 그건 미지의 해방을 향한 억압된 준비와 섞여 있었으며 그녀의 외적인 반항이 줄어들수록 오히려 커졌다. 아가테는 독서를 좋아했으나 천성적으로 이론을 싫어해서 자신의 경험을 책이나 연극의 이상과 비교해보는 편이었는데, 흔히 말하는 야생에서—당시에 남자가 여성과 관계를 맺을 땐 돈 후안 같은 이미지를 떠올리곤 했다—자신이 유혹자의 덫에 걸려들지 않았을뿐더러 또다른 유행에서처럼 포로로 붙잡힌 여성들이 간계와 나약함을 이용해

위압적이고 서툰 지배자들을 죽이는 스트린드베리$^{Strindberg}$(스웨덴의
작가—옮긴이) 식의 성적 투쟁을 남편과 벌이지도 않는 것에 놀라워했
다. 그녀와 하가우어의 관계는 그에 대한 깊은 유감에 비하면 항상 좋
은 편이었다. 울리히는 그녀와 만난 첫째 날 저녁에 공포, 충격, 성폭
력 같은 엄청난 말을 사용했는데 전혀 맞지 않는 말이었다. 아가테는
기억을 떠올리면서도 반항적이 되는 자신에게 불만이었지만 천사인
척할 수는 없었다. 결혼에서 벌어진 모든 일들은 아주 자연스러웠다.
아버지는 이성적인 판단 아래 남자의 청혼을 지지했고 그녀 역시 재
혼을 결심했다. 괜찮았다. 일은 벌어졌으니 무엇이 일어나든 책임을
져야 했다. 각별히 아름다울 것도, 그렇다고 유별나게 불쾌할 것도 없
었다. 그녀가 절대적으로 원하긴 했지만 하가우어에게 의도적으로 상
처를 준 것은 여전히 유감이었다. 그녀는 사랑을 원하지 않았다. 사랑
은 어디론가 가버렸다고 그녀는 생각했다. 그는 좋은 남자였다.

그는 언제나 올바르게 행동하는 사람이었지만 아가테가 생각하기
엔 그 안에 '선함'은 전혀 없었다. 선함은 선한 의지나 선한 행동만큼
이나 인류에게서 사라진 것처럼 보였다. 울리히는 그걸 뭐라고 했더
라? '공장을 돌리던 물길이 낙차를 잃어버렸다.' 그게 그가 한 말이지
만 그녀가 원하던 말은 아니었다. 이제 그녀는 원하는 말을 들었다.
"선한 일을 별로 하지 않는 사람만이 자신의 선함을 온전히 지킬 수
있는 것 같아." 하지만 울리히가 그 말을 했을 때 그렇게 마음에 들던
말이 막상 떠올려보니 완전히 말이 안 되는 소리처럼 들렸다. 우리는
잊혀진 대화의 맥락 속에서 그 말만을 쏙 빼올 수는 없다. 그녀는 말
을 바꿔보려고 했고 다른 비슷한 말로 대체해보았다. 하지만 원래의
첫 문장만이 옳았고 다른 것들은 바람 속으로 날아가 아무것도 남지

않은 문장 같았다. 결국 울리히는 그렇게 말한 것이 맞지만, 그녀는 생각했다. '어떻게 나쁘게 행동한 사람이 선하다고 일컬어지지? 순 엉터리야!' 그러나 이 말을 하는 동안 그의 주장엔 아무런 본질도 들어 있지 않았지만 그 순간이 멋졌다는 걸 그녀는 알았다. 어떤 단어가 멋진 것이 아니었다. 그 말을 들었을 때 그녀는 행복으로 거의 미칠 지경이었다. 그런 말은 그녀의 전체 인생을 해명해주었다. 그 말은 장례식이 끝나고 교사 하가우어가 떠난 다음 그들이 나눈 긴 대화에서 나왔다. 또한 그녀는 하가우어가 '착한 사람'인 만큼 결혼생활도 어떻게든 잘 굴러갈 거라고 생각했다는 점에서 자신이 얼마나 부주의하게 처신해왔는지를 갑자기 깨달았다. 비록 제대로 '간직될' 수 없긴 했지만 울리히는 종종 그녀를 기쁨이나 불행으로 가득 채우는 말을 하곤 했다. 가령 울리히가 어떤 상황에서는 강도를 사랑할 수도 있지만 습관적으로 정직한 사람은 절대 사랑할 수 없다고 말했던 때는 언제였지? 아가테는 스스로에게 물었다. 그때는 기억을 할 수 없었지만 그녀는 곧 그 말을 한 사람이 울리히가 아니라 그녀 자신임을 기쁘게 깨달을 수 있었다. 게다가 그가 말한 많은 것들은 사실 그녀 자신의 생각과 다르지 않았다. 단지 말로 꺼내지 않았을 뿐 혼자 품고 있던 과감한 주장을 그녀는 언제나 그랬듯이 절대 내비치지 않았던 것이다! 교외의 울퉁불퉁한 거리를 지나느라 위아래로 흔들리는 차 안에서 기계적인 흔들림의 그물에 갇혀 둘은 말이 없었지만 지금까지 아가테는 기분이 좋았고 남편의 이름이 머릿속에 맴도는 중에도 감정의 기복이 없었으며 그저 시간과 사건만이 떠오를 뿐이었다. 하지만 지금 구체적인 동기도 없이 끝없는 공포가 천천히 그녀에게 밀려들었다. 하가우어는 생생하게 그녀와 함께 있었던 것이다! 그러자 지금껏 그를 공정하게 대하고자 했던 태도는 사라져버리고 목구멍이 쓰디쓰게 조여왔다.

하가우어는 장례식 아침에 도착했고 그렇게 늦게 왔음에도 장인의 모습을 보고 싶다고 강하게 주장하는 바람에 관을 덮는 것도 지체시키면서까지 시체 보관실에 입회했으며 거기서 아주 예의 바르면서도 정중하고 절제하는 태도로 깊은 애도를 표했다. 장례식 후에 아가테가 지쳐서 자리를 떴기 때문에 울리히가 누이의 남편과 함께 식사를 하러 밖으로 나왔다. 나중에 한 이야기지만, 하가우어와 계속 함께 있다보니 마치 칼라에 목이 꽉 조이는 듯 미칠 지경이었으므로 울리히는 그를 빨리 떠나보내기 위해 모든 방법을 동원했다. 하가우어는 교육자 회의에 참가하고 여행도 할 겸 수도에 머물 계획이었고 교육부의 예비모임과 관광에 하루를 더 쓸 생각이었다. 또한 그전에 사려 깊은 남편으로서 부인과 지내면서 그녀의 유산에 신경을 써주기 위해 이틀을 머물 계획이었다. 누이와 짜놓은 각본대로 울리히는 집에 적당한 방이 없어서 시내에 최고급 호텔을 예약해놓았다고 하가우어에게 말했다. 예상한 대로 하가우어는 머뭇거렸다. 호텔은 불편한 데다 비싸고 체면상 자기가 값을 치러야 하기 때문이다. 그 대신 수도에서의 예비모임과 관광에 이틀을 할애하고 하룻밤을 기차에서 보낸다면 숙박비도 절약할 수 있을 것이다. 그래서 하가우어는 짐짓 꾸며낸 유감을 표하면서 울리히의 배려를 사양하고선 마침내 그날 밤 떠나겠다며 완곡하게 계획을 전했다. 이제 유산문제만 남아 있었는데, 이것 역시 아가테를 미소짓게 했으니 그녀가 일러준 대로 울리히가 유언장은 며칠 뒤에 개봉될 거라고 남편에게 말했기 때문이었다. 울리히는 또한 아가테가 스스로의 권리를 보장받기 위해 여기 있을 것이며 그 역시 적절한 법률적 조언을 받게 될 것이고 가구며 기념이 될 물건들에 대해 자신은 미혼남이니 누이가 원하는 것이라면 소유권을 주장하지 않겠다고 하가우어에게 이야기했다. 마지막으로 울리히는 이제 아무도 사용하지 않는 집을 처분하는 데 동의하는지를—물론 누구도 유언장을 보지 못했으니 구속력은 없지만—물었고, 하가우어는—역시 구속력은 없었다—현재로서는 그 의견에 반대할 생각은 없지만 실제 상황에 따라 입장을 밝히겠다고 대답했다. 이 모든 것은 아가테가 오빠에게 권했던 것이고 그는 누이의 말에 따랐다. 생각할 이유도 없는 데다 하가우어가 얼른 사라졌으면 싶었기 때문이다. 그들이 이처럼 공모를 잘 이행한 후에 남편이 오빠와 함께 작별 인사를 하러 오자 아가테는 갑자기 다시 우울해졌다. 아가테는 가급적 냉담한 태도로 언제 집에 돌아갈지는 알 수 없다고 말했다. 그를 잘 아는 만큼 그녀는 남편이 애초에 떠날 마음이 없었다는 것, 그리고 떠나기로 한 결정 때문에 애정 없는 남편으로 여겨지는 것에 기분이 상했음을 알 수 있었다. 하가우어는 뒤늦게 갑자기 자신을 호텔에 묵게 한 것과 냉담한 영접을 받은 상황에 화가 났지만 계획에 따르는 사람답게 아무 말도 하지 않고 나중에 모든 걸 아내에게 말하기로 결심하고 모자를 집은 후 의무적으로 그녀의 입술에 키스했다. 울리히가 보기에 그 키스는 아가테를 망가뜨리는 것 같았다. '어떻게 이리 오랫동안,' 그녀는 아연실색하여 자문했다. '이 남자를 견딜 수 있었을까? 하지만 내 인생 전체가 저항 없이 견뎌진 것이 아닌가?!' 그녀는 분개하여 스스로를 비난했다. '나 스스로를 조금이라도 가치있게 여겼다면, 내가 이렇게까지 되지는 않았을 텐데.'

아가테는 여태껏 바라보던 울리히의 얼굴에서 시선을 돌려 창문 밖을 바라보았다. 교외 도시의 낮은 집들, 얼어붙은 거리들, 꼭꼭 싸맨 사람들. 추한 황무지 같은 인상은 자신의 태만함이 불러왔다고 느낀 삶의 황폐함을 그녀에게 드러내고 있었다. 그녀는 이제 꼿꼿이 앉지 않고 좀더 편하게 창밖을 내다보기 위해 세월의 냄새가 묻은 택시의 커버에 기댔으며 차가 덜컹거릴 때마다 배까지 거칠게 출렁이고 흔들리는 볼품없는 자세를 더는 바꾸지 않았다. 이런 육체는 마치 누더기 속에 구겨진 듯 섬뜩한 느낌을 주었는데, 육체야말로 그녀의 유일한 소유였기 때문이다. 학생 시절 아직 어두컴컴한 새벽에 깨어났을 때 그녀는 작은 배 안에 있는 것처럼 육체 안에서 미래로 표류하고 있다는 인상을 받았다. 이제는 그때보다 두 배나 나이가 많았다. 차 안도 그때처럼 어두컴컴했다. 하지만 그녀는 여전히 자신의 삶을 떠올리지 못했고 어떻게 살아야 하는지를 알지 못했다. 남자들은 자신의 육체를 보완하고 완성했지만 영혼은 텅 비어 있었다. 남자들이 타인을 받아들이듯 그녀도 남자를 받아들였다. 그녀의 육체는 몇년 후면 아름다움을 잃기 시작할 것임을 암시하고 있었다. 그건 곧 자기확신에서 직접 분출되며 언어나 사유로는 거의 표현되기 어려운 감정을 잃는다는 말이었다. 그러면 뭔가 거기에 있기도 전에 모든 것이 사라져버릴 것이다. 문득 그녀에겐 울리히도 비슷한 방식으로 스포츠의 무용함에 대해 말했던 기억이 떠올랐다. 얼굴을 억지로 창문 쪽으로 돌리고 있는 동안 그녀는 그 문제를 물어봐야겠다고 생각했다.

## 10.
## 스웨덴식 성으로 이어진 소풍.
## 다음 걸음의 도덕

남매는 낮은 집들이 늘어선 시골 같은 도시 경계에 다다라 차에서 내렸고 넓게 고랑이 파인 채 길게 이어진 오르막길을 걸어 올라갔다. 걸을 때마다 땅에 얼어붙은 바큇자국이 발밑에서 바스러졌다. 그들의 신발은 곧 마부나 농부들에게나 어울리는 회색으로 뒤덮였고 그 모습은 잘 차려입은 도회적 의상과 극명하게 대조가 되었으며 그닥 춥지는 않았으나 위쪽에서 제법 날카로운 바람이 불어와 뺨은 붉어지기 시작했고 유리 같은 차가움에 대화가 가로막혔다.

하가우어에 대한 기억 때문에 아가테는 오빠에게 말을 걸고 싶었다. 그녀는 오빠가 어떤 식으로든 자신의 잘못된 결혼을 이해하지 못할 것이며, 심지어 아주 간단한 사회적 관점에서도 받아들이지 못하리라고 확신했다. 할말은 이미 마음속에 있었지만 산행의 방해와 추위, 그리고 얼굴을 때리는 바람을 이겨내고 말을 할 결심이 서지 않았다. 울리히는 뭔가 질질 끌고간 넓은 자국을 따라 앞서 걸었고 그들에겐 그 자국이 오솔길이 돼주었다. 그녀는 그의 넓고 마른 어깨를 바라보며 머뭇거렸다. 그녀는 아버지나 이따금 하가우어에게서 오빠를 비난하는 말을 들었기 때문에 그가 항상 강하고 고집이 세며 모험을 즐기는 사람이라고 생각했으며 가족에게서 벗어나 낯선 곳에 머문 그의 삶에 비해 늘 순종하기만 했던 자신의 삶을 부끄러워했다. '오빠가 나한테 신경을 쓰지 않은 건 잘한 일이야!' 그녀는 생각했다. 또한 자신이 부적절한 상황을 견뎌냈던 때의 경악이 다시금 떠올랐다. 사실 그녀는 아버지가 죽은 방의 문설주 사이에서 거친 시구들을 불러냈던 그 격정적이고 모순적인 감정에 빠져 있었다. 그녀는 울리히를 따라잡느라 숨이 찼고 이런 평범한 거리에선 들어본 적 없는 충동적인 질문에 갑자기 사로잡혔으며 바람은 언어로 부서져 이런 시골 언덕에서는 들어볼 수 없는 소리를 내고 있었다.

"오빠도 기억하겠지만," 그녀는 소리를 높여 문학에서 잘 알려진 몇가지 사례를* 불러냈다. "오빠는 강도를 용서할 수 있다고 하지 않았나. 그게 살인자를 선하게 여긴다는 뜻이었어?"

"물론이지!" 울리히도 크게 대답했다. "아니… 기다려봐. 그들은 아마 선한 기질을 타고난 가치있는 사람들일 거야. 범죄자가 된 이후에도 변함없이 말이야. 하지만 그들은 선하게 머물러 있진 못해!"

"그런데 왜 오빠는 그들이 범죄를 저지른 이후에도 그들을 좋아해? 그들이 이전에 선한 기질이 있어서가 아니라 여전히 오빠 마음에 들기 때문이겠지!"

"언제나 그렇지." 울리히가 말했다. "인간이 행위에 성격을 부여하는 것이지 행위가 인간에게 성격을 부여하는 건 아니거든! 우리는 선과 악을 나누지만 선과 악은 우리 안에서 하나의 전체임을 알고 있어!"

추위 때문에 빨개진 아가테의 볼은 자신의 열정적인 질문 때문에 더욱 빨개졌다. 그 질문은 언어 속에 드러나는 동시에 감춰졌으며 책에 의지해야 제대로 설명될 것 같았다. '교양있는 질문'을 던져야 한다는 악습은 너무나 강렬해서 마치 교양이 모든 자연의 형상을 포괄하지 못

---

* 본문에서 아가테는 도스토예프스키의 『죄와 벌』, 스탕달의 『적과 흑』을 예로 들며 질문을 한다. 두 작품 모두 죄를 저지른 주인공을 단순히 악한 죄인이라 비난할 수만은 없다는 주제의 식을 가지고 있다.

하기라도 한 것처럼, 바람이 불고 나무가 있는 장소에 있을 자격이 없다는 느낌이 들게 만들었다! 하지만 그녀는 용감하게 거기에 맞섰고 자신의 팔을 오빠의 팔에 끼고 더이상 소리 지르지 않아도 될 정도로 귀 가까이에 대고 오만함이 번뜩이는 표정을 지으며 말했다. "그래서 우리는 악한 사람들을 처형하기 전에 따듯하게 밥을 먹이는 거야!"

옆에서 감정의 격앙을 감지한 울리히는 누이 쪽으로 몸을 기울여 충분히 큰 소리로 귀에 대고 말했다. "모든 사람들은 자신이 선하기 때문에 나쁜 짓을 하지 못할 거라고 쉽게 믿어버리지!"

이런 말을 하면서 그들은 시골길이 끊긴 나무가 없는 넓은 평지에 도착했다. 바람은 갑자기 잔잔해졌고 더는 춥지 않았지만 평온한 정적 속에 대화는 잘린 듯 멈추었고 더이상 이어지지 않았다.

"이렇게 바람이 부는데 어떻게 도스토예프스키와 스탕달 생각이 날 수 있지?" 조금 후에 울리히가 물었다. "누군가 우리를 봤다면, 분명히 바보라고 생각했을 거야!"

아가테가 웃었다. "그 사람은 새의 울음소리를 모르는 만큼이나 우리를 모르는 게지! 아무튼 오빠는 얼마 전에 모오스브루거에 대해 말했잖아."

그들은 계속 걸었다.

잠시 후에 아가테가 말했다. "하지만 난 그 사람이 싫어!"

"나는 그를 거의 잊고 있었는데." 울리히가 대답했다.

그들은 잠시 동안 말 없이 걸었고 아가테가 멈춰 섰다. "왜 그런 거지?" 그녀가 물었다. "오빠는 정말 무책임한 짓을 많이 했지? 가령 한번은 총상을 입고 병원에 누워 있던 적도 있었잖아. 오빠는 모든 걸 신중하게 생각하지 않는 건가…?"

"너 오늘 질문이 너무 많다!" 울리히가 말했다. "뭐라고 대답하란 말이지?!"

"오빠가 한 행동을 후회하지 않아?" 아가테가 재빨리 물었다. "내가 보기엔 오빠는 아무것도 후회하지 않는 거 같아. 그 비슷한 말을 오빠 스스로 한 적도 있었고."

"맙소사," 울리히는 다시 걸으면서 대답했다. "모든 빼기에는 더하기가 있는 거야. 내가 그런 말을 했다고 해서 곧이곧대로 받아들이면 안 되지."

"모든 빼기에는 더하기가 있다고?"

"모든 악한 것에는 선한 것이 있다는 말이지. 적어도 많은 악한 것들에는 말이야. 보통 인간의 빼기-변형 속에는 더하기-변형이 숨겨져 있거든. 내가 말하고 싶은 건 그거야. 무엇을 후회한다는 건 네가 지금껏 찾아내지 못했던 뭔가 선한 일을 할 힘을 얻었다는 뜻이야. 중요한 건 누군가 무엇을 한 것이 아니라 누군가 그 다음에 무엇을 하는가에 달렸다고."

"오빠가 누군가를 죽였다면, 그 다음엔 뭘 할 건데?"

울리히는 어깨를 으쓱했다. 그는 논리정연하게 대답하고 싶었다. '아마 나는 천 명의 내면을 울릴 시를 쓰거나 아니면 위대한 발견을 할 수도 있겠지!' 하지만 그는 자제했다. '그런 일은 일어나지 않아.' 그는 생각했다. '정신병자나 그런 일을 상상할 수 있을 거야. 아니면 열여덟살 먹은 유미주의자나 그러겠지. 그건 신이나 알 법한 일이고 자연법칙에 위배되는 일이야. 게다가,' 그는 생각을 이어갔다. '원시인이라면 가능할 수도 있을 거야. 그들은 인간제물이 하나의 위대한 시라는 이유로 인간을 죽였으니까!'

울리히는 어느 생각도 입 밖으로 꺼내지 않았지만 아가테는 말을 이었다. "오빠는 어리석은 대답이라 할지 모르겠지만 오빠의 말을 처음 들었을 때 중요한 건 첫걸음이 아니라 항상 바로 다음 걸음이라는 생각이 들었어. 누군가 내면으로 날아갈 수 있다면, 말하자면 도덕적으로 엄청난 속도로 날아서 새로운 진보에 도달할 수 있다면 그 사람은 후회란 것을 알지 못할 거 아니야! 나는 미칠 정도로 오빠를 질투했어!"

"말도 안 돼!" 울리히가 단호하게 말했다. "내가 말한 건 잘못된 첫걸음이 아니라 그 다음 걸음이 문제라는 거였어. 하지만 다음 걸음 뒤에는 무엇이 오지? 분명히 또 그 다음 걸음이 있지 않나? n걸음 다음에는 n+1걸음이 오지 않나?! 그럴 경우 우리는 끝이나 결과가 없이, 즉 현실이 없이 살아야만 할 거야. 하지만 여전히 다음 걸음이 중요한 건 맞아. 사실 우리는 이 끝없는 이어짐을 제대로 다룰 수단이 없어, 아가테." 그는 갑자기 말을 이었다. "나도 종종 내 전체 삶을 후회하곤 한다고!"

"오빠는 그렇게 하지 못할 거야!" 누이가 말했다.

"왜 그렇지? 도대체 왜 못한다는 거지?"

"나는," 아가테가 대답했다. "뭘 한 적이 없고 그래서 거의 무위에 가까운 내 인생을 후회할 시간이 있었지. 오빠는 그렇게 불빛이 없는 상태를 모를 거라고 생각해. 그림자가 다가오고 무언가가 나를 힘으로 누르지. 그건 아주 작은 조각으로 존재해서 나는 그 무엇도 이해할 수도, 잊어버릴 수도 없어. 일종의 불쾌한 상태지…"

그녀는 동요 없이 아주 차분하게 말했다. 자신의 삶은 항상 밖으로 확장되었기 때문에 울리히는 삶의 역류를 몰랐다. 그러고보니 누이가 왜 그런지 모르게 자주 스스로를 한탄했던 게 기억났다. 하지만 그사이 산책의 최종 목적지인 언덕에 도달해 가장자리로 자리를 잡느라 그는 그 이유를 묻지 못했다. 그곳은 거대하게 솟아오른 지대로 '30년 전쟁'에서 스웨덴의 승리를 전설로 품고 있는 곳이었다. 그곳이 성채처럼—그보다 훨씬 더 크긴 했지만—보여서 더 그랬을 것이다. 나무나 숲도 없이 푸른 자연의 요새였고 시가 쪽으로 향한 곳에는 높고 환한 바위가 튀어나와 있었다. 낮고 텅 빈 언덕들이 그곳을 둘러쌌다. 마을도, 집도 보이지 않았고 오직 구름의 그림자와 회색 목초지만이 눈에 띄었다. 울리히는 어렸을 때의 기억이 남아 있는 이 장소에 사로잡혔다. 여전히 먼 곳에 낮게 도시가 있었고 마치 암탉이 병아리를 품듯이 도시는 몇몇 교회들을 걱정스레 품고 있었으며 그래서 누군가는 한번에 그 한가운데까지 나아가 거대한 손으로 그 교회들을 집어낼 수 있을 것만 같았다. "수주 동안 말을 타고 온 스웨덴 모험가들이 이곳에 도착해 안장에서 내려 처음으로 사냥감을 바라봤을 때 얼마나 기뻤을까!" 울리히는 누이에게 그 장소의 역사를 설명해준 다음 말했다. "인생의 무게—모두 죽어야 하며 모든 게 짧고 덧없다는 지독한 우울—는 바로 그런 순간에 우리에게 나타나지!"

"어떤 순간을 말하는 거야?" 아가테가 물었다.

울리히는 뭐라고 대답해야 할지 몰랐다. 그는 대답하고 싶지도 않았다. 그는 어린 시절 이렇게 대답해야 할 상황에 처할 때마다 이를 꽉 물고 침묵했던 기억을 떠올렸다. 마침내 그는 입을 열었다. "사건이 우리와 함께 통과하는 모험적인 순간, 그러니까 의식이 사라진 순간이지." 그는 자신의 머리가 목 위에 얹혀진 텅 빈 호두 같았고, 그 안에는 '죽음이여, 겸손하시게.' 또는 '나는 아무것도 신경쓰지 않아.'

같은 격언이 가득 차 있었으며 인생의 목표와 인생 자체의 경계가 아직 생기지 않은 채 점점 시들해지는 격정의 시절이 함께 들어 있었다. 그는 생각했다.

'그때 이후 명백하고도 행복한 체험을 해본 적이 있었나? 한번도 없었어.'

아가테가 대답했다. "나는 언제나 의식 없이 살아. 그런 삶은 사람을 불행하게 만들 뿐이야."

그녀는 언덕의 가장자리 끝까지 걸어갔다. 오빠의 말은 귀에 들리지 않았고 알아들을 수도 없었다. 그녀는 그곳의 슬픔이 어딘지 자신의 내면과 호응하는 절실하면서도 황량한 풍경을 바라보았다. 그녀는 돌아서서 "자살하기 좋은 장소네"라고 말하며 웃었다. "내 머릿속의 공허가 이 풍경의 공허로 끝없이 부드럽게 녹아 들어가는 것 같아!" 그녀는 울리히 쪽으로 몇걸음 다가섰다. "내 평생 동안," 그녀는 말을 이었다. "사람들은 나에게 의지가 없고 사랑하는 것도 없으며 아무것도 존중하지 않는다고, 그러니까 어떤 인생의 결심도 없는 사람이라고 비난했지. 아버지는 나를 꾸짖었고 하가우어도 나를 질책했어. 그러니 제발 오빠는 어느 순간에 우리 삶에서 뭔가가 중요하게 다가오는지 말해줘!"

"침대에서 돌아눕는 순간이지!" 울리히가 무뚝뚝하게 말했다.

"뭐라고?"

"평범한 예를 들어서 미안해. 하지만 사실이 그래. 사람들은 자신의 자리에 만족하지 못하거든. 그래서 그걸 끊임없이 바꾸려고 생각하지만 결심만 할 뿐 아무것도 하지 않지. 결국 우리는 포기하고 갑자기 돌아눕는 거야! 사람들은 우리가 돌아누웠다고 말할 수밖에 없어. 한순간의 열정이든 아니면 오래 계획된 결정이든 그건 우리가 행동하는 단 하나의 패턴이야." 그는 누이를 바라보지 않고 혼자 대답했다. 그는 여전히 '나는 여기 서 있고 뭔가를 원하지만 아무것도 채워진 것이 없다'는 심정이었다.

아가테는 이번에도 웃었지만 입술 위로는 고통스러운 경련이 드러났다. 그녀는 다시 돌아섰고 진기한 풍경을 말 없이 바라보았다. 그녀의 모피 외투는 하늘과 대비되어 어둡게 보였고 날씬한 몸매는 풍경의 너른 정적과 그 위에 펼쳐진 구름 그림자와 인상적으로 대조되었다. 순간 울리히는 뭐라 형용할 수 없이 강렬한 어떤 일이 벌어질 것 같은 예감을 느꼈다. 안장을 얹은 말이 아니라 한 여성과 함께 있다는 사실이 부끄러워질 지경이었다. 그리고 비록 울리히는 그 순간이 누이에게서 나오는 고요한 이미지 때문이라는 걸 분명히 알고 있었지만 자신과 관련된 일이 아니라 세계의 다른 곳에서 벌어진 일이라는 인상을 받았고 그 일을 무시하고 있었다. 그는 조롱당한 느낌이었다. 하지만 그가 무심코 내뱉은 말, 다시 말해 스스로의 삶을 후회한다는 말에는 진실이 담겨 있었다. 그는 종종 레슬링 시합처럼 사건에 완전히 휘감기고 싶어했고 그게 의미없거나 범죄적이라 할지라도 그냥 가치 있기만 하면 그만이었다. 지속적인 시도가 없어도 무언가 자신의 체험을 넘어서 존재한다면 그건 결정적인 것이었다. '그러므로 매우매우 가치있는 것이지.' 울리히는 진지하게 올바른 표현을 찾아내면서 생각했다. 그러고는 뜻밖에도 그의 생각은 더이상 이미지화된 연상을 좇지 않았고 그녀 자신의 거울 이미지로 아가테 본인이 제공한 광경에 멈춰버리고 말았다. 그렇게 남매는 한동안 서로 떨어져 각자에 집중하며 서 있었고 모순에 찬 주저 때문에 아무런 변화도 일어나지 않왔다. 가장 이상한 것은, 하가우어를 제거하려는 아가테와 자신의 욕망에 따라 아직 뜯지 않은 유언장이 있으며 며칠 후에 개봉을 할 거라고 아무것도 모르는 동생의 남편에게 거짓말을 해놓고 아가테가 그의 지분을 보장할 거라고 그를 안심시켰던 때 뭔가 일어났어야 함에도 아직까지 울리히에게 아무 생각도 나지 않는 상황이었다. 그건 하가우어의 더 나은 지식에 따르자면 '방조'라고 불릴지도 모를 일이었다.

  마침내 그들은 각자의 생각에 빠져 있었던 장소를 벗어나 아무 말 없이 함께 걸었다. 신선한 바람이 불어왔고 아가테가 힘들어 보였기 때문에 울리히는 자신이 아는 근처 양치기 집에 가보자고 제안했다. 그들은 곧 돌로 지어진 오두막을 발견했고 머리를 숙여야 하는 낮은 문을 지나 안으로 들어갔다. 양치기의 부인은 당황한 나머지 막아서며 그들을 바라보았다. 이 지방에서 통하는 독일어와 슬라브어가 섞인 방언—어렴풋이 기억나는—으로 울리히는 잠시 들어가서 몸을 녹이고 가져온 음식을 먹어도 되는지 물었고 기꺼이 돈을 좀 내놓았더니 주저하던 여주인은 누추한 형편 때문에 '이토록 고귀한 손님'을 더 잘 대접하지 못할 거 같다고 안타까워하면서 물러섰다. 그녀는 창가에 세워진 기름 묻은 식탁을 닦고 화덕에 잔가지로 불을 붙이고는 염소젖을 그 위에 올려두었다. 그러나 아가테는 식탁 곁에서 창가 쪽으로 무심코 지나쳤고 지붕만 있는 곳이라면 아무 상관 없다는 듯 주변에 관심을 두지 않았다. 그녀는 유리가 네 장 달린 작고 뿌연 사각의 창을 통해 풍경을 내다보았는데 성채 저편으로 보이는 내륙은 꼭 대기에서처럼 넓은 시야가 확보되지 않아서 푸른 물마루에 휩싸여 헤엄치는 사람에게 보이는 장면을 떠올리게 했다. 아직 날은 저물지 않았지만 한낮을 지난 이후라 점점 빛이 옅어지고 있었다. 아가테가 갑자기 물었다.

"왜 나한테는 진지하게 말하지 않아?"

울리히는 순진하고 놀란 눈빛으로 짧게 그녀를 쳐다보는 것 말고 다른 대답을 찾을 수 없었다. 그는 자신과 누이 한가운데 있는 종이 위에 햄, 소시지, 계란을 펼쳐놓는 데 집중했다.

아가테가 말을 이었다. "누군가 어쩌다 오빠의 육체에 부딪히면 고통을 느낄 것이고 끔찍한 차이 때문에 소스라치게 될 거야. 하지만 내가 뭔가 중요한 걸 물으려 하면, 오빠는 공중으로 사라져버리지!" 그녀는 오빠가 준비한 음식에 손을 대지 않았다. 사실 그녀는 시골에서의 식사로 하루를 마무리하는 것이 마음에 들지 않았고 너무 꼿꼿하게 앉은 나머지 식탁에 손도 대지 않았다. 그리고 지금 산길을 올랐을 때와 비슷한 분위기가 다시 일어나고 있었다. 울리히는 방금 전에 화덕에서 식탁으로 옮겨진, 코에 익숙하지 않아 매우 고약한 냄새를 풍기는 염소젖 잔을 한쪽으로 치웠다. 그 미식거리는 메스꺼움은 갑자기 쓴 것을 삼킨 것처럼 각성 효과를 가져왔다.

"난 언제나 너한테 진지하게 이야기했어." 그가 대답했다.

"내 말이 마음에 안 든다면 그건 내 잘못이 아니야. 내가 우리 시대의 도덕을 언급한 걸 네가 싫어하기 때문이지." 순간 그는 그녀 자신은 물론 오빠를 이해하기 위해 누이가 알아야만 하는 것들을 가능한 한 완벽하게 말하고 싶다는 욕망에 사로잡혔다.

어떤 간섭도 용납하지 않겠다는 남성 특유의 단호함으로 그는 길게 말을 이어갔다.

"우리 시대의 도덕은, 사람들이 뭐라 하건 간에, 성취야. 사기를 치다가 다섯 번 아래로 파산하는 건 괜찮아. 다섯번째에 축복과 은총이

따라주면 되거든. 성공이 모든 걸 잊게 만들지. 거기다 선거 비용을 마련하거나 그림을 살 수 있는 경지에 이르면 국가는 기꺼이 모른 척을 해주거든. 거기엔 불문율이 있어. 교회와 자선기관, 정당에 기부를 하면 예술에 기부해 선의를 표시하는 것에 비해 10분의 1도 비용이 안 들어간다는 거야. 또한 성공에도 한계가 있어. 어떤 방법이든 성공에 이르는 건 아니야. 왕권이든 귀족이든 사회든 고유의 규칙이 있어서 '벼락부자'가 나오지 못하게 해야 하거든. 다른 한편으론 초개인적인 인격으로서의 국가는 누구든 권력과 문명과 영광을 가져다준다면 빼앗고 속이고 죽여도 좋다는 규칙을 공개적으로 지지하고 있지. 이 모든 것이 이론적으로 밝혀졌다고 주장하는 건 아니야. 오히려 이론적으로 매우 불명확하지. 나는 단지 아주 보편적인 사실을 이야기하는 거야. 도덕적 논쟁은 목적을 달성하기 위한 투쟁일 뿐이야. 거짓말이 그런 투쟁 도구로 쓰이는 것처럼 말이야. 이건 남자들이 만든 세계로 보이고 그래서 나는 여자가 되고 싶어. 여자가 남자를 사랑하지만 않는다면 말이야!

요즘에는 우리를 어딘가로 데려가줄 환상이라면 무엇이든 좋다고 하지. 이런 생각은 그러나 네가 후회 없이 날아가는 사람이라고 말한 것, 그리고 내가 해결 방법이 없는 문제라고 한 것과 정확히 일치해. 과학적으로 훈련받은 사람으로서 나는 매 순간 내 지식이 아직 미숙하고 그저 하나의 표지판에 불과하다고 생각하며 아마도 내일은 오늘과 다르게 생각하게 만들 지식을 갖게 될 거라고 믿어. 다른 한편으로는 자신의 감정에 완전히 지배되는 사람—네가 표현했듯 상승중인 사람—도 자신의 행동을 거기서부터 다음으로 올라서는 하나의 걸음으로 바라볼 거야. 그러니까 우리의 정신과 영혼 속에는 '다음 걸음의 도덕'이 존재하는 것이지. 하지만 그건 다섯 번 파산의 도덕에 불과하지 않을까, 우리 시대 기업가의 도덕은 너무도 깊게 내면화된 것이 아닐까, 또는 그저 일치한다는 환상이 아닐까, 아니면 벼락출세의 도덕은 더 깊숙한 흐름 속에서 너무 일찍 세상에 나온 괴물이 아닐까? 나는 지금 어떤 대답도 내놓을 수 없을 거 같아!"

설명하는 가운데 울리히가 잠시 호흡을 가다듬은 것은 자신의 견해를 더 피력하고 싶었기 때문에 나온 기교일 뿐이었다. 하지만 지금껏 활기차면서도 조용하게 말을 듣던 아가테는 사람들의 보편적 생각을 파악하는 것은 자기 능력을 벗어나는 일이고 자신이 알고 싶은 것은 울리히의 생각이기 때문에 정확한 대답은 중요하지 않다고 간명하게 표명함으로써 대화를 다른 방향으로 이끌어갔다. "오빠가 나한테 어떤 것을 해야 한다는 식이었다면 난 차라리 도덕이 없는 편이 나았을 거야." 그녀는 이렇게 덧붙였다.

"다행이야!" 울리히가 크게 말했다. "나는 네 젊음과 아름다움, 힘을 볼 때마다, 그리고 네가 에너지가 하나도 없다고 말하는 걸 들을 때마다 기뻤어! 우리 시대는 안 그래도 실행력이 흘러 넘치거든. 이젠 사유가 아니라 오로지 행위만이 눈에 띄지. 이 무시무시한 실행력은 사람들이 할 일이 없다는 것에서 비롯돼. 내면적으로 말이야. 하지만 외면적으로도 사람들은 결국 평생 똑같은 행위를 반복하면서 살거든. 그들은 한 직업에 매몰돼 벗어나지 못하잖아. 여기서 우리는 네가 밖에서 했던 질문으로 되돌아간다고 생각해. 실행력을 갖는 것은 아주 간단하지만 실행의 의미를 찾는 일은 정말 어려워! 그걸 이해하는 사람은 오늘날 거의 없지. 그래서 실행력이 있는 사람들의 모습은 나폴레옹이라도 된 것 같은 자세로 겨우 아홉 개의 나무 핀을 넘어뜨리는 볼링 선수들과 유사한 거야. 끝내 그들이 모든 행위를 설명할 수 없는, 자신들의 두뇌로는 이해할 수 없는 불가해성 때문에 폭력적으로 서로를 해친다 하더라도 나는 하나도 놀라지 않을 거야." 그는 활기차게 시작했지만 다시금 생각에 빠졌고 이내 잠시 말을 멈췄다가 마침내 미소지으며 시선을 들었고 자신의 말에 만족해했다. "내가 어떤 도덕적 노력을 요구했다면 나한테 실망했을 거라고 너는 말했지. 네가 나한테 도덕적 충고를 바랐다면 나도 너한테 실망했을 거라고 말할게. 우리는 서로에게 딱히 요구하는 게 없어. 내 말은 우리 모두가 그렇다는 말이야. 사실 우리는 서로에게 행위를 요구해선 안 되고 행위의 조건을 먼저 만들어야 해. 그게 내 생각이야!"

"도대체 어떻게 해야 된다는 소리지?" 아가테가 말했다. 그녀는 울리히가 처음 시작할 때의 보편적인 말을 피하고 뭔가 더 개인적인 쪽으로 말을 돌렸다는 것을 알았지만 여전히 그녀에겐 너무 추상적으로 느껴졌다. 그녀는 원래 보편적인 연구에 편견을 가졌으며 이른바 피부에 다가오지 않는 시도를 매우 가망없다고 여겼다. 그녀는 스스로 노력해야 하는 것에 대해선 확신을 가지고 임했고 아마도 그것을 타인들의 보편적인 견해로 확장하기도 했을 것이다. 아무튼 그녀는 울리히를 잘 이해했다. 고개를 숙이고 움직임을 억제한 채 낮게 이야기하는 동안 그는 의식하지 못한 채 주머니칼로 식탁의 선과 홈을 긁었고 손의 모든 힘줄은 팽팽하게 긴장되었다. 무의식적이지만 열정적인 손의 동작, 그리고 아가테의 젊음과 아름다움에 대한 솔직한 언급은 다른 언어의 오케스트라 위에 맹목적인 이중창을 만들고 있었고 그녀는 앉아서 바라보는 것 외엔 어떤 의미도 부여하지 않았다.

"무엇을 해야 되냐고?" 울리히는 전과 같은 태도로 대답했다. "우리 사촌이 있는 자리에서 나는 라인스도르프 백작에게 영혼과 정확성을 위한 세계사무국을 세워서 교회에 가지 않는 사람도 무엇을 해야 하는지 알게 해야 한다고 제안한 적이 있어. 우리는 이미 오래전에 진리를 위해서 학문을 만들어냈기 때문에 당연히 재미로 한 말이었지. 하지만 학문 밖의 것들을 위해 뭔가 비슷한 것을 요구한다면 오늘날 바보짓처럼 보일 정도로 부끄러워질 거야. 그러나 지금껏 우리 둘이 한 이야기는 그런 사무국과 연결되거든!" 그는 말을 중단하고 긴 의자에 꼿꼿이 몸을 기댔다. "더 말을 하면 다시 공중으로 녹아버릴 것 같아. 하지만 오늘날 행동은 어떻게 될까?" 그가 물었다. 아가테가 대답이 없자 조용해졌다. 잠시 후 울리히는 말을 이었다. "아무튼 나는 종종 이런 확신을 가지고 살 수 없을 거라고 생각해. 네가 성채 위에 서 있는 모습을 보았을 때," 그는 낮은 목소리로 말했다. "왜 갑자기 뭔가를 해야 한다는 거친 충동이 일었는지 모르겠어. 나는 전에 자주 무분별한 일을 벌였지. 신비한 것은, 일이 벌어지고 난 후에 나한테 뭔가 남겨졌다는 거야. 나는 인간이 범죄를 통해 행복해질 수 있다고 자주 생각했어. 범죄는 확실한 무게중심을 마련해주고 그 덕분에 끊임없는 항해를 할 수 있거든."

이번에도 누이는 즉각 대답하지 않았다. 그는 뭔가를 기대하면서 그녀를 조용히 바라봤지만 자신이 말한 체험은 다시 일어나지 않았고 심지어 아무것도 생각나지 않았다. 잠시 후 그녀가 물었다. "내가 범죄를 저지르면 오빠는 화를 낼까?"

"내가 뭐라고 대답해야 하지?" 주머니칼을 향해 다시 고개를 숙이면서 울리히가 말했다.

"해답이 없을까?"

"아니, 오늘날엔 현실적인 해답이 없을 뿐이야."

그러자 아가테가 말했다. "난 하가우어를 죽이고 싶어."

울리히는 일부러 시선을 들지 않으려고 했다. 말들은 낮고 가볍게 그의 귀를 통과했지만 다 지나가자마자 마치 넓은 바큇자국처럼 기억 속에 다시 자리잡았다. 그는 곧 그녀의 어조를 잊어버렸다. 그는 그 말의 의미를 깨닫기 위해 얼굴을 쳐다봐야 했지만 그 얼굴에 너무 많은 의미를 부여하고 싶진 않았다.

"좋아." 그는 말했다. "왜 못하는 거지? 그런 걸 하고 싶지 않은 사람이 있을까? 진짜 할 수 있으면 해봐. 그건 마치 '난 그의 결점 때문에 그를 사랑해요!'라고 말하는 것과 다를 바가 없어." 이제 그는 고개를 들어 누이의 얼굴을 주시했다. 그녀의 얼굴은 완고했고 놀라움에 상기돼 있었다. 그녀의 얼굴을 똑바로 보면서 그는 천천히 말했다.

"네가 보다시피, 뭔가 어긋나 있어. 오늘날 우리의 내면에서 일어나는 일과 밖에서 일어나는 일 사이에는 소통이 결여돼 있어. 그 둘은 엄청난 손실을 감수하면서 서로에게 적응하고 있지. 이렇게 말해볼 수도 있을 거야. 우리의 악한 욕망은 현실적 삶의 어두운 측면이며, 현실적 삶은 우리의 선한 욕망의 어두운 측면이라고 말이야. 그걸 진짜로 실행한다고 상상해봐. 그건 네가 뜻했던 바가 아닐 것이고 끔찍한 실망에 휩싸일 게 뻔하거든…."

"아마 나는 갑자기 다른 사람이 될 수 있을 거야. 그건 오빠도 인정했던 거잖아!" 아가테가 끼어들었다.

옆을 바라보는 순간 울리히는 그들만이 아니라 두 사람이 자신들의 대화를 듣고 있음을 깨달았다. 나이든 여주인―마흔이 채 넘지 않았지만 낡은 옷과 비천한 삶의 흔적 때문에 더 늙어 보이는―은 화덕

곁에서 붙임성 있게 앉아 있었고 그녀 곁에는 활기찬 대화에 빠져 있느라 돌아온 줄도 몰랐던 목동이 앉아 있었다. 두 사람은 손을 무릎에 얹은 채 듣고 있었고 자신들의 오두막을 가득 채운 대화에 놀랍기도 하고 뿌듯하기도 한 듯 보였으며 그들의 말을 하나도 알아듣지 못했음에도 매우 흡족해 보였다. 두 사람은 그들이 손도 대지 않은 우유와 소시지를 바라보았다. 그건 그들에겐 하나의 구경거리였고 무언가 고무적인 것이었다. 두 사람은 서로 속삭이지도 않았다. 울리히의 시선이 그들의 동그래진 눈에 가닿은 순간 당황한 나머지 그는 그들에게 미소를 지었는데 부인은 미소로 화답한 반면 남편은 경의를 표하는 태도를 유지했다.

"음식을 먹어야겠어!" 울리히는 영어로 누이에게 말했다. "저 사람들이 우리를 이상하게 여기거든!"

그의 말에 따라 그녀는 빵과 고기를 아주 조금 맛보았고 그는 결연하게 음식을 먹으면서 염소젖을 마시기까지 했다. 그때 아가테가 솔직하게 큰 목소리로 말했다. "곰곰 생각해보면 하가우어에게 진짜로 고통을 준다고 상상하면 나도 불쾌해지는 느낌이야. 그러니까 그를 죽이고 싶지는 않은 거겠지. 하지만 그를 지워버리고 싶어! 잘게 조각낸 다음 절구에 빻아가지고 그 가루를 물에 뿌리고 싶어. 존재했던 모든 것을 없애버리는 거지!"

"우리가 하는 말은 뭔가 웃긴 거 같아." 울리히가 말했다.

아가테는 잠시 침묵했다. 그러고는 말을 꺼냈다. "하지만 오빠는 하가우어에 맞서 내 편을 들어주겠다고 첫날 약속했잖아."

"당연히 그래야지. 하지만 그런 방식은 아니야." 아가테는 다시금 침묵했다. 그러더니 갑자기 말을 꺼냈다.

"오빠가 차를 사거나 빌릴 수 있다면 우린 이글라우를 거쳐서 우리 집까지 갔다가 타보르를 에둘러서 돌아올 수 있을 텐데. 누구도 우리가 밤에 거기까지 갔다고는 생각하지 못할 거야."

"하인들은 어쩌고? 다행이 나는 운전을 할 수 없거든!" 울리히는 웃었다. 하지만 곧 언짢은 듯 고개를 저었다. "그게 요즘 방식의 아이디어군!"

"맞아, 오빠 말대로야." 아가테가 대답했다. 그녀는 생각에 잠겨 손톱으로 고기 조각을 이리저리 밀쳤고 그건 마치 고기의 기름진 부분을 섭취한 손톱이 자기 혼자 움직이는 것 같았다. "오빠는 사회적 도덕이 성인에게는 악덕이 된다고도 말했어."

"나는 사회의 악덕이 성인에게 도덕이 된다고는 말하지 않았을 뿐이야!" 울리히가 바로잡았다. 그는 웃었고 아가테의 손을 잡아서 자신의 손수건으로 깨끗이 닦아주었다.

"오빠는 항상 모든 걸 다시 거둬들이더라." 아가테는 불만족스런 미소를 지었고 손가락을 빼내려 하면서 얼굴을 붉혔다.

나이든 두 사람은 지금껏 남매를 쳐다보았고 지금은 활짝 따라 웃었다.

"오빠와 이런저런 이야기를 나눌 때," 아가테는 낮은 목소리로 말했다. "난 부서진 거울 조각으로 나를 보는 거 같아. 오빠와 함께 있으면 누구도 자신의 전체 형상을 보지 못할 거야!"

"그래," 울리히가 그녀의 손을 놓지 않은 채 대답했다. "오늘날 사람들은 스스로의 전체상을 보지 않지. 전체상으로 움직이지도 않고. 정말 맞아!"

아가테는 손을 빼내려는 시도를 갑자기 멈췄다. "나는 확실히 성스러운 것과는 딴판이야." 그녀는 낮게 말했다. "무관심 때문에라도 나는 창녀보다 더 나쁜 사람일 거야. 나는 진취적이지도 않고 그 누구도 죽일 수 없을 거야. 이미 오래전 일이지만 오빠가 성자에 대해 처음 말했던 때 나는 '전체의 형상'을 봤던 거 같아…" 그녀는 생각에 빠져서, 아니면 얼굴을 보여주지 않으려고 고개를 숙였다. "난 분수의 형상에서 성자를 봤어. 사실을 말하자면 나는 아무것도 보지 못했지만 뭔가 그렇게 표현해야 할 것 같은 느낌을 받았어. 물은 흘렀고 성자의 움직임은 마치 그가 모든 방향으로 부드럽게 흘러넘치는 분수인 것처럼 가장자리를 넘어 흘러왔지. 그런 것이 우리가 해야 할 일이라고 생각해. 그러면 사람들은 항상 옳은 일을 할 것이고 그가 무엇을 했는지는 하나도 중요하지 않게 될 거야."

"아가테여 나는 성스러움으로 흘러넘친 자신을 보고, 스스로 죄 가운데 빠졌을지 몰라 떨며, 뱀과 코뿔소, 산과 골짜기가 조용히, 나 자신보다 작게 발아래 놓인 것을 믿지 못하겠다는 듯 바라보도다. 하지만 하가우어는 어떻게 할 것인가?" 울리히는 부드럽게 놀려댔다.

"바로 그거야. 그는 함께할 수 없어. 그는 사라져야만 해."

"너에게 해줄 말이 있어." 오빠가 말했다. "뭔가 순수하게 인간적인 용건으로 사람들과 어울려야 할 때마다 나는 연극을 보다가 잠시 신선한 바깥 공기를 마시러 나와서 거대하고 공허한 허공에 걸린 별들을 보고는 마지막 장을 앞두고 모자와 외투와 연극을 내버려두고 극장을 나서는 사람 같다는 느낌이 들었어."

아가테는 살피듯 오빠를 바라봤다. 그건 적절한 대답이기도 했고 아니기도 했다.

울리히도 그녀의 얼굴을 마주보았다. "너도 미처 호감이 가기도 전

116

에 혐오감부터 생겨서 괴로워하는구나." 그는 말하더니 생각에 빠졌다. '누이는 정말 나를 닮았나?' 그는 다시 생각했다. '아마도 파스텔화가 목판화를 닮은 것처럼 말이야.' 그는 자신이 좀더 단단하다고 생각했다. 그녀는 좀더 아름다웠다. 매우 호감이 가는 아름다움이다. 이제 그는 그녀의 손가락이 아니라 손 전부를 잡았다. 따뜻하고 생기로 가득 찬 긴 손이었고 여태껏 인사할 때만 길게 잡아본 손이었다. 젊은 누이는 감정이 격앙되었고 눈물이 맺히진 않았지만 눈 속에는 촉촉한 기운이 서려 있었다. "며칠 후면 오빠도 나를 떠나겠구나." 그녀가 말했다. "그러면 난 모든 걸 어떻게 처리해야 하지?"

"우린 함께 있을 수 있어. 나를 따라오면 돼."

"어떻게 그런 상상을 하지?" 아가테가 물을 때 이마에 작은 주름이 잡혔다.

"상상한 게 아니야. 방금 떠오른 생각이야." 그는 일어섰고 양치기 부부에게 돈을 더 주었다. "식탁에 흠이 생긴 값입니다." 아가테는 연기 사이로 그 시골 부부가 웃으면서 머리를 끄덕이며 알아듣기 힘든 말로 짧게 기쁨의 대화를 나누는 것을 보았다. 그들 사이를 지나칠 때 그녀는 호의에 찬 그들의 촉촉이 젖은 눈을 보았고 자신들을 싸웠다가 다시 화해한 연인으로 여긴다는 사실을 깨달았다. "저 사람들은 우리를 연인으로 생각해!" 그녀가 말했다. 그녀는 발랄하게 오빠에게 팔짱을 끼었고 내면에서는 기쁨이 솟아나왔다. "나한테 키스를 해줘야 해!" 그녀는 웃음으로 요청하며 울리히의 팔을 잡아 끌었고 그들이 그렇게 오두막의 문지방에 섰을 때 나지막한 문은 밤의 어둠을 향해 열려 있었다.

## 11.
## 성스러운 대화. 시작

울리히가 머무는 동안 하가우어에 대한 이야기는 거의 없었고 남매가 만남을 이어가야 한다든가 함께 살아야 한다든가 하는 생각에 대해서도 오랫동안 아무 말이 없었다. 그럼에도 아가테의 내면에서 타올랐던, 남편을 처치하겠다는 고삐 풀린 욕망의 불꽃은 아직 재 속에서 타고 있었다. 그 욕망은 대화 속에서 결말에 이르지 못한 채 확장되었고 다시 새롭게 터져나왔다. 아마 이렇게 이야기해야 할 것이다. '아가테의 기분은 자유롭게 타오르는 다른 가능성을 찾고 있었다.'

보통 그런 대화의 시작은 '내가 해도 될까 아니면 안 될까?' 같은 내면적 형식을 띤 결정적이고 개인적인 질문으로 시작되었다. 법칙을 무시하는 그녀의 본성은 이제 '나는 뭐든지 할 수 있으나 하고 싶지 않아' 같은 슬프고 지친 외양을 띠고 있었다. 또한 울리히에게는 젊은 누이의 질문이 아무 힘 없는 존재지만 작고 따뜻한 손을 가진 아이의 질문처럼 그리 부당하지 않게 다가왔다.

그의 대답은 이질적이긴 했지만 매우 독특했다. 언제나 그는 자신의 체험과 사유의 결실을 나누길 좋아했고 늘 그렇듯 지적으로 진취적인 방식으로 자신을 솔직하게 드러냈다. 그는 항상 누이가 말하는 '이야기의 도덕'에 이르러 그것을 형식적으로 요약하면서 자신을 사례로 삼길 좋아했으며 아가테에게 자신에 대한 많은 것들, 특히 더 활동적인 젊은 시절에 대해 말해주었다. 아가테는 자신에 대한 이야기는 하지 않았지만 오빠가 스스로의 삶을 이야기하는 능력에 감탄했고 자신이 제기하는 모든 문제를 도덕적 관찰로 이끌어가는 방식도 그녀에게 잘 맞았다. 도덕이란 영혼과 사물을 포괄하는 질서에 다름 아니고, 그래서 삶의 의지가 여러 면에서 무뎌지지 않은 젊은 사람들이 도덕에 관해 많이 이야기하는 것은 이상한 일이 아니다. 하지만 울리히 정도의 경험과 나이의 사람들이 그런 말을 한다면 설명이 필요하다. 그들은 자기가 하는 일에 연관됐을 때 도덕을 그저 직업적으로 이야기하기 때문이다. 아니면 그 말은 이미 일상의 실용적인 일에 파묻혀 더이상 자유를 되찾지 못하고 만다. 결국 울리히가 도덕을 이야기할 때는 뿌리깊은 무질서를 의미했고, 아가테는 그런 견해에 깊이 공감하며 끌려 들어갔다. 이제 얼마나 복잡한 조건들이 놓여 있는지를 듣고 난 그녀는 '자신과 완벽히 일치하는' 삶을 살겠다고 한 선언이 얼마나 단순했는지를 부끄러워했지만 좀더 빨리 결론에 이르지 못하는 오빠를 보면서 조급해했다. 그녀가 보기엔 그의 말은 끝으로 갈수록 더 정확해졌지만 그 마지막 문지방을 넘는 순간 그는 멈춰버리고 번번이 새로운 시도를 포기해버리기 때문이었다.

울리히도 그 마비를 피하지 못한 이런 마지막 발걸음과 꺾임의 장소는 유럽의 모든 도덕적 입장이 그 장소를 넘어서지 못한다는 사실을 통해 가장 보편적으로 드러날 수 있다. 그래서 스스로를 해명하는 사람은 발밑이 확고한 느낌이 드는 한 처음에는 얕은 물을 건너는 동작을 하지만 좀더 나아가 삶의 바닥이 갑자기 푹 꺼져서 끝을 알 수 없는 심연으로 빠져드는 것 같으면 공포스럽게 허우적대는 동작을 하는 것이다. 이것은 또한 남매가 대화를 나눌 때 드러나는 독특한 방식이기도 했다. 울리히는 자신이 주목한 모든 주제에 관해 이성적으로 이야기하는 한 조용하고 명확하게 이야기할 수 있었고, 아가테도 비슷한 관심을 가지고 들을 수 있었다. 하지만 말을 마치고 침묵이 찾아오면 엄청난 긴장이 그들의 얼굴에 드리워졌다. 그러고는 갑자기 이제까지 무의식적으로 유지해오던 선을 넘는 일이 벌어졌다.

울리히가 주장했다. "우리 도덕의 단 하나의 근본 특징은 그 명령이 서로 모순된다는 것이지. 모든 문장 중 가장 도덕적인 것은 바로 '예외가 법칙을 증명한다!'는 거야." 아마도 그는 비타협을 주장하지만 실제로는 타협에 굴복하고 마는 도덕적 태도에 대한 반감 때문에 이런 주장을 펼쳤을 것이다. 그건 먼저 체험에 기초하고 관찰에서 법칙을 도출해낸다는 정확한 절차와 반대되는 것이었다. 물론 그는 자연법과 도덕법의 차이, 즉 자연법은 인간의 비도덕적인 본성에서 비롯되지만 도덕법은 확고하지 못한 인간의 본성에 강제돼야 한다는 것을 알았다. 하지만 이런 식의 구분이 오늘날 더이상 통하지 않는다고 생각했으며 도덕은 시대에 100년이나 뒤처진 사유체계이며 그래서 변화된 조건에 적용하기 어렵다고 말하고 싶었다. 그가 설명을 더 이어가기 전에 아가테가 매우 단순하지만 순간 아연케 하는 말로 끼어들었다.

"선한 존재는 선하지 않은 건가?" 그녀는 오빠에게 물었고 그때의 눈빛은 아마 누구도 선하게 여기지 않았을 행동—아버지의 훈장을 가지고 한—을 했을 때의 눈빛과 비슷했다.

"그래 맞아." 그는 활기차게 대답했다. "근원적인 의미를 되찾고 싶으면 우리는 그런 전제를 먼저 세워야 해. 하지만 아이들은 달달한 것을 좋아하듯이 선한 존재를 사랑하지."

"악한 존재도 사랑해." 아가테가 덧붙였다.

"하지만 선한 존재는 어른들의 열망에 속하지 않을까?" 울리히가 물었다. "그건 어른들의 법칙에 속해! 그들은 선하다기보다는—그건 유치하게 여겨지지—선하게 행동하는 거야. 선한 사람이란 선한 규칙을 가진 사람이고 선한 일을 하는 사람이야. 그 사람이 굉장히 역겨울 수 있다는 건 공개된 비밀이지!"

"하가우어를 봐," 아가테가 말을 보탰다.

"그런 선한 사람들에게는 역설적인 어리석음이 있어." 울리히가 말했다. "그들은 상황에서 강요를, 은총에서 규범을, 존재에서 목적을 만들어내지! 이렇게 선한 집안 속에는 평생 대접할 것이라곤 남은 음식밖에 없으며 언젠가 축제가 있었고 거기서 음식 냄새가 흘러나왔다는 소문만 떠다니는 셈이야. 때때로 몇몇의 새로운 도덕이 생겨나는 건 맞지만 지나고 나면 그 도덕들도 신선함을 잃어버리고 말지."

"언젠가 오빠는 같은 행동이라도 상황에 따라 선하기도 하고 악하기도 하다고 말하지 않았어?" 아가테가 물었다.

울리히는 동의했다. 도덕적 가치란 절대적으로 위대한 것이 아니라 기능적인 개념이라는 것이 그의 지론이기 때문이었다. 하지만 그 가치를 도덕화하고 일반화할 때 우리는 그 가치의 자연적 맥락에서 벗어난다. "그건 아마도 도덕으로 가는 길에서 뭔가 잘못된 지점이겠지."

"도덕적 인간이 어찌 그렇게 지루할 수가 있는지," 아가테가 거들었다. "선하고자 하는 의도는 그러나 상상만으로도 가장 기쁘고, 도전적이며, 재밌는데 말이야!"

그녀의 오빠는 멈칫했다. 그러더니 갑자기 자신과 누이의 관계를 특별하게 만들어줄 발언이 입에서 새어나왔다. "우리의 도덕은," 그는 설명했다. "도덕과는 완전히 다른 내적 운동의 결정체야! 우리가 말하는 건 하나도 옳지 않아. 방금 떠오른 문장을 한번 보자고. '감옥은 참회하는 곳이다!' 이건 우리가 최상의 의식 상태에서 할 수 있는 말이야. 하지만 누구도 이 말을 문자 그대로 받아들이진 않아. 그러면 감옥은 투옥된 죄수들에게 지옥불이 돼야 할 테니 말이야. 그러면 어떻게 받아들인다는 말인가? 확실히 참회가 무엇인지 아는 사람은 거의 없지만 그게 어디에 군림해야 하는지는 누구나 말하지. 아니면 무언가 너를 고양시킨다고 상상해봐. 그게 어떻게 도덕으로 날아간 거지? 우리가 떠올려지는 축복에 이를 정도로 먼지 속에 얼굴을 묻은 적이 있었던가? 아니면 말 그대로 어떤 생각에 사로잡힌다고 상상해봐. 그런 상상을 육체적으로 감지하는 순간 너는 광기의 경계에 이르게 될 거야! 모든 말들은 문자 그대로 받아들여지길 요청하고 그렇지 않으면 거짓말로 썩어버리겠지만, 우리는 어떤 말도 문자 그대로 받아들여선 안 되는데 그러면 세계는 정신병원이 되기 때문이야. 거기에서 어떤 종류의 거대한 도취가 어두운 기억으로 떠오르고 우리는 종종 무리가 체험하는 모든 것이 어느 순간 잘못 끼워맞춘 고대의 전체에서 찢겨나온 조각이 아닌가 의심하게 되지."

이런 언급이 있었던 곳은 서재 겸 작업실이었고 울리히가 여행을 떠나면서 가져온 몇권의 책 앞에 앉아 있는 동안 누이는 공동의 상속물이자 질문의 단초를 던져주는 법률과 철학 책들을 뒤적이고 있었다. 소풍 이후로 남매는 집을 거의 나서지 않았다. 그들은 이런 식으로 하루를 보냈다. 이따금 그들은 잎이 떨어져 헐벗은 겨울 관목숲 정원을 산책했으며 비에 젖어 축축한 곳이 부풀어오른 땅을 걸었다. 풍경은 고통스러웠다. 공기는 오래 물 속에 잠긴 듯 창백했다. 정원은 크지 않았다. 길은 얼마 지나지 않아 제자리로 돌아왔다. 이 길을 걸을 때 둘의 마음은 조류가 방파제 앞에서 그러하듯 원을 그리며 소용돌이쳤다. 그들이 집으로 돌아오면 방은 어둡고 안전했으며 창문은 깊은 갱도 같아서 하루가 얇은 상아처럼 딱딱하면서도 부드럽게 그곳으로 새어 들어왔다. 울리히의 마지막 활기찬 말이 있고 나서 아가테는 자신이 앉았던 책 사다리에서 일어나 아무 대답 없이 오빠의 어깨에 팔을 얹었다. 평소답지 않게 부드러운 행동이었다. 그들이 처음 만나던 날, 그리고 며칠 전 목동의 오두막에서 집으로 돌아오던 길에 나눈 두 번의 키스말고는 천성적으로 냉담한 남매는 몇마디 말이나 작은 친절밖에 나누지 않았고 그 두 번의 경우도 친밀한 접촉의 느낌은 갑작스런 쾌활함에 가려지고 말았다. 하지만 이번에 울리히는 이런저런 말 대신 누이가 고인의 관에 넣어준 따뜻한 가터벨트가 떠올랐다. 그의 머릿속에 생각 하나가 스쳐지나갔다. '아가테에겐 연인이 있는 게 분명해. 하지만 상대에게 푹 빠진 것 같진 않아. 그렇지 않다면 이렇게 평온하게 여기 머물진 못할 테니까!' 틀림없이 그녀는 연인과 독립적인 삶을 사는 여인일 것이고 앞으로도 그럴 것이다. 그의 어깨에는 그녀의 아름다운 팔의 무게가 느껴졌고 그녀의 가슴 라인과 금발의 겨드랑이가 가까이 있다는 어렴풋한 느낌이 곁에서 풍겨왔다. 하지만 그렇게 앉아서 조용한 포옹에 저항없이 있을 순 없어서 그는 자신의 목 가까이에 얹혀진 그녀의 손가락을 잡았고 이것으로 다른 신체 접촉을 상쇄하면서 큰 소리로 말했다.

"너도 알겠지만 우리가 한 말은 좀 유치했어." 그는 약간 언짢아하면서 말했다. "세계는 왕성한 결정으로 가득 차 있고 우리는 게으른 거만함으로 여기 앉아서 선한 존재와 그것으로 채울 수 있는 이론적인 항아리의 달콤함에 대해 말하고 있었던 거야."

아가테는 손가락을 오빠의 손에서 풀면서도 팔은 원래 있던 곳에 다시 올렸다. "하루종일 오빠는 뭘 읽는 거야?" 그녀가 말했다.

"너도 알잖아," 그가 말했다. "종종 내 등 뒤에서 책을 훔쳐보면서 뭘!"

"하지만 무슨 내용인지는 모르겠어."

그는 이 질문에 대해서 이야기를 이어갈까 말까 망설였다. 아가테는 의자 하나를 끌어오더니 그의 뒤에 앉아서 마치 잠을 자는 듯 얼굴을 그의 머리카락에 조용히 파묻었다. 울리히는 적수 아른하임이 자신에게 팔을 둘렀을 때 무질서하게 밀려드는 다른 존재와의 육체적 접촉이 마치 틈을 파고들듯이 그를 침범하던 순간을 떠올렸다. 하지만 이번에 그의 본성은 그 낯선 존재를 물리치지 않았고 오히려 인간의 마음속을 오랫동안 가득 채웠던 불신과 혐오의 파편 속에 묻힌 무엇인가가 누이 쪽으로 밀려가는 것 같았다. 누이와 부인, 타인과 친구 사이를 오가며 어떤 실체와도 일치하지 않았던 아가테와의 관계는 그가 종종 생각한 그들 사이의 폭넓은 사유 또는 감정의 일치에 기반하지 않았다. 오히려, 이 순간 그가 놀랍게 목격하듯이, 상대적으로 적은 날들 가운데 당장 표현될 수 없는 무수한 인상들 속에 축적된 사실들과 정확히 일치했다. 가령 그것은 아가테의 입이 어떤 요구도 없이 그의 머리카락에 파묻혀 쉬고 있다는 사실, 그리고 그의 머리카락이 그녀의 숨결에 따뜻하고 촉촉해졌다는 사실 같은 것이었다. 그것은 정신적이면서도 육체적인 것이었다. 왜냐하면 아가테가 질문을 반복할 때 울리히는 신앙을 간직했던 젊은 시절 이후 더이상 가져보지 못한 진지함을 끄집어냈기 때문이다. 또한 그의 등 뒤에서 시작돼 온몸을 통과해 사유가 의지한 책까지 확장된 그 진지함의 가벼운 구름이 다시 증발하기 전에 그가 대답—그 의미보다도 아이러니가 완전히 제거된 목소리가 그를 놀랍게 하는─을 했기 때문이다.

그가 말했다. "나는 경건한 삶의 방식에 대해 고민해봤어."

그는 일어섰다. 누이에게서 멀어지기 위해서가 아니라 몇걸음 떨어진 곳에서 더 잘 보기 위해서였다. "웃을 필요는 없어." 그가 말했다. "갑자기 종교적이 된 건 아니야. 난 자동차를 타고서도 경건한 길을 나설 만한 방법이 있을까,라는 질문을 던져보는 중이야."

"내가 웃은 건," 아가테가 대답했다. "오빠가 무슨 말을 할지 궁금해서야. 오빠가 가져온 책들은 어렵지만, 아주 이해하지 못할 건 아니라는 생각이 들었거든."

"네가 그걸 이해한다고?" 오빠는 동생이 이해할 거라고 이미 확신하면서 물었다. "우리는 신도 세계도 떠나버린 후의 놀이에 갑자기 정신이 팔려 아주 강력한 감정에 빠질 수 있으며 거기에서 더이상 빠져나오지 못할 수도 있어. 한순간에 우리는 모든 무게와 힘을 잃어버리고 바람에 떠도는 깃털처럼 가벼운 존재가 되는 거지."

"오빠가 그렇게 강조한 격렬한 감정만 빼고는 모두 이해할 수 있을 거 같아." 아가테는 말했고 오빠의 얼굴에 드러난─부드러운 목소리와 어울리지 않는─격렬한 당혹스러움에 미소짓지 않을 수 없었다. "우리는 보고 들은 걸 자주 잊어버리고 완전히 침묵에 빠지기도 해. 하지만 그런 순간이 자신에게 돌아오는 때라는 걸 감지하기도 하지."

"내가 말하고 싶은 건," 울리히는 생기있게 말을 이었다. "그게 마치 크게 반사되는 수면을 응시하는 것 같다는 거야. 주위가 온통 밝아서 눈은 어둠을 응시하는 것 같고 물가 저쪽에는 사물이 땅 위에 서 있지 않고 고통스럽고 당황스러울 정도의 부드러운 명징함으로 공기 위에 떠 있는 것처럼 보이지. 그 인상은 상실인 동시에 획득인 셈이지. 우리는 모든 것에 연결돼 있으면서도 어떤 것에도 가까이 갈 수 없어. 너는 이쪽에 있고 세계는 저쪽에 자아를 넘고 대상을 넘어 있지만, 그 둘은 고통스러울 정도로 명확하며 보통 섞여 있는 이것들을 나누고 합치는 것은 어두운 반짝임이자 충만한 소멸이며 안과 밖을 향한 진동이야. 그것들은 물고기처럼 물속을 헤엄치고 새처럼 공중을 날지만 거기에는 물가도 나뭇가지도 없고 오직 흘러감만 있지!" 울리히는 시적으로 말했지만 그 언어의 열기와 강인함은 부드럽게 부유하는 내용에 대비돼 쇠처럼 두드러졌다. 그는 자신을 지배하던 조심성을 내던진 것처럼 보였고 아가테는 놀람과 동시에 불안한 기쁨에 겨워 그를 바라보았다.

"그러니까 오빠는," 그녀가 물었다. "그 뒤에 뭔가 있다는 거지? 그저 기분이 아닌, 또는 혐오스럽거나 달래는 말이 아닌 다른 게 있다는 거 아냐?"

"그 말이 맞을 거야!" 아가테가 일어서서 자리를 내주는 사이 그는 다시 자리에 앉았고 거기 놓인 책을 뒤적였다. 그러고는 한곳을 펼치며 말했다. "성인들은 이렇게 표현했지." 그는 한 대목을 읽어주었다.

"최근 며칠 나는 매우 불안했다. 잠깐 앉아 있다가 다시 집안 여기저기를 돌아다녔다. 고뇌 같은 것이었으나 고뇌라고 하기엔 좀 달콤한 면이 있었다. 왜냐하면 불쾌함이 없었을 뿐 아니라 희귀하면서도 아주 초자연적인 만족이 있었기 때문이다. 나는 모든 능력을 초월해 모호한 힘에 이르렀다. 거기서 나는 소리 없이 들었고, 빛 없이도 보았다. 그러자 내 마음은 헤아릴 수 없게 되었고 내 정신은 형태가 사라졌으며 내 본성은 존재하지 않게 되었다."

둘에게 이 대목은 그들이 집과 정원에서 겪었던 불안과 비슷하게 다가왔고 특히 아가테는 성인들이 헤아릴 수 없는 마음과 형태가 없는 정신을 말했다는 사실에 놀랐다. 하지만 울리히는 곧 다시 자신의 아이러니에 몰두하는 것처럼 보였다.

그가 말했다. "성자들은 '나는 한때 내 안에 갇혔다가 스스로를 벗어나 아무 인식 없이 나를 신에게 의탁했다'고 말하지. 그런데 우리가 책에서 보았던 사냥터의 황제들은 다르게 표현해. 그들은 뿔 사이에 십자가를 가진 사슴이 나타나 창을 내려놓게 되었다고 말하지. 그러고는 사냥을 이어나가기 위해 그 자리에 교회를 세우게 했다는 거야. 내가 교유하던 똑똑하고 부유한 부인들에게 네가 뭔가 질문을 던진다면 그런 체험을 마지막으로 그렸던 화가는 반 고흐라고 곧장 대답할 거야. 또는 화가 대신 릴케의 시를 언급할지도 모르지만 보통 그들은 탁월한 자본가적 기질을 가졌으며 사물의 열정에 비해 자신의 그림이 뒤떨어진다고 생각한 나머지 귀를 잘라버린 반 고흐를 더 선호할 거야. 하지만 우리 민족의 대부분은 귀를 자르는 것은 독일식 감정 표현 방법이 아니며 독일인이라면 오히려 산 정상의 높은 시선에서 보여지는 명명백백한 공허함을 표현하리라고 말할 거야. 그들에게 인간적 숭고란 고독이자 작은 꽃들이며 졸졸대며 흐르는 개울이기 때문이지. 심지어 마치 소처럼 자연의 기쁨을 날것으로 되새김질하는 그런 행복 속에는 신비에 가득 찬 또다른 삶의 마지막 반향이 오해받은 채 숨겨져 있지. 결국 이 모든 것은 존재하거나 존재했음이 틀림없어."

"그럼 오빠도 그걸 조롱해선 안 돼." 호기심이 시들해지고 참을성이 바닥난 아가테가 반박했다.

"난 그저 사랑하기 때문에 조롱하는 거야." 울리히는 짧게 반박했다.

## 12.
## 성스러운 대화, 변화 넘치는 전개

그후 여러 날 책상 위에는 울리히가 집에서 가져오거나 여기서 구입한 많은 책들이 쌓여갔고 때로 그는 즉흥적으로 말했고 때로는 정확한 근거를 대기 위해 종이를 꽂아둔 곳들을 인용하기도 했다. 대부분 신비주의자들의 생애와 글, 또는 그들에 대한 학술서들이었고 그는 "이 부분이 어떻게 전개되는지 정신 차리고 한번 들여다보자" 같은 말로 대화를 엮어나갔다. 그건 그가 쉽게 포기하지 못한 조심스런 태도였으며 한번은 이렇게 말하기도 했다. "지난 세기 신적 황홀에 빠진 남자와 여자들의 이야기를 다 읽게 되면 너는 그 활자들에서 엄청난 진리와 진실을 목격할 거야. 하지만 그 주장들은 너의 현재 마음에 완전히 거슬릴 수도 있을 거야." 그는 말을 이었다. "그들은 넘치는 빛에 대해 말하지. 끝없이 먼 곳과 한없는 빛의 나라에 대해서, 사물과 영혼이 가진 힘의 부유하는 '일치', 놀랍고 표현하기 힘든 마음의 격앙, 너무 빨라서 모든 것이 같아지며 마치 불의 물방울처럼 세계에 떨어지는 인식에 대해서. 다른 한편으로 그들은 망각과 더이상 이해하지 못함, 사물의 몰락에 대해 이야기해. 그들은 고통이 완전히 제거된 어마어마한 안식, 침묵하는 존재, 사유와 의도의 사라짐, 또렷이 보는 눈멂, 죽거나 초자연적으로 살아 있는 가운데서의 명확함에 대해서도 이야기하지. 그들은 그걸 존재의 사라짐이라고 부르면서도 어느 때보다 더 완전하게 살아 있음이라고 주장하지. 아무리 표현하기 어렵게 어둠에 감춰져 있더라도 이런 감정은 오늘날 여전히 마음이—탐욕이 넘친다고 일컬어지는!—무한한 부드러움과 무한한 고독 사이의 어딘가 알 수 없는 곳에서 발견된 유토피아적 장소에 머물 때 체험되는 것이 아닐까?"

생각을 위해 울리히가 잠시 쉬는 동안 아가테의 목소리가 끼어들었다. "그게 오빠가 우리 안에 겹쳐 있는 두 개의 층이라고 불렀던 거구나."

"내가… 언제?"

"오빠가 하릴없이 도시를 걸었던 때 거기에 녹아드는 것 같다면서도 그곳이 별로 좋지 않다고 했어. 나한테는 그런 일이 종종 있었다고 내가 말했지."

"맞아! 넌 '하가우어'에 대해 말했지." 울리히가 소리쳤다. "그때 우린 웃었어. 이제 기억이 난다. 하지만 그런 의도였는지는 잘 모르겠어. 아무튼 내가 너한테 환상을 주고받음, 남성적이고 여성적인 원칙, 원시적 환상의 자웅동체 등등에 대해 수차례 이야길 했지. 그런 이야깃거리야 수도 없이 많으니까! 내 입은 밤에 장광설을 잔뜩 품은 채 멀리 떨어져 있는 달만큼이나 늘 한자리에 머물러 있거든. 하지만 이 독실한 신자들이 자신들의 영혼의 모험에 대해 말한 것은," 그는 신랄한 말에 다시 객관성과 경탄을 섞어서 말을 이었다. "때때로 스탕달식의 가차없는 분석적 확신으로 힘있게 씌어졌지. 하지만 오직," 그는 전제를 달았다. "그들이 순수하게 현상에 머무는 한에서, 그리고 자신들이 선택되어 하느님을 직접 체험한다는 우쭐대는 확신에 날조되지 않는다는 한에서 그런 거야. 그때부터 그들은 명사도 동사도 없이 표현하기 어려운 말로 설명하지 않고 주어와 목적어가 분명한 문장으로 말했지. 왜냐하면 그들은 두 개의 문기둥 사이에서 기적이 열리리라는 걸 믿는 것처럼 영혼과 신을 믿었기 때문이야. 그래서 그들은 영혼이 육체에서 나와 주께로 스며든다거나 주께서 연인처럼 자신 안으로 들어온다고 말한 거지. 그들은 하느님께 사로잡혀 뒤섞이고 매혹되며 빼앗기고 강간당하며 또는 그들의 영혼은 하느님께로 열리고 그 안으로 들어가서 그를 맛보며 사랑으로 그를 껴안고 그의 말을 듣는 거야. 그 세속적인 형상은 너무나 명명백백하지. 이런 표현들은 더 이상 놀라운 발견 같지 않고 오히려 연애시가 그저 하나의 견해만 허용하는 자신의 상대를 장식할 때의 형상과 비슷해. 어쨌든 경계하는 데 익숙한 나 같은 사람에게, 이런 말들은 고문대에 세워진 기분이 들게 하지. 선택받은 자들은 하느님이 자기에게 말을 했다거나 자기들이 나무나 동물의 말을 알아들었다고 확신하지만 막상 나는 그들에게 임한 것이 무엇이었는지 들은 바가 없기 때문이야. 또한 그들이 말을 한다고 해봤자 개인적인 일이거나 아니면 흔한 교회 소식에 불과하거든. 언제나 유감인 것은 정확한 연구자들에게는 그런 환상 체험이 없다는 거지!" 그는 긴 대답을 그렇게 마쳤다.

"연구자들에게 그런 일이 가능하기나 할까?" 아가테는 그를 시험해봤다. 울리히는 잠시 주저하더니 마치 고해자가 된 듯 대답했다.

"모르겠어. 아마 나한테는 가능하지 않을까!" 그는 자신이 내뱉은 말을 되돌릴 수 있을까 하여 웃었다.

아가테도 웃었다. 그녀는 갈망하던 대답을 얻은 듯 보였고 갑자기 긴장이 풀어진 뒤라 그런지 당혹스런 실망의 빛이 잠시 얼굴에 드러났다. 오빠를 새롭게 자극하고 싶었기 때문에 그녀는 일부러 반박했다.

"오빠도 알지만," 그녀가 말했다. "난 아주 경건한 수도원에서 교육을 받았어. 그래서 그런지 누군가 경건한 이상을 말하면 비열하게 그 사람을 풍자해보고 싶은 욕망이 생겨. 하루종일 눈앞에 고귀한 생각을 떠올리게 하려고 우리 선생님들은 두 색이 십자가를 이룬 수도복을 입곤 했지. 하지만 우리는 한순간도 그런 생각을 하지 않았고 수녀들의 외모와 비단실처럼 나긋나긋한 말투 때문에 그들을 십자가 거미라고 불렀어. 그래서 오빠가 그런 책을 읽을 때 나 역시도 울어야 할지 웃어야 할지 몰랐던 거야."

"그게 무얼 증명하는지 알아?" 울리히가 크게 말했다. "우리 안에 있게 마련인 선을 향한 힘이 벽을 갉아서 구멍을 낸다는 말과 다르지 않아. 만약 우리가 그 힘을 딱딱한 형식 안에 가두면 바로 그 구멍을 통해서 악으로 가는 길이 열리는 거지! 그건 내가 장교로 있을 때 동료 군인들과 함께 왕위와 제단을 옹호하던 시절을 떠올리게 해. 내 주변에서 그때만큼 두 가지에 대해 마음껏 이야기하고 들어본 적은 없을 거야. 감정은 얽매이는 걸 싫어하고 특히 어떤 감정은 절대적으로 그걸 거부하지. 내가 확신하건대 너희 정직한 선생님들은 자신들의 설교를 믿었을 거야. 하지만 믿음이란 한 시간을 넘어가진 못해! 그게 문제야."

비록 울리히가 성급히 만족을 표하진 않았지만 아가테는 자신의 믿음의 열정까지 빼앗아간 수도사들의 믿음이란 병 속에서 '절여진' 것이라고 이해했다. 말하자면 고유의 본질을 간직하면서 믿음의 특징도 잃지 않았지만 그럼에도 신선하지는 않은 것, 그러니까 이해하기 어려운 방식으로 원래와는 다른 상태로 변질된 것이었고 반항하면서 탈주하는 신성한 학생에게 이제 어떤 예감으로만 떠돌아다니는 것이었다.

그런 믿음에 대한 통찰은 그들이 도덕에 관해 나눈 모든 말들과 함께 그가 그녀에게 심어놓은 매력적인 의심 중 하나였으며 그녀가 뭔지 제대로 알지도 못한 채 느껴온 내적 각성의 일부였다. 그녀가 의도적으로 내보이려고 했으며 또한 스스로 간직하고자 한 무관심의 상태가 언제나 그녀의 삶을 지배한 것은 아니기 때문이다. 깊은 우울에서 곧바로 자기를 벌하고자 하는 욕구를 불러일으키는 일이 일어났으며 그 일은 숭고한 감정을 진실하게 간직할 수 없다고 믿게 함으로써 스스로를 무가치하게 보이도록 했고 그 이후 그녀는 게으른 마음 때문에 스스로를 경멸해왔다. 그 사건은 아버지의 집에서 자란 어린 시절과 하가우어와의 이해하기 힘든 결혼 사이에 있었고 그렇듯 짧은 기간의 일이었기 때문에 그녀에게 관심을 가진 울리히조차도 물어볼 기회를 놓치고 말았다. 아가테는 그 사건을 얼마 지나지 않아 이야기했다. 아가테는 열여덟살에 자신보다 서너 살 위의 남자와 결혼했고 신혼 초에 떠난 여행에서 남편은 장차 살 집을 구해보지도 못하고 여행 기간에 얻은 병으로 불과 몇주 사이에 생을 마감하고 말았다. 의사들은 티푸스라고 했고 아가테는 그 단어를 따라하면서 질서의 외형을 발견했는데 그것이야말로 세상의 요구에 맞춰 부드럽게 다듬어진 사태의 측면이었기 때문이다. 하지만 다듬어지지 못한 측면은 그와 달랐다. 그때까지 아가테는 모든 사람들이 존경하는 아버지와 함께 살았고 아버지를 사랑하지 않는 자신을 망설이면서 질책했다. 또한 자아를 찾기 위한 수도원에서의 막연한 기다림이 일깨워준 불신 때문에 세상과도 관계를 맺지 못했다. 그러나 그녀가 갑자기 깨어난 쾌활함으로 젊은 시절의 친구와 함께 몇달 만에 결혼 앞에 놓인 모든 장애물을 극복했을 때—막상 가족들의 반대는 없었지만—, 그녀는 더이상 외롭지 않았고 그 과정에서 자아를 찾았다. 그건 사랑이라 불릴 만한 것이었다. 하지만 마치 태양을 바라보듯 사랑을 응시하는 통에 눈이 멀어버린 연인도 있고 인생이 사랑으로 빛날 때 처음으로 놀라서 삶을 바라보는 연인도 있다. 아가테는 후자 쪽이었고 자신이 첫 남편을 사랑하는지 다른 어떤 것을 사랑하는지 알기도 전에 몽매한 세상이 전염병이라 부르는 것이 찾아왔던 것이다. 아주 갑작스럽게 공포의 폭풍이 삶의 먼 저편에서 불어왔고 그건 저항이자 떨림이고 소멸이었으며 또한 서로에게 의지한 두 사람을 향한 방문이었고 구토와 배설과 두려움 속에 순진한 세계가 침몰한 사건이었다.

아가테는 자신의 감정을 무너뜨린 이 사건을 절대 인정하지 않았다. 절망으로 황폐해진 채 죽어가는 사람의 침대 앞에 무릎을 꿇고 어린 시절 자신의 병을 이겨냈던 때의 힘을 되찾을 수 있을 거라고 스스로를 설득했다. 그럼에도 그의 죽음은 진행되었고 의식은 사라져버렸으며 그녀는 낯선 호텔 방에서 아무것도 이해하지 못한 채 허망한 얼굴을 들여다봤고 어떤 위험을 감지하지 못한 채 죽어가는 이를 끌어안고 분개한 간호사가 돌보고 있는 것도 무시한 채 그저 무감각해지는 귀에 대고 몇시간이나 "그러면 안 돼, 그러면 안 돼!"를 중얼거릴 수밖에 없었다. 하지만 모든 것이 끝났을 때 그녀는 놀라서 일어섰고 뭔가를 믿거나 생각하지 않은 채 그저 고독한 존재의 완고함과 꿈을 꾸는 능력을 바탕으로 이 사건이 던진 공허한 경악의 순간을 마치 이것이 끝이 아니라는 듯 내면으로 받아들였다. 불행한 소식을 믿고 싶지 않거나 피할 수 없는 사건을 견딜 만하게 채색하고 싶은 사람에게서 우리는 비슷한 사례를 목격할 수 있을 것이다. 그러나 아가테에게 독특한 것은 이런 반응의 강렬함과 엄청난 크기였으며 특히 갑자기 폭발한, 세상을 향한 경멸이었다. 그때 이후로 그녀는 새로운 것을 현재의 것이 아니라 의도적으로 아주 불확실한 것으로 받아들였고 그런 태도는 현실과 직면했을 때의 불신에 의해 더욱 심해졌다. 그와 반대로 과거는 그간 겪은 충격으로 딱딱해졌고 기억보다 훨씬 느리게 시간에서 멀어져갔다. 하지만 그건 의사들을 불러야 할 정도의 꿈의 소용돌이나 편파성, 왜곡된 균형감 따위와는 아무 상관도 없었다. 오히려 아가테는 완전히 투명하고 겸허하며 도덕적으로 살았으며 조금 지루할지는 모르지만 어렸을 적 일부러 걸리고 싶어했던 열병과 비슷한 생의 미약한 들뜸을 겪고 있었다. 결코 그 인상을 보편적으로 펼쳐 보이지 않는 그녀의 기억 속에는 과거의 모든 일들과 두려운 순간이 마치 흰 천에 쌓인 시체처럼 생생하게 남아 있었고 그렇게 정확한 기억이 던져주는 고통에도 불구하고 모든 것이 아직 끝나지 않았으며 감정의 몰락에도 불구하고 여전히 모호하지만 고귀한 긴장이 남아 있다는 비밀스럽고 뒤늦은 깨달음이 주어졌기 때문에 그녀는 행복하기까지 했다. 사실 그 모든 것의 의미는 그녀가 존재의 의미를 다시 잃어버렸으며 자신의 나이와 어울리지 않는 상태로 일부러 빠져들어갔다는 것이다. 왜냐하면 오직 늙은 사람들만 과거의 체험과 성취 속에 머물면서 현재와 더이상 교류하지 않기 때문이다. 하지만 다행스럽게도 아가테의 나이에는 영원을 위한 결심을 할 수도 있지만 1년만 해도 거의 영원의 절반쯤으로 느껴졌기 때문에 얼마 안 있어 그녀의 억압된 본성과 구속된 환상이 격렬하게 해방될 거라는 기대를 갖게 했다. 그것이 어떻게 일어나느냐 하는 세세한 부분은 중요하지 않았다. 그녀를 평정심에서 꺼내려는 시도를 다른 때 같으면 결코 성공할 수 없었던 사람이 성공했고, 그녀의 연인이 되었으며 이 회복의 시도는 아주 짧은 시간의 열광적인 희망 뒤에 격렬한 각성으로 끝맺고 말았다. 이제 아가테는 실제의 삶뿐 아니라 비현실의 삶에서도 내쫓긴 기분이었고 고귀한 바람 따위는 어울리지 않는 사람이 되었다. 어느 순간 모든 것이 총체적인 혼란에 빠지기 전까지 그녀는 오랫동안 움직임 없이 절제된 삶을 살아온 강한 부류의 인간이었다. 그러나 실망스럽게도 경솔한 결정을 내리고 말았는데 짧게 말하자면 그건 자신에게 가벼운 저항감을 불러일으키는 남자와 살기로 결심함으로써 스스로의 죄를 모순된 방식으로 처벌하는 것이었다. 그리고 그녀가 스스로를 처벌하기 위해 고른 남자가 바로 하가우어였다.

"그건 그 사람을 향한 옳지도, 사려깊지도 않은 행동이었어!" 아가테는 인정했고 또 하나 인정돼야 할 것은 정의와 사려깊음이란 젊은 사람들이 결코 좋아하는 덕목이 아니기 때문에 그제서야 처음으로 자신의 행동을 그런 식으로 대면했다는 사실이다. 아무튼 그녀의 '자기-처벌'은 두번째 결혼생활에서 무시 못할 것이었고 아가테도 이제는 그 문제를 성찰해보고 있었다. 그녀의 말은 주제에서 너무 멀리 벗어났고 울리히도 어디서 대화를 이어나가야 할지를 잊어버렸는지 책에서 무언가를 찾고 있었다. '수백년 전에,' 그녀는 생각했다. '나 같은 생각을 가진 사람은 수도원에 들어갔지.' 또한 그녀가 수도원 대신 결혼을 택했다는 사실은 여태 그녀에겐 없었던 순진한 코미디와 같은 측면이 있었다. 그녀가 너무 어려서 알아채지 못했던 이런 코미디는 세계로부터의 탈출 욕구를 최악의 경우에는 알프스 호텔 같은 숙박업소에서 충족하고 교도소에 말끔한 가구를 배치하기까지 하는 현대의 모습과 다르지 않았다. 그건 무엇을 하더라도 지나치게 하지 않으려는 유럽의 욕구와도 일치했다. 오늘날 어떤 유럽인도 자신에게 채찍질을 하거나 재를 뒤집어쓰거나 혀를 자른다거나 어떤 일에 푹 빠져들거나 모든 사람에게서 완전히 멀어지거나 열정에 취하거나 수레로 몸을 찢어 죽이거나 창으로 사람을 찌르지 않는다. 하지만 누구나 그런 욕구를 가지고 있기에 그걸 하고 싶어하는 것과 하지 않는 것 사이에 어느것을 인정해야 할지를 판단하기는 어렵다. 고행자는 왜 굶주려야만 하는가. 그건 고행자에게 혼란스런 상상만 던져주지 않는가. 합리적인 고행이란 지속적으로 잘 먹는 가운데 음식에 대한 거부감을 가지는 것이다! 합리적인 고행은 지속을 보장하고 육체의 격정적인 반발에 종속돼 있을 때 불가능했던 자유를 허락한다. 그녀가 오빠에게서 배운, 씁쓸한 유머를 담은 이런 성찰은 아가테에게 매우 좋은 영향을 끼쳤다. 왜냐하면 그런 유머는 그녀의 경험 부족 때문에 오랫동안 의무로 믿어온 '비극적인 것'을, 어떤 이름이나 목표가 없는, 그래서 그 자체로는 그녀가 이전에 겪은 것과 함께 묶일 수 없는 아이러니와 열정으로 쪼개기 때문이었다.

오빠와 함께 지내면서 그녀는 이런 식으로 자신이 무책임한 삶과 유령 같은 환상 사이에서 견뎌왔던 거대한 균열에 느슨해진 것들이 새롭게 결합하는 구원의 움직임이 일어났음을 깨달았다. 가령 그녀는 지금 그녀와 오빠 사이를 지배하며 책과 기억에 의해 더욱 강화된 침묵 속에서 오빠가 자기에게 이야기했던 것, 즉 울리히가 목적 없이 도시를 거닐었고 그때마다 도시가 그를 뚫고 지나갔다는 말을 곰곰이 생각해보았다. 그건 그녀의 행복했던 몇주를 떠올리게 했다. 그리고 그의 말을 들었을 때 그녀가 아주 정신없이 크게 웃었던 것에도 다 이유가 있었는데 그녀는 그가 말한 세계의 교류, 즉 코믹하고도 환희에 넘친 뒤얽힘은 키스를 할 때 둥글어지는 하가우어의 입술과 어딘가 비슷하다고 생각했기 때문이다. 그건 전율이었지만, 그녀는 한낮의 밝은 빛 아래서도 전율이 있다고 생각했고 자신에게 모든 가능성이 떠나버린 것은 아니라는 느낌에 사로잡혔다. 과거와 현재 사이에 항상 놓여 있던 중단으로서의 무無는 최근에 사라져버렸다. 그녀는 비밀스럽게 주위를 둘러보았다. 그녀가 있는 방은 자신의 운명적 사건의 일부를 형성하고 있었다. 그건 그녀가 여기에서 처음 해보는 생각이었다. 왜냐하면 여기가 바로 아버지가 집에 없을 때 그녀의 젊은 연인을 데려와 사랑을 결심했던 곳이었고, 역시 여기서 그 수치스런 구혼자를 받아들였으며, 분노와 절망의 눈물을 감추며 창에 기대 서 있었고 마침내 여기서 아버지의 후원 아래 하가우어의 청혼이 이뤄졌기 때문이었다. 그렇게 오랫동안 사건의 무시된 이면에 불과했던 가구라든가 벽, 특별한 용도의 불빛들이 이제 다시 살아난 인식의 순간에 기이하게 뚜렷해졌고 그 모험적인 과거들은 마치 재 또는 타버린 나무처럼 매우 구체적이어서 더이상 모호하지 않은 형상을 띠고 있었다. 그 코믹하고 어렴풋한 과거의 감정은 참을 수 없이 강력하게 남아 있었고, 오랜 기억과 마주할 때 자신과 함께 먼지처럼 말라버리는 낯선 간지럼은 그걸 느끼는 순간, 잡을 수도 몰아낼 수도 없는 지경에 이르렀다.

아가테는 울리히가 자신을 바라보지 않는다고 확신하며 조심스레 옷의 앞섶을 풀어서 몇년 동안 꺼내보지 않았던, 작은 그림을 넣어둔 사진갑을 열었다. 그녀는 창가로 가서 밖을 내다보는 척하면서 조심스럽게 그 작은 금빛 조개장식의 날카로운 가장자리를 열었고 죽은 연인을 비밀스럽게 바라보았다. 두툼한 입술과 부드럽고 촘촘한 머리카락을 가진 스무살 무렵의 당돌한 시선이 아직 달걀껍질에 싸인 듯한 얼굴에서 뿜어져 나오고 있었다. 그녀는 한동안 무슨 생각을 하는

지 몰랐는데 갑자기 생각이 떠올랐다. '맙소사, 스물한살이었어!'

그렇게 젊은 사람들은 무슨 이야기를 하지? 그들은 자신의 일에 무슨 의미를 부여할까? 그들은 종종 얼마나 코믹하고 불손한가! 그들의 생각이 가진 활기는 얼마나 그 생각의 가치를 기만하는가? 아가테는 조심스럽게 기억의 메모지에서 오래된 문구를—그걸 보관하다니 얼마나 영리한가—펼쳐보았다. '세상에, 정말 그럴 듯하네.' 그녀는 생각했다. 그러나 그녀는 그들이 대화를 나눈 정원, 이름 모를 기이한 꽃, 지친 주정뱅이처럼 아무데나 주저앉은 나비, 하늘과 땅이 녹아든 것처럼 그들의 얼굴 위로 흐르던 빛 같은 것들이 떠오르지 않으면 그것이 무엇인지 확실히 말할 수 없었다. 비록 지나간 햇수가 많지는 않아도 그때와 비교해볼 때 그녀는 이제 나이들고 노련한 부인이었다. 약간 혼란에 빠진 채 그녀는 스물일곱 먹은 자신이 여전히 스무살짜리를 사랑하고 있다는 이상한 생각이 들었다. 그는 그녀에게 너무 어린 남자가 돼버렸다! 그녀는 스스로 물었다. '내 나이에, 이런 소년 같은 남자가 가장 소중하게 다가온다면 도대체 어떤 느낌일까?' 정말 기이한 느낌일 것이다. 하지만 그녀는 그런 느낌을 상상조차 할 수 없을 것 같았다. 결국 모든 것은 무無로 사라져버렸다.

아가테는 거대하게 솟구치는 감정 가운데 자신의 삶에서 유일한 자랑거리인 열정에 빠져 실수를 범하고 말았음을 인정했다. 그 실수의 핵심에 만질 수도 잡을 수도 없는 불타는 안개가 있었으며 믿음이 한 시간을 넘기지 못한다고 해도 할말이 없었다. 또한 그들이 함께한 이래 그녀의 오빠가 한 말은 바로 그것이었고 비록 개념적으로 에둘러 말하는 데다 지나치게 조심스러워서 그녀의 인내심이 견뎌내기엔 너무 느리긴 했지만 그가 한 말은 늘 그녀에 관한 것이었다. 그들은 항상 같은 대화로 돌아왔으며 아가테는 그의 불꽃이 스러지지 않기를 바라면서 스스로 타올랐다.

　그녀가 울리히에게 다시 말을 건넸을 때 그는 얼마 동안이나 대화가 중단되었는지 알지 못했다. 하지만 남매 사이에 무슨 일이 있었는지 미처 눈치채지 못한 사람은 다음 이야기는 건너뛰어도 좋은데 왜냐하면 거기엔 한번도 입증되지 못한 모험이 포함돼 있었기 때문이다. 그건 가능성의 끝으로 가는 여행으로 불가능한 것과 부자연스러운 것, 심지어 혐오스러운 것의 위험을 간직한 과거―반드시 과거는 아니지만―로 떠나는 여행이었다. 울리히가 나중에 '경계가 모호한 경우'로 이름붙인 그것은 제한되면서도 각별한 가치를 지니며 수학이 종종 진리에 도달하기 위해 사용하는 어리석음과 자유를 떠올리게 했다. 그와 아가테는 신에 사로잡힌 사람들과 아주 비슷한 길로 접어들었지만 신이나 영혼을, 심지어 내세나 부활도 믿지 않은 채 아무 경건함도 없이 그 길을 걸었다. 그들은 이 세상 사람들로서 그 길에 들어섰으며 그 길을 추구했다. 참으로 주목할 만한 시도였다. 아가테가 다시 말을 꺼낸 순간 울리히는 여전히 책과 그녀가 던진 질문에 사로잡혀 있었지만 그녀가 수도원 선생들의 경건함과 '정확한 환상'을 고집하는 그에게 저항하던 순간 끊겨버린 그들의 대화를 여전히 기억하고 있었다. 그는 곧장 대답했다.

　"그런 종류의 체험을 하려고 성인이 될 필요는 없어! 우리는 쓰러진 나무나 산속 벤치에 앉아서 풀을 뜯는 소떼를 볼 수도 있고 그 과정에서 단숨에 다른 삶으로 전환하는 것과 맞먹는 경험을 할 수도 있어! 우리는 자신을 잃어버리는 순간 갑자기 되찾게 되지. 너는 그런 이야기를 한 거야!"

"하지만 그 순간 무슨 일이 벌어지는 거지?" 아가테가 물었다.

"그걸 알려면 일상적인 것이 무엇인지를 명확히 해야만 한다오, 자매여." 빠르게 몰두하기 시작하는 사유를 제어하기 위해 울리히는 농담을 던졌다. "일상적이라는 건 소떼가 우리에겐 풀을 뜯는 소고기와 다름없다는 뜻이야. 아니면 배경으로 그릴 수 있는 대상이란 소리지. 아니면 거기서 아무것도 인식하지 못한다는 거야. 산속 길가의 소떼는 산속 길가에 속하는 것이고 그 자리에 커다란 전자시계나 공동주택이 있다면 우리가 그 순간 목격한 것을 먼저 체험하게 될 거야. 그 후에 우리는 일어서야 할지 앉아야 할지를 고민하겠지. 그러고는 소떼를 에워싼 파리들이 성가시게 여겨질 테고 그중 황소가 있는지를 찾아볼 거야. 우리는 길이 어디로 이어졌는지를 궁금해할 테고 그 밖에 수많은 자잘한 의도와 관심, 계산, 관찰이 있을 테고 소 그림이 그려진 종이 위에 그것들은 동시에 그려질 거야. 우리는 종이에 대해서는 모르지, 그저 소에 대해서 알 뿐이야."

"그리고 갑자기 종이가 찢어져버리지." 아가테가 끼어들었다.

"맞아, 우리 안의 일상적인 짜임새가 찢어지는 거야. 거기엔 먹을 것도 없고 그릴 것도 없어. 아무것도 너의 길을 가로막지 않아. 너는 더이상 '풀을 먹는다'거나 '풀을 뜯는다' 같은 말을 그려낼 수 없는데 그 말 속엔 네가 갑자기 잃어버린 목적 지향적이고 실용적인 환상이 포함돼 있기 때문이야. 그림 같은 평면 위에 남은 것은 잘해야 오르락내리락 하거나 숨쉬고 반짝이는 감정의 파도로—어떤 윤곽도 없이 전체 시야를 가득 채운 것 같은—불릴 수 있을 거야. 당연히 그 안에는 색깔, 뿔, 움직임, 냄새, 현실의 모든 것들 같은 수많은 개인들의 지각들이 포함될 거야. 하지만 그것들은 인식되기는 하더라도 더이상 용납되지는 못할 거야. 난 이렇게 말하고 싶어. 개별자들은 우리의 주의를 끄는 데 이용할 이기주의를 더이상 소유하지 않고 오히려 친근하게 묶여 있으며 말 그대로 '친밀하게' 결합돼 있어. 당연히 '그림 같은 평면'은 이제 없고 모든 것이 아무 경계 없이 너한테 스며드는 거지."

다시 아가테가 적극적으로 그 표현을 넘겨받았다. "이제 오빠는 개별자들의 이기주의 대신 인간 존재의 이기주의를 말하기만 하면 돼." 그녀는 크게 말했다. "그건 말로 표현하기 어려운 거야. '네 이웃을 사랑하라'는 말은 너희들이 서로 사랑하는 것처럼 그 사람을 사랑하라는 게 아니야. 그건 꿈같은 상태를 가리키는 거지!"

"모든 도덕적 명제는," 울리히가 그녀의 말에 찬성했다. "우리가 묶여 있던 규율에서 벗어난 꿈같은 상태를 말하지."

"원래 선이나 악 같은 건 없고 오직 믿음만이, 또는 의심만이 있을 뿐이야!" 아가테가 소리쳤다. 스스로를 정립하는 근원적 믿음의 상태는 그녀에게 아주 가까워진 것처럼 보였고 오빠가 '믿음이란 한 시간을 버티지 못한다' 말한 이후로 도덕에서 사라져버린 믿음의 상태 역시 친근하게 다가왔다.

"그래, 우리가 비본질적인 삶에서 빠져나오는 순간 모든 것이 새로운 관계에 돌입하지." 울리히가 동의했다. "심지어 나는 전혀 관계없는 상태에 들어간다고 얘기하고 싶어. 왜냐하면 새로운 관계는 완전히 알려지지 않은 관계고 전혀 체험해보지 못한 것이며 모든 다른 관계가 지워진 상태기 때문이야. 하지만 그런 관계는 모호함 속에 있음에도 우리가 부정할 수 없는 명확한 의미를 간직하거든. 그건 강력해, 하지만 파악하기 불가능할 정도로 강력하지. 이렇게 말해볼 수도 있어. 보통 우리가 뭔가를 목격할 때 우리 시선은 가는 막대기나 팽팽한 실 같아서 눈과 대상이 서로를 지탱하고 그 사이엔 매순간 그런 식의 지탱이 이뤄지는 거대한 구조가 있지. 하지만 지금 이 순간엔 뭔가 고통스럽게 달콤한 것이 우리의 눈빛을 찢어놓는 것 같다고 말이야."

"우리는 세상의 그 무엇도 소유하지 않아. 우리는 더이상 아무것도 붙잡지 않고 어느것에도 사로잡히지 않는다고." 아가테가 말했다. "그건 잎사귀조차 움직이지 않는 커다란 나무 같아. 그런 상태에서 우리는 어떤 비열한 짓도 할 수 없지."

"사람들은 그런 상태와 조화를 이루지 않는 일은 일어날 수 없다고 말하지." 울리히가 거들었다. "그런 상태에 속해야겠다는 것이 단 하나의 기준이자 사랑스런 사명이며 그 안에 자리잡은 모든 행위와 사유의 유일한 형식이야. 그 상태는 끊임없이 고요하고 폭넓은 것이며 그 안에서 이뤄지는 모든 것은 조용하게 그 의미를 키워가지. 또는 그것이 의미를 키우지 않는다면 그건 좋지 않지만 어떤 나쁜 일도 벌어지지 않는데 왜냐하면 그와 동시에 고요함과 투명함은 찢어지고 놀라운 상태는 끝나기 때문이야." 울리히는 동생이 말을 알아듣지 못한 것 같다는 듯 의심스레 그녀를 바라보았다. 그는 여기서 끝내야겠다는 느낌을 받았다. 하지만 아가테는 아무 표정이 없었다. 그녀는 한참 옛날 일들을 생각했다. 그녀는 대답했다.

"난 스스로에게 놀라고 있어. 하지만 나에게는 질투나, 악덕, 허영, 탐욕 등에 물들지 않은 짧은 시기가 있었어. 믿을 수 없는 일처럼 보이지만 그 모든 것들은 내 마음에서뿐 아니라 세계에서도 갑자기 모습을 감춘 것 같았어! 그런 상태에선 어느 한 사람뿐 아니라 다른 사람들도 나쁘게 행동할 수 없어. 선한 사람은 누가 무슨 짓을 하더라도 자신과 접촉하는 모든 것을 선하게 만들어. 무엇이든 그의 영역에 들어서는 순간, 변화되는 것이지!"

"아니야," 울리히가 끼어들었다. "그렇지 않아. 그런 말은 가장 오래된 오해 가운데 하나일 거야. 선한 사람은 세상을 조금도 선하게 만들지 않아. 선한 사람은 세계에 아무 영향도 끼치지 못하지. 선한 사람은 세계에서 멀어져갈 뿐이야!"

"그가 세계에 여전히 머무는데도?"

"그는 세계 가운데 머물지. 하지만 그는 공간에서 사물이 제거된 듯한 느낌일 거야. 아니면 뭔가 상상의 것이 벌어진 느낌이랄까. 말로 하긴 어려워!"

"그럼에도 나에게는 '높은 심성의' 사람이라는 생각이 있어. 방금 떠오른 거야! 그 사람은 절대 비천한 곳으로 발을 떼지 않지. 엉터리일 수도 있지만 실제 경험한 일이야."

"경험할 수도 있지," 울리히가 대답했다. "하지만 반대의 경험도 일어날 수 있어! 너는 예수를 처형한 병사들이 전혀 비열함을 느끼지 못했다고 생각해? 그들은 신의 도구였지! 심지어 열광적인 신자들조차 나쁜 감정이 있다는 걸 증언해. 그들은 은총의 상태에서 떨어져 불안, 고통, 수치, 심지어 미움까지 알게 되는 말할 수 없는 불행에 빠졌다고 불평하지. 조용한 불타오름이 다시 시작될 때만이 후회와 성냄, 두려움과 고통은 경건해질 거야. 이 모든 것을 판단하기는 어려운 일이지!"

"언제 오빠는 사랑에 빠졌어?" 뜬금없이 아가테가 물었다.

"내가? 오, 그건 한번 말한 적이 있을 텐데. 나는 사랑하는 여인에게서 천 킬로미터를 도망쳤고 그녀를 실제 안을 수 있는 가능성에서 벗어났다고 느꼈을 때 비로소 개가 달을 향해 짖듯이 울부짖었다고 말이야!"

이제 아가테가 자신의 사랑 이야기를 고백했다. 그녀는 흥분된 상태였다. 그녀의 마지막 질문은 너무 팽팽해진 악기의 현에서 끊어진 것처럼 퉁겨나왔고 나머지 말들도 그렇게 끌려나왔다. 마치 수년간 감추었던 비밀을 풀어낼 때처럼 그녀는 속으로 떨고 있었다.

그녀의 오빠는 그러나 특별히 동요하는 기색이 없었다. "사람들처럼 기억도 나이가 들게 마련이지," 그는 말했다. "또한 시간이 갈수록 아주 강렬했던 체험들은 마치 누군가 아흔아홉 개의 연속된 열린 문 끝에서 그것을 보는 것처럼 코믹한 광경이 된단 말이야. 하지만 종종 강렬한 감정과 연결되었던 기억은 세세한 추억들을 노화시키지 않고 존재의 전체 층위를 굳건하게 간직하고 있지. 그게 너의 경우야. 모든 사람들에게는 심리적 균형을 어느 정도 왜곡시키는 지점이 있거든. 사람들의 행동은 강물이 보이지 않는 바위를 넘는 것처럼 그 지점을 넘어 흘러가는데, 너의 경우는 그게 너무 강해서 거의 정지된 상태에 이른 거야. 하지만 결국 너는 거기서 풀려나고 다시 움직이지!"

그는 직업적인 견해를 밝히듯 침착하게 이야기했다. 그는 쉽게 주제를 바꿔가며 이야기했다! 아가테는 행복하지 않았다. 그녀는 완고하게 말했다. "물론 나는 움직여. 하지만 내가 말하는 건 그게 아니잖아! 내가 알고 싶은 건 그때 내가 어디까지 이를 뻔했느냐는 거야!" 그녀는 뜻하지 않게 화까지 났는데 흥분을 어떡하든 표출하고 싶었기 때문이었다. 그럼에도 그녀는 원래 그녀가 가려던 방향으로 말을 이어갔고 자신의 부드러운 말과 그 이면의 분노 사이에서 현기증을 느낄 수밖에 없었다. 그녀는 인상의 범람과 역류를 불러오고 마치 부드러운 수면의 거울이 모든 사물과 연결되어 아무 의도 없이 서로 주고받는 듯한 감정을 불러일으키는 고조된 감수성과 섬세함의 상태에 대해 이야기했다. 모든 경계를 지우면서 외면과 내면의 경계를 무화시키는 이런 놀라운 감정은 사랑과 신비의 감정과 같은 것이다! 물론 아가테는 이미 설명됐다는 투의 그런 언어로 말하지 않았고 자신의 기억 가운데 열정적인 파편들을 그저 배열할 뿐이었다. 하지만 울리히는 그런 생각을 자주 했음에도 이런 체험을 설명할 수 없었다. 무엇보다 그는 그런 체험을 고유의 방식대로 설명해야 할지 아니면 일반적인 이성의 절차대로 설명해야 할지도 알지 못했고 두 방식 모두 그에게는 친근했지만 누이의 확연한 열정과는 멀어 보였다. 그가 응답으로 제시한 것은 여러 가능성을 시험하는 타협에 불과했다. 그는 자신들의 대화가 고결한 상태에 머물면서 사유와 도덕 사이의 주목할 만한 유사성을 보여준 덕분에 각각의 사유가 행복이나 사건, 선물처럼 여겨졌고 두뇌 속의 저장고에서 길을 잃지도 않았으며 소유와 권력, 집착과 감시 따위와 깊게 연루되지도 않았다고 평가했다. 그럼으로써 마음에서뿐 아니라 머리에서도 자기 소유의 기쁨이 끝없는 자기비움과 유대로 대체될 수 있었다는 것이다.

"인생에서 언젠가는," 아가테는 결론을 내리듯 열정적으로 대답했다. "우리가 한 모든 일이 타인을 위한 것임이 드러날 거야. 우리는 타인을 위해 태양이 빛나는 것을 바라보지. 타인은 어디나 있고 우리는 어디에도 없어. 또한 둘을 위한 이기주의란 건 없어. 그 경우 타인에게도 똑같은 일이 일어나야 하기 때문이야. 결국 그들이 서로를 위해 존재하기는 어렵고 남겨진 것은 인정과 헌신, 우정, 이타심 등으로 이뤄진 오직 두 사람을 위한 세계지."

방의 어둠 속에서 그들의 뺨은 그늘에 핀 장미처럼 붉게 빛났다. 울리히가 제안했다. "좀더 정신을 가다듬어서 말해보자. 이 문제에는 속임수가 너무 많아!" 그녀도 그 말이 옳다고 생각했다. 아마도 아직 완전히 사라지지 않은 분노 때문에 그가 불러낸 현실에 대한 그녀의 기쁨이 다소 위축되는 것 같았다. 하지만 이런 경계의 불명확한 흔들림은 전혀 나쁜 느낌이 아니었다.

울리히는 그들의 대화 속에서 사고의 전환이 일어났다기보다는 평범한 것 대신에 초인적인 사유가 들어섰다는 식으로 체험을 왜곡하여 해석하는 것에 대해서 말했다. 그것이 신적인 깨달음으로 불리든 아니면 현대의 조류에 따라 직관으로 불리든 그는 그런 식의 해석이 현실적 인식에 방해가 된다고 보았다. 그의 견해에 따르면, 면밀한 실험을 견뎌내지 못할 인식에 굴복하고서는 아무것도 얻을 수 없었다. 그건 높은 곳에 이르면 녹아버리는 이카로스의 밀랍 날개에 불과하다고 그는 주장했다. 그저 꿈속에서 날지 않으려면 강철 날개로 나는 법을 배워야 한다는 것이다.

그는 잠시 쉬었다가 책을 가리키며 말을 이었다. "여기 그리스도교와 유대교, 인도와 중국의 증언이 있어. 증언들 사이에는 천년 이상의 간격이 있지. 그럼에도 우리는 그 모든 것에서 평범한 것으로부터 갈라져나온 내적 운동의 동일한 구조를 인식해. 그들이 서로 다른 점은 오직 신학과 천상의 지혜를 결합하는 학문체계—그 체계의 보호 아래서 쉼을 찾는—에 있지. 따라서 우리는 위대한 중요성을 가진 다른 차원의 평범하지 않은 상태—우리가 도달할 수 있고 종교보다 더 근원적인—를 가정해볼 수 있어. 다른 한편으로," 그는 주제를 좁히며 말했다. "문명화된 종교인들의 공동체라고 할 수 있는 교회는 마치 관료가 사업가의 욕망을 불신하듯 이런 다른 차원의 상태를 항상 불신하지. 그들은 열광적인 체험을 항상 의심하는 반면 규칙적이고 이성적인 도덕을 정초하는 데는 대단히 두드러진 노력을 기울이거든. 그래서 이런 다른 상태의 역사는 점진적인 부정이나 희석과 비슷한데 그건 늪에서 물을 퍼올리는 상황을 떠올리게 하지. 그리고," 그는 결론을 내렸다. "교회의 정신적 권위와 언어가 구식이 돼버렸을 때 당연하게도 우리의 다른 상태는 환영에 지나지 않는 것으로 치부되고 말았지. 그런데 종교적 문화를 대신해 등장한 부르주아 문화가 왜 종교보다 더 종교적이 되어야 했을까? 부르주아 문화는 지식을 물어오는 개한테 다른 상태를 던져준 거야. 오늘날 이성을 한탄하면서 최고로 지혜로운 순간에 사유를 넘어서는 특별한 능력으로 생각할 수 있다고 말하고 싶어하는 많은 사람들이 있어. 그들은 그 자체로 완전히 이성적인 마지막 무리들이지. 물 빠진 늪지에서 마지막으로 남은 무리들은 쓰레기가 돼버린 거야! 그래서 시를 제외하고 이러한 옛 상태는 교육받지 못한 사람이 사랑에 빠진 첫 주에 일시적인 착란에 사로잡혀 발휘하는 호기에 불과하지. 그건 말하자면 침대나 강단의 나무에서 싹튼 푸른 잎 같은 거야. 하지만 그 나무가 원래의 왕성한 성장을 꿈꾼다면, 당장 뿌리가 뽑히고 베어질 테지."

울리히는 마치 어떤 세균도 수술실에 묻혀 들어가지 않으려는 외과의사가 손과 팔을 씻을 때처럼 한동안 말을 이었다. 또한 집도해야 할 수술의 흥분에 맞서서 인내와 집중, 평정심을 잃지 않으려는 듯한 태도로 일관했다. 하지만 완전히 소독을 마친 후에 그는 아마 감염과 열을 얼마쯤은 갈망했을 것인데, 그 자체로 완전한 냉정함을 좋아하지 않기 때문이었다. 아가테는 책을 꺼낼 때 쓰는 사다리에 앉았고 그녀의 오빠가 침묵하는데도 아무 말도 꺼내지 않았다. 그녀는 끝없는 바다처럼 펼쳐진 잿빛 하늘을 바라보았고 말을 들을 때처럼 침묵에 귀기울이고 있었다. 울리히는 결코 장난조로 숨기지 못할 저항을 드러내며 다시 말을 이었다.

"소떼가 있던 산 위의 벤치로 되돌아가보자고." 그가 제안했다. "어떤 고급 관료가 신상품 가죽바지를 입고 '안녕하세요'라고 수를 놓은 푸른 멜빵을 멘 채 벤치에 앉아 있다고 상상해봐. 그는 여행을 떠난 사람의 실제 모습을 대변하지. 당연히 그 순간 자신의 존재에 대한 그의 의식은 달라질 거야. 소떼를 바라볼 때 그는 숫자를 세거나 번호를 붙이거나 눈앞에서 풀을 뜯는 동물의 중량을 재지는 않을 것이고 적까지도 용서하며 가족을 부드럽게 대할 거야. 그에게 소떼는 실용적 대상에서 도덕적 대상으로 바뀐 것이지. 또한 그가 어느 정도는 숫자를 세고 번호를 매기며 완전히 적을 용서하지는 않을 수도 있지만 적어도 그런 태도가 숲의 소리나 냇물의 속삭임, 밝은 햇살 등에 둘러싸이기는 할 거야. 우린 그걸 한 문장으로 말할 수 있어. 다른 때 같으면 삶의 핵심이었을 것이 그에게 '낯설고' '별로 중요하지 않게' 느껴졌다."

"휴가 분위기로군." 아가테가 기계적으로 대답했다.

"그렇지! 만약 그에게 휴가 밖의 삶이 '별로 중요하지 않게' 다가온다면, 그건 오직 휴가중의 느낌일 거야. 오늘날 그런 게 진실이지. 인간은 실존과 의식, 사유에 걸쳐 각각 두 상태를 가지고 있으며 한 상태를 다른 상태에서 벗어난 휴가나 중단, 휴식 또는 자신이 인식한다고 믿는 어떤 것으로 간주함으로써 필연적으로 다가올 유령에게 죽을지도 모른다는 공포에서 스스로를 보호하거든. 신비주의는 그에 반해 영구적인 휴가를 떠나려는 의도와 관계가 있어. 고급 관료라면 그건 명예롭지 못한 일이라고 할 테고 항상 휴가의 끝이 다가오면 그랬던 것처럼 실제 삶은 자신의 정돈된 업무에 있다고 느낄 거야. 우리라고 다르게 느낄까? 무언가를 질서있게 한다거나 그러지 않는다는 것은 결국 그걸 완전히 진지하게 여기느냐 그러지 않느냐를 결정하는 것이지. 또한 여기서의 경험들은 운이 거의 없는데 수천년이 넘게 원래의 무질서와 미성숙을 벗어나지 못했기 때문이야. 이런 경험들을 위해 광기라는 개념이 마련돼 있지. 종교적 광기든 사랑의 광기든 선택하면 되는 거야. 오늘날 대부분의 종교인들은 과학적 사고방식에 강하게 전염돼 있어서 자신들의 깊은 내면에서 타오르는 불을 관조하지 못할 것이고 공식적으로 다른 명칭이 있더라도 이런 열정을 의학적인 광기로 부르리라고 너는 확신해도 좋아."

아가테는 빗속에 번개가 우지끈하는 듯한 눈빛으로 오빠를 바라보았다. "이제 얼렁뚱땅 도망치려는 거야?" 그가 말을 잇지 않자 그녀는 책망하듯 말했다.

"네 말이 맞아," 그가 덧붙였다. "하지만 특별한 것은, 우리가 수상한 우물을 덮듯 모든 걸 덮었지만 이 섬뜩한 경이의 물방울이 어딘가 남아서 모든 우리의 이상을 불태워 구멍을 낸다는 거야. 어떤 이상도 아주 옳진 않고 어떤 이상도 우리를 행복하게 하진 않아. 이상은 존재하지 않는 어떤 지점을 가리키지. 거기에 대해서는 오늘날 많은 대화가 있었어. 우리의 문화는 무방비의 광기라 불릴 만한 것의 사원이지만 동시에 그 광기의 수용소이기도 하지. 우리는 과잉 때문에 고통을 받는지 아니면 결핍 때문에 고통을 받는지를 알지 못해."

"오빠는 거기에 완전히 투신해보지 못한 것 같아." 아가테는 아쉬워하며 말했고 사다리에서 내려왔다. 그들은 원래 아버지의 유언장을 정리해야 했는데 책 때문에, 그리고 대화 때문에 시간에 쫓기는 일에서 벗어났던 것이다. 하가우어와 약속한 날이 가까워졌기 때문에 그들은 다시 유산의 배분을 언급한 처분과 기록들을 면밀히 살피기 시작했다. 하지만 일을 본격적으로 시작하기 전에 아가테는 문서들을 제쳐놓고 새로운 질문을 던졌다. "오빠가 말한 걸 얼마만큼이나 신뢰하지?"

울리히는 시선을 들지 않은 채 대답했다. "한번 상상해봐. 네 마음이 세상에서 돌아섰을 때 무리 가운데 사나운 황소가 나타난다면! 네 감정을 한순간도 누그러뜨리지 않았다면 네가 말한 그 죽을 것 같은 병이 다른 쪽으로 진행됐을 거라고 한번 확실하게 믿어봐!" 그러고는 그는 머리를 들었고 손에 들고 있던 종이들을 가리켰다. "그리고 법, 권리, 척도? 너는 이것들이 전혀 쓸데없다고 생각하니?"

"그래서 얼마나 신뢰한다는 거야?" 아가테가 다시 물었다.

"신뢰하거나 말거나지." 울리히가 말했다.

"신뢰하지 않는다는 말이군." 아가테가 결론을 내렸다.

그때 대화에 갑작스런 일이 개입했다. 새로운 대화를 끌어내기도 싫었고 그렇다고 일에 몰두하면서 조용히 있지도 못하던 울리히가 앞에 펼쳐진 서류를 끌어모았을 때 뭔가가 바닥으로 툭 떨어졌다. 그건 여러 물건들을 느슨하게 묶은 꾸러미였는데 주인도 모르는 채 십여 년 동안 책상 서랍 구석에 있다가 유언장과 함께 우연히 딸려나온 것이었다. 울리히는 바닥에서 주은 것을 건성으로 살펴보았고 몇장의 종이에서 아버지의 친필을 알아보았다. 노년의 글씨체가 아닌 한창 때의 것이었다. 그는 자세히 살펴보았고 글씨가 적힌 종이 외에도 놀이용 카드, 사진, 작은 잡동사니들을 보았으며 이내 그가 발견한 것이 무엇인지 알아차렸다. 그건 책상의 '독 상자'였던 것이다. 거기엔 음담패설을 공들여 적어놓은 농담, 누드 사진, 알프스 낙농가의 풍만한 여인—남편이 뒤에서 열 수 있는 바지를 입은—이 그려진, 부치기 위해 밀봉된 엽서 같은 것들이 있었다. 겉으로 보기엔 평범한 카드를 불빛에 비춰보면 무시무시한 것들이 보였다. 배를 누르면 온갖 잡동사니들을 배설하는 인형도 있었다. 그 노인은 상자 안에 든 것들을 기억하지 못했던 것이 틀림없었다. 알았다면 적당한 때 버렸을 것이다. 적지 않은 나이의 독신남과 과부들이 그런 낯뜨거운 것들로 스스로를 위로하며 중년을 보냈음에 틀림없지만 울리히는 육신의 죽음으로 인해 아버지의 판타지가 이렇게 무방비 상태로 풀려나와 드러나자 얼굴이 붉어졌다. 이것들 때문에 대화가 끊어졌다는 사실은 너무도 명백했다. 그럼에도 그는 아가테가 이 기록들을 보기 전에 없애버려야겠다는 충동에 먼저 사로잡혔다. 하지만 이미 그녀는 뭔가 이상한 것이 그의 수중에 들어갔음을 목격했고, 그는 갑자기 생각을 바꿔 그녀를 불렀다.

그는 그녀가 무슨 말을 하는지 기다려보기로 했다. 갑자기 그는 깊은 대화의 와중에 완전히 잊어버렸으나 그녀 역시 경험이 많은 여자라는 생각이 들었다. 그러나 그녀의 표정에서 생각을 알아챌 순 없었다. 그녀는 진지하게, 그리고 조용히 아버지의 불법적인 유물들을 바라보았고 이따금 웃기도 했지만 활기를 되찾지는 못했다. 기다리기로 한 결심을 깨고 울리히가 먼저 말을 꺼냈다. "이것들은 신비주의의 마지막 찌꺼기야!" 그는 씁쓸하면서도 쾌활하게 말했다. "엄격하고 도덕적인 훈계를 담은 유언장이 이 쓰레기들과 한 서랍에 들어 있었

151

어!" 그는 일어섰고 방을 왔다갔다 했다. 누이의 침묵이 그를 깨웠고 결국 그는 입을 열었다.

"내가 무얼 신뢰하느냐고 물었지." 그가 말을 시작했다.

"나는 우리의 모든 도덕적 규정이 야만적인 사회에 대한 인정이라는 사실을 믿어.

나는 어떤 규정도 옳지 않다는 걸 믿어.

다른 의미가 그 밑에서 가물가물 타오르고 있어. 그 규정들을 녹여서 전혀 다른 것으로 만드는 불이지.

나는 어떤 것도 끝이 아니라는 걸 믿어.

나는 어떤 것도 균형을 이루지 않으며 오히려 모든 것은 다른 것을 지렛대로 삼아 올라서려고 한다는 걸 믿어.

나는 그걸 믿어. 그것이 나와 함께 태어났거나 내가 그것과 함께 태어났다는 것을."

모든 말을 한 후에도 그는 여전히 서 있었다. 크게 말하진 않았지만 자신의 생각에 뭔가 강조를 해주고 싶은 마음 때문이었다. 그의 눈은 책 선반 꼭대기에 놓인 고전적인 석고상에 머물렀다. 그는 아테네 여신과 소크라테스를 바라보았다. 그는 괴테가 실물보다 큰 헤라 여신상의 두상을 방에 놓아두었다는 사실을 기억했다. 이런 애정은 그에게 무시무시하도록 낯설게 느껴졌다. 한때 풍성하게 피어나던 이상은 시든 고전주의로 사멸해버렸다. 그건 아버지 세대의 독선적인 권리와 의무가 되었으며 헛된 것이 돼버렸다.

"우리에게 전수된 도덕은 마치 심연 위를 가로지르는 흔들리는 줄에 우리를 밀어넣는 것 같지." 그가 말했다. "우리에게 남겨진 충고는 '몸을 똑바로 세워'라는 말뿐이었어.

나는, 내 의도와 상관없이 그냥 다른 도덕을 가지고 태어난 것 같아.

너는 내가 무얼 신뢰하느냐고 물었지. 나는 사람들이 나에게 어떤 것이 선하거나 아름답다는 걸 정당한 이유로 천 번이나 증명할 수 있다는 걸 믿어. 하지만 나는 거기에 무관심할 거야. 나는 오로지 그런 일이 나를 띄우는지 가라앉게 하는지에만 관심을 기울일 거야. 나는 다음과 같은 것에만 관심을 기울일 거야.

그것이 나를 삶으로 일깨우는지 아닌지.

그저 내 혀와 머리가 그것에 대해 이야기하는지 아니면 내 손가락 끝의 빛나는 전율이 그러는지.

하지만 난 아무것도 증명할 수 없어.

심지어 나는 그것에 항복하는 자는 길을 잃을 것이라고 확신하고 있어. 그는 어두운 저녁을 만날 거야. 안개와 쓸데없는 짓, 논리 없는 지루함에 빠질 거야.

네가 우리 삶에서 하나의 명백한 것을 제거한다면, 천적이라곤 없는 잉어 양식장만 남을 거야.

그러니까 나는 믿지 않아.

나는 개떼 같은 저속함이 우리를 보호하는 선한 정신이라는 걸 믿어!

그러니까 나는 믿지 않아!

무엇보다 나는 우리 뒤섞인 문화가 말하는, 선을 통한 악의 속박이라는 걸 믿지 않아. 그건 불쾌할 뿐이야!

그러니까 나는 믿으면서 믿지 않아!

하지만 나는 인간이 언젠가는 한편으로는 매우 지적이고 다른 한편으론 신비주의자가 되는 때가 올 거라고 믿어. 이미 오늘날 우리의 도덕은 그 두 요소로 갈라져 있을 거야. 아마도 이렇게 말해볼 수 있 겠지. 수학과 신비로 나뉘어 있다고. 실용적인 개선과 미지의 모험으 로 말이야!"

요 몇해 그가 이렇게 드러내놓고 흥분한 적은 없었다. 그는 자신의 말에서 '아마도'라는 단어를 크게 신경쓰지 않았다. 그 말은 당연하 게 느껴졌기 때문이다.

아가테는 난로 앞에 무릎을 꿇고 앉아 있었다. 그녀는 바닥 위에 놓 인 그림과 문서 꾸러미를 하나하나 다시 들여다본 후에 불 속으로 집 어넣었다. 자신이 본 외설적인 것들의 천박한 육욕에 적지 않게 마음 이 쓰였다. 그녀는 자신의 육체가 격앙됨을 느꼈다. 마치 황무지에 있 는데 곁으로 토끼가 휙 스쳐지나간 것처럼 현실감이 들지 않았다. 오 빠에게 이야기하면 부끄러워질지도 몰랐다. 하지만 그녀는 굉장히 피 곤했고 아무것도 말하고 싶지 않았다. 또한 그가 말하는 걸 듣고 있지 도 않았다. 그녀의 심장은 이미 두근두근 요동치고 있었고 더이상 이 야기를 따라갈 수 없었다. 항상 무엇이 옳은지는 그녀보다 다른 사람 들이 더 잘 알고 있었다. 그녀는 그렇게 생각했지만 그건 아마도 그녀 가 비밀스런 반항심을 가진 채 부끄러워했기 때문일 것이다. 금지되 거나 비밀에 찬 길을 걷기. 그 방면에선 자신이 울리히를 넘어선다고 그녀는 느꼈다. 스스로 열광하는 순간 한결같이 모든 것을 조심스레 회수하는 그의 말을 그녀는 들었고, 그 말은 마치 기쁨과 슬픔의 거대 한 물방울처럼 그녀의 귀를 때렸다.

## 13.
## 울리히는 귀환하고
## 자신이 놓친 것을 장군에게 배운다

48시간 후에 울리히는 떠나왔던 자신의 방에 서 있었다. 이른 아침이었다. 방은 꼼꼼하게 청소되어 말끔했다. 그의 책과 노트들은 급히 집을 떠날 때 그대로 펼쳐져 있거나 이제는 기억도 안 나는 페이지에 책갈피가 꽂혀 있었고 아직도 이곳저곳에 연필이 끼워진 채 하인에 의해 보존돼 있었다. 하지만 모든 것은 온기를 잃은 채 싸늘했고 불위에 두는 걸 잊어버린 도가니 안의 내용물처럼 딱딱하게 굳어 있었다. 술이 깬 사람처럼 고통스럽게 정신을 차린 울리히는 강력한 흥분과 사유로 가득 찼던 지난 시간의 각인들을 멍하니 바라보았다. 그는 자신이 남겨둔 것들과 접촉한 순간 말하기 힘든 혐오감을 느꼈다. '문을 뚫고,' 그는 생각했다. '혐오감은 온 집안을 건너 홀의 멍청한 사슴뿔 장식에까지 이르는군. 지난해에 도대체 어떻게 살았던 건가!' 그는 선 채로 아무것도 보지 않으려고 눈을 감았다. '아가테가 빨리 나를 따라오면 얼마나 좋을까. 우리는 여기서 모든 걸 다르게 해볼 텐데!' 그는 생각했다. 그러고는 여기서 보냈던 마지막 시간들을 떠올리고 싶은 유혹에 사로잡혔다. 그는 오랜 시간 떠나 있었던 것 같았고 두 시간을 비교해보고 싶었다.

클라리세. 그 일은 아무것도 아니었다. 하지만 이전과 이후. 그가 서둘러 집에 왔을 때의 그 기이한 혼돈, 그리고 밤새 이어진 세계의 용해! '엄청난 힘 아래서 부드러워지는 쇠 같았지.' 그는 생각했다.

'그건 흐르기 시작하지만 여전히 쇠로 남아 있지. 누군가 힘껏 세계로 뛰어들지만,' 그의 생각은 이어졌다. '그건 그 사람 주위에서 갑자기 닫히고 모든 건 다르게 보이지. 어떤 연결도 없지. 그가 올 길도 없고 가야 할 길도 없지. 그가 아직 목표 또는 모든 목표 앞에 놓인 멀쩡한 공허를 보았던 그 자리에서 희미한 것이 주위를 둘러싸지.' 울리히는 여전히 눈을 감고 있었다. 천천히, 그의 느낌은 그림자로 되돌아왔다. 마치 그 순간이 그가 서 있었고 지금도 서 있는 자리로 되돌아오는 것 같았고 이런 느낌은 내면의 의식이 아니라 밖의 공간에 있는 것 같았다. 사실은 느낌도 사유도 아닌, 기묘한 과정이었다. 만약 누군가 그때 그가 그랬던 것처럼 강한 자극을 받은 채 외로웠다면, 우리는 세계의 존재가 안팎으로 뒤집혔다고 믿었을 것이다. 그리고 갑자기 그에게 세계는 분명해졌고—이제 그런 일이 일어나다니 이해할 수 없는 일이었다—조용한 회고처럼 그 자리에 있었으며 이미 그때 그는 누이와의 만남을 예감하고 있었는데 그 순간부터 그의 정신은 낯선 힘에 이끌리고 있었기 때문이다. 하지만 '어제'를 복기하기 전에 울리히는 방향을 틀어 마치 모서리에 부딪히듯 자신의 기억으로부터 급작스럽고 명백하게 깨어났다. 거기에는 그가 아직 생각하고 싶지 않은 것이 있었던 것이다!

그는 외투를 벗지도 않은 채 책상으로 다가가 그 위에 놓인 우편물을 훑어보았다. 별 기대는 없었지만 막상 누이의 전보가 오지 않은 걸 보고 그는 실망했다. 애도를 전하는 편지가 학술보고서, 서적 카탈로그와 함께 산더미처럼 쌓여 있었다. 제법 부피감이 있는 보나데아의 편지 두 통이 있었으나 열어보지 않았다. 거기다 방문을 급히 요청하는 라인스도르프 백작의 편지가 두 통 있었고 도착하자마자 자신의 집에 와주기를 바란다는 디오티마의 편지도 두 통이 있었는데, 그중 나중에 온 편지를 자세히 읽어보니 아주 다정하고 애잔하여 애정이 느껴지는 사적인 어조가 담겨 있었다. 부재중에 남겨진 전화 메모도 살펴보았다. 메모에는 슈툼 장군, 투치 국장, 라인스도르프 백작의 비서가 두 번, 이름을 밝히지 않았으나 보나데아로 짐작되는 여성이 여러 번, 레오 피셸 은행장, 그 외 업무상의 통화 내용 등이 적혀 있었다. 울리히가 마침 책상 옆에 있을 때 전화가 울렸고 그가 수화기를 들자 뜻하지 않게 울리히 본인의 목소리를 마주해 매우 당황한 사람은 "국방부, 문화교육부의 히르쉬 하사입니다"라며 신분을 밝히고 서둘러 해명하길 장군이 매일 아침 열시에 전화를 해보라고 명령했다면서 곧 바꿔주겠다고 말했다.

5분 후에 슈툼은 그날 오후에 '엄청나게 중요한 회의'에 참석하는데 그전에 울리히와 필히 이야기를 나눠야 한다고 주장했다. 울리히가 그게 무엇이며 전화로는 왜 안 되느냐고 묻자 장군은 수화기 너머로 한숨을 내쉬고는 '소식과 우려, 질문'이 있다면서 구체적인 것은 말할 수 없다고 했다. 20분 후에 국방부의 마차가 문앞에 도착해 장군이 집으로 들어섰고 어깨에 큰 가죽 서류가방을 멘 전령 하나가 그 뒤를 따라 들어왔다. 이 가방이 전투 계획과 위대한 사유의 토지대장이 담긴 장군의 지적 관심사의 창고임을 알고 있는 울리히는 궁금해하며 이마를 치켜올렸다. 슈툼 폰 보르트베어는 웃었고 전령을 차로 돌려보내고 상의를 젖혀 목에 차고 있던 목걸이에서 보안 자물쇠를 여는 작은 열쇠를 꺼내 가방을 열었으며 아무 말 없이 두 덩이의 군용 빵을—다른 것은 아무것도 없었다—꺼냈다.

"우리의 새로운 빵이라네," 그는 짐짓 말을 멈추더니 설명했다. "한번 맛을 보라고 가져왔어!"

"친절하시게도," 울리히가 말했다. "밤새 여행을 한 제가 잠을 자게 두는 대신 빵을 가져다주셨군요!"

"집에 독주가 있으면," 장군은 대답했다. "독주와 빵은 밤샘 후 최고의 아침 식사라고 해도 무방하거든. 자네는 우리 군용 빵이 황제가 제공한 것 중 가장 마음에 들었다고 말한 적이 있지. 난 오스트리아 군대가 빵 품질에 있어선 다른 어떤 나라보다 우수하다고 말하고 싶네. 특히 이 1914년식 빵이 생산된 이후로는 더욱 그렇지! 그게 내가 여기에 온 이유네. 그리고 다른 이유는 내가 이제 원칙적으로 항상 이런 절차를 거친다는 걸 알아줘야 한다는 것이네. 자네도 알다시피 물론 나는 하루종일 내 책상에 앉아 있을 필요도, 내가 사무실 밖에서 하는 모든 일을 해명할 필요도 없지. 하지만 우리 군사참모부가 괜히 예수회라고 불리는 게 아니고 누가 사무실을 비우면 뒷말이 엄청 많이 나오거든. 또한 내 상관인 프로스트 장군은 아마도 정신의—내 말은 시민적 정신의—영역에 대한 올바른 개념이 없기 때문에 나는 얼마 전부터 외출할 때마다 항상 가방과 전령 하나를 데리고 나오고 가방이 비어 있다고 전령이 생각하지 않도록 두 덩이의 빵을 넣어둔다네."

울리히는 웃지 않을 수 없었고, 장군도 유쾌하게 같이 웃었다.

"장군은 인류의 위대한 사유에 대해 전보다 관심이 덜하신 거 같습니다?" 울리히가 물었다.

"모든 사람들의 관심이 식었지," 그는 주머니칼로 빵을 자르면서 말했다. "지금은 행동이라는 슬로건이 제시되었으니까."

"설명을 좀 해주시죠."

"그래서 내가 온 거야. 자네가 진정한 행동인간은 아니지!"

"아니라고요?"

"아니야."

"난 잘 모르겠는데요?"

"나도 잘 몰라. 하지만 사람들이 그렇게 말하네."

"그 '사람들'이 누구인가요?"

"가령 아른하임."

"아른하임이랑 잘 지내나요?"

"물론이지. 우린 정말 잘 지내고 있어. 그가 그렇게 위대한 지식인이 아니었다면 우린 서로 말도 놓고 지냈을 거야."

"당신은 유전油田하고도 관계가 있죠?"

장군은 시간을 벌기 위해 울리히가 가져다놓은 독주를 마시고는 빵을 씹었다.

"맛이 기가 막히는구만," 그는 겨우 말하더니 계속 빵을 씹었다.

"당연히 유전하고 관계가 있겠죠!" 울리히는 갑자기 뭔가를 깨달은 듯 말했다. "해군은 배를 가동시킬 석유가 필요하고 시추 지역을 확보하려는 아른하임은 군에 싼 가격에 석유를 공급하겠다는 약속을 했겠죠. 게다가 갈리치아는 군사 주둔지이고 러시아를 향한 완충지이니 군은 그곳에서 석유 개발을 추진하려는 아른하임을 위해 전쟁에 대비한 각별한 방어를 공언했을 테죠. 그의 전차 장갑판 제조공장은 군이 원하는 대포를 흔쾌히 제공할 것이고요. 왜 미리 생각하지 못했을까! 당신들은 서로를 위해 태어난 셈이군요!"

장군은 조심스럽게 두번째 빵을 씹었다. 이제 장군은 더는 자제할 수 없었고 입안 가득한 것을 억지로 욱여넣으려 안간힘을 쓰면서 말했다. "자네는 흔쾌히 제공될 거라고 쉽게 말하는군. 하지만 아른하임이 얼마나 구두쇠인지 자네는 모를 거야. 내 말을 이해해주길 바라네," 그는 표현을 수정했다. "어떤 식의 도덕적 가치를 내세우며 그런 사업을 대하는지 모를 거란 말일세. 가령 나는 철길 1킬로미터 당 1톤에 10헬러(당시의 동전—옮긴이)가 괴테나 철학의 역사에서 읽어내야 할 도덕적 질문이라는 사실을 전혀 생각해본 적이 없거든."

"장군께서 협상을 이끌었나요?" 장군은 독주를 한잔 마셨다.

"난 협상이 있었다고 말한 적이 없네. 원한다면 생각의 교환이라고 불러도 좋네."

"그럼 위임받으셨군요?"

"아무도 위임받지 않았네! 그저 이야기를 했을 뿐이야. 누구나 언제든 평행운동과 상관없는 이야기도 할 수 있는 법이지. 그리고 누군가 위임을 받았다면, 분명히 나는 아니야. 국방부의 문화교육부가 할 일이 전혀 아니거든. 그건 내각 의장의 일이고 한참 위 부서의 관할이지. 내가 무슨 관련이 있다면 아른하임이 그처럼 똑똑하니까 말하자면 통역이랄까, 그저 시민적 지성에 대한 일종의 자문 역할 정도겠지."

"장군은 나와 디오티마 덕분에 그 사람과 마주할 수 있었지요! 친애하는 장군, 내가 당신의 중재자로 남길 바란다면, 나한테 진실을 말해주세요!"

하지만 슈툼은 대답을 준비하면서 머뭇거렸다. "이미 알고 있으면서 뭘 말하라는 건가!" 그는 격분해서 말했다. "자네는 나를 바보로 만들 수 있다고 생각하나? 아른하임이 자네를 신뢰한다는 걸 내가 모를 거 같은가?"

"나는 아무것도 모릅니다."

"하지만 방금 자네는 안다고 말했잖아!"

"유전에 관해선 안다고 말한 거예요."

"그러곤 우리가 아른하임과 유전에 관해 공통 관심사를 가진 것처럼 이야기했잖나. 나한테 그걸 안다고 명예를 걸고 말해보게. 그럼 모든 걸 말해줄 수 있어." 슈툼 폰 보르트베어는 울리히의 주저하는 손을 잡고 그의 눈을 바라보면서 교활하게 말했다.

"그래, 자네가 모든 걸 알고 있다고 선서를 했으니 나도 자네가 모든 걸 알고 있다고 선언하지! 이제 됐지? 다른 조건은 없네. 아른하임은 우리를 이용하길 원하고 우리도 그를 원하지. 자네도 알다시피 나는 디오티마 때문에 복잡한 영혼의 투쟁을 겪었네!" 그는 격하게 말했다. "하지만 자네가 말을 퍼뜨려선 안 되네. 군사 기밀이니까!" 장군은 유쾌해졌다. "군사 기밀이 뭔지는 자네도 알겠지?" 그는 말을 이었다. "몇년 전 보스니아에 군사 동원이 있었을 때 국방부는 나를 내치려고 했어. 그때 나는 아직 대령이었고 시골 대대의 대대장으로 전출되었지. 당연히 여단 정도는 지휘할 수 있었지만 내가 기병으로 보이는 데다 어차피 쫓아낼 작정이었기 때문에 그들은 나를 작은 대대로 보내버린 거야. 그리고 전쟁을 하려면 돈이 필요하니까 내가 도착하자 그들은 내게 금고 하나를 보내더군. 자네 군대 시절 그런 금고를 본 적이 있나? 반쯤은 관<sup>棺</sup> 같기도 하고 반쯤은 사료통 같기도 하며 두꺼운 나무로 돼 있는데 마치 성문처럼 쇠사슬이 둘러진 금고 말이네. 거기에는 세 개의 자물쇠가 있었고 각각의 열쇠는 세 사람, 즉 대대장과 두 명의 금고 공동책임자가 가지고 있어서 어떤 사람도 혼자 금고를 열 수는 없게 돼 있었지. 내가 갔을 때 우리는 마치 기도회를 하듯 모여서는 차례대로 금고를 열었고 경외심에 가득 찬 지폐다발을 꺼냈지. 나는 두 명의 복사를 이끄는 수석사제 같았는데 다만 복음 대신 국고 원장에 적힌 숫자를 읽었어. 과정이 다 끝나면 우리는 상자를 닫고 쇠사슬을 두른 다음 자물쇠를 잠갔네. 전 과정을 거꾸로 다시 한 셈이지. 지금은 기억나지 않은 무슨 말을 해야 했었고 그걸로 의식은 끝이 났네. 나는 그게 끝이라고 생각했고 아마 자네도 그랬을 거야. 나는 전시 군행정의 흔들리지 않는 신중함에 깊은 존경심을 품었네. 그런데 당시 내게는 폭스테리어 한 마리가 있었거든. 지금 키우는 개보다 이전 놈이었지. 아주 영리한 놈이었고 데리고 다니지 말아야 한다는 규정도 없었네. 다만 그 개는 구멍을 봤다 하면 미친 듯이 파야 직성이 풀리는 놈이었어. 내가 나갔을 때 나는 스팟$^{Spot}$—그놈 이름이지, 영국산이거든—이 금고에 매달려 있는 걸 봤지. 아무도 떼어놓을 수가 없었어. 흔히 말하듯 충실한 개는 숨겨진 음모를 밝혀낸다고 하잖나. 게다가 전쟁도 다가왔으니 나는 스팟이 뭘 하나 두고보려고 했어. 스팟이 뭘 했으리라고 생각하나? 자네도 알겠지만 군 당국이 지방 대대를 위해 최신 물품을 지급해주지는 않으니 우리 대대의 금고도 낡고 귀중한 것이었지. 그런데 우리 셋이 앞쪽에서 자물쇠를 잠글 때 그 뒤쪽 바닥 가까이에 팔 하나가 들어갈 정도로 큰 구멍이 나 있을 줄은 상상이나 했겠나! 지난 전쟁 때 그 자리에 나무 마디 하나가 떨어져나갔던 거야. 하지만 자네라면 뭘 했겠나. 요청한 대체 금고가 도착했을 때 전체 보스니아의 경계 상태는 이미 끝났고 그때까지 우리는 매주 의식을 치를 수 있었네. 다만 기밀이 새나가지 않도록 스팟은 집에 놔둬야 했지만 말이야. 자네도 보다시피 군사 기밀이란 이런 상태일 때도 있는 거라네."

"글쎄요, 제가 보기엔 장군의 상자는 아직 다 열린 거 같지 않은데요." 울리히가 대답했다. "당신들은 협상을 했습니까, 안했습니까?"

"모른다니까. 자네에게 장군의 일원으로서 맹세하자면 그렇게까지 나아가진 않았네."

"그럼 라인스도르프는?"

"당연히 아무 생각이 없지. 게다가 그는 아른하임에게 얻어낼 게 없어. 내가 듣기로 그는 자네도 함께 겪었던 그 시위에 엄청 화가 나 있다고 그러더군. 그는 독일인들에게 단호히 맞서고 있다네."

"투치는?" 울리히는 심문하듯 질문을 이어나갔다.

"절대 뭔가를 누설해선 안 될 사람이지! 그는 계획을 한번에 말아먹을 사람이야. 물론 우리는 평화를 원하지만 군인인 이상 관료들과는 다른 방식으로 평화에 기여하거든!"

"디오티마는?"

"제발 부탁하네. 그건 완벽하게 남자들의 일이네. 장갑을 낀 여성이 그런 걸 생각할 순 없을 거라네. 나는 정말 그녀에게 부담을 주고 싶지 않네. 또한 아른하임이 그녀에게 아무 말도 하지 않는 이유를 이해한다네. 그는 말을 많이 하고 또 우아하게 하지만 그로서는 한순간 뭔가에 침묵하는 것도 즐거움이 될 거야. 위의 건강을 위해 쓴 술을 마시는 것과 비슷하다고 나는 생각하네!"

"당신이 악당이 된 걸 알고 있습니까? 건강을 위하여!" 울리히는 그를 향해 잔을 들었다.

"아니, 악당은 아니지." 장군은 스스로를 방어했다. "나는 내각 회의의 일원이야. 회의에서 모두는 자신이 원하는 것과 옳다고 여기는 것을 제안하는데 결과적으로는 아무도 원하지 않은 것이 도출되거든. 그게 결과물이라는 거야. 자네가 이해할지 모르겠지만 어떻게 더 잘 표현해야 할지 모르겠네."

"물론 이해합니다. 하지만 당신들은 디오티마를 부당하게 대하고 있어요."

"그건 유감이라네." 슈툼이 말했다. "사형집행인이 비열한 놈이라는 데는 이견이 없는 법이지. 그러나 감옥당국에 교수형 올가미를 제공하는 끈제조업자는 사회의 윤리적 일원이라네. 자네는 그걸 충분히 고려하지 않고 있어."

"아른하임한테서 가져온 말이군요!"

"그럴 수도 있지. 나도 모르겠네. 오늘날 우리의 정신은 복잡하게 얽혀 있지." 장군은 우직하게 불평을 늘어놓았다.

"그럼 나는 뭘 해야 될까요?"

"글쎄, 보자구, 자네는 전직 장교니까 말이야⋯."

"됐습니다. 그나저나 '행동인간'이란 무슨 말인가요?" 울리히는 마음이 상한 채 물었다.

"행동인간이라고?" 장군은 놀라며 물었다.

"말을 시작하면서 내가 '행동인간'이 아니라고 언급하셨잖습니까!"

"아 그랬나. 아무 상관 없는 말이야. 그저 그렇게 시작했을 뿐이라구. 그러니까 아른하임은 자네를 행동인간으로 보지 않는다는 말이지. 그가 그런 말을 하더군. 자네는 아무 할 일이 없다고, 그것이 자네를 사유로 이끈다고 말이야. 아니면 그 비슷한 것이거나."

"그러니까 쓸데없는 사유 말인가요? 권력의 장에 들어설 수 없는 사유? 사유를 위한 사유? 한마디로 진실하고 독립적인 사유! 뭐라고요? 아니면 '세상에서 동떨어진 유미주의자'의 사유라고 할까요?"

"맞아." 슈툼 폰 보르트베어는 교활하게 맞장구를 쳤다. "그 비슷한 것이지."

"무엇과 비슷한가요? 장군이 보기에 무엇이 정신에 더 위험한가요? 꿈인가요 아니면 유전인가요? 그렇게 빵으로 입을 막을 필요는 없어요! 아른하임이 나에 대해 무슨 생각을 하든 상관없어요. 하지만 당신은 '가령 아른하임은'이라고 말을 시작했죠. 그럼 나를 행동하기엔 덜떨어진 인간이라고 생각하는 사람은 누가 더 있나요?"

"글쎄, 자네도 알다시피," 슈툼은 확실히 말했다. "그런 사람이 적지 않지. 자네에게 말했듯이 지금은 행동의 슬로건이 유력한 시대야."

"그게 무슨 말인가요?"

"나도 정확히는 몰라. 라인스도르프가 말하듯 이제는 뭔가 일어나야 한다는 거야! 그게 시작이라는 거지."

"디오티마는요?"

"디오티마는 그게 새로운 정신이라고 말하지. 요즘 위원회에서 많은 사람들이 새로운 정신을 말해. 자네도 아는지 궁금하군. 아름다운 여인이 그렇게 머리까지 좋다니 내 뱃속까지 현기증이 일어난다는 걸 말이야."

"그럴 것 같군요." 울리히는 슈툼이 빠져나갈 틈을 주지 않으면서 그 말에 동의했다. "하지만 디오티마가 새로운 정신에 대해 무슨 말을 했는지를 알고 싶군요."

"사람들이 하는 말을 들어보자면," 슈툼이 대답했다. "위원회에서는 시대가 새로운 정신으로 들어설 거라고 말하지. 당장은 아니더라도 수년 내에, 그전에 특이한 일이 벌어지지 않는다면 말일세. 이 정신에는 많은 사유가 필요없다네. 지금 시대는 감정의 시대도 아니고. 사유와 감정은 할 일이 별로 없는 사람들에게나 어울리는 것이야. 한

마디로 새로운 정신은 행동의 정신이라는 것이고 그게 내가 아는 전부라네. 하지만 이따금," 장군은 머뭇거리며 덧붙였다. "그게 결국 군대의 정신이 아닐까 생각해본다네."

"행위에는 의미가 있어야 하죠!" 울리히는 주장했고 바보처럼 얼룩덜룩해진 대화의 저편에서 그의 의식은 아주 진지하게 스웨덴식 성에서 아가테와 그 주제에 대해 나눴던 첫번째 대화를 떠올렸다.

하지만 장군도 말했다. "나도 똑같은 말을 한 적이 있지. 누군가 할 일이 없고 뭘 해야 할지 모르면, 그 사람은 활동적이 된다고 말이야. 그 사람은 울부짖고 마구 퍼마시며 싸움을 일으키고 벌집과 사람을 괴롭힌다네. 하지만 다른 한편으로 뭘 할지를 꿰뚫고 있는 사람은 음흉한 사람임을 자네도 인정할 거야. 참모부의 젊은 장교들을 보게나. 과묵하게 입술을 꽉 다문 모습이 꼭 몰트케<sup>Moltke</sup> 장군(전략의 천재로 불린 프로이센의 장군—옮긴이)의 얼굴 같지. 십년 후에 그들은 뚱뚱한 배에 야전사령관의 단추를 달고 있겠지만 그 배는 나처럼 친절한 배가 아니라 독을 품은 배일 것이네. 행동에 얼마나 많은 의미가 있을진 그러므로 쉽게 규정할 수 없지." 그는 좀더 생각하더니 덧붙였다. "그걸 제대로 구한다면, 군대에서 배울 게 많을 거라고 나는 점점 더 확신하게 되었네. 하지만 자네 생각은 여전히 위대한 이념을 발견하는 게 가장 간단한 방법이라는 거 아닌가?"

"아닙니다." 울리히가 반박했다. "말도 안 되는 소리예요."

"좋아, 하지만 그러면 정말 행위만이 남게 되잖아." 슈툼이 한숨지었다. "그건 내가 여태 말한 바대로야. 하여튼 내가 전에 경고한 바대로 모든 과도한 사유들은 결국 살인으로 끝난다는 걸 기억하나? 우리는 그걸 피해야만 하네!" 그는 주장했다. "우리에게 필요한 건 누군가에게 지도력을 넘겨주는 거야!" 그는 미끼를 던졌다.

"그럼 어떤 임무를 저에게 맡겨주시겠습니까?" 울리히는 물으면서 대놓고 하품을 했다.

"이제 곧 가겠네." 슈툼은 다짐했다. "하지만 우리가 허심탄회한 대화를 나눴으니 자네가 진실한 친구가 되고 싶다면 하나 중요한 임무를 말해주지. 디오티마와 아른하임 사이가 썩 좋지 않아."

"그럴 리가요!" 집주인에게 조금 생기가 돌아왔다.

"자네도 알게 될 테니 굳이 내가 말할 필요가 없겠지! 게다가 그녀는 나보다 자네를 좀더 신뢰하니까."

"그녀가 당신도 신뢰한다고요? 언제부터?"

"그녀는 내게 어느 정도 익숙해졌다네." 장군은 자랑스레 말했다.

"축하합니다."

"그래, 하지만 자네는 곧 라인스도르프에게 가야 할 거야. 그는 프로이센을 혐오하거든."

"가지 않을 겁니다."

"자네가 아른하임도 좋아하지 않는다는 걸 나도 알아. 하지만 그래도 자네가 만나야 하네."

"그것 때문이 아니에요. 나는 아무튼 그에게 가지 않을 겁니다."

"왜 이러는 건가? 그는 아주 좋은 노신사야. 오만해서 내가 감당하기엔 무리지만 자네에게는 훌륭하게 대해주니까."

"나는 모든 일에서 손을 떼는 중이에요."

"하지만 라인스도르프는 자네를 놔주지 않을 거야. 디오티마도 그렇고. 나도 전혀 그럴 생각이 없네! 자넨 날 혼자 두지 않겠지?"

"그 모든 일이 너무 바보 같아 보여요."

"자네가 항상 너무 탁월하게 옳아서 그래. 바보 같지 않은 게 무엇인가? 보라구, 자네가 없으니 나도 얼마나 바보 같은가. 그러니 나를 위해서 라인스도르프에게 가주겠지?"

"하지만 디오티마와 아른하임한텐 무슨 일이 있는 건가요?"

"아무 말 않겠네. 안 그러면 디오티마에게도 가지 않을 테니!" 장군은 갑자기 한 생각에 고무되었다. "자네가 원한다면 라인스도르프는 자네가 싫어하는 건 모두 처리해주는 비서를 구해줄 걸세. 아니면 내가 국방부에서 구해주지. 자네가 원하는 만큼 물러서되 손은 나한테 뻗어주게!"

"먼저 잠을 좀 자야겠어요." 울리히가 부탁했다.

"자네가 승낙하기 전까지는 못 가네."

"좋습니다, 밤새 숙고해볼게요." 울리히가 허락했다. "잊지 말고 군사과학의 빵을 가방에 다시 넣어가지고 가세요!"


14.
발터와 클라리세의 새로운 소식.
노출하는 자와 그의 구경꾼들


울리히가 밤에 발터와 클라리세를 찾아간 것은 그의 불안 때문이었다. 도중에 그는 자신의 짐에 아무렇게나 쑤셔 넣었거나 아니면 잃어버렸을 클라리세의 편지를 떠올려보았지만 세세한 내용은 하나도 기억에 남지 않았고 오직 "네가 곧 돌아왔으면 한다"는 마지막 문장만이 떠올랐으며 자신이 유감과 불편한 감정뿐 아니라 고약한 즐거움이 담긴 대화를 발터와 나누게 되리라는 예감만이 남아 있었다. 그는 이렇듯 별 의미도 없이 도피하고 거리끼는 느낌을 털어내는 대신 오히려 간직하고 있었으며 스스로 몸을 한껏 낮춤으로써 편안해지는 현기증 환자 같은 느낌을 받았다.

그가 코너를 돌아 집에 접어들자 복숭아나무 울타리 근처에서 햇빛을 받으며 담에 기대 서 있는 클라리세가 보였다. 그녀는 뒷짐을 진 채 늘어진 넝쿨에 기대어 누가 오는지 알아채지 못한 채 먼 곳을 바라보고 있었다. 그녀의 행동은 뭔가 자아를 잃어버린 듯 뻣뻣해 보였고 그녀의 특징을 아는 친구들만 알아볼 연극배우 같은 면모가 엿보였다. 그녀는 자신의 내면을 다룬 아주 중요한 장면을 연기하는 것처럼 보였고 그런 장면에 사로잡혀 빠져나오지 못하는 것 같았다. 울리히는 그녀의 말을 기억해냈다. "난 너의 아이를 갖고 싶어!" 그 말이 오늘은 그때처럼 불쾌하지 않았던 그는 낮게 친구를 부르고 기다렸다.

하지만 클라리세는 다른 생각을 하고 있었다. '우리와 함께 있는 동안 마인가스트가 변하고 있어!' 그는 인생에서 수차례 뚜렷한 변신을 겪었으며 발터의 상세한 답장에 제대로 응답도 하지 않은 채 방문하겠다는 전언을 실행하고 말았다. 클라리세는 그가 자신들의 집에 오자마자 시작했던 작업이 변화와 연관돼 있다고 확신했다. 인도의 어느 신이 성숙의 시기마다 어떤 장소를 찾는다는 기억은 동물이 번데기가 되기 위해 특정한 장소를 고른다는 이야기와 뒤섞였고 이런 일화에서 그녀는 엄청나게 튼튼하고 충실하다는 인상을 받았으며 햇볕이 내리쬐는 담장에서 익어가는 복숭아의 육감적인 향기에 끌려 나왔던 것이다. 이 모든 것의 당연한 결과 예언자가 창문 뒤의 그늘진 동굴로 퇴각하는 동안 그녀는 저무는 태양의 밝은 빛을 받으며 창 아

래 서 있었던 것이다. 며칠 전 마인가스트는 그녀와 발터에게 '시종'
knecht의 어원은 나이트knight로, 그 의미는 소년, 하인, 시동侍童, 병사,
영웅이라고 설명했다. 그녀는 혼자 중얼거렸다. '나는 그의 시종이
야!' 그녀는 그에게 봉사했고 그의 일을 수호했다. 말이 필요없었다.
그녀는 그저 조용히 햇빛을 받아 눈부신 얼굴로 그 자리에 서 있었다.

울리히가 그녀를 부르자 그녀의 시선은 천천히 그 갑작스런 목소
리로 향했고 그는 뭔가 달라졌음을 발견했다. 그를 바라보는 눈은 낮
의 소멸 이후에 뿜어져 나오는 풍광의 색처럼 차가움을 간직했고 그
는 곧 그녀가 더이상 자신에게 원하는 것이 없음을 알아차렸다! 그녀
의 시선엔 더이상 그녀가 그를 '돌덩이에서 밀어버리겠다'는 다짐도,
그를 위대한 악마나 신으로 바라봤다는 사실도, 그와 함께 '음악의 구
멍'을 통해 도망가고 싶어했다는 것도, 그녀를 사랑하지 않으면 그를
죽이고 싶어했다는 욕구도 남아 있지 않았다. 그에게 별 상관은 없었
다. 누군가의 시선에서 이기심의 온기가 사라진 것을 목격한 것은 아
주 작고 평범한 경험일 수도 있었다. 그럼에도 그런 경험은 삶의 베일
에 생긴 작은 균열 같아서 그 틈으로 냉담한 무無가 내보였고 또한 나
중에 일어날 많은 일들의 근원이 되었다.

마인가스트가 거기 왔다는 소식을 듣고 울리히는 상황을 이해했
다. 그들은 발터를 데리러 조용히 집안으로 들어갔고 세 사람은 창조
자의 일을 방해하지 않기 위해 조용히 물러나왔다. 열린 문을 통해 울
리히는 재빨리 마인가스트의 등을 두 차례 바라보았다. 마인가스트
는 집을 나눠 만든 빈 방에 거주하고 있었다. 클라리세와 발터는 어디
선가 철제 침대를 가져왔고 부엌 의자와 양철 대야는 받침대와 세면
대로 사용되었으며 방에는 커튼이 없었고 낡은 찬장이 있었는데 거

기엔 책들이 있었고 나무에 칠이 돼 있지 않은 작은 책상이 하나 있었다. 이 책상에 앉아 마인가스트는 그들이 지나가는 걸 바라보지도 않은 채 뭔가를 쓰고 있었다. 이 모든 것을 울리히는 직접 보기도 하고 친구들에게 들어서 알기도 했는데 이들은 자신들이 사는 것보다 훨씬 옹색한 살림을 이 스승에게 제공하는 데 전혀 양심의 거리낌이 없었으며 오히려 그가 만족하는 모습에 왠지 자부심까지 느끼는 것이었다. 그건 감동적이었고 그들 마음에도 편했다. 발터는 마인가스트가 없을 때 이 방에 들어와보면 뭔가 표현하기 힘든 것, 그러니까 낡아빠진 오래된 장갑이 고귀하고 정열적인 손에 끼워진 것 같은 느낌을 받을 것이라고 확신했다. 사실 마인가스트도 이런 환경에서 일하며 매우 만족해했으며 그들의 전투적인 단순함은 그를 고무시켰다. 그는 그 방에서 자신의 의지가 언어로 종이에 구현되는 느낌을 받았다. 게다가 클라리세가 그의 창 아래, 혹은 층계참에 서 있거나 아니면 마치 그에게 고해를 하듯 '보이지 않는 북쪽 빛의 외투에 싸인 채' 그저 방에 앉아 있을 때조차 그에 의해 마비된 야심찬 학생은 그의 기쁨을 고취시켜주었다. 그러면 마인가스트의 펜에는 착상이 몰려왔고, 크고 어두운 눈은 날카롭게 떨리는 코 위에서 빛나기 시작했다. 이런 환경에서 마인가스트가 완성하고자 생각한 부분은 새로운 책의 가장 중요한 장이 될 것이고 그건 책으로만 불릴 것이 아니라 새로운 인류의 정신을 위한 무기로 불려야 마땅할 것이다! 클라리세가 서 있던 자리에서 낯선 남자의 목소리가 침입해 들어오자 그는 일을 멈췄고 조심스럽게 내다보았다. 그는 울리히를 알아보지 못했으나 어렴풋이 기억이 떠올랐고 계단에서 발걸음이 다가오는데도 문을 닫거나 하던 일에서 고개를 돌리지 않았다. 상의에 두터운 울 재킷까지 입은 그는 추위와 사람에 아랑곳하지 않는 태도였다.

울리히는 산책을 나왔고 작업에 몰두해 있는 이 스승에 대한 열광에 찬 말들을 들어야만 했다.

발터가 말했다. "마인가스트 같은 사람과 친구가 되면 타인에 대한 혐오감에 항상 찌들어 있던 자신을 발견할 거야. 그와의 교류는 어떤 회색도 없이 오직 순수한 원색으로만 그려진 그림 같아."

클라리세가 이어 말했다. "그와 함께 있다보면 우리에게 운명이 있음을 느끼게 돼. 우리는 완전히 개체로 있으며 환하게 빛나는 존재인 거야."

발터가 덧붙였다. "오늘날 모든 건 수백 개의 층으로 돼 있어서 혼탁하고 희미하지. 그런데 그의 정신은 유리 같아!"

울리히가 그들의 의견에 대답했다. "죄악의 희생양도 있고 정결의 양도 있지. 게다가 그런 양들을 필요로 하는 양도 있어!"

발터는 그의 말을 받아쳤다. "이런 사람이 너한테는 당연히 맞지 않겠지!"

클라리세가 소리쳤다. "넌 인간이 이념에 따라 살 수 없다고 주장한 적이 있지. 기억나? 마인가스트는 이념에 따라 살 수 있는 사람이야!"

발터가 더 신중하게 말했다. "당연히 그가 다 옳다고 보는 건 아니지만…"

클라리세가 끼어들었다. "그의 말을 들으면 전율의 빛이 그 안에 있음을 느끼지."

울리히가 대답했다. "특별히 좋은 두뇌는 보통 멍청하기 마련이지. 특별히 심오한 철학자들은 그저 얄팍한 사유자일 뿐이야. 문학에선 보통 수준을 조금 상회하는 평범한 재능이 동시대인들에겐 대단한 천재로 여겨지지."

경탄이란 아주 기이한 현상이다! 개개인의 삶에서 경탄은 그저 '발작'에 그치지만 단체의 삶에서는 지속적으로 제도를 만들어낸다. 자신이나 클라리세의 존경을 받는 마인가스트의 위치에 있었다면 발터는 훨씬 만족했을 것이고 왜 그렇게 되지 못했는지는 전혀 이해되지 않았지만 아무튼 그런 상황에도 약간의 이점은 있었다. 또한 그렇게 한발 물러선 발터의 감정은 마치 누군가 다른 사람의 아이를 입양한 것처럼 마인가스트에게도 도움이 되었다. 다른 한편으로 바로 이런 이유 때문에 마인가스트를 향한 그의 경탄은 발터 자신도 알듯이 그리 순수하고 온전한 감정이 아니었다. 그의 경탄은 오히려 스스로 그를 믿으라는 혹독하고 과도한 요구에 가까웠고 그 속에는 뭔가 의도적인 것이 있었다. 그런 경탄은 완전한 숙고 없이 미친 듯 연주하는 '피아노의 감정' 같은 것이었다. 울리히 역시 그걸 느꼈다. 오늘날 삶을 작게 쪼개고 그 조각들을 알 수 없을 정도로 뒤섞어놓은, 열정을 향한 근원적 욕구 중 하나가 여기서 하나의 퇴로를 찾고 있었다. 마치 극장의 관객들이 자신들의 개인적 의견을 뛰어넘어 장소가 요청하는 열광에 맞춰 박수를 치는 것처럼 마인가스트를 칭찬하는 발터에게서 그런 욕망을 엿볼 수 있었다. 발터는 경탄을 표출할 필요가 있는 장소, 가령 축제나 행사, 위대한 동시대인이나 사상, 명예가 있는 곳에서처럼, 그 가운데 우리가 참여하지만 누굴 위해 왜 하는지는 정확히 모르는 채, 다음날이면 아무런 자책도 하지 않기 위해 평소보다 더 세속적일 각오를 다지면서 마인가스트를 칭송했다. 울리히는 친구들에 대해 그렇게 생각했고 이따금 마인가스트를 향해 던지는 날카로운

말들로 그들을 긴장시켰다. 뭔가를 더 잘 알고 있는 사람들이 그러하
듯, 울리히는 항상 사태를 잘못 파악하고 무관심이 아무렇게나 내버
려둔 것을 끝내 무시하고 마는 동시대인들의 경탄의 능력에 수없이
화가 날 수밖에 없었다.

그들이 그런 대화를 나누며 집에 돌아왔을 때는 이미 황혼 무렵이
었다.

"마인가스트 같은 사람은 오늘날 예감과 믿음이 혼동된 시대 덕분
에 살아가는 거야." 울리히는 결론을 내렸다. "과학 이외의 거의 모든
것들을 우리는 그저 예감할 수 있는데 그것을 위해선 열정과 예지가
필요하지. 우리가 모르는 것을 다루는 방법론이 거의 삶의 방법론과
비슷한 것과 마찬가지야. 하지만 너희들은 마인가스트 같은 사람이
나타나면 '믿는' 거야. 모든 사람들이 그래. 또한 이 '믿음'은 마치 그
찬탄받는 사람이 가진 미지의 내용물을 부화시키기 위해 너희의 소
중한 몸을 계란 바구니에 던져 그것을 품고 있는 것과 똑같아!"

그들은 계단 아래에 멈춰 섰다. 울리히는 왜 여기에 와서 다시 그들
과 전처럼 대화를 나누고 있는지를 갑자기 깨달았다. 발터가 다음과
같이 대답했을 때 그는 놀라지 않았다. "네가 하나의 방법론을 끝낼
때까지 세계가 가만히 있어줄까?" 그들은 과학의 정확함과 예감의 안
개 사이를 벌려놓는 이 믿음의 영역이 얼마나 타락했는지를 이해하
지 못했기 때문에 그가 말한 모든 걸 심각하게 받아들이지 않았다. 낡
은 이념들이 울리히의 머릿속에 떼를 지어 모여들었다. 이념들의 쇄
도 때문에 사유는 거의 죽어버릴 지경이었다. 하지만 그는 꿈 때문에
감각의 눈이 멀어버린 양탄자 짜는 사람처럼 처음부터 다시 시작할
필요가 없음을 알고 있었고 그래서 다시 여기 와 있음을 깨달았다. 마

침내 모든 것은 아주 간단해졌다. 지난 2주 동안 모든 과거는 무력해졌고 그의 내적 움직임의 실들은 강력한 매듭으로 묶여졌다.

발터는 울리히가 뭔가 화가 치밀 만한 대답을 하리라고 기대했다. 그러면 두 배로 갚아주었을 것이다! 그는 마인가스트 같은 사람은 구세주라고 말하려고 했다. '구원이란 근본적으로 완전하다는 말이지.' 그는 생각했다. 그는 또한 '구세주 역시 틀릴 수 있지만 그들은 우리를 완전하게 만들어준다'고 말하고 싶었다. '넌 그런 걸 전혀 상상할 수 없지?'라고도 말해주고 싶었다. 그는 치과의사에게 가야 할 때 느끼는 그런 거부감을 울리히에게서 느꼈다.

그러나 울리히는 마인가스트가 지난 수년간 도대체 무엇을 썼으며 무엇을 해왔느냐고 성의없이 물었다.

"그것 봐!" 발터는 실망하여 말했다. "넌 잘 알지도 못하면서 그를 저주하고 있어!"

"글쎄," 울리히가 말했다. "내가 알 필요는 없지. 아마 몇줄이 다 아닐까!"

그는 계단에 발을 올렸다.

하지만 클라리세가 그의 상의를 잡아당기며 속삭였다. "마인가스트는 그의 진짜 이름이 아니야!"

"당연히 아니겠지. 그런데 그게 비밀이란 말인가?"

"그는 언젠가 마인가스트가 되었고 우리한테 오면서 다시 변하고 있어!" 클라리세는 강조하며 비밀스럽게 말했고 이 속삭임에도 타오르는 불꽃 같은 게 들어 있었다. 발터는 그 말을 끊기 위해 갑자기 끼어들었다. "클라리세!" 그는 애타게 말했다. "클라리세, 바보 같은 소린 그만둬!"

클라리세는 말을 멈추고 웃었다. 울리히는 계단을 올라섰다. 그는 차라투스트라의 산에서 발터와 클라리세 가족에게 내려온 이 전령을 마침내 보고 싶었다. 그들이 계단을 오를 때 발터는 울리히뿐 아니라 마인가스트에게도 기분이 상해 있었다.

마인가스트는 자신의 숭배자들을 어두운 방에서 맞이했다. 그는 그들이 오는 것을 보았고 클라리세는 회색 창유리 앞에 서 있는 그에게로 곧장 다가가 그의 크고 수척한 그림자 옆에 작고 날카로운 그림자를 드리웠다. 소개 같은 건 없었고 스승의 기억을 환기시키기 위해 울리히의 이름만 일방적으로 소환되었다. 그러고는 모두 침묵했다. 상황이 어떻게 진행될지 궁금했던 울리히는 다른 창가의 빈자리에 자리잡았고, 아마도 일시적으로 동일한 반발력을 만들고 싶은 마음에서인지 발터는 놀랍게도 울리히 쪽에 다가섰으며 덜 가려진 창을 통해 은은하게 방을 밝히는 빛에 마음을 빼앗기고 있었다.

3월이라고들 했다. 하지만 기상학은 항상 믿을 게 못 되었다. 이르거나 늦은 6월 밤이라고 해도 좋다고 클라리세는 종종 생각했다. 창문 앞의 어둠은 그녀에게 여름밤처럼 다가왔다. 가스등 불빛이 떨어지는 쪽의 밤은 밝은 노랑으로 채색되었다. 근처의 덤불은 검은 덩어리로 넘실댔다. 빛이 들어오는 곳은 녹색이거나 흰빛―뭐라 정확히 표현하기 어려웠지만―을 띠었다. 그곳은 나뭇잎으로 물결쳤고 마치 부드럽게 흘러가는 물에 씻기는 빨래들처럼 등불 속을 떠다녔다. 난쟁이 같은 말뚝 위에 묶인 가는 쇠줄―그저 질서의 기억과 훈계를 떠올리게 할 뿐인―이 덤불이 자리한 잔디밭 가장자리를 따라 도망다니다 어둠 속으로 사라졌다. 클라리세는 거기가 쇠줄의 끝이라는 걸 알았다. 누군가 이 지역을 정원 취향으로 꾸미려고 했으나 곧 포기해버린 것 같았다. 클라리세는 마인가스트의 시점에서 가능한 먼 곳을 창밖으로 내다보기 위해 그에게 가까이 다가섰다. 그녀의 코는 유리창에 편평하게 눌렸고, 두 사람의 몸은 그녀가 종종 계단에서 몸을 쭉 펼 때처럼 여러 곳이 강하게 맞닿았다. 그녀의 오른쪽 팔에 자리를 내주어야 했기 때문에 마인가스트의 긴 손가락은 마치 부드러운 천을 움켜쥔 극도로 무심한 독수리의 강인한 발톱처럼 그녀의 팔꿈치를 잡고 있었다.

클라리세는 방금 전부터 어딘가 불편한 듯하지만 그 이유가 뭔지는 알 수 없는 거리의 한 남자를 바라보고 있었다. 그는 반쯤은 머뭇거리고 반쯤은 멍한 채 걷고 있었다. 그의 걷고자 하는 의지는 뭔가에 휘감겨 있다는 느낌을 주었는데 휘감겨진 무언가를 찢으려 할 때마다 그는 서두르지도 않지만 그렇다고 머물고 싶어하지도 않는 사람처럼 조금씩 걸어나가는 것이었다. 그 불규칙한 리듬에 클라리세는 깊은 인상을 받았다. 남자가 등불 가까이 왔을 때 그녀가 살펴본 그의 표정은 텅 비어서 아무 감정이 없는 것처럼 보였다. 남자가 끝에서 두 번째 등불을 지날 때 그녀는 그가 초라하고 불쾌하며 소심한 얼굴을 지녔다고 생각했다. 그가 창문 바로 아래의 마지막 등불까지 왔을 때 그의 얼굴은 매우 창백한 채 불빛이 어둠을 흘러다닐 때마다 불빛 속을 이리저리 떠돌아다녔으며 그래서 가로등의 가는 철제 말뚝은 오히려 매우 곧고 자극적으로 보였고 밝은 초록빛이 원래 보였던 것보다 더 강하게 눈에 들어왔다.

네 사람 모두는 스스로 몸을 잘 숨겼다고 착각하는 그 남자를 관찰하기 시작했다. 그는 빛에 적셔진 덤불을 바라보고 있었고 그 모습에서 여성 속치마의 물결무늬를 떠올렸는데 이제껏 본 적이 없지만 꼭 한번은 보고 싶었던 화려한 무늬였다. 순간 그 남자는 어떤 결심에 사로잡혔다. 그는 낮은 철책을 뛰어넘더니 장난감 상자 안의 초록색 대팻밥을 떠올리게 하는 잔디 위에 서서 한동안 멍하니 발 앞을 바라보더니 점점 정신을 차리면서 고개를 두리번거렸고 습관인 듯 그림자 사이로 몸을 숨겼다. 따뜻한 날씨에 소풍을 나온 사람들이 집으로 돌아가는 중이라 그들의 소음과 유쾌한 음성이 들려왔다. 그는 불안으로 가득 찼고 나뭇잎의 속치마로 들어가 위안을 찾았다. 클라리세는 여전히 그가 뭘 하는 중인지 알지 못했다. 그는 사람의 무리가 지나갈 때면 어김없이 어둠 속에서 나타났고 사람들은 가로등의 밝은 불빛 때문에 어두운 곳을 보지 못했다. 그는 마치 얕은 물가에서 구두에 물이 들어오지 않게 하려는 사람처럼 빛의 가장자리로 발을 끌며 나아갔다. 클라리세는 너무도 창백한 그의 얼굴에 충격을 받았다. 그의 얼굴은 하얀 원반처럼 일그러져 있었다. 그녀는 강한 연민을 느꼈다. 하지만 그 남자는 그녀가 갑자기 깜짝 놀라 뭔가를 꽉 잡아야만 했을 때까지 오랫동안 그 기이하고 이해하기 힘든 작은 움직임을 이어갔다. 또한 마인가스트가 여전히 그녀의 팔을 잡고 있었기 때문에 자유롭게 움직일 수 없던 그녀는 도움을 구하듯 그의 넓은 바지를 붙잡았고 폭풍 속의 깃발처럼 마인가스트의 다리를 잡아당기는 바람에 두 사람은 꼼짝할 수 없이 서 있었다.

창문 아래 저 남자가 비정상적인 성생활을 통해서 정상인들의 호기심을 강하게 불러일으키는 환자임을 처음으로 알아챘다고 생각한 울리히는 여전히 불안한 상태에 있는 클라리세가 그 사실을 알아내면 어쩌나 하는 과도한 걱정에 잠시 빠져들었다. 그는 곧 걱정을 잊어버렸고 그런 사람에겐 대체 어떤 일이 일어나는지를 알고 싶어했다. 그 남자가 철책을 넘어서는 순간 변화는 너무나 완전하게 일어났기 때문에 세세한 부분은 설명할 필요조차 없다고 울리히는 생각했다. 또한 그게 적당한 비유라도 되는 듯, 그는 방금까지 음식을 먹고 마시던 가수가 피아노 옆에 가서 손을 배 위에 올려놓고 입을 열어 노래를 시작하는 순간 그 가수는 다른 사람일까 같은 사람일까를 떠올렸다. 울리히는 또한 종교-도덕적인 연맹뿐 아니라 세계적 은행가 연맹을 자유롭게 오갈 수 있는 라인스도르프 백작을 떠올렸다. 내면에서 작동될 뿐 아니라 세상의 수용을 통해 외부적으로도 인정받는 이러한 변신의 완벽함에 그는 매료되었다. 아래 있는 사람이 어떻게 저런 심리상태에 도달하는지는 울리히의 관심사가 아니었지만 그가 상상하건대, 그 사람의 머리는 아마도 하루종일 조금씩 공기가 주입되는 풍선처럼 점점 긴장으로 차오르고, 그를 단단한 땅에 묶어주던 줄이 들리지 않는 명령, 우연한 사건 또는 정해진 시간의 소모에 의해 팽팽하게 흔들리다가 결국 풀려버리면, 인간 세계와 어떤 연결도 없어진 그의 머리는 부자연스러움의 텅 빈 세계로 날아가버리고 말 것이다.

쾡하고 무표정한 얼굴의 남자는 여전히 덤불의 은신처에서 맹수처럼 매복하고 있었다. 그의 목적을 수행하려면 그는 행락객들이 드물어져서 주변이 그에게 좀더 안전해 보일 때까지 기다려야만 했다. 그러나 무리에서 떨어진 여인이 지나가거나 한 여인이 무리 안에서 보호를 받으며 활기차게 웃는 얼굴로 춤을 추며 걸어갈 때 그들은 사람이 아니라 그의 의식을 기이하게 만드는 인형으로 다가왔다. 그들을 향한 무시무시한 무자비함이 마치 살인자라도 된 듯 그에게 차올랐던 반면, 죽음에 대한 그들의 공포는 아무런 감흥도 주지 못했다. 그러나 동시에 그는 그들이 자신을 발견하고 그가 의식불명의 최고조에 오르기도 전에 개처럼 쫓아버릴지도 모른다는 생각에 약간 고통을 느꼈고, 두려움으로 혀가 입 속에서 떨렸다. 그 남자는 멍한 채 기다렸고 황혼의 마지막 빛은 점점 사라져갔다. 이제 혼자 가는 여인이 그의 은신처로 다가왔고 그는 등불에 의해 그녀와 분리돼 있었음에도 그녀가 주변에서 떨어져 나와 어둠과 빛의 파동 속을 위 아래로 까닥거리며 오고 있으며 그 검은 덩어리는 그녀가 다가오기도 전에 빛에 젖어들고 있음을 알 수 있었다. 울리히 또한 형체 없는 중년의 여성이 가까이 오는 것을 보았다. 그녀의 육체는 자갈로 채워진 자루 같았고 표정은 어떤 호의도 없이 권력욕과 심술궂음을 내뿜었다. 하지만 덤불 속의 여위고 창백한 남자는 너무 늦기 전 눈치 채지 못하게 그녀에게 다가가는 법을 알고 있었다. 그녀의 눈과 다리의 무딘 움직임은 이미 그의 살 속에서 움찔거리는 듯했고 그 남자는 그녀가 방어하기 전에 그녀를 덮칠 준비가, 즉 상대를 경악하게 만들고 아무리 저항해도 영원히 새겨질 될 자신의 모습으로 그녀를 덮칠 준비가 돼 있었다. 그런 흥분이 그의 무릎과 손과 후두부에 날뛰면서 퍼져나갔고 이미 반쯤 어둠에 잠긴 덤불을 더듬어 나가는 그의 모습을 목격한 울리히에게는 결정적인 순간에 그가 뛰쳐나가 자신을 드러낼 것처럼 보였다. 그 불행한 남자는 정신이 혼미한 채 나뭇가지의 마지막 저항에 기대어 이제 막 밝은 빛으로 끄덕거리며 걸어나온 못생긴 얼굴에 눈을 고정시켰고 그의 숨결은 낯선 이의 리듬에 순종하듯 헐떡였다. '그녀가 소리를 지를까?' 울리히는 생각했다. 이 우악스런 여자는 놀라는 대신 분노에 젖어 공격을 감행할지도 모른다. 그럴 경우 미친 겁쟁이는 분명히 줄행랑을 칠 것이고 좌절된 욕구 때문에 뭉툭한 손잡이의 칼을 자신의 살에 꽂을 것이다! 하지만 이 긴장된 순간 울리히는 길을 따라 걸어오는 두 사람의 거침없는 목소리를 들었고 창문 너머로 듣기에 그들이 저 아래의 씩씩대는 흥분을 통과한 것이 분명했다. 창문 아래의 남자는 조심스럽게 덤불의 베일을 다시 내리고 아무 소리 없이 어둠 속으로 돌아갔던 것이다.

"저런 개자식!" 그 순간 클라리세는 사람들에게 힘차게, 그러나 전혀 격분하지 않고 속삭였다. 지금처럼 변하기 전에 마인가스트는 종종 그녀가 자신의 자극적이고 자유로운 행동에 격분해 그런 말을 쓰는 것을 들었고, 그래서 그 말은 역사적으로 여겨질 만했다. 클라리세는 마인가스트가 그의 변신에도 불구하고 그 말을 분명히 기억하리라 생각했고 그 대답으로 그의 손이 자신의 팔을 아주 살짝 흔들었다고 믿었다. 그 밤에는 어떤 것도 우연이 아니었다. 그 남자가 서 있을 장소로 클라리세의 창 아래를 선택한 것도 분명히 우연은 아니었다. 뭔가 문제가 있는 남자들이 그녀에게 사악한 매력을 느낀다고 그녀는 확신했으며 그건 실제로 종종 진실로 밝혀지기도 했다! 전체적으로 봤을 때 그녀의 생각들은 혼란스럽기보다는 맥락이 빠져 있거나 타인들에게는 없는 내면의 원천에 흠뻑 젖어 있었다. 당시 마인가스트를 본질적으로 변신시킨 사람이 자신이라는 그녀의 확신은 그 자체로 황당한 말은 아니었다. 만약 그렇게 먼 곳에서 오랜 세월 동안 일어난 그의 변화를 완전히 독립적인 변화라고 생각한다면, 또한 그게 얼마나 위대한 것인지를—왜냐하면 그저 피상적인 방탕아를 예언자로 만들었기 때문에—생각한다면, 또한 마인가스트와 이별하자마자 발터와 클라리세의 사랑이 지금까지도 남아 있는 불화의 극한 지경으로 치솟았음을 생각한다면 발터와 그녀가 마인가스트의 성공을 위해 변신하기 전 그의 죄를 뒤집어써야 할지도 모른다는 클라리세의 추측 역시 오늘날 믿어지는 수많은 저명한 사유와 다를 게 없이 정당한 추론이 될 것이다. 그러나 바로 여기서 클라리세가 귀환한 스승에게 느끼는 기사도적인 추종관계가 드러나며, 그의 변화$^{Veränderung}$가 아니라 그의 새로운 '변신'$^{Verwandlung}$이라고 할 때마다 그녀는 스스로가 속한 고상한 상태에 어울리는 표현을 찾은 셈이었다. 자신이 중요한 관계를 맺고 있다는 의식은 말 그대로 클라리세를 고양시킨 것이다. 우리는 성자들을 발아래 펼쳐진 구름 위의 존재로 묘사할지 아니면 그들이 아무것도 없는 땅 위에 그저 손가락만한 넓이에 서 있다고 해야 할지를 알지 못한다. 마인가스트가 아주 심오한 지반을 갖춘 자신의 위대한 작업을 끝마칠 장소로 그녀의 집을 선택한 상황이 꼭 그러했다. 클라리세는 한 여자로서가 아니라 한 남자를 숭배하는 소년으로서 그와 사랑에 빠져 있었다. 그 소년은 그와 똑같은 모양으로 모자를 쓸 때 행복해했고, 그를 넘어서겠다는 비밀스런 경쟁심에 사로잡혔다.

발터도 알고 있었다. 그는 클라리세가 마인가스트와 무엇을 속삭이는지 알 수 없었고 창문의 희미한 불빛 속에 무겁게 녹아든 그림자 덩어리 외에 그 두 사람에 대해 어떤 것도 식별할 수 없었지만 모든 것을 낱낱이 관찰하고 있었다. 또한 그는 덤불 속 남자에게 무슨 일이 있었는지 알았고 방을 지배한 침묵은 그를 무겁게 짓누르고 있었다. 발터는 뒤에 서 있는 울리히가 긴장한 채 창 밖을 내다보고 있음을 감지했고 다른 두 사람 역시 그러리라고 짐작했다. '왜 아무도 침묵을 깨지 않는 거지?' 그는 생각했다. '왜 아무도 창문을 열고 이 파렴치범에게 소리를 지르지 않는 거야?' 경찰을 불러야 할지도 모른다는 생각이 들었지만 집에는 전화기가 없었고 자신의 동료들이 경멸할지도 모를 행동을 할 용기가 없었다. 아무튼 그는 '격분한 속물'이 되긴 싫었고 몹시 화가 났을 뿐이었다! 그는 자신의 아내가 마인가스트에게 취하는 '기사도적 관계' 또한 잘 이해할 수 있었다. 사랑에서조차 노력 없는 기쁨은 그녀에게 상상 불가능했기 때문이다. 그녀는 그런 기쁨을 육체적 욕망이 아니라 오직 명예욕에서 체험했다. 발터는 자신이 아직 예술계에 머물 때 그녀가 믿을 수 없을 정도로 열정적으로 그의 품속에 머물렀다는 것을 기억했다. 그러나 몇몇 예외들을 빼면 그녀가 그렇게 고무된 적은 없었다. '모든 사람이 오직 명예욕에서 실질적인 기쁨을 경험할까?' 그는 의심하며 자문했다. 마인가스트가 작업을 할 때 그게 무슨 뜻인지도 모르면서 자신의 육체로 그의 사유를 보호하기 위해 그녀가 '보초를 선다'는 걸 그는 모르지 않았다. 고통스럽게 발터는 덤불 속의 외로운 이기주의자를 바라보았고 그 가련한 사람은 극도로 고립된 마음이 얼마나 황폐해질 수 있는지를 경고하는 사례로 다가왔다. 클라리세가 지금 그를 바라보면서 무엇을 느낄지를 정확히 알기 때문에 그는 괴로웠다. '그녀는 빠르게 계단을 올랐을 때처럼 지금 약간 흥분돼 있을 거야.' 그는 생각했다. 그는 눈앞에 펼쳐진 형상에서 마치 뭔가가 고치에 싸인 채 뚫고 나오고 싶어한다는 인상을 받았고, 클라리세도 자신처럼 신비한 압력, 즉 단지 구경이 아니라 뭔가를 함으로써 그걸 해방시키기 위한 사건에 뛰어들고 싶어하는 의지를 갖고 있음을 느꼈다. 다른 사람들은 보통 삶에서 사유를 얻겠지만 클라리세에게 체험이란 언제나 사유에서 비롯된 것이었다. 그건 부러울 정도로 미친 짓이었다! 또한 발터는 아마도 정신적 치유가 필요할 아내의 과장을, 신중하고 냉정하게 자신을 바라보는 친구 울리히의 사유보다 더 좋아했다. 좀더 비합리적인 것이 그에겐 더 편했다. 아마도 그를 개인적으로 침해하지 않으면서도 동정심에 호소하기 때문일 것이다. 사실 모든 일에서 많은 사람들은 어려운 생각보다 미친 생각을 더 좋아했다. 심지어 클라리세가 어두운 곳에서 마인가스트와 속삭이는 것이 발터에게는 확실한 만족을 준 반면 말 없는 그림자로 그의 곁에 서 있는 울리히는 그의 비난을 받았다. 울리히는 마인가스트 때문에 늘 패배를 선고받았다. 하지만 클라리세가 갑자기 창문을 열어젖히거나 계단을 뛰어내려 덤불로 뛰어 내려갈지도 모른다는 예감이 발터를 괴롭혔다. 그럴 때 발터는 두 남자의 그림자와 그들의 무례하게 침묵하는 관망을 모두 혐오했다. 그들의 관망은 정신의 모든 유혹에 내맡겨진 그 작고 불쌍한 프로메테우스의 상황을 시간이 갈수록 더 위태롭게 만들었기 때문이다.

그사이 덤불 속으로 다시 물러난 그 병든 남자의 부끄러움과 좌절된 욕망은 실망으로 뭉쳐져 공허한 육신에 씁쓸한 덩어리처럼 채워졌다. 가장 어두운 곳에 이르렀을 때 그는 땅에 몸을 내던지며 쓰러졌고 그의 머리는 잎처럼 목에 늘어져 있었다. 세계는 그를 벌주려는 듯 서 있었고 만약 지나간 두 사람이 자신을 발견했다면 어떻게 보였을지 짐작할 것 같았다. 하지만 이 남자가 스스로를 위해 잠시 눈물을 삼킨 뒤에 근원적인 변화가 다시금 찾아왔고 이 변화에는 복수와 반항심이 더 많이 섞여 있었다. 그러곤 또 한번 실패했다. 어디에서 너무 늦게 귀가하는 열다섯살쯤 돼 보이는 소녀가 다가왔고 그에게 소녀는 작고 서두르는 예쁜 이상형으로 보였다. 그 타락한 남자는 이제는 나아가서 그녀에게 상냥하게 말을 걸어야 한다고 생각했지만 이런 생각은 갑자기 거친 공포로 돌변했다. 한 여자가 상상할 수 있는 모든 가능성을 보여줄 준비가 돼 있다는 그의 환상은 무방비 상태로 다가오는 작은 창조물에 경탄할지도 모른다는 자연스런 가능성 앞에서 두려울 정도로 어색해지고 말았다. 그녀가 그의 밝음에 더 부합할수록 그의 어두운 그림자는 더욱 만족을 잃어갔고, 그녀를 사랑할 수 없기에 그는 헛되이 그녀를 증오하려고 했다. 그렇게 그는 불안하게 빛과 그림자 사이의 경계에 서서 자신을 드러냈다. 소녀가 그의 비밀을 알아냈을 때 그녀는 이미 그를 지나쳐 여덟 걸음 정도 멀어진 후였다. 처음에 그녀는 나뭇잎 속에서 뭔가 움직이는 것을 하나도 눈치채지 못하고 바라보았고 그걸 알아차렸을 때는 죽을 만큼 놀라지 않아도 될 정도로 안전해진 후였다. 그녀의 입은 잠시 벌어져 있었고 잠시 후 큰 소리를 지르며 뛰기 시작했다. 그 소녀 개구쟁이는 심지어 뒤돌아보는 걸 즐기는 것 같았고 남자는 부끄럽게 남겨진 자신을 발견했다. 그는 한 방울의 독을 그녀의 눈에 떨어트려 그것이 심장으로 스며들면 좋겠다고 분노에 차서 소원했다.

이렇게 상대적으로 악의 없고 코믹한 진행은 구경꾼들의 마음을 홀가분하게 해주었다. 장면이 그런 식으로 흘러가지 않았으면 그들은 사건에 개입했을지도 모른다. 이런 인상에 안주하느라 그들은 아래에서 어떤 결론이 났는지 보지 못했다. 발터가 말한 그 남자 '하이에나'가 갑자기 사라지고 나서야 그들은 무슨 일이 있었는지를 확신하게 되었다. 한 평범한 여자가 겁에 질린 채 증오를 드러내며 그를 바라보면서도 아무것도 못본 척하며 지나갈 때 그 남자의 의도는 비로소 성취되었다. 그 순간 그는 자신이 걸어나온 나뭇잎 지붕과 온통 뒤집어진 세계가 그 무방비 상태인 여자의 저항하는 눈빛으로 끌려 들어가는 것을 느꼈다. 그게 일어난 일일 수도, 다른 일이 있었을 수도 있다.

클라리세는 제대로 바라보지 않았다. 깊은 숨을 내쉬면서 그녀는 반쯤 웅크린 자세에서 벗어났다. 그녀와 마인가스트는 이미 조금 전에 서로에게서 떨어졌다. 갑자기 발바닥으로 나무 바닥에 착륙하는 듯한 느낌이 들었고 표현하기 힘든 무시무시한 욕망이 그녀의 몸에 잠재돼 있음을 느꼈다. 그녀는 방금 일어난 모든 일에 그녀를 겨냥한 어떤 의미가 있다고 확고하게 믿었다. 그리고 이상하게 들리겠지만 그 비위 상하는 장면은 자신이 세레나데를 선사받은 신부 같다는 인상을 주었고 그녀의 머릿속에는 당장 실행하려는 의도와 새롭게 수용하려는 의도가 사납게 맞서 춤을 추고 있었다.

 "재밌군!" 울리히는 어둠 속에서 넷 중 처음으로 침묵을 깨며 말했다. "그가 자신도 모르게 관찰당하는 걸 알기만 했어도 녀석의 놀이는 완전히 엉망진창이 됐을 거라고 생각하니 얼마나 웃기고 기이한지!" 마인가스트의 그림자는 무에서 풀려나와 암흑의 가느다란 밀도로 울리히의 목소리 앞에 머물렀다. "우리는 성적인 것에 너무나 많은 의미를 부여하지." 스승이 말했다. "사실 그것은 시대적 의지를 품은 수컷들의 행동이거든." 그는 더이상 말을 하지 않았다. 하지만 울리히의 말에 기분 나쁘게 움찔했던 클라리세는 비록 어디로 가야 할지 모르는 어둠 속이긴 하지만 마인가스트 말에서 앞으로 나아간다는 느낌을 받았다.

## 15.
## 유언장

울리히가 그런 일을 겪고 전보다 더 큰 불만을 안은 채 집으로 돌아왔을 때 그는 더이상 결정을 미루고 싶지 않았고 그래서 그 '우발적 사건'―아가테와 깊은 대화를 나누고 며칠 후 누이와 가진 마지막 몇 시간의 만남을 그가 완곡하게 표현한 것이다―을 정확하게 떠올려보려고 했다.

울리히는 여행 준비를 마쳤고 도시를 늦게 통과하는 침대차를 타기로 했기 때문에 남매는 마지막 식사 자리를 가질 수 있었다. 아가테가 얼마 후 그를 쫓아가기로 이미 결정이 된 상황이라 그들은 5일에서 14일 정도 떨어져 있으리라 짐작했다.

식탁에서 아가테가 말했다. "그전에 꼭 해야 할 일이 있어!"

"뭐지?" 울리히가 물었다.

"유언장을 바꿔야 해."

울리히는 별로 놀라지 않고 그녀를 바라봤던 순간을 기억했다. 이미 많은 대화를 나눴음에도 불구하고 그는 농담이 나올 거라고 추측했기 때문이다. 하지만 아가테는 평소처럼 콧등에 주름을 지으면서 생각에 빠져 접시를 바라보고 있었다. 그녀는 천천히 말했다. "나는 하가우어한테 한푼도 넘겨주지 않을 거야. 양털 실 한줌이라도 있으면 태워버릴지도…"

지난 며칠 그녀의 내면에서 거친 일이 일어난 게 분명했다. 울리히는 하가우어에게 손해를 입힐 그런 생각은 법적으로 허용되지 못하니 다시는 언급하지 않으면 좋겠다고 말하고 싶었다. 때마침 늙은 하인이 음식을 들고 들어오는 바람에 그들은 말을 꾸며서 이야기할 수밖에 없었다.

"말비네 고모가—" 아가테는 오빠한테 웃으면서 말했다. "말비네 고모를 기억해? 그분은 전 재산을 우리 사촌한테 주기로 했어. 그건 누구나 알고 이미 끝난 일이지! 그래서 부모의 유언에 따라 사촌에게 지급된 유산은 의무적인 최소 상속분으로 제한되었고 나머지는 모두 그녀의 오빠에게 가게 되었어. 아버지의 사랑을 똑같이 받은 남매 중 어느 누구도 더 많이 가져가지 않게 하기 위해서였지. 오빠도 확실히 기억하지? 아가테가—아니, 사촌 알렉산드라가," 그녀는 웃으면서 말을 수정했다. "결혼 이후에 받은 연금은 이 의무 상속분에서 지급되었는데, 그건 말비네 고모가 돌아가실 때까지 시간을 좀 드리려는 복잡한 사정 때문이었지."

"무슨 말인지 모르겠네." 울리히가 중얼거렸다.

"아주 간단한 건데! 이제 말비네 고모는 돌아가셨고 그 전에 전재산을 잃었어. 그래서 부양을 받아야 할 정도였지. 만약 그녀의 아버지가 무슨 이유에선지 자신이 변경한 유언장을 되돌려놓는다는 걸 잊어버리기만 한다면 알렉산드라는 그녀의 결혼 이후 재산의 공동소유를 인정받았다 하더라도 단 한푼도 상속받지 못하게 되는 거지!"

"난 잘 모르겠는데. 너무 애매하잖아!" 울리히는 무의식적으로 대답했다. "아버지는 뭔가 특별한 언급을 틀림없이 남겼을 거야! 아버지가 사위와 아무 이야기를 나누지 않고 그런 일을 도모했을 리는 없어!" 울리히는 누이의 위험한 잘못을 듣고 가만히 있을 수는 없었기에 이렇게 말했던 기억이 뚜렷하게 떠올랐다. 그후에 그녀가 보여준 미소 또한 여전히 그의 마음에 생생하게 남아 있었다. "그게 바로 아빠야!" 그녀는 생각에 빠진 듯했다. "그저 사건에 육체나 피 같은 건 없고 뭔가 보편적인 것이 있는 것처럼 말해주면 그만이지. 그럼 코뚜레를 꿰어서 데리고 다닐 수 있다니까!" 그녀는 짧게 물었다. "그런 협정이 문서로 남아 있을까?" 그러고는 자신이 대답했다. "그건 들은 바가 없고 있다면 내가 알고 있어야 해! 물론 아빠는 모든 일에 별난 사람이긴 하지."

그 순간 하인이 식사를 내왔고 그녀는 울리히의 무방비 상태를 틈타 말을 덧붙였다. "구두로 한 협정은 언제나 취소될 수 있지. 하지만 말비네 고모가 빈털털이가 된 후 유언장이 다시 한번 수정되었다면 모든 정황은 유언장의 변경된 기록이 사라졌음을 보여주거든!"

울리히는 다시금 그녀의 오류를 수정하며 말했다. "하지만 언제나 상당한 의무적 상속분이 남게 돼 있어. 그걸 살아 있는 자식들한테서 빼앗아갈 순 없지!"

"이미 내가 말했지만 그건 아버지의 생전에 지불이 됐다는 거야! 게다가 알렉산드라는 두 번이나 결혼했거든." 하인이 잠시 나간 사이 아가테는 재빨리 덧붙였다. "내가 그 구절을 정확히 봤어. 그저 몇단어만 고치면 나의 의무 상속분은 이미 지불된 것이 된다고. 이제 와서 그걸 누가 알겠어? 말비네 고모가 재산을 잃은 후 아빠가 다시 우리에게 똑같은 지분을 남기려 했다면 그건 추가 기록으로 작성됐을 테고, 그런 기록은 없애버릴 수 있어. 게다가 나는 이런저런 이유를 대서 내 의무 상속분을 오빠한테 넘길 수 있을 거야!"

울리히는 깜짝 놀라서 누이를 바라보았고 그녀의 착상에 대해 대답해야 될 차례를 놓쳤다. 말을 시작하려 할 때 이미 하인이 들어와 있었기 때문에 그는 꾸며내 말을 해야만 했다.

"우리는 정말" 그가 머뭇거리며 말했다. "그런 일은 생각조차 하지 말아야 해!"

"왜 안 되지?" 아가테가 대꾸했다.

그런 질문은 가만히 있을 땐 단순해 보이지만 한번 고개를 쳐들면 무해한 곳을 기어 들어가는 무시무시한 뱀이 된다. 울리히는 그때 했던 대답을 기억했다. "니체조차도 내적 자유를 얻으려면 확실한 외적 원칙을 유념하라고 '자유로운 영혼들'에게 가르쳤어." 그는 웃으면서 대답했고 그 말 뒤에 뭔가를 숨겨둔 것처럼 스스로 비겁해진 느낌을 받았다.

"빈약한 원칙일 뿐이야!" 아가테는 즉각 묵살했다. "그런 원칙에 따라 내가 결혼을 한 거지!"

울리히는 생각했다. '그래 정말 빈약한 원칙이군.' 어떤 질문에 새롭고 혁신적인 대답을 가진 사람들은 그런 대답을 얻기 위해 안락한 슬리퍼 속의 대단히 도덕적인 삶 같은 다른 모든 것들에 타협하는 것처럼 보인다. 더욱이 그들에게 친숙한 사유의 창조적 경제에 완전히 일치하는 변화의 욕구 외에는 모든 것을 유지시키려는 노력 역시 그런 행동의 일종이다. 울리히 역시 그런 행동이 부주의하기보다는 엄격하다고 생각했지만 누이와 대화가 오간 당시에 그는 한대 맞은 듯한 기분이었다. 그는 자신이 사랑하는 불확정성을 더이상 견디기 힘들었고 바로 아가테가 그를 이런 상태까지 끌어올 임무를 가진 사람인 것처럼 보였다. 그럼에도 그가 자유로운 정신의 규칙을 그녀에게 주장했을 때 그녀는 웃었고 그가 보편적 원칙을 내세우려 할 때 그가 아닌 낯선 사람으로 돌변하는 것을 눈치채지 못하느냐고 물었다.

"오빠가 니체를 존경할 만한 이유가 있지만 근본적으로 그는 오빠와 아무 상관도 없어!" 그녀는 주장했다. 그녀는 오빠를 당돌하면서도 도전적인 눈으로 바라봤다. 다시금 그는 대답할 기회를 뺏긴 기분이었고 언제든 그런 방해가 있으리라 예상하면서 침묵했으며 그러면서도 대화를 끝낼 결심을 하지 못했다. 이런 상황에 그녀는 고무되었다.

"오빠는 우리가 함께한 짧은 시간 동안 내 삶을 위해 감히 생각도 못한 놀라운 조언을 해줬어. 하지만 오빠는 언제나 그게 진실인지를 되물었지! 내가 보기에 오빠가 사용하는 진실은 그저 사람들을 학대하는 힘인 거 같아!"

그녀는 오빠를 그렇게 비난할 정당성이 어디서 생기는지 알지 못했다. 그녀 스스로의 삶도 별 가치가 없었기 때문에 침묵하는 게 맞을 것 같았다. 하지만 그녀는 자신의 용기를 바로 울리히에게서 끌어냈으며 그건 상대를 공격하는 한편 그에게 의지하는 묘한 여성적 상태였고 그 또한 그걸 감지했다.

"너는 사유를 거대하고 잘 연결된 덩어리로 정리하려는 욕망을 이해하지 못해. 정신의 전투 체험은 너에게 낯설 거야. 너는 그 속에서 행진하며 만들어지는 기둥, 진리가 먼지구름처럼 소용돌이치는 수많은 발걸음들의 비인간성만을 보는 거야."

"하지만 오빠는 살아갈 수 있는 두 상태를 내가 범접할 수 없을 정도로 아주 정확하고 분명하게 말해주지 않았어?" 그녀가 대답했다.

경계가 빨리 변화하며 붉게 타오르는 구름이 그녀의 얼굴 위로 흘러갔다. 그녀는 오빠를 아주 멀리 끌고 가서 더이상 돌아올 수 없게 하고 싶었다. 그녀는 이런 상상으로 들떠 있었지만 자신에게 충분한 용기가 있는지 알지 못했고 그래서 천천히 식사를 이어갔다.

그 모든 걸 울리히는 알고 있었고 짐작하고 있었다. 하지만 그는 정신을 집중해 그녀를 향해 이야기했다. 그는 그녀 앞에 앉아 눈을 어느 한곳에 응시하면서 힘있게 입을 열어보려고 했다. 그건 그 자신이 있는 곳이 아니라, 자신 뒤의 어떤 곳에 머물러 이야깃거리를 불러오는 듯한 인상을 주었다.

"내가," 그는 말했다. "여행중에 어느 낯선 사람의 금담뱃갑을 훔쳤다고 상상해봐. 이게 과연 가능한 일일까? 나는 네 눈앞에 떠오른 결단이 정신의 자유에 비추어 정당한지 아닌지를 당장 말하고 싶진 않아. 하가우어에게 해를 끼치는 것이 옳을지도 모르지. 하지만 내가 호텔에 있는데 돈이 없지도 않고 직업 강도도 아니며 육체 또는 정신의 손상에 의한 심신미약자도 아니고 알코올중독자 아버지, 또는 신경증 환자 어머니의 자식도 아니며 뭔가 다른 이유 때문에 정신이 나갔거나 낙인이 찍히지도 않았는데 돈을 훔쳤다고 상상해봐. 다시 말하지만 세상에 있을 수 없는 일이야! 상상할 수도 없는 거라고. 그건 과학적 확실성을 가지고 불가능하다고 해명할 수 있는 거야!"

아가테는 웃음을 터뜨렸다. "하지만 울로, 그럼에도 누군가 그걸 한다면 어쩔 건데?"

전혀 예상치 못한 반박에 울리히는 웃지 않을 수 없었다. 그는 벌떡 일어섰고 동의하지 않는다는 것을 보여주기 위해 의자를 성급하게 뒤로 밀었다. 아가테도 식탁에서 일어섰다.

"그걸 해선 안 돼!" 그가 말했다.

"하지만 울리," 그녀는 대답했다. "꿈속에서는 가능하지 않을까, 적어도 그런 일이 일어난다는 꿈은 꾸지 않아?"

이 질문은 며칠 전 그가 모든 도덕적 요구들은 그것들이 완전히 정립될 때 스스로에게서 도망쳐나온 일종의 꿈같은 상태를 가리킨다고 했던 말을 떠올리게 했다. 하지만 그 말을 한 후 아가테는 이미 두 개의 열린 문 사이로 불빛이 보이는 아버지의 작업실에 들어가 있었고, 울리히는 따라가지 않은 채 거기 서 있는 그녀를 보았다. 그녀는 종이 하나를 불빛에 대고 내용을 읽었다. '그녀는 자기가 뭘 하는지 모르는 걸까?' 그는 물었다. 그러나 신경쇠약, 정신적 결손, 정신지체 같은 현대적 개념의 열쇠꾸러미들은 그 상황에 어울리지 않았고, 아가테가 죄를 범하는 그 아름다운 순간에 어떤 탐욕이나 복수, 또는 여타의 내면적 추함의 흔적도 발견할 수 없었다. 또한 그런 개념의 도움으로 울리히에게는 범죄자나 반미치광이의 행위조차 상대적으로 길들여지고 문명화된 것으로 다가올 수도 있었을 테지만, 뒤틀리고 왜곡된 일상의 동기들이 깊숙한 곳에서 희미하게 일렁였기 때문에 순수와 범죄가 구별 없이 뒤섞인 누이의 거칠고 부드러운 단호함은 순간 그를 당황하게 했다. 그는 완전히 공개적으로 나쁜 행동을 저지르는 이 사람이 진짜 나쁜 사람이라는 판단을 받아들일 수 없었고 아가테가 종이 한장 한장을 책상에 놓고 읽고 정리하면서 진지하게 서류를 찾는 것을 그저 바라봐야만 했다. 그녀의 단호함은 어딘가 다른 세계에 머물다가 일상적 결정이 내려지는 곳에 내려온 것 같은 인상을 주었다.

관찰하는 동안 울리히는 왜 자신이 하가우어에게 안심하고 여행을 떠나도록 설득했는지 몰라서 마음이 동요되었다. 처음부터 그는 누이의 의지의 도구인 것처럼 행동했고 그녀에게 반대했던 마지막 순간까지 그녀를 추동하는 대답만을 내놓았다. 진실은 인간을 학대한다고 그녀는 말했다. '아주 좋은 말이지만 그녀는 뭐가 진실인지조차 모를 거야.' 울리히는 고심했다. '나이가 들수록 진리는 뻣뻣한 통풍이 들

게 하지만 젊었을 땐 사냥이고 항해를 의미하지!' 그는 다시 자리에
앉았다. 돌연 그는 아가테가 진실에 관해서 했던 말은 자신의 말이
며 그녀가 옆방에서 하는 행동은 자신이 먼저 세운 계획이었음을 깨
달았다. 그는 인간의 가장 높은 상태에는 선과 악이 없으며 오직 믿
음과 의심만이 있다고 말했다. 또한 확고한 규칙은 도덕적 내면의 존
재와 모순되며 믿음은 기껏해야 한 시간이면 사라진다고 말했고 믿
음의 상태에서 우리는 비천한 짓을 할 수 없으며 직감은 진실보다 더
열정적인 상태라고 말했다. 그리고 아가테는 지금 도덕의 울타리를
넘어 올라가느냐 추락하느냐의 선택만 남은 무한한 심연으로 뛰어
들려 하고 있었다. 그녀는 언젠가 모조품과 바꿔치기 위해 머뭇거리
는 그의 손에서 아버지의 훈장을 건네받았을 때처럼 그 일을 했고 순
간 그는 그녀의 비양심적인 면에 상관없이 각별한 감정으로 그녀에
게 애정을 느꼈다. 결국 자신의 생각이 그녀에게 건너갔다가 다시 자
신에게로 돌아오면서 숙고는 부족해졌지만 야생의 존재처럼 자유의
향기를 내뿜는 것 같았다. 그리고 그는 자신을 억제하느라 몸을 떨면
서 그녀에게 조심스레 제안했다. "내가 하루 더 머물면서 공증인이
나 변호인에게 문의를 해볼게. 네가 하려는 짓은 너무나 뻔한 것일지
도 몰라!"

하지만 아가테는 아버지의 생전 공증인이 이미 죽었다는 걸 알았
다. "그 일에 대해선 아무도 몰라," 그녀가 말했다. "그냥 내버려둬!"

울리히는 그녀가 종이 한 장을 꺼내 아버지의 필체를 모방하려는
걸 보았다.

거기에 이끌려 그는 가까이 다가가 그녀 뒤에 섰다. 더미 속에 아버
지의 손이 살아 움직이는 듯한 종이들이 있었고 아가테는 배우가 연

기하듯 마법처럼 글씨를 불러내고 있었다. 낯선 장면이었다. 그 사건의 목적, 즉 위조라는 생각은 사라져버렸다. 사실 아가테는 아무 생각도 하지 않았다. 논리의 정의가 아니라 불꽃의 정의가 그녀 주위를 맴돌았다. 사람들을 통해, 특히 교사 하가우어를 통해 알게 된 선함과 단정함, 올바름 같은 덕목들은 그녀에겐 언제나 옷에서 얼룩을 지워내는 것처럼 보였다. 그러나 그 순간 그녀 자신을 맴도는 불의는 세계가 일출의 빛에 잠기는 것과 같았다. 그녀에겐 정의와 불의가 더이상 일반적인 개념이나 수많은 사람 사이에서 맺어진 약속처럼 보이지 않았고 오히려 나와 너 사이의 마법적인 만남, 어떤 것으로도 비교할 수 없고 어떤 방법으로도 측량될 수 없는 창조물의 첫번째 착란처럼 여겨졌다. 그녀는 울리히가 자신의 경솔함을 이해할 거라는 확신에 차서 그의 손에 자신을 맡기면서 범죄를 선물로 주었는데 그건 뭘 주고는 싶은데 아무것도 가진 게 없는 아이들이 전혀 기대하지 않았던 생각을 제안하는 것과 비슷했다. 울리히는 모든 것을 예상했다. 그의 눈은 그녀의 행동을 좇으며 전에 경험하지 못한 편안함을 느꼈다. 왜냐하면 그녀의 행동엔 다른 존재가 하는 일을 아무런 불평 없이 완전히 용인하는 동화와 같은 어리석음이 있었기 때문이다. 이것이 제3자에게 해를 입힐지도 모른다는 생각이 끼어들었으나, 마치 도끼로 찍어내듯 단 몇초만에 사라졌고 누이가 하는 일이 남이 상관할 일이 아니라는 생각에 그는 빨리 안정을 되찾았다. 이런 필체 위조가 실제로 사용될지는 확실하지 않았고 아가테가 벽 안에서 한 일은 집 밖에서 작용하지 않는 한 그녀의 일에 불과했다.

그녀는 오빠를 부르며 뒤돌아보았고 그가 바로 뒤에 있는 것을 알고는 깜짝 놀랐다. 그녀는 정신을 차렸다. 그녀는 자신이 쓰고자 했던 걸 모두 썼고 글씨가 오래된 것처럼 보이게 하기 위해 양초 불빛에 결연하게 그을리고 있었다. 그녀는 자유로운 손을 울리히에게 내밀었고 그는 손을 잡지 않았으나 완전히 거절하지도 못한 채 어둠 속에서 얼굴만 찡그리고 있었다. 그녀가 말했다. "들어봐! 만약 뭔가 두 가지가 모순이라면, 그리고 오빠가 그 양면을 사랑한다면, 확실히 사랑하는 거야! 그건 좋든 싫든 모순은 사라졌다는 거 아닌가?"

"이 질문은 너무 경박하군." 울리히가 못마땅하게 말했다. 하지만 아가테는 그가 자신의 '두번째 사유'에서 그걸 어떻게 판단할지 알고 있었다. 그녀는 깨끗한 종이 한 장을 꺼내 자신이 잘 모방하는 옛날 글씨체로 발랄하게 글을 썼다. "나의 악한 딸 아가테에게는 선한 아들 울로에게 불이익을 주기 위해 정해진 규정을 바꿀 아무 근거가 없다!" 그녀는 여기에 만족하지 않고 두번째 종이에 썼다. "내 딸 아가테는 선한 아들 울리에게 좀더 가르침을 받아야 한다."

그렇게 일은 벌어졌지만 세세하게 되새기고 난 지금도 그는 결국 뭘 해야 할지를 전보다 더 잘 알지 못했다.

일을 바로잡기 전에는 떠나지 말았어야 했다. 의심의 여지가 없었다! 또한 어떤 것도 진지하게 받아들이지 말라는 현대적인 미신이 그에게 그곳을 떠나라고, 그리고 그들 사이의 미해결된 문제에 감정적으로 대항하여 일을 키우지 말라고 속삭이는 바람에 그는 속임수에 빠진 것이 분명했다. 방금 요리된 것이 가장 뜨거운 법이다. 우리가 가만히 있으면 가장 극렬한 과장에서 결국 새로운 평균이 만들어진다. 과도한 확률을 억제하는 평균의 법칙을 신뢰하지 못한다면 우리는 기차에 앉아 있지 못할 것이며 거리에서도 항상 호신용 권총을 들고 다녀야 할 것이다. 이런 유럽식의 경험적 믿음에 울리히는 순종했고 모든 의구심에도 불구하고 집에 돌아왔다. 아가테가 다른 모습을 보여준 것을 심지어 그는 마음속 깊이 기뻐하기조차 했다.

그럼에도 이 사건이 제대로 해결되려면 울리히가 지금이라도 빨리 놓친 것들을 만회해야만 했다. 그는 누이에게 주저 없이 급행 우편이나 전보를 띄워 이런 내용을 전해야 한다는 걸 깨달았다. '나는 너와 함께 있지 않을 거야! 네가 그걸 하지 않았으면…!' 하지만 그렇게 쓸 의향이 그에게는 전혀 없었고 당시에는 아예 불가능했다.

게다가 그 운명적인 사건이 있기 전 그들은 다음 몇주 동안 함께 살거나 적어도 함께 움직이기라도 하겠다고 결심했고 그래서 헤어지기 얼마 전에는 온통 그 얘기를 하느라 정신이 없었다. 그들은 아가테가 조언과 거처를 얻을 수 있도록 '이혼절차가 진행되는 기간'만이라도 같이 있기로 합의했다. 하지만 울리히는 기억을 떠올리다가 누이가 전에 '하가우어를 죽이고 싶다'고 했던 말을 기억했고 이 '계획'이 그녀의 내면에서 진행되면서 새로운 모습을 띠었으리라 짐작했다. 그녀는 가족 재산을 빨리 처분하자고 강력하게 주장했고 그건 다른 이유에서도 추천할 만했지만 재산을 증발시킨다는 의미가 있었다. 아무튼 남매는 중개 회사와 계약을 하기로 했고 조건을 확정했다. 또한 게으르고 불안정하며 스스로도 인정하지 못하는 자신의 삶으로 돌아갈 때 누이에게 무슨 일이 일어날 것인지를 울리히는 생각해야만 했다. 그녀의 상황은 지속 불가능할 것이다. 짧은 시간에 그들은 놀랍게 가까워진 셈이었지만—비록 여러 독립적인 조각들에 의해 연결되었지만 울리히는 그것이 운명의 교차로 같았다고 생각했다. 반면 아가테는 좀더 모험적인 시각을 갖고 있었다—고통의 삶이 기댄 여러 피상적인 관계 때문에 서로에 대해 아는 것이 거의 없었다. 누이에 대해 냉정하게 생각해볼 때 울리히는 풀리지 않는 의문과 마주했으며 그녀의 과거에 대해서조차 정확한 판단을 내릴 수 없었다. 최선의 결론은 그녀가 직간접으로 행한 모든 일들은 매우 피상적인 행동이었고 그래서 그녀는 실제 삶에서 아주 모호하고 아마도 환상적인 삶을 살았으리라 추측해보는 것이었다. 그래야지만 그녀가 하가우어와 그렇게 오래 살았으면서도 갑자기 헤어지는 이유가 설명되었기 때문이다. 또한 그녀가 미래를 대하는 무분별함 역시 설명되었다. 집을 떠났다는 사실은 당분간 그녀를 만족시킨 것처럼 보였다. 그리고 무슨 일이 일어나겠느냐 같은 질문을 그녀는 피해버렸다. 울리히는 그녀가 남편 없이 살면서 어린 소녀처럼 뭔가를 막연히 기다리는 삶을 상상할 수 없었고 그녀와 어울리는 남자가 어떠해야 할지도 떠올릴 수 없었다. 그녀와 이별하기 전에 그런 말도 짧게 나누었다.

그녀는 놀란 표정을 짓더니―아마도 놀란 것을 흉내낸 표정이었을 것이다―조용히 되물었다. "그럼 당분간 그냥 오빠 집에 머물 순 없나?"

그렇게, 아무것도 확정된 것 없이, 그녀와 함께 살기로 한 결정이 굳어져갔다. 하지만 이 계획으로 자신의 '휴가중인 삶'은 종말을 고하리라는 것을 울리히는 알고 있었다. 그는 어떤 결과가 찾아올지를 굳이 고민하지 않았지만 자신의 삶이 어떤 제한에 직면할 것이라는 사실이 싫지만은 않았고 처음으로 새삼스레 그 모임과 평행운동의 여성들을 떠올려보았다. 새로운 변화를 통해 모든 것과 단절한다는 상상은 굉장해 보였다. 종종 작은 방 안에서는 사소한 것만 바꿔도 쓸모없는 반향이 훌륭한 공명을 만들어내듯이 그의 상상 속에서 작은 집은 도시의 소음이 먼 곳의 물결소리처럼 들리는 조개껍질로 변해 있었다.

그러고 나서 이 대화의 마지막 부분에 짧고 특별한 대화가 있었다.

"우리는 은둔자처럼 살 거야," 아가테가 쾌활하게 웃으며 말했다. "하지만 연애 문제는 각자의 자유에 맡기자. 적어도 오빠를 방해하진 않을게!" 그녀는 맹세했다.

"그거 알아," 울리히가 그 말에 대답했다. "우리가 천년왕국으로 들어간다는 거?"

"그게 뭔데?"

"우리는 목적지로 흘러가는 시냇물이 아니라 한곳에 고여 있는 바다 같은 모습의 사랑에 대해 너무 많이 이야기했어. 이제 솔직하게 말해보자. 천국의 천사가 그저 신 앞에 머물면서 신을 찬양하는 일만 한다고 학교에서 가르쳤을 때 너는 그렇게 아무것도 하지 않고 아무 생각도 하지 않는 축복된 상태를 상상할 수 있었어?"

"나는 항상 그게 지루해 보였어. 확실히 내 불완전함 때문이었지." 아가테의 답변이었다.

"하지만 우리가 모든 걸 동의한 바에 따라," 울리히는 설명했다. "너는 이 바다를 끊임없고 크리스탈처럼 순수한 사건으로 가득 찬 고요이자 은거로 상상해야만 할 거야. 고대 사람들은 그런 삶을 지상에서 상상해보려고 했어! 그것이 바로 우리의 형상대로 만들어졌지만 우리가 아는 어떤 왕국과도 다른 천년왕국이야! 우리는 그렇게 살게 될 거야! 우리는 모든 자아추구를 벗어던질 거야. 우리는 선도, 인식도, 연인도, 친구도, 규칙도, 심지어 우리 자신도 챙기지 않을 거야. 그러니까 우리의 감각이 열리고 인간과 동물에게 녹아들며 하나로 개방되어 더이상 우리 안에 머물지 않고 전 세계와 얽히면서 살아가게 될 거야!"

이 잠깐의 대화는 농담처럼 진행되었다. 그는 종이와 연필을 손에 쥐고 메모를 했고 그사이 그녀와 처분해야 할 집과 가구에 대해 이야기를 나눴다. 그는 여전히 언짢았고 자신이 신성모독을 하는지 꿈을 꾸는지 알지 못했다. 또한 이 모든 일 가운데 그들은 유언장에 대해 자세하게 이야기하지는 않았다.

이처럼 다채로운 상황이 있었기 때문에 울리히에게는 그때까지도 별 후회의 기색이 없었던 것이다. 그녀의 기습적 행동은 과하기도 했고 그로서는 당한 면이 있었지만 그의 마음은 흡족했다. 그 사건을 통해 그는 '자유로운 영혼의 규칙에 따라' 살아왔고 그 규칙에 지나친 편안함을 느끼던 사람이 단 한순간에 깊은 모호함을 간직한 위험한 모순 —거기서부터 현실적인 심각함이 비롯되는— 에 빠졌다는 것을 인정해야만 했다. 또한 그는 빠르게 일상적인 방식으로 회귀함으로써 이 사건을 피하고 싶지는 않았다. 하지만 이번엔 규칙이 없었고, 사건이 계속 진행되도록 내버려두는 수밖에 없었다.


16.
디오티마의 외교적 남편과의 재회


다음날 아침 울리히는 기분이 상쾌하지 않았고 늦은 오후에 자신을 짓누르는 심각함에서 벗어나고자 문명에서 벗어난 자유로운 영혼에 몰두하는 사촌을 찾아가기로 결심했다.

놀랍게도 그는 디오티마의 방에서 라헬이 나오기도 전에 투치 국장의 영접을 받았다.

 "오늘 아내가 기분이 좋지 않군요." 노련한 남편이 무심한 듯 다정한 목소리로 말했는데 그 소리는 집안의 비밀을 밖으로 공개할 때마다 사용하는 톤이 형식으로 굳어진 듯했다. "아내가 방문을 수락할 수 있을지 모르겠어요." 그는 외출하려는 복장이었지만 울리히와 기꺼이 이야기를 나누겠다는 태도였다.

 울리히는 아른하임에 관해 물어볼 기회를 놓치지 않았다.

 "아른하임은 영국에 있었고 지금은 페테르부르크에 가 있습니다." 투치가 설명했다. 이 건조하고 당연해 보이는 대답에서 안 그래도 침울해 있던 울리히는 마치 세계와 충만함과 격동이 자신을 향해 몰아치는 듯한 인상을 받았다.

 "좋은 일이죠," 그 외교관이 말했다. "그저 여기저기 여행이나 다니라고 하죠. 그러면서 관찰도 하고 여러 체험도 할 테니."

 "그러니까 당신은 여전히 그가 차르의 평화주의적 사명을 띠고 여행을 한다고 보나요?" 울리히가 쾌활하게 물었다.

 "그 이상이라고 봅니다." 오스트리아-헝가리 제국의 정책 수행을 이끄는 정부 책임자인 그가 간단하게 확인해주었다. 하지만 울리히는 투치가 진짜 모르는 건지 아니면 그런 척하면서 우롱하는 건지 갑자기 의심이 들었다. 그는 조금 화가 난 채 아른하임 문제를 제쳐두고 물었다.

 "그사이 '행동'이란 말이 부각되었다면서요?"

 평행운동에 대해서 투치는 여전히 무심한 듯 기민한 역할을 하는 데 만족하는 듯했다. 그는 어깨를 으쓱하더니 히죽 웃었다. "아내한테 선수를 치고 싶진 않군요. 당신을 만나는 순간 그녀가 아마 곧 다 말해줄 거예요." 하지만 짧은 순간 후에 그의 입술 위의 작은 콧수염은 움찔했고 황갈색 얼굴 속의 크고 검은 눈은 알 수 없는 고뇌로 반짝였다. "당신은 그래도 학식 있는 사람이니까," 그는 머뭇거리며 말했다. "사람에게 영혼이 있다는 게 무엇인지 설명을 좀 해주겠소?"

투치는 이 질문을 하고 싶었던 게 분명해 보였고, 불안함 때문에 어딘지 고뇌하듯 보였던 것도 확실했다. 울리히가 즉각 대답하지 않자 그는 말을 덧붙였다. "사람들이 일컫는 '영혼의 사람'이란 진실하고 책임감 있으며 솔직한 사람을 말하죠. 우리 사무처에도 그런 간부 하나가 있습니다. 하지만 그건 하급 직원의 일반적 특성 아닌가요! 또는 영혼이 여성의 특성이라면, 그건 그들이 남자들보다 더 잘 울고 더 쉽게 얼굴이 빨개진다는 것을 말하는 게 아닌지…"

"당신의 부인에겐 영혼이 있어요." 울리히는 마치 그녀의 머리가 검은색임을 확인시켜주듯 진지하게 그의 말에 대답했다. 희미한 창백함이 투치의 얼굴을 스쳐지나갔다.

"내 아내에겐 정신이 있지요," 그는 천천히 말했다. "그녀가 정신이 풍부한 사람은 맞아요. 나는 그녀가 아름다운 정신을 가졌다고 수차례 놀리기도 하고 비난하기도 했어요. 그러면 그녀는 화를 냈지요. 하지만 그게 영혼까지는 아니에요…" 그는 잠시 생각을 이어갔다. "당신은 점쟁이 여인에게 가본 적이 없나요?" 그는 물었다. "그녀는 손금이나 머리카락에서 미래를 읽고 어떤 때는 놀랄 정도로 정확하죠. 그녀는 재능을 타고났거나 아니면 속임수겠죠. 하지만 우리의 영혼이 감각의 도움 없이 서로 알아볼 수 있는 때가 오고 있다는 말을 들으면 당신은 그걸 실감할 수 있나요? 조금만 더 얘기하자면," 투치는 재빨리 덧붙였다. "그저 비유적으로 이해될 수 있는 게 아니지만, 당신이 선한 사람이 아닐 경우, 오늘날 사람들은 각성하는 영혼을 가졌기 때문에 당신이 무얼 하든지 이전 세기보다 훨씬 잘 감지할 수 있다는 거예요. 당신은 이걸 믿나요?"

투치가 자기 자신을 비꼬는 것인지 아니면 듣는 이를 비꼬는 것인지 알지 못한 채 울리히는 이렇게 대답했다. "내가 당신이라면, 그게 가능한지 한번 시험을 해보겠습니다."

"농담하지 마세요, 친구. 안전하게 물러서서 그렇게 말하면 고상하지 못하죠." 투치가 불평했다. "하지만 아내는 내가 그런 상황에 동의하지 않는데도 진지하게 받아들이길 바라죠. 나는 방어 한번 못하고 굴복해야만 합니다. 그래서 곤경에 처한 나는 당신이 그래도 학식 있는 사람이라는 걸 기억해냈죠…"

"그 두 주장은 마테를링크<sup>Maeterlinck</sup> *에게서 나온 것입니다. 제가 틀리지 않다면요." 울리히가 도움에 나섰다.

"그래요!? 누구라고요? 그럴 수 있겠네요. 그 사람이…? 알겠어요. 좋습니다. 그렇다면 그 사람도 진리 따위 없다고 주장하겠군요. 사랑에 빠진 사람 말고는요! 내가 사랑에 빠지면 평소보다 더 깊고 비밀스런 진리에 직접 참여하게 된다는 거죠. 그에 비해 우리가 정확한 인식과 관찰에 근거한 것을 이야기하면 그건 당연히 가치가 없다는 거예요. 그게 그 마… 뭐란 사람의 생각 아닌가요?"

"나도 잘 모르겠어요. 아마도 그 작가에게 해당하는 말일 겁니다."

"나는 그게 아른하임에게서 나온 말로 생각했어요."

"아른하임이 많이 인용하는 작가예요. 마테를링크도 다른 사람을 많이 인용하죠. 그 둘은 재능있는 절충주의자들이에요."

---

* 1862-1949. 벨기에의 작가로 일상 생활의 내부에 깃든 신비를 몽환적 분위기로 표현했다. 중세 신비주의와 독일 낭만주의의 영향을 받았다.

"그래요? 그럼 진부한 것이군요? 그렇다면 세상에, 그런 게 어떻게 오늘날 출판이 되는지 좀 설명해줘요." 투치가 부탁했다. "아내는 나한테 '이성은 아무것도 증명하지 못하고 사유는 영혼에 이르지 못한다!' 또는 '정확성 너머에 지혜와 사랑의 제국이 있으며, 숙고의 언어로는 그걸 모독할 뿐이다!'라고 말해요. 나는 왜 그녀가 그렇게 말하는지 이해해요. 그녀는 여성이고, 이런 방식으로 남성의 논리를 방어하는 거죠! 하지만 남자가 어떻게 그런 말을 합니까?" 투치는 더 가까이 다가왔고 울리히의 무릎에 손을 얹었다. "진리는 물고기처럼 보이지 않는 원칙들 속을 헤엄치는 것이다, 물고기를 거기서 꺼내면 죽고 만다, 당신은 이런 말에 뭐라고 하겠습니까? 혹시 '관능주의자'와 '섹스주의자' 사이의 차이와 무슨 관련이 있는 건가요?"

울리히는 웃었다. "정말 듣길 원하십니까?"

"간절히."

"어떻게 시작해야 할지 모르겠네요."

"보십시오! 남자들은 그런 일을 입에 올리지 않지요. 하지만 당신에게 영혼이 있다면 당신은 나의 영혼을 바라보고 감탄할 겁니다. 우리는 사유도 말도 행위도 없는 높은 곳에 도달할 거예요. 오직 신비한 힘과 부서지는 침묵뿐이죠! 한 영혼이 담배를 좀 피워도 될까요?" 투치는 말하면서 담배 한 대에 불을 붙였다. 그러고는 자신이 집주인임을 깨닫고 울리히에게도 한 대를 권했다. 그는 아른하임의 책을 읽은 것에 근본적으로 자부심을 가졌고 이내 그 책이 여전히 견디기 힘들었지만 책의 과장된 표현방식이 의도를 알기 힘든 외교에 잘 이용될 것임을 알아낸 자신의 발견에서 위안을 얻었다. 어떤 사람도 그런 힘든 노동을 대가 없이 하고 싶지 않을 것이고 그 누구도 그 대신 기꺼이 즐겁게 하지도 않을 것이며 얼마 후 그저 한두 개 정도의 인용을 시도하거나 화가 날 정도로 불명확한 생각에 확실하게 말할 수 없는 새로운 옷 같은 것을 입혀보고 싶은 유혹에 빠질 것이다. 사람들은 그 새로운 옷이 우스꽝스럽다고 여기기 때문에 마지못해 그런 일을 하겠지만 빠르게 적응할 것이고 시대의 정신은 알아채지 못하게 그것의 영향을 받아 변화될 것이며 특별히 아른하임은 새로운 숭배자를 얻게 될 것이다. 심지어 투치조차도 근본적인 적대 세력에도 불구하고 영혼과 경제를 결합해야 할 요청에 경제심리학 같은 것을 상상해 볼 수 있음을 인정했으며, 자신을 아른하임의 영향에서 흔들림 없이 지켜줄 수 있는 사람은 사실상 디오티마뿐임을 수긍했다. 왜냐하면 당시 아른하임과 그녀 사이에는—잘 알려지지 않은—냉기가 감지되기 시작했고 아른하임이 영혼에 대해 했던 모든 말들은 단지 평계에 불과했다는 의혹을 샀으며 그 결과 투치에게 아른하임의 말은 어느 때보다 더 거슬리게 다가왔던 것이다. 비록 그들의 관계가 남편이 조치를 취할 수 있는 종류의 '사랑'이 아니라 '사랑의 상태'이자 '사랑하는 마음'이었음에도 이런 상황에서 투치가 자기 아내와 낯선 사람의 관계가 여전히 깊어지고 있다고 추측하는 것은 무리가 아니었다. 무엇보다도 의심스런 정황은 디오티마 자신이 마음속에 던져진 생각을 공개적으로 말했다는 것, 그리고 최근에 아주 무자비하게 그것에 정신적으로 참여할 것을 남편에게 요구했다는 것이다.

우리가 방향을 잡을 수 있는 어느 고정된 태양의 지점—그늘과 방어를 위해 필수적인—이 아니라 여러 지점에서 쏟아져 나온 햇빛 때문에 눈이 멀어버린 것 같은 상황에서 그는 몹시 당황하고 예민해졌다.

그는 울리히가 말하는 걸 들었다. "다음과 같은 생각거리를 드리고 싫습니다. 우리 내면에는 보통 체험의 안정된 유입과 유출이 있습니다. 외부로부터 선동돼 우리 내면에 생긴 흥분은 행동이나 말이 되어 외부로 나갑니다. 그걸 기계적인 놀이라고 생각해보세요. 그리고 그것이 방해받는다고 생각해보세요. 당연히 흐름의 정체가 있겠지요? 어떤 식으로든 둑이 넘치겠지요? 그런 때는 뭔가 명백한 팽창이 있을…"

"당신은 말이 안 되는 것도 이성적으로 말하는군요…" 투치는 수긍하는 투로 말했다. 그는 그의 말이 자신과 무슨 상관이 있는지 잘 몰랐지만 평정을 유지했고 마음속으로는 비참함에 빠져 있었지만 그의 작고 악의적인 미소는 다시 숨어들 준비를 하면서 당당하게 입술에 걸려 있었다.

"제가 보기에 생리학자들은," 울리히는 말을 이었다. "우리가 의식적인 행위라 부르는 것은 단순히 신경의 반사작용을 통해 흘러갔다 나오는 게 아니라 우회로로 끌려들어간 자극의 결과라고 말합니다. 우리가 체험하는 세계와 우리가 행동하는 세계도 비슷합니다. 그것이 우리에게는 하나이자 같은 것으로 보이지만 사실은 물레방아의 위아래의 물과 같아서 일종의 의식의 저수지를 통해 결합돼 있고 그 유입과 유출은 높이와 힘 등에 영향을 받습니다. 또는 다른 말로 해봅시다. 만약 유입과 유출 중 하나에 세상으로부터의 소외, 또는 행동하고 싶지 않음 같은 장애가 발생하면 우리는 두번째의, 또는 더 높은 의식을 형성할 수 있으리라 짐작할 수 있지 않을까요? 당신 생각은 어떻습니까?"

"저요?" 투치가 말했다. "나한테는 아무 상관이 없다고 말씀드려야겠네요. 그게 중요하다면, 교수들에게나 그렇겠지요. 하지만 실용적인 면에서…" 그는 조심스럽게 담배를 재떨이에 비벼 끄고는 화가 난 것처럼 눈을 치켜떴다. "세계를 결정하는 자는 두 개의 저수지를 가진 사람인가요 아니면 하나의 저수지를 가진 사람인가요?"

"그런 생각이 어떻게 가능한지 당신이 알고 싶어하는 줄 알았어요."

"안타깝게도 당신이 한 이야기를 나는 이해하지 못한 거네요."

"하지만 그건 매우 간단해요. 당신에게는 두번째 저수지가 없어요. 그래서 지혜의 원칙을 소유하지 못하고 영혼을 가진 사람들의 말에서 아무것도 이해하지 못하는 겁니다. 축하를 드리고 싶군요!"

울리히는 자신이 이상한 만남에서 당당하지 못하게 생각을 말하고 있음을 점점 깨달았는데, 이는 마음을 모호하게 흔드는 감정을 표현하기에 아주 부적절하지만은 않았다. 매우 고양된 감수성의 상태에서 감각을 수면처럼 모든 사물과 경계없이 부드럽게 연결하는 체험의 넘침과 잦아짐이 나타날 수 있겠다는 추측은 그에게 아가테와의 위대한 대화를 떠올리게 했으며, 그는 자신도 모르게 한편으론 완고하고 다른 한편으론 공허한 표정을 짓고 있었다. 투치는 태만하게 치켜뜬 눈꺼풀 아래로 그를 유심히 관찰했고 울리히의 비꼬는 말에서 스스로의 신덱으로 그 '저수지'와 호응하지 않은 사람이 그 자리에서 자신만이 아님을 알아챘다.

그 둘은 라헬이 얼마나 시간을 지체했는지 알지 못했다. 그녀는 디오티마가 빨리 환자의 방을 정리하고 격식이 없기는 하지만 그나마 울리히를 맞아들이기 적당한 상태로 돌려놓는 걸 돕기 위해 불려가 있었다. 이제 라헬은 울리히에게 떠나지 말고 좀더 기다려달라는 말을 전하고 급히 여주인에게 돌아갔다.

"당신이 말한 모든 인용들은 물론 비유입니다." 집주인이 함께 있어주는 것에 보답하기 위해 울리히는 그 틈새 후에 말을 이었다. "일종의 나비 언어죠! 나는 아른하임 같은 사람들에게서 겨우 한모금의 술로 배를 채우곤 용기를 내는 인간 같다는 인상을 받았어요, 말하자면," 때마침 그에겐 디오티마를 묶어서 모욕해선 안 되겠다는 생각이 들어 재빨리 덧붙였다. "특히 아른하임에게서 받은 인상입니다. 그는 영혼을 마치 지갑처럼 가슴에 품고 다닌다는 인상을 주기도 하죠!"

투치는 라헬이 들어올 때 집어들었던 서류가방과 장갑을 다시 내려놓고 거칠게 말했다. "당신은 그게 뭔지 아시오? 그러니까 당신이 아주 흥미롭게 설명한 그것 말이오. 그건 다름 아닌 평화주의의 정신입니다." 그는 이 말이 효과를 거둘 때까지 잠시 말을 멈췄다. "아마추어 손에 들어간 평화주의는 아주 명백히 위험할 수 있죠!" 그는 확고하게 덧붙였다.

울리히는 웃으려 했지만 투치는 죽을 만큼 진지했다. 사실 울리히 역시 사랑과 평화주의가 아마추어적인 탈선의 인상을 불러일으키면서 결합돼 있다는 게 우스꽝스러워 보였음에도 동떨어진 두 개념을 연결시켰던 것이다. 그렇게 울리히는 대답할 말을 찾지 못했고 그 안에 행동이란 구호가 제안된 것에 반대한다면서 평행운동으로 돌아갈 기회를 엿보았다.

"그건 라인스도르프의 제안입니다!" 투치가 경멸하며 말했다. "당신이 떠나기 전 여기서 짧게 나누었던 대화를 기억하나요? 라인스도르프는 '뭔가가 일어나야 한다!'고 말했지요. 지금은 그게 전부가 됐고 사람들은 그걸 행동이라는 구호로 부릅니다! 아른하임 또한 러시아의 평화주의를 그 구호에 떠맡기려고 하죠. 그것에 대해 내가 뭐라고 경고했는지 기억하나요? 그 말 때문에 그들이 아직도 나를 떠올릴까 두렵습니다! 외교정치가 우리보다 어려운 나라가 없다면서 나는 이렇게 말했지요. '오늘날 근본적인 정치적 이념을 실현하는 데 동의하는 사람은 분명히 파산자가 아니면 범죄자 같은 면이 있다'고 말이죠." 이때 투치는 자기 의견을 상당히 드러냈는데 그건 울리히가 곧 자신의 아내에게 불려갈 것이기 때문이거나 아니면 대화에서 자신만 배우는 사람으로 남기 싫어서였을 것이다.

"평행운동은 국제적 불신을 사고 있습니다." 그는 말했다. "또한 국내적으로 그것이 반독일적이고 반슬라브적으로 인식되면서 외교적으로도 영향을 끼치고 있지요. 당신에게 아마추어적인 평화주의와 전문가적인 평화주의의 차이를 이해시켜드리기 위해 설명을 좀 드리겠습니다. 오스트리아는 영국–프랑스 협정*에 참여함으로써 적어도 30년 동안 전쟁을 피할 수 있을 겁니다. 제국기념일에 독보적으로 아름다운 평화주의의 몸짓으로 협정을 체결할 수도 있고 그로써 우리는 독일에—그 나라가 따르건 말건—형제애를 확인시킬 수도 있겠죠. 우리 국민 중 다수는 환호할 겁니다. 우리는 손쉽게 프랑스와 영국의 신용을 얻어 독일이 위협하지 못할 정도로 군대를 강하게 만들 수 있습니다. 또한 이탈리아에서 벗어날 수도 있습니다. 프랑스는 우리 없이는 아무것도 못할 겁니다. 한마디로 우리는 평화와 전쟁의 열쇠가 될수도, 거대한 정치적 협상을 도모할 수도 있습니다. 나는 비밀을 누설하는 게 아닙니다. 그건 어떤 상무관이라도 할 수 있는 간단한 외교적 계산입니다. 그런데 왜 못할까요? 궁정의 예측 불가능성 때문입니

---

* 1904년 영국과 프랑스가 맺은 우호 협약으로 1차 세계대전에서 양국이 연합하여 동맹국에 맞서는 기초가 되었다.

다. 궁정은 황제를 싫어하는 만큼이나 황제에게 굴복하는 것을 극도로 품위 없는 일로 생각합니다. 오늘날 군주제는 품위에 짓눌리기 때문에 손해를 보는 것이죠! 그리고 이른바 공공 여론의 예측 불가능성 때문입니다. 그것 때문에 제가 평행운동에 와 있는 셈이죠. 왜 평행운동은 여론을 교육하지 않는 걸까요? 왜 사람들은 여론에 객관적인 인식을 가르치지 않는 걸까요? 당신도 알다시피," 하지만 여기서부터 투치의 진술은 신뢰를 잃어버렸고 오히려 숨겨온 고난처럼 들리기 시작했다. "아른하임의 책 덕분에 즐거웠어요! 언젠가 내가 잠이 오지 않을 때 생각해봤는데 그건 그의 발명품이 아니었어요. 언제나 소설이나 희곡을 쓰는 정치가, 가령 클레망소Clemenceau (프랑스의 정치가―옮긴이)나 디즈레일리Disraeli (영국의 정치가―옮긴이) 같은 사람들은 있었지요. 파괴자에 가까운 비스마르크Bismarck는 아니지만요. 그리고 오늘날 키를 잡고 있는 저 프랑스 변호사들을 보세요. 부러워할 만하죠! 뛰어난 직업 외교관들에게 지침과 조언을 받는 정치적 부정축재자들, 그 모든 이들은 적어도 젊은 시절엔 거리낌 없이 희곡과 소설을 썼으며 지금은 책까지 쓰고 있죠. 이 책들이 가치가 있다고 생각하나요? 나는 그렇지 않아요. 하지만 어제 저녁 생각해보건대 우리 외교관들은 책을 쓰지 않음으로써 뭔가를 놓쳤다고 맹세할 수 있어요. 그이유를 말해드리죠. 먼저 외교관은 스포츠맨과 비슷해서 수분을 땀으로 배출해야만 한다는 거예요. 다음으론 그게 안보에 좋다는 것이죠. 당신은 유럽적인 힘의 균형이 무엇인지 알고 계시나요?"

디오티마가 울리히를 기다린다는 소식을 전하는 바람에 대화는 끊겼다. 라헬이 투치의 외투와 모자를 가져왔다. "당신이 애국자가 되려면…" 라헬이 외투를 잡고 있는 동안 소매에 팔을 넣으면서 투치는 말했다.

"제가 뭘 하면 될까요?" 울리히는 물으며 라헬의 검은 눈동자를 바라보았다.

"애국자가 되려면 당신은 내 아내와 라인스도르프 백작이 그런 문제에 관심을 가지도록 해야 합니다! 나는 할 수 없어요. 남편이 그러는 건 흔히 편협해 보이거든요."

"하지만 여기서 아무도 저를 진지하게 여기지 않습니다." 울리히가 조용히 대답했다.

"원, 그렇게 말하지 말아요!" 투치가 강하게 소리쳤다. "그들은 다른 사람들에게 하듯 당신을 진지하게 수용하진 않지만 오래전부터 당신을 아주 두려워했어요. 그들은 당신이 라인스도르프에게 정신 나간 충고를 할까봐 무서워했죠. 당신은 유럽적인 힘의 균형이 뭔지 아나요?" 외교관은 절박하게 물었다.

"대충은 알고 있지요." 울리히가 말했다.

"축하를 드려야겠군요!" 투치는 화가 나서 씁쓸하게 대답했다. "우리 외교관들 중에도 그걸 아는 사람이 드물죠. 그건 서로를 습격하지 않으려면 방해받지 말아야 한다는 거예요. 하지만 무엇이 방해받지 말아야 하는지는 아무도 정확히 모릅니다. 지난 몇년 간 우리 주변에 있었던 일, 그리고 지금도 벌어지는 일들을 떠올려보세요. 이탈리아-투르크 전쟁*, 모스크바에서의 푸앵카레Poincaré**, 바그다드

---

* 1911-1912. 투르크 령이었던 리비아의 트리폴리를 이탈리아가 점령하면서 시작된 일명 트리폴리 전쟁. 이탈리아의 승리로 투르크 제국은 추락했고 독립을 원하던 발칸의 동맹국들도 투르크 제국에 대항하면서 1차 발칸전쟁으로 이어짐.
** 1860-1934. 프랑스의 대통령. 재임기간 중 러시아와 프랑스는 러-불 동맹을 맺고 독일-오스트리아·헝가리-이탈리아의 3국 동맹에 맞서고 있었다.

문제*, 리비아에서의 무장 개입**, 오스트리아-세르비아 긴장, 아드리

아해 문제… 이것이 힘의 균형인가요? 우리의 잊지 못할 애렌탈 공

작<sup>Baron Ährenthal</sup> ***…. 더이상 당신을 붙잡지 않겠습니다!"

"유감이군요." 울리히가 말했다. "그런 것이 유럽적 힘의 균형을 의

미한다면, 유럽의 정신도 가장 잘 표현한 것일 텐데요!"

"맞아요. 그게 제일 흥미로운 점이죠." 이미 문 앞에 선 투치는 웃으

면서 대답했다. "그런 의미에서 우리 운동의 정신적 성과가 과소평가

되면 안 되죠!"

"왜 당신은 그걸 막지 않죠?"

투치는 어깨를 으쓱했다. "이 나라에서 백작 각하의 위치에 있는 사

람이 뭔가를 원한다면, 누구도 반대하고 나설 수는 없습니다. 그저 주

의를 기울일 뿐이죠!"

"그래 어떻게 지냈습니까?" 투치가 가고 나서 울리히는 자신을 디

오티마에게 안내하는 검고 흰 제복을 입은 작은 보초에게 물었다.

---

* 당시 독일은 베를린-비잔티움(이스탄불)-바그다드를 연결하는 철도부설권 등 주변 이권
개발을 위한 제국주의 정책(3B 정책)을 펼쳤는데, 특히 바그다드 철도는 열강의 반대로 완
성은 못했지만 유럽에서 독일의 영향력을 부각시켰다.

** 트리폴리 전쟁에서 패한 투르크는 리비아에서 물러났지만 이슬람국인 리비아는 가톨릭국
인 새정복자 이탈리아를 향해 강하게 저항했다. 그러자 이탈리아는 저항군을 잔인하게 탄
압했다.

*** 1854-1912. 오스트리아-헝가리 제국의 외교관으로 러시아와의 협력을 모색하면서 보스니
아-헤르체고비나의 합병을 주도했다.

## 17.
## 디오티마는 읽던 책을 바꾸었다

"친애하는 친구," 울리히가 들어서자 디오티마가 말했다. "당신과 이야기를 나누지 않고 보내기가 싫었어요. 하지만 이 몰골로 맞이해야 하다니!" 실내복을 입은 그녀의 풍채가 가진 위엄은 순간적인 자세 때문에 어딘가 임신한 사람을 떠올리게 했는데 그 모습은 아직 아무도 낳지 않은 당당한 육체에 모성의 고난이 품은 사랑스런 뻔뻔함을 빌려준 것 같았다. 그녀의 몸을 따뜻하게 해주었던 모피 목도리는 바로 옆 소파에 놓여 있었고 이마에는 두통을 막아주는 밴드가 둘려 있었는데 그것이 그리스식 머리띠처럼 보일 것을 알았기 때문에 그녀는 벗지 않았다. 늦은 시간이었지만 불은 꺼져 있었고 미지의 고통에 맞서 치유와 회복을 돕는 냄새가, 마치 이불에 덮인 것처럼 각각의 냄새를 뚫고 강력하게 다가오는 하나의 향수 냄새와 뒤섞여 허공에 걸려 있었다.

디오티마의 손에 키스할 때 그는 자신이 없는 사이 일어난 변화를 손의 향기에서 감지해내려는 듯 얼굴을 깊이 숙였다. 하지만 그녀의 피부는 평소와 다를 바 없이 풍부하고 풍만하며 잘 씻긴 향기를 내뿜고 있었다.

"오, 친애하는 친구," 디오티마는 다시 말했다. "당신이 돌아오니 좋군요… 아!" 그녀는 갑자기 웃으면서 신음소리를 냈다. "위통을 심하게 앓고 있어요!"

단순한 사람이 꺼냈다면 너무 자연스런 나머지 일기예보만큼이나 자명했을 말이 디오티마의 입술에서 나오자 고통과 고백을 더욱 두드러지게 했다.

"사촌?" 울리히는 크게 말하면서 미소를 지으며 그녀의 얼굴을 보기 위해 몸을 숙였다. 순간 울리히에게는 투치가 세심하게 알려준 그녀의 병세와 그녀가 임신을 했을지도 모르며 그 집에 결정적인 순간이 찾아왔을지도 모른다는 추측이 혼란스럽게 뒤섞였다.

울리히가 품은 생각을 막연히 추측하면서 그녀는 힘 없이 부정하는 몸짓을 취했다. 사실 그녀는 전에 없던 월경통을 겪었을 뿐이고 몇 달 전부터 겪은 이 통증은 아른하임과 남편 사이에서의 동요와 어렴풋이 관련이 있었다. 울리히가 돌아온다는 소식을 들었을 때 그녀는 위안을 얻었고 자신의 투쟁의 동반자로 그를 환영했으며 그런 이유로 그를 만난 것이다. 그녀는 겨우 앉아 있는 시늉만 하면서 누워 있었고 파고드는 고통에 자신을 내어주면서도 울타리도 없고 금지 표시도 없이 자연 그대로 그와 함께 있었으며 그런 개방된 상태는 그녀로서는 드문 경우였다. 그녀는 예민한 상태를 신경성 위통으로 가장하면 믿을 만할 것이라고 생각했다. 그렇지 않으면 그를 만나지도 않았을 것이다.

"약이라도 좀 드시지요." 울리히가 제안했다.

"아," 디오티마가 한숨을 쉬었다. "그저 흥분 때문이에요. 이젠 신경이 흥분을 오래 이겨내지 못하네요."

이제 울리히가 아른하임에 대해 알아내야 할 때인데, 자기 자신과 관련된 문제에 더 관심이 많았던 그는 알아낼 방법을 찾지 못했고 잠시 침묵이 이어졌다. 마침내 그가 물었다. "문명에서 영혼을 해방시키는 일이 쉽지 않았다면서요?" 그는 덧붙였다. "잘난 척하는 것 같지만 제가 전에 정신의 세계로 나아가는 길을 터주겠다는 당신의 노력은 고통스런 결말에 이를 거라고 했잖아요."

디오티마는 그들이 모임에서 빠져나와 곁방 구두 선반에 앉아 있던 날을 기억했다. 그녀의 상심은 그때나 지금이나 비슷했지만 그사이에 수많은 희망이 떠올랐다 가라앉았다 했다. "하지만 영광스럽지 않았나요, 친구," 그녀는 말했다. "그때 우리는 위대한 이념을 믿었잖아요! 세계가 경청한 거에 비해 내가 얼마나 실망했는지 이젠 말할 수 있어요!"

"왜 그렇죠?" 울리히가 물었다.

"모르겠어요. 아마도 나 때문이겠죠."

그녀는 아른하임에 대해 뭔가를 덧붙이려 했지만 울리히는 사람들이 시위를 통해 무엇을 얻었는지를 알고 싶어했다. 그의 마지막 기억은 라인스도르프 백작의 당부대로 단호한 침입에 맞서 디오티마를 보호하고 안심시키려 했으나 그녀를 만나지 못했던 것이다.

디오티마는 거만한 태도를 취했다. "경찰은 젊은 사람들 몇 명을 체포했다가 풀어줬죠. 라인스도르프는 격분했지만 그럼 뭘 어쩌겠어요? 그는 어느 때보다 비스니에츠키에게 매달리면서 뭔가 일어나야 한다고 말하고 있어요. 하지만 어디로 갈지 모르는 상태이니 비스니에츠키도 어떤 선동을 펼칠 수 없지요!"

"제가 듣기로는 그게 행동의 구호라더군요." 울리히가 끼어들었다. 비스니에츠키 남작은 내각장관으로서 독일 민족당의 저항으로 좌천된 인물이었으며 평행운동이라는 미지의 위대한 애국 이념을 선전하기 위해 그를 위원장으로 추대한 것은 결국 격렬한 불신을 불러일으킬 수밖에 없었다. 그의 이름은 울리히에게 그를 추대하고자 한 백작

각하의 정치적 시도를 생생하게 떠올리게 했다. 라인스도르프 백작의 자유분방한 사유 경로는—아마도 조국뿐 아니라 더 넓은 유럽 세계를 가장 뛰어난 지식인들의 연합으로 일깨우겠다는 모든 시도가 실패할 거라는 예상에 의해 촉발되었을—이제 그것이 어디서 왔건 정신에 충격을 가하는 것이 최고라는 인식에 도달한 것 같았다. 백작 각하의 그런 인식은 신들린 사람들에게서 얻은 체험, 즉 사람들이 아무렇게나 소리치거나 흔들기만 해도 때로는 제정신으로 돌아오는 사람들 덕분에 세워진 것일지도 몰랐다. 하지만 울리히의 머릿속에 갑자기 떠오른 이런 추측은 디오티마의 답변에 의해 중지되었다.

　이번에도 그 아픈 사람은 그를 친애하는 친구라고 불렀다. "친애하는 친구," 그녀가 말했다. "거기에는 진실이 담겨 있어요! 우리의 세계는 행동에 목말라 있어요. 하나의 행동에…"

　"하지만 어떤 행동인가요. 무슨 행동이냐고요!" 울리히가 캐물었다.

　"그건 상관없어요! 사실 행동 속에는 말에 대한 굉장한 비관주의가 들어 있어요. 우리는 과거에 항상 말만 있었다는 사실을 부정하지 않아요. 우리는 영원하고 위대한 말, 그리고 이념을 위해 살았지요. 또한 우리는 인간성의 고양, 가장 내적인 독자성, 존재의 성숙한 충만함을 위해 살았어요. 우리는 종합을 위해 애썼고 새로운 미적 향유와 행복의 가치를 위해 살았어요. 스스로 진리 자체가 되려는 엄청난 진지함에 비하면 진리를 향한 갈구는 아이들의 장난 같다는 걸 부정하지 않겠어요. 하지만 오늘날 영혼이 소유한 빈약한 현실 감각에 비해 우리는 과도하게 반응했으며 아무것도 경험하지 못한 채 꿈이 넘치는 갈망 속에서 살았어요." 디오티마는 절박하게 팔꿈치로 몸을 지탱했다. "오늘날 영혼을 향해 묻혀버린 길을 찾기를 포기하고 삶을 있는 그대로 살아가려고 노력하는 것은 건강한 일이에요." 그녀가 말을 마쳤다.

이제 울리히는 자신이 추측한 라인스도르프식 '행동' 외에 또다른 믿을 만한 행동의 구호를 얻었다. 디오티마는 자신이 읽던 책을 바꾼 것 같았다. 그는 방에 들어올 때 그녀가 많은 책에 둘러싸여 있었던 걸 기억했다. 하지만 제목을 읽어내기엔 너무 어두웠고 몇몇 책을 깔고 사색적인 젊은 여성의 육체가 마치 뱀처럼 똬리를 틀고 있었는데 그녀는 이내 몸을 좀더 일으키더니 갈망하는 눈으로 그를 바라봤다. 울리히가 그녀의 말에서 내린 결론은 소녀 시절 매우 감상적이고 주관적인 책에 강하게 이끌린 이후 디오티마는 책 속에 계속 작동하면서 지난 20년간 발견되지 못했고 다가올 20년에도 발견하지 못할 개념을 찾고 있는 정신의 혁신적 힘에 사로잡혔다는 것이다. 아마도 이런 힘 때문에 인도주의와 잔혹함, 격분과 평정, 또는 이유를 충분히 설명할 수 없는 다른 모순들 사이를 배회하는 역사의 거대한 분위기 전환이 나타났을 것이다. 각자의 도덕적 체험에 남아 있는 이런 해명되지 못한 불확실성의 작은 잔여들이—그가 아가테와 그렇게 많이 이야기했던—인간적 불안정함의 원인임에 틀림없다는 생각이 울리히의 머릿속을 스쳐지나갔다. 하지만 그는 그때의 대화를 불러내며 기쁨에 빠져들고 싶지는 않았기 때문에 슈툼 장군에게로 생각을 돌렸다. 장군은 시대가 새로운 정신을 성취한다고 처음 말해주었고, 그러면서도 마법적인 회의에 빠질 여지가 없는 건강한 분노의 톤을 잃지 않았다. 또한 장군을 생각하다보니 울리히가 자신의 사촌과 아른하임의 관계에 문제가 생긴 건 아닌지 알아봐줄 수 있느냐고 했던 그의 부탁이 떠올랐고 그래서 영혼에 작별을 고하는 디오티마의 말에 단도직입적으로 대답했다.

"당신은 '무한한 사랑'과 잘 맞지 않는군요?"

"오, 당신은 여전하군요!" 사촌은 한숨짓더니 쿠션에 다시 몸을 기대고 눈을 감았다. 울리히가 없는 동안 그런 직설적인 질문을 받지 않다보니 그녀가 얼마나 그를 신뢰했었는지를 먼저 기억해내야 했기 때문이다. 그리고 그가 가까이 돌아오자 잊혀진 것들이 움직였다. 어렴풋이 그녀는 '한없는 사랑'을 두고 울리히와 나눴던 대화 —지난번과 지지난번 만남에서 계속 이어졌던—를 떠올렸다. 그 대화에서 디오티마는 영혼은 육체의 감옥에서 완전히 벗어날 수 있거나 적어도 반쯤은 빠져나올 수 있다고 맹세했고 울리히는 그건 사랑에 굶주린 자의 착란에 불과하며 그녀가 아른하임에게나 자신에게, 혹은 누구에게라도 '승낙'을 베풀어야 할 거라고 대답했다. 심지어 그가 그런 맥락에서 투치를 언급한 것 역시 그녀의 기억에 남아 있었다. 울리히 같은 사람이 말한 것 중에서도 그런 종류의 제안을 사람들은 더 쉽게 기억했다. 그때만 해도 그녀는 이런 제안을 당연히 뻔뻔스럽다고 여겼을 것이다. 하지만 지나간 고통은 현재의 고통에 비하면 무해한 오랜 친구 같기 때문에 이제 그건 친구 사이의 솔직한 기억으로 즐겁게 남아 있었다. 디오티마는 다시 눈을 뜨고 말했다.

"아마도 이 땅에서 완전한 사랑은 있을 수 없을 거예요!"

그녀는 웃고 있었지만 머리띠 아래 근심스런 주름이 드러났고 그때문에 그녀의 얼굴은 희미한 빛 속에서 기묘하게 찌그러진 표정을 짓고 있었다. 디오티마는 자기에게 충격을 주는 문제에서는 초월적인 가능성을 믿는 편이었다. 슈툼 장군이 위원회에 갑자기 나타났을 때 그녀는 유령이라도 본 것처럼 놀랐지만, 어린 시절엔 영원히 죽지 않게 해달라고 기도하는 아이였다. 그 때문에 아른하임과의 관계에서도 초월적으로 믿는 것, 더 정확히 말하자면 오늘날 믿음에서 기본 태도가 된 그리 완전하지 않은 불신앙으로 믿는 것, '어떤 것도 배제될 수 없다는' 태도로 믿는 것이 더 쉬웠다. 아른하임이 그녀와 그 자신의 영혼에서 뭔가 보이지 않는 것—그들이 5미터 떨어져 있을 때 그 사이에서 감지되는 것—을 끌어낼 수 있다면, 또는 그들의 시선이 그렇게 만날 수 있어서 거기에서 커피콩이나 보리알, 잉크 얼룩 같은 삶의 흔적이나 아니면 그저 어떤 진전의 제안이라도 남겨진다면, 디오티마는 그 다음 단계로 어느날 이 관계가 더 높이 나아가서 대부분의 지상의 관계처럼 우리가 거의 정확히 알 수 없는 각자의 초월적 관계 속으로 들어가기를 기대할 것이다. 아른하임은 최근 더 자주 여행을 떠나고 더 오래 그곳에서 머물며 이곳에 있는 동안에도 놀랄 만큼 사업에만 집착하는 모습을 보였지만 그녀는 모든 걸 견뎌냈다. 그녀를 향한 사랑이 그의 인생에서 여전히 위대한 사건임을 그녀는 의심하지 않았다. 그들이 다시 둘이 만나게 될 때 영혼의 수위는 순간적으로 높이 올라가고 접촉은 아주 본질에 가까워져서 감정이 충격을 받은 채 입을 다물고 뭔가 공적으로 이야기할 것이 없으면 쓰디쓴 피폐함을 남기는 공허가 찾아오는 것이었다. 그것이 열정이었을 가능성을 배제할 수 없듯이 그녀는 — 실용적이지 않은 모든 것은 오로지 믿음의 대상이거나 심지어 불확실한 믿음의 대상이라는 시대적 분위기에 익숙했던—모든 이성적 가정에 모순되는 뭔가가 따라올 가능성을 배제할 수 없었다. 그녀가 눈을 떠서 울리히를 똑바로 바라보았으나 어두운 윤곽만 감지한 그 순간, 그는 대답이 없었고 그녀는 스스로 물었다. '나는 무엇을 기다리고 있지? 무엇이 일어나기를 바라는 거지?'

마침내 울리히가 말했다. "하지만 아른하임은 당신과 결혼하고 싶어했지요!"

디오티마는 다시 팔로 몸을 지탱하며 말했다. "결혼하거나 이혼한다고 사랑의 문제가 해결되나요?"

'나는 임신한 것으로 오해하고 있었어.' 사촌의 말에 뭐라 대답할지 몰라 울리히는 마음속으로 중얼거렸다. 하지만 그는 갑자기 말을 내뱉었다. "아른하임을 조심하라고 경고했지요!" 아마도 그는 대부호가 그 둘의 영혼을 자기 사업에 묶어두고 있음을 그녀에게 말해야 할 순간이라는 걸 직감했는지도 모른다. 하지만 그는 이 대화에서 매 단어는 각자 원래의 위치가 있음을 발견했기 때문에 곧 그 생각을 내려놓았다. 그 단어들은 그가 잠시 죽어 있었던 양, 그가 귀가하면 세심하게 먼지를 털어낸 채 방 안에 있는 사물들 같았다. 디오티마는 그를 책망했다. "그렇게 쉽게 받아들이면 안 돼요. 아른하임과 나 사이엔 깊은 우정이 있어요. 그럼에도 이따금 내가 커다란 불안이라고 부르는 게 우리 사이에 끼어든다면 그건 우리의 솔직함에서 비롯된 불안이에요. 당신이 체험해봤는지 아니면 체험할 수 있는지 나는 모르겠어요. 두 사람이 어느 수준의 감정에 도달하면 어떤 거짓말도 불가능해지고 그래서 서로 아무 말도 할 수 없게 되거든요!"

울리히는 예리한 귀로 이러한 책망에서 사촌의 영혼으로 들어가는 입구가 전보다 열려 있음을 알아냈고 아른하임과 말을 하려면 거짓말을 할 수밖에 없다는 뜻지 않은 그녀의 고백이 재미있었기 때문에 그 역시 잠시 아무 말도 하지 않음으로써 자신의 솔직함을 드러냈다. 그리고 나서 그녀가 다시 등을 기대자 그는 그녀의 팔 위로 몸을 숙여 우정 가득한 부드러움으로 손에 키스했다. 오래된 가지의 속살처럼 가볍게 그녀의 팔은 그에게 놓여 있었고 키스 후에도 가만히 머물렀다. 그녀의 맥박이 그의 손가락 위에서 뛰었다. 파우더의 부드러운 향기가 그의 얼굴에 구름조각처럼 다가왔다. 비록 이 손키스가 정중한 장난임에 분명하지만, 그건 욕망의 쓰디쓴 뒷맛을 남기는, 즉 한 사람에게 너무 가까이 몸을 숙여서 마치 동물처럼 그녀에게서 물을 마시고 그 물에 떠오르는 스스로의 형상을 더이상 바라보지 않는 불륜 같았다.

"뭘 생각해요?" 디오티마가 물었다. 울리히는 그저 고개를 흔들었고 그로써 그녀는 벨벳처럼 부드러운 마지막 깜박임에 의해 겨우 보이는 어둠 속에서 침묵에 관한 비교 연구를 할 새로운 기회를 얻었다. 그녀의 기억 속에 굉장한 문장 하나가 떠올랐다. '위대한 영웅조차 이들과 함께하면 감히 마음대로 침묵할 수 없는 사람들이 있다.' 아마 그 비슷한 문장이었을 것이다. 그녀가 기억하기엔 그 말은 인용된 말이었다. 아른하임이 사용한 말을 그녀는 자신에게 끌어다 썼다. 또한 그녀는 결혼 일주일 이후로 아른하임을 제외하곤 어떤 남자의 손도 2분 이상 잡지 않았는데 지금 울리히의 손을 그렇게 잡고 있었다. 자신의 일에 몰두한 나머지 그녀는 사태의 진전을 간과하고 있었다. 하지만 그 순간 아직 오지 않았고 앞으로도 오지 않을 최고의 사랑을 헛되이 기다리지 않고 머뭇거리는 시간을 남편에게 헌신하는 데 사용한 것이 절대적으로 옳았음을 기쁘게 확신했다. 결혼한 사람들은 편리했다. 연인이 신뢰를 깨버린 경우 그들은 정조를 지켰다고 말하면 그만이었다. 또한 디오티마는 무엇이 오든 운명에 의해 정해진 곳에서 자신의 의무를 다하겠다고 결심했고 남편의 결점을 보완하고 더 나은 영혼을 그에게 불어넣기 위해 애썼다. 다시금 그녀에게 시구 하나가 떠올랐다. 대충 말하자면 자기가 사랑하지 않는 사람과 공동의 운명으로 엮이는 일보다 비참한 절망은 없다는 구절이었고 그 말인즉 자신의 운명이 관계를 갈라놓지 않는 이상 그녀는 투치에게서 뭔가를 느껴보려 노력해야 한다는 것이었다. 오랫동안 남편을 괴롭혔던 계산될 수 없는 영혼의 현상에 적당히 거리를 두면서 그녀는 체계적으로 그 일에 착수했다. 그녀는 자신이 기대고 있는 책들이 자랑스러웠다. 결혼의 생리학과 심리학에 관한 책들이었기 때문이다. 그리고 어둡다는 것, 그녀 옆에 책이 있다는 것, 울리히가 그녀의 손을 잡고 있다는 것, 그녀가 자신의 이상을 포기함으로써 공적인 행동으로 표방될 웅대한 비관주의를 울리히에게 전달했다는 것 등이 어딘지 서로를 보완하는 것 같았다. 또한 디오티마는 이런 생각을 하면서 모든 것과 이별하기 위한 여행가방은 이미 꾸려졌다는 듯 이따금씩 울리히의 손을 꽉 잡았다. 그녀는 낮게 신음했고, 아주 희미한 고통의 물결이 변명하듯 그녀의 육체를 타고 달렸다. 하지만 울리히는 달래듯 손가락 끝으로 그 압력에 대답했고 그 과정이 몇차례 반복된 후 디오티마는 지나치다는 생각이 들었지만 감히 손을 빼내지는 못했다. 그녀의 손은 아주 가볍고 건조하게 심지어 이따금 떨리면서 그의 손에 있었고 그래서 이 순간이 그녀가 서툰 도망으로 절대 배신하기 싫은, 사랑의 생리에 대한 금지된 암시처럼 보였기 때문이다.

어딘지 무례해 보이던 라헬이 곁방에서 분주하게 뭔가를 하더니 갑자기 다른 쪽 열린 방문에 불을 켜면서 이런 장면은 끝을 맺고 말았다. 디오티마는 재빨리 울리히에게서 손을 빼냈고 무중력 상태로 가득 찼던 방은 한동안 그 상태 그대로 있었다. "라헬," 디오티마가 속삭이듯 불렀다. "여기도 불을 켜주렴!" 불이 켜지자 아직 어둠이 완전히 마르지 않은 것처럼 그들의 환해진 머리가 심연에서 불쑥 솟아나 왔다. 그림자가 디오티마의 입술 주위에 드리우자 촉촉함과 풍만함이 더해졌다. 그녀의 목과 뺨 아래 있는 진주모 색깔의 작게 불거진 살— 원래 연인의 기쁨을 위해 만들어진 것 같은—은 리놀륨 판화나 잉크로 거칠게 음영을 넣은 것처럼 딱딱해 보였다. 울리히의 머리 역시 낯선 빛 속에서 마치 전쟁터의 원시인을 그린 것처럼 흑백으로 돌출되었다. 눈을 깜박이면서 그는 디오티마를 둘러싼 책들의 제목을 해독하려고 했고 영혼과 육체의 위생학을 탐구하려는 욕망으로 가득 찬 사촌의 책들을 알아보고 깜짝 놀라고 말았다. '그는 언젠가 나한테 해를 가하겠구나!' 그의 눈빛을 좇다가 어딘가 불편해진 그녀에게 갑자기 그런 생각이 떠올랐지만 이런 문장의 형식으로 의식에 나타난 것은 아니었다. 그녀는 불빛 속 사촌의 시선 아래서 무방비 상태로 있음을 느꼈고 좀더 안정된 균형을 찾으려 했다. 모든 것에서 독립된 여성답게 완전히 우월하다는 듯한 태도로 그녀는 자신을 둘러싼 책들을 가리키며 가능한 한 냉정한 어조로 말했다. "나한테는 불륜이 결혼생활의 갈등을 해결하는 너무 쉬운 해법처럼 보인다면 당신은 믿을까요?"

"가장 돈이 안 드는 방법이겠죠!" 울리히는 대답했고 조롱하는 어조로 그녀에게 화를 냈다. "절대 해가 되지도 않고요."

디오티마는 질책하는 눈빛을 보내면서 곁방에서 라헬이 들을 수도 있다는 신호를 보냈다. 그러고는 크게 말했다. "내 말은 절대 그런 뜻이 아니에요!" 그러고는 하녀를 불렀고 라헬은 뚱하게 나타나서는 쓰디쓴 질투를 느끼며 물러가 있으라는 명령을 받아들였다. 그 돌발 상황 덕분에 그들은 감정이 정돈될 시간을 가졌다. 비록 정의하기 어렵고 누구에게도 해당되진 않았지만 함께 작은 부정을 저지른다는, 어둠에 의해 추동되었던 상상은 빛에 의해 증발되었고 이제 울리히는 떠나기 전에 사무적인 말들을 전하려고 했다.

"아직 당신에게 말을 안했는데 나는 비서직을 내려놓으려고 합니다." 그가 말을 시작했다.

디오티마는 말을 듣고는 그가 남아야 한다고, 다른 길은 없다고 말했다. "우리가 해야 할 일은 아직 엄청 많아요." 그녀가 청했다. "인내심을 가지면 해결책이 곧 나올 겁니다! 사람들이 당신한테 적절한 비서를 보내줄 거예요."

그 불확실한 '사람들이'라는 말을 울리히는 궁금해했고 그에 대해 더 알고 싶었다.

"아른하임이 자신의 비서를 보내주겠다고 했어요."

"고맙지만 사양하겠어요." 울리히가 대답했다. "사심 없는 행동 같지는 않군요." 그는 다시금 디오티마에게 유전과의 그 명백한 연관성을 말하고 싶은 유혹을 느꼈으나 그녀는 그의 수상한 대답에서 아무것도 알아채지 못한 채 말을 이었다.

"그건 그렇고 남편이 자기 사무실의 행정관 하나를 당신에게 보내겠다고 전해달래요."

"당신은 괜찮겠어요?"

"솔직히 아주 좋지는 않아요." 이번에 디오티마는 더 확실하게 말했다. "특별히 사람이 부족하진 않잖아요. 당신 친구인 장군도 기꺼이 자신의 부서에서 도와줄 인력을 파견할 수 있다고 말하더군요."

"라인스도르프는요?"

"세 제안이 모두 자발적으로 온 터라 라인스도르프에게까지 물어볼 이유는 없었어요. 하지만 그도 분명히 사람을 보내줄 거예요."

"사람들이 내 비위를 맞춰주는군요." 이렇게 말하면서 울리히는 아른하임과, 투치 그리고 슈툼이 보여준 놀라운 배려가 싼값으로 평행운동에 확실한 통제권을 쥐려는 시도임을 알아챘다. "그래도 그중 마음에 드는 건 당신 남편의 부하를 데려오는 것이군요."

"친애하는 친구?…" 디오티마는 여전히 반대했지만 어떻게 말을 해야 할지 몰랐고 아마도 그래서 말이 뒤엉키는 것 같았다. 그녀는 다시 팔꿈치에 몸을 기대더니 생기있게 말했다.

"나는 결혼생활의 갈등을 불륜이란 졸렬한 방법으로 푸는 것에 반대해요. 이미 당신한테 말한 바대로요! 하지만 그럼에도 인생에서 그리 사랑하지 않는 사람과 운명적으로 엮여 지내는 것만큼 힘든 일은 없죠!"

그건 가장 부자연스런 자연의 외침이었다. 하지만 울리히는 동요하지 않고 자신의 결정을 고집했다. "투치 국장은 분명히 당신의 사업에 이런 식으로 영향을 끼치고 싶어할 겁니다. 하지만 다른 사람들도 마찬가지예요!" 그는 설명했다. "세 사람은 모두 당신을 사랑하고 어떤 식으로든 자신의 임무와 그 사랑을 결합시켜야 하죠." 그는 디오티마가 사실에 대한 언급뿐 아니라 자신의 생각까지 이해하지 못하는 걸 보고 놀랐으며 떠나려고 일어서면서 더 강한 역설을 섞어 말했다. "당신을 아무 사심 없이 사랑하는 사람은 저밖에 없어요. 나는 아무 연관도 없고 의무도 없으니까요. 하지만 오직 집중만 하는 감정은 파괴적이죠. 당신은 그동안 그걸 몸소 겪었고 나에게 항상 그저 본능적이긴 하지만 정당한 불신을 던졌어요."

비록 정확한 이유는 몰랐지만 디오티마는 종종 일어나는 친밀감 때문에 울리히가 비서를 쓰는 문제에서 자기 집 편을 들어준 것을 기뻐했는지 모른다. 그녀는 그가 내민 손을 놓지 않았다.

"그 '여인'과의 관계는 이 상황과 무슨 연관이 있나요?" 그의 말에서 힌트를 얻어 그녀는 장난치듯 물었다. 디오티마가 치는 장난이란 대충 투포환 선수가 깃털을 가지고 노는 것과 비슷했다.

울리히는 그녀가 누구를 말하는지 알아채지 못했다.

"당신이 소개해줬던 판사의 부인을 말하는 거예요."

"그걸 알고 있었나요, 사촌?"

"아른하임 박사가 눈치를 주더군요."

"그래요? 이런 식으로 당신과의 관계에 흠집을 낼 수 있다고 믿었다니 우쭐해지네요. 하지만 당연히 나와 그 부인의 관계는 완전히 결백합니다!" 울리히는 전통적인 방식으로 보나데아의 명예를 지켜주었다.

"당신이 없을 때 그녀는 두 번이나 당신의 집에 있었어요!" 디오티마가 웃으며 말했다. "한번은 우연히 목격했지만 또 한번은 다른 기회로 알게 되었지요. 당신이 침묵해도 소용없어요. 아무튼 나는 당신을 이해하고 싶어요! 그런데 그걸 할 수 없다니까!"

"맙소사, 어떻게 당신한테 설명할 수 있을까요!"

"당신이 말해봐요!" 디오티마가 명령했다. 그녀는 '공무상의 외설'이라는 태도를 가장했는데, 그건 정신이 스스로의 영혼에게 여성으로서 금지된 것을 듣거나 말해야 한다고 명령할 때 그녀가 택하는 일종의 안경을 쓴 것 같은 태도였다. 하지만 울리히는 부인하면서 반복해 말하기를 자신은 보나데아를 추측에 근거해 알 뿐이라고 했다.

"좋아요." 디오티마가 고백했다. "하지만 당신의 여자친구는 암시를 숨기지 않더군요! 제 눈에 그녀는 뭔가 잘못된 것을 변호해야 하는 것처럼 보였어요! 하지만 정 그러고 싶으면, 추측하는 것이라도 말해봐요!" 이제야 울리히는 알고 싶은 욕망이 일었고, 보나데아가 평행운동이나 남편의 지위 때문이 아니더라도 이미 몇차례 디오티마를 만나러 왔었다는 걸 알게 되었다.

"그 부인이 아름다웠다고 고백해야겠네요!" 디오티마가 인정했다. "또한 무척 이상적이었지요. 나한테는 신뢰를 요구하면서 당신은 신뢰를 보여주지 않으니 화가 나요!"

그 순간 울리히에게 바람이 생겼다. '당신들이 모두 사라져버렸으면!…' 그는 디오티마를 경악하게 만들고 싶었고 보나데아의 추근거림에 복수를 해주고 싶었으며 순간 자기 자신과 마음껏 내버려둔 자신의 인생 사이에 커다란 괴리가 느껴지기도 했다. "그러니까," 울리히가 어두운 표정을 지어 보이며 말문을 열었다. "그 부인은 색정증<sup>色</sup>情症(분별 없이 이성을 따르고 방종한 성행위를 일삼는 성욕 항진증. 님포마니아라고도 한다―옮긴이)이었고 나는 더이상 견딜 수 없었어요!" 디오티마는 색정증이 뭔지 '공무상으로' 알고 있었다. 잠시 침묵이 있었고 그녀가 느리게 이야기했다. "불쌍한 부인! 당신이 그런 여자를 사랑했다고요?"

"바보 같은 짓이었어요!" 울리히가 말했다.

디오티마는 '구체적인 것'을 알고 싶었다. 그는 이 '애석한 일'을 해명하고 '인간적인 것'으로 만들어야만 했다. 그는 곧장 구체적으로 들어가지는 않았고 그럼에도 그녀는 점차 만족했는데, 그 기저에는 자신이 다른 여자와 같지 않다는 주님에 대한 감사가 있었을 것이다. 하지만 최고조에서 그 감사는 경악과 호기심 속으로 사라져버렸

고 그건 울리히와의 관계에 적지 않은 영향을 끼쳤다. 그녀는 생각에
잠겨 말했다. "하지만 누구라도 아무 내적 의미가 없는 사람을 포용한
다는 건 정말 끔찍한 일이죠!"

"그렇게 생각하나요?" 그녀의 사촌은 솔직하게 되물었다. 빈정대
는 말투에 디오티마는 머리끝까지 화가 나고 상처를 받았지만 겉으
로 드러낼 수는 없었다. 그녀는 그의 손을 놓고 작별을 고하는 의미에
서 쿠션 쪽으로 몸을 다시 누이면서 마음을 추슬렀다.

"당신은 그런 말을 하지 말았어야 했어요!" 그녀는 계속 몰아붙였
다. "당신은 경솔했고 그 불쌍한 부인을 향해 매우 나쁘게 행동했어
요!"

"결코 경솔하지 않았어요!" 울리히는 방어했고 사촌을 비웃을 수
밖에 없었다. "당신은 정말 불공평하군요. 내가 다른 여자와의 일을
고백하는 건 당신이 처음이고 그렇게 하도록 유도한 건 바로 당신이
에요."

디오티마는 으쓱해졌다. 그녀는 정신의 변화 없이는 잘해봐야 기만
일 뿐이라는 말을 해주고 싶었다. 하지만 갑자기 너무 개인적으로 느
껴져서 말을 꺼내지 못했다. 마침내 자신을 둘러싼 책에서 그녀는 무
해하면서도, 자신의 공적인 자아를 통해 보호받는 하나의 응수를 떠
올렸다. "당신은 모든 남자들과 똑같은 실수를 했어요." 그녀는 책망
했다. "당신은 연애 상대를 동등하게 대하지 않고 그저 당신의 보충물
로 대했고 그래서 결국 실망한 거예요. 활기차고 조화로운 성애로 가
는 길은 오직 더 엄격한 자기훈련을 통해서만 가능하다는 생각을 하
지 못했나요?"

울리히의 입이 딱 벌어졌다. 하지만 이 박식한 공격에 그는 무의식

적으로 방어하면서 대답했다. "오늘 투치 국장이 이미 영혼의 생성과 교육 가능성에 대해 나한테 물었다는 걸 알고 있나요?"

디오티마는 벌떡 일어났다. "뭐라고요, 투치가 당신과 영혼에 대해 이야기했다고요?" 그녀는 놀라서 물었다.

"물론이죠. 그는 영혼에 대해 배우고 싶어했어요." 울리히는 여기까지 확인해주고는 더이상은 출발을 미룰 수 없으니 다음 기회에 비밀의 의무를 깨고 모든 것을 말하겠다고 약속했다.


## 18.
## 편지 쓰기가 어려운 한 도덕주의자

디오티마를 방문한 뒤로 귀환 이후의 불안한 상태는 끝을 맺었다. 바로 다음날 저녁 울리히는 책상에 앉음으로써 안정감을 되찾았고 아가테에게 편지를 쓰기 시작했다.

누이의 무모한 계획이 극도로 위험하다는 사실은 명확했다. 너무나 간단하고 명확해서 바람 없는 날 같았다. 지금까지 일어난 일은 오직 그들만이 관여한 대담한 장난에 불과할 수도 있었지만 그건 현실과 연결되기 전에 철회되느냐에 달려 있었고, 그 위험은 날이 갈수록 더 커졌다. 울리히는 거기까지 써놓고는 그렇듯 낱낱이 서술된 편지를 보내도 될까 하는 회의가 들어 쓰기를 멈췄다. 그는 편지 대신에 다음 기차를 타고 본인이 직접 가는 것이 여러모로 나을 거라고 생각했다. 하지만 며칠간 그 문제에 관해 아무것도 하지 않은 채 지내오다가 직접 되돌아가는 것도 무의미해 보였다. 그는 자신이 가지 않을 걸 알았다.

그는 그 배경에 뭔가 결심에 가까운 확고한 것이 있음을 깨달았다. 그는 일이 진행되도록 내버려두고 그 사건 속에서 어떤 일이 벌어지는지 보고 싶었다. 그가 처한 문제는 자신이 현실적으로 얼마나 견딜 수 있느냐였고, 여러 종류의 폭넓은 생각이 머릿속을 스쳐지나갔다.

가령 처음에는 이제껏 그가 '도덕적'인 태도를 취할 때 '비도덕적'이라고 불리는 행동이나 사유를 할 때보다 항상 더 나쁜 정신 상태에 빠졌다는 생각이 들었다. 그건 일반적인 현상이었다. 왜냐하면 주변 환경과 부딪히는 상황에선 모든 사유와 행동이 있는 힘을 다하지만, 그저 의무감을 가지고 대할 때는 마치 세금을 낼 때처럼 당연하게 행동하고 사유하기 때문이다. 결국 모든 악은 다소간 환상과 열정에 의해 성취되는 반면, 선은 명명백백한 건조함과 감정의 빈약함으로 특징지어진다. 울리히는 누이가 이런 도덕적 난관을 '선한 것이란 더이상 선하지 않은 것 아니냐'는 질문으로 매우 공평무사하게 표현했음을 기억했다. 그런 난관은 매우 어려우면서도 흥미진진하다고 그녀는 주장했고, 그럼에도 도덕적인 사람들이 항상 지루하다는 사실에 놀라워했다.

그는 만족스럽게 웃었고 생각을 발전시켜서 아가테와 자신이 하가우어에게 공통의 적대감을 지닌다는 사실로 나아갔는데 그런 적대감은 '선한 방식으로 악한 사람들'과 '악한 방식으로 선한 사람들'의 적대감이라고 불릴 수 있었다. 어머니의 품속을 떠난 이후 선과 악이라는 일반적인 말을 거의 떠올려보지 않은 사람들이 당연하게 수용한 삶의 폭넓은 중간 지대를 우리가 포기한다면, 여전히 의도적인 도덕적 노력이 이뤄지는 양극단의 지점이 남을 텐데 오늘날 '악하면서 선한 사람들'과 '선하면서 악한 사람들'이 바로 그들이다. 악하면서 선한 사람들은 선이 날아가는 것을 보거나 노래하는 것을 듣지 못한 이들로, 그래서 생명 없는 나무에 박제된 새가 머무는 도덕의 풍경에 빠져들자고 동시대인들에게 요청한다. 반면에 선하면서 악한 치명적인 사람들은 경쟁자에게 자극을 받아 적어도 사유에서만큼은 성실하게 악에 대한 선호를 드러내는데 그들의 태도는 선행만큼 진부하진 않은 악행에서만 어느 정도 도덕적 활기를 찾을 수 있음을 확신하는 듯하다. 이런 식으로 울리히가 파악한 세계는—물론 그가 세계를 완전히 알고 있지는 않겠지만—절뚝거리는 도덕 때문에 망하거나 아니면 활동적인 부도덕주의자들에게 망하는 선택의 기로에 있었고 아마 오늘날까지도 어떤 선택이 압도적인 성공을 거둘지는 알지 못할 것이다. 그건 아마도 도덕 일반에 관여할 만한 시간이 전혀 없는 다수가 자신들의 상황뿐 아니라 다른 수많은 일에도 확신을 잃어버린 상황에서 각자의 경우에 주의를 기울이지 못하기 때문일 것이다. 너무도 쉽게 모든 일에 비난을 받는 악하면서 악한 사람은 오늘날에도 그렇지만 그때도 희귀했고 선하면서 선한 사람은 성운처럼 멀리 떨어진 임무를 의미하니 말이다. 하지만 그들이야말로 바로 울리히가 생각하는 사람들이었고 다른 모든 것들에 대해선 생각하는 척할 뿐 관심이 없었다.

그리고 선과 악 대신에 '하라!'와 '하지 마라!'는 요청 사이에 존재하는 관계를 설정함으로써 그는 자신의 사유에 좀더 보편적이고 객관적인 형식을 부여했다. 어떤 하나의 도덕이—이것은 이웃 사랑의 정신이나 야만인의 정신에도 똑같이 해당되는데—우세한 이상 '하지 마라!'는 '하라!'의 어두운 이면이자 자연스런 결과에 불과하다.

행동하는 것과 내버려두는 것은 눈부시게 작열하고, 그것들이 품은 결점은 영웅과 순례자의 결점이기 때문에 별로 중요하지 않다. 이런 상태에서 선과 악은 전체 인간의 행복 및 불행과 일치한다. 하지만 논쟁적인 체계가 우위를 점하고 넓게 확장되어 그 성취가 특별한 장애물을 만나지 않으면 명령과 금지 사이의 부득이한 관계는 의무가 매일 새롭게 태어나 살아 있지 못하고 오히려 '만약에'와 '하지만' 속으로 가라앉아 부서진 채 여러 종류의 도구로 이용되는 결정적인 상황을 통과하게 될 것이다. 또한 거기서부터 규칙, 법칙, 예외나 한계와 동일한 뿌리를 갖는 덕과 악덕이 서로 비슷해지는 하나의 추가적인 과정이 시작되며 마침내 울리히가 출발점으로 삼은 기이하고 근본적으로 견디기 힘든 자기모순이 나타난다. 또한 이러한 자기모순을 통해 선과 악 사이의 구별은 순수하고 깊고 독창적인 행동의 기쁨, 즉 허용되는 행동에서 금지된 행동까지 불붙은 불꽃처럼 뛰어오르는 기쁨에 짓눌려 모든 의미를 잃어버린다. 그걸 객관적으로 바라보는 사람은 도덕의 금지된 영역이 허용된 영역보다 더 강하게 이러한 긴장감을 간직한다는 것을 깨달을 것이다. 이른바 '악하다'라고 불리는 행동, 즉 도둑질이나 무제한적인 욕구의 방종 같은 행동이 일어나지 않도록 하거나 일어나더라도 최소한으로 제한하는 것은 비교적 당연해 보이는 반면, 그에 상응하는 도덕의 긍정적인 전통들, 그러니까 무한한 선물 베풀기 또는 육체적인 욕망을 억제하기 같은 전통들은 이미 사라져버렸고 여전히 남아 있더라도 바보라든가 몽상가, 또는 핏기 없는 도덕군자나 하는 일이 되었다. 그리고 도덕이 쇠약해지고 도덕적 행동이 그저 비도덕적인 행동을 제한하는 데 그치는 상황에서, 만약 비도덕이란 말이 법이나 규칙의 의미가 아니라 양심의 문제에서 추동된 어떤 열정의 척도로 사용된다면 비도덕적 행동이 더 근본적이고 힘이 있을 뿐 아니라 실제로 더 도덕적으로 보이는 현상이 쉽게 일어날 것이다. 하지만 우리 영혼에 선에 대한 욕구가 남아 있기 때문에 악에 끌린다면 그보다 더 심한 모순이 있을 수 있을까?

울리히가 이런 모순을 가장 강하게 체험한 때는 자신의 사유를 통과하며 점점 커지던 굴곡이 다시 아가테를 향한 순간이었다. 선하면서 악한—그 덧없는 용어를 다시 사용하자면—방식으로 행동하려는 그녀의 본성에 존재하는 내적 각오는 아버지의 유언장을 위조할 때 무거운 악명을 떨쳤고, 울리히의 본성에 있는 내적 각오, 즉 굳이 말하자면 성직자의 악마 예찬과 비슷하며 그저 사유에만 치우친 형상을 띤 각오에도 상처를 입혔다. 반면 한 개인으로서 그는 규칙에 따라 살 수 있었던 동시에 규칙 때문에 방해를 받으며 살고 싶지는 않았다. 아이러니한 명료함만큼이나 우울한 만족을 느끼며 그는 악에 관한 자신의 전체 이론적 관여가 다음과 같은 일에 기인한다고 확신했다. 즉 그는 악한 일에 착수한 사람들로부터 악한 사건들을 보호하기를 원했고, 갑자기 선을 향한 갈증을 느꼈는데 비유하자면 낯선 지역을 하릴없이 방황하다가 고향으로 돌아가 곧장 마실 물을 찾아 마을의 우물로 향하는 사람의 욕구와도 같았다. 그가 이런 비유를 떠올리지 못했다면, 아마도 그는 아가테를 도덕적으로 혼란에 빠진 사람으로 규정하려는 자신의 의도—최근에 풍성하게 제시되는—가 자신을 더욱 경악케 하는 관점으로부터 스스로를 보호하려는 핑계에 불과하다는 생각을 하지 못했을 것이다. 왜냐하면 의식적으로 바라보면 비난받아 마땅할 누이의 행동은 기이하게도 우리가 그것을 꿈꾸자마자 매혹적인 유혹을 발산하기 때문이었다. 또한 그 순간 모든 싸움과 갈등은 사라지고 열정적이고 긍정적이며 행동을 요구하는 선이 생성되었으며 그 선은 생기 없이 일상적이 돼버린 형식에 비해 하나의 근원적인 악처럼 보이기까지 했기 때문이다.

울리히는 그러한 감정의 고취를 쉽게 허락하지 않았고 써야만 하는 편지에선 더욱 그러고 싶지 않았기 때문에 사유를 새로운 것에서 보편적인 것으로 옮겨갔다. 만약 그가 살아온 생에서 얼마나 쉽게 또 자주 완전한 의무를 향한 갈망이 하나의 비축된 덕목에서 다른 덕목을 끄집어냈는지, 또한 시끄러운 숭배의 한가운데서 하나의 덕목이 선택됐는지를 기억하지 못했다면 그의 보편적인 사유들은 불완전해지고 말았을 것이다. 민족적이고 기독교적이고 인문주의적인 덕목들은 순서대로 이어졌으며 한때는 특수강이, 다른 때는 친절이 되었고 한번은 개인이, 다른 때는 공동체가, 그리고 오늘날엔 10분의 1초가, 그리고 하루 전엔 유구한 역사가 되었다. 공적 삶의 분위기가 변화한 것은 그러한 주도적 이상이 변한 데 따른 결과였다. 울리히는 그러나 상관하지 않았고 그래서 언제나 그런 이상에서 멀어져 있는 듯한 느낌이었다. 오늘날조차도 그런 덕목들은 보편적 형상의 보완물에 지나지 않았는데 왜냐하면 압도적으로 복잡해진 우리 삶의 도덕적 불가해성을 그 안에 내재된 해석 중 하나로 해결할 수 있다고 믿는 건 반쪽짜리 통찰일 뿐이기 때문이다. 그런 시도는 자신을 묶어두는 마비는 끊임없이 진행중인데도 끊임없이 자리를 바꾸는 환자의 행동과 매우 비슷하다. 울리히는 이런 상태로 접어드는 과정을 피할 수 없다고 확신했으며 그 단계에서 모든 문명은 사양길로 접어든다고 보았는데 지금까지 어떤 문명도 내적 긴장을 잃어버린 자리를 새 것으로 교체할 수 없었기 때문이다. 그는 또한 모든 과거의 도덕에서 벌어졌던 일들은 미래에서도 벌어진다고 확신했다. 왜냐하면 도덕적으로 무기력해지는 것은 계명이나 그것의 복종의 영역이 아니기 때문이다. 도덕적 무기력은 계명과 복종의 특별함과는 아무 상관이 없다. 그것은 어떤 외적인 엄격함과 무관하게 오직 모든 행동과 책임감의 통일성에 대한 신뢰를 무력화시키는 완전히 내적인 과정일 뿐이다.

그리고 울리히의 생각은, 의도하지도 않았는데 다시금 자신이 조롱하듯 '정확성과 영혼의 세계사무국'이라고 이름 붙였던 라인스도르프 백작에게로 돌아갔다. 오만한 농담 이상으로 한 말은 아니지만 이제 그는 성인이 된 이래 가능성의 영역 안에서 그런 '세계사무국' 처럼 행동했던 사람이 바로 자신임을 깨달았다. 아마도 그는 변명삼아 모든 사유하는 인간은 그런 질서의 이상을 간직하고 있다고, 어렸을 적 어머니가 가슴에 걸어준 성자의 초상을 어른이 돼서도 옷 속에 걸고 다니는 것과 비슷하다고 말할 것이다. 또한 아무도 진지하게 여기지 않고 또 함부로 내버리지도 않는 이런 질서의 형상은 어느 정도는 다음과 같이 나타날 수밖에 없다. 한편으로 질서의 이상은 올바른 삶의 규칙, 즉 어떤 예외도 없고 어떤 항변도 드러내지 않는 자연스러운 규칙이자 황홀경처럼 자유롭고 진실처럼 또렷한 규칙을 향한 어렴풋한 향수처럼 보인다. 그러나 다른 한편으로 그런 규칙은 한 개인의 눈에 절대 보이지 않고 한 개인의 머리로는 절대 생각할 수 없으며 한 개인의 의무나 힘으로는 이뤄질 수 없고 오직 모든 사람의 노력으로— 그저 환영이 아니라면—가능하다는 확신이 형성돼 있다. 한순간 울리히는 머뭇거렸다. 의심할 바 없이 그는 아무것도 믿지 않는 신자였다. 학문에 대한 그의 엄청난 헌신에도 불구하고 그는 인간의 아름다움과 선이 지식이 아니라 믿음에서 나온다는 점을 잊지 않았다. 하지만 믿음은 그 옛날의 마법적 기원 이래로 비록 환상적인 지식에 불과할지라도 항상 지식과 결합돼 있었다. 또한 이런 옛 지식은 오래전부터 썩기 시작했고 믿음을 함께 부패시켰으며 결국 오늘날 그 결합은 새롭게 세워져야만 한다. 물론 인간이 믿음을 '지식의 높이'까지 올리는 방식이 아니라 그런 높이에서 날아오르는 방식을 통해서일 것이다. 지식을 넘어 날아오르는 방식은 새롭게 시도돼야만 한다. 또한 어떤 개인도 이 일을 할 수 없기 때문에 모든 사람들이 무슨 관심사를 가졌건 이 일에 마음을 모아야 할 것이다. 또한 그 순간 인류가 아직 알려진 바 없는 목표에 도달하기 위해 고안해야 하는 십년, 또는 백년, 천년의 계획에 대해 울리히가 생각할 때 그는 이미 자신이 오랫동안 여러 이름으로 상상했던, 진실로 실험적인 삶이 바로 그처럼 지식을 초월하는 것임을 깨달았다. 그가 '믿음'이란 단어에서 의미했던 것은 위축된 지식욕이나 모든 사람이 짐작하는 맹목적인 믿음이 아니라 앎의 예감, 그러니까 지식도 아니고 상상도 아니며 믿음도 아닌, 이 모든 개념을 벗어난 뭔가 '다른 것'이었다.

재빨리 그는 편지를 끌어당겼으나 곧 치워버리고 말았다.

그의 얼굴에 근엄하게 타올랐던 빛은 다시 사라졌고 위험하고 사랑스런 사유가 우스꽝스럽게 여겨졌다. 열린 창문을 통해 한순간이 보이듯이 갑자기 뭔가가 자신을 둘러싸는 것을 느꼈다. 그건 대포와 유럽의 사업들이었다. 그런 식으로 살았던 사람들이 정신적인 운명의 항해를 위해 모일 수 있다는 상상은 말 그대로 상상에 불과할 것이다. 울리히는 역사적 발전이란 필요할 때마다 마음속에 떠올리듯 계획된 이념의 결합으로 이뤄질 수 있는 것이 아니며 오히려 도박꾼의 난폭한 주먹이 탁자 위를 내리치는 것처럼 소모적이고 헤픈 것임을 직시해야만 했다. 그는 사실 부끄러웠다. 방금 전까지 그가 생각한 모든 것은 '인구 중 참여집단의 욕망을 확정하는 주도적 결정의 파악을 위한 설문조사'를 미심쩍게 연상시켰다. 자연을 촛불로 관찰하듯 그가 그런 사유를 이론적인 방식으로 도덕화할 수 있다는 사실은 완전히 부자연스러워 보였던 반면, 태양의 밝음에 익숙한 단순한 사람들은 행동을 실행하고 감행하는 것 외에 어떤 문제에도 휘말리지 않은 채 곧장 다음으로 나아갔다.

그 순간 울리히의 사유는 다시금 보편적인 것에서 자기 자신을 향하면서 누이의 의미를 되새겼다. 그는 그녀에게 기이하고 무한하며 믿을 수 없고 잊을 수 없으며 모든 것을 긍정하는 상태를 보여주었다. 그 상태는 우리가 도덕적 운동 이외에 어떤 정신적 운동도 할 수 없는 상태이며 따라서 모든 행동이 이유 없이 내면에서 부유하는 곳일지라도 어떤 방해도 받지 않는 단 하나의 도덕만이 있는 상태였다. 또한 아가테는 손을 그쪽으로 뻗으려는 행동 말고는 아무것도 하지 않았다. 그녀는 손을 뻗는 사람이었고 울리히의 사유의 자리에 진짜 세계의 육체와 형상으로 들어왔다. 그가 생각한 모든 것은 이제 그저 뒤처짐과 미봉책으로 보일 뿐이었다. 그는 아가테의 생각에서 무엇이 일어나는지 '모험을 걸어보고' 싶었고, 순간 그녀가 간직한 신비한 약속이 비난받을 만한 행동으로 시작되었던 것에는 아무런 신경도 쓰지 않았다. 우리는 그저 '솟아오르고 가라앉는' 도덕이 단순한 진실성만큼이나 적용할 만한 것인지를 두고보는 수밖에 없다. 또한 그는 자신이 설명한 것을 스스로 믿느냐는 누이의 열정적인 질문을 떠올렸으나 그때만큼이나 확신이 없었다. 그는 그 질문에 답하기 위해 아가테를 기다려왔음을 시인했다.

그때 전화벨 소리가 시끄럽게 울렸고 수화기 속에서 발터가 황급히 말을 가로채더니 허둥대며 갑자기 설명을 이어갔다. 울리히는 무심한 듯 기꺼이 말을 들었고 수화기를 내려놓고 일어섰을 때 여전히 전화벨이 울리다가 결국 멈추는 듯한 느낌이 들었다. 심연과 어둠이 기분 좋게 주변을 다시 채웠지만 그것이 색깔인지 소리인지 구분할 수 없었다. 그건 모든 감각의 심연에서 나온 것만 같았다. 미소를 띤 채 그는 누이에게 쓰던 편지를 집고는, 방을 나서기 전에 작은 조각으로 천천히 찢어버렸다.


## 19.
모오스브루거를 향하여


같은 시간 발터와 클라리세, 그리고 선지자 마인가스트는 작은 무, 귤, 아몬드, 치즈, 그리고 커다랗게 말린 튀르키예 자두가 가득 담긴 접시 주위에 앉아서 맛있고 건강에 좋은 저녁을 먹고 있었다. 그 선지자는 약간 마른 상체에 모직 재킷을 걸쳤고 차려진 자연 음식을 이따금 칭찬했다. 반면 클라리세의 오빠 지크문트는 모자와 장갑을 착용하고 식탁에서 좀 떨어진 채 자신의 '완전히 미친' 누이를 모오스브루거와 만나게 하기 위해 정신병원 조교인 프리덴탈 박사와 '나누었던' 대화에 관해 보고했다.

"프리덴탈은 지방법원의 허락이 있어야 만남이 가능하다고 주장하더군요." 그는 냉정하게 결론지었다. "그리고 지방법원은 제가 마련한 사회복지연합 '마지막 시간'의 진정서에 만족하지 않고 대사관의 추천서를 요구합니다. 클라리세가 외국인이라고 우리가 거짓말을 했기 때문이에요. 그래서 이제 도와드릴 게 없습니다. 마인가스트 박사님이 내일 스위스 대사관에 가셔야 해요!"

오빠인 지크문트는 여동생과 닮았지만 동생보다 더 무표정했다. 그 남매를 가까이서 관찰하면 클라리세의 창백한 얼굴 속의 눈, 코, 입은 마른 땅 위의 갈라진 틈처럼 보이는 반면, 지크문트의 얼굴에서 같은 부분은 그가 콧수염만 조금 남기고 완전히 면도를 했음에도 잔디로 뒤덮인 지역의 부드럽고 희미한 윤곽처럼 보였다. 그의 외모에는 누이동생만큼이나 서민적 면모가 간직돼 있었고 그런 면모는 철학자의 귀중한 시간을 아무렇지도 않게 생각하는 그 순간에도 천진무구한 자연스러움을 드러내주었다. 그런 무례함에 대응해 무 접시에 천둥과 벼락을 내리친다고 해도 아무도 놀라지 않았을 테지만 그 위대한 남자는 부당한 요구를 상냥하게 받아들였고—그건 숭배자들에게 하나의 탁월한 일화로 여겨졌다—바로 옆 막대에 앉은 참새를 참아내는 독수리의 눈빛으로 지크문트에게 고개를 끄덕여 보였다.

어쨌든 갑작스레 불거져 아직 충분히 가시지 않은 긴장 때문에 발터는 더이상 견딜 수가 없었다. 그는 접시를 치우더니 해가 뜰 무렵의 조각구름처럼 상기돼서는 의사나 간호사가 아니라면 어떤 건강한 사람도 정신병원에 볼일이 있어서는 안 된다고 단호하게 주장했다. 스승 또한 알아차리기 힘든 끄덕임으로 그에게 호응했다. 인생을 거쳐 많은 것들을 수용해온 지크문트는 자신의 동의를 깔끔한 말로 보충했다. "의심할 바 없이 유복한 시민계급이 정신병자나 범죄자 가운데 뭔가 악마적인 것을 찾는 것은 넌더리나는 습성이지요."

"그럼 나한테 말해보세요," 발터가 소리쳤다. "왜 당신들 모두는 스스로도 동의 못하는 일을 클라리세가 하도록 도우려는 것이며 그녀를 더 불안하게 만드는 겁니까?"

막상 그의 아내는 아무 대답도 하지 않았다. 그녀가 드러낸 불쾌한 표정은 현실에서 너무 멀리 떨어져 있어서 누구나 불안을 느낄 만했다. 두 개의 길고 교만한 선이 코를 따라 내려왔고 턱은 딱딱한 끝을 내보였다. 지크문트는 스스로 다른 사람들에게 말할 의무나 자격이 없다고 생각했다. 그래서 발터의 질문 뒤에 짧은 침묵이 이어졌고 마침내 마인가스트가 낮고 평온하게 말했다. "클라리세는 너무 강한 인상을 견뎌야 했어요. 그런 상태로 내버려둬서는 안 됩니다."

"언제요?" 발터가 크게 물었다.

"얼마 전, 저녁 창가에서요."

그 사실을 이제야 안 사람은 자기뿐이었기 때문에 발터는 창백해지고 말았다. 클라리세는 분명히 마인가스트는 물론 오빠에게도 말했을 것이다. '그녀는 늘 그런 식이지!' 그는 생각했다.

그리고 반드시 그럴 필요는 없었음에도 발터는 갑자기 야채 접시 너머의 그들이 모두 십년 전으로 돌아간 듯한 느낌을 받았다. 그때 변하기 전이었던 마인가스트가 떠나자 클라리세는 발터를 택했다. 나중에 그녀는 발터에게 당시 마인가스트가 이미 그녀를 포기했다고는 해도 자주 키스를 하고 몸을 접촉했다고 고백했다. 그때의 기억은 마치 그네의 큰 움직임과 같았다. 발터는 점점 더 높이 올라갔고 비록 자주 낮게 가라앉긴 했지만 모든 일은 잘 이뤄지고 있었다. 그러나 마인가스트가 곁에 있을 때 클라리세는 발터와 이야기를 할 수 없었다. 발터는 그녀가 생각하고 행동하는 것을 다른 사람들을 통해 발견해야만 할 때가 많았다. 발터 옆에 있을 때 그녀는 경직되었다. "네가 나를 만질 때 내 몸은 굳어져!" 그녀가 말한 적이 있었다. "내 몸은 엄숙해져. 마인가스트와 있을 때랑 다르게 말이야!" 발터가 처음 그녀에게 키스했을 때 그녀는 말했다. "난 그런 짓을 절대 하지 않겠다고 엄마에게 약속했어!" 하지만 나중에 그녀는 그 시절 마인가스트가 언제나 식탁 밑에서 발로 자신을 은밀히 건드렸다고 시인했다. 다 발터의 탓이었다! 그녀에게 요구했던 내적으로 풍요로운 발전은 자유로운 행동을 막았고, 그건 그도 인정한 바 있었다.

발터에겐 당시 클라리세와 주고받은 편지가 떠올랐다. 그는 전체 문학작품을 다 훑어본대도 열정과 독특함에서 자신들의 편지를 따라올 것은 없다고 믿었다. 그 격정적인 날들에 그는 그녀가 마인가스트와 함께 있을 때면 자리를 빠져나가 편지를 쓰는 것으로 그녀에게 벌을 주곤 했다. 또한 그녀는 자신은 신의를 지켰고 마인가스트가 스타킹을 내리고 무릎에다 다시 한번 키스를 했다고 솔직하게 전하는 편지를 썼다. 발터는 그 편지들을 책으로 내고 싶었던 적이 있었고 여전히 가끔씩은 그런 생각을 했다. 하지만 유감스럽게도 여태껏 벌어진 일이라곤 클라리세의 여성 가정교사와 관련된 심각한 오해밖에 없었다. 어느날 발터는 그 가정교사에게 말했다. "이제 곧 모든 일이 잘 풀릴 겁니다!" 그는 자기 나름대로 그 '편지'의 출간에 따른 명성이 가족들의 눈에 얼마나 큰 성공으로 보일지 상상했던 것이다. 정확히 말해서 당시 클라리세와 발터 사이엔 제대로 돌아가는 일이 별로 없었기 때문이기도 했다. 클라리세의 여성 가정교사 ―은퇴 뒤 보모 역할을 한다는 그럴듯한 구실로 집안에 들어온― 는 그러나 그를 오해했고 이내 발터가 클라리세와 결혼하기 위해 모종의 일을 꾸민다는 소문이 집안에 퍼졌다. 말이 한번 퍼지면 아주 특별한 즐거움이자 억압이 되었다. 현실의 삶은 단번에 깨어났다. 발터의 아버지는 아들이 자립하지 않으면 생활비 지원을 끊겠다고 말했다. 발터의 미래의 장인은 그를 작업실로 불러서 오늘날 음악이나 시 같은 순수하고 오직 신성한 예술에 종사하기란 얼마나 힘들고 실망스러운 일인지에 대해 이야기했다. 결국 발터와 클라리세조차도 갑자기 자기들의 살림, 아이, 공동 침실 따위가 생생하게 다가오면서 마치 항상 긁어대는 바람에 결코 치유될 수 없는 피부병이 생긴 것처럼 몸이 다 가려웠다. 발터의 성급한 발언 이후 몇주 후에 그는 정말 클라리세와 약혼을 했고 둘은 매우 행복했지만 동시에 긴장하기도 했는데 약혼은 유럽 문명의 모든 문제를 짐지우는 삶에서 안정된 자리를 찾는 일의 시작이었고 결국 그가 변덕스럽게 찾는 일자리는 수입 면에서나 자신의 삶의 여섯 가지 측면, 즉 클라리세, 그 자신, 사랑, 시, 음악, 그림의 측면에서도 적당한 것이어야만 했기 때문이다. 사실 그 나이든 부인 앞에서 갑자기 수다를 떤 순간 엮이기 시작한 사슬의 소용돌이로부터 벗어난 건 오래지 않은 일로, 그가 문화재사무소의 직을 수락하고 클라리세와 함께 이후의 운명이 펼쳐질 이 소박한 집으로 이사하면서부터였다.

마음속 깊이 발터는 운명이 이제 만족할 만하면 좋겠다고 생각했다. 비록 끝은 시작이 원했던 바와 같지 않았지만 잘 익은 사과는 나무 위로 올라가지 않고 땅에 떨어지는 법이다.

발터가 생각하는 동안 건강한 채소로 알록달록한 접시 맞은편 끝에서 아내의 작은 머리가 흔들리고 있었다. 클라리세는 마인가스트의 설명을 가급적 객관적으로, 그러니까 마인가스트만큼이나 객관적으로 보완하려고 했다.

"그때의 인상을 깨려면 뭔가를 해야만 해. 마인가스트는 인상이 나한테 너무 강렬했다고 했어." 그녀는 해명하더니 덧붙였다. "그 남자가 내 창문 아래 수풀에 있었던 건 분명히 우연이 아니었어!"

"말도 안 돼!" 발터는 잠자는 사람이 파리를 쫓듯이 손사래를 쳤다. "내 창문이기도 하잖아."

"말하자면 우리 창문이지!" 클라리세는 입술 사이로 미소를 흘리면서 말을 수정했는데 그 빈정대는 태도는 씁쓸함인지 경멸인지 알 수 없었다. "우리는 그를 끌어들였어. 하지만 그 남자가 한 일을 뭐라고 부를 수 있는지 말해볼까? 그는 성욕을 훔치고 있었어!"

발터는 머리가 아팠다. 그의 머리는 과거로 가득 찼고 그 틈으로 현재가 비집고 들어왔는데 과거와 현재 사이엔 아무런 뚜렷한 차이가 없었다. 여전히 발터의 머릿속에는 밝은 나뭇잎 더미와 그것을 가로지르는 자전거길이 있었다. 그 긴 찻길과 산책로의 대담함은 마치 오늘 아침의 일처럼 생생했다. 그해 처음으로 발목까지 과감한 노출이 허용되었고 운동을 좋아하는 세대의 유행에 따라 흰 속치마의 단이 풍성하게 일어났기 때문에 처녀들의 치마는 다시금 펄럭였다. 발터가 자신과 클라리세 사이의 많은 일들을 '일어나서는 안 되는 일'이라고 생각했다는 것은 굉장히 순화된 측면이 있었다. 왜냐하면 정확히 말해서 그들이 약혼한 봄의 그 자전거 여행에서 사실 일어날 수 있는 모든 일이 있었고 젊은 소녀는 겨우 처녀로 남아 있었기 때문이다. 당시를 뜨겁게 소환하면서 발터는 '행실이 바른 처녀로서는 거의 믿을 수 없는 일'이라고 생각했다. 클라리세는 그것을 "마인가스트의 죄를 우리 스스로 덮어쓰는 것"이라고 불렀다. 그때는 마인가스트가 외국으로 떠난 직후였으며 아직 다른 이름으로 불릴 때였다. "그가 관능적

이었다고 해서 우리가 그렇게 못하는 건 나약한 짓이야!" 클라리세는
이어 선언했다. "하지만 우리는 그걸 정신적으로 하길 원하지!" 발터
는 이따금 이런 행동이 그렇게 짧은 시간 사라져버린 그 남자와 너무
밀접하게 연관돼 있음을 우려했지만 클라리세는 대담했다. "가령 예
술가처럼 뭔가 위대한 일을 하려는 사람은 다른 걱정을 해선 안 돼."
그래서 발터는 그들이 새로운 정신을 반복함으로써 과거를 열정적으
로 파괴했던 일 그리고 육체적 쾌락에 초월적인 과제를 부여함으
써 불허된 기쁨을 용서하는 마법적인 능력을 얼마나 즐겁게 발견했
는지를 기억해냈다. 사실 당시 클라리세는 나중에 자신을 부정할 때
만큼이나 열성적으로 욕망에 충실했고, 순간 발터는 아무 맥락도 없
이 그녀의 가슴이 여전히 그때만큼이나 팽팽하다는 반항적인 생각에
빠져들었다.

그 사실은 그녀가 옷을 입고 있어도 누구나 알 수 있었다. 마인가
스트는 어쩌다 그녀의 가슴에 눈길이 갔지만 그걸 알지 못하는 것 같
았다. "그녀의 가슴은 말이 없다네!" 발터는 마치 꿈결이거나 시의 한
구절인 듯 속으로 낭독했다. 그사이에 감정의 속을 뚫고 현재가 뛰쳐
나왔다.

"클라리세, 무얼 생각하는지 말해봐요!" 마인가스트가 의사나 선생
님이라도 되는 듯 클라리세를 격려하는 말을 했다. 무슨 이유에선지
귀환자는 이따금 존댓말을 썼다.

발터는 클라리세가 질문하듯 마인가스트를 바라보는 모습을 알아
보았다.

"당신은 모오스브루거에 관해 말했잖아요. 그가 목수라면서…"
클라리세는 계속 바라보았다.

"목수가 다 뭔가요? 그는 구원자라고 당신이 말하지 않았나요? 심지어 당신은 그 문제로 영향력있는 사람에게 편지를 썼다고 했잖아요."

"그만둬요!" 발터가 강하게 말했다. 그는 속으로 생각해보았다. 불만은 드러냈지만 그 편지에 관해 들어본 적이 없다는 사실을 깨닫고는 마음이 약해져 물었다. "무슨 편지 말인가요?"

발터는 아무 대답도 듣지 못했다. 마인가스트는 질문을 무시하고 말했다. "시대와 딱 어울리는 이념이죠. 우리는 스스로를 해방시킬 능력이 없어요. 그건 의심할 바 없는 사실이에요. 우리가 민주주의라고 부르는 것은 그저 '이렇게도 저렇게도 할 수 있다'는 영혼의 상태를 정치적으로 표현한 것에 불과하죠. 우리는 투표용지의 세대예요. 우리는 매년 성적 이상향, 미의 여왕 따위를 투표로 정하고 실증철학을 우리의 정신적 이상으로 삼음으로써 사실이라는 것에 우리 대신 선택하라고 투표용지를 넘겨주고 만 것입니다. 이 시대는 비겁하고 반철학적입니다. 이 시대는 가치있는 것과 가치없는 것을 결정할 용기가 없으며 가장 간결하게 말해 민주주의는 '일어나는 일을 하라!'에 불과합니다. 아울러 말하자면, 이 시대는 우리 인류 역사상 가장 타락한 순환논법이라 할 만합니다!"

말을 하면서 그 선지자는 분노에 차 호두를 부스러뜨렸고 껍질을 벗겨 깨진 조각들을 입 안에 털어넣었다. 아무도 그의 말을 이해하지 못했다. 턱뼈를 움직여 천천히 씹느라 그는 말을 멈췄고, 그 움직임에 약간 위로 올라간 코끝도 따라 움직인 반면 얼굴 위쪽은 금욕적으로 정지해 있었으며 시선은 클라리세에게서 벗어나지 않고 그녀의 가슴 언저리에 머물러 있었다. 무심코 다른 두 남자의 눈도 마인가스트의 얼굴을 떠나 그의 멍한 시선을 뒤따랐다. 클라리세는 그들이 좀더 오래 응시하면 그 여섯 개의 눈들에 의해 자신이 들려 올려질 것 같은 흡인력을 느꼈다. 하지만 스승은 마지막 호두를 꿀꺽 삼키더니 가르침을 이어갔다.

"클라리세는 구원자는 목수여야 한다는 기독교의 전설을 발견했어요. 아주 옳은 말은 아니고 구원자의 양아버지가 그랬다는 말이죠.* 만약 클라리세가 자신의 눈에 띈 범죄자가 우연히 목수라는 데서 그런 결론을 지어낸다면 당연히 옳지 않습니다. 지적으로 비판받아 마땅하지요. 도덕적으로는 경솔한 일이고요. 하지만 그녀는 용감합니다. 정말 그래요!" 마인가스트는 강하게 부각된 '용감'이라는 말에 여운을 주기 위해서 잠시 말을 멈췄다. 그는 조용히 다시 말을 이었다.

"그녀는 최근에, 우리도 체험한 것처럼 한 노출증 환자를 목격했습니다. 그녀는 그 사건을 과대평가했고 오늘날 성적인 것은 전반적으로 과대평가되는 경향이 있어요. 클라리세는 이렇게 말했죠. '그 남자가 내 창 아래 온 것은 우연이 아니다.' 이제 올바로 이해해봅시다! 그 만남은 당연히 인과적으로 우연이기 때문에 그녀의 말은 틀립니다. 그럼에도 클라리세는 말하죠. '내가 모든 걸 자명한 것으로 바라보면, 세상은 변화될 수 없을 것이다.' 그녀는 모오스브루거라고 불리는—내가 틀리지 않았다면—살인자가 하필 목수였다는 사실을 설명할 수 없는 것으로 바라봤어요. 또한 성적 혼란을 겪는 낯선 환자가 그녀의 창 아래 멈췄을 때도 수수께끼로 생각했지요. 그녀는 자신이 마주치는 다른 것들도 이해할 수 없는 것으로 바라보는 데 익숙합니다. 그리고…" 다시 마인가스트는 듣는 사람들을 잠시 기다리게 만들었다. 그

---

* 예수를 길러준 아버지 요셉이 목수였음을 빗대어 한 말이다.

의 목소리는 확고하지만 조심스럽게 발끝을 들고 나아가다가 마침내 대상을 확 낚아채는 사람을 떠올리게 했다. "그녀는 그런 식으로 뭔가를 하게 될 겁니다!" 마인가스트는 확신에 차서 말했다.

클라리세는 소름이 돋았다.

"다시 말하자면," 마인가스트가 말했다. "우리는 지적으로만 비판해서는 안 됩니다. 우리가 아는 것처럼 지성이란 건조한 삶의 도구이거나 표현에 불과합니다. 그에 반해 클라리세가 제기한 지점은 다른 영역이지요. 그건 의지의 영역입니다. 클라리세는 자신에게 일어난 일을 설명할 수 없을 겁니다. 하지만 그녀는 그걸 풀어낼$^{lösen}$ 수는 있지요. 또한 그녀는 그걸 아주 정확하게도 '구원하는'$^{erlösen}$ 것이라고 말했어요. 직관적으로 옳은 단어를 사용한 것입니다. 우리 중 누군가는 광기의 사유를 떠올렸다고 쉽게 이야기하거나 클라리세에게 신경쇠약 증세가 있다고 말할 수 있습니다. 하지만 전혀 핵심이 아닙니다. 오늘날 세계에는 너무 광기가 없어서 도대체 무엇을 좋아할지 미워할지조차 모르고, 모든 것이 이중의 가치를 지니는 바람에 사람들 또한 신경증환자 아니면 심신이 허약한 사람이 되고 맙니다. 한마디로," 그 선지자는 갑자기 결론을 내렸다. "철학자들이 인식을 포기하기는 어렵지만, 우리가 행동해야만 한다는 주장이 20세기의 위대한 인식이 돼가는 것은 맞는 듯합니다. 나에게는 오늘날 제네바에 있는 프랑스 출신 복싱 코치 하나가 그곳에서 뭔가를 창작한 분석가 루소보다 정신적으로 중요합니다!"

이제 본궤도에 올라선 만큼, 마인가스트는 말을 더 이어갈 수도 있었을 것이다. 우선 구원 사유는 항상 반$^{反}$지성적이라는 사실을 말했을 것이다. '지금 세계에 가장 요구되는 것은 우수하고 강력한 광기입니다.' 이 문장이 그의 입에서 아까부터 맴돌았지만 그는 다른 결론을 위해 꿀꺽 삼켜버렸다. 두번째로 구원 상상<sup>Erlösungsvorstellung</sup>은 이미 어근 '풀어내다'<sup>lösen</sup>를 통해 '느슨하게 하다'<sup>lockern</sup>와 동족 관계를 이루면서 육체적 의미를 띠고 있음을 말하고자 했다. 육체적 의미라 함은 오로지 행위만이, 즉 피부와 머리카락을 가진 전체 인간의 경험만이 구원할 수 있음을 가리킨다. 세번째로 그가 말하고자 했던 바는 남성의 과잉 지성화는 여성이 직관적인 리더로서 행위에 나설 수 있는 환경을 만들어주며 클라리세가 그 첫번째 사례라는 것이다. 마지막으로 민중의 역사 속에 구원 사유의 변화가 있어왔으며 수백년을 지배해온 종교적인 개념을 대신해 이제는 의지나 필요하다면 권력에서 구원이 비롯돼야 한다는 인식이 생겨난다는 것이 그의 생각이었다. 권력을 통한 세계의 구원은 당시 그의 사유의 핵심이었다. 하지만 자신에게 쏠린 모두의 시선을 견디지 못한 클라리세는 최소한의 저항의 자세로 지크문트를 향해 크게 말함으로써 스승의 말을 끊었다. "오빠한테 내가 말했지. 우리는 참여하는 것만 이해할 수 있어. 그러니 우리는 정신병원에 가야만 해!"

평정을 찾을 겸 귤껍질을 벗기던 발터는 순간 귤을 너무 깊이 찌르는 바람에 신 즙이 눈에 튀어 일을 멈추고 수건을 찾았다. 늘 그렇듯이 잘 차려입은 지크문트는 전문가답게 동생 남편의 눈에 이상이 없는지를 살폈고 곧 단정한 정물화처럼 그의 무릎에 놓인 스웨이드 장갑과 둥글게 풀을 먹인 모자로 시선을 옮겼으며 여동생의 시선이 자신에게 머무는데도 아무도 그를 위해 대신 답해주지 않자 진지한 끄덕임과 함께 시선을 들더니 태연하게 중얼거렸다. "우리 모두가 정신병원에 있다는 걸 나는 한번도 의심한 적이 없어."

클라리세는 마인가스트 쪽으로 몸을 돌려 말했다. "평행운동에 관해 나는 당신께 이야기했죠. 그 운동은 우리 세계의 죄악인 '이렇게도, 저렇게도 하게 내버려둠'을 제거할 또하나의 커다란 가능성이자 의무였을 거예요."

스승은 미소를 지으며 손사래를 쳤다.

스스로의 확고한 열정에 가득 찬 클라리세는 막무가내로 완고하게 소리쳤다. "한 남자한테 자신을 내맡기고 그의 정신이 흐려지게 내버려두는 여자 역시 강간 살인범이에요!"

마인가스트가 타일렀다. "일반적인 것만 생각하기로 합시다! 아무튼 한 가지 문제와 관련해선 안심해도 좋을 거예요. 죽어가는 민주주의에 커다란 임무를 부여하자는 평행운동의 우스꽝스런 조언과 관련해서 나는 오래전부터 많은 목격자들과 믿을 만한 제보자들을 알고 있어요."

클라리세는 머릿속에 얼음을 끼얹은 듯한 느낌을 받았다.

발터는 헛되이 진전을 막을 방법을 찾았다. 아주 공손하게 마인가스트에 맞서면서 울리히와 이야기할 때와는 전혀 다른 톤으로 그는 말을 이어나갔다. "당신이 말한 것은 내가 오랫동안 말해온 것과 일치합니다. 즉 우리는 순수한 색으로 그림을 그려야 한다는 것이죠. 이제 우리는 깨지고 흐릿한 것과 텅 빈 공허는 물론, 더이상 확고한 윤곽과 고유의 색을 응시하지 못하는 나약한 시선과 결별해야 합니다. 나는 회화적으로 말하고 당신은 철학적으로 말합니다. 하지만 우리가 같은 생각임에도…" 그는 갑자기 당황했고 자신이 왜 클라리세의 정신병을 두려워하는지 타인에게 말할 수 없다는 사실을 깨달았다. "아니에요, 나는 클라리세를 내버려두고 싶진 않습니다." 그는 소리쳤다. "내가 허락하지 않을 거예요!"

스승은 호의적으로 듣더니 그렇듯 단호한 말들이 하나도 귀에 들리지 않았다는 듯이 부드럽게 대답했다. "클라리세가 그걸 아주 아름답게 표현했더군요. 그녀는 우리 모두가 '죄의 형상' 밖에 거주하며 '순수의 형상'을 가진다고 주장했죠. 우리는 거기에 아름다운 의미를 부여할 수 있는데 말하자면 우리의 상상이 이른바 비참한 경험세계에서 벗어나 자신의 형상이 밝은 순간에 수천 번이나 다른 동력으로 움직임을 느끼는 숭고한 세계로 접근한다는 것입니다. 그걸 뭐라고 했죠, 클라리세?" 그는 클라리세 쪽을 향하며 용기를 주듯 물었다. "당신이 어떤 혐오도 없이 그 가련한 사람을 신봉하고 그의 감옥으로 들어가 밤낮으로 지치지 않고 피아노를 연주한다면, 죄를 그 사람에게서 꺼내 스스로 간직하고 그 죄와 함께 승천할 거라고 말하지 않았나요. 물론 그것은," 이제 그는 다시 발터를 향해 말했다. "문자 그대로 이해해선 안 되겠지요. 오히려 그건 클라리세의 의지에 부여된 시대적 영혼의 깊은 곳에 숨겨진 채 그 남자에게 우화의 형식을 입혀주는 과정이며…"

이즈음에서 그는 구원의 이념적 역사에 클라리세를 더 연관시킬지 아니면 리더의 임무를 그녀에게 개인적으로 설명하는 게 더 매력적일지를 알지 못했다. 하지만 클라리세는 격앙된 아이처럼 자리를 박차고 일어서더니 주먹을 꽉 쥔 손을 높이 쳐들고 부끄러운 듯 격렬하게 웃으면서 더이상의 칭송을 날카로운 외침으로 끊어버렸다. "모오스브루거를 향하여!"

"하지만 우리는 아무 허락도 받지 못했는데…" 지크문트의 목소리가 들렸다.

"나는 가지 않을 거야!" 발터가 확고하게 말했다.

"나는 자유와 평등이 모든 가치와 품격을 점유한 나라의 호의를 받아들일 수 없어요." 마인가스트가 말했다.

"그렇다면 울리히에게 허락을 부탁해야겠네요!" 클라리세가 소리쳤다.

이미 고역을 겪어온 다른 두 사람은 잠시나마 휴가를 얻은 기분이라 기쁘게 찬성했고 거리낌이 있는 발터조차 선택된 친구에게 전화를 걸기 위해 이웃 상점에 가는 수고를 마다하지 않았다. 그가 전화를 걸었을 때 울리히는 아가테에게 쓰던 편지를 중단한 상태였다. 그는 놀라서 발터의 목소리를 들었고 제안을 전해 받았다. 발터는 누구나 거기에 대해 여러 생각이 있을 수 있다고 덧붙였는데, 확실히 즉흥적인 어투는 아니었다. 누군가 뭔가를 시작해야만 했고, 그게 무엇인지는 그리 중요하지 않았다. 물론 인간 모오스브루거가 등장한 것은 그저 우연일 뿐이었다. 하지만 클라리세는 기이하리만큼 그와 직접 연결돼 있었다. 그녀의 생각은 혼합되지 않은 순수한 색으로 그려진 거칠고 통제하기 힘든 현대적 회화 같았지만 이런 방식은 종종 놀라울 정도로 사실적이었다. 전화상으로 발터는 흡족하게 설명할 수 없었다. 다만 울리히가 자신을 저버리지 않았으면…

클라리세가 발터와 지크문트와 함께 부모님의 저녁식사에 초대받았기 때문에 겨우 15분 간 그녀와 이야기를 나눌 수 있었지만 울리히는 자신이 소환된 것이 기뻐 먼 곳으로 오라는 요구에 응했다. 출발하면서 울리히는 전에는 끊임없이 자신의 생각에 출몰하던 모오스브루거를 오랫동안 잊었다가 매번 클라리세를 통해서야 다시 떠올린다는 사실에 놀랐다. 울리히가 마지막 정거장에서 친구의 집까지 이르는 길은 어두웠는데도 그런 허깨비는 출몰하지 않았다. 허깨비가 나타나던 공간은 모두 닫혀 있었다. 울리히는 내심 만족하면서, 또한 자신에 대해 불확실함을 느끼며 그걸 알아챘는데 그 불확실함은 원인보다는 크기가 더 뚜렷한 변화에 기인한 것이었다. 이런 외딴 지역을 꺼려하지만 다른 사람들과 만나기 전에 울리히와 몇마디를 나누고 싶었던 발터가 머뭇거리며 다가올 때 울리히는 좀더 단단하고 검은 육체로 좀더 느슨한 어둠을 기분 좋게 뚫고 나아가고 있었다. 발터는 대화가 끊긴 부분부터 활기차게 이어갔다. 발터는 자신을 방어하고 클라리세도 오해에서 벗어나게 하고 싶은 것 같았다. 그녀의 생각이 비록 일관성이 없어 보여도 그 안에는 확실히 시대 속에서 발효하는 병적인 요소들이 있으며 그것이 그녀의 가장 기이한 능력이라고 그는 말했다. 그녀는 묻혀 있는 수맥을 찾는 지팡이 같은 존재다. 그 지팡이는 오늘날 사람들의 수동적이고 지적이며 합리적인 태도 대신에 '가치'를 요청하는 것과 같다. 오늘날 지성은 어떤 고정된 지점도 남겨두지 않고 그리하여 오직 의지만이, 즉 다른 방법이 없다면 오직 권력만이 우리가 내적 삶의 시작과 끝을 발견하는 가치의 새로운 위계질서를 만들어 낼 수 있다… 발터는 주저하면서도 열광적으로 마인가스트에게 들은 말을 반복했다.

상황을 짐작한 울리히는 참지 못하고 그에게 물었다. "그런데 왜 넌 그렇게 잘난 척하면서 말하는 거야? 그게 너희 스승의 태도인가? 전에 너는 아주 단순하고 자연스러웠잖아?!"

발터는 클라리세를 위해, 즉 친구가 도움을 취소할까봐 그 말을 참아냈다. 하지만 달빛 없는 밤에 한줄기 빛이 있었다면, 그건 좌절감에 드러낸 그의 이빨에서 나온 빛이었을 것이다. 그는 아무 대답도 하지 않았지만 억누른 분노는 그를 나약하게 했고, 자신을 불안한 고립에서 지켜줄 것 같은 근육질 친구의 존재는 그를 부드럽게 만들었다.

갑자기 발터가 말했다. "네가 존경할 만한 한 남자를 만났는데 마침 네가 사랑하는 여자도 그를 존경하고 사랑한다는 걸 알았다면, 또한 둘 모두가 그 남자의 범접 못할 뛰어남에 사랑과 질투와 경탄을 품고 있다면 넌 어떨 거 같아…"

"그런 상상은 하지 않을 거야!" 울리히는 그의 말을 잘 듣지 않은 채 웃어넘겼고 어깨를 둥글게 말면서 그의 말을 중단시켰다.

발터는 화가 난 듯 그를 바라보았다. '그 경우 너라면 어떻게 하겠어?' 그는 물어보려고 했다. 하지만 어린 시절 둘이 했던 장난이 반복되었다. 계단참의 어두운 곳으로 들어서면서 발터가 외쳤다.

"꾸며대지 마. 너는 그렇게 낯 두껍게 모르는 척할 수 없어!" 그러고는 울리히를 붙잡기 위해 뛰어갔고 계단 위에서 울리히가 알아야 할 모든 걸 낮은 목소리로 가르쳐줬다.

"발터가 뭐라고 했어?" 위에 있던 클라리세는 물었다. "그래, 그 일은 해줄 수 있어," 울리히는 직설적으로 말했다. "하지만 그게 이성적인지는 잘 모르겠다."

"들었어요? 그의 첫번째 말이 '이성적인'이네요?" 클라리세는 웃으며 마인가스트에게 말했다. 그녀는 옷장, 주방, 거울, 그리고 그녀의 방과 사람들이 있는 곳 사이의 반쯤 열린 문 사이를 빠르게 왔다갔다 했다. 이따금 그들은 그녀를 목격할 수 있었다. 젖은 얼굴과 그 위에 드리워진 머리, 빗어 올린 머리, 맨 다리, 신발 없이 스타킹을 신은 발, 아래는 긴 이브닝드레스에 위는 마치 하얀 제복 같은 재킷… 그녀는 그렇게 나타났다 사라지는 걸 즐겼다. 하고 싶은 걸 다 한 후에 그녀의 감정은 가벼운 희열에 빠져들었다. "난 빛의 줄 위에서 춤춘다!" 그녀는 방안에서 소리쳤다. 사람들은 웃었다. 오직 지크문트만이 시계를 보더니 사무적으로 서두르라고 재촉했다. 그에게는 전 과정이 마치 체조 연습처럼 보였다.

그러더니 클라리세는 핀 하나를 줍기 위해 방구석의 '빛줄기' 위를 미끄러지듯 넘더니 침대 옆 서랍장을 멋지게 닫았다. "난 남자보다 빠르게 입는다고!" 그녀는 옆방에 있는 지크문트를 향해 소리쳤고 갑자기 '입는다'$^{anziehen}$는 말의 이중적인 의미 때문에 멈칫했다. 그건 옷을 입는다$^{Ankleiden}$는 의미도 되지만 신비한 운명에 끌린다$^{Anziehen}$는 의미도 되기 때문이었다. 그녀는 재빨리 옷을 마저 입고 문으로 고개를 내밀더니 진지하게 친구들을 하나하나 살폈다. 그걸 장난이라고 생각하지 않은 사람은 그 진지한 외모에 있어야 할 자연스럽고 건강한 표정이 없는 것을 보고 놀랐을 것이다. 그녀는 친구들에게 격식을 차리고 몸을 숙여 말했다. "이제 나는 내 운명을 갈아입었어!" 그러나 그녀가 다시 몸을 세웠을 때 그녀는 자연스럽고 심지어는 매력적으로 보였다. 오빠 지크문트는 소리쳤다. "앞으로, 행진! 아버지는 식사에 늦는 걸 좋아하지 않잖아!"

네 사람이 전차를 타러 갈 때—마인가스트는 작별 인사를 하기도 전에 사라졌다—울리히는 지크문트와 좀 뒤에 떨어져 그의 누이가 최근 걱정을 끼치는지 물었다. 지크문트의 희미한 담배연기가 어둠 속에서 활 모양을 그리며 낮게 퍼졌다. "확실히 비정상이에요." 그가 대답했다. "하지만 마인가스트는 정상인가요? 그렇다고 발터는? 피아노 연주는 정상일까요? 발터의 연주도 손목과 발목의 떨림으로 이뤄진 비정상적인 흥분 상태죠. 의사한테는 전혀 정상적으로 보이지 않을 겁니다. 하지만 진지하게 묻는 거라면 내 동생은 뭔가 지나치게 자극된 상태고 그 거장이 떠나고 나면 좋아질 거라고 봅니다. 당신은 그를 어떻게 생각하나요?" 그는 약간의 악의를 담아 '떠나고 나면'이나 '좋아질 것'이라는 두 단어를 강조했다.

"떠버리에 불과하죠!" 울리히가 말했다.

"누가 아니래요?" 지크문트는 기뻐하며 외쳤다. "혐오스런 사람이에요, 혐오스러운!"

"하지만 사유는 흥미롭죠. 그건 부정하지 못하겠어요!" 그는 잠시 멈췄다가 생각난 듯 덧붙였다.

## 20.
## 라인스도르프 백작이 소유와 교양에 회의를 품다

울리히는 다시 라인스도르프 백작 앞에 섰다.

그는 정적과 경건, 엄숙과 아름다움에 둘러싸인 채 책상 앞에 있는 백작을 만났고 백작은 높이 쌓아올린 서류철 위의 신문을 읽고 있었다. 제국 직속의 백작은 다시 한번 애도를 표하더니 슬프게 고개를 저었다.

"당신 아버님은 소유와 교양의 진정한 마지막 대리자였소." 그가 말했다. "그와 함께 보헤미아 지방의회에 앉아 있던 시절을 잊지 못합니다. 그는 우리가 보낸 신뢰에 값하는 분이었어요."

울리히는 인사치레로 자신이 없는 동안 평행운동은 어떻게 진행되었는지를 물었다.

"당신도 함께 있었지만 일전에 우리집 앞에서 있었던 거리 소요 때문에 우리는 '내무 행정개혁에 관한 민중의 참여 요구를 확인하기 위한 위원회'를 설립했어요." 라인스도르프 백작이 설명했다. "총리가 직접 우리가 당분간 그 임무를 맡아달라고 했어요. 애국사업으로서 우리는 사회적 신임을 얻고 있으니까요."

울리히는 진지한 표정으로 그 위원회의 이름이 잘 지어졌으며 확실한 효과를 거둘 거라고 장담했다.

"맞아요, 적절한 이름이 큰 결과를 가져오죠." 백작은 생각에 잠겨 말하더니 갑자기 물었다. "트리에스테* 지역의 공무원들 이야기를 어떻게 생각합니까? 내가 보기엔 정부가 결정적인 행동에 나서야 할 적기로 보이는데요!" 백작은 그가 들어왔을 때 펼쳐두었던 신문을 울리히에게 건네려는 듯 보였는데 결국은 다시 한번 펼쳐서 장황한 기사를 방문객에게 생생하게 읽어주기로 했다. "그런 일이 일어날 수 있는 나라가 또 있다고 생각합니까?" 다 읽고나서 그는 물었다. "수년간 오스트리아의 도시 트리에스테는 이탈리아 제국민들만을 공무원으로 채용했죠. 그들이 우리에게 속한 게 아니라 이탈리아에 속했다는 걸 강조하기 위해서였어요. 나는 언젠가 황제의 생일에 그곳에 있었던 적이 있습니다. 전체 트리에스테에서 총독 관저, 세무서, 감옥, 그리고 몇몇 병영을 제외하고 어디에서도 기념 깃발을 볼 수 없더군요. 반면 당신이 이탈리아 왕의 생일에 트리에스테의 한 사무실에 일이 있어 가본다면 모든 직원들이 단춧구멍에 꽃을 달고 있을 겁니다."

"그런데 왜 이런 상태를 참는 거죠?" 울리히는 물었다.

"참지 않으면 어떻게 하죠?" 라인스도르프 백작은 언짢아하며 대

---

* 오스트리아-헝가리 제국 시절 아드리아 해에 면한 주요 항구도시. 제국의 중심과는 멀리 떨어져 있어 자치도시로 번성했음. 현재는 이탈리아 동북쪽의 항구도시임.

답했다. "우리 정부가 외국인 직원을 쫓아내라고 압박하면 즉각 독일화를 의미하는 겁니다. 어느 정부라도 그런 비난을 두려워하지요. 황제 또한 그런 말을 듣고 싶어하지 않아요. 우리는 프로이센이 아니니까요!"

울리히는 해안도시이자 항구도시인 트리에스테는 팽창하던 베니치아 공화국에 의해 슬라브 땅 위에 세워졌으며 오늘날 엄청난 슬라브인들에 둘러싸여 있음을 기억했다. 그 도시가 제국의 동양 무역의 관문이자 모든 번영을 제국에 의존하고 있다는 사실은 논외로 치고 그 도시를 그저 거주민들의 사적 관점에서 바라본다고 해도 자신들의 도시라고 소유권을 주장하는 이탈리아 상류 계급에 맞서 거대한 슬라브 중하류층 계급이 격렬하게 이의를 제기한다는 사실을 피해갈 순 없을 것이다. 울리히는 그런 점을 이야기했다.

"맞는 말이긴 하오." 라인스도르프 백작은 설명에 나섰다. "하지만 우리가 독일화한다는 말이 나오면 서로 머리채를 잡고 싸울 정도로 거친 관계임에도 슬라브인들은 곧장 이탈리아인들과 연합할 겁니다. 그런 상황에선 이탈리아 역시 다른 민족들의 지원을 받지요. 우리는 그런 경험을 충분히 했습니다. 현실 정치의 관점에서 볼 때, 우리가 원하든 원치 않든 제국의 일치에 위협이 되는 존재는 독일로 봐야만 합니다!" 라인스도르프 백작은 매우 신중하게 결론을 맺었고 여태껏 뚜렷하게 규정되지 못한 채 마음을 짓누르던 거대한 정치적 윤곽을 건드린 탓인지 한동안 말을 잇지 못했다. 그러나 갑자기 그는 활기를 되찾고 쾌활하게 말을 이었다. "하지만 이 시대는 다른 것들에 대해선 적절하게 말하더군요." 그는 조급하게 코안경을 코에 걸더니 즐거운 목소리로 다시 한번 트리에스테의 황제-국왕 총독부에서 발행된 칙령 중 마음에 드는 부분을 울리히에게 읽어주었다.

"'국가 감독관청의 반복된 경고가 소용이 없었고… 우리 민중들이 당한 피해는… 행정질서에 반하는 완고한 행위의 관점에서 트리에스테 총독부는 현재의 법적 규칙에 대한 준수를 강제하기 위한 조치를 취할 수밖에 없음을…' 어떤가요, 품위있는 발언 아닌가요?" 백작은 읽다말고 물었다. 그는 머리를 들었다가 그 세련된 관청의 품위가 미학적 만족을 느낄 정도로 자신의 목소리를 부각시키는 마지막 문구에 이르렀기 때문에 이내 다시 고개를 숙였다.

"'더욱이,'" 그는 계속 읽었다. "'그것이 오랜 공공 복무 기간과 흠 없는 행위를 통해 예외적인 것으로 인정될 공적인 가치가 있는 한 총독부는 언제나 공적 기관 종사자들 각각의 시민권 획득 청구를 신중하게 다루고 있으며 그런 경우 황제-국왕의 총독부는 규칙들을 강제할 최선의 조건을 모색하면서 즉각적인 강제 집행을 피하는 경향이 있다.' 이게 우리 정부가 늘 가져야 할 태도입니다!" 라인스도르프 백작은 목소리를 높였다.

"마지막 구절은… 결국 모든 걸 예전처럼 그대로 두겠다는 거 아닌가요, 백작?" 울리히는 관청의 뱀 같은 문장의 꼬리가 귓속으로 미끄러져 들어간 후 물었다.

"맞아요, 그런 면이 있어요!" 백작은 대답했고 심각한 생각에 사로잡힐 때 늘 그러하듯 엄지손가락을 다른 엄지 주위로 한동안 돌렸다. 그러더니 울리히를 탐색하듯 바라보고는 허심탄회하게 말했다.

"언젠가 우리가 경찰 전시회에 갔을 때 내무장관이 '협력과 엄격함'의 정신이 다가오고 있다고 말한 거 기억합니까? 나는 우리 코앞에서 소동을 일으킨 선동적인 사람들을 당장 잡아넣으라는 게 아니라 장관이라면 의회에서 품위있는 거부의 표현을 찾아내야만 한다는 겁니다!" 그는 마음이 상한 듯 말했다.

"제가 없을 때 아무 일도 없었단 말인가요?" 울리히는 놀라움을 가장하며 크게 말했다. 친절한 친구의 마음에 진정한 고통이 끓어오르리라는 걸 알기 때문이었다.

"아무것도 일어나지 않았습니다." 백작은 말했다. 그는 근심에 차 튀어나온 눈으로 울리히의 표정을 살피더니 더욱 거리낌 없이 이야기했다. "하지만 어떤 일이 일어날 겁니다!" 그는 일어서더니 말 없이 책상에 기대섰다.

백작은 눈을 감았다. 눈을 다시 떴을 때 그는 조용히 이야기를 시작했다. "친애하는 친구, 1861년 우리 헌법*은 실험적으로 도입된 정부 제도 내에 독일적 요소들, 특히 그중에서도 소유와 교양을 대변하는 요소들에 확고한 지도권을 부여했습니다. 그것은 황제폐하의 관대하고 신뢰로 가득한, 그러나 시대와는 맞지 않은 선물이었어요. 그런데 그 이후 소유와 교양은 어떻게 되었나요?" 라인스도르프 백작은 한 손을 들었다가 다른 손 위로 떨어뜨리고 말았다. "황제폐하는 1848년 망명지 올뮈츠<sup>Olmütz</sup>**에서 왕위를 계승했고…" 그는 천천히 말을 이어가다가 갑자기 참지 못하고 불안해져서는 떨리는 손으로 외투에서 메모를 꺼내더니 코안경을 코 위의 제자리에 걸치려고 애쓰면서 읽어나갔는데 목소리는 감동에 겨워 곳곳에서 떨렸고 자신의 손글씨를

---

* 1859년 프란츠 요제프 1세는 이탈리아(사르데냐-피에몬테)와의 전쟁에 패하면서 절대왕정 통치에 큰 위기를 맞았다. 고육지책으로 황제는 다민족제국인 오스트리아를 견제하는 헝가리 중심의 비독일 슬라브계와 독일계 자유주의자를 두루 포섭하고자 1861년 '2월헌법'을 제정하여 입헌군주제로 돌파구를 찾았다.
** 1848년 혁명 중에 임시 수도 올뮈츠(현 체코의 올로모우츠)로 피신한 페르디난트 1세는 당시 18세에 불과한 조카(프란츠 요제프 1세)에게 왕위를 넘겼다. 그리하여 황제의 통치는 망명지에서 시작될 수밖에 없었다.

해독하느라 점점 더 안간힘을 썼다.

"'그는 민족주의자들의 거센 해방 요구에 둘러싸였다. 그는 이러한 과도한 열정을 잠재우는 데 성공했다. 비록 민중의 요구를 몇가지 들어주긴 했지만 그는 마침내 승리자로, 그것도 신민의 잘못을 용서하고 그들에게 손을 내밀어 영예로운 평화를 약속하는 은혜롭고 자비로운 승리자로 우뚝 섰다. 상황의 억압 속에서 그는 헌법과 다른 자유들을 승인했고 그것은 황제폐하의 자발적 행동이자 그의 지혜와 너그러움은 물론 민중의 진보하는 문화를 향한 희망의 결실이었다. 그러나 황제와 민중 사이의 이런 아름다운 관계는 지난 몇해 선동적인 분파로 인해 위험에 처했고…'"

라인스도르프 백작은 단어마다 세심하게 숙고되고 다듬어진 자신의 정치사적 진술을 읽다가 잠시 멈춘 채 마리아 테레지아의 기사이자 원수元帥였던, 벽에 걸린 선조의 초상을 유심히 바라보았다. 그리고 울리히가 더 말해주기를 기대하는 듯한 시선을 거두자 그는 말했다. "여기까지밖에 쓰지 못했습니다."

"하지만 당신도 보다시피 나는 최근 이런 문제들에 대해 철저하게 숙고해봤어요." 그가 말을 이었다. "내가 당신에게 읽어준 것이 나를 향한 시위에 관해 장관이 의회에 던졌어야 하는 대답의 시작입니다. 그가 일을 제대로 하고 있다면 말이죠! 당신을 신뢰하는 만큼, 나는 그 문제를 거듭 숙고하고 있으며 이 글을 마치는 대로 황제폐하께 제출하겠다고 말하겠습니다. 1861년 헌법이 소유와 교양에 지도권을 부여하려는 목적이 있었다는 건 당신도 알지 않습니까. 거기엔 안보가 포함돼 있었죠. 그러나 오늘날 소유와 교양은 어디에 있나요?" 그는 내무부장관에게 화가 많이 나 있는 듯했고, 기분 전환을 위해 울리히는 '소유에 관해 말하자면 오늘날 은행의 손아귀뿐 아니라 봉건 귀족의 검증된 손아귀에 있다'고 솔직하게 말했다.

"저는 유대인에게 아무 유감이 없습니다." 라인스도르프 백작은 마치 울리히가 정정을 요구하기라도 한 것처럼 단호하게 말했다. "그들은 지적이고 근면하며 신실하죠. 하지만 사람들은 그들에게 부적절한 이름을 붙이는 큰 잘못을 저질렀어요. 가령 로젠베르크Rosenberg와 로젠탈Rosenthal은 귀족의 이름이죠. 뢰베Löwe(사자)나 베어Bär(곰) 같은 이름은 귀족 문장紋章에 등장하는 동물들이고 마이어Meyer는 토지소유자에서 나왔습니다. 젤프Gelb(노랑), 블라우Blau(파랑), 로트Rot(빨강), 골트Gold(황금색) 등은 문장의 색깔들입니다. 이 모든 유대 이름들은," 놀랍게도 백작은 예상치 못한 말을 털어놓았다. "귀족을 향한 우리 관료주의의 오만함을 보여줄 뿐입니다. 관료주의의 표적은 유대인이 아니라 귀족들이었고 그래서 유대인의 이름에는 아벨레스Abeles나 위델Jüdel 트뢰펠마커Tröpfelmacher 같은 이름이 붙여진 것입니다. 주의를 기울여보면, 옛 귀족을 향한 우리 관료주의의 증오를 오늘날에도 흔하게 관찰할 수 있습니다." 그는 마치 봉건주의를 향한 국가 행정의 투쟁이 여전히 역사에 남아 있으며 완전히 사라지지 않았다는 듯이 예언자처럼 암울하고도 난감한 어투로 말했다. 또한 사실 백작이 그토록 순수하게 분노하는 바는 푹센바우어Fuchsenbauer나 슐로서Schlosser 같은 평범한 이름을 가진 고위공직자가 지위 덕분에 누리는 사회적 특권이었다. 라인스도르프 백작은 고집스런 시골 귀족이 아니었고 시대에 맞춰 살려고 했다. 또한 그런 이름의 사람이 의회의원이라든가 장관이라든가 영향력있는 시민이라고 해서 마음이 쓰이진 않았고 부르주아의 정치, 경제적 영향력에 대해서 단 한번도 반대한 적이 없었다. 다만 그가 마지막 남은 존경스러운 전통인 열정을 다해서 분노했던 대상은 바로 시민적 이름을 가진 고위공직자들이었다. 울리히는 라인스도르프의 언급이 자기 사촌의 남편에 의해 촉발된 건 아닌지 궁금했다. 그럴 가능성도 있었지만 라인스도르프 백작은 이야기를 계속했고 항상 그렇듯이 모든 개인적인 관심사를 넘어서 아주 오래 내면에 있던 것이 분명한 이념에 의해 고무되었다.

"만약 유대인들이 히브리어로 말하고 고유의 옛 이름을 사용하며 동양적인 옷을 입겠다고 결정한다면 이른바 모든 유대 문제는 사라질 것입니다." 그는 설명했다. "최근 이 나라에 와서 부자가 된 갈리치아 사람이 슈타이어마르크 민속 의상을 입고 영양털 모자를 쓴 채 소도시 광장에 서 있는 게 좋아 보이진 않을 겁니다. 하지만 그에게 길고 물결치듯 다리까지 내려오는 비싼 예복을 입히면 그의 얼굴은 빛날 것이고 그의 우아하고 활기찬 행동은 옷과 잘 어울릴 겁니다! 사람들이 농담으로 놀리고 싶어하던 모든 게 쑥 들어갈 것이고, 심지어 값비싼 반지에 대한 농담도 그렇게 될 것입니다. 나는 영국 귀족들이 행하는 것 같은 유대인 동화同化에는 반대합니다. 그건 지루하고 불확실한 과정이지요. 하지만 유대인들에게 그들의 참된 존재를 돌려주면 그들이 진정한 보석이 되어 황제폐하의 왕관 주위로 감사하며 모여드는 민족들 중에서도 희귀하고도 특별하며 진정한 귀족이 될 겁니다. 만약 그런 광경을 매일 보길 원한다면 세계에서 그걸 볼 수 있는 단 하나의 장소이자 서구 유럽 첨단의 우아함이 있는 빈의 링슈트라세를 상상해보는 것이죠. 그러면 붉은 모자를 쓴 이슬람인, 양털 외투를 입은 슬로바키아인, 맨발의 티롤 사람들이 보일 겁니다."

여기서 울리히는 백작에게 '진정한 유대인'을 발견하도록 해준 그

날카로운 시각에 놀라움을 표하지 않을 수 없었다.

"당신도 알다시피 진짜 가톨릭 신앙은 사실을 있는 그대로 보도록 가르치지요." 백작은 자비롭게 이야기했다. "하지만 내가 어떻게 그런 결론에 이르렀는지 당신은 짐작하지 못할 거예요. 아른하임 덕분은 아니었고 그 프로이센 사람을 말하는 건 아니에요. 나는 한 은행가를 알게 되었는데, 당연히 유대교인이었고 오래전부터 규칙적으로 대면해야 하는 사람이었어요. 처음에는 그의 말투가 늘 거슬려서 일에 집중할 수가 없더군요. 그는 내 삼촌이라도 되는 것처럼 날 대하더군요. 그러니까 방금 말에서 내렸거나 큰 사냥터에서 돌아온 사람 같았어요. 말하자면 우리랑 말하는 방식이 똑같았어요. 간결하고 훌륭했으나 흥분할 때면 톤을 벗어났고 한마디로 유대인 억양이 드러났습니다. 이미 말했지만 아주 거슬렸어요. 중요한 일이 있을 때 그런 상황이 벌어졌기 때문에 나는 늘 무의식적으로 대비했고 결국 그의 말에 전혀 집중하지 못하거나 그중에서 뭔가 중요한 것을 눈치껏 파악해야만 했습니다. 그래서 방법을 찾아냈어요. 그가 유대인 억양으로 말하기 시작할 때마다 나는 그가 히브리어로 말한다고 상상했고 또한 얼마나 매력적인지 들어보라는 주문을 걸었습니다. 교회 예배의 용어로 황홀하다, 그러니까 아름다운 찬양이라고 생각했고 아주 음악적이라고 덧붙여야 했어요. 한마디로 그는 그때부터 어려운 복리나 할인율 계산을 마치 피아노를 연주하듯이 내게 쏟아냈지요!" 라인스도르프 백작은 어쩐지 우울해 보이는 웃음을 지어 보였다.

울리히는 실례를 무릅쓰고 백작 각하의 호의적인 관심을 받은 사람들은 막상 그의 제안을 거절할 것 같다는 의견을 표명했다.

"당연히 그들은 그러고 싶어하지 않을 겁니다!" 백작이 말했다.

"하지만 그들의 행복을 위해 강요할 필요도 있어요! 군주국은 세계적인 임무를 수행해야 하고 그건 다른 누가 원하느냐 마느냐 하는 문제는 아닙니다. 당신도 알다시피 많은 사람들에게는 우선 강제가 필요하죠. 하지만 우리가 나중에 독일인들과 프로이센 대신 은혜를 아는 유대 국가와 결합한다는 게 무슨 의미일지 생각해보세요. 우리 트리에스테가 지중해의 함부르크가 되는 것이죠. 교황은 물론 유대인을 한편으로 삼는 것이니만큼 외교적으로 엄청난 일이 될 겁니다." 갑자기 그는 덧붙였다. "당신은 내가 최근 돈 문제에도 관심을 가진다는 걸 기억해야만 합니다." 그러고는 다시금 우울하고 멍한 미소를 지었다.

울리히의 방문을 간절히 여러 번 청했던 백작이 막상 그가 오자 시대의 문제를 거론하지 않고 사치를 부리듯 자신의 생각을 발설한 것은 놀라운 일이었다. 하지만 아마도 백작이 청취자를 기다리는 동안 수많은 생각들이 떠올랐을 텐데 그 생각들은 멀리 떼를 지어 날아갔다가도 시간이 되면 꿀을 모아 돌아오는 꿀벌들의 부산함과도 흡사해 보였다.

"당신은 아마도," 울리히의 침묵에도 라인스도르프 백작은 새롭게 말을 이었다. "내가 전에 종종 돈의 세계를 무시하는 말을 해서 반감을 가졌을 겁니다. 부정하지 않겠습니다. 너무 많은 것은 많은 것이고 현대의 삶에는 너무 많은 돈이 개입돼 있죠. 하지만 그게 바로 우리가 돈에 주목해야 하는 이유입니다! 한번 보세요. 교양은 돈에 비교조차 되지 않습니다. 거기에 1861년 이후 발전의 비밀이 있는 거예요! 그래서 우리는 소유의 문제에 관심을 가져야 하는 겁니다." 백작은 듣는 이가 이제 소유의 비밀이 등장하겠다는 걸 짐작하게끔 거의 알아차리기 어려울 정도로 짧은 뜸을 들였는데 그의 음울하고 확신에 찬 목소리는 금방 이어졌다. "당신도 알다시피 교양에 있어서 가장 중요한 것은 인간에게 금지를 명령한다는 것입니다. 교양에 속하지 않는 것은 무엇이든 배척해버리죠. 가령 교양있는 사람은 절대 칼로 소스를 먹지 않습니다. 도대체 왜 그런 걸까요? 학교에서 증명할 수는 없지요. 그건 이른바 교양이 우러러보는 특권층에 속한 요령이자 문화적 모범이며, 그렇게 말해도 된다면 한마디로 귀족적인 것이죠. 우리 귀족들이 늘 그렇게 교양있게 살지 못한다는 건 인정합니다. 또한 바로 거기에 1861년 헌법의 혁명적 실험의 의미가 있는 것이죠. 소유와 교양이 귀족과 한편이 돼야 한다는 것입니다. 과연 그렇게 된 걸까요? 귀족들은 황제폐하가 은혜를 베풀어 그들에게 마련해준 위대한 기회를 잘 이용한 걸까요? 우리가 당신 사촌의 위대한 실험에서 매주 체험한 것이 그런 희망에 부합한 것이라고 당신은 주장하지 않겠지요." 목소리에 다시 생기를 되찾은 그는 크게 말했다. "오늘날 '정신'이라고 불리는 모든 것들은 매우 흥미롭지 않습니까! 최근 나는 뮈르츠슈테크<sup>Mürzsteg</sup>에 사냥을 나가서—아니, 호스트니츠의 결혼식이 열렸던 뮈르츠브루크<sup>Mürzbruck</sup>였어요—추기경에게 그 이야기를 했습니다. 그는 손뼉을 치면서 웃더군요. '매해마다' 그가 말했어요. '정말 새로운 정신이 나오지! 우리가 얼마나 겸손한지 자네는 알 거야. 지난 2천 년 동안 우리는 새로운 이야기를 전혀 하지 않았거든!' 정말 사실입니다! 믿음에서 중요한 것은 이단일지라도 항상 같은 것을 믿는 것이라고 말하고 싶어요. '자네도 알지만,' 추기경이 말하더군요. '바벤베르트 가문의 레오폴트* 시절부터 내 전임자들이 사냥을 나왔음에도 나

---

* 변경백 레오폴트 1세는 바벤베르크 가문의 일원으로 976년부터 오스트리아 일대를 다스렸다.

는 동물을 죽이진 않았어.' 그러니까 그는 사냥을 나와서 총을 쏘지 않는 것으로 유명했지요. '그게 내 옷과 어울리지 않는다는 꺼림칙함이 나한테 있기 때문이지. 우리가 어렸을 적 춤을 같이 배웠기 때문에 자네한테는 말하는 거라네. 하지만 난 사냥할 때 총을 쏘지 말라고 공개적으로 나서서 이야기하진 않아! 세상에, 누가 그걸 진리라고 할 것이며 교회의 가르침에 속하지도 않는다네. 자네 친구 집에 모이는 사람들은 어떤 생각이 떠오르자마자 공적으로 문제를 제기한다지! 그러니 자네는 오늘날 사람들이 정신이라 부르는 걸 소유한 거야.' 그에게는 우스운 일이겠죠," 라인스도르프 백작은 다시금 자기 생각을 이어가며 말했다. "그는 변하지 않는 것을 추구하니까요. 하지만 우리 같은 세속인들에게는 유연한 변화 가운데 옳은 길을 찾아야 할 막중한 임무가 있습니다. 그한테도 그렇게 이야기했어요. 나는 그에게 물었습니다. '왜 신은 문학이나 그림 같은 것들을 우리에게 허락했지? 그렇게 지루한데도 말이야.' 그랬더니 그가 아주 재미있는 해명을 하더군요. '자네 정신분석이란 걸 들어본 적 있나?' 그가 물었지요. 난 어떻게 대답해야 할지 모르겠더군요. '그러니까,' 그가 말했어요. '자네는 아마 그게 추잡한 짓이라고 대답하겠지. 모든 이들이 그렇게 말하니 논쟁하고 싶지는 않네. 하지만 요즘 사람들은 우리 가톨릭의 고해실보다는 그 새로운 의사들한테 더 많이 달려간다네. 내가 보기에 그들이 떼를 지어 달려가는 건 육신이 약하기 때문이지. 사람들은 그게 아주 즐겁기 때문에 비밀스런 죄를 고백하는 거야. 말하자면 욕을 하면서도 물건을 사는 것처럼 저주를 내뱉으면서 즐거워하지! 하지만 그 미심쩍은 의사들이 스스로 발견했다고 생각하는 것은 교회가 애초부터 해왔던 일, 즉 악마를 내쫓고 귀신들린 자를 치료하는 일과 다름없다는 걸 나는 증명할 수 있다네. 귀신 쫓는 의식과의 이러한 일치는 아주 세세한 부분까지 이어지는데, 예를 들면 의사들은 강박증에 빠진 사람들이 마음속에 무엇이 있는지 털어놓게 하는 방법을 동원한다네. 교회의 가르침에 따르면 그런 고백의 순간이 바로 악마가 뛰쳐나가는 결정적인 전환점이지. 우리는 변화된 요구에 적절히 대응할 기회를 놓쳤고 그래서 악마와 쓰레기 대신 사이코나 무의식 같은 현대적인 용어를 쓰지 못하는 거야.' 어떤가요, 아주 흥미롭지 않나요?" 라인스도르프 백작은 물었다. "하지만 다음 말은 아마 더 흥미로울 겁니다. 추기경이 말했지요. '육신이 약하다는 말에 신경쓰지 말게. 오히려 정신 역시 약하다는 말이 더 중요하다네! 그 지점이 교회가 영리하게 대처하는 지점이고 그냥 내버려두지 않는 지점이지! 사람들은 악마와 그렇게 싸웠음에도 육체에 들어오는 악마를 정신으로부터 들어오는 빛만큼 두려워하지는 않았네. 자네는 신학을 공부하진 않았지만 적어도 존경은 할 것이고 신학은 망상에 빠진 세상의 철학보다는 얻을 게 더 많지. 신학은 정말 어려워서 혼자서 공부한 사람이라면 15년을 공부하고도 단 한 단어도 제대로 이해하지 못했음을 깨닫게 되지. 그게 얼마나 어려운지를 알면 어떤 사람도 믿음을 가지지 않을 거야. 대신 모두가 우리에게 욕을 퍼붓겠지! 다른 사람들에게 퍼붓는 것과 똑같이 우리한테도 퍼부을 거야. 이해하겠나?' 그는 교활하게 말했어요. '오늘날 책을 쓰는 사람, 그림을 그리는 사람, 이론을 펼치는 사람한테 욕하는 것과 똑같이 말이야. 또한 오늘날 우리는 즐거운 마음으로 그런 사람들의 오만함에 자리를 내어주지. 내 말을 들어보게나. 그 사람들 중 하나가 더 진지하게 임할수록 그는 재미나 수입을 위해 하는 일이 아닐 것이네. 다시 말해 누군가 잘못된 방식으로

신께 충성할수록 그는 더욱 더 사람들을 지루하게 만들 것이며 그래서 사람들은 더욱 그를 향해 욕을 해댈 거야. 〈그건 진짜 인생이 아니야!〉라고 사람들은 말하겠지. 하지만 우리는 진짜 인생이 뭔지를 알고 그들에게도 보여줄 거라네. 또한 우리가 기다리다보면 자네는 사람들이 헛되고 똑똑한 척하는 소리 때문에 화가 잔뜩 나서는 우리에게 돌아오는 모습을 보게 될 거야. 우리 가족들 중에는 벌써 그런 사람들이 목격되고 있지. 우리 아버지들 시대의 사람들은 천국을 대학으로 만들 거라고 믿었다네.' 나는 그 모든 말을…,"

라인스도르프 백작은 이쯤에서 화제를 돌려 새로운 말을 하기 시작했다. "곧이곧대로 받아들이고 싶지는 않습니다. 뷔르츠부르크의 호스트니츠 집에는 마르몽트* 장군이 1805년 급하게 빈으로 진격하느라 두고 간 유명한 라인 산 포도주가—사람들은 그걸 결혼식에 제공했어요—있지요. 하지만 추기경은 대체로 옳았다고 생각합니다. 또한 내게 어떻게 생각하느냐고 묻는다면 분명 사실이지만 꼭 현실과 일치하진 않는다고 대답할 수밖에 없습니다. 다시 말해 이른바 우리 시대의 정신을 대표한다는 이유로 우리가 초청했던 사람들이 실제적인 삶과 아무 상관도 없었음을 부정하긴 어렵습니다. 또한 교회는 조용히 기다릴 수 있지만 우리 현대 정치인들은 기다릴 수만은 없고 삶에서 어떡하든 좋은 것을 쥐어 짜내야만 합니다. 인간은 빵으로만 살수 없으며 영혼이 있어야 살아갑니다. 영혼은 말하자면 빵을 소화시킬 수 있게 해주는 것입니다. 그러므로 우리는 반드시…," 라인스도르프 백작은 정치가 영혼을 이끌어가야 한다고 생각했다. "말하자면 뭔가가 반드시 일어나야 합니다." 그는 강조했다. "우리 시대는 그걸 요

* 나폴레옹 전쟁 당시의 프랑스 장군.

청합니다. 정치인만이 아니라 모든 사람들이 오늘날 그런 요청을 느낍니다. 이 시대는 그 누구도 견디기 힘들게 지속되는 과도기를 지나고 있습니다." 그는 유럽에서 크게 흔들리는 힘의 균형에 의지한 채 불안하게 맞서 있는 이념들에 충격이 가해져야 한다고 생각했다. "어떤 종류의 충격인지는 중요하지 않아요!" 그들이 떨어져 있는 동안 거의 혁명가가 된 백작의 모습에 충격을 받은 울리히에게 그는 확신하며 말했다.

"그래요, 왜 안 되겠습니까!" 라인스도르프는 우쭐해져서 말했다. "물론 추기경 역시 황제폐하께서 내무부장관을 교체하는 것이 나름의 진보를 의미한다고 생각하지만 아무리 절실하더라도 그 정도 작은 개혁으로는 효험이 없을 겁니다. 내가 고민을 거듭하다가 결국 사회주의자들의 생각에 기대게 된 것을 아시나요?" 이 말을 듣고 분명히 충격에 빠졌을 상대방에게 회복할 시간을 주고는 라인스도르프는 단호하게 말을 이었다. "진정한 사회주의는 사람들이 생각하듯 그렇게 끔찍하지 않다는 걸 믿어도 좋습니다. 당신은 아마 사회주의자들이란 공화주의자들이라며 반대할지도 모릅니다. 맞습니다. 사람들이 하는 말에서는 듣기 어렵지만 꼭대기에 강력한 지배자를 가진 사회민주주의 공화국이 아주 불가능한 정부형태는 아니라고 생각해볼 수 있습니다. 개인적으로 나는 우리가 조금만 다가가면 그들도 기꺼이 거친 폭력의 사용을 포기하고 자신들의 혐오스런 원칙들에서 흠칫 뒷걸음질칠 거라고 확신합니다. 안 그래도 그들은 이미 계급투쟁과 소유에 대한 적대감에서 완화된 입장으로 기울어지고 있지요. 또한 지난 선거 이래로 민족주의적인 적대진영에 포섭돼 완전히 급진화된 시민계층이 있는 반면 사실상 당보다 국가를 우선시하는 사회민주주의자들도 있습니다. 황제로 돌아와봅시다." 그는 가라앉은 목소리로 은밀하게 말을 이었다. "이미 말했듯이 우리는 경제적으로 생각하는 법을 배워야 합니다. 단순한 민족주의 정치는 제국을 폐허로 내몹니다. 지금 체코-폴란드-독일-이탈리아의 해방을 향한 들끓음에 대해 말하자면 황제는—당신께 뭐라고 말해야 할지 모르겠지만—아무 관심이 없을 겁니다. 황제의 마음 깊은 곳에 있는 것은 국방예산이 감액 없이 집행되는 강한 제국에 대한 소망이며 또한 그가 아마도 1848년 몸소 체험했을 시민계급적 이상세계의 오만함에 대한 혐오입니다. 하지만 이 두 감정 덕분에 황제는 이른바 국가의 첫번째 사회주의자가 된 것입니다. 이제 당신은 내가 말하는 거대한 전망을 알아차렸으리라 봅니다. 종교 문제가 해결돼야 하지만 그 문제에는 여전히 뛰어넘기 힘든 대립이 남아 있고 거기에 대해서는 추기경과 할 이야기가 더 있을 겁니다."

백작은 침묵 속에서 역사, 특히 조국의 역사가 스스로 빠져들었던 무익한 민족주의 덕분에 미래로 한걸음 내디딜 것임을 확신했다. 그 과정에서 그는 역사를 두 다리가 있으면서, 또한 철학적 필연성을 갖춘 존재로 깨달았다. 그래서 그는 깊은 물속에 들어갔던 잠수부처럼 갑자기 화끈거리는 눈을 하고 다시 솟아오른 것이다.

"어떤 순간에도 우리는 임무를 수행할 준비가 돼 있어야 합니다!" 백작이 말했다.

"하지만 우리 임무는 어디에 있는 건가요?" 울리히가 물었다.

"우리 임무요? 그건 우리의 임무를 수행하는 가운데 있죠! 우리가 항상 할 수 있는 일은 오직 그것입니다. 하지만 다른 이야기를 해보자면…." 라인스도르프 백작은 주먹쥔 손을 올려놓았던 신문과 자료 더미를 떠올린 것 같았다. "보세요, 오늘날 민중이 원하는 것은 강한 팔입니다. 하지만 강한 팔에는 아름다운 말이 필요하죠. 그렇지 않으면 민중의 마음에 들지 않을 겁니다. 그리고 당신, 바로 당신은 그런 능력이 탁월한 사람이죠. 가령 당신이 떠나기 전 우리 모두 당신 사촌집에 모였을 때 당신은—만약 기억한다면—우리에게 절실한 것은 세속적인 사고의 정확성과 조화를 이룰 수 있도록 행복을 위한 중앙위원회를 설치하는 일이라고 말했죠. 결코 쉽게 이뤄질 일은 아니었지만 내가 그 얘기를 하니 추기경은 진심으로 웃더군요. 그래서 나도 따끔하게 책망을 했지만 추기경이 그런 식으로 늘 조롱을 함에도 나는 그게 쓸개에서 나오는지 아니면 심장에서 나오는지 잘 알고 있답니다. 친애하는 박사, 우리는 당신을 그리워하지 않을 수 없었어요…"

그날 라인스도르프의 다른 발언들은 복잡한 꿈같은 성질이 있었던 반면 그가 순간 원한 것, 그러니까 울리히가 '적어도 당장은 확실하게' 평행운동의 명예비서직 사임을 단념해주었으면 하는 바람은 아주 확고하면서도 급박한 것이었다. 라인스도르프가 기습적으로 자신의 팔에 손을 얹자 울리히는 이제껏 이어진 그의 말이 자신의 의중을 잠재우려는 의도에서 나온, 생각보다 계산적인 장광설로 다가와 기분이 썩 좋지 않았다. 그는 자신을 이런 상황에 놓이게 한 클라리세에게 순간 화가 났다. 하지만 클라리세의 부탁을 들어주기 위해 그는 라인스도르프 백작의 호의가 필요했고 처음 대화에서 잠깐 틈이 날 때 그것을 부탁했으며 그 청탁은 계속 말을 이어가고자 한 그 친절하고 고귀한 신사에게 곧장 받아들여졌기 때문에 그로서는 마지못해 타협하는 수밖에 없었다.

"투치가 내게 말하기로는," 라인스도르프 백작이 기뻐하며 말했다.

"귀찮은 일을 당신 대신 맡아줄 사람을 그의 사무실에서 당신에게 보내줄 거라고 하더군요. '좋군,' 난 그에게 대답했습니다. '아무튼 그가 남아 있기만 한다면 말이야!' 결국 당신한테 보낼 사람은 이미 정해졌다고 하고 유감스럽게도 내가 당신에게 보내고 싶었던 내 비서는 좀 모자란 사람이었어요. 아무튼 투치가 선발한 사람에겐 문제가 있을 테니 그에게 기밀 같은 걸 내보이는 건 절대 좋지 않을 겁니다. 하지만 나머지 일에서는 편한 대로 마음껏 하세요!" 백작은 친절한 말로 그 성공적인 협상을 마무리했다.


21.
네가 가진 모든 것을
신발에 이르기까지 불에 던져라


혼자 남겨진 이후 아가테는 모든 관계와 완전히 멀어져 포근하면서도 우울하고 의욕 없는 상태에 있었다. 보이는 것이라곤 푸른 하늘뿐인 아주 높은 곳에 오른 상태와 흡사했다. 그녀는 매일 시내로 짧은 산책을 즐겼다. 집에 있을 땐 책을 읽거나 잡무를 보며 평화롭고 사소한 일상 가운데서 감사와 기쁨을 느꼈다. 현재의 어떤 압박도 없었고 과거를 향한 집착이나 미래에 대한 긴장도 없었다. 주위 사물에 머물 때면 그녀의 시선은 어린 양을 유인하는 것 같았다. 그 사물은 부드럽게 다가오든지 아니면 그녀에게 전혀 관심을 갖지 않았다. 하지만 그녀는 차가운 이성에 폭력이나 허상을 부여하는 내적 인식을 동원해 의도적으로 사물을 붙잡으려고 하지 않았다. 그런 행위는 사물 안에 있는 기쁨을 빼앗아버리기 때문이다. 이런 식으로 그녀를 둘러싼 것들은 전보다 더 명징하게 다가왔지만 그녀는 여전히 오빠와 나눈 대화에 사로잡혀 있었다. 편견이나 선입견 때문에 본질을 왜곡하지 않는 그녀의 특별히 순수한 기억력 덕분에 그녀에겐 이따금 그 살아있는 말들, 몸짓과 억양에서의 미묘한 놀라움들이 떠올랐는데 그런 것들은 아가테가 제대로 이해하거나 알아채기도 전에 맥락도 없이 나타났다. 그럼에도 그 모든 것들은 큰 의미로 가득 차 있었다. 그렇게 자주 후회에 사로잡혔던 그녀의 기억은 이즈음 완전히 고요한 순종에 머물렀고 지나간 시간은 예전처럼 헛되이 삶을 끌어안는 위로와 암흑 속으로 사라지는 대신 쓰다듬듯 부드럽게 육체의 온기에 가까이 다가왔다.

또한 보이지 않는 빛에 휩싸인 채 아가테는 만날 필요가 있는 변호사나 공증인, 사업가들과 이야기를 했다. 그녀는 어디서도 거부당하지 않았다. 사람들은 아버지의 이름만으로도 추천을 받을 만한 그 매력적인 젊은 부인에게 도움을 베풀었다. 그녀 역시도 아무것도 의심하지 않는 듯 확신을 가지고 행동했다. 그녀가 결심한 것은 확고했으나 그녀 자신과는 무관했고 마찬가지로 그녀 개인과 구별되는 삶의 체험은 마치 영리한 노동자가 자신의 계약서에 적힌 유리한 점을 잘 이용하듯이 그렇게 목적을 위해 일했다. 사기를 치려고 준비하는 그녀의 모든 행위의 의미는 다른 사람들에게는 강하게 부각되었을 테지만, 막상 당시 그녀 자신의 마음속에는 뚜렷이 드러나지 않았다. 그녀의 양심의 일체가 그걸 배제했다. 양심의 빛은 불꽃의 핵심이 그러하듯 그 가운데 놓인 어두운 지점을 밝게 비추어 날려버렸다. 아가테는 어떻게 표현해야 할지 몰랐다. 자신의 의도를 통해 그녀는 정작 이 더러운 의도에서 아주 멀리 떨어진 곳에 있는 자신을 발견했다.

　그녀의 오빠가 떠난 아침에 아가테는 스스로를 유심히 관찰했다. 자신의 시선이 거울 속 얼굴에 꽂혀 벗어나지 못하는 바람에 우연히도 그 관찰은 얼굴부터 시작되었다. 그녀는 마치 앞으로 가기 싫었지만 백걸음씩 내딛다보면 사물이 보이는 지점에 서게 되고 그러다보니 마침내 돌아가고 싶어도 포기하지 못하는 사람처럼 거울 앞에 붙들려 있었다. 허영 없이 거울의 표면 아래 마주 서 있는 자아의 풍경에 사로잡혀 있었던 것이다. 그녀는 아직 밝은 벨벳 같은 머리카락을 바라보았다. 거울에 비친 이미지의 옷깃을 젖히고 어깨부터 옷을 벗어 내려갔다. 마침내 이미지의 옷을 다 벗기고 붉은 손톱까지, 손과 발이 끝나 더이상 자신의 육체에 속하지 않는 곳까지 관찰했다. 모든 것은 여전히 정점에 가까워진 빛나는 하루 같았다. 그것은 순수하고 정확하게 솟아오른, 모든 존재로부터 스며든 오전이었고 사람이나 어린 동물에게서 하나같이 형언하기 어려운 말로 표현되기를 꼭대기에 도달했으나 아직 그보다 아래에 있는 공 같다고 말해지는 오전이었다. '아마도 공은 이 순간 가장 높은 지점을 지나갈 테지.' 아가테는 생각했다. 그 생각에 그녀는 두려워졌다. 하지만 아직 시간이 더 남아 있을 것이다. 그녀는 아직 스물일곱이었다. 출산과 육아에 영향을 받지 않았고, 체육 선생이나 안마사조차 건드려본 적이 없는 그녀의 몸은 스스로의 성장에 의해 만들어졌다. 만약 그 몸을 높은 산들이 하늘과 접하는 거대하고 고독한 풍경에 벌거벗겨 옮겨놓을 수 있다면, 그 몸은 광대하게 밀려드는 높은 산들의 물결에 의해 이교도의 여신처럼 떠받들렸을 것이다. 이런 종류의 자연 속에서 정오는 어떤 빛과 열기의 증기도 뿜어내지 않는다. 정오는 그저 한동안 자신의 정점에 올랐다가 이내 은밀하게 가라앉으며 유동하는 오후의 아름다움으로 내려갈 것이다. 규정할 수 없는 시간의 스산한 감정이 거울에서 다시 스며나왔다.

순간 아가테에게는 울리히 역시 인생을 마치 영원할 것처럼 흘려보내고 있다는 생각이 들었다. '우리가 노인이 되기 전에 만난 것은 실수일 거야.' 그녀는 혼자 중얼거리며 저녁 무렵 두 무리의 안개의 띠가 땅으로 가라앉는 우울한 이미지를 떠올렸다. '안개의 띠는 빛을 뿜는 오후만큼 아름답진 않지,' 그녀는 생각했다. '하지만 사람들이 뭐라건 형태 없는 두 회색 무리들이 무슨 상관을 하겠는가. 그들의 시간은 왔고 가장 빛나는 시간처럼 부드러운데 말이야!' 그녀는 이제 거울에 등을 돌리고 있었지만 다시 한번 뒤를 돌아보라는 과장된 기분에 빠져들었고 순간 마리엔바트<sup>Marienbad</sup>*에서 만난 뚱뚱한 두 휴양객이 떠올라 웃지 않을 수 없었다. 그들은 초록색 벤치에 앉아 달콤하고 사랑스런 감정에 빠져 서로를 쓰다듬고 있었다. '그들의 살 속에서도 심장은 날씬하게 뛰었고 서로에게 홀딱 빠진 나머지 그들을 향한 세상의 농담은 알지 못했지.' 아가테는 생각했고 뚱뚱한 주름을 상상하며 몸을 부풀리면서 황홀해하는 표정을 지어보았다. 이런 들뜬 순간이 지나가자 분노에 찬 눈물이 미세하게 흘러나오는 듯했고 다시금 냉정해진 그녀는 자신의 외모를 하나하나 세세하게 다시 관찰했다. 그녀는 마른 편이었지만 몸 구석구석을 살펴보니 살이 찔 수도 있겠다는 우려가 들었다. 가슴도 너무 넓은 것 같았다. 매우 하얀 얼굴은 마치 한낮에 타고 있는 양초처럼 금발 때문에 어두워 보였고 코는 좀 넓은 것 같았으며 고전적인 코의 선은 끝에서 약간 한쪽으로 휘어진

---

* 체코 서부 지역의 온천 휴양지. 마리안스케 라즈네(Mariánské Lázně)의 독일어 지명.

듯했다. 아무튼 그녀의 불타는 듯한 기본 골격 속에는 마치 월계수 가지 사이에 떨어진 보리수 잎처럼 뭔가 더 넓고 더 우울한 또다른 골격이 숨겨져 있는 것 같았다. 아가테는 자신의 모습을 처음 본 것인 양 호기심에 휩싸였다. 그렇듯 그녀는 자신과 연관된 사람들에게 손쉽게 파악될 수 있었던 반면 스스로에 대해서는 아무것도 몰랐던 것이다. 이런 기분은 아주 섬뜩했다. 하지만 미처 기억을 떠올리지도 못하는 어떤 환상을 통해 그녀는 자신이 체험한 모든 것 뒤에서 그리 열정적이지 않게 이어지며 항상 그녀를 묘하게 자극하는 당나귀의 짝짓기 울음소리를 들었다. 아주 바보 같고 불쾌한 소리였지만 바로 그 덕분인지 그 소리에는 쓸쓸하게 달콤한 척하는 사랑의 영웅주의적 면모가 전혀 없었다. 그녀는 자신의 삶에 대해 어깨를 으쓱해 보였고 이미 세월에 외모를 빼앗긴 곳이 어딘지를 찾아내기 위해 마음을 다잡고 다시 이미지로 돌아왔다. 눈과 귀 근처에 변하기 시작하여 얼핏 보기에 뭔가 그 위를 짓누르며 잠을 잔 것 같은 작은 지점이 있었고 가슴 안쪽에는 아주 가볍게 선명함을 잃어버린 윤곽이 보였다. 그 순간 변화를 알아차린다면 만족을 주고 평화를 약속해줄 테지만 이제 더 감지할 것은 없었고 육체의 아름다움은 거울 깊은 곳으로 무시무시하게 흘러가버렸다. 그때 아가테에게는 자신이 하가우어 부인이라는 사실이 기이하게 다가왔고 그 사실에 근거한 확실하고 친밀한 관계, 그리고 그 사실 때문에 그녀 안에 침투한 모호함 사이의 간격이 너무 컸던 나머지 그녀는 마치 육체 없는 사람처럼 거기 서 있었던 반면 그녀의 육체는 상황에 위엄있게 대처할 수 있어야만 했던 거울 속 하가우어 부인에게 속한 것처럼 보였다. 심지어 그 육체 안에서도 종종 경악과도 같은 삶의 떠다니는 즐거움을 떠올린 아가테는 급하게 다시 옷을 차려입고 곧장 침실로 가서 짐 아래 넣어둔 상자 하나를 찾았다. 하가우어와 결혼한 이래 한번도 멀리 두지 않았던 이 상자에는 그녀가 치명적인 독이라고 알고 있는 소량의 칙칙한 물질이 들어 있었다. 아가테는 그 금지된 물질을 얻기 위해 치러야만 했던 대가를 떠올렸다. 그 물질에 대해 그녀가 아는 것이라곤 주워들어서 알게 된 효과와 비전문가들은 무슨 의미인지도 모른 채 마치 주문처럼 외워야만 하는 화학적 명칭뿐이었다. 하지만 종말을 재촉하는 독이나 무기, 또는 위험한 시도 같은 모든 수단들은 분명 삶의 욕망을 불러오는 낭만적인 것들에 속한다. 또한 많은 사람들의 인생은 짓눌리고 불안하며 짙은 어둠에 있고 대체로 비뚤어져서 인생을 끝낸다는 먼 가능성을 통해서만 내면의 기쁨을 발산할 수 있을지도 모른다. 아가테는 앞에 놓인, 여전히 불확실하지만 행운을 가져다주는 부적처럼 보이는 철로 된 그 작은 상자를 보자 마음의 안정을 느꼈다.

당시 아가테가 스스로 목숨을 끊을 생각이었다는 말은 절대 아니다. 오히려 젊은 사람이 건강하게 하루를 보내고 잠자리에 들 때 문득 언젠가 나도 오늘처럼 아름다운 날 죽게 되겠지 하는 생각에 빠질 때처럼 그녀는 죽음을 두려워했다. 또한 다른 사람의 죽음을 목격한 후라면 더욱 죽을 마음이 사라지는 법인데 그녀는 아버지의 죽음 이후 오빠마저 떠나 집에 혼자 머문 때부터 죽음의 공포가 새삼 떠올라 괴로웠다. 그러나 '난 어느 정도 죽은 상태야'라고 종종 느꼈고 젊은 시절의 좋았던 모습과 건강, 그 팽팽한 아름다움의 비밀에 찬 결합이 마치 죽음처럼 분해되어 와해되는 것을 인식하는 순간 그녀는 행복한 확신의 상태에서 벗어나 걱정과 경악, 그리고 침묵의 상태로 떨어졌는데 그런 순간은 마치 활기로 가득 찬 방안에 있다가 갑자기 별이 깜박이는 하늘 아래 선 것 같았다. 내면에서 요동친, 그리고 잘못된 삶에서 스스로를 구해냈다는 자부심에도 불구하고 그녀는 지금 스스로에게서 멀어진 것 같았고 자신과 모호한 경계를 이룬 것이 틀림없어보였다. 그녀는 죽음을 인간이 모든 노력과 상념에서 벗어난 상태라고 냉정하게 생각해보았고 일종의 내적 수면 상태로 상상해보았다. 인간은 신의 손에 있었고 그 손은 거대한 두 나무 사이에 묶여 바람에 살랑살랑 흔들리는 요람이나 해먹 같았다. 그녀는 죽음을 모든 의지와 노력, 집중과 사유로부터 자유로워지는 위대한 피곤이자 안식으로 인식했고 우리가 세상에서 마지막으로 쥐고 있던 것을 잠이 드는 순간 놓칠 때 손가락에서 느껴지는, 편안하게 힘이 풀리는 기분으로 예감했다. 삶의 고투를 좋아하지 않는 사람이 그렇듯이 그녀가 죽음에 관한 아주 편안하고 평범한 상상에 몰두했다는 것은 분명했다. 또한 이 모든 것이 책을 읽기 위해 튀르키예식 안락의자를 아버지의 근엄한 거실로 옮긴 것—그 집에서 자신의 힘으로 이끌어낸 유일한 변화인—과 얼마나 유사한지를 깨닫고 그녀는 마침내 즐거워했다.

그럼에도 삶을 포기한다는 생각은 아가테에게 그저 단순한 유희가 아니었다. 모든 실망스러운 동요 뒤에는 반드시 머릿속에 육체적 형상으로 떠오르는 편안한 안식이 뒤따라야 한다는 사실이야말로 그녀에게 큰 신뢰감을 주었다. 그녀는 세계가 진보해야 한다는 긴장된 환상을 가질 필요가 없었고 뭔가 편안하게 진행되는 것이라면 자신을 온전히 내줄 준비가 돼 있었던 것이다. 게다가 그녀는 이미 아이에서 소녀 사이로 넘어가는 시절 심각한 병을 앓는 바람에 죽음과의 특별한 만남을 경험한 바 있었다. 병을 앓던 그때는—아주 작은 시간의 파편에까지 스며들어 느낄 수 없을 정도로 점진적으로 기력이 손실

된 반면 전반적인 과정은 참을 수 없을 정도로 빨리 진행된—하루하루 지날수록 육체의 조각들이 그녀에게서 떨어져나가 파괴되었다. 하지만 이런 추락과 삶의 회피에 보조를 맞춰 병의 불안과 우려를 씻어내겠다는 목표를 향한 잊을 수 없이 신선한 충동이 일어났는데, 그 기묘하게 충만한 상태는 점점 더 확신을 잃어가는 주변의 어른들조차 지배하게 해주었다. 그녀가 그토록 인상적인 상황에서 알게 된 이런 능력이 나중에 어떤 이유에서든 기대에 비해 추동이 떨어지는 삶을 한번 더 끌어줄 정신적 요소의 핵심이 될 가능성은 적지 않았다. 하지만 가장의 집과 학교의 억압에서 빠져나오게 해준 그 병이야말로 그녀가 품은 투명하고도 자신조차 모르는 감정의 빛을 세상에 드러내는 첫번째 표현이었다는 것이 아마 더 옳은 설명일 것이다. 왜냐하면 아가테는 스스로를 따듯하고 활기차며, 심지어 명랑하고 삶의 변화에 온화하게 잘 적응하며 쉽게 만족하는 단순한 성향으로 생각했기 때문이다. 또한 그녀는 자신의 환멸을 견디지 못한 여인들이 마주하는 무관심의 나락으로 떨어져본 적도 없었다. 하지만 그럼에도 지속되는 그녀의 웃음 또는 감각적 모험의 격동 속에는 모든 육체의 열정을 식게 만들고 가장 좋아봤자 무無라고 할 수밖에 없는 뭔가 다른 것을 향해 목말라하는 환멸이 자리잡고 있었다.

이러한 무는 규정할 수는 없으나 명확한 내용을 가지고 있었다. 오래전부터 그녀는 많은 경우에 노발리스<sup>Novalis</sup>(독일 낭만주의 작가—옮긴이)의 말을 인용해왔다. "마치 풀 수 없는 수수께끼처럼 내 안에 있는 영혼을 위해 내가 무엇을 할 수 있을까? 어떤 식으로도 눈에 보이는 사람을 지배할 수 없기에 그에게 최고의 의지를 허락할 수밖에 없는 영혼을 위해 내가 무엇을 할 수 있을까?" 하지만 그녀는 영혼이란 말이 지나치게 오만한 데다 자신이 감당하기엔 너무 확고하게 다가왔기에 그 말을 믿지 않았고, 그 때문에 이 문장의 깜빡이는 빛은 마치 번개가 번쩍일 때처럼 빠르게 그 빛을 잃어버렸다. 그녀는 또한 이 땅에 있는 것도 확실히 믿을 수 없었다. 이를 올바르게 이해하려면 초자연적인 질서에 대한 믿음이 없는 사람에겐 땅 위의 질서를 외면하는 것 역시 아주 자연스럽다는 것을 이해하기만 하면 된다. 왜냐하면 우리의 바깥 세계의 상태를 반영하는 꾸밈없고 단순한 질서를 가진 논리적 사유를 비롯한 모든 사유 속에는 그것의 논리가 감정, 열정, 기분과 상응하는—그것이 말해질 수 있다면—정서적인 세계가 있기 때문이다. 결국 이 둘의 법칙은 나무들이 사각형으로 잘라져 운반될 수 있게 쌓이는 벌목장의 법칙이 그 작동과 소리 속에 어둡고 뒤엉킨 숲의 법칙을 간직하는 것과 유사하게 서로 관련을 맺는다. 또한 사유의 대상이 그 상황에서 완전히 독립될 수 없기 때문에 두 사유방식은 각자 인간들에게 혼재할 뿐 아니라 적어도 '첫번째의 신비하고 형언할 수 없는 순간' 전후로 심지어 즉각 두 세계를 어느 정도까지 서로 비교할 수 있다. 거기에 대해서는 한 저명한 종교 사상가가 주장한 바 있는데, 감정과 직관이 서로 분리되어 각자에게 익숙한 장소를 찾기 전에 우리는 공간 속의 사물이자 관찰자 내부의 감각으로서 감각적 인식에 도달한다는 주장이었다.

그러니까 문명화된 인간의 성숙한 세계관에서 사물과 감정의 관계가 무엇을 의미하든 사람들은 육지와 바다가 아직 나뉘기 전 감정의 물결이 아직 사물의 외양을 형성하는 언덕과 계곡과 같은 지평에 있었던 때처럼 여전히 그 틈이 벌어지지 않은 최고의 순간을 알고 있다. 아가테가 그런 순간을 자주, 강하게 체험했으리라 가정할 필요는 없다. 그녀는 단순히 그런 순간을 더 생생하게, 또는 달리 말한다면 더 미신적으로 받아들였는데 그건 그녀가 학창 시절 이래로 그래왔듯이 항상 세상을 믿었다가 또다시 믿지 않았기 때문이며 나중에 남성들의 논리에 좀더 가까워진 후에도 그런 성향을 잃어버리지 않았기 때문이다. 의지와 기분과는 아주 다른 의미에서 아가테가 좀더 당당했다면 자신을 모든 여성 중 가장 비논리적인 여자로 불러달라고 요구할 수도 있었을 것이다. 하지만 그녀는 자신이 체험한 낯선 감정을 그저 개인적인 특이함 이상으로 여기지 않았다. 비로소 그녀에게 변화가 일어난 것은 오빠를 만나고 나서였다. 얼마 전까지 영혼의 깊은 곳을 파고드는 대화와 만남으로 가득 찼으나 지금은 텅 빈, 고독의 그림자 속으로 움푹 들어간 방에서, 육체적 이별과 정신적 현존 사이의 구분은 어느새 사라지고 아무 특징 없이 흘러가는 나날 속에 아가테는 지금까지 체험하지 못한 간절함으로 감각적 세계가 인식으로 들어가는 순간의 편재와 전능에 대한 기이한 열망을 갈구했다. 그녀의 주의력은 이제 감각이 아니라 자신 외에는 아무것도 비추려 하지 않는 마음 깊은 곳으로 열린 것 같았다. 또한 자신이 원래 불평하던 오빠의 무관심에 상관없이 기억 속에 남아 있는 오빠의 문제적인 말들을 깊이 생각하지 않고도 이해할 수 있을 것 같았다. 이런 방식으로 그녀의 정신은 그 자체로 가득 채워졌고 가장 생기있는 생각조차도 기억의 소리 없는 표류 같았으며 그녀가 만나는 모든 것은 경계 없는 현재를 향해 퍼져가고 있었다. 그녀가 뭔가를 하고 있을 때조차 행하는 자신과 행해지는 것 사이의 분리는 그녀 사이에서 녹아버렸고 그녀의 행동은 그녀가 팔을 뻗으면 사물들이 자신에게 다가오는 길이 된 것처럼 보였다. 이러한 부드러운 힘, 지식, 그리고 세계를 이야기하는 현재는, 그러나 그녀가 미소지으며 자신이 도대체 뭘 하는 것이냐고 물을 때마다 부재와 무능, 그리고 깊은 정신의 침묵과 구별되지 않았다. 그녀가 느끼는 바를 약간 과장해서 말하자면 아가테는 지금 자신이 어디 있는지를 더이상 모른다고 할 수 있었다. 그녀는 모든 면에서 자신이 들려 올려지면서 동시에 사라짐을 느끼는 정지상태에 있었다. 그녀는 이렇게 말할 수 있었을 것이다. '나는 사랑에 빠졌지만 상대가 누구인지는 몰라.' 전에는 항상 부족했던 투명한 의지가 그녀를 가득 채웠지만 그녀는 그 투명함 속에서 무엇을 시작해야 할지 알지 못했다. 그녀의 삶 가운데 있었던 선과 악은 이제 아무런 의미가 없어졌기 때문이다.

상자 속의 독을 바라볼 때뿐 아니라 거의 매일 아가테는 죽고 싶다는 생각을 하거나 오빠가 하지 말라고 애원한 바로 그 일을 하면서 오빠와 함께할 날을 기다리며 시간을 보내는 행복이 죽음으로 인한 행복과 비슷할 거라고 생각했다. 그녀는 수도에 거주하는 오빠에게 가면 무슨 일이 일어날지 상상할 수 없었다. 그녀는 종종 자신이 그곳에서 성공해서 새로운 남편을 얻거나 적어도 애인이라도 사귀었으면 하는 기대를 눈치 없이 내비치던 오빠를 원망하면서 기억했다. 그렇게 되지 않으리라는 걸 그녀는 잘 알았다! 사랑, 아이들, 멋진 일상, 즐거운 모임, 여행, 약간의 예술… 좋은 삶은 아주 단순한 것이다. 그녀는 그런 삶의 장점을 이해했고 그것에 무감하지 않았다. 하지만 늘 스스로를 무용한 인간이라 느끼던 아가테는 선천적인 반감을 가지고 이런 손쉬운 단순함을 경멸했다. 그런 삶은 속임수일 뿐이었다. 이른바 최선을 다한 삶이란 사실 '불합리한' 것이다. 종국에, 진실로 실제의 끝인 죽음에 이르러 그 삶에는 항상 뭔가 결여돼 있다. 그 삶은—

그녀는 적당한 표현을 찾아보려 했다—어떤 더 높은 것의 지시를 받지 않은 채 아무렇게나 쌓아둔 물건 같았다. 가득함 속의 비어 있음, 소박함의 반대, 습관의 즐거움으로 견디는 혼란! 그녀는 난데없이 뜻밖의 생각을 했다. '이를테면 낯선 아이들의 무리를 습관적으로 상냥하게 관찰하다가 점점 불안에 빠지는 것과 비슷해. 왜냐하면 그들 중 자신의 아이가 없는 것을 목격했기 때문이지!'

앞으로 다가올 마지막 변화에도 아무것도 변하지 않는다면 자신의 삶을 끝내기로 한 결심에 그녀는 안도감을 느꼈다. 발효중인 와인처럼 그녀의 마음속에서는 죽음과 공포가 진리의 마지막 단어가 되지 않으리라는 기대가 흘러 나오는 것 같았다. 그녀는 그런 문제들을 생각해야 할 욕구를 느끼지 못했다. 사실 그녀는 울리히가 항상 흔쾌히 굴복하던 그런 욕구를 두려워했고, 그건 공격적인 두려움이었다. 왜냐하면 그녀는 자신을 강하게 사로잡은 모든 것이 그저 환상에 불과하다는 한결같은 암시에서 자유롭지 못했기 때문이다. 하지만 아무리 풀어진 채 흘러다닌다 해도 진실은 확실히 환상 속에 존재했다. 아마도 진실은 아직 땅 속에서 딱딱하게 굳지 않았을 거라고 그녀는 생각했다. 또한 그녀가 서 있는 곳이 녹아 없어지는 것처럼 보이는 굉장한 순간에 그녀는 아무도 볼 수 없는 자신의 뒤에 신이 서 있으리라고 믿었다. 자신의 생각이 너무 나아간 것 같아 그녀는 깜짝 놀랐다! 끔찍한 방대함과 공허가 갑자기 그녀를 엄습했고 무한한 밝음이 그녀의 정신을 어둡게 하고 마음을 두려움에 빠트렸다. 그녀의 젊음—경험이 없던 만큼 두려움에 쉽게 빠지는—은 내면 속에 자라나기 시작한 광기가 점점 커지면서 위험에 처할 거라고 속삭였다. 그녀는 물러서려고 안간힘을 썼다. 아가테는 자신이 신을 믿지 않는다는 사실을 격렬하게 되새겼다. 실제로 그녀는 사람들이 믿으라고 가르쳐준 모든 것을 불신했기 때문에 신을 믿지 않았다. 그녀는 초자연적이거나 도덕적인 신념 같은 확고한 가치에 대해서는 절대 종교적일 수가 없었다. 하지만 얼마 후 지치고 떨린 채로 그녀는 '신'을 자신의 뒤에 서서 외투를 어깨에 걸쳐주는 남자처럼 느꼈다고 인정했다.

이런 생각을 충분히 하고 냉정을 되찾은 후 그녀는 자신이 체험한 일들의 의미가 육체적 감각에 엄습한 '일식'$^{日蝕}$ 같은 데 있지 않고 주로 도덕적인 것에 있음을 발견했다. 그녀의 내적 상태의 급작스런 변화와 그와 관련된 세계와의 모든 관계는 순간 '양심과 감각의 통일'을 제공해주었다. 그런 통일은 그녀가 지금껏 아주 피상적으로만 알았던 것이었고 아가테가 선하려 하든 악하려 하든 그녀의 일상적인 삶에 뭔가 암울하면서도 쓸쓸한 열망을 겨우 부여해주던 것이었다. 이런 변화는 그녀 주변에서 터져나와 자신에게로 들어오는 그만큼 자신에게서 주변으로 나아가는 비교할 수 없는 분출 같았고 대상과 거의 구별할 수 없는 가장 작은 정신적 움직임으로 가장 높은 의미에 도달한 하나됨 같았다. 사물은 감각에 스며들고 감각은 사물에 확실하게 스며들어 아가테는 이제껏 '확실함'이란 단어를 사용한 중에 그렇게 감동을 받은 적이 없는 것 같았다. 또한 이런 일은 보통 같으면 그녀의 확신을 기대하기 힘든 상황에서 일어났다.

그러므로 그녀가 고독 속에서 한 체험은 예민하거나 쉽게 부서지는 인성에 기인한 심리적 역할을 의미하지 않았다. 왜냐하면 그 의미는 전혀 개인에게 있지 않고 일반적인 것, 또는 개인과 일반적인 것의 관계 속에 있었기 때문이다. 아가테는 이것을 정당하게도 도덕적 결정이라고 불렀는데 스스로에게 실망한 젊은 여성이 그런 예외적인 순간에 살아야 하며 그걸 유지하지 못할 만큼 나약하지 않다면 세상을 사랑할 수도, 순순히 복종할 수도 있겠다는 의미에서 그렇게 불렀다. 또한 그녀에게 아마 다른 일은 있을 수 없었을 것이다. 이제 그녀는 그 시간으로 돌아가려는 열망으로 가득 찼지만 최고로 고조된 순간은 억지로 다시 불러낼 수 없었다. 해가 진 후 선명하게 창백한 날이 찾아온 것처럼 그녀는 자신의 격렬한 노력이 쓸모없다는 사실을 깨달았고 바로 그때 그녀가 희망할 수 있으며, 고독을 가장한 조바심으로 사실상 기다리던 단 하나는 오빠가 언젠가 반농담조로 설명한, '천년왕국'이라 불리는 기이한 전망이었다. 그것이 아가테에게는 그저 다가올 것에 대한 확고하고 낙관적인 울림으로 여겨졌기 때문에 그는 다른 이름을 선택했을 수도 있었을 것이다. 그러나 그녀는 감히 그런 주장을 펴지 못했다. 심지어 그녀는 그게 가능한지도 여전히 몰랐다. 애초부터 그녀는 천년왕국이 무엇인지 알지 못했다. 그녀는 오빠가 그것에 대해 했던 모든 말들을 잊어버렸고 정신을 가득 채웠던 희뿌연 빛 뒤로 가능성만 무한대로 뻗어나갔다. 하지만 오빠와 함께 있었을 때 그녀는 그의 말에서 간신히 하나의 나라를 떠올렸는데 그 나라는 그녀의 머릿속에 있는 것이 아니라 발밑에 확실히 자리하고 있었다. 그가 그것을 오직 아이러니하게 말했다는 것, 그리고 냉담과 열정 사이를 왕복하는 바람에 처음엔 그녀를 그렇게 혼란스럽게 했던 것이 이제 혼자 있는 그녀에겐 기쁨이 되었고 그녀는 모든 퉁명스런 영혼의 상태가 황홀에 빠진 상태보다는 우월하다는 하나의 보증으로 그 말을 받아들였다. '나는 오빠가 그 나라를 진지하게 생각하지 않을 게 두려워서 죽음을 생각하는 거 같아.' 그녀는 고백했다.

그녀가 머문 마지막 날에 깜짝 놀랄 일이 있었다. 갑자기 집안의 모든 것이 정리되고 치워진 것이다. 유언장에 따라 집이 새로운 주인을 찾을 때까지 하인의 숙소에 머물 늙은 부부에게 열쇠만 전해주면 되었다. 아가테는 호텔에 가길 거절하고 떠나기 전까지의 밤과 아침을 자신의 거처에서 머물기로 했다. 집기들은 포장되어 천으로 뒤덮여 있었고 전구 하나만 켜져 있었다. 쌓아둔 상자들이 의자와 책상이 되었다. 그녀는 상자들의 테라스가 협곡을 이룬 가장자리에다 저녁 식탁을 차려달라고 했다. 아버지의 늙은 하인은 빛과 그림자를 뚫고 아슬아슬하게 식기들을 옮겼다. 그와 부인은 굳이 자신들의 부엌에서 저녁을 준비했고 그네들의 표현에 의하면 자비로운 젊은 부인이 부모 집에서의 마지막 식사를 잘 대접받아야 한다는 것이었다. 아가테는 며칠간 완전히 정신 없이 지낸 상태에서 갑자기 생각이 떠올랐다. '그들이 뭘 눈치채진 않았을까?' 그럴 수도 있는 것이 그녀는 유언장을 변조하는 데 연습삼아 써본 종이들을 모두 폐기하지는 않았던 것이다. 그녀는 악몽의 무게가 사지를 짓누르는 듯한 서늘한 공포를 느꼈다. 그 현실의 야박한 공포는 정신에게 양분을 공급하지는 않고 뺏어가기만 했다. 순간 그녀는 격렬하게 새로 꿈틀대는 살아야겠다는 욕망을 감지했다. 그 욕망은 무언가로부터 방해받을 수 있다는 가능성에 강력하게 저항했다. 나이든 하인이 돌아섰을 때 그녀는 결연하게 그의 얼굴을 살펴보았다. 하지만 그 노인은 조심스런 미소를 지으며 아무것도 모른 채 분주했으며 왠지 조용하고 엄숙해 보였다. 벽 안에 있는 듯한 그의 마음을 그녀는 꿰뚫어볼 수 없었고 그 안의 깜깜한 광채에 무엇이 있는지 알지 못했다. 또한 그녀는 뭔가 고요하고 엄숙하며 슬픈 느낌을 받았다. 그는 항상 아버지의 신뢰를 받았으며 자신이 발견한 자녀들의 비밀을 무조건 아버지에게 넘길 준비가 돼 있었다. 하지만 아가테는 이 집에서 태어났고 그 후 있었던 모든 일들은 오늘 끝날 것이다. 아가테는 그와 자신만이 근엄하게 남아 있다는 것에 감동을 받았다. 그녀는 그에게 적은 돈을 특별히 선사하려고 결심했다가 갑자기 마음이 약해져서 교사 하가우어의 지시 때문이라고 말할 작정이었다. 뭔가 의도가 있어서가 아니라 속죄를 위한 것이었고 그녀 역시 미신처럼 무용한 일이라는 건 알았지만 아무것도 그냥 두고 싶지 않아서였다. 나이든 하인이 되돌아오기 전에 그녀는 두 개의 상자를 꺼냈고 자신의 잊지 못할 연인의 초상이 있는 작은 갑을—이맛살을 찌푸리며 그 젊은 남자의 얼굴을 마지막으로 본 후—꺼내 못이 헐겁게 박힌 상자의 뚜껑 아래로 밀어넣었다. 그 안에서 마치 나뭇가지가 나무에서 떨어지듯 금속이 서로 부딪히는 소리가 나는 것으로 보아 언젠가 창고로 들어갈 그 상자 속엔 식기나 램프가 들어 있는 것 같았다. 그녀는 이제 독이 든 상자를 원래 초상이 들어 있던 곳으로 옮겼다.

'나는 정말 구식이야!' 그녀는 웃으며 생각했다. '사랑의 체험보다 더 중요한 것이 분명히 있을 텐데 말이야!' 하지만 그녀는 그런 생각을 믿지 않았다.

그 순간 그녀가 오빠와 허락될 수 없는 관계에 처하는 걸 거부했다는 말은 그걸 원했다는 말만큼이나 사실이 아니었다. 그건 미래에 달린 일이었고 현재 상태에선 그런 문제에 대한 어떤 확실함도 없었다.

빛은 그녀가 앉은 판자를 눈부시게 희고 짙은 어둠으로 채색하고 있었다. 그와 비슷한 비극적인 가면은 그렇지 않으면 평범했을 생각에 으스스한 기운을 덮어씌웠으니 그 생각이란 자신이 기억할 수 없는 여자에게서 태어났고 그 여자가 울리히도 낳았던 집에서 마지막 밤을 보내고 있다는 생각이었다. 아주 진지한 얼굴에 기이한 악기를 가진 광대들이 주위를 둘러싸는 듯한 오래된 인상이 그녀에게 살그머니 다가왔다. 그들은 연주하기 시작했다. 아가테는 그게 어린 시절의 백일몽 가운데 하나임을 알아챘다. 그녀는 음악을 들을 수 없었으나 모든 광대들은 그녀를 바라보았다. 그녀는 순간 자신의 죽음은 어떤 사물이나 사람에게도 상실이 되지 않을 것이며 그녀 자신에게는 그저 내적 소멸의 외적 종말을 의미할 것이라고 중얼거렸다. 광대들이 천장에 닿을 정도로 음악을 키울 동안 그녀는 그런 생각을 했고 톱밥이 뿌려진 서커스 바닥에 앉아 손가락 위로 눈물을 떨구고 있었다. 그녀가 소녀 시절부터 자주 체험했던 깊은 허무였다. 그녀는 생각했다. '난 지금도 여전히 유치하게 사는구나.' 하지만 그런 생각이 자신의 눈물을 통과해 엄청나게 커 보이는 무언가를 떠올리지 못하게 하진 않았다. 그녀와 오빠가 다시 만난 순간 그들은 그런 광대 같은 복장을 하고 있지 않았던가. '내 안에 간직한 것을 열 수 있는 사람이 다름 아닌 나의 오빠라는 건 무엇을 의미하는 걸까?' 그녀는 자문했다. 그러고는 갑자기 진짜 눈물을 쏟았다. 울 이유라곤 오로지 순전한 기쁨밖에 없었던 그녀는 머릿속에 털어내지도, 그렇다고 간직해서도 안 될 무언가라도 있는 양 머리를 세차게 흔들었다.

그때 그녀는 타고난 천진난만함으로 울리히가 그 모든 문제를 풀 것이라고 생각했다. 그러자 마침내 노인이 다시 돌아와서 아가테의 감동하는 모습을 감격스레 바라보았다. "자비로운 젊은 부인…!" 노인은 머리를 흔들며 말했다. 아가테는 혼란에 빠져 그를 바라보았으나 자신의 어린애 같은 슬픔 때문에 생겼을 동정과 오해를 깨닫고는 젊은 시절의 자신감이 다시 살아났다.

　"네가 가진 것을 신발까지 불 속에 던져 넣어라. 아무것도 남지 않았으면 수의 따위는 생각하지 말고 네 발가벗은 몸을 불 속에 던져라!"그녀는 그에게 말했다. 그 말은 울리히가 언젠가 열광하며 읽어주었던 옛 문구였고 노인은 그녀가 눈물을 보이며 자신에게 한 그 무겁고 부드러우면서 열정적인 말에 이해한다는 듯한 짧은 미소를 지었으며 일부러 다른 곳을 가리켜 쉽게 이해를 시키려는 듯 여주인이 가리키는, 거의 장작더미처럼 쌓아올려진 상자들을 바라보았다. 노인은 그 말의 실행이 수월치 않다는 걸 알면서도 '수의'라는 말까지는 고개를 끄덕여 따르려 했다. 그러나 '발가벗고'라는 말에 경직되었고 아가테가 그 말을 거듭 반복하자 자신은 보거나 듣거나 판단하지 않겠다는 노련한 표정을 확고하게 드러냈다. 자신의 옛 주인을 모시는 동안 노인은 그런 단어를 한번도 들어본 적이 없었고 아주 심해야 '옷을 벗고' 정도였다. 하지만 요즘 젊은 사람들은 달랐고 노인은 그들이 만족할 만큼 섬기지는 못할 것 같았다. 하루 일을 끝낸 고요 속에서 그는 자신의 이력이 다했음을 절감했다. 그러나 떠나기 전 아가테의 마지막 생각은 이랬다. '울리히는 정말 모든 것을 불에 던져 넣을까?'

## 22.
다니엘리의 정의에 대한 코니아토브스키의 비판으로부터 원죄까지.
원죄로부터 누이의 감정의 수수께끼까지

울리히가 라인스도르프 백작의 저택을 떠나 거리로 나왔을 때 그의 상태는 마치 배고픈 사람이 공복을 느낄 때와 같았다. 그는 광고판 앞에 서서 게시물과 광고를 보면서 시민계급에 대한 굶주림을 달래보았다. 수 미터에 이르는 거대한 광고판이 광고 문구로 뒤덮여 있었다. '사실 우리는,' 그는 생각에 잠겼다. '도시의 모든 모퉁이에서 마주치는 이런 말들에서 뭔가 생각할 거리를 얻을 수 있지.' 그 말들은 잘 팔리는 소설의 인물들이 중요한 장면에서 내뱉는 상투적인 문구와 어딘가 유사한 것 같았다. "당신은 토피남 실크스타킹처럼 편안하면서 실용적인 것을 입어보셨습니까?" "각하가 즐겨 찾는 곳" "성 바돌로매의 밤 신규 개정판." "슈바르첸 뢰슬(검은 말)에서의 즐거운 시간." "로텐 뢰슬(붉은 말)에서의 멋진 에로틱과 춤." 그 옆에는 정치적인 광고도 있었다. "범죄적 음모." 그 광고는 그러나 평행운동이 아니라 빵 가격에 관한 것이었다. 돌아서서 몇걸음 나아가자 서점 진열대가 보였다. "위대한 작가의 신작"이라고 광고판에 씌어 있었고 그 옆에 똑같은 책 15권이 진열돼 있었다. 그 광고판과 마주한 다른 편 진열창 구석에는 다른 책의 인쇄광고가 보였다. "신사 숙녀 여러분 '사랑의 바벨탑'의 긴장에 빠져보세요…"

"'위대한' 작가라고?" 울리히는 생각했다. 그는 그 작가의 작품 한편을 읽고 절대 다른 작품은 읽지 말아야겠다고 결심했던 게 떠올랐다. 그럼에도 그 작가는 유명해진 것이다. 진열창의 독일 지성에 관해 생각하다가 울리히는 오래된 군대의 농담 하나를 떠올렸다. "모르타델라<sup>Mortadella</sup>!" 아주 인기있는 이탈리아 소시지의 이름을 빌려 인기 없는 장군을 일컫는 말이었는데 왜 그렇게 부르느냐고 물으면 '반은 돼지고 반은 당나귀'이기 때문이라고 군인들은 대답했다. 어떤 부인이 말을 걸어와 중지되기 전까지 울리히는 이 비유에 흥미롭게 집중하고 있었다. "여기서 전차를 기다리고 있나요?" 그녀가 말했다. 그제서야 그는 여기가 서점 앞이 아니라는 걸 깨달았다.

또한 그는 그사이 전차정류장 앞까지 와 있었다는 것도 몰랐다. 그에게 그걸 알려준 여성은 배낭을 메고 안경을 끼고 있었다. 마침 그 사람은 그가 아는 천문학자로 연구소의 조교였으며 남성들의 영역에서 의미있는 성취를 거둔 몇 안 되는 여성이었다. 그는 그녀의 코와 눈 밑의 처진 살을 보았다. 그 살은 끊임없는 연구에 매진한 나머지 생긴 것으로 마치 구타페르카(천연 고무 물질—옮긴이)로 만든 땀받이처럼 보였다. 짧은 로덴 치마를 입었는데 그녀의 학자적 풍모 위로 초록색 모자 위에 수탉 날개깃이 나부끼는 모습을 보고 그는 웃었다. "산에 가시나요?" 그가 물었다.

슈트라스틸 박사<sup>Dr. Strastil</sup>는 산에 가서 3일 동안 '휴양'을 할 예정이었다. "코니아토브스키<sup>Koniatowski</sup>의 논문을 어떻게 보셨습니까?" 그녀가 울리히에게 물었다. 울리히는 아무 말도 하지 않았다. "크네플러<sup>Kneppler</sup>는 화를 낼 거예요." 그녀가 말했다. "하지만 다니엘리<sup>Danielli</sup>의 정의에 대한 크네플러의 추론에 가한 코니아토브스키의 비판은 흥미롭던데요. 그렇지 않나요? 크네플러의 추론이 가능하다고 보나요?" 울리히는 어깨를 으쓱해 보였다.

논리학자들이 말하길 울리히는 아무것도 옳다고 여기지 않으면서 새로운 기초이론을 세우는 수학자에 속하는 사람이었다. 하지만 그는 논리학자들의 논리 역시 완벽하게 옳다고 여기지 않았다. 그가 작업을 이어갔다면 아마 아리스토텔레스로 돌아갔을 것이다. 그는 거기에 일가견이 있었던 것이다.

"나는 크네플러의 추론이 그냥 실수가 아니라 완벽한 허위라고 봐요." 슈트라스틸 박사가 고백했다. 그녀는 아마 그 추론이 틀리긴 했지만 그럼에도 본질적으로 허위는 아니라고 말할 수도 있었을 것이다. 그녀는 자신이 무슨 말을 하는지 알았지만 단어가 규정되지 않은 일상적인 언어로는 누구라도 명백하게 자신을 표현할 수 없을 것이다. 여행 모자를 쓰고 이런 휴일의 언어를 사용하면서 그녀는 세속의 감각적 세계에 섣불리 접촉하게 된 수도사에게서 일어났을 법한 소심한 교만을 느꼈다.

울리히는 이유도 모른 채 슈트라스틸 양과 전차에 올랐다. 아마도 크네플러에 관한 코니아토브스키의 비판이 그녀에게 너무도 중요해 보였기 때문일 것이다. 반면에 그는 그녀가 전혀 이해하지 못하는 아름다운 문학에 관해 이야기하고 싶었을 것이다. "산에서 무얼 하려고 합니까?" 그가 물었다.

그녀는 호흐슈바프$^{Hochschwab}$*에 오르고자 했다.

"아직도 산 위에는 눈이 많을 거예요. 스키를 타기에는 늦었고, 스키 없이 가기에는 너무 이르죠." 그 산을 잘 아는 그가 조언했다.

"그럼 산 아래 머물죠." 슈트라스틸 양이 대답했다. "정상으로 가는

─────
* 오스트리아 동남부 슈타이어마르크(일명 스티리아) 주에 있는 산.

도중에 있는 페르젠알름<sup>Färsenalm</sup>의 오두막에서 사흘을 머문 적이 있어요. 그저 자연만 있으면 되거든요!"

탁월한 천문학자가 자연이란 말을 할 때의 표정을 보고 울리히는 도대체 자연에서 얻는 게 뭐냐고 묻지 않을 수 없었다.

슈트라스틸 박사는 정말 화가 났다. 그녀는 알프스 산 위의 목장에서 투덜대지 않고 바위처럼 사흘을 누워 지낼 수도 있다고 말했다.

"당신이 과학자라서 그래요!" 울리히가 지적했다. "농부라면 아마 지루했을 겁니다!"

슈트라스틸 박사는 그렇게 보지 않았다. 그녀는 매주 휴일이면 걷거나 자전거나 배를 타고 자연을 찾는 수많은 사람들에 대해 말했다.

울리히는 도시를 찾아 농촌을 떠나는 농부들에 대해 말했다.

슈트라스틸 양은 그에게 원초적인 것에서 만족을 얻지 않느냐고 물었다. 음식과 사랑을 제외하고 원초적인 것은 편안한 것이지 알프스 꼭대기에 오르는 것은 아니라고 울리히는 주장했다. 그런 걸 추동하는 자연적 감성이란 오히려 현대적인 루소주의이며 복잡하고 감상적인 태도라는 것이다. 그는 자신의 말이 마음에 들지 않았지만 상관하지 않고 계속 이야기를 했는데 그건 그저 말을 끝내고 싶은 지점에 도달하지 못했기 때문이었다. 슈트라스틸 양은 의심스러운 눈초리를 보냈다. 그녀는 그를 이해할 수 없었다. 순수한 학문에서의 그녀의 방대한 사유 체험은 아무 소용이 없었다. 그녀는 그가 민첩하게 던지는 듯한 상념들을 포용할 수도 내버릴 수도 없었다. 아무 생각 없이 내뱉는 말이라고 추측할 뿐이었다. 다만 날개깃을 모자에 꽂고 그런 말을 들을 수 있다는 건 흡족했고 그녀가 여행에서 마주하려는 고독에 기쁨을 더해주었다.

그 순간 울리히의 시선은 옆 사람의 신문에 꽂혔고 큰 글자로 새겨진 신문 광고의 도입부를 보았다. "시대는 질문을 던지고, 답을 내놓는다." 그 밑에 이어지는 내용이 구두 깔창일지 하나의 강연일지 오늘날 사람들은 예측할 수 없었다. 하지만 그의 사유는 익숙한 궤도에 갑자기 올라섰다. 그의 동승자는 객관적이려 했고 조심스럽게 고백했다. "저는 문학에 대해 잘 모르고 우리 같은 사람들은 작품 읽을 시간도 없죠. 아마 저는 무엇이 옳은지도 모를 거예요. 하지만 가령," 그녀는 인기있는 사람의 이름을 댔다. "그 사람은 정말 많은 걸 줬어요. 만약 작가가 그렇듯 생동하는 느낌을 준다면, 위대한 작가라고 생각해요!"

하지만 울리히는 슈트라스틸 박사의 개념적 사유 능력의 놀라운 발전과 영혼에 대한 두드러진 몰이해의 결합을 충분히 목격했다고 생각했기 때문에 즐겁게 일어서서 동료에게 후한 아첨을 떤 후 이미 내릴 곳에서 두 정거장이나 지나왔다는 변명을 하면서 서둘러 전차에서 내렸다. 그가 정류장에 서서 다시 한번 인사를 건넬 때 슈트라스틸 양은 언젠가 그의 논문에 대한 안 좋은 평을 들었던 기억을 떠올렸고 그가 할 법한 말은 아닌 듯했지만 방금 전 헤어질 때 들은 기분 좋은 말에 인간적으로 심장이 뛰는 기분을 느꼈다. 하지만 이제 그는 완전히 이해되진 않지만 자신의 사유가 왜 문학 주변을 맴돌았는지 그리고 갑작스런 모르타델라 비유에서 시작해 뜻하지 않게 착한 슈트라스틸 양의 고백을 이끌어내기까지 한 이유를 알 것 같았다. 그가 스무살에 마지막 시를 쓴 이후 문학은 결국 그에게 아무 의미가 없었다. 전에는 비밀스런 글을 쓰는 게 한동안 규칙적인 습관이었으나, 그가 글쓰기를 포기한 것은 나이가 들었다거나 재능이 없기 때문이 아니라, 지금 생각으로 표현하자면 많은 노력이 끝내 수포로 돌아갔기 때문이라고 말하고 싶었다.

이른바 울리히는 쓰기와 읽기 전부를 괴물 같은 것으로 인식하기 때문에 더이상 책을 읽지 않는 독서 애호가 중 하나였던 것이다. '합리적인 슈트라스틸이 〈감동을 받길〉 원했다면' 그는 생각했다. (그녀는 아주 옳아! 내가 반대했다면 그녀는 음악을 비장의 증거로 내세웠을 거야!) 그리고 이미 그랬던 것처럼 그는 반은 언어로, 반은 의식 속에서 말 없는 반론으로 사유를 전개했다. 그러니까 합리적인 슈트라스틸이 예술에서 감동을 받길 원했다면 그런 예술은 모두가 원하듯이, 인간을 움직이고 흔들고 즐겁게 하고 놀라게 하고 뭔가 고상한 생각의 냄새를 맡게 하는 것이며 한마디로 말하자면 뭔가를 '체험하게' 하되 '생생한' 체험을 던져주는 것이다. 울리히 또한 그것을 전혀 비난하고 싶지 않았다. 마음속 한편으로 가벼운 감동과 저항하는 아이러니가 혼합된 무언가를 생각하고 있었다. '감정은 충분히 진귀한 것이지. 느낌이 식지 않도록 일정한 온도를 유지한다는 것은 모든 정신적인 전개가 일어나는 상태로부터 체온을 지켜내는 걸 의미할 거야. 또한 우리를 수많은 낯선 대상에 연루시키는 지적 의도의 뒤엉킴에서 벗어나 완전히 목적 없는 상태에 순간적으로 이른다면—가령 음악을 들을 때처럼—우리는 그 위로 비와 햇살이 떨어지는 꽃과 같은 생명의 상태와 유사해질 거야.' 그는 인간의 행동보다는 정신의 멈춤과 정적에 지속되는 영원이 있음을 인정하고 싶었다. 하지만 그가 먼저 '감정'을 생각하고 '체험'을 떠올린다는 건 그 안에 모순을 내포했다. 왜냐하면 의지야말로 체험이기 때문이다! 또한 행위의 꼭대기에 체험이 있기 때문이다! 비록 우리 각각의 체험이 빛을 뿜는 쓸쓸함의 절정에 도달한다 해도 그저 감정이려니 생각할 수도 있을 것이다. 하지만 최고로 순수한 상태에서 감정은 '정적'이자 모든 행동의 소멸이라는 거대한 모순이 그 순간 발생한다. 아니면 결국 모순이 아니라는 말인가? 가장 격렬한 행동도 막상 그 핵심에는 고요함이 있다는 놀라운 길항도 가능하지 않을까? 그러나 여기에서 이런 일련의 생각들이 부수적인 것이 아니라 원치 않았던 생각임이 분명해졌는데 그건 울리히가 사유의 감각적인 전환에 갑자기 저항하여 자신이 해왔던 모든 숙고를 취소했기 때문이었다. 그는 절대 확실한 상태에 대해 숙고할 마음이 없었고, 감정에 관해 생각하면서 감정에 매몰되고 싶지는 않았던 것이다.

그때 울리히는 자신이 얻고자 한 것은 기껏해야 헛된 현실성 아니면 문학의 영원한 순간성이라고 간단하게 불릴 수도 있음을 갑자기 깨달았다. 문학에는 무슨 성과가 있을까? 문학은 체험에서 체험까지를 엄청나게 에둘러 원래의 자신으로 돌아오는 길이거나 아니면 어떤 방식으로도 규정에 이르지 않는 전형적인 매혹의 상태이다. '물웅덩이는,' 그는 생각했다. '사람들에게 무의식중에 바다보다 더 깊다는 인상을 더 자주, 더 강하게 주지. 우리가 바다보다는 물웅덩이를 더 많이 체험한다는 단순한 이유 때문이야.' 그가 보기엔 일상적인 경험이야말로 가장 깊은 경험이라는 느낌과 일치하는 것 같았다. 모든 감각적인 사람들의 특징이 그러하듯 느끼는 능력을 감정 자체보다 우선시하는 것은 감각적 삶과 관련한 우리의 모든 성향에 공통된 욕망, 즉 남을 느끼게 하고 남에게서 느낌을 받고자 하는 욕망 같아서 인간적 상태로서의 순간에 비교되는 감정의 중요성과 본질을 과소평가하게 되며 결국엔 그 일반적 사례가 차고 넘치는 천박함, 미성숙, 완전한 무의미에 이르고 만다. '물론 그런 견해는,' 울리히는 좀더 생각해 보았다. '마치 닭이 깃털 속에 있듯이 자신의 감정 안에 편안히 있는 사람들, 심지어 영원은 각각의 〈인간성〉을 통해 처음부터 다시 시작 된다고 생각하며 기뻐하는 사람들의 마음을 상하게 하겠지.' 그에겐 모든 인류를 포함하는 규모에서 무시무시한 부조리에 대한 뚜렷한 이미지가 있었지만 관계가 너무 복잡하게 얽혀 있기 때문에 만족할 만한 방식으로 표현할 수 없었다.

이런 생각에 몰두하면서도 그는 지나가는 전차들을 관찰하면서 가 능한 시내 중심가까지 데려다줄 전차를 기다리고 있었다. 그는 타거 나 내리는 사람들을 보았고 기술적으로 단련된 눈으로 지금처럼 구 르는 차칸을 만들어낸 용접과 주물, 압연과 접합, 기계작업과 수작업, 역사적 발전과 현재의 기술 등의 조합을 아련하게 바라보았다. '마침 내 전차기구의 위원단이 공장에 와서 외측나무판이며 칠, 실내장식, 시트의 팔걸이, 재떨이 같은 걸 결정하지,' 그는 생각을 이어갔다. '또 한 바로 이런 사소한 것들, 몸통을 붉게 칠하느냐 녹색으로 칠하느냐, 승강대를 딛고 들어갈 때의 도약감 같은 것들이야말로 수많은 사람 들에게 중요한 것이며 그들이 간직하고 체험하는 모든 천재적인 요 소들이야. 그것이 전차들의 성격을 형성하며 거기에 속도와 편안함을 부여하지. 그런 요소 덕분에 붉은 차는 고향처럼, 푸른 차는 낯선 곳 처럼 느껴지고 수백년간 옷에 붙어 있던 사소한 것들의 냄새가 거의 유사하게 만들어지지.' 결국 부정할 수 없이 갑자기 울리히의 주된 생 각은 삶은 대부분 사소한 현실성으로 흘러든다는 사실과 그걸 기술 적으로 표현하자면 영혼에 작용하는 계수係數는 매우 작다는 사유로 흘러갔다.

그리고 갑자기, 활기차게 전차에 올라타면서 그는 중얼거렸다. "이 걸 아가테에게 알려야 해. 도덕은 우리 삶의 모든 순간적인 상태를 지속되는 상태에 종속시키는 것이라고!" 이 문장은 하나의 규정으로 그의 머릿속에 갑자기 떠올랐다. 그러나 이처럼 완벽하게 빛나는 사유는 지나가고 더 완전하게 발전되거나 세분화되진 못했지만 논리가 보완된 생각이 그 뒤를 따랐다. 감정에 순수하게 복무하기 위한 엄격한 개념적 과제가 모호하게 축약된 채 근엄한 위계질서와 함께 목전에 서 있었다. 감정은 끝없는 대양처럼 한번도 묘사된 적 없는 거대한 상태에 이르거나 봉사해야 한다. 그걸 이념이라고 해야 할까 갈망이라고 불러야 할까? 울리히에게 누이동생의 이름이 떠오른 순간 그녀의 그림자가 사유를 어둡게 했기 때문에 그는 생각을 멈춰야 했다. 그녀를 떠올릴 때마다 그는 누이와 함께 있는 동안 평소와는 다른 정신 상태였다는 생각이 들었다. 또한 자신이 열렬히 그 상태로 돌아가고 싶어한다는 걸 알았다. 그러나 다음날 상대방의 얼굴을 볼 수 없을 정도로 술에 취해 무릎을 꿇은 사람과 다를 것 없이 자신이 우스꽝스럽고 도취된 행동을 했다는 부끄러운 기억이 동시에 엄습했다. 남매 사이의 절제되고 균형잡힌 정신적 교류를 고려해볼 때 그런 부끄러움은 엄청난 과장이었고 그 근거를 찾자면 아직 형태를 갖추지 못한 감정의 반응에 불과했을 것이다. 그는 며칠 내에 아가테를 만날 것임을 알았고 방해될 만한 건 아무것도 없었다. 그녀가 정말 뭔가 나쁜 짓을 했을까? 마음이 식는 바람에 그녀가 모든 것에서 손을 떼었으리라고 추측할 수도 있었다. 하지만 그는 아가테가 계획을 포기하지 않았으리라는 생생한 예감에 사로잡혀 있었다. 그는 그녀에게 물어볼 수도 있었을 것이다. 경고의 편지를 보내야겠다는 의무감에 다시 사로잡히

기도 했다. 하지만 잠시라도 진지하게 대책을 검토해보는 대신 그는 과연 무엇 때문에 아가테가 그런 엉뚱한 행동을 감행하는지를 상상해보았다. 그녀의 믿을 수 없이 격렬한 처신은 그에게 신뢰를 보내는 것이자 자신을 그의 손에 맡기려는 것이라고 울리히는 생각했다. '아가테에겐 현실감각이 거의 없어,' 그는 생각했다. '하지만 놀라운 방식으로 자기가 하고 싶은 것을 행하지. 무모하다고 할 수 있지만 바로 그런 이유로 과감하다고 볼 수도 있어! 그녀가 나쁜 생각을 할 때 세계는 루비처럼 붉게 보일 거야!' 그는 푸근하게 미소짓고는 동승한 사람들을 둘러보았다. 사람들에겐 분명 나쁜 생각이 있고 그걸 억누르면서도 스스로를 지나치게 비난하진 않는다. 하지만 누구도 이런 생각을 자신 밖에, 다시 말해 꿈속 체험의 매혹적인 접근 불가능성을 제공하는 타인 속에 갖고 있지는 않다.

편지를 끝마치지 못한 이후 그는 처음으로 더이상 선택할 것이 없으며 여전히 머뭇거리는 상태에 있음을 뚜렷이 깨달았다. 그 상태의 규칙—그가 신성하다고 부름으로써 감히 교만한 모호함을 드러낸—에 의하면 아가테의 잘못은 회개가 아니라 오직 그에 따르는 행동으로 보상될 수 있었으니 원초적 의미에 부합하는 회개란 손상된 상태가 아니라 불로 정화된 상태이기 때문이었다. 아가테의 불쾌한 남편에게 손실을 보상해주거나 손해가 없게 한다는 것은 가해진 손상을 되돌린다는 의미이며 따라서 일반적인 선한 행동에 존재하는—스스로 내적인 제로 상태가 되는—이중적이며 손상을 초래하는 부정否定을 의미한다. 하지만 하가우어를 위해 불안정한 짐을 '덜어주는' 일은 그를 위해 거대한 동정심을 끌어내야 가능했으며 경악 없이는 상상하기 힘들었다. 결국 울리히가 순응하고자 한 논리에 따르면 손상은 그것과 다른 어떤 것으로 보상돼야 하며 그는 그 보상이 그와 여동생의 전체 삶이 되어야 한다는 사실을 한순간도 의심하지 않았다. '감히 말해보자면,' 그는 확신했다. '사울은 자신이 저지른 모든 죄들을 보상하는 대신 그냥 바울로 변해버린 것이지!'* 하지만 이런 기묘한 논리에 반해 평범한 감정과 신념은 먼저 동생 남편과의 정산을 바르게 하고 새로운 삶을 모색하는 게 더 분별있고 나중의 도약을 방해하지 않는 행동임을 역설하고 있었다. 그를 사로잡은 모든 도덕은 절대 금융 거래나 그와 관련된 일에 어울리지 않았다. 해결될 수 없고 모순적인 일들은 다른 삶과 일상적 삶 사이의 경계에서 일어나기 마련이었고 우리는 그 경계에 처하기보다는 세상의 단정함에서 나온 일상적이고 침착한 방식으로 대처하는 것이 가장 좋을 것이다. 하지만 울리히는 우리가 무조건적인 선의 영역에 과감하게 돌진하려면 선의 일상적인 조건에 머물러서는 안 된다는 느낌에 다시 빠져들었다. 새로운 영역으로 발걸음을 내딛겠다는 그의 과제는 어떤 후퇴도 용인하지 않으려 했다.

그가 강한 혐오를 가지고 방어한 마지막 보루는 나, 느낌, 선, 다른 선, 악 따위처럼 자신이 이용했던 말들, 즉 너무 개인적이고 붕 떠 있으며 얄팍하게 추상적이어서 그저 미숙한 사람들의 도덕적 숙고에 어울리는 이미지들에 맞서는 것이었다. 스스로의 이야기를 추적한 사람들이라면 누구에게나 일어날 일이 그에게도 일어났고 그는 화가 난 채 몇몇 단어들을 골라서 스스로에게 자문했다. "'감정의 생산과 결과?' 얼마나 기계적이고 합리적이며 인간을 모르는 생각인가! '모든 개별 상태가 종속되는 지속 상태의 문제로서 도덕.' 그게 다라고?

---

* 신약성경에 따르면, 예수 믿는 자들을 체포하기 위해 다마스쿠스로 향하던 사울은 한번에 회심하여 크리스천이 되었고, 사도로 헌신하며 바울로 개명했다.

얼마나 비인간적인가!" 이성적인 인간의 눈으로 본다면 모든 것은 극도로 전도돼 보일 것이다. '도덕의 본질이란 중요한 감정이 항상 같은 상태에 머문다는 것이지.' 울리히는 생각했다. '또한 모든 개별 인간들이 해야 할 일은 그 감정과 일치되는 행동이야.' 하지만 바로 그때 그를 둘러싼, 제도용 T자와 컴퍼스로 창조된 구불거리는 지역이 어떤 지점에서 멈췄고 그 지점에서 현대적인 교통수단의 몸통에서 밖을 내다보며 여전히 마지못해 그 일부로 있던 그의 시선은 바로크 시대 이래로 길가에 서 있던 돌기둥에 가닿았고 무의식적으로 당연시되던 이성적인 창조물의 기술적인 편안함은 돌기둥의 구식 풍모가 내뿜는 갑작스런 열정─돌이 돼버린 복통과도 어딘가 유사한─과 홀연히 대립하게 되었다. 이 시각적 충돌의 효과는 울리히가 방금 피하려고 했던 사유에 강력한 확증을 던져주었다. 그 어떤 삶의 무지가 이런 우연한 발견에서만큼 명확히 드러날 수 있을까? 그런 대립적인 상황에 처했을 때 흔히 그러듯이 자기 취향대로 지금 아니면 옛날 식의 입장을 취하는 대신 그의 정신은 단 한순간의 머뭇거림 없이 옛것과 새것 모두에서 자유로웠으며 오직 근본적으로 도덕적인 문제의 위대한 전개만 바라보았다. 그는 이른바 양식, 문화, 시대의 의지, 또는 삶의 방식이라고 간주되며 그 이유로 칭송되는 것들의 허망함이야말로 도덕적 나약함에 불과하다는 데 추호의 의심도 없었다. 왜냐하면 시대의 거대한 규모 속에서 이런 나약함은 정확히 더 작은 규모의 개인적 삶을 의미하기 때문이다. 가령 그런 나약함은 자신의 능력을 편향되게 발전시키고 허황된 과장에 소멸시키며 자신의 의지에 어떤 척도도 가져오지 못하고 결코 완전한 형식을 만들지 못하며 일관성 없는 열정으로 이랬다저랬다 하는 것을 의미한다. 그리하여 그에게는 이른바 시대의 변혁이나 진보라고 불리는 것들은 물론 이런 실험들 중 어떤 것도 부단한 발전의 가능성, 지속적인 기쁨, 위대한 미─오늘날 고작 우리 삶에 이따금 그림자를 드리우는─의 엄숙함을 가져다줄 공통의 이해에 이르지 못한다는 점을 보여줄 뿐이었다.

물론 모든 것을 무無로 취급하는 것이 울리히에게는 터무니없는 오만으로 다가왔다. 하지만 그것은 결국 무였다. 존재는 측정 불가능하고 의미는 혼돈에 빠졌다. 그 결과로 볼 때 그것은 현재의 영혼에서 만들어진 것에 불과하며 따라서 그리 충분치 않다. 생각하는 동안 울리히는 마치 자신의 세계관이 허락한 인생의 마지막 식사에 참석한 것처럼 편안한 기분으로 '충분치 않다'에 몰입했다. 그는 전차에서 내려 도심으로 빨리 갈 수 있는 지름길로 접어들었다. 그는 지하 창고에서 나온 기분이었다. 거리는 즐거움으로 지글거렸으며 여름날처럼 때 이른 열기로 가득 차 있었다. 혼잣말을 내뱉을 때의 달콤하고 독한 맛은 그의 입에서 떠나버렸다. 모든 것은 숨김이 없었고 햇빛 가운데 자리했다. 울리히는 거의 모든 진열대에서 걸음을 멈추었다. 저렇게 다채로운 색깔의 병들, 마개가 달린 방향제들, 수많은 모양의 손톱가위들, 미장원 진열장 하나에도 얼마나 많은 천재성들이 놓여 있는가! 장갑 가게는 어떤가. 도대체 어떻게 된 발명품이길래 부인의 손에 끼워진 염소의 가죽이 사람의 손보다 더 우아하단 말인가! 그는 마치 처음 보는 듯, 풍요로운 생활의 수많은 사랑스런 소유물들Habseligkeiten 이 당연시되는 것을 보고 경악했다. 소유(hab-selig, 축복받은 가짐이란 뜻─옮긴이)라니, 얼마나 매혹적인 말인가! 또한 함께 살아가는 것들의 엄청난 협약이란 얼마나 큰 행운인가! 여기 있는 어떤 것에서도 삶의 지각地殼이, 열정이라는 비포장도로가, 무엇보다─그는 정말 여기에 공감했는데—문명화되지 않은 영혼이 느껴지지 않았다. 누군가의 밝고 날씬한 시선, 그 부드럽고 관용적인 시선이 모든 색으로 펼쳐진 과일과 보석, 직물, 형태와 유혹의 꽃밭으로 떨어져 내린다. 그때는 하얀 피부가 선호되어 햇볕을 피했기 때문에 개개의 화려한 양산들이 비단 같은 그림자를 여자들의 창백한 얼굴에 드리우며 군중 위로 떠다니고 있었다. 심지어 울리히의 시선은 식당의 유리창 곁을 지나면서 목격한, 희디흰 식탁보 위에 놓여 있어서 그림자 가장자리로 푸른 면이 생긴 우중충한 황금색 맥주잔에도 매료되었다. 때마침 내부에 붉고 자주색이 도는 대주교의 부드러우면서도 둔중한 사륜마차가 그의 곁을 지나갔다. 대주교의 마차가 틀림없는 것은, 울리히가 목격한 그 마차가 아주 경건해 보였거니와 두 명의 경찰이 자신들의 전임자가 예수의 옆구리에 창을 찌른 것은 잠시 잊은 듯 자세를 취하더니 그 신의 추종자에게 경례를 올렸기 때문이었다.

그는 방금 전까지도 '인생의 헛된 현실성'이라고 불렀던 이런 인상에 강렬하게 몰입했고 그가 세상을 조금씩 흡수하는 동안 원래의 적대적인 태도가 다시 나타났다. 울리히는 자기 통찰의 약점이 어디 있는지를 이제 정확히 알았다. '이런 독단 가운데,' 그는 자문했다. '위나 아래나 뒤에 숨은 결과를 찾는 게 도대체 무슨 의미가 있을까? 그게 철학이라도 된다는 말인가? 모든 걸 포괄하는 확신, 규칙이라도? 아니면 신의 손가락? 아니면 그 대신에 도덕은 여태껏 〈귀납적 성향〉이 부족했고 우리가 선해지는 건 생각보다 어려우며 그러니 학문 전반이 그러하듯 끊임없는 공동작업이 필요하다는 점을 수용하는 것? 나는 도덕이 뭔가 지속적인 것에서 나올 수 없기 때문에 어떤 도덕도 믿지 않지. 도덕에는 오직 과거의 상태를 쓸데없이 고집하려는 규칙만이 있을 뿐이야. 또한 나는 심오한 도덕 없이는 어떤 심오한 행복도 있을 수 없다고 생각해. 하지만 그런 생각을 하는 건 부자연스럽고 나약해 보이며 무엇보다 내가 원하는 것도 아니지.' 사실 그는 '내가 받아들인 것은 무엇이지?'라고 좀더 간단하게 물어볼 수 있었으며 또한 그렇게 질문했다. 하지만 이 질문은 그의 사유보다는 감성을 자극했다. 정말 그 질문은 사유를 정지시켰고 그것을 파악하기도 전에 전략적인 계획을 향해 늘 깨어 있던 그의 기쁨을 빼앗아갔다. 그것은 처음에는 어두운 음조로 그의 귀 가까이에 함께 있었다. 그러더니 그 음조는 다른 사물들보다 한 옥타브 낮게 그의 내면에 자리잡았고 마침내 울리히는 그 질문과 하나가 되었으며 넓은 음정에 둘러싸인 밝고 거친 세상에서 스스로 기이하게 깊은 음조가 되는 듯한 기분에 빠져들었다. 그러니 그가 진짜로 받아들인 것은 무엇이며 약속한 것은 무엇인가?

그는 치열하게 사유했다. 하나의 비유일지라도 그가 언급했던 '천년왕국'은 그저 농담만은 아니었다. 우리가 이 약속을 진지하게 받아들이면, 서로간의 사랑의 도움으로 세속적이면서도 초월적인 상태에서 살며 그리하여 그런 상태를 고양시키고 유지하는 것만을 느끼고 행한다는 소망에 이를 것이다. 그가 생각하는 한 그런 인간 상태에 대한 암시가 있음은 확실했다. 그건 '소령 부인과의 사건'*에서 시작되었으며 이후의 경험들은 보잘것없었지만 항상 동일한 성격을 띠었다. 모든 걸 종합해보자면, 울리히가 '인류의 타락'이자 '원죄'라고 믿는 것과 다르지 않았다. 말하자면 인류가 과거의 언젠가 근원적인 태도의 변화를 겪은 적이 있는데 그는 대략 한 연인이 정신을 차렸을 때로

---

* 2부 32장에서 울리히가 스무살 시절 어느 소령 부인과 나눈 사랑의 열병을 회상하는 장면이 나온다.

거슬러 올라간다고 생각하길 좋아했다. 그때 연인은 전체의 진실을 보았지만 거대한 것은 이미 산산조각이 났으며 진리는 여기저기 파편으로 흩어진 채 다시 짜맞춰지고 있었다. 아마 정신의 이런 변화를 만들어내고 수많은 경험과 죄를 통해 현명해진 후에야 거기로 돌아갈 수 있는 원초적인 상태에서 인류를 쫓아낸 것은 바로 '인식'의 사과였을 것이다. 하지만 울리히는 그런 이야기를 전해진 그대로가 아니라 자신이 해석한 바대로 믿었다. 그의 믿음은 스스로의 감정 체계를 자기 앞에 펼쳐놓은 계산기 같았다. 그것 중 아무것도 정당화될 수 없다는 사실을 깨달은 그는 본성을 직관적으로 인식할 수 있는 환상적인 가정을 도입해야 한다고 결론을 내렸다. 그건 전혀 하찮은 일이 아니었다! 그는 그런 생각을 자주 떠올렸지만 그런 생각에 자신의 삶을 진지하게 걸어야 할지를 수일 내로 결정하는 경지에는 한번도 도달한 적이 없었다. 땀이 그의 모자와 목 아래로 희미하게 흘렀고 가까이서 그를 밀치는 사람들 때문에 신경이 곤두섰다. 그가 생각한 것은 모든 살아있는 관계와의 작별과 비슷했다. 그는 어떤 환상도 품지 않았다. 오늘날 우리의 삶은 조각나 있고 그 조각들이 다른 사람들과 연결돼 있다. 우리가 꿈꾼 것은 보편적인 꿈은 물론 다른 사람들이 꾼 꿈과 연관돼 있다. 우리의 행위는 그 자체보다 타인의 행위와 더 밀접하게 연결돼 있으며 우리의 믿음은 우리가 그 일부의 지분만 소유한 큰 믿음과 연결돼 있다. 그러므로 완전히 자신의 개인적 현실에만 기대 행동한다는 것은 매우 비현실적인 일이다. 또한 그는 우리가 신념을 공유하고 그럼으로써 도덕적 모순 속에서 살아갈 용기를 가져야 한다는 생각에 평생 사로잡혀 있었다. 그것이 위대한 성취를 희생한 보상이기 때문이다. 다른 방식의 가능성과 의미로 산다는 자신의

305

생각을 그는 확신하고 있었을까? 절대 아니다! 그럼에도 그는 감정이 어느 정도 거기에 관여하고 있음을 피할 수 없었고 그건 마치 자신의 감정이 수년간 고대해온 명백한 사실의 징후와 마주한 것만 같았다.

이제 그는 과연 무엇 때문에 자기애에 빠진 사람처럼 영혼과 상관없는 일이라면 아무것도 하고 싶지 않게 되었는지 자신에게 묻지 않을 수 없었다. 그건 오늘날 모든 사람이 매진하는 일상적 삶의 신념과 어긋나는 것이고 신에 지배받던 시대에나 번성할 수 있었던 그런 시도는 떠오르는 태양에 의해 물러가는 새벽처럼 이미 사라진 것이었다. 울리히는 자신의 취향과는 점점 더 충돌하는 은둔과 감미로움의 향취를 자신에게서 감지했다. 결국 그는 무절제한 생각이 떠오를 때마다 자제하려고 노력했고 자신이 기이한 방식으로 누이에게 전수한 천년왕국의 약속이 이성적으로 봤을 때 일종의 유익한 선행에 지나지 않는다는 식으로─아주 솔직하게는 아니지만─자신을 타일렀다. 아가테와의 삶은 아마도 그에게 여태껏 매우 부족했던 세심함과 이타심을 요구할 것이다. 눈에 띄게 투명한 구름이 하늘을 지나가는 것을 기억하듯 그는 이미 지나간, 그녀와 함께했던 특정한 순간을 기억했다. '아마도 천년왕국의 내용이란 처음에는 그저 두 사람에게 나타났다가 요란한 공동체로 번져가는 그런 힘을 부풀린 건 아닐까?' 그는 뭔가에 사로잡혀 생각했다. 기억에서 불러낸 '소령 부인과의 사건'에서 다시금 해결책을 구해보았다. 미숙함 때문에 타락의 원인이 되었던 사랑의 환상은 제쳐두고 그는 당시 자신이 고독 속에서 감당했던 관대한 숭배와 선의의 감정에 주의를 기울였다. 신뢰와 애착을 느끼거나 다른 이를 위해 산다는 것은 눈물 나는 행복임에 분명했고, 하루가 작열하며 저녁의 평화로 가라앉는 것처럼 아름다웠으며, 어느 정도는 기쁨이 억제되면서 정신은 고요해지는 울음 같았다. 그러는 사이 그의 계획은 마치 두 노총각이 한집에 살려는 시도처럼 우스꽝스럽게 보였고 그런 환상의 경련에서 그는 형제애에 헌신하는 삶이 자신을 채워주기엔 얼마나 부족한지를 새삼 느꼈다. 다소 무심하게 그는 아가테와 자신의 관계가 처음부터 상당히 반사회적으로 엮여 있었음을 인정했다. 하가우어와 관련된 유언장의 위조뿐 아니라 모든 감정의 톤은 뭔가 과격함을 띠었고 남매 사이에는 의심할 바 없이 서로에 대한 사랑보다는 나머지 세계에 대한 혐오가 자리하고 있었다. '아니야!' 울리히는 생각했다. '다른 사람을 위해 살기 원한다는 것은 이기주의의 파산이자 동료와 함께 그 망한 이기주의 옆에 새로운 가게를 여는 걸 의미한다고!'

사실 이런 예리하게 빛나는 인식에도 불구하고 그의 집중력은 내면의 불확실한 빛을 세속의 램프로 가둬두려는 유혹에 빠지는 순간 이미 한계를 넘어서고 있었다. 그리고 그것이 오류임이 드러나자 그의 사유는 결정을 내려야 한다는 강박에서 벗어났고 그는 기꺼이 다른 데로 눈을 돌릴 수 있었다. 가까운 곳에서 두 사람이 부딪히더니 결투라도 벌이겠다는 듯 불쾌한 말을 주고받았고 울리히가 새삼 관심을 가지고 그 광경에서 눈을 떼지 못할 때 그의 시선은 마치 줄기 위에서 고개를 끄덕이는 풍만한 꽃 같은 한 여인과 마주쳤다. 외부를 향한 관심과 감정이 적당히 섞인 즐거운 기분 가운데 그는 현실의 인간들은 상대를 사랑하는 데 있어서 두 가지 이상적인 명령을 따른다는 생각에 이르렀다. 하나는 상대를 견디지 못한다는 것이고 다른 하나는 그것을 만회하기 위해 상대와 성관계를 가진다는 것이다. 아무 생각 없이 몇걸음 걸은 후에 그는 여자를 따라 방향을 돌렸다. 시선이 마주친 뒤에 자동적으로 일어난 일이었다. 그녀의 옷에 비치는 몸은 수면 가까이 있는 거대하고 흰 물고기 같은 형상을 하고 있었다. 그는 남자답게 작살을 던져 그 물고기가 버둥거리는 모습을 보고 싶었지만 그런 욕망과 함께 거부감도 일었다. 알아차리기 힘든 징후를 통해 그는 여성이 누군가 뒤따라온다는 사실을 눈치채고 그것을 용인한다는 확신을 얻었다. 그는 그녀가 사회적으로 어떤 계층에 속하는지를 짐작해보았고 대충 중상류층일 거라 추측했지만 딱히 규정하긴 쉽지 않았다. '상인 집안? 아니면 관료 집안?' 그는 자문했다. 여러 이미지가 마구 머릿속에 떠올랐고 그중엔 심지어 약국도 있었다. 그는 집에 돌아온 그녀의 남편에게서 나는 자극적이고 달콤한 냄새를 맡았고 최근 그 집을 비추고 지나간 빈집털이범의 흔들리는 불빛조차 내비치지 않는 그 집의 촘촘한 공기를 감지했다. 의심할 바 없이 그것은 극도로 혐오스럽고 그럼에도 염치없이 매혹적이었다.

또한 울리히가 여자를 계속 뒤쫓으면서도 그녀가 어느 진열장 앞에 멈췄을 때 멍청하게 비틀거리며 지나갈지 그녀에게 말을 걸어야 할지 두려워하는 동안 그의 내면에는 여전히 흔들리지 않는 또렷한 무언가가 있었다. '아가테는 대체 나한테 무엇을 원하는 걸까?' 처음으로 자문해봤다. 그는 그게 무엇인지 몰랐다. 추측건대 아마도 자신이 그녀에게 바라는 바와 비슷할 것 같았지만 느낌일 뿐이었다. 그렇게 빨리, 그리고 예측할 수 없게 모든 일이 일어났다니 얼마나 놀라운가! 어린 시절의 몇몇 기억을 제외하고 그는 여동생에 대해 알지 못했고 그가 알게 된 것들, 가령 하가우어와 몇해 동안 이어온 관계 역시 그리 달갑잖은 것들뿐이었다. 그는 아버지의 집에 가까워졌을 때 찾아온, 혐오에 가까웠던 기이한 망설임을 다시금 떠올렸다. 그러고는 갑자기 하나의 상념이 그에게 깃들였다. '아가테를 향한 나의 감정은 그저 상상일 뿐이야!' 주변이 원하는 것과는 다른 무엇을 끊임없이 원하는 사람의 내면에선,—그는 다시 진지한 생각을 이어갔다—또한 항상 강한 혐오에 차 있고 절대 뭔가를 좋아하지 않는 사람의 내면에선 평범한 친절과 따뜻한 인간의 선의는 쉽게 깨지고 비인격적인 사랑의 안개 아래를 떠도는 차가운 딱딱함으로 변하기 마련이다. 그는 한때 그것을 세라핌* 같은 사랑이라고 불렀다. 상대 없는 사랑이라고 불릴 수도 있었다. 또는 성행위 없는 사랑이라고 불러도 좋을 것이다. 오늘날 우리는 오직 이성애적인 사랑을 한다. 같은 성은 서로를 견디지 못하고 성별을 교차하는 사람들은 그런 강요에 대한 과대평가를 점점 더 거부함으로써 사랑을 한다. 세라핌 같은 사랑은 그러나 이런 두 경향에서 자유롭다. 세라핌 같은 사랑은 사회적이고 성적인 혐오의 역류에서 자유로운 사랑이다. '우리는 현대 생활의 잔인함과 함께 도처에서 감지되는 이런 사랑을 형제애에는 허락되지 않은, 시대의 자매애라고 부를 수 있지….' 그는 화가 난 듯 움찔거리면서 이렇게 중얼거렸다.

비록 마지막엔 이런 결론에 이르렀지만 그는 동시에 끊임없이 어떤 방법으로도 도달할 수 없는 어떤 여인을 꿈꾸었다. 그녀는 마치 피를 다 쏟고 죽은 것처럼 건조한 공기에 색깔만은 극도의 열정으로 불타오르는 그런 늦가을의 산처럼 그의 눈앞에 아른거렸다. 그는 끝없이 신비한 층을 이루는 푸른 전망을 바라보았다. 그는 자신을 앞서가던 부인을 완전히 잊어버렸고, 모든 열망에서 멀어져 사랑으로 접근하는 것 같았다.

---

\* 구품천사 가운데 가장 높은 천사를 일컫는 가톨릭 용어. 치품천사라고도 한다.

그는 앞선 여자와 비슷하지만 그리 뻔뻔하거나 뚱뚱하지 않고 파스텔화처럼 섬세하고 사교적이며 몇분 사이에 깊은 인상을 심어준 또다른 여인의 세심한 시선을 받고 있었다. 그는 올려다보았고 내면의 힘이 다 빠진 상태에서 그 아름다운 부인이 보나데아임을 알아보았다.

그 화창한 날이 그녀를 거리로 유혹한 것이다. 울리히는 시계를 쳐다보았다. 그는 겨우 15분을 산책했고 라인스도르프의 저택을 떠난 지는 45분밖에 되지 않았다. 보나데아가 말했다. "오늘 난 시간이 없어." 울리히는 생각했다. '하루란 얼마나 긴 시간인가, 그러니 일년이란, 평생의 결심이란 말해 무엇할까!' 그건 측정할 수 없는 것이었다.

## 23.
### 보나데아 또는 재발 再發

그렇게 해서 울리히는 얼마 안 있어 헤어진 여자친구의 방문을 받았다. 그의 입장에서는 디오티마와 친분을 맺기 위해 자기 이름을 오용한 보나데아를 책망하기에도, 또한 보나데아의 입장에선 그의 긴 침묵을 책망하고 자신이 경솔한 행동에 연루된 것, 그리고 디오티마를 '비열한 뱀'이라고 비난한 것에 대한 해명과 동시에 관련된 증거를 대기에도 거리에서의 만남으론 시간이 부족했던 것이다. 그리하여 그녀와 그녀의 헤어진 친구는 다시 한번 만나 이야기를 나누기로 빠르게 의견일치를 보았다.

그의 앞에 등장한 사람은 디오티마처럼 순수하고 고귀해지기 위해 거울 앞에서 눈을 가늘게 뜨고 관찰한 끝에 그리스인처럼 보일 때까지 손가락으로 머리카락을 꼬아대던 그 보나데아가 아니었고 그런 금단증상을 다스리던 광란의 밤에 자신의 우상을 여성의 직감으로 파렴치하게 비난해대던 그 보나데아도 아니었다. 오히려 최신 유행을 따라 머리카락을 그리 영리하지 못한 이마 위로 내리거나 뒤로 넘긴 채 마치 불 위로 치솟는 공기처럼 눈 속에 무엇인가 항상 이글거리는 사랑스런 예전의 보나데아였다. 그녀가 자신과의 관계를 사촌에게 털어놓은 것에 대해 울리히가 답변을 요구하는 동안 그녀는 거울 앞에서 조심스럽게 모자를 벗었다. 또한 그녀가 무슨 말을 했는지 그가 정확히 알고 싶어하자 그녀는 흡족해하며 모오스부르거가 완전히 잊혀지지 않도록 해달라는 편지를 울리히에게 받았으며 그 편지 작성자가 고귀한 뜻을 품은 사람이라고 종종 칭송한 부인에게 의지할 수밖에 없다고 디오티마에게 말했다고 상세히 털어놓았다. 그러더니 그녀는 울리히의 의자 팔걸이에 앉아서는 그의 이마에 키스하고는 편지를 빼고는 모든 것이 사실이라고 겸손하게 주장했다.

그녀의 가슴에선 엄청난 열기가 뿜어져 나왔다.

"그럼 왜 내 사촌을 뱀이라고 부른 거지? 당신이야말로 뱀이면서!" 울리히가 말했다.

울리히는 생각에 잠긴 듯 보나데아에게서 눈을 떼 멀리 벽 쪽을 바라보았다. "글쎄, 모르겠네," 그녀는 대답했다. "그녀는 나한테 아주 친절해. 나에게 관심도 많고!"

"그게 무슨 말이지?" 울리히가 물었다. "이제 당신이 진, 선, 미를 향한 그녀의 탐구에 참여한다는 말인가?"

보나데아가 대답했다. "그녀는 어떤 여자도 온힘을 다해 사랑을 위해 살 수 없다고 말했어. 자신도 나보다 나을 게 없다면서 말이야. 그러니 모든 여자들은 운명에 의해 마련된 위치에서 의무를 다해야 한다는 것이지. 그녀는 정말 품위있는 사람이야." 보나데아는 좀더 신중하게 말을 이었다. "그녀는 남편에게 관대하라고 말했어. 그리고 뛰어난 여성은 결혼을 지배함으로써 뜻깊은 행복을 찾는다고 주장했지. 그녀는 어떤 불륜보다 그걸 더 높게 평가했어. 나 또한 항상 그렇게 생각해왔고!"

정말이지 사실이었다. 왜냐하면 보나데아는 한번도 그 말과 다르게 생각한 적이 없었고 그저 항상 다르게 행동하기만 했기 때문에 아무 거리낌 없이 동의할 수 있었다. 울리히가 그렇게 대답하자 또다른 키스가 건너왔는데 이번에는 이마 아래쪽이었다. "당신은 내 일부다처제의 균형polygames Gleichgewicht을 무너뜨리는군!" 그녀는 자신의 생각과 행위 사이에 벌어진 모순을 해명하려는 듯 낮은 한숨을 내쉬며 말했다. 여러번 질문한 끝에 그녀가 말하고자 했던 것은 '다선성 균형' polyglanduläres Gleichgewicht이라는, 내분비의 균형을 뜻하는 생리학 용어로서 당시의 전문가들이나 이해할 법한 말이었고, 그 뜻인즉 혈액에 작용하는 특정 분비선이 활성화되고 억제됨에 따라 성격에 영향을 준다는 말로, 이른바 성미가 그런 작용에 해당되는데 특별히 보나데아 같은 성미는 어떤 상태에서 큰 고통에 이를 수 있다는 말이었다. 울리히는 호기심에 찬 듯 이마를 치켜올렸다.

"그러니까 분비선에 관해서는," 보나데아가 요약했다. "뭐 어찌해 볼 수 없다는 걸 알았다는 점에서 오히려 다행이지!" 그녀는 잃어버린 친구를 향해 애처롭게 미소지었다. "그 균형이 쉽게 무너지는 사람은 성생활 실패가 나타날 가능성이 높아져!"

"하지만 보나데아," 울리히가 놀라서 물었다. "왜 갑자기 이런 식으로 말하지?"

"내가 배운 거니까. 당신 사촌이 말하길 당신이 실패한 성생활의 사례라고 하더군. 하지만 우리가 행하는 어떤 것도 그저 개인적인 일이 아니라는 점을 명심한다면 육체와 영혼에 미치는 충격적인 결과를 피할 수 있다고도 했어. 그녀는 정말 좋은 사람이야. 그녀는 내가 사랑을 총체적인 관점에서 보지 못하고 너무 지엽적인 부분에 매달리는 게 잘못이라고 주장하더군. 당신도 알겠지만 지엽적이라는 말은 그녀에게 '조야한 체험'을 뜻하지. 그녀의 설명 덕분에 뭔가를 배운다는 건 정말 흥미로운 일이야. 하지만 한 가지는 마음에 들지 않아. 그녀는 강한 여성이라면 인생의 목적을 일부일처 상태에서 추구해야 하며 예술가처럼 사랑해야 한다고 말하면서도 자신은 셋, 혹은 당신까지 포함하면 넷까지도 남자들을 예비로 두고 있단 말이야. 지금 날 행복하게 해줄 사람은 아무도 없는데!"

그녀가 자신의 탈영한 예비병을 읊조릴 때의 그 시선은 따듯하고도 의심에 차 있었다. 하지만 울리히는 모른 척하려 했다.

"당신들이 나에 대해 이야기했다고?" 그는 불길한 예감에 사로잡혀 물었다.

"아, 이따금 했을 뿐이야." 보나데아가 대답했다. "당신 사촌에게 사례가 필요할 때 아니면 당신의 장군 친구가 있을 때."

"아마 아른하임도 같이 있었겠지."

"그는 고귀한 여성들의 대화를 품위있게 경청하지." 보나데아는 눈에 띄지 않는 모방에 재능을 보이며 그를 조롱하더니 진지하게 덧붙였다. "그가 당신 사촌을 대하는 방식은 마음에 들지 않더군. 그는 늘 다른 곳에 머물렀고 여기 있을 때는 사람들에게 너무 말을 많이 했어. 또한 그녀가 가령 폰 슈테른 부인을 언급할 때…"

"폰 슈타인 부인 Charlotte von Stein* 말인가?" 울리히가 정정해주었다.

"당연히 슈타인 부인이지. 그 부인에 대해서 디오티마는 정말 자주 이야기했어. 그리고 폰 슈타인 부인과 또 하나의 부인 사이의 관계에 대해서도 말했는데 그 불… 이름이 뭐더라, 뭔가 점잖지 못한 이름이었는데?"

"불피우스. Vulpius**"

"맞아. 당신도 알지만 너무 많은 외국단어들을 듣다보니 아주 간단한 것은 잊어버리고 말거든! 아무튼 그녀가 폰 슈타인 부인과 다른 사람들을 비교하는 동안 아른하임은 자신의 우상에 비하면 나는 그저 방금 당신이 말했던 여자 정도라는 듯 나를 유심히 쳐다보지."

울리히는 다시금 이런 변화가 어떻게 일어났는지를 말해달라고 다그쳤다.

결국 보나데아가 자신이 울리히의 신뢰를 받는 사람임을 주장함에 따라 디오티마의 신뢰 역시 아주 높아진 것이었다.

울리히가 화가 난 김에 부주의하게 그녀가 색정증이라고 내뱉은 말은 그의 사촌에게 엄청난 효과가 있었다. 디오티마는 그녀를 거의 드러나지 않게 사회사업에 헌신하는 부인으로 소개해 모임에 끌어들였고 비밀스럽게 그녀를 관찰했다. 디오티마 집의 내부를 부드러운

---

* 괴테와 수많은 편지를 주고받은 연상의 여인으로 괴테의 예술적·인간적 완성에 큰 영향을 주었다.
** 괴테가 39세에 만나 57세에 결혼한 여인으로 그보다 16세나 어렸다. 낮은 신분과 부족한 교양 때문에 어울리지 않은 커플이라는 비난에 시달렸다.

압지처럼 눈으로 빨아들이는 이 침입자는 아주 기묘했을 뿐 아니라 그녀의 마음에 두려움에 가까운 여성적 호기심을 불러일으켰다. 사실을 말하자면 디오티마가 '성병'이란 단어를 말할 때 새로운 지인이 실제로 무엇을 할지 상상할 때와 같은 모호한 느낌이 들었고 이런저런 상황에서 불편한 양심을 가지고 보나데아에게 불가능한 행동, 치욕, 또는 불명예를 기대했다. 하지만 보나데아는 버릇없는 아이들이 도덕적인 경쟁을 일깨우는 상황에서 특별히 발휘하는 점잖은 행동으로 자신의 야심을 억누름으로써 이런 불신을 잠재울 수 있었다. 보나데아는 심지어 디오티마에 대한 질투마저 잊어버렸고 디오티마는 이 불안한 피후견인이 자신과 마찬가지로 이상에 빠져 있다는 걸 알고 깜짝 놀랐다. 그녀 자신의 처지가 색정증이라는 저속한 비밀 속에서 일종의 여성적인 다모클레스의 칼*—얇은 실에 매달려 정결한 게노베바**의 머리 위에 흔들리는 칼이라고 그녀가 말했던—을 공감하게끔 했기 때문에 디오티마는 스스로 '타락한 자매'라고 생각하는 그녀의 후견인이 되었고 그녀에게 각별한 관심을 두게 되었다. "나의 아이," 그녀는 거의 자신과 같은 나이인 보나데아를 위로하며 가르쳤다. "마음속으로 신뢰하지 못한 사람을 끌어안는 것만큼 비극적인 일은 없지요!" 그러면서 자신의 입술을 사자의 피비린내나는 수염 사이로 밀어넣는다고 생각할 만큼 용기를 내서 그 부정한 입술에 키스를 했다.

디오티마는 당시 아른하임과 투치 사이에 있었다. 비유적으로 말하자면 시소 타기처럼, 하나가 너무 무거우면 다른 하나는 가벼워지는

---

* 시라쿠사의 참주 디오니시오스 2세가 자신의 측근 다모클레스를 초대해 한올의 말총에 매달린 칼 아래 앉혀두고 항상 불안 가운데 유지되는 참주의 권좌를 가르쳐주었다는 이야기에서 비롯된 말. 보통 위기일발의 상황을 경고할 때 비유적으로 쓰인다.
** 프리드리히 헤벨의 희곡 『게노베바』의 주인공. 지크프리트의 젊은 하인 골로가 그의 아내 게노베바를 능욕하려다 실패하자 그녀를 죽이려는 음모를 꾸민다는 내용을 담고 있다.

상황이었다. 다시 돌아온 울리히조차도 사촌이 따뜻한 수건으로 머리를 감싸고 있는 장면을 목격할 정도였다. 하지만 영혼의 모순적인 질서에 맞선 육체의 저항으로 강하게 감지된 이런 여성적인 고통은 또한 그녀 자신이 다른 여성들처럼 되기를 거부하자마자 그녀만의 고귀한 결심을 디오티마의 내면에 일깨웠다. 처음에는 이런 임무를 그녀의 영혼이 맡아야 할지 육체가 맡아야 할지, 아른하임이나 투치를 향한 태도의 변화가 더 나은 반응일지를 정확히 알기 어려웠다. 하지만 이 문제는 세상의 도움으로 해결되었는데 왜냐하면 그녀의 영혼과 수수께끼 같은 사랑이 맨손으로 잡으려고 하면 빠져나가는 물고기처럼 달아나버리는 동안 그 고통받는 구도자는 놀랍게도 시대정신을 담은 책에서 수많은 충고들을 발견하고 깜짝 놀랐기 때문이고, 그때 그녀는 처음으로 남편으로 제시된 육체적 반대편에서 자신의 운명을 잡아보려고 결정했다. 그녀는 우리 시대가 섹시하지 않고 종교적이란 이유로 열정적인 사랑이란 개념을 밀어내버렸으며 아직도 사랑을 고민한다고 하면 유치하다고 치부하면서 그 대신 결혼으로 모든 관심을 전환해 온갖 변형을 포함한 그 자연스런 변화를 자세히 조사하고 있다는 사실을 몰랐다. 당시에는 이미 체육교사의 순수한 마음으로 '성생활의 혁명'에 대해 이야기하면서 결혼과 만족을 동시에 이루도록 돕는 책들이 많이 나와 있었다. 그런 책들에서 남자와 여자는 단순히 '남성적이고 여성적인 잉태자' 또는 '성적 파트너'로 불렸으며 그들 사이의 관계에서 정신적-육체적인 변화를 요구하는 권태는 '성적인 문제'로 명명되었다. 디오티마가 처음 이런 책들을 파고들었을 때 그녀의 이마는 찌푸려졌다가 곧 다시 펴졌다. 새롭고 위대한 시대정신의 운동을 지금껏 간과했다는 사실에 그녀의 열망이 충격을 받은 탓이었다. 또한 세계에 하나의 목표가 제시됐다는 사실(그것이 무엇인지는 아직 확실치 않지만), 하지만 결혼이라는 허약하고 불만족스런 상태를 정신적인 탁월함으로 다룬 적은 아직 없었다는 사실을 이해하고는 그녀는 황홀경에 빠져 놀라움에 이마를 치지 않을 수 없었던 것이다. 이런 가능성은 그녀의 성향과도 잘 맞았을뿐더러 이제껏 고통으로만 느껴졌던 남편과의 관계를 과학과 예술로 다룰 수도 있겠다는 갑작스런 희망을 열어주었다.

"등잔 밑이 어둡다더니." 상투어와 인용을 좋아하는 성향을 드러내며 보나데아는 말했다. 그녀는 수호천사 디오티마를 그런 문제에서 자신의 선생으로 삼게 된 것이다. 그건 인간은 가르치면서 배운다는 교육적 원칙에 따른 행동이었고 여전히 피상적이고 무질서하며 새로운 독서에서 얻은 모호한 인상으로부터 디오티마가 굳건하게 확신하는 바를 끌어내는 것에도 도움을 주었다. 이른바 푸른색을 계속 이야기하다보면 어느 순간 검은색을 깨닫는 '직관'의 행복한 비밀 덕분이었다. 다른 한편으론 반응을 할 줄 아는 보나데아 덕분에 이득이 되었는데 아무리 좋은 선생이 있어도 반응이 없으면 소용이 없고 학생에게도 결실이 없기 때문이었다. 투치 국장의 부인이 책의 도움으로 결혼생활의 발전을 정리하는 데 몰두한 이래 보나데아의 풍부한 실제의 지식은 주의깊게 선별되어 이론가 디오티마에게는 꼼꼼하게 취재된 경험적 자료가 돼주었다. "생각해봐, 나는 그녀에 비해서는 확실히 똑똑하지 못해," 보나데아는 말했다. "하지만 그녀의 책에는 나조차도 뭔지 모르는 것들이 자주 등장하는 바람에 낙담한 나머지 그녀는 아쉬워하면서 이런 말을 하거든. '그건 부부 침대의 녹색 탁자에서 결정될 문제가 아니에요. 유감스럽게도 대개 잘 훈련된 성적 경험과 성적 실천의 생생한 자료에서 나온 거예요!'"

"하지만 내가 알고 싶은 건," 금욕적인 사촌이 '성과학'에 빠졌다는 말에 터져나오는 웃음을 참으며 울리히가 소리쳤다. "도대체 그녀가 하려는 게 뭐지?"

보나데아는 당대의 과학적 관심과 무분별한 발언의 행복한 결합을 기억 속에서 주워모았다. "중요한 건 어떻게 하면 그녀의 성욕을 가장 잘 육성하고 유지하느냐 하는 문제지." 그녀는 자기 스승의 정신에 기대 대답했다. "그녀는 또한 활력있고 조화로운 성애는 아주 엄격한 자기훈련을 통해 성취돼야 한다는 주장을 내세우고 있어."

"당신들이 신중하게 훈련한다고? 그것도 아주 엄격하게? 정말 훌륭한 말이군!" 울리히는 다시 크게 말했다. "하지만 디오티마가 무슨 훈련을 하는지 좀 상세하게 말해봐!"

"당연히 그녀는 남편을 먼저 훈련시키지." 보나데아가 보충 설명을 했다.

'저런 불쌍한!' 울리히는 자기도 모르게 생각했다. "그러니까 그녀가 어떻게 훈련시키는지 알고 싶어. 갑자기 고상해지지 말고 계속 말해봐!"

사실 이 질문에 보나데아는 마치 시험을 치는 우등생처럼 야망에 차올라 망설여지는 느낌이었다.

"그녀의 성적 환경은 손상됐어." 그녀는 조심스럽게 말했다. "이렇게 손상된 환경에서 빠져나오려면 투치와 그녀가 자신들의 행동을 아주 유심히 숙고해야 해. 일반적 규칙은 없어. 각자가 삶에 반응하는 상대방의 방식을 관찰하려고 노력해야 해. 그리고 정확히 관찰하려면 각자 성생활에 대한 통찰이 있어야만 해. 또한 그렇게 실용적으로 습득된 체험을 이론적 연구의 침전물과 비교할 수 있어야 한다고 디오티마는 말하지. 오늘날 성적인 문제를 대하는 새롭게 변화된 여성적 입장이 생겨났어. 남성에게 그저 행동이 아니라 여성에 대한 올바른 인식에서 나온 행동을 요청하는 거야!" 울리히의 주의를 끌려고, 아니면 자신의 흥미를 위해서 그녀는 즐겁게 덧붙였다. "새로운 것에 대해 아무것도 모르는 남편이 이런 이야기를 침대에서 옷을 벗은 채 듣는다고 한번 상상해봐. 말하자면 디오티마가 반쯤 풀어헤친 머리에 꽂을 핀을 찾으면서 속치마를 다리 사이에 끼우고 갑자기 이런 말을 꺼낸다면 어떨까? 우리 남편한테 한번 시도해봤는데 그는 거의 기절할 지경이더군. 한 가지 동의할 수 있는 것은, 결혼이 지속되는 거라면 적어도 하나의 장점이 있는데 파트너에게서 아주 에로틱한 장면을 끌어낼 수 있다는 거야. 그것이 바로 디오티마가 그리 섬세하지 못한 투치와 해보려는 것이지."

"당신들의 남편한테 어려운 시절이 찾아왔군!" 울리히는 그녀를 놀려댔다.

보나데아는 웃었고, 그는 그녀가 이따금 그 사랑의 학교의 억압적인 진지함에서 빠져나올 때 얼마나 기뻐하는지 알아챘다.

하지만 울리히의 탐구의지는 식지 않았다. 그는 자신의 변화된 친구가 원래 말하고 싶어하던 문제에 대해서는 침묵하고 있음을 감지했다. 자기가 들은 바로는 여기에 연루된 두 남편들에게는 오히려 강한 '성애적 태도'가 문제였다며 그는 은근히 반대의견을 내비쳤다.

"그래, 당신이 생각하는 건 그게 다겠지!" 보나데아는 그를 가르치듯 말하고 그 끝에 갈고리를 달아둔 것 같은 시선을 보냈는데, 그건 자신의 무고함에 대한 유감을 내보이는 표정이었다. "당신 역시 여성의 생리적 심신미약을 이용하고 있어!"

"내가 뭘 이용했다고? 당신은 우리 연애 이야기에 붙일 현란한 단어를 발견했군!"

보나데아는 그의 뺨을 가볍게 때리더니 거울 앞에서 신경질적으로 머리를 매만졌다. 거울로 그를 바라보며 그녀가 말했다. "책에 나온 말이야!"

"그래. 아주 유명한 책에서 나온 말이겠지."

"하지만 디오티마는 반박해. 그녀는 다른 책에서 뭔가를 찾아냈거든. '남성의 심리적 열등함'을 다룬 책이야. 한 여성이 쓴 책이지. 그게 정말 대단한 책이라고 생각해?"

"뭔지도 모르는데 어떻게 대답을 하겠어!"

"그럼 잘 들어봐! 디오티마는 자신이 '여성의 한결같이 준비된 욕망'이라고 부른 발견에서 시작해. 뭔가 떠오르는 것이 있어?"

"디오티마에게는 없어!"

"그렇게 투박하게 굴지 마!" 여자친구가 그를 책망했다. "그 이론은 아주 섬세해. 그리고 당신한테 이걸 설명하려면 나도 노력을 해야 하니까 당신 집에 우리 둘만 있다는 것 때문에 잘못된 결론에 이르지 않았으면 해. 그러니까 이 이론은 여성은 원하지 않더라도 사랑을 할 수 있다는 거야. 이제 이해가 되나?"

"그래."

"유감스럽게도 그건 부정될 수 없는 거야. 반면에 사람들은 남자는 종종 원하는 사랑도 할 수 없다고 말하지. 디오티마는 이게 과학적으로 성립된다고 말해. 당신은 그렇게 생각해?"

"그럴 수도 있겠지."

"나도 잘 모르겠어." 보나데아가 의심스러워하며 말했다. "하지만 디오티마는 말하길, 우리가 과학의 빛으로 비추어볼 때 자명하게 이해된다는 거야. 그러니까 여성의 한결같이 준비된 욕망에 비하면 남성의, 말하자면 가장 남성다운 것은 아주 쉽게 주눅이 든다는 거지." 거울에서 돌아선 그녀의 얼굴은 이제 청동색에 가까웠다.

"투치가 그랬다니 놀라운걸." 울리히는 화제를 돌리며 말했다.

"나도 예전에는 그러지 않았을 거라고 생각해," 보나데아가 말했다. "그건 최근 나타난 현상이고 뒤늦게 이론적으로 밝혀졌지. 그녀는 매일 남편한테 연설을 하거든. 그녀는 그 이론을 '좌절'의 이론이라고 부르지. 남성의 싹은 아주 쉽게 좌절에 빠지기 때문에 그들은 여성의 정신적 우월성을 두려워하지 않아도 될 곳에서만 성적 안정감을 느끼며 결국 그래서 여성을 인간적으로 동등하게 대할 용기가 없다는 거야. 적어도 남성들은 곧장 여성들의 기를 꺾으려고 하거든. 디오티마는 남성적인 사랑의 거래, 특히나 남성적인 불손함의 주된 동기가 두려움이라고 말해. 위대한 남자들은 그걸 드러내지. 그녀는 아른하임을 말하는 거야. 더 평범한 남자들은 두려움을 잔인한 육체의 오만함 뒤에 숨기고 여성의 영혼을 이용해먹지. 내가 보기엔 당신이 그렇고 그녀가 보기엔 투치가 그렇지. '지금 아니면 절대 안 됨!' 같은 식으로 남성들이 우리에게 자주 써먹는 수법은 그저 일종의 과잉…," 그녀는 과잉 압박이라고 말하려 했다.

"과잉 보상이란 말인가." 울리히가 도와주었다.

"맞아. 그렇게 해서 남성들은 육체적으로 열등하다는 인상을 피해 간다는 거야!"

"그래서 당신들은 무얼 하기로 결정했는데?" 울리히가 온순하게 물었다.

"남자들에게 친절하게 대하려고 노력해야 한다는 거야. 당신한테 온 이유도 바로 그것이고! 당신이 어떻게 받아들일지 보려고."

"그런데 디오티마는?"

"맙소사, 디오티마가 당신하고 무슨 상관이야! 정신적으로 가장 탁월한 남성들은 열등한 여성에게서 완전한 만족을 얻는 것처럼 보이고 폰 슈타인 부인과 불피우스의 경우가 과학적으로 증명하듯이 정신적으로 동등한 여성과의 관계 맺기는 실패한다고 그녀가 말하자 아른하임은 달팽이처럼 눈을 치켜들었다고 하더군. 당신도 보다시피 나는 이제 불피우스의 이름이 헷갈리지 않아. 그녀가 그 나이든 거장 (괴테를 뜻함—옮긴이)의 유명한 섹스 파트너였다는 것도 나는 항상 알고 있었다고!"

울리히는 자신과 거리를 두기 위해 대화를 다시 투치 쪽으로 돌리려 했다. 보나데아는 웃기 시작했다. 그녀는 남자로서 자신도 좋아했던 그 외교관의 참담한 처지를 이해 못하는 건 아니었지만 그가 영혼의 채찍을 견디고 있음에 고소하면서도 공모하는 듯한 기쁨을 느꼈다. 그녀는 설명하기를, 디오티마는 남편을 다룰 때 자신에 대한 두려움에서 남편을 해방시켜야 한다는 가정에서 출발했으며 그것을 통해 어느 정도 그의 '성적인 야수성'과 화해했다는 것이다. 그녀는 남성 파트너의 입장으로 순진하게 우월함을 요청하는 남편에 비해 자신이 과하게 중요성을 인정받았다는 데 인생의 실수가 있었음을 시인하고 이제는 자신의 정신적인 우월함을 좀더 융통성 있는 성적 교태 뒤에 감춤으로써 자신을 수그리는 쪽으로 나아갔다.

울리히는 그 와중에 그녀가 알게 된 바를 활기차게 물었다.

보나데아의 시선은 그의 얼굴로 진지하게 파고 들어갔다. "가령 디오티마는 투치에게 이렇게 말해. '우리의 인생은 이제껏 개인적인 명망을 얻기 위한 경쟁 때문에 망가져버렸어.' 그러고는 권력을 향한 남성적인 투쟁의 해로운 영향이 공적 영역 전체를 지배하고 있다고 인정하지."

"하지만 그건 교태스럽지도 에로틱하지도 않은데?" 울리히가 반문했다.

"그렇지 않아! 진짜 욕망에 사로잡힌 남자는 마치 사형집행인이 희생자를 대하듯 여자를 대한다는 사실을 당신은 알아야만 해. 그게 오늘날 우리가 말하는 권력을 향한 투쟁 같은 거야. 다른 한편으로 당신은 성적 충동이 여성에게도 중요하다는 사실을 부인하지 못하겠지?"

"당연히 그렇지!"

"좋아. 하지만 성적 관계는 서로에게 기쁨을 주어야만 해. 파트너에게 행복한 포옹을 받고 싶은 사람이라면 상대방을 자기 자신의 무력한 보충물이 아니라 자기와 동등한 존재로 받아들여야만 해." 그녀는 스승의 표현방식을 따라 말했는데 그건 누군가 매끄러운 표면으로 미끄러져 들어가 어쩔 수 없이 두려움에 차 앞으로 나아가는 것 같았다. "다른 인간관계도 지속적인 억압과 억압받음을 견디지 못하는데, 성적인 관계는 어떻겠어…"

"저런!" 울리히가 반박했다.

보나데아는 그의 팔을 눌렀고 그녀의 눈은 떨어지는 별처럼 반짝였다. "그냥 조용히 있어!" 그녀는 흥분하여 말을 쏟아냈다. "당신들 모두에게는 여성의 심리에 대한 경험적 인식이 없어! 당신 사촌에 대해 더 말해주길 원한다면…" 하지만 그녀의 힘은 다했고 그녀의 눈은 호랑이가 우리 앞으로 고기가 옮겨지는 걸 볼 때처럼 번쩍였다. "아니야, 나조차도 더이상 들을 기분이 아닌걸!" 그녀는 소리쳤다.

"그녀가 정말 그렇게 말했어?" 울리히가 물었다. "정말 그녀가 말한 거냐고?"

"매일 내가 들은 건 바로 성적 실천, 행복한 포옹, 사랑의 도약 지점, 분비선, 분비물, 억압된 욕망, 에로틱 트레이닝, 성적 충동의 규칙 같은 것들이야! 분명 모든 이들은 자신이 누릴 만한 성생활이 있을 테고 적어도 당신 사촌은 그렇게 주장하지만 내가 그다지나 많이 누릴 필요가 있을까?"

그녀의 시선은 친구의 눈에 고정되었다. "그럴 필요는 없다고 생각해." 울리히는 천천히 말했다.

"그러니까 나의 강한 체험 능력이 과연 생리학적 우월성을 뜻한다고 말할 수 있을까?" 보나데아는 쾌활하면서도 모호한 웃음을 터뜨리며 물었다.

더이상 대화는 이어지지 않았다. 상당한 시간이 지난 뒤 울리히가 어떤 거부감을 느꼈을 때 창문 틈을 통해 생생한 대낮의 빛이 스며들었고 그쪽을 바라보면 어두운 방은 마치 식별 불가능할 지경까지 주름이 잡힌 감정의 무덤 같아 보였다. 보나데아는 눈을 감고 누워 있었고 생의 어떤 반응도 보이지 않았다. 지금 그녀의 몸에서 느껴지는 감각은 매질을 당해 반항심이 꺾인 아이와도 그리 다르지 않았다. 흠씬 두들겨맞아 포만해진 육체의 마디마디는 도덕적 관용의 부드러움을 갈구하고 있었다. 누구로부터? 그녀가 누워 있는 침대의 주인이자 자신의 욕망은 반복이나 강화를 통해 깨질 수 없으니 자신을 죽여달라고 보나데아가 애원했던 그 남자는 아니었다. 그녀는 그를 보지 않아도 되도록 눈을 감았다. 분명히 그녀는 생각해보려 했을 것이다. '나는 그의 침대에 누워 있어!' 또한 '다시는 여기서 쫓겨나지 않을 거야!'라고 그녀는 조금 전부터 마음속으로 외치고 있었다. 그 외침은 이제 자신 앞에 다가올, 고통스러운 과정 없이는 빠져나오기 힘든 상황을 확실히 보여줄 뿐이었다. 보나데아는 느리고도 게으르게 생각이 끊겼던 지점으로 돌아갔다.

그녀는 디오티마를 생각했다. 단어들, 전체의 문장과 쪼개진 문장들이 점점 떠올랐다. 하지만 그렇듯 이해하기 어렵고 기억되지 않는 호르몬, 분비선, 염색체, 접합, 또는 내분비 같은 말이 귓가를 때리며 지나가는 동안 오직 드는 느낌은 존재에 대한 만족뿐이었다. 그녀의 스승이 지닌 순결은 어떤 한계—그것이 과학적 빛에 의해 지워진 이상—도 알지 못했기 때문이다. 디오티마는 상대에게 이렇게 말할 수 있었다. "성생활이라는 것은 배울 수 있는 작업이 아니에요. 그건 삶에서 습득하는 가장 최고의 예술로 남아 있어야 합니다." 하지만 그녀가 '참고할 만한 것'이라든가 '중요한 지점'에 대해 열정에 휩싸여 말하는 동안조차 조금도 과학을 벗어난 것 같은 느낌을 주지는 못했다. 또한 그런 표현들을 그녀의 학생은 이제 정확하게 기억했다. 포옹에 대한 비판적 해명, 체위에 대한 육체적 규명, 성감대, 여성이 오르가슴에 이르는 길, 잘 절제되고 여성을 세심하게 다루는 남성…. 약한 시간 전만 해도 보나데아는 이런 학구적이고 지적이며 수준 높은 말들에 경탄했지만 이제는 심하게 속은 기분이 들었다. 감시받지 않은 감정의 영역에서 불꽃이 혀를 날름거리며 타오르는 순간, 놀랍게도 그녀는 이런 말들이 과학이 아닌 감정을 위해 존재한다는 것을 새삼 깨달았다. 그때 그녀는 디오티마가 미워졌다. '그런 식으로 이야기를 하다니, 사람들이 욕망을 잃어버릴 만하겠구나!' 그녀는 생각했고 분명 네 남자를 소유한 디오티마는 자신에게 아무것도 베풀지 않았으며 자신을 속여왔다는 생각에 소름끼치는 복수심을 느꼈다. 사실 보나데아는 성행위의 어두운 절차들을 깨끗이 치워버릴 수 있게 해준 성과학의 계몽을 디오티마의 계략이라고 생각했다. 보나데아는 울리히를 향한 열망을 이해하지 못하는 만큼이나 그녀의 계략을 이해할 수 없었다. 그녀는 자신의 사유와 감정이 날뛰기 시작한 순간을 떠올려보기로 했다. 그건 마치 피를 흘리는 사람이 자신한테 휘감겨 있던 붕대를 떼지 못해 안달하던 순간을 떠올리는 것처럼 이해하기 힘든 것이었다. 보나데아는 결혼을 하나의 고귀한 공직이라고 부르면서 그 주제에 대한 디오티마의 책을 업무처리의 합리화와 비교했던 라인스도르프 백작을 떠올렸다. 또한 백만장자이자 육체의 이념에 근거해 진실한 결혼의 부흥을 하나의 진정한 시대적 요청이라고 불렀던 아른하임에 대해 생각했다. 또한 그녀는 이 시대에 알게 된 수많은 유명한 남자들을 떠올려봤지만 그들의 다리가 긴지 짧은지 뚱뚱한지 말랐는지조차 기억나지 않았다. 그녀가 그들에게서 목격한 것은 오직 모호한 육체 덩어리로 보완된 빛나는 명성이었기 때문이다. 그건 구워진 어린 비둘기의 부드러운 껍질이 야채 속으로 채워진 것과 비슷했다. 그런 기억을 바탕으로 보나데아는 다시는 위아래로 몰아치는 갑작스런 폭풍의 희생양이 되지 않겠다고 다짐했다. 또한 그녀가 격렬하게 맹세한 나머지 그녀는 이미—물론 자신의 결심에 머문다는 조건하에서—육체적 제한 없는 정신 속에서 자신을 모든 남자 중 가장 괜찮은 남자의 연인으로 바라보았다. 그리고 그 남자는 그녀의 위대한 여자친구를 숭배하는 남자 중 그녀 스스로 고른 사람이었다. 하지만 지금 그녀가 거의 옷을 다 벗은 상태로 울리히의 침대에 누워 눈을 뜨지 않으려 한다는 것이 엄연한 사실이었기 때문에 그처럼 풍부한 자발적 회개의 감정은 그녀에게 위안을 주기는커녕 비참하게 끓어오르는 분노로 변해갔다.

보나데아의 삶을 그런 식의 극단으로 나누는 데 작용한 열정은 감각이 아니라 명예심과 깊이 연결되었다. 여자친구를 잘 알고, 그녀의 비난을 잠재우기 위해 침묵하던 울리히는 시선을 감추고 있는 그녀의 얼굴을 바라보면서 그런 생각을 했다. 그녀의 모든 열망의 원천은 잘못된 길, 자세히 말하자면 잘못된 신경 통로에 들어선 명예욕인 듯했다. 그런데 다른 사람들 같으면 엄청나게 맥주를 마시거나 거대한 다이아몬드를 목에 걸 만큼의 승리로 축하되어야 마땅할 기록적인 사회적 명예심이 왜 보나데아에게는 색정증으로 표현될 수밖에 없었을까? 남자친구와의 일이 끝나자 보나데아는 이런 식의 표현방식을 후회하며 철회하고 싶어하는 것처럼 보였고 울리히는 악마가 늘 안장도 없이 올라타는 보나데아에게 디오티마의 정교한 어리숙함이 얼마나 천국 같은 인상을 주었을지 잘 이해하게 되었다. 그는 푹 꺼진 채 힘들게 눈두덩에 파묻혀 있는 그녀의 눈을 바라보았다. 결의에 찬 듯 솟아오른 갈색 코와 그 안의 붉고 삐죽한 콧구멍도 보았다. 그는 혼란스럽게 그 육체의 여러 선들을 주시했다. 갈비뼈의 코르셋 위로 솟은 둥글고 큰 가슴선, 양파 같은 엉덩이가 등에 이르러 움푹 들어가는 선, 손가락의 부드러운 끝을 감싸는 딱딱한 손톱의 선. 그리고 연인의 짧은 코털이 바로 눈앞에서 어른거리는 것을 혐오스럽게 한참 바라보는 동안 마침내 그는 방금 전 바로 그녀가 자신의 열망을 얼마나 매혹적으로 일깨웠는지를 기억해냈다. '대화'와 함께 나타난 보나데아의 활기차고 모호한 미소, 모든 비난을 방어해내거나 아른하임의 최근 소식을 전하는 그 자연스러운 태도는 그녀의 재치있고 정확한 관찰력을 보여주었다. 그녀는 정말 좋은 쪽으로 변했다. 그녀는 좀 더 독립적으로 변한 것 같았고 그녀를 오르락내리락 하게 만드는 본성의 힘 사이에서 자유로운 균형을 찾은 것 같았다. 또한 최근 자신의 진지함에 시달리던 울리히는 도덕적 부담이 없는 모습에서 특히 유쾌한 기분전환을 느꼈다. 그는 자신이 그녀의 말을 얼마나 즐겁게 듣는지, 그리고 그녀의 표정에 드러난 태양과 물결 같은 유희를 얼마나 즐겁게 관찰하는지 느낄 수 있었다. 또한 이제 부루퉁해진 보나데아의 얼굴을 보는 순간, 오직 진지한 사람만이 악해질 수 있다는 생각이 갑자기 떠올랐다. '명랑한 사람은,' 그는 생각했다. '전혀 사악하다고 말할 수 없어. 오페라에서 악인 역할을 맡은 가수는 늘 베이스인 것과 같지!' 아주 정확하게는 아니지만 심각함이 어둠과 관련된다는 점은 자신에게도 해당하는 문제였다. 명랑한 사람이 '가볍게' 저지른 범죄는 확실히 감경되는데 한편으로 이는 사랑에도 적용되며 같은 행동을 하더라도 경박한 사람들이 한 것보다는 열정적인 유혹자들의 행동이 훨씬 더 파괴적이고 용서받지 못할 짓으로 여겨진다. 그의 생각은 이리저리 흘러갔고 가볍게 시작된 사랑의 시간이 비애로 끝난 것에 실망했을 뿐 아니라, 뜻하지 않게 생기를 얻기도 했다.

그런 생각에 빠져 그는 어떻게 그랬는지도 모르게 옆에 있는 보나데아를 잊어버렸으며 상대가 아무 말이 없음을 깨닫고 그녀가 눈을 뜨는 동안 머리를 팔에 기대고 조심스럽게 보나데아에게 등을 돌려 벽 너머의 먼 곳을 바라보았다. 그 순간 뜻밖에도 그는 목적지에 도착하기도 전에 열차에서 내렸던 여행을 기억해냈다. 주변이 사람을 미혹하듯 비밀스럽게 베일을 벗은 투명한 날은 그를 유혹해 역을 벗어나 산책을 나서도록 했고 결국 몇시간 거리의 외딴 곳에 가방도 없이 어리숙한 밤과 함께 남겨지게 되었다. 사실 그는 자신이 항상 예측할 수 없이 오랫동안 밖에서 머물렀고 절대 같은 길로 돌아오지 않았음을 회상하는 것 같았다. 그때 갑자기 기억나지도 않는 아주 먼 기억 속 어린 시절의 한때가 밝게 떠올랐다. 아주 작은 시간의 틈으로 그는 한 아이가 어떤 사물을 만지고 심지어 입에 넣기 위해 그것에 다가가려는 신비한 열망을 감지했고 그 순간 마술은 막다른 골목에 이른 듯 끝나버렸다. 먼 곳을 가깝게 만들기 위해 어떤 곳이든 향하는 어른들의 열망도 그보다 낫거나 나쁘지 않은 강박이라는 생각이 그에게 떠올랐고 그런 열망은 그 자신 역시 지배되는, 호기심으로 포장된 명백한 지향 없음으로 특징지어질 수 있었다. 그리고 이러한 근원적 이미지는 두 사람 모두 바라지 않았던 보나데아와의 재회를 통해 비롯된 조급하고 실망스런 사건에서 마침내 세번째 변화를 겪게 되었다. 이렇게 침대에 함께 누워 있는 것이 그에게는 정말 유치하게 보였다. '하지만 정반대의 의미에서 잔잔하고 고요하며 멀리 떨어진 사랑은 이른 가을날처럼 비육체적일까?' 그는 자문했다. '아마 그 역시 또다른 유치한 놀이일 거야.' 그는 미심쩍어했고 현재의 여자친구보다 더 기쁘게 사랑했던 화려한 색깔의 동물들을 떠올렸다. 하지만 그때 자신의 불행을 측정하기에 충분할 만큼 그의 등을 바라보던 보나데아는 그를 향해 내뱉었다. "당신 잘못이야!"

울리히는 그녀를 향해 미소지으면서 즉흥적으로 대답했다. "며칠 후면 내 누이가 와서 나와 함께 살 거야. 내가 말했었나? 우린 그럼 만나기 어려워질 거야."

"얼마나 머무는데?" 보나데아가 물었다.

"계속." 울리히가 다시 미소지으며 대답했다.

"그래?" 보나데아가 따져물었다. "그게 무슨 문제지? 누이가 당신 한테 연인을 사귀면 안 된다고 당부라도 했단 말인가?"

"그게 바로 내가 하고 싶은 당부야." 울리히가 말했다.

보나데아가 웃었다. "난 오늘 아무 악의 없이 여길 왔는데 당신은 내 이야기를 끝까지 듣지도 않았어!" 그녀는 그를 비난했다.

"나는 끊임없이 삶의 가치를 깎아내리는 기계로 태어났어! 나도 언젠간 다른 사람이 되고 싶어!" 울리히가 대답했다. 그녀는 그 말을 이해할 수 없었지만 자신이 울리히를 사랑했음을 당돌하게 기억해냈다. 순간 그녀는 신경증으로 비틀거리는 유령에서 벗어나 확실한 본성을 되찾았고 단순하게 쏘아붙였다. "당신은 그녀와 관계를 시작했군!"

울리히는 자신이 의도했던 것보다 더 단호하게 그녀를 나무랐다. "난 오랫동안 내 누이 같은 여자가 아니라면 누구도 사랑하지 않으려고 했어." 이 말을 끝으로 그는 침묵했다.

지속된 침묵은 보나데아에게 무슨 말을 하는 것보다 훨씬 더 큰 결단의 인상을 주었다.

"당신은 정말 타락했어!" 그녀는 예언자가 경고하는 듯한 음성으로 갑자기 소리쳤다. 그러고는 아무것도 예감하지 못한 채 회개하는 각성자를 향해 문을 열어둔 디오티마의 사랑학 교실로 서둘러 돌아가기 위해 침대를 박차고 일어섰다.

## 24.
## 아가테가 정말 도착했다

그날 저녁, 다음날 오후에 아가테가 도착한다는 전보가 왔다.

울리히의 누이는 자기가 생각했던 대로 모든 것을 남겨두고 몇개의 트렁크만 가져왔다. 트렁크의 숫자는 '네가 가진 것을 신발까지 모두 불에 던져라'라는 계율과 완전히 맞아떨어지진 않았다. 그 계율에 대해 알게 됐을 때 울리히는 웃었다. 심지어 두 상자나 되는 모자가 불길을 피해온 것이다.

아가테의 이마에는 그 모자들에 대한 쓸데없는 반성과 상심으로 사랑스런 굴곡이 나타나 있었다.

울리히가 웅장하고 감동적인 감정을 충분히 표현하지 못했다는 지적이 정당했는지는 아가테가 아무 문제도 제기하지 않았기 때문에 풀리지 않은 채 남아 있었다. 목적지에 도착해 자연스럽게 생겨난 기쁨과 혼란이 관악합주에 맞춰 추는 춤처럼 그녀의 눈과 귀에서 출렁였다. 특별한 것을 기대하지도 않았고 여행 동안 모든 기대를 접기로 결심했음에도 그녀는 명랑한 상태에서 약간 실망을 느꼈다. 또한 지난밤을 꼬박 샜던 것을 기억하고는 급격히 피곤해졌다. 전보가 늦게 도착하는 바람에 오후에 해두었던 약속을 미룰 수가 없었다고 오빠가 이야기하자 그녀는 괜찮다고 했다. 그는 한 시간 후에 돌아오기로 약속했고 미소가 나올 정도로 세심하게 작업실 소파에 누이를 위한 잠자리를 마련해주었다.

아가테가 깨어났을 때 시간은 이미 많이 흘렀고 울리히는 자리에 없었다. 방은 깊은 황혼에 잠겨 있었고 너무 낯선 나머지 그녀는 자신이 고대하던 새로운 삶의 한가운데 있다는 생각이 들어 덜컥 두려워졌다. 아버지의 예전 방처럼 책들로 가득한 벽과 종이들이 놓여 있는 책상이 어렴풋이 보였다. 그녀는 호기심에 문을 열고 옆방으로 갔다. 거기에는 옷장, 신발 상자, 샌드백, 아령, 스웨덴식 평행봉 같은 것들이 있었다. 몇걸음 더 나아가자 다시 책이 보였다. 이어서 향수, 화장품, 브러시와 빗이 갖춰진 화장실, 오빠의 침실, 사냥 장식품들이 놓인 거실이 나왔다. 그녀의 흔적은 불이 켜졌다 꺼지는 것을 통해 알 수 있었지만 공교롭게도 울리히는 이미 집에 와 있었음에도 그런 움직임을 알아채지 못했다. 그녀가 좀더 쉴 수 있도록 그는 일부러 깨우지 않았는데 방금 거의 사용하지 않는 지하 부엌에서 올라오다가 그녀와 계단참에서 마주쳤다. 그는 그녀를 위한 음식이 있을까 하여 부엌을 둘러보고 올라오던 중이었다. 그날 누가 찾아올지 예상치 못한 탓에 미처 준비할 사람을 부르지 못했기 때문이다. 그들이 나란히 서자 비로소 아가테는 이제껏 아무렇게나 받아들였던 인상이 정리되는 듯했고 불편한 마음이 든 나머지 도망치는 게 최선이라는 듯 기가 죽고 말았다. 그 집에 켜켜이 쌓인 뭔가 냉정하고 무관심한 분위기가 그녀를 두렵게 했던 것이다.

그걸 알아챈 울리히는 사과하면서 농담을 섞어 해명에 나섰다. 그는 어떻게 이 집에 오게 되었는지를 말했고 사냥을 나가지 않고도 얻게 된 사슴뿔부터 시작해 아가테 앞에서 춤추도록 쳐 보인 샌드백까지의 이야기를 자세하게 늘어놓았다. 아가테는 불안하면서도 신중하게 다시 한번 모든 걸 살폈고 방을 나서면서도 고개를 돌려 다른 곳을 의심스레 바라보았다. 울리히는 자신의 시도를 재미있게 만들고 싶었지만 반복할수록 집에 대해 곤혹스러움이 밀려들었다. 평소에는 몰랐을 테지만 새삼 자신이 꼭 필요한 방들만 이용하고 있으며 다른 장소들은 쓸데없는 장식처럼 매달려 있는 것을 발견한 것이다. 집을 둘러보고 나서 함께 앉았을 때 아가테가 물었다. "왜 오빠는 별로 마음에도 안 들면서 이렇게 꾸며놨어?"

그녀의 오빠는 차와 함께 집에서 구할 수 있는 모든 것을 내왔고 비록 늦긴 했지만 기어이 따뜻한 환영 인사까지 했는데, 두번째 만남이 배려의 면에서 첫번째 만남에 뒤처지지 않도록 하기 위해서였다. 이리저리 분주하게 움직이면서 그는 단언했다. "모든 것을 분별없이 아무렇게나 갖춰놨더니 나한테 어울리는 게 아무것도 없네."

"그래도 모든 게 아주 매력이 있어." 이젠 아가테가 그를 위로했다.

울리히는 집을 다르게 꾸몄다면 아마 더 나빴을 거라고 말했다. "누군가의 영혼의 치수에 딱 맞게 꾸며진 집은 아주 질색이거든." 그가 설명했다. "그러면 나 자신을 실내건축가한테 주문한 것 같잖아!"

아가테도 말했다. "나도 그런 집을 꺼려해."

"그렇다곤 해도 이렇게 내버려둘 수는 없지." 울리히가 덧붙였다. 그는 이제 식탁에 그녀와 함께 앉았고 함께 식사를 한다는 것만으로도 수많은 문제에 부딪혔다. 이제 실제로 많은 것들이 바뀌어야 한다는 생각에 그는 놀랐다. 자신한테 주어진 아주 낯선 일이었기에 그는 초심자의 열정으로 임했다.

"혼자 사는 사람에게는," 모든 것을 있는 그대로 받아들이겠다는 누이의 관대한 태도에 그는 대답했다. "나약함이 있을 수 있지. 그건 다른 특성들과 섞이면서 거의 숨겨지기도 할 거야. 하지만 두 사람이 나약함을 공유하면 그 나약함은 공유되지 않은 특성들에 비해 두 배가 되고 공개적인 고백에 가까워질 거야."

아가테는 그 말을 이해할 수 없었다.

"다른 말로 하자면 우리가 따로 떨어져 있으면 할 수 있는 일을 남매로 함께 있으면 못할 거라는 말이야. 그게 우리가 함께 살게 된 이유라는 거지."

그 말은 아가테의 마음에 들었다. 하지만 뭔가를 하지 않기 위해서 함께 산다는 부정적인 인식에 못마땅함을 느낀 그녀는 유명 회사에서 만든 그의 가구들로 화제를 옮겼다. "여전히 이해를 못하겠어. 오빠는 옳지 않다고 생각하면서도 왜 이런 가구들을 들여놓은 거지?"

울리히는 그녀의 쾌활한 시선을 받았고 아직도 그녀가 입고 있는 구겨진 여행용 옷 위로 갑자기 은빛으로 떠오르는 얼굴을 바라보았으며 그것이 가까운 동시에 먼 것에, 아니면 마치 달이 하늘 멀리 있다가 갑자기 이웃집 지붕 뒤로 나타날 때처럼 가까움과 멀리 있음이 순간 사라져버리는 그 생생함에 놀라워했다.

"내가 왜 그랬을까?" 그는 웃으면서 대답했다. "지금은 잘 모르겠어. 아마 다른 방식으로도 할 수 있어서였겠지. 나한텐 아무 책임감도 없는 거 같아. 오늘날 우리가 행하는 무책임한 행동은 하나의 새로운 책임감을 향한 과정일 수 있다고 말하고 싶지만 왠지 자신은 없네."

"어떤 식으로?"

"아, 여러 방식으로지. 너도 이제 알겠지만 각 개인의 삶은 여러 사례 중 가장 개연성 있는 평균적 가치에서 크게 벗어나지 않거든. 뭐 그런 식이지."

아가테는 이해되는 것만 받아들였다. 그녀는 말했다. "거기서 '진짜 예쁘다'와 '아주 예쁘다'가 나오는 거지. 지금 시대는 우리가 얼마나 끔찍하게 살아가는지를 곧장 깨닫지 못하거든. 하지만 이따금 우리는 시체보관소에서 거의 죽은 상태로 깨어난 것처럼 섬뜩해지지!"

"너는 집을 어떻게 꾸미고 살았는데?" 울리히가 물었다.

"속물처럼. 하가우어스럽게. '완전히 예쁘게'. 오빠만큼이나 가식적으로!" 울리히는 그사이 연필을 집어서 탁자보 위에다 집의 평면도를 그리면서 방을 재배치했다. 아주 쉽고 빠른 울리히의 손놀림으로부터 식탁보를 지키려는 아가테의 주부다운 행동은 때를 놓쳤고 허망하게 그의 손에 자신의 손을 얹으면서 끝나고 말았다. 문제는 가구배치의 원칙을 두고 또다시 불거졌다.

"이제 우린 집을 가지게 됐어." 울리히가 방어에 나섰다. "그리고 우리 둘에 맞게 집을 새로 꾸며야 해. 하지만 집을 꾸미는 건 오늘날 대체로 너무 구식이고 한가한 문제야. '집을 짓는다'는 말은 그 뒤에 아무 내용도 없는 껍데기로 우리를 속이는 말이지. 사회적이고 개인적인 관계들은 이제 더이상 집처럼 견고하지 않아. 아무도 더는 지속이나 불변 같은 말을 꺼냄으로써 진정한 기쁨을 얻지 못하지. 한때 우리는 그런 일을 했고 방과 하인, 손님들의 숫자로 그가 누구인지를 판단했어. 오늘날에 누구나 여러 종류의 의지와 가능성에 부합하며 그런 것들로 채워진 형식 없는 삶을 유일한 형식이라고 느끼지. 또한 젊은이들은 실내장식이 없는 극장처럼 뚜렷한 단순함을 좋아하거나 트렁크 옷장, 봅슬레이 선수권, 테니스 챔피언십, 아니면 골프 코스가 내려다보이고 방에서 음악을 들을 수 있는 고속도로 근처의 호화로운 호텔을 꿈꾸지."

그는 마치 낯선 사람과 가볍게 담소를 나누듯 말했다. 사실 그의 말은 피상적인 수준에 머물렀는데 그에겐 마지막과 새로운 시작이 결합된 자신들의 번복 불가능한 동거가 당황스러웠기 때문이었다.

그가 말을 마치기를 기다린 후 누이는 물었다. "호텔에 머물자고 제안하는 거야?"

"전혀 아냐!" 울리히는 서둘러 단언했다. "여기저기 여행할 때면 몰라도."

"그럼 여행하지 않는 때를 위해선 섬의 오두막집이나 산 속 통나무집이라도 지어야 하는 건가?"

"우리는 당연히 여기서 살 거야." 울리히는 이 대화에 어울리는 것보다 더 진지하게 대답했다. 대화는 잠시 중단되었고 그는 일어서서 방 안을 왔다갔다했다. 아가테는 옷의 솔기에서 뭔가를 잡아당기는 것 같았고 둘의 시선이 마주치던 선에서 벗어나 고개를 숙였다. 울리히는 갑자기 멈춰 서더니 머뭇거리면서도 솔직한 목소리로 말했다. "친애하는 아가테, 어떤 중심도 없는 거대한 질문의 순환이 있는데 그 질문이란 바로 '어떻게 살아야 하는가?'야."

아가테 역시 일어섰으나 여전히 그를 바라보진 않았다. 그녀는 어깨를 으쓱해 보였다.

"한번 시도해봐야겠네!" 그녀가 말했다. 홍조가 그녀의 숙인 이마까지 올라왔으나 머리를 들자 눈은 명랑하게 반짝였고 그저 뺨에만 지나가는 구름처럼 붉은 기운이 머뭇거렸다. "우리가 함께 살려면," 그녀는 말했다. "먼저 내가 짐을 풀고 정리하고 옷을 갈아입게 도와줘야 해. 여기선 하녀를 보지 못했거든!"

양심의 가책이 오빠의 팔과 다리에 침투하더니 전류가 통하듯 움직였고 아가테의 지도와 도움 아래서 그의 부주의함을 보상해주었다. 그는 사냥꾼이 동물의 내장을 끄집어내듯 옷장을 청소했고 침실은 아가테의 것이며 자기는 소파를 찾아보겠다면서 자리를 비워주었다. 그는 언젠가 누군가의 손에 의해 운명이 바뀔 것을 각오했던 화원의 꽃처럼 자리를 차지하고 있던 일상용품들을 이리저리로 활기차게 옮겼다. 옷가지들은 의자 위에 쌓아두었고 욕실의 유리 선반 위에 있던 용품들은 그 도구의 쓰임에 따라 남성용과 여성용으로 세심하게 분리되었다. 질서가 다소 혼돈으로 변화될 무렵 울리히의 빛나는 가죽 슬리퍼만이 자기 바구니에서 쫓겨나 기분이 상한 애완견처럼 바닥 위에 버려져 있었는데 슬리퍼는 공허한 본성에 따르던 편안한 만족이 산산이 깨진 비참한 모습을 하고 있었다. 하지만 그것에 마음 둘 시간도 없었는데, 곧이어 아가테의 트렁크가 대기중이기 때문이었다. 트렁크에는 물건이 별로 없는 것처럼 보였지만 섬세하게 포개진 물건들이 빼곡히 들어 있어서 막상 밖으로 끄집어내자 마치 마술사가 모자에서 꺼내는 수백 송이의 장미처럼 허공 속으로 피어올랐다. 그들은 물건들을 걸고 집어넣고 털고 개야만 했는데 울리히가 돕는 와중에 돌발상황과 웃음이 터져나왔다.

이 모든 일을 하면서 그에게 끊임없이 떠오른 생각은 오직 자신의 한평생을, 바로 조금 전까지만 해도 혼자 살았다는 것뿐이었다. 그리고 지금 아가테가 여기 있다. '아가테가 여기 있다'는 문장은 물결 속에서 반복되었고 새로운 장난감을 선물받은 소년의 놀라움을 연상시켰으며 뭔가 망설이게 하는 것도 있었지만 다른 한편으로 정의할 수 없을 정도로 충만한 현재가 되었고 결국 모든 것을 다시 '아가테가 여기 있다'는 그 짧은 문장으로 이끌었다.

'그녀가 크고 날씬한가?' 울리히는 생각하면서 몰래 그녀를 관찰했다. 하지만 전혀 그렇지 않았다. 그녀는 그보다 작았고 건강하게 벌어진 어깨를 갖고 있었다. '그녀에게 우아함이 있나?' 그는 자문했다. 그렇게 말하기도 힘들 것 같았다. 가령 그녀의 자부심 있어 보이는 코는 옆에서 보면 약간 위로 휘어졌고 그래서 우아하기보다는 강해 보이는 매력이 있었다. '그럼 그녀는 예쁘다고 할 수 있을까?' 울리히는 다소 기이하게 이 질문을 던졌다. 왜냐하면 모든 인습을 제쳐두고 아가테가 낯선 타인이라 할지라도 이 질문만큼은 쉽게 던질 수 없었기 때문이다. 혈연관계를 인간적인 사랑으로 바라보지 말아야 한다는 본성적 금기는 없었다. 그건 그저 관례의 문제 아니면 도덕이나 위생학의 우회로에 근거한 것이었다. 그들이 함께 자라지 않았다는 환경 또한 유럽의 가정에서 지배적인, 서로를 멀리해야 한다는 남매 사이의 감정이 그들 사이에서 생기지 않도록 막아주었다. 그럼에도 그들의 혈연과 서로를 향한 감정은 그녀의 아름다움에 대한 무해한 상상조차도 빼앗아가기에 충분했는데 그렇게 사라진 설렘을 울리히는 지금 뚜렷한 당혹 가운데 느끼고 있었다. 아름다운 무언가를 발견한다는 것은, 무엇보다도 발견한다는 데에 의미가 있을 것이다. 풍경이건 연인이건, 그것은 기쁨에 찬 발견자를 마주하고 있으며 단 한번 유일하게 오직 그 사람을 기다려왔던 것처럼 보인다. 또한 그는 그녀가 이제 자신의 것이며 자신에 의해 발견되기를 바라고 있음에 감격했으며 측량할 수 없을 정도로 누이가 좋았다. 하지만 그에게는 아직 이런 생각이 들었다. '누구도 자기 누이를 진짜 아름답다고 생각할 수는 없지. 기껏해야 다른 사람들이 그녀를 좋아하는 걸 뿌듯해할 수는 있지만 말이야.' 하지만 그때 그는 원래 조용했던 곳에서 몇분 동안 그녀의 목소리를 들었다. 그녀의 목소리는 어떠한가? 그녀의 옷이 흔들릴 때마다 나는 향기의 물결. 그럼 그녀의 향기는 어떠한가? 이제는 무륜이, 손가락이, 그리고 곱슬머리의 반항기가 움직인다. 그런 것들에 대해 말할 수 있는 것은 단 한 가지, 즉 그렇게 존재한다는 것이다. 그 것은 전에 존재하지 않았던 곳에 존재한다. 그가 뒤에 남겨두고 온 누 이에 대해 생각하던 가장 생생했던 순간과 현재의 가장 텅 빈 순간 사 이의 간극은 너무나 크고 뚜렷한 즐거움을 주었기 때문에 태양의 온 기와 야생 식물의 향기가 가득 찬 그늘진 장소에 있는 것 같았다.

아가테 역시 오빠가 자신을 관찰하는 것을 눈치챘지만 그 사실을 오빠가 알아채지는 못하게 했다. 그녀의 움직임을 좇는 그의 시선을 감지하고 주고받던 말이 전 같지 않게 멈춰버린 순간 그녀는 마치 엔 진이 꺼진 채 깊고 위험한 지역을 통과하는 자동차처럼 미끄러져 나 아가 이 재결합을 둘러싼 초현실적 분위기와 조용한 힘을 즐겼다. 짐 을 풀고 자리를 정리하고는 아가테가 욕실에 혼자 있을 때 마치 늑대 가 이 평화로운 풍경에 침입하듯 모험이 벌어졌다. 그녀가 속옷까지 모두 벗어둔 방에서 울리히가 그녀의 소지품을 지키면서 담배를 피 우고 있었던 것이다. 물에 흠뻑 젖은 채로 그녀는 어떻게 해야 할지를 고민했다. 하녀도 없고 소리치는 것만큼이나 벨도 소용이 없어 보였 으니 남은 선택이라곤 벽에 걸린 울리히의 목욕 가운을 걸치고 문을 두드린 후에 그를 방 밖으로 내보내는 수밖에 없었다. 하지만 그들 사 이에 아직 굳건하진 않지만 이제 막 생겨나기 시작한 진지한 신뢰를 생각할 때 아가테는 자신이 젊은 여인처럼 행동하면서 울리히를 쫓 아내는 게 과연 합당한가 하는 재밌는 회의가 들었고 그래서 결국 모 호한 여성성을 무시하고 옷을 거의 입지 않고도 자연스럽고 친근한 존재로 그 앞에 나타나기로 결심했던 것이다.

하지만 그녀가 결연하게 방에 들어갔을 때 둘은 뜻하지 않은 마음의 동요를 느꼈다. 그들은 당황하지 않으려 애썼다. 순간 그들은 바닷가에서는 나체도 허용되는 반면 실내에서는 속옷이나 짧은 바지 가장자리의 단조차도 낭만적인 친밀함으로 가는 비밀 항로가 된다는 자연스런 모순을 잠시나마 떨쳐내지 못했다. 울리히는 아가테가 전실에서 나오는 빛을 등지고 열린 문 안에서 마치 무명실 연무를 가볍게 걸친 은 조각상처럼 서 있는 걸 보고는 어색하게 웃었다. 그녀는 아무렇지도 않음을 너무 드러낸 목소리로 방에 있는 그녀의 옷과 스타킹을 찾아달라고 부탁했다. 울리히는 누이를 방으로 안내했고 치마 덕분에 보호받는다는 느낌이 없을 때 여자들이 그러하듯 그녀가 어떤 반항심을 맛보며 마치 소년처럼 비밀스런 열광에 휩싸여 걸어 들어가는 모습을 바라보았다. 그러고는 잠시 후 아가테가 반쯤 옷을 차려 입고 울리히에게 도움을 요청하자 새로운 일이 일어났다. 그가 그녀의 등 뒤에서 기꺼이 도와줄 때 그녀는 그가 여성의 옷을 잘 다룬다는 사실을 알았지만 여자로서의 질투심보다는 오히려 편안함을 느꼈고, 요구되는 몸짓에 따라 자연스럽고 활발하게 움직여주었다.

그녀 어깨의 부드러우면서도 풍만하게 움직이는 살에 몸을 숙인 채 이마가 붉어지는 낯선 일에 매달리는 동안 울리히는 말로는 정확히 설명할 수 없는 기분에 빠져 있었는데, 굳이 말하자면 자신의 육체는 여성과 가까이 접촉할 때든 그러지 않을 때든 똑같이 영향을 받는다는 기분이었다. 또는 이렇게도 말할 수 있을 텐데 그가 자신의 신발을 신고 서 있는 건 의심할 바 없지만 그럼에도 마치 자신에게 두번째의 더 아름다운 육체가 주어지기라도 한 것처럼 스스로를 이탈해 다른 곳으로 옮겨간 듯한 느낌이 들었다.

그래서 그가 다시 몸을 일으킨 후에 누이에게 던진 첫번째 말은 이러했다. "나는 이제 네가 누군지 알아. 너는 나의 자기애야!" 이상하게 들리는 말이었지만 그의 마음이 움직인 바를 정확히 담고 있었다. "다른 사람들은 그렇게 확실히 소유한 자기애가 나한테는 얼마간 항상 부족했어." 그는 설명했다. "그리고 지금, 어떤 오류와 운명 탓에 그 자기애는 내가 아니라 너한테 들어가 있어!" 그는 짧게 덧붙였다.

그 말은 그 밤에 누이의 도착을 규정하는 첫번째 시도였다.


## 25.
## 샴쌍둥이

그날 늦은 저녁 그는 다시 한번 그 이야기를 꺼냈다.

"네가 알아야 하는 건," 그는 누이에게 설명하기 시작했다. "나한테는 자기애, 즉 나 자신에 대한 부드러움은 익숙하지 않다는 거야. 대부분의 사람에게는 자연스럽겠지. 어떻게 표현해야 좋을지 모르겠네. 가령 나한테는 항상 사이가 좋지 않은 연인들이 있었다고 말해볼 수 있겠다. 나의 연인들은 갑작스런 생각의 초상이자 내 기분의 삽화들이었어. 그러니까 내가 다른 사람과 자연스런 관계를 맺지 못한다는 하나의 사례일 뿐이었지. 연인 관계는 사람이 스스로와 맺는 관계도 드러내주거든. 근본적으로 나는 항상 내가 원하지 않은 연인을 찾아다닌 셈이야…"

"하지만 오빠가 잘못한 건 없어!" 아가테가 끼어들었다. "내가 남자였다면 그 여자들과 무책임하게 지냈다고 해서 양심의 가책을 느끼진 않을 거 같은데. 나 같으면 별 생각 없이 궁금해하면서 여자들을 갈망했을 거야!"

"그래? 네가 그럴 거라고? 친절한 대답이군!"

"그들은 어리석은 기생동물들이야. 그들은 개와 함께 남자들의 삶을 공유하지." 아가테는 도덕적 분노도 없이 이런 확신을 내뱉었다. 그녀는 기분 좋게 피곤했고 눈을 감고 있었으며 일찍 잠자리에 누운 상태였다. 그녀에게 잘 자라는 인사를 하러 온 울리히는 자기 침대에 누워 있는 아가테를 보았다.

하지만 그 침대에는 36시간 전까지만 해도 보나데아가 누워 있었다. 아마 그것 때문에 울리히는 연인 문제로 되돌아갔을 것이다. "내가 하고 싶었던 말은 그저 나 자신과 너그러운 관계에 이를 수 없었다는 거야." 그는 웃으면서 다시 말했다. "내가 뭔가에 관심을 가지려면 어떤 맥락이 있어야 하고 하나의 이념 아래 있어야 해. 체험 그 자체를 나는 내 뒤의 기억 속에 머물게 하고 싶어. 체험에 들이는 감정의 소모는 나한테는 불쾌하고 우스꽝스러울 정도로 부적절하지. 나를 아무렇게나 설명하자면 그렇다는 거야. 또한 적어도 젊은 시절의 가장 단순하고 간단한 이념은 세계가 기다리는 굉장하고 새로운 사람이 되는 거잖아. 하지만 서른이 되면 그런 생각은 더이상 들지 않아!" 그는 한동안 생각하다가 고쳐 말했다. "아니야! 자기 자신에 대해 말하기는 몹시 어렵지. 나는 한번도 이념에 지속적으로 종속된 적이 없었다고 말하는 게 더 옳아. 정말 한번도 없었지. 우리는 여자를 사랑하듯 이념을 사랑하지. 이념에 돌아가면 기쁘니 말이야. 그리고 이념을 언제나 마음속에 품고 있지! 또한 모든 면에서 그것을 자신 밖에서 찾지! 그런 이념을 난 발견한 적이 없어. 이른바 위대한 이념에 대해,

정말 위대하다 할지라도, 나는 언제나 인간 대 인간의 관계를 맺었어. 나는 이념에 굴복할 천성이 아니야. 이념을 무너뜨리고 그 자리에 다른 것을 채워 넣으려는 열망을 품지. 그래, 아마도 이런 질투심이 나를 학문으로 이끌었을 거야. 학자들은 법칙을 함께 찾아내고 절대 깨질 수 없다고 치부하진 않거든!" 그는 다시 멈추었고 자신과 자신이 한 말을 비웃었다. "하지만 어떻든 간에," 그는 진지하게 말을 이었다. "나는 어떤 이념도 나와 연결시키지 않거나 모든 이념을 나와 연결시킴으로써 삶을 진지하게 받아들이는 법을 잊어버렸어. 난 일종의 견해로 포장된 소설 속에서 이념을 읽을 때 훨씬 더 고무되더군. 하지만 내가 이념을 아주 구체적으로 체험하려고 하면, 그건 이미 낡고 구식이며 지적으로 시대에 뒤떨어져버리거든. 나한테만 그렇진 않을 거라고 봐. 오늘날 대부분의 사람들은 비슷하거든. 많은 사람들은 초등학생들이 신나게 꽃들 사이를 뛰어다니는 법을 배우는 식으로 긴박한 삶의 기쁨을 가장하지만, 거기에는 항상 어떤 의도가 있고 사람들도 그걸 느끼게 마련이지. 사실 그들은 서로 다정하게 지낼 수도 있지만 냉혈한처럼 서로를 죽일 수도 있어. 우리 시대는 확실히 사건과 모험으로 가득 찬 상황을 진지하게 받아들이지 않아. 사건이 벌어지면, 소동이 일어나지. 사건들은 새로운 사건을 일으키는데 그건 어떤 사람이 A를 이야기했기 때문에 B에서 Z까지는 무조건 일어나야 한다는 일종의 피의 복수 같은 거야. 하지만 우리 삶에서 일어나는 사건들은 일관성 있는 의미가 없다는 점에서 책보다도 삶이 덜 들어가 있지."

울리히는 감정의 변화에 따라 느슨하게 말했다. 아가테는 아무 대답도 하지 않았다. 그녀는 계속 눈을 감은 채였으나 미소는 잃지 않았다.

울리히가 말했다. "내가 뭘 말하려는지 모르겠네. 처음으로 돌아가는 길을 이젠 잃어버린 거 같아."

그들은 한동안 침묵했다. 그녀의 시선이 막아서지 않았기 때문에 그는 누이의 얼굴을 유심히 관찰할 수 있었다. 그 얼굴은 마치 여성들이 공중목욕탕에 몸을 담그고 있을 때처럼 육체의 벗은 조각 중 하나로 누워 있었다. 사람들의 시선을 의식하지 않는 그 여성적이고 자연스런 무방비 상태의 냉소주의는 그들이 처음 만나던 날의 강렬함에는 미치지 못할지라도 여전히 울리히에게 기이한 영향을 미쳤다. 처음 만난 날 아가테는 오빠는 다른 남자들과 같지 않다는 이유로 누이로서 어떤 미사여구 없이 직설적으로 말할 권리를 요청했다. 그는 어린 시절 거리에서 임신부 또는 아이에게 젖을 물린 여자를 보았을 때 자신에게 밀려온 충격과 경악이 뒤섞인 감정을 기억해냈다. 그때까지 소년에게 조심스럽게 금지되었던 비밀은 대낮의 빛 속으로 자연스럽고 팽팽하게 둥근 아치를 그리며 툭 튀어나왔던 것이다. 이제야 그런 인상들에서 벗어난 것 같은 느낌이 갑자기 드는 것으로 봐서 그는 아마 오랫동안 그런 이미지들을 간직했을 것이다. 아가테가 여성이자 이미 많은 경험을 했다는 사실은 그에게 편안하고 즐겁게 다가왔다. 그녀와 이야기할 때는 젊은 여성과 말할 때처럼 조심할 필요가 없었다. 성숙한 여성들에겐 모든 게 이미 도덕적으로 느슨해졌다는 사실이 그에게는 감동적일 정도로 자연스러웠다. 또한 그녀를 보호하고 친절하게 대함으로써 뭔가를 보상하겠다는 의무감도 느꼈다. 그는 그녀를 위해 할 수 있는 모든 걸 하겠다고 다짐했다. 심지어 그녀에게 남편을 구해주겠다는 결심까지 했다. 친절해야겠다는 의무감은 자신도 모르게 대화의 끈을 다시 이어주었다.

"아마 사춘기 시절 우리의 자기애가 변했을 거야." 그는 맥락 없이 말을 꺼냈다. "왜냐하면 그때 우리가 뛰놀던 부드러운 목초지는 다른 욕망을 위한 사료로 쓰이기 위해 베어져야만 했거든."

"그래야 소가 우유를 만들어내지!" 잠시 후 그녀가 당돌하면서도 품위있게, 그러나 여전히 눈을 감은 채 끼어들었다.

"그래 모든 게 연결됐겠지." 울리히는 동의하고는 이어 말했다. "우리 삶이 애정을 거의 잃어버리고 한 가지 활동에만 집중하게 되는 때가 있지. 또한 그때부터 애정은 과도한 짐이 되고 말아. 그건 마치 다른 곳은 도처에서 끔찍한 가뭄을 겪는데 오직 한곳에서만 계속 비가 내리는 것 같지 않아?"

아가테가 곧 덧붙였다. "어렸을 때 인형을 엄청나게 사랑했는데 한번도 남자를 그렇게 사랑해본 적이 없다는 생각을 했어. 오빠가 떠났을 때 나는 다락방에서 오래된 인형 한 상자를 찾아냈지."

"그 인형들을 어떻게 했어?" 울리히가 물었다. "누구한테 줬나?"

"그걸 누구한테 주겠어? 아궁이 불에서 장례를 치렀지." 그녀가 말했다.

울리히가 활기차게 대답했다. "아주 어린 시절을 떠올려보자면 나는 그때 내부와 외부가 분리되지 않았다고 말하고 싶어. 내가 뭔가에 기어가면 그건 날개를 달고 나한테 왔지. 또한 뭔가 중요한 일이 일어나면, 우리가 흥분하는 게 아니라 사물 자체가 끓어오르기 시작했지. 그때가 이후보다 더 행복했다고 주장하려는 건 아니야. 우리는 아직 스스로를 소유하지 못했지. 사실 우리는 아직 존재하지 않았고 우리의 개인적 상황은 세계의 상황과 뚜렷이 분리되지 못했던 거야. 우리의 감정, 의지, 그러니까 우리의 존재 자체가 아직 우리 내면에 있지 않았다고 말한다면 기이하게 들리겠지만 그건 진실이야. 더 기이한 말도 할 수 있는데, 우리가 아직 우리 자신에게서 분리되지 않았다는 거야. 네가 스스로 자신을 소유했다고 믿는 지금, 예외적으로 단 한번 네가 도대체 누구인지 묻는다면 너는 사물을 보듯 너 자신을 항상 외부에서 본다는 걸 발견할 거야. 너는 마치 외투가 한번은 축축하고 다른 한번은 따뜻한 것처럼 어떤 때는 화가 나고 어떤 때는 슬퍼지는 자신을 발견할 거야. 아무리 자세히 관찰해도 기껏해야 밖에 머물 뿐, 너의 내면에까지 이르진 못하는 거지. 누군가 너한테 너는 네 밖에 있다고 말해주는 예외적인 순간을 제외하고는 무엇을 하든 너는 네 밖에 머물 거야. 이걸 만회하기 위해서 우리는 어른이 되어선 기꺼이 하고 싶을 때마다 '나는…'이라고 생각할 수 있지. 너는 자동차를 보고 어렴풋하게 '나는 자동차를 본다'는 상황의 너를 바라보지. 너는 사랑을 하거나 슬퍼하고 그게 너라는 걸 바라봐. 하지만 자동차도, 슬픔도, 사랑도 완벽하게 거기 존재하는 너는 아니지. 아무것도 어린 시절 거기 있었던 것처럼 완전하게 존재하지 않아. 오히려 네가 접촉한 모든 것은 네가 '인격'이라는 걸 얻는 순간 내면 깊은 곳까지 점차 딱딱해지고, 남는 것이라곤 완전히 외부적인 존재로 감싸인, 미심쩍은 자기인식과 자기애의 유령처럼 희미한 끈밖에 없어. 무엇이 잘못된 걸까? 뭔가 돌이킬 구석이 있는 것처럼 느껴지기도 할 거야. 하지만 아이의 경험이 어른과 완전히 다르다고 주장할 순 없지. 이런저런 생각이 있겠지만 나도 최종적인 해답은 모르겠어. 하지만 이런 종류의 '내 존재'와 이런 종류의 세계에 대한 사랑을 잃어버렸다고 나는 오래전부터 대답해왔지."

자기 자신은 물론 아가테에게도 대답을 기대하지 않았기 때문에 그녀가 끼어들지 않고 이야기를 들어주어서 울리히는 기뻤고 현재로서는 아무도 자신이 생각한 대답을 줄 수 없으리라고 확신했다. 그럼에도 그는 자신의 말이 그녀에게 너무 어려울 거라고는 한순간도 걱정하지 않았다. 그는 자신의 말을 철학이라고 보지 않았고 기이한 대화 주제라고 생각하지도 않았다. 또한 그는 '당신은 누구입니까? 그렇게 나는 존재합니다' 같은 영원의 질문을 다른 사람과 교환하면서 적당한 표현을 찾지 못한다는 이유로 모든 걸 간명하게 파악하기를 포기하지 않는 젊은 사람—그가 이 상황에서 비슷하게 행동한—과 그리 다르지 않았다. 그는 누이가 사유를 통해서가 아니라 존재를 통해 자신의 말을 하나하나 따라올 수 있으리라고 확신했다. 그의 시선이 머문 그녀의 얼굴에는 뭔가 자신을 행복하게 만드는 것이 있었다. 눈을 감은 그 얼굴은 어떤 반응도 없었다. 그 얼굴은 측정할 수 없을 정도로 그를 끌어당겼고 끝이 없는 깊이로 그를 끌고 들어가는 것 같았다. 그 얼굴의 응시 속으로 가라앉은 그는, 사랑 속으로 잠긴 잠수부가 다시 마른 곳으로 떠오르기 위해선 반드시 박차고 올라야 하는 질척거리는 진흙바닥을 어디서도 찾을 수 없었다. 하지만 여성을 향한 끌림을 인간에 대한 강력하게 전도된 혐오로 체험하는 데 익숙했던 그는, 그녀 속에서 자신을 잃지 않으리라는 어떤 확신—그는 비록 유감스러워했지만—이 의심하면서도 더욱 깊이 빠져드는 순수한 끌림을 마치 평형장애가 일어난 듯 경고해주었기 때문에 곧 이런 상태에서 벗어나 아가테를 일상적 삶으로 불러내는 사내아이다운 장난을 침으로써 도피처를 찾았다. 그는 할 수 있는 한 가장 조심스러운 손길로 그녀의 눈꺼풀을 들어올려보려 했다. 아가테는 웃으며 눈을 치켜뜨더니 소리쳤다. "내가 오빠의 자기애가 돼야 한다면서 이런 몹쓸 장난을 쳐!"

이 대답은 그의 공격만큼이나 사내아이다웠고 그들의 시선은 마치 격투를 벌이고 싶지만 웃음이 나와서 못 그러는 두 소년처럼 터무니 없이 맞서 있었다. 갑자기 아가테가 대결을 풀고 진지하게 물었다.

"오빠는 플라톤이 옛 신화를 인용해 인간은 신에 의해서 남자와 여자 두 부류로 나뉘었다고 말한 걸 알고 있어?" 그녀는 한쪽 팔꿈치로 몸을 세웠고 울리히에게 너무 뻔한 이야기를 아느냐고 물은 것이 어리석어 보였을까봐 얼굴이 붉어졌다. 그녀는 곧 단호하게 덧붙였다. "이제 그 가련한 반쪽들은 다시 하나가 되려고 온갖 어리석은 짓을 하고 있지. 고학년을 위한 교과서에도 나오는 내용이야. 하지만 그게 왜 안 되는지는 나오지 않지!"

"내가 말해줄 수 있어." 그녀가 정확히 이해했다고 생각한 울리히 는 기쁘게 개입했다.

"어떤 사람도 이리저리 뛰어다니는 수많은 반쪽들 중에 누가 자신의 반쪽인 줄 알지 못해. 한 남자는 자신의 반쪽처럼 보이는 여자를 붙잡고 하나가 되려고 헛되이 애써보지만 결국 아무것도 맞지 않는다는 사실만 확인하고 말지. 아이가 생기면 두 반쪽은 젊은 시절에는 적어도 아이로서 하나가 되었다고 믿어. 하지만 아이는 그저 세번째 반쪽일 뿐이어서 나머지 둘과 떨어져 가능한 멀리 도망가 네번째 반쪽을 찾으려는 성향을 보이지. 이렇듯 인간은 스스로를 생리적으로 더 반쪽으로 만들고 진실한 하나됨은 마치 창문에서 달만큼이나 멀어져버려."

"하지만 남매라면 이미 반쯤은 다가왔다고 봐야 할 거야!" 아가테 가 거칠어진 목소리로 끼어들었다.

"아마도 쌍둥이라면."

"우리는 쌍둥이가 아닐까?"

"그래!" 울리히는 갑자기 도망치듯 말했다. "쌍둥이는 확실히 희귀하지. 성이 다른 쌍둥이는 특히 더 드물어. 게다가 그들이 나이도 다르고 오랫동안 서로 모르고 지냈다면 정말 한번 볼 만한 구경거리가 될 거야!" 그는 말했고 얄팍한 유쾌함으로 돌아가려고 했다.

"하지만 우리는 쌍둥이로 다시 만났어!" 아가테는 그의 말에 개의치 않고 주장했다.

"뜻하지 않게 비슷한 파자마를 입고 만나서?"

"아마도. 또한 많은 면에서도 그렇지! 오빠는 우연이라고 말하지만 우연이 뭐? 우연을 운명이나 섭리 아니면 뭐라고 부르든 상관없다고 생각해. 오빠는 오빠로 태어난 게 우연이라고 생각해본 적 없어? 우리가 남매라는 것은 그보다 두 배는 더 우연인 셈이지!" 아가테는 그렇게 말했고 울리히는 이 지혜에 복종했다.

"그렇게 우리는 쌍둥이로 밝혀지는군!" 그가 찬성했다. "자연의 변덕으로 태어난 대칭적인 존재로서 우리는 이제부터 같은 나이, 같은 키, 같은 머리카락, 같은 줄무늬 옷을 입고 턱밑에 같은 나비넥타이를 맨 채 사람들과 거리를 활보한다는 말이지. 하지만 네가 알아야 할 것은 스스로의 탄생의 비밀을 떠올릴 때마다 그런 것처럼 사람들은 우리를 반쯤은 감격하고 반쯤은 조롱하며 쳐다볼 거라는 사실이야."

"우린 대조되는 옷을 입을 수도 있어." 아가테가 흥겹게 대꾸했다. "하나는 노랑, 다른 하나는 파랑, 아니면 빨강 대 초록, 그리고 머리는 보라 대 자주색으로 물들여도 되고, 나는 등을 구부리고 오빠는 배를 내밀어도 되고 말이야. 그렇게 해도 우리는 쌍둥이야!"

하지만 농담이 이내 시들해지고 핑계는 소진되자 그들은 잠시 침묵했다.

"그거 알아," 울리히가 갑자기 입을 열었다. "우리가 나눈 이야기가 아주 진지한 주제라는 거!"

그가 말을 꺼내자마자 누이는 다시 속눈썹의 아치를 내리깔고 그 아래 의견을 묻은 채 오빠가 혼자 말하도록 내버려두었다. 그러자 그녀는 마치 눈을 감은 것처럼 보였다. 방은 어두웠고 타오르는 빛은 모든 윤곽을 밝게 드러내기에는 부족했다. 울리히가 말했다. "인간이 둘로 나뉘었다는 신화 말고도 우린 피그말리온*, 자웅동체**, 또는 이시스와 오시리스***를 생각해볼 수 있지. 모두 같은 주제를 다른 방식으로 그려냈거든. 다른 성 속에 존재하는 도펠갱어$^{Doppelgänger}$ (다른 공간에 존재하는 또다른 나를 의미하는 독일어―옮긴이)에 대한 욕망은 뿌리가 깊어. 그런 욕망은 우리와 완전히 똑같지만 우리와는 다를 수밖에 없는 존재의 사랑을 원하며 우리이긴 하지만 동시에 마법의 형상으로 남아 있는 그 존재는 무엇보다도 자율성과 독립성의 숨결을 뛰어넘는 어떤 것을 상상하게 해주지. 사랑의 육체적 제약과 무관하게 같으면서도 다른 두 형상으로 만나는 이런 전형적인 사랑의 꿈은 인간 두뇌의 시험관 속 고독한 연금술에 의해 수없이 만들어졌어…."

---

* Pygmalion. 그리스 신화 속 인물로 현실의 여성에게 환멸을 느껴 자기 이상형을 직접 조각하고, 그 조각이 여신의 힘으로 인간이 되자 그녀와 결혼한다.
** Hermaphrodite. 그리스 신화 중 헤르마프로디토스의 이야기에서 기원한 말. 헤르마프로디토스는 아프로디테와 헤르메스의 자식으로 원래는 잘생긴 남자였으나 살마키스라는 님프가 그를 사랑한 나머지 한몸이 되길 원하자 신이 그 소원을 들어주어 남자와 여자가 한몸이 된 자웅동체가 되었다.
*** Isis und Osiris. 이집트 신화 속 인물로 오시리스와 이시스는 남매이자 부부이다. 오시리스가 남동생에 의해 죽임을 당하자 오시리스의 여동생이자 부인인 이시스는 조각난 남편의 시신을 찾아 살려주고 호루스라는 아이를 낳는다.

그러더니 그는 갑자기 말을 멈췄다. 분명히 그를 불쾌하게 하는 뭔가가 떠오른 것 같았고 통명스런 말로 마무리했다. "아주 일상적인 사랑의 관계에서조차 그런 흔적이 남아 있지. 가령 모든 변화와 변장에 숨어 있는 열정, 공통의 관심사가 가진 의미, 다른 사람에게 드러난 나의 모습 같은 것들에서 말이야. 한 남자가 옷을 벗은 귀부인의 모습을 처음으로 보든 아니면 발가벗은 처녀가 목까지 올라오는 예복을 갖춰 입은 것을 처음으로 보든 작은 마법은 그대로 남아 있으며 그 거대하고 무분별한 사랑의 열망은, 가장 내밀한 내가 낯선 사람의 눈이라는 커튼 뒤에서 스스로를 염탐한다는 사람들의 생각과 연관돼 있어."

아가테가 듣기엔 마치 지금 나눈 이야기를 과대평가하지 말라는 오빠의 부탁처럼 들렸다. 그러나 아가테는 그들이 똑같은 실내복을 입고 처음으로 만났을 때 자신이 경험했던 번개처럼 놀라웠던 느낌을 떠올렸다. 그녀는 대답했다. "그것은 수천년을 이어온 일이지. 그걸 두 개의 속임수로 설명하면 좀더 쉽게 이해가 될까?" 울리히는 침묵했다.

잠시 후에 아가테는 기쁘게 이야기했다. "하지만 꿈속에서 그런 일이 일어나거든! 사람들은 자주 자신이 다른 것으로 변한다는 걸 알 거야. 아니면 남자가 되어 자신을 만나기도 하지. 그러면 내가 나한테 하는 것보다 더 친절하게 그 남자를 대해. 오빠는 아마 그게 성적인 꿈이라고 말할 거야. 하지만 내 생각에 그건 훨씬 이전의 꿈이야."

"그런 꿈을 종종 꾸니?" 울리히가 물었다.

"가끔, 자주는 아니고."

"난 거의 꾸지 않아." 그가 고백했다. "아주 오래전에는 꾸었을 테지만."

"하지만 언젠가 오빠가 말했잖아," 아가테가 말했다. "옛 집에 돌아오자마자 있었던 일인 것 같은데, 수천년 전 사람들은 분명히 다른 것을 체험했을 거라고 말이야!"

"아, '건네는' 시선과 '받아들이는' 시선을 말하는 거구나?" 울리히는 웃으면서 말했지만 아가테는 그를 바라보지 않았다. "영혼의 '포옹을 받는 것'과 '포옹하는 것'? 그래 이런 영혼의 신비한 이중적 성<sup>性</sup>에 대해서 당연히 내가 말했을 거야! 내가 다른 것은 말하지 않았던가? 모든 것에서 그 문제는 출몰하지. 심지어 모든 비유에도 같아지는 것과 같아지지 않은 것의 마법이라는 잔여가 들어 있거든. 눈치채지 못했니? 우리가 말했던 꿈이나 신화, 시, 유년, 심지어 사랑 같은 모든 행동양식 속에는 분별의 상실, 그러니까 이른바 현실의 상실을 통해 드러난 감정이 대부분을 차지하지."

"그러니까 오빠는 그걸 진짜 믿지는 않는구나?" 아가테가 물었다.

그 질문에 울리히는 대답하지 않았다. 하지만 잠시 후 그는 말했다. "뭔가 섬뜩한 오늘날의 용어로 번역하자면, 지금 시대 우리에게 끔찍하게 부족한 그것을 개인의 체험과 행위에 있어서의 '참여의 퍼센트'라고 부를 수 있지. 꿈속에서는 백퍼센트일 것이고 깨어 있을 때는 그 반도 안 될 거야. 넌 그걸 오늘 내 집에서 목격했을 거야. 하지만 네가 만나게 될 사람들과 나의 관계 역시 다르지 않지. 나는 그걸 언젠가—내가 틀리지 않다면 아주 적절한 장소에서 어느 부인과의 대화에서였을 거야—공허의 음향학이라고 부른 적이 있어. 만약 텅 빈 방에서 바늘 하나가 바닥에 떨어진다면, 그때의 소음은 뭔가 부적절하고 심지어 과도하게 느껴질 거야. 하지만 두 사람 사이에 공허가 있을 때도 이런 느낌이 들지. 우리는 소리를 지를지 아니면 죽음처럼 잠잠해야 할지를 모르거든. 결국 우리가 거기에 대응할 수 없게 되면 모든 부당하고 삐딱한 것이 무시무시한 유혹이라는 매력을 얻게 되지. 너도 그렇게 생각하지 않아? 하지만 미안하군," 그는 대화를 멈췄다. "넌 피곤한데 내가 놔주질 않으니 말이야. 내 상황은 물론이고 교제에 이르기까지 많은 것들이 네 마음에 들지 않을까봐 걱정이다."

아가테는 눈을 떴다. 오래 은거했던 탓인지 그녀의 시선은 규정하기 힘든 뭔가를 드러내고 있었고 울리히는 그 시선이 동정하듯 자신의 온몸을 타고 퍼져나가는 것을 느꼈다. 그는 갑자기 다시 설명을 덧붙였다. "젊었을 때 나는 강한 것을 찾으려고 했어. 인간에게 삶에 대항할 아무것도 없다고? 좋아, 그렇게 삶은 인간을 떠나 자기의 일로 도망가는구나! 대충 나는 그렇게 생각했어. 그리고 오늘날 세계의 무정함과 무책임함에는 뭔가 권력적인 것이 있어. 적어도 거기에는 성장기를 지나는 세대들처럼 막돼먹은 세기의 면모가 있다고나 할까. 또한 모든 젊은 사람들과 마찬가지로 나는 처음에는 일과 모험, 그리고 쾌락으로 빠져들었어. 모든 것을 걸고 한다면 뭘 하든 무슨 차이가 있느냐는 식이었지. 언젠가 우리가 '성취의 도덕'에 관해 이야기했던 거 기억해? 그건 우리에게 내재된 형상이자 우리가 표준으로 삼는 이미지였지. 하지만 사람들이 나이가 들수록 더 뚜렷하게 체험하는 것은 이렇듯 명백한 과잉, 모든 면에서의 독립성과 활동성, 추동하는 요소들과 요소들의 추동—너 자신을 향한 것이거나 세계를 향한 것이거나—에 내재하는 주체성, 한마디로 우리 '현재의 인간들'의 힘이자 우리 종족의 탁월한 특징이라고 생각하는 것들이 본질적으로 개별들에 맞선 전체의 나약함에 불과하다는 사실이지. 열정과 의지로는 그 사실에 맞설 수 없어. 우리가 뭔가의 한가운데 들어가겠다고 결심한 순간, 우리는 이미 가장자리로 떠밀린 셈이지. 이것이 오늘날 모든 체험 가운데 가장 핵심적인 체험이야!"

아가테는 이제 눈을 뜨고 그의 목소리에서 무슨 일이 일어나기를 기다리고 있었다. 그러나 아무 일도 없이 오빠의 말이 거리의 작은 오솔길이 나뉘어 막다른 곳에 이르듯 멈춰버리자 그녀는 말했다. "오빠의 체험에 따르면 우리는 절대 확신을 가지고 행동할 수 없고 앞으로도 그러지 못할 거야. 내가 확신하는 바는," 그녀는 설명을 이어나갔다. "이런저런 학문이나 우리에게 부여된 도덕적 훈련 따위가 아니라 우리가 스스로를 온전히 느끼는 것이고, 모든 다른 것에서도 온전함을 느끼는 것이며, 지금은 비어 있는 곳에서 충만함을 느끼는 거야. 그러니까 우리가 그곳으로부터 뭔가를 시작하고 또 그곳으로 회귀한다는 것이지. 아, 내가 무슨 말을 하는지 모르겠네," 그녀는 갑자기 말을 멈췄다. "오빠가 설명을 좀 해줘!"

"우리가 이야기했던 걸 네가 정확히 말했어." 울리히가 부드럽게 대답했다. "너는 그런 이야기를 나눌 수 있는 유일한 사람이야. 하지만 내가 솔깃한 이야기를 덧붙이는 건 별 의미가 없을 거야. 그보다는 '내부 한가운데의 존재', 그러니까 손상되지 않은 삶의 '내면'의 상태—그 단어를 감상적인 의미가 아니라 우리가 지금껏 부여한 의미대로 이해한다면—는 이성적인 사고로는 만족될 수 없다는 이야기를 해야겠어." 그는 몸을 숙여 누이의 팔에 손을 얹고 눈을 오랫동안 바라보았다. "그런 상태는 인간 본성에 어긋나는 일일 거야." 그가 낮게 말했다. "단 하나 확실한 것은 우리가 그런 내면의 상태를 고통스럽게 요구한다는 것이지. 아마도 그건 냉담이나 냉정함과 혼합되지 않은 사랑을 향한 상상적 지향이라는 점에서 평범한 사랑에 더해 남매애의 요구와 연결돼 있을 거야." 잠시 후 그는 덧붙였다. "너는 오빠와 누이들이 침대 속에서 하는 놀이가 얼마나 인기있는지 알 거야. 자기들의 친남매를 죽일 수도 있는 사람들이 이불 아래서 그렇게 장난을 치고 놀았던 것이지."

어스름한 빛 가운데 그의 얼굴은 자조감에 떨리고 있었다. 그러나 아가테는 그의 혼란스런 말이 아니라 그 얼굴을 끝까지 믿었다. 그녀는 곧 뛰어내리려는 사람의 얼굴이 그렇게 실룩거리는 것을 본 적이 있었다. 그 얼굴은 가까이 오지 않았다. 얼굴은 무한히 거대한 속도로 무한히 광대한 길을 나선 것 같았다. 그녀는 간결하게 대답했다. "남매로는 여전히 부족해!"

"우리는 이미 '쌍둥이 남매'에 대해 이야기했잖아." 동생이 엄청 피곤할 거라고 생각한 울리히가 조용히 일어서며 대답했다.

"우리는 샴쌍둥이가 돼야 해." 아가테가 말을 이었다.

"맞아, 샴쌍둥이!" 오빠가 그 말을 되뇌었다. 그는 그녀의 손을 자신의 손에서 빼내어 조심스럽게 이불 위에 얹었다. 그의 말은 무게 없이 울렸고 그가 방을 떠난 후에도 가볍고 경쾌하게 퍼져나갔다.

아가테는 웃었고 그녀가 알아차리지 못하는 동안 어둠은 잠의 암흑으로 변해가며 고독한 슬픔으로 가라앉았다. 울리히는 살금살금 작업실로 들어가 일을 하지 못한 채 피곤해질 때까지 두 시간여를 머물렀고 그때 처음으로 배려 때문에 압박을 받는 자신의 상황을 깨달았다. 그는 이 시간에 너무나 일을 하고 싶고 소음을 내고 싶어하는 스스로에게 놀랐고 억압을 받을 수밖에 없었다. 새로운 체험이었다. 또한 다른 사람과 친밀해지는 삶을 호의적으로 상상해보려 애썼음에도 그런 상황에 화조차 날 정도였다. 하나의 줄기에 달린 두 개의 잎이 하나의 혈관을 통해서만이 아니라 그들의 완벽한 상호의존으로 서로 연결된 것처럼 두 신경체계가 서로 작용하는 방식에 대해 그는 거의 알지 못했다. 그는 영혼을 일깨우는 과정은 주로 자기 자신이 아닌 육체에서 일어날지라도, 한 영혼의 모든 흥분은 다른 사람의 영혼에 의해서도 감지된다고 가정했다. '포옹을 예로 들어보자. 너는 다른 사람에게 포옹되는 것이야.' 그는 생각했다. '너는 동의하지 않겠지만 너의 다른 자아는 엄청난 동의의 물결을 너에게 쏟아 붓거든! 누가 너의 누이에게 키스를 하든 네가 무슨 상관이야? 하지만 그녀의 흥분을 너는 그녀와 함께 사랑해야 해! 또는 네가 사랑에 빠졌고 어떤 식으로든 그녀를 사랑의 감정에 참여시켜야 한다면, 너는 그녀를 의미없는 생리적 과정에 내던져둘 수는 없을 거야…!' 그는 이런 생각에 강한 분노와 엄청난 불쾌감을 느꼈다. 그는 새로운 방식과 평범한 방식의 왜곡 사이의 경계를 올바르게 정하는 데 어려움을 느꼈다.

## 26.
## 채소밭의 봄

마인가스트에게 받은 칭찬과 그가 전해준 새로운 생각은 클라리세에게 깊은 인상을 남겼다. 그녀 자신조차도 걱정하는 정신적 불안과 흥분은 잠잠해졌고 다른 때처럼 우울이나 좌절, 절망으로 변질되지 않았으며 오히려 비범하게 긴장된 명징함과 투명한 내면의 기분으로 바뀌었다. 다시 한번 그녀는 스스로를 살펴보았고 비판적으로 바라보았다. 의심할 것도 없이, 확실한 만족까지 느끼면서 그녀는 자신이 영리하지 않다는 걸 받아들였다. 또한 그녀는 배운 것도 많지 않았다. 하지만 그녀가 비교해서 생각할수록 울리히는 마치 지적인 얼음판 위를 마음대로 왔다갔다하는 스케이트 선수 같았다. 그가 무슨 이야기를 할 때면 그 지식이 어디서 왔는지 알 수 없었다. 그가 웃을 때나 화를 낼 때, 눈을 빛낼 때, 여기에 와서 넓은 어깨로 발터의 공간을 차지할 때도 마찬가지였다. 그가 호기심에 고개를 돌리기만 해도 목의 힘줄은 바람을 타고 앞으로 나아가는 범선의 밧줄처럼 팽팽해졌다. 그렇게 그에게는 그녀의 범위를 벗어나는 뭔가가 있었고 그 뭔가를 붙잡기 위해 온몸을 던지고 싶은 그녀의 욕구는 늘 생생했다. 그러나 울리히의 아이를 갖겠다는 소망 말고는 세상에서 확실한 것이 없다며 종종 일었던 마음의 격동은 이젠 멀리 사라졌고 열정이 잔잔해진 뒤에도 왠지 모르게 남겨지는 기억의 파편조차도 남지 않았다. 기억에 남아 있는 한 울리히의 집에서 겪었던 실패를 떠올릴 때 가장 화가 났지만 그녀의 자존심만큼은 건강하고 신선하게 유지되었다. 이 모든 건 훌륭한 사람으로 변화된 친구와 다시 만남으로써 얻게 된 직접적인 흥분은 말할 것도 없고 그 철학적인 손님에게서 전수받은 새로운 사유 덕분이었다. 이제 봄날의 햇살 가운데 놓인 작은 집에 모인 사람들이 울리히가 그 무시무시한 거처에 머무는 모오스브루거를 방문하도록 허락을 받아오느냐 못하느냐를 기다리는 동안 많은 날들이 긴장 가운데 지나갔다.

그 맥락과 관련해 클라리세에게 특히 중요하게 떠오른 생각이 있었다. 스승은 세계를 '완전히 환상이 없는 상태'라고 부르면서 사람들은 세계를 사랑해야 할지 미워해야 할지 더이상 아무것도 모른다고 말했다. 또한 그때부터 클라리세는 우리가 환상을 체험하는 자비를 누리려면 환상에 복종해야 한다고 확신했다. 왜냐하면 환상은 하나의 자비이기 때문이다. 누군가 발터처럼 압박을 받는 직장이 있다거나 아니면 그녀처럼 자신을 지루하게 할 형제자매나 부모를 방문하기로 약속한 때가 아니라면 도대체 어떻게 집을 나서서 오른쪽으로 갈지 왼쪽으로 갈지를 알 수 있겠는가! 환상 속에서는 다르다! 환상 속에서 삶은 현대의 부엌처럼 실용적으로 배치돼 있다. 우리는 가운데 앉아서 별로 움직일 것도 없이 모든 도구들에 닿을 수 있다. 그런 가능성은 언제나 클라리세의 마음에 들었다. 클라리세는 이제껏 세상에서 벌어지는 일을 제대로 설명하지 못했기 때문에 주눅이 들어 있었지만 마인가스트와의 재회 덕분에 자신의 판단대로 사랑하고 미워하고 행동함으로써 만족하는 자신을 발견했다. 스승의 말에 따르면 우리에게는 의지보다 더 절실한 것이 없으며 강렬하게 뭔가를 원하는 태도라면 클라리세가 언제나 소유한 덕목이었기 때문이다. 그런 덕목을 생각하면 클라리세는 기쁨으로 오싹해지고 책임감으로 뜨거워졌다. 물론 의지가 의미하는 바는 피아노 연주곡을 배우거나 논쟁에 잘 대처한다는 식의 음울한 노력이 아니라, 삶에 의해 강력하게 이끌리는 것이고 자기 자신에 매료되는 것이며 행복 가운데로 쏜살같이 뛰어드는 것을 의미했다.

또한 그녀는 결국 발터에게 실토하지 않을 수 없었다. 그녀는 자신의 양심이 하루하루 강해진다고 털어놓았다. 발터는 이런 일을 이끌어냈을 것으로 추정되는 마인가스트를 존경하면서도 화를 내며 대답했다. "울리히가 허가를 받아오지 못하는 게 어쩌면 다행인지도 몰라!"

입술 위로 약간의 떨림이 일었지만 클라리세는 이내 그의 무지와 완고함에 연민을 드러냈다.

"우리 모두와 조금의 상관도 없는 그 범죄자에게 도대체 원하는 게 뭐야?" 발터가 발끈하면서 물었다.

"그건 내가 거기 가면 떠오르겠지." 클라리세가 대답했다.

"내 말은 지금 알고 있어야 한다는 거야!" 발터가 거칠게 주장했다.

그의 자그마한 부인은 그에게 깊은 상처를 주기 전에 늘 하던 것처럼 미소지었다. 하지만 분명하게 말하고 말았다. "난 뭔가를 할 거야."

"클라리세!" 발터는 완고하게 대꾸했다. "내 허락 없이는 아무것도 못할걸. 나는 당신의 법적 남편이자 후견인이라고!"

지금껏 그녀가 들어보지 못한 남편의 목소리였다. 그녀는 그에게서 돌아서 당황스럽게 몇걸음을 내딛었다.

"클라리세!" 발터는 그녀를 향해 소리쳤고 일어서서 쫓아갔다. "난 이 집에서 떠도는 광기에 맞서서 뭐든 할 거야!"

그때 그녀는 자신의 결단이 지닌 치유의 힘이 이미 발터의 힘 역시 키우고 있음을 깨달았다. 그녀는 발꿈치를 들고 돌아섰다. "뭘 하려고 하는데?" 그녀는 물었고 그녀의 눈을 뚫고 나온 빛은 그의 축축하고 휘둥그레진 갈색 눈을 향해 돌진했다.

"한번 보라고," 그녀가 그렇듯 확실한 답을 요구하자 놀란 그는 조금 물러나 달래듯 말했다. "우리 모두의 내면에는 건강하지 못한 것, 오싹한 것, 문제적인 것에 대한 지적인 끌림이 있어. 우리처럼 정신적인 사람들은 하지만…"

"속물들은 자기들 멋대로 하라고 해!" 클라리세가 승리에 도취돼 끼어들었다. 이젠 그녀가 눈을 떼지 않고 그에게 다가갔다. 그녀는 자신의 치유의 힘이 그를 감싸서 강력하게 지배한다는 느낌을 받았다.

그녀의 심장은 갑자기 기이하고 표현하기 힘든 기쁨으로 가득 찼다.

"하지만 우리는 그걸 가지고 그렇게 떠벌리지는 않아." 발터는 골이 나서 중얼대며 말을 마무리했다. 그는 외투의 뒷자락에서 뭔가 걸리적거리는 걸 느꼈다. 손을 뻗어보니 얇은 다리의 작고 가벼운 탁자 모서리임을 알아챘고 갑자기 으스스한 느낌을 받았다. 자신이 뒤로 물러나면 탁자도 우스꽝스럽게 미끄러질 것임을 알았다. 그래서 그는 이런 투쟁에서 멀리 물러나 만개한 과실수와 건강한 쾌활함으로 그의 상처를 깨끗하게 씻어줄 사람들이 있는 짙은 초록의 목초지로 향하고 싶다는 갑작스런 소망에 저항했다. 그건 그의 말을 경청하고 감탄하며 감사를 전하는 여성들에 의해 미화된 조용하고 굳센 소망이었다. 그리고 클라리세가 다가오는 순간 그는 악몽처럼 거칠게 괴롭힘을 당하리라 예감했다. 하지만 놀랍게도 클라리세는 '당신은 겁쟁이야'라고 하는 대신 "발터? 왜 우리는 불행한 거지?"라고 말했다.

이 유혹하듯 내면을 뚫고 들어오는 목소리에 그는 클라리세와 함께하는 불행은 다른 어떤 여자와 함께하는 행복과도 바꿀 수 없다고 생각했다. "우리는 불행해야만 해!" 그는 그녀만큼이나 격앙되어 말했다.

"아니, 우리는 그럴 필요가 없어." 그녀는 관대하게 말했다. 그녀는 고개를 한쪽으로 기울이고 그를 설득시킬 만한 방법을 찾았다. 그게 무엇이든 별로 중요하지 않았다. 그들은 마치 밤이 없는 낮처럼, 매시간 잦아들지 않고 불을 내뿜는 낮처럼 맞서 있었다.

"너는 인정해야 해." 마침내 그녀가 소심하면서도 완고하게 말을 꺼냈다. "진짜 거대한 범죄는 누군가 저지르기 때문이 아니라 우리가 방치하게 때문에 일어난다는 걸 말이야."

이제 발터는 무엇이 다가오는지 명백히 알았고, 충격적인 실망을 느꼈다.

"오 맙소사!" 그는 견디지 못하고 소리쳤다. "고립된 개인의 악한 의도가 아니라 양심껏 산답시고 취하는 무관심하고 편리한 태도 때문에 오늘날 훨씬 많은 사람들의 삶이 파괴된다는 걸 나도 알아. 그리고 그것이 바로 우리가 양심의 날을 세우고 모든 걸음을 내딛기 전에 최대한 정밀하게 시험해봐야 하는 이유라고 네가 말한다면 경탄할 만한 일이지."

클라리세는 입을 열어 끼어들려고 했지만 다른 생각이 떠올라 아무 대답도 하지 않았다.

"물론 나도 가난과 기근, 그리고 이 세계에서 허용되는 모든 종류의 타락, 또는 안전장치에 드는 돈을 아끼는 바람에 무너져버린 광산에 대해 생각해." 발터는 기가 죽은 목소리로 계속 말했다. "이미 그런 것에 대해서 네 견해에 동의한다고."

"하지만 두 연인이 '순수한 행복'의 상태에 있지 않다면 그 둘은 서로 사랑해서는 안 돼." 클라리세가 말했다. "그리고 세계는 그런 연인들이 생겨날 때까지는 결코 좋아지지 않을 거야!"

발터는 두 손을 마주 잡았다. "그렇게 위대하고 눈부시며 순수한 요청이 얼마나 부당한지 모르나봐!" 그가 소리쳤다. "마치 회전판이 돌 듯 너의 머릿속에 문득 문득 떠오르는 모오스브루거도 마찬가지일 거야. 사회가 불행한 짐승 같은 인간을 어떻게 해야 할지 모른다는 이유로 그를 죽여야 하는 한 뭔가 수단을 마련해야 한다고 네가 주장한다면 당연히 옳아. 하지만 건강하고 평범한 양심이 그런 식의 지나친 자책에 말려들기를 거부한다면 당연히 그게 더 옳지. 건강한 사유에는 우리가 증명할 순 없지만 핏속에 간직된 최종적인 인식 지표가 분명히 있어!"

클라리세가 대답했다. "너의 핏속에서는 당연한 것도 늘 당연하지 않은 것이 되지!"

발터는 기분이 상한 채로 고개를 흔들어 대답을 거부했다. 이미 그는 일방적인 사유만 섭취하면 건강에 해롭다고 경고하는 역할에 지쳐 있었고 결국 그 자신조차 불확실하게 만들었다.

하지만 클라리세는 언제나 그를 놀라게 하는 예민한 감각으로 그의 생각을 읽어냈다. 그녀는 고개를 들더니 모든 중간 단계를 뛰어넘어 낮지만 강렬한 질문으로 그의 핵심에 도달했다. "넌 예수가 광산의 소유자라고 상상할 수 있어?" 그녀가 예수라고 한 건 사랑이 광기와 구별되지 않는다는 식의 과장을 통해 실은 발터를 지칭하고 있음을 그는 그녀의 표정에서 알 수 있었다. 그는 분노와 절망으로 손을 내저어 거부를 표시했다. "그렇게 직설적으로는 안 되지, 클라리세!" 그는 애원했다. "그렇게 직설적으로 말하면 안 되는 거야!"

"아니야!" 클라리세가 반박했다. "우리는 직설적이어야만 해! 우리가 예수를 구원할 힘이 없다면 우리는 우리 자신을 구원할 힘도 없는 거야!"

"사람들이 예수를 죽인다고 뭐가 달라지는데?" 발터가 격렬하게 외쳤다. 그는 이 잔혹한 대답이 주는 기쁨 가운데 삶의 자유로운 맛을 혀끝에서 느꼈는데 그건 클라리세가 암시적으로 불러낸 죽음과 멸망의 맛과 훌륭하게 뒤섞인 맛이었다.

클라리세는 뭔가를 기대하면서 그를 바라봤다. 하지만 발터는 자신의 분출에 만족하거나 어떤 결정도 내리지 못한 채 침묵하는 것 같았다. 무적의 마지막 카드를 내밀라고 강요받은 사람처럼 그녀는 말했다. "나한테 계시가 왔어!"

"너의 상상일 뿐이라고!" 그는 하늘을 의미하는 천장을 향해 소리를 질렀다. 하지만 클라리세는 그 마지막 공허한 말로 대화를 끝내고 더이상 말할 기회를 주지 않았다.

반면 발터는 그녀가 잠시 후 마인가스트와 열정적으로 대화를 나누는 모습을 보았다. 멀리 떨어져 있어서 정확히 볼 순 없었지만 자신들이 발터에게 관찰당하고 있다는 느낌은 마인가스트를 괴롭혔다. 발터는 때마침 방문해 소매를 걷어붙인 채 땅에 무릎을 꿇고 뭔가를 하는 처남 지크문트처럼 정원가꾸기에 열심히 나서지 않았다. 발터는 언젠가 우리가 실용서에 꽂힌 책갈피가 되지 않고 진짜 인간이 되려면 이른 봄 정원에 나가야 한다고 주장한 적이 있었다.

정원에서 일하는 대신 발터는 실용 작물을 키우는 개방된 정원 구석에 서 있는 그 둘을 훔쳐보았다.

발터는 정원 구석에서 뭔가 불미스런 일이 있으리라고는 생각하지 않았다. 하지만 봄공기에 노출된 그의 손은 비정상적으로 차가웠고 이따금 지크문트에게 뭔가를 가르쳐주느라 무릎을 꿇는 바람에 다리엔 축축한 얼룩이 생겼다. 연약하고 기가 꺾인 사람들이 누구한테 기분을 풀 기회가 있을 때 흔히 그러하듯 그는 처남에게 괜히 목소리를 높였다. 자신을 마음속 깊이 존경하는 지크문트가 쉽게 마음을 돌리지 않을 것임을 알고 있었던 것이다. 하지만 자신 쪽을 한번도 쳐다보지 않은 채 마인가스트에게만 계속 시선을 주는 클라리세를 바라보는 동안 그는 석양이 지고 난 뒤의 외로움과 스산한 한기를 느낄 수밖에 없었다. 또한 그는 이 상황에서 자부심을 느끼기도 했다. 마인가스트가 자기 집에 머문 이래, 이곳에 활짝 열린 깊은 틈만큼이나 자신이 조심스럽게 그 틈을 막고 있다는 데 자부심이 생긴 것이다. 똑바로 선 자세로 그는 무릎을 꿇고 있는 지크문트에게 말을 던졌다. "당연히 우리 모두는 문제적이고 해로운 것에 대한 끌림에 익숙하지." 그는 위선자가 아니었다. 이런 말을 했다는 이유로 클라리세가 그를 속물이라고 부른 이래 그는 곧장 '삶의 사소한 파렴치'라는 말을 만들어냈다.

"사소한 파렴치는 달콤하거나 새콤한 맛처럼 좋은 거야," 그는 처남에게 교훈을 늘어놓았다. "하지만 우리는 그것이 건강한 삶에 명예롭게 기여할 때까지 우리 내면에서 가공할 의무가 있어. 또한 내가 사소한 파렴치에서 이해한 바는" 그는 말을 이어갔다. "트리스탄* 같은 음악을 들을 때 우리를 사로잡는 죽음과의 애타는 결탁이자 모든 성적 타락—비록 우리가 그것에 굴복하진 않겠지만—에 숨겨진 비밀스런 매력 같은 것이지! 왜냐하면 삶의 궁핍과 병이 우리를 덮칠 때라든가 삶에 폭력을 가하려는 정신과 양심이 과장되게 요동칠 때 처남도 알다시피 거기에는 뭔가 파렴치하고 비인간적인 요소가 있기 때문이야. 우리를 규정하는 한계를 뛰어넘으려는 모든 것은 파렴치한 것이야! 신비주의는 인간이 자연을 수학적 형식으로 축소할 수 있다는 공상만큼이나 파렴치하지. 그리고 모오스브루거를 방문하겠다는 것은," 여기서 발터는 손톱을 머리에 대느라 잠시 멈칫했다가 결론을 지었다. "병자의 침상에서 신을 찾는 것만큼이나 파렴치한 짓이지!"

그의 말에는 분명한 뜻이 있었고, 갑자기 의사인 처남의 직업적이고 무의식적인 인도주의에 호소한 것은 클라리세의 의도와 엉뚱한 동기가 허용될 수 있는 한계를 넘어섰음을 보여주기 위함이었다. 하

---

* 켈트족의 트리스탄 전설을 바탕으로 바그너가 작곡한 오페라 「트리스탄과 이졸데」.

지만 지크문트에 비해 발터는 천재였고 그래서 자신의 건강한 관점으로부터 그런 고백이 자연스럽게 표출된 반면, 그보다 더 건강한 관점을 가진 지크문트는 그렇듯 의심스런 소재에 관해서는 침묵하기로 결정함으로써 자신을 표현했다. 지크문트는 손가락으로 흙을 쌓아올렸고 입을 굳게 다문 채 수차례 머리를 한쪽에서 다른 쪽으로 기울였는데 그 행동은 마치 시험관에서 뭔가를 쏟아내거나 아니면 충분히 들은 것을 한쪽 귀로 털어내려는 행동처럼 보였다. 발터가 말을 마쳤을 때 무시무시하게 깊은 정적이 찾아왔고 그 순간 분명히 클라리세가 언젠가 자신에게 외쳤던 문장이 발터의 귀에 들렸다. 그 문장은 정적 속에서 튀어나온 환각처럼 뚜렷하지 않게 들렸다. "니체와 그리스도는 모두 불완전함 때문에 멸망한 거야." 그 말은 특이하게, '광산의 지배자'를 떠올리게 하면서 그를 우쭐하게 했다. 건강의 화신인 그가 서늘한 정원에서 자신이 오만하게 내려다보는 한 남자와, 지나치게 흥분하는 두 사람—그들의 소리없는 몸짓을 거만하게, 하지만 그리워하듯 건너다보며—사이에 있다는 건 좀 기이한 상황이었다. 클라리세는 발터의 건강이 약해지지 않도록 하는 사소한 파렴치함이었고 지금 이 순간 마인가스트가 그 파렴치함의 허용된 한계를 무한히 증폭시키려 한다고 비밀스런 목소리가 그에게 말해주었기 때문이다. 발터는 이름없는 친척이 유명한 친척을 경배하듯이 그를 숭배했고 클라리세가 그와 공모하듯 속삭이는 것을 보고는 부러움이 끓어올랐는데 그 감정은 질투보다 더 강하게 그의 내면을 파고들었다. 어쨌든 그것 때문에 그의 정신은 들떴고 그럼에도 자신의 존엄을 인식했기 때문에 화를 내지도, 그쪽으로 가서 둘을 방해하지도 않았다. 그는 그들의 흥분과 비교할 때 자기가 우월한 듯했고 이 모든 것에서 자신도 모르게 양성적이고 모호하며 모든 논리를 건너뛴 사유가 생겨났다. 결국 저기 있는 두 사람은 무분별하고 비난받을 만한 방식으로 신을 부르고 있다는 생각이었다.

그렇게 기이하게 혼합된 상태를 하나의 사유라고 불러야 한다면 일종의 말로 표현될 수 없는 사유라고 할 수 있는데, 그 어두운 사유의 혼합은 언어의 빛에 영향을 받는 즉시 폐기될 것이기 때문이다. 또한 지크문트에게 보여주었듯이 발터는 어떤 식의 믿음도 신이라는 단어와 연결시키지 않았으며 그 단어가 떠오를 때면 겸연쩍은 공허가 그 주위를 감쌌다. 그렇게 오랜 침묵 끝에 발터가 처남에게 꺼낸 첫번째 말은 아주 동떨어진 것이었다. "자넨 바보야," 발터는 그를 비난했다. "모오스브루거를 방문하지 못하도록 그녀를 강력하게 설득할 자격이 없다고 스스로 믿는다면 말이야. 그러고도 자네가 의사라는 거야?"

지크문트는 전혀 불쾌하지 않았다. "그건 매부가 내 동생과 알아서 할 일이에요." 그는 조용히 쳐다보면서 대답했고 다시 자기 일에 집중했다.

발터는 한숨을 쉬었다. "물론 클라리세는 비범한 사람이야." 그는 다시 말을 이었다. "그녀를 충분히 이해할 수 있어. 심지어 난 그녀가 자신의 견해를 엄정하게 유지하는 게 잘못이 아니라고 봐. 가난하고 배고픈 사람들, 세상에 만연한 모든 종류의 부패에 대해 한번 생각해 봐. 가령 회사가 버팀목을 아끼려다 일어난 광산의 재앙도 마찬가지지."

지크문트는 그런 문제를 떠올린다는 어떤 신호도 보내지 않았다.

"그러니까 그녀가 그런 일들을 고민한다고!" 발터는 단호하게 말을 이었다. "그게 그녀의 훌륭한 면이라고 생각해. 우리 모두는 좋은 양심을 너무 쉽게 소유하지. 그녀가 우리보다 나은 점은 우리가 바뀌어야 하고 더 활발한 양심을 가져야 하며 그 양심에 어떤 제한도 없어야 한다고 주장한다는 거야. 하지만 내가 묻고 싶은 건, 지금은 그렇지 않을지도 모르지만 그런 주장이 결국엔 광기에 찬 도덕적 양심으로 귀결되지 않느냐는 거야. 자네도 고민해야 하지 않을까?" 이 절박한 도전에 지크문트는 한쪽 다리를 굽히고 앉아서 매부를 탐색하듯 바라보았다. "미친 거죠!" 지크문트가 말했다. "하지만 의학적인 의미에서 그렇다고 볼 순 없어요."

"그럼 자넨 뭐라고 할 거야?" 발터는 자신의 우월한 위치는 무시하고 계속 처남의 의견을 물었다. "그녀가 자기한테 계시가 온다고 말한다면 말이야."

"자기한테 계시가 온다고 말해요?" 지크문트가 미심쩍은 듯 물었다.

"그래! 말하자면 그 미친 살인자한테서! 그리고 최근에는 우리 창문 아래 있던 그 미친 돼지한테서!"

"돼지요?"

"아니, 어떤 노출증 환자를 말하는 거야."

"그래요?" 지크문트는 생각에 잠겨 말했다. "뭔가 화폭에 그릴 것을 찾으면 매부한테도 계시가 오잖아요. 누이는 그저 매부보다 더 격앙된 상태에서 말한 것뿐이에요." 그는 결론을 내렸다.

"게다가 그녀는 그들뿐 아니라 나, 자네, 그리고 누구인지도 모를 사람들의 죄까지 자기가 짊어져야 한다고 말하거든?" 발터가 절박하게 외쳤다.

지크문트는 일어서더니 손에 묻은 흙을 털었다. "그녀는 죄 때문에 억압돼 있군요?"그는 피상적으로 다시 한번 묻더니 마침내 매부의 편에 설 수 있어서 기쁘다는 듯 공손하게 덧붙였다. "그건 병의 징후네요!"

"징후라고?"발터는 얼굴을 찡그리며 물었다.

"죄에 대한 강박은 하나의 징후죠." 지크문트는 전문가 특유의 객관적 태도로 확고하게 말했다.

"하지만 말하자면," 발터는 순간 자신이 불러낸 판단에 맞서는 말을 덧붙였다. "자네도 스스로에게 물어야 한다는 것이지. 죄는 있는가? 당연히 죄가 있겠지. 죄에 대한 강박도 있겠지만 그건 광기는 아니잖아. 그렇듯 경험을 벗어난 것을 처남은 이해하지 못하는 것 같아! 그건 더 고귀한 삶을 향한 인간의 상처받은 책임감이야!"

"하지만 누이가 계시를 받았다고 주장한다면서요!"지크문트가 완고하게 대답했다.

"하지만 나도 계시를 받는다고 자네가 말했잖아!"발터도 목소리를 높였다. "또한 나는 종종 무릎을 꿇고 운명이 나를 내버려두게 해달라고 기도해. 하지만 언제나 운명은 다시 계시를 보내고 그것도 클라리세를 통해 가장 특별한 계시를 보내거든!"그는 더 차분하게 말을 이었다. "가령 그녀가 주장하기를, 모오스브루거는 우리의 '죄지은 형상' 속의 자신과 나를 의미하며 하나의 경고로서 보내졌다는 거야. 하지만 그 말은 우리가 삶의 더 높은 가능성, 말하자면 빛의 형상을 무시한 것에 대한 상징으로 이해될 수도 있어. 수년 전, 마인가스트가 떠났을 때…"

"하지만 죄에 대한 강박은 명백한 정신장애의 징후예요!"지크문트는 전문가의 필사적인 냉정함으로 그에게 다시금 말했다.

"자네가 아는 건 그저 징후뿐이지!" 발터는 적극적으로 클라리세를 방어했다. "다른 건 자네 경험 밖에 있으니까 말이야! 하지만 보편적인 체험과 일치하지 않는 모든 것을 장애로 취급하는 그런 미신이야말로 우리 삶의 죄이자 죄의 형상일 거야! 클라리세는 거기에 대항하는 내면의 행동을 요청하지. 마인가스트가 우리를 떠나던 수년 전 그때 이미 우리는…" 그는 자신과 클라리세가 마인가스트의 '죄를 떠안은 이야기'를 떠올렸지만 그런 각성의 과정을 지크문트에게 말해보았자 소용없는 일이었고 그래서 모호한 말로 마무리지었다. "아무튼 모든 죄를 자기 자신에게 돌리거나 심지어 자기 안에 쌓아두는 사람들이 항상 있어왔다는 사실을 자네도 부정하진 않겠지?"

지크문트는 만족하며 그를 바라보았다. "자 이제," 그는 상냥하게 대답했다. "매부는 제가 처음부터 주장한 바를 이제 스스로 증명한 거예요. 누이가 죄에 억압돼 있다고 스스로 생각한 것은 특정한 장애에서 나타나는 전형적인 태도예요. 하지만 인생에는 전형적이지 않은 태도도 존재하지요. 그게 바로 내가 말한 거예요."

"그럼 그녀가 일을 처리할 때의 그 과장된 엄격함은?" 잠시 후 발터는 한숨을 내쉬며 물었다. "그런 도덕적 엄숙주의는 정상이라고 말할 수 없겠지?"

그사이 클라리세는 마인가스트와 중요한 대화를 나누고 있었다. "당신은 말하기를," 그녀는 그에게 기억을 상기시켰다. "세상을 이해하고 설명한다고 자부하는 사람들은 결코 세상의 어떤 것도 변화시키지 못할 거라고 했죠?"

"맞아," 스승은 대답했다. "'참'과 '거짓'은 결론에 이르기 원치 않는 사람들의 평계에 불과해. 진실이란 끝이 없거든."

"그래서 당신은 '가치'와 '가치 없음'을 결정할 용기가 필요하다고 말한 건가요?" 클라리세가 다그쳐 물었다.

"맞아." 스승은 어딘가 지루해하며 말했다.

"당신이 만들어낸 표현방식은 놀라울 정도로 경멸적이에요," 클라리세가 목소리를 높였다. "오늘날의 삶에서 사람들은 그저 일어나는 일을 할 뿐이라는 말도 그랬죠."

마인가스트는 서서 바닥을 보고 있었다. 길 오른쪽에 놓인 조약돌을 관찰하며 귀를 기울이는 것 같다고 말할 수도 있었을 것이다. 하지만 클라리세는 달달한 칭찬을 계속 늘어놓진 않았다. 그녀는 이제 턱이 거의 목에 닿을 정도로 고개를 숙였고 그녀의 시선은 마인가스트의 장화 끝 사이를 응시하고 있었다. 조심스레 목소리를 낮춰 말을 이을 때 그녀의 창백한 안색에 홍조가 피어올랐다.

"당신은 모든 성생활이 그저 우스꽝스런 깡충거림이라고 말했죠!"

"맞아, 난 그 말을 특정한 맥락에서 했었지. 이른바 과학적 추구를 제외하고, 우리 시대의 의지를 소진시킨 것은 바로 성생활이지."

클라리세는 잠시 망설이더니 말했다. "나한테는 의지가 많은데 발터는 깡충거리기만 하죠!"

"당신들 사이에 도대체 뭐가 문제지?" 스승이 궁금해하며 물었지만 곧장 혐오를 드러내며 덧붙였다. "물론 뻔한 것이겠지."

그들은 화창한 봄햇살이 떨어지는 나무 없는 정원의 한켠에 있었고 반대편 구석에선 발터가 쪼그려 앉은 지크문트에게 뭔가 활기차게 말을 하고 있었다. 정원은 집의 긴 벽을 따라 직사각형 모양이었고 채소와 꽃밭을 둘러싸고 자갈길이 놓여 있었으며 아직 아무것도 자라지 않은 땅을 따라 또다른 두 자갈길이 십자가 모양으로 나 있었다.

클라리세는 건너편의 두 사람을 유심히 염탐하면서 대답했다. "그는 어쩔 수 없나봐요. 내가 발터를 옳지 않은 방식으로 유혹한다는<sup>anziehe</sup> 걸 당신도 알았으면 해요."

"상상할 수 있지." 스승은 이번에는 공감하는 눈빛으로 대답했다. "너한텐 소년 같은 면이 있어."

이 칭찬에 클라리세는 핏줄 속에 기쁨이 우박처럼 튀어오르는 것 같았다. "당신은 '전에' 내가 남자보다 빨리 옷을 입는<sup>anziehen</sup> 걸 봤나요?" 그녀는 재빨리 물었다.

철학자의 친절하게 주름진 얼굴에 잘 모르겠다는 표정이 드러났다. 클라리세가 킥킥거렸다. "그건 이중단어예요." 그녀가 설명했다.* "또다른 이중단어가 있죠. 욕망살인<sup>Lustmord</sup> 같은 거요."

스승은 어떤 것에도 놀라지 않은 척을 하는 게 좋겠다고 생각했다. "그래, 그래" 그는 대답했다. "나도 알지. 우리가 사랑을 평범한 포옹으로 지워버린다면 그게 욕망살인일 거라고 언젠가 네가 주장했잖아." 하지만 '옷을 입는다'는 말이 무엇을 의미하는지 그는 알고 싶었다.

"그냥 내버려두는 게 살인이에요." 클라리세는 마치 미끄러운 바닥에서 재주를 부리다가 너무 민첩한 나머지 넘어지고 만 사람처럼 서둘러 말했다.

"그렇군," 마인가스트가 고백했다. "이제 정말 더이상은 모르겠네. 넌 그러니까 또 목수에 대해 말하는 거지. 그 사람한테서 원하는 게 뭐야?" 클라리세는 생각에 잠겨 신발 끝으로 자갈을 파냈다. "그냥 똑같은 거예요." 그녀는 대답했다. 그러더니 갑자기 스승을 올려다봤다.

---

* 독일어의 anziehen이란 단어에는 유혹하다, 끌어당기다, 옷을 입다 등의 뜻이 있다. 해당 본문에서 아가테는 이 단어의 여러 뜻을 가지고 일종의 언어유희를 하고 있다.

"발터는 나를 부정할 줄 알아야 해요." 그녀는 난데없는 말을 꺼냈다.

"내가 그걸 판단할 순 없지." 그녀가 말을 이어가길 헛되이 기다리던 스승은 말했다. "하지만 급진적인 해결책이 항상 더 나은 것 같아."

그의 말은 모든 상황에 대비하기 위한 것이었다. 하지만 클라리세는 다시 고개를 떨구더니 마인가스트의 옷 어디쯤 시선을 묻고 잠시후 자신의 손을 천천히 그의 팔뚝 쪽으로 가져갔다. 그녀는 넓은 소매 아래 그의 강하고 마른 팔을 붙잡고 싶은, 또한 그 목수에 대해서 스스로 했던 빛나는 말들을 다 잊은 체하는 스승을 만지고 싶은 제어할 수 없는 욕망에 갑자기 사로잡혔다. 그런 일이 벌어지는 동안 그녀는 자신의 일부가 그에게로 옮겨지고, 자신의 손이 그의 소매 속으로 숨어드는 느린 속도, 그 표류하는 느림 속에서 스승이 가만히 자신을 만지게 둔다는 사실로부터 자극받은 신비한 욕망의 파편이 내면에서 회오리치는 것 같았다.

그러나 마인가스트는 마치 다리가 여럿인 곤충이 암컷에게 달려들듯이 자신을 움켜잡으면서 팔에 올라타는 손을 그저 멍하니 바라보았다. 그는 작은 여인의 내리깐 눈썹 아래서 꿈틀거리는 뭔가 이상한 것을 목격했다. 벌어지는 일에 마음이 흔들리긴 했지만 공개된 공간에선 껄끄러운 면이 있음을 알아챘다. "이리 와!" 그는 그녀의 손을 빼내면서 상냥하게 말했다. "여기서 이러고 있으면 너무 눈에 띄잖아. 차라리 산책을 하자!"

그들이 이리저리 거닐 때 클라리세가 말했다. "난 그래야만 할 때 남자보다 옷을 빨리 입어요. 그때 옷은 내 몸으로 날아오는 것 같죠. 그러니까, 그걸 뭐라고 해야 할까요? 그러니까 그렇게 될 때가 있다고나 할까요. 일종의 전기 같은 거예요. 내 소유물을 내가 끌어당기죠. 하지만 그건 보통 재앙을 가져오는 끌어당김이에요."

마인가스트는 여전히 이해하지 못하는 이 언어유희에 미소지었고, 뜻하지 않게 인상적인 반응을 내놓았다. "그래서 너는 말하자면 영웅이 운명을 끌어당기듯 옷을 입는구나?" 그는 대답했다.

놀랍게도 그녀는 멈춰 서서 외쳤다. "맞아, 바로 그거예요! 그렇게 사는 사람들은 옷이나 신발은 물론, 나이프나 포크에서도 그걸 느끼죠."

"일리가 있네." 스승은 그럴듯하지만 모호한 그녀의 주장을 인정해 주었다. 그러더니 단도직입적으로 물었다. "발터와는 그걸 어떻게 하고 있지?"

클라리세는 질문을 이해하지 못했다. 그녀는 그를 바라보다가 그의 눈 속에서 메마른 바람에 실려가는 듯 보이는 노란 구름을 봤다. "네가 말하길," 마인가스트가 머뭇거리며 말을 이었다. "'옳지 않은' 방식으로 그를 유혹한다고 했잖아. 그러니까 아마도 여성으로서 옳지 않다는 말이겠지? 어떤 거야? 남자에 대해 불감증이 있는 건가?"

클라리세는 그 말의 뜻을 몰랐다.

"불감증이란," 스승이 설명했다. "여성이 남성과의 성행위에서 아무것도 느끼지 못하는 거지."

"하지만 난 발터만 아는걸요." 클라리세는 멋쩍어하며 부인했다.

"그래도 네가 말한 바에 따르면 그렇게 볼 수밖에 없지 않아?" 클라리세는 어쩔 줄 몰랐다. 그녀는 고민에 빠졌고 영문을 몰랐다. "내가요? 난 그렇지 않아요. 난 오히려 그걸 막아야 한다고요!" 그녀가 말했다. "난 그걸 내버려둘 수 없어요."

"무슨 말이야!" 이제 스승은 저속하게 웃었다. "네가 뭔가를 느끼는 것을 막아야 한다는 거야? 아니면 발터가 만족하는 걸 막아야 한다는 거야?"

클라리세의 얼굴이 붉어졌다. 하지만 이제 무슨 말을 해야 할지가 그녀에겐 좀더 명확해졌다. "우리가 포기하면 모든 것은 성욕으로 익사되고 말지요." 그녀가 진지하게 대답했다. "난 남자들의 욕망이 그들에게서 분리돼서 나의 욕망이 되게 하고 싶지 않아요. 그게 내가 어린 소녀였을 때부터 남자들을 유혹한 이유예요. 남자들의 욕망에는 뭔가 잘못된 것이 있어요."

여러 이유로 마인가스트는 말을 보태지 않기로 했다. "그럼 스스로를 자제할 수 있다는 말인가?" 그가 물었다.

"때에 따라 다르죠." 클라리세가 솔직하게 말했다. "하지만 이미 말했듯이 내가 그를 그냥 내버려둔다면, 그건 욕망살인이 될 거예요!" 그녀는 더 열정적으로 말을 이었다. "내 친구들은 남자들의 품 속에서 '혼이 나간다'고 말을 하는데 난 모르겠어요. 한번도 남자 품에서 혼이 나간 적이 없거든요. 하지만 남자들의 품이 아닌 곳에서 혼이 나가는 건 알 수 있어요. 당신도 분명히 알 거예요. 왜냐하면 세계에는 지나치게 환상이 없다고 당신이 말했거든요…!"

마인가스트는 그녀가 자신을 오해했다는 듯 거부하는 몸짓을 보였다. 하지만 그건 그녀에게 이미 명확한 것이었다.

"가령 당신이 우월한 것을 위해 열등한 것에 맞서야 한다고 말한다면," 그녀는 목소리를 높였다. "무한하며 경계 없는 환희에 거하는 삶이 있다는 말이잖아요! 그건 성적 환희가 아니라 천재의 환희예요! 내가 막지 않으면 발터는 그것에 반역을 꾀할 거라고요!"

마인가스트는 고개를 저었다. 자신의 말이 이런 식으로 변형되고 열정적으로 재현되어서 겁에 질리고 근심에 찬 거부감을 느꼈다. 하지만 모든 말 중에서도 그는 하필 가장 얄팍한 말로 대답했다. "그가 다른 걸 할 수 있을지도 모르잖아!"

클라리세는 마치 번개를 맞아 땅에 꽂힌 것처럼 그대로 서 있었다. "그는 다른 걸 해야만 해요!" 그녀가 소리쳤다. "바로 당신이 우리한 테 그렇게 가르쳤잖아요!"

"그랬지 맞아." 스승은 주저하며 인정했고 그녀를 더 걷게 하려고 애를 썼지만 헛수고였다.

"하지만 네가 진짜 원하는 건 뭔데?"

"알다시피 당신이 오기 전엔 원하는 게 아무것도 없었어요." 클라리세가 낮은 목소리로 말했다. "그렇지만 이 넓은 쾌락의 바다에서 그저 한줌의 성욕만을 건진다는 건 끔찍한 일이죠! 이제 난 뭔가를 원할 거예요!"

"바로 그게 내가 물어본 거야." 마인가스트가 상기시켰다.

"우리는 하나의 목적을 위해 세계에 존재해야 해요. 인간은 뭔가 '좋은' 것이 돼야 하죠. 그렇지 않으면 모든 것은 끔찍하게 뒤엉켜버릴 거예요." 클라리세가 대답했다.

"네가 원하는 게 모오스브루거와 연관돼 있나?" 마인가스트가 캐물었다.

"그건 설명하기 어려워요. 우리는 거기서 뭐가 나오는지 봐야만 해요!" 클라리세가 대답했다. 그러고는 사려깊게 말했다. "나는 그를 유괴해서 스캔들을 불러올 거예요!" 그녀의 표현은 신비로운 분위기를 띠었다. "난 당신을 관찰해왔어요!" 그녀는 갑자기 말했다. "당신에 겐 비밀스런 사람들이 찾아오더군요. 우리가 집에 없을 때 당신은 그들을 부르지요. 소년들과 젊은 남자들! 그들이 뭘 원하는지 당신은 말하지 않지만요." 마인가스트는 당황한 채 그녀를 응시했다. "당신은 뭔가를 준비하고," 클라리세가 말을 이었다. "그걸 추진하죠! 하지만 난," 이어 속삭이듯 쏘아붙였다. "나 역시 여러 친구들과 동시에 사귈 정도로 강해요. 난 발터와 지내면서 남성적인 감정을 습득했어요!…" 다시금 그녀는 마인가스트의 팔을 잡았다. 그녀는 자신이 무엇을 하는지 의식하지 못하는 게 분명했다. 그녀의 소매에서 손가락들이 마치 발톱을 드러내듯이 튀어나왔다. "나는 이중존재예요," 그녀는 속삭였다. "그걸 당신이 알아야 해요. 하지만 쉽지 않죠. 우리가 폭력을 부끄러워하지 말아야 한다는 당신의 말은 옳아요."

마인가스트는 여전히 당황한 채 그녀를 바라보았다. 이런 상태에 있는 그녀를 한번도 보지 못했다. 그녀가 하는 말의 맥락을 그는 잘 이해하지 못했다. 그 순간 이중존재라는 개념은 클라리세에게 너무나 명확했지만 마인가스트는 그녀가 자신의 비밀스런 교제를 추측하면서 슬쩍 암시한 것이 아닌가 생각했다. 하지만 추측이랄 것도 없었다. 그는 최근 자신의 남성-철학에 걸맞은 감정의 변화를 겪었고 제자들 이상의 의미를 가진 젊은 남자들을 주변에 끌어들이기 시작한 것뿐이었다. 그가 목격되지 않을 안전한 이곳으로 거처를 옮긴 이유도 아마 그것 때문이었을 것이다. 그는 들킬 가능성을 전혀 생각하지 않았지만 이 작고 기묘한 사람에게는 확실히 그에게 벌어지는 일을 짐작하는 능력이 있었다. 그녀의 팔은 연결된 두 육체 사이의 거리를 유지한 채 점점 더 소매에서 길게 뻗어나갔고 마인가스트를 움켜잡은 그 맨살의 마른 팔뚝과 거기에 붙은 손은 순간 너무나 기이한 모습이어서 남자로서 그가 이제껏 가져왔던 모든 환상을 뒤흔들었다.

그러나 클라리세의 내면에선 말하고 싶은 것들이 너무나 뚜렷했으나 더이상 꺼내지 않았다. 이중단어라는 것은 누군가 비밀스런 길을 표시해두기 위해 바닥에 뿌려놓은 이파리나 꺾인 가지처럼 언어의 여기저기에 흩어진 신호였다. '욕망살인' '유혹하다'는 물론 '빨리'$^{\text{schnell}}$ 같은 많은 단어들―아마 거의 모든 단어들까지―은 두 의미를 가지며 그중 하나는 내밀하고 사적인 것이었다. 그러나 이중의 언어는 이중의 삶을 의미한다. 일상적인 언어는 분명히 죄의 삶을 뜻하며 비밀스런 언어는 빛나는 형상의 삶을 뜻한다. 가령 '빨리'는 죄의 형상 속에서는 평범하고 기진맥진하게 만들며 일상적인 서두름을 의미하지만, 기쁨의 형상 속에서는 서두름에서 빠져나와 즐거운 도약으로 튀어나가는 모든 것을 뜻한다. 그러니까 기쁨의 형상은 힘의 형상 또는 순진함의 형상으로 불릴 수 있고 반면 죄의 형상은 평범한 삶의 의기소침, 게으름, 미결정 같은 것과 관련된 이름으로 불릴 수 있다. 자아와 사물들 사이에는 이처럼 놀라운 관계가 있어서 우리의 행동은 전혀 예상치 못한 곳에 영향을 끼치기도 하는 것이다. 그리고 클라리세가 이 모든 것을 덜 표현할수록 단어들은 더 활발하게 내면에 펼쳐지고 한곳에 모이지 못할 정도로 빨리 지나간다. 하지만 상당히 오랫동안 그녀에겐 하나의 확신이 있었다. 우리가 양심, 환상, 의지라고 부르는 것들의 의무, 특권, 임무는 강력한 형상, 즉 빛의 형상을 발견하는 것이다. 그 안에선 어떤 것도 우연이 아니고, 망설일 공간이 전혀 없으며, 행복과 억압이 일치한다. 다른 사람들은 그것을 '본질적으로 살아가기'라고 불렀고 '예지적인 특성'에 대해 말했으며 본능의 순수와 지성의 죄악을 언급했다. 클라리세가 그런 사유를 펼칠 순 없었지만 그녀는 우리가 뭔가를 일어나게 할 수 있고 종종 빛의 형상의 일부로 거기에 구속될 수 있으며 이런 식으로 포함될 수도 있음을 발견했다. 무엇보다 근본적으로는 발터의 감상적인 나태함 때문에, 더 나아가서는 그녀가 만족할 만한 수단을 찾지 못한 영웅적 열망 때문에 그녀는 뭔가 폭력적인 행위를 통해서 누구나 기념비를 세울 수 있으며 그 기념비에 의해 끌려갈 수 있다는 생각에까지 이르렀다. 그런 이유로 모오스브루거를 통해 무엇을 하려는지가 그녀에겐 아주 불투명했고 결국 마인가스트의 질문에도 대답할 수 없었던 것이다.

그녀는 대답을 원하지도 않았다. 스승이 다시 변하고 있음을 발터는 그녀에게 발설하지 못하도록 했지만 스승의 정신은 분명히 비밀리에 그녀가 알지 못하는 어떤 행동을 준비하고 있었고, 그것은 그의 정신이 그러한 것처럼 찬란할 것 같았다. 스승은 짐짓 모른 체했으나 그녀를 이해하는 수밖에 없었다. 그녀가 말을 적게 할수록 얼마나 많이 알고 있는지가 드러났다. 또한 그녀는 그를 붙잡을 수 있었지만 그는 그녀를 막을 수 없었다. 이로써 그는 그녀의 계획을 승인한 셈이었고 그녀는 그의 계획에 파고들어가 참여했다. 그것 역시 일종의 이중 존재였고, 그 존재는 너무 강렬해서 그녀조차 무엇인지 파악하기 어려웠다. 가늠하기 힘든 그녀의 모든 힘은 팔을 통해 자신으로부터 신비한 친구를 향해 소진되지 않는 흐름으로 흘러갔고 그녀에겐 모든 사랑의 감정을 뛰어넘는 무기력함과 정수가 빠져나간 듯한 느낌이 남겨졌다. 그녀는 웃으면서 자신의 손을 바라보거나 이따금씩 그의 얼굴을 바라보는 수밖에 없었다. 마인가스트 역시 그녀와 그녀의 손을 번갈아 쳐다보기만 했다.

갑자기 클라리세가 전혀 예상치 못한 일이 벌어졌고 그녀는 광란의 황홀경으로 비틀거리며 빠져들었다. 마인가스트는 불안을 들키지 않기 위해 얼굴에 침착한 미소를 잃지 않으려고 했다. 하지만 불안은 시간이 갈수록 더 커졌고 명백히 이해할 수 없는 것으로부터 새로운 것이 다시 등장했다. 왜냐하면 의심 가운데 떠맡은 행위 앞에는, 행동 뒤의 후회와 일치하지만 평소에는 드러나지 않는 나약함의 순간이 있기 때문이다. 그 순간 완성된 행동을 보호하고 정당화하는 숙고와 강렬한 상상은 아직 완전하게 생성되지 않았고 역류하는 후회의 격정 속에서 흔들리고 부서지기라도 할 것처럼 여전히 불어나는 열정 가운데 모호하고 불확실하게 떠다녔다. 이런 마음 상태에 마인가스트는 놀라워했다. 그는 과거 때문에, 그리고 지금 자신이 발터와 클라리세에게 받는 존경 때문에 이중으로 괴로웠고 모든 강렬한 흥분은 현실의 이미지를 감각 속에 변화시켜서 새로운 경지에서 이해하게 만들었다. 마인가스트가 체험한 오싹함은 클라리세 역시 오싹하게 만들었고 그가 가진 두려움은 그녀에게도 전가되었으며 멀쩡하게 진실을 숙고하려는 노력은 결국 실패하여 수치심을 키울 뿐이었다. 그렇게 침착한 안정을 가장하는 대신 그의 얼굴 속 미소는 시간이 갈수록 뻣뻣해졌고 이내 뭔가 떠다니는 뻣뻣함처럼 보였으며 결국에는 죽마를 타고 떠다니는 것처럼 뻣뻣해지고 말았다. 그 순간 스승은 마치 큰 개가 애벌레나 두꺼비, 뱀처럼 감히 습격하지 못하는 아주 작은 동물을 대하듯이 행동했다. 그는 긴 다리로 더 높이 몸을 세우고는 입술을 당기고 등을 구부렸으며 자신의 줄행랑을 어떤 말이나 제스처로 포장하지도 못한 채 갑자기 혐오에 휩싸여 그 원인이 되었던 장소를 떠나버리려고 했다.

클라리세는 그를 놔주지 않았다. 그가 머뭇거리며 첫 발걸음을 떼었을 때만 해도 그녀의 제지는 순진한 열망처럼 보였지만 나중에 그는 자기 방으로 서둘러 돌아가 일을 해야 한다는 말도 제대로 하지 못한 채 그녀를 끌다시피 함께 갔다. 현관에 들어서서야 그는 가까스로 그녀에게서 벗어났고 그때까지 클라라세가 무슨 말을 하건 신경쓰지 않고 오로지 그녀에게서 벗어나야겠다는 생각으로 움직였으며 동시에 발터와 지크문트의 주의를 끌지 않아야겠다는 일념으로 숨이 막힐 지경이었다. 사실 발터는 돌아가는 상황의 의미를 대충 추측할 수 있었다. 그는 마인가스트가 거부하는 것을 클라리세가 열정적으로 요구하고 있음을 감지했고 이중나사처럼 뒤틀린 질투가 가슴에 구멍을 뚫는 통증을 느꼈다. 클라리세가 자신들의 친구에게 호의를 베푼다는 생각에 고통을 느끼긴 했지만 그를 더욱 화나게 하는 것은 그녀가 당하는 모욕을 목격하는 것이었다. 그런 감정의 끝에 이르면, 그는 마인가스트가 클라리세를 받아들이라고 강요하고 싶었고 그 같은 내적 동요로 인해 절망에 빠지고 말았다. 그는 비애에 빠졌고 영웅이 된 것처럼 흥분했다. 클라리세가 운명의 칼날에 서 있는 동안 그는 지크문트가 꺾꽂이 나무를 헐겁게 바닥에 꽂아야 하는지 아니면 주위 땅을 두드려 단단히 고정시켜야 하는지 묻는 것을 겨우 견뎌내며 듣고 있어야만 했다. 그는 뭔가 대답을 해야 했고 그 순간은 마치 열 손가락이 무시무시한 타격으로 피아노를 내리치는 순간과 그 울부짖음이 터져나오는 순간 사이의 100분의 1초처럼 느껴졌다. 목구멍 속으로 빛이 들어왔다. 그는 모든 것을 평소와는 완전히 다르게 말할 수 있을 것 같았다. 하지만 겨우 꺼낸 말은 예상과는 아주 달랐다. "난 견디지 못하겠어!" 그는 그 말을 반복했는데 지크문트가 아니라 정원을 향해 하는 말 같았다.

하지만 분명히 꺾꽂이와 봉토 작업에 열중하는 듯 보였던 지크문트 역시 벌어진 일들을 목격하면서 지금까지 마음에 두고 있었음이 드러났다. 그가 일어서더니 무릎을 털고는 매부에게 조언을 건넸기 때문이다. "그녀가 너무 나갔다고 본다면 매부가 누이의 생각을 바꿔야겠지요." 그는 발터가 털어놓은 모든 이야기를 의사의 양심으로 숙고해봤으며 잘 이해하고 있음을 암시하는 태도로 말했다.

"그럼 내가 뭘 하면 좋겠어?" 발터가 당혹감을 드러내며 물었다.

"다른 남자들이 하는 거요." 지크문트가 말했다. "모든 여성의 분노와 비애는 같은 지점에서 치유된다고 누군가 말했죠!"

지크문트는 발터의 많은 면을 참아냈다. 인생은 한 사람이 저항하지 않는 다른 사람을 굴복시키고 억압하는 관계로 가득 차 있다. 정확히 말해서 지크문트는 그런 인생이 건강하다는 입장과 견해를 같이했다. 만약 모든 사람들이 마지막 피 한방울까지 자신을 지키려고 했다면 세상은 이미 민족대이동의 시대(기원전 3세기부터 유럽에서 시작된 민족대이동을 말함―옮긴이)에 멸망하고 말았을 것이기 때문이다. 그 대신에 약자들은 유순하게 물러서서 자신들을 배척해줄 또다른 이웃을 찾는다. 또한 대다수의 인간관계는 오늘날까지 이러한 모범을 따라왔고 모든 것은 점차 나아졌다. 발터가 가족 중에서 천재로 통하는 반면지크문트는 언제나 약간 모자란 사람으로 취급받았고 스스로도 그걸받아들여서 지금까지도 가족간 위계가 떠오를 때면 언제나 신하처럼뒤로 물러섰다. 수년 전부터 이러한 오래된 위계는 새롭게 등장한 관계에 밀려 중요하지 않게 여겨졌고 결국 구습으로 남게 되었다. 지크문트는 의사로서도 실력이 좋았을 뿐 아니라―의사는 관료와 달리타인의 권력이 아니라 자신의 능력으로 승부하며 자신에게 도움을구하고 기꺼이 받아들이는 사람들에게 다가간다―짧은 세월 동안 세

명의 자녀뿐 아니라 자신까지도 내어준 재력있는 아내가 있었고 자
주는 아니더라도 여건이 허락하는 한 규칙적으로 바람을 피울 여자
까지도 있었다. 그러니 그는 원하기만 하면 발터에게 신뢰를 주면서
믿을 만한 충고를 해줄 상황에 있었다.

그 순간 클라리세가 집에서 나왔다. 안으로 쳐들어간 이후 무슨 말
을 나눴는지 그녀는 기억하지 못했다. 그녀는 스승이 도망치려고 했
던 건 알았지만 기억은 구체적인 내용이 사라져버린 채 포개지고 닫
혀버렸다. 무엇인가 일어나긴 했다! 이런 상념만을 기억에 남긴 채 클
라리세는 마치 번개를 피했지만 몸 전체에 감각적인 힘을 느끼는 사
람처럼 서 있었다. 방금 걸어온 낮은 돌계단의 바닥과 몇미터 떨어지
지 않은 곳에서 그녀는 불꽃색의 부리를 가진 새까만 지빠귀가 통통
한 애벌레를 잡아먹고 있는 장면을 목격했다. 그 동물 안에, 또는 대
비되는 두 색깔 속에는 엄청난 에너지가 있었다. 클라리세가 그것에
대해 생각하고 있었다고 말할 수는 없었다. 그건 오히려 그녀 뒤의 사
방에서 오는 응답 같았다. 검은 지빠귀는 폭력이 행사되는 순간의 죄
의 형상이었다. 애벌레는 나비가 품은 죄의 형상이었다. 두 동물은 운
명에 의해 그녀의 길에 보내졌고 그녀가 행동해야 한다는 계시가 되
었다. 지빠귀가 어떻게 불타는 오렌지빛 붉은 부리로 애벌레의 죄를
자기 안에 취하는지를 우리는 목격한다. 그 새는 '검은 천재'가 아닐
까? 비둘기가 '하얀 천재'인 것처럼? 계시는 사슬을 이루지 않는가?
목수와 노출증 환자, 스승의 도망과 노출증 환자…? 이런 상념 중 어
느것도 그녀의 내면에 뚜렷하게 전개되지 않았다. 상념들은 그 집의
벽에 보이지 않게 머물렀고 호출되면서도 자신의 대답을 여전히 내
면에 품고 있었다. 하지만 클라리세가 계단을 내려와 애벌레를 잡아

먹는 새를 보면서 진짜 느꼈던 것은 내적 사건과 외적 사건의 형언할 수 없는 일치였다.

그녀는 뭔가 기이한 방식으로 발터를 전염시켰다. 그가 받은 인상은 곧 그가 '신을 호출함'이라고 부르는 것과 일치했다. 그것에는 어떤 불확실함도 없었다. 그는 클라리세의 내면에서 무슨 일이 진행되는지 알 수 없었다. 그러기엔 그녀는 너무 멀리 있었다. 하지만 그녀의 태도에선 우연만은 아닌 것이 감지되었다. 그녀는 세상 앞에 서 있었는데 그 모습은 물속으로 들어가는 수영장의 계단처럼 아래로 뻗은 작은 계단에 선 것 같았다. 어딘가 숭고한 모습이었다. 평범한 삶의 태도가 아니었다. 그는 갑자기 깨달았다. 이것이 우연이 아님은 그녀가 "이 남자는 우연히 우리 창문 아래 있던 게 아니야!"라고 했을 때의 그 말과 일치했다. 아내를 바라보면서 그는 어떻게 낯선 세력의 억압이 흘러 들어와 그녀를 채웠는지를 실감했다. 그는 여기 서 있고 클라리세는 저기 대각선 방향에 서 있는 상황에서 그녀를 더 잘 보기 위해 그는 무의식적으로 정원의 긴 축을 따라 시선을 돌렸다. 이 단순한 관계 속에서도 이미 삶의 소리없는 단호함은 갑자기 자연스런 우연을 앞질렀다. 눈앞을 가득 채우며 밀려드는 이미지로부터 뭔가 기하학적이고 선형적이며 기이한 것들이 떠올랐다. 그렇게 될 수 있었던 것은 클라리세가 한 사람은 창문 아래 멈췄고 다른 사람은 목수라고 했던 것처럼 거의 실체 없는 일치 속에서 의미를 발견했기 때문이었다. 사건들은 그 요소들을 다른 측면에서 드러내는 낯선 전체로서 일반적인 방식과 다르게 자신을 배열하는 방식을 가진 듯 보이며 이런 측면들은 사건들의 은근하게 숨겨진 곳에서 비롯되기 때문에 클라리세는 사건들을 끌어당기는 것은 바로 자신이라고 주장할 수 있었다. 객관적으로 표현하긴 어려웠지만 발터에게 그것은 자신한테 아주 친근한 것, 그러니까 그림을 그릴 때 일어나는 일이라는 생각이 떠올랐다. 그림 역시 모든 색이나 선을 배제하고 그림의 근원적인 형태, 스타일, 색조와 일치하지 않는 고유한 방식을 가지고 있으며 다른 한편으로 그것은 자연의 일반적인 법칙과 같지 않은 천재의 법칙을 빌려 화가의 손에서 필요한 것들을 끌어낸다. 이 순간 화가에게는 얼마 전에 자신이 칭송했던, 삶의 옷자란 혹을 자세히 살펴 도움을 줄 만한 건강한 감각이 남아 있지 않다. 오히려 화가가 느끼는 것은 놀이에 과감히 끼어들지 못해 괴로워하는 소년의 고통이다.

하지만 지크문트는 한번 손에 쥔 것을 빨리 놓아버리는 사람이 아니었다. "클라리세는 신경이 너무 예민해요." 그는 단언했다. "누이는 항상 벽에 머리를 부딪치려고 하고 지금은 뭔가에 머리가 꽂혀 있어요. 그녀가 저항하더라도 꽉 잡아야만 할 거예요!"

"의사들은 영혼의 문제에 관해서는 아무것도 모르는군!" 발터가 소리쳤다. 그는 두번째 공격 지점을 물색하다가 마침내 발견했다. "처남은 '계시'에 대해 이야기했지," 그는 말을 이었다. 그의 분노 위로 클라리세에 대해 말할 수 있다는 기쁨이 얹혀졌다. "또한 계시가 착란일 때와 아닐 때를 유심히 살펴보지. 하지만 난 이렇게 말할 거야. 인간의 진실한 상태는 모든 것이 계시인 상태라고 말이야! 모든 것이! 처남은 아마 눈에서 진실을 볼 수 있겠지. 하지만 진실은 처남한테서 아무것도 볼 수 없을 거야. 이런 신적인 불확실한 감정을 처남은 절대 모를 거야!"

"둘 다 미쳤군요!" 지크문트는 건조하게 말했다.

"그래, 물론이지!" 발터가 목소리를 높였다. "처남은 창조적인 인간이 아니야. 처남은 '자신을 표현한다'는 것이 무엇인지 모르겠지만 예술가에게 그것은 뭔가를 '이해한다'는 말과 똑같아! 우리가 사물에 표현을 부여한다는 건 사물을 똑바로 파악하는 감각을 발전시킨다는 것이거든. 나 또는 다른 사람들이 원하는 걸 내가 뭔가를 행함으로써 이해하지! 이게 처남의 죽은 체험과 우리의 살아있는 체험 간의 차이야. 당연히 의사 선생은 의학적인 인과관계에 따라 그걸 모순이라고, 원인과 결과의 혼동이라고 말하겠지!"

하지만 지크문트는 이 말에 대꾸하지 않았고 단호하게 거듭 말했다. "매부가 누이한테 너무 너그럽게 하지 않으면 분명 도움이 될 거예요. 신경과민인 사람들한테는 어느 정도의 엄격함이 필요하거든요."

"그리고 내가 열린 창 옆에서 피아노를 칠 때," 처남의 경고를 무시하면서 발터가 물었다. "나는 무얼 하는 걸까? 지나가는 사람들은 어린 소녀일 수도 있고 잠시 멈춰 듣는 이들일 수도 있겠지. 나는 젊은 연인들과 외로운 노인들을 위해 연주를 해. 똑똑한 사람도, 어리석은 사람도 있겠지. 난 그들에게 이성을 선사하는 게 아니야. 내가 연주하는 건 이성이 아니지. 나는 그들에게 나 자신을 털어놓는 거야. 나는 내 방 보이지 않는 곳에서 그들에게 계시를 주는 것이지. 겨우 몇 개의 음조가 그들의 삶이자 나의 삶이 되는 거야. 처남은 분명히 그것 역시 미친 짓이라고 말하겠지…." 갑자기 그는 침묵에 빠졌다. '오, 난 당신들 모두에게 뭔가를 말할 수 있어'라는 느낌, 뭔가를 소통하려는 절박함이 있지만 그저 평균적인 창조 능력밖에는 없는 지구 거주자의 근원적이고 야심찬 느낌이 무너진 것이다. 발터가 열린 창문의 부드러운 공허 뒤에 앉아서 수많은 낯선 사람들을 기쁘게 하는 고귀한 예술가의 정신으로 음악을 허공으로 쏘아올릴 때 이런 느낌은 마치 펼쳐진 우산 같았고 그가 음악을 멈추는 순간 그것은 아무렇게나 접혀버렸다. 모든 경쾌함은 사라지고 모든 벌어진 일들은 벌어지지 않은 것처럼 보였으며 그는 그저 예술이 민중과의 관계를 잃어버렸고 모든 것이 나빠졌다고 말할 수밖에 없었다. 그는 이것을 기억하고는 실의에 빠졌다. 그는 그런 생각에 맞서 싸웠다. 클라리세는 말했었다. 우리는 음악을 '끝까지' 연주해야 한다고. 그녀는 말했었다. 우리는 스스로 거기에 참여할 때만 뭔가를 이해한다고. 그녀는 또한 이렇게 말했었다. 그러니 우리는 정신병원에 가야 한다고! 발터의 '내면의 우산'은 불규칙적인 돌풍에 반쯤 펼쳐진 채 펄럭이고 있었다.

지크문트가 말했다. "신경과민인 사람들에는 확실한 지도가 필요하고 그게 그들에게도 좋아요. 매부도 더이상 견디기 힘들다고 말했잖아요. 의사로서, 그리고 인간으로서 저는 같은 충고를 드릴 수밖에요. 누이에게 당신이 한 남자임을 보여주세요. 누이는 저항할 게 뻔하지만 그게 회복하는 데 좋을 거예요!" 지크문트는 믿을 만한 기계가 쉼 없이 자신의 '답'을 반복하는 것처럼 되풀이했다.

발터는 '돌풍' 속에서 대답했다. "적절한 성적 생활에 대한 과대평가는 한물간 생각이야! 연주를 할 때나 그림을 그릴 때, 그리고 생각할 때 나는 한 사람에게 준 것을 다른 사람에게 빼먹지 않고, 가까운 사람이나 먼 사람에게 똑같이 영향을 주지. 반면에 장담하건대, 오늘날 개인주의적인 인생관은 아마 어디에서도 정당성을 얻지 못할 거야! 결혼에서조차 그렇지!"

하지만 더 묵직한 압박이 지크문트 쪽에서 가해졌고 발터는 대화를 하는 중에도 눈을 떼지 못한 클라리세 쪽을 향해 바람을 앞에 두고 항해하고 있었다. 자기 앞에 있는 사람한테 남자도 아니라는 소리를 듣는 것은 그로서도 불쾌한 일이었다. 그는 지크문트를 벗어나 그녀에게 표류함으로써 그의 주장에 등을 돌렸다. 그리로 가는 도중에 발터는 분노에 차서 드러난 이빨 사이로 먼저 '계시를 받는다는 건 뭘 의미하는 거야'라고 물어야 한다는 느낌을 받았다.

클라리세는 다가오는 그를 보았다. 그녀는 그가 서 있던 자리에서 벌써부터 망설이고 있음을 알았다. 그러더니 그의 다리가 땅을 딛고 그녀 쪽으로 걸음을 옮겼다. 클라리세는 거친 기쁨으로 거기에 동참했다. 지빠귀는 놀란 나머지 서둘러 벌레를 물고 날아올랐다. 길은 이제 완전히 유혹에 노출돼 있었다. 하지만 그 머뭇대는 남자가 텔레파시의 영역에서 벗어나 말과 대답의 장소로 나갈 때 갑자기 클라리세는 생각을 고쳐먹고 천천히 집 벽을 따라 터진 공간으로 돌아섰으며 발터에게 등을 돌리는 대신 그보다 더 빨리 걸음으로써 만남을 피하려고 했다.


## 27.
## 아가테가 슈툼 장군에 의해
## 모임에 적합한 사람으로 즉시 발견되다


아가테와 울리히가 재회한 이후 그는 투치의 집에서 위대한 인사들과 맺은 교유 때문에 엄청난 시간을 빼앗겼는데 한해의 마지막임에도 불구하고 겨울철 교재기간이 아직 끝나지 않았기 때문이었다. 또한 애도기간이라는 이유로 큰 행사에는 참여하지 않아도 됨에도 아버지의 죽음 이후 울리히가 받은 조의에 보답하려면 아가테를 사람들에게 소개할 수밖에 없었다. 만약 울리히가 애도기간을 십분 활용하기로 했다면 상당 기간 동안 모든 사회적 교류를 피할 수 있었고 난처한 상황에 처할 것이 뻔한 지인들의 모임에서도 벗어날 수 있었을 것이다. 하지만 아가테가 삶을 그에게 의지한 이후 울리히는 감정에 반하여 행동했고 '오빠의 의무'라는 전통적인 관념에 자신의 일부를 맡겼으며 그리 탐탁지 않을지라도 많은 결정들에서 전 인격을 내세우지 않고 내버려두었다. 그 무엇보다 오빠의 의무에 해당하는 것은 남편의 집에서 탈출한 아가테가 좀더 나은 남자의 집에서 여생을 보내게 하는 것이다. 그들이 함께 사는 데 어떤 준비가 요구되느냐에 이야기가 이를 때마다 그는 "이대로만 가면 너는 결혼이나 적어도 연애 신청이라도 받게 될 것"이라고 대답하곤 했다. 그리고 아가테가 몇 주 이상의 계획을 세워볼 때면 그는 이렇게 대답했다. "그때쯤이면 모든 게 달라질 거야." 그녀가 오빠의 내면에 있는 갈등을 알아채지 못했다면 아마 그녀에게 더 큰 상처가 됐을 것이다. 결국 그는 친목의 범위를 최대한 넓히는 게 유리하다고 판단했고 그녀는 당분간 그 문제를 강하게 제기하지 않았다. 그래서 아가테가 도착한 이후 그들은 울리히가 혼자였을 때보다 더 많이 사회적 교류에 참여하게 되었다.

상당히 오랫동안 울리히 혼자 다녔고 누이에 대한 언급이 한번도 없었던 탓에 이 둘의 등장은 적지 않은 주목을 끌었다. 어느날 전령을 대동하고 평소의 서류 가방과 한덩이 빵을 가지고 나타난 슈툼 폰 보르트베어 장군은 의심스러운 듯 킁킁거리며 공기의 냄새를 탐색했다. 공기 중에는 뭔가 표현하기 힘든 냄새가 떠다녔다. 그러더니 슈툼은 의자 등받이에 걸린 여성 스타킹을 발견하고는 질책하듯 말했다.

"젊은 남자답구만!"

"내 누이동생 거예요." 울리히가 해명했다.

"무슨 말이야! 자네한텐 누이가 없잖아." 장군이 그의 말을 부정하며 대꾸했다.

"가장 어려운 문제로 우리가 괴로워하는 동안 자네는 젊은 여성을 숨겨두고 있었구만!"

바로 그 순간 아가테가 방으로 들어왔고 장군은 평정을 잃고 말았다. 그는 울리히와 똑같이 닮은 외모를 보았고 아가테의 순진한 태도에서 울리히가 사실을 말하고 있음을 감지했지만 자신이 이해할 수 없는 속임수로 그와 거의 비슷한 여자친구를 마주하고 있다는 생각을 완전히 버리지 못했다.

"친애하는 부인, 그 순간 내게 무엇이 나타난 건지 몰랐습니다." 나중에 그는 디오티마에게 말했다. "그가 갑자기 다시 사관후보생이 되어 내 앞에 나타났다고 해도 될 정도였어요!" 아가테가 너무 마음에 든 나머지 그는 깊이 감동받았을 때의 신호로 인식하는 일종의 혼수상태에 사로잡혔다. 부드러운 포동포동함과 감성적인 본성을 소유한 슈툼은 그렇듯 난처한 상황에서 도망치듯 물러나려 했으며 울리히는 그가 떠나지 않도록 애를 썼음에도 그 교양있는 장군을 이곳으로 이끈 중요한 문제에 대해 많은 것을 알아내지 못했다.

"아니야!" 슈툼이 스스로를 책망했다. "내가 자네를 이처럼 방해하다니 그보다 중요한 게 있겠나!"

"우리를 방해하다니요!" 울리히가 웃으면서 단언했다. "방해한 게 뭐가 있나요?"

"그래, 당연히 그렇진 않지!" 이젠 슈툼이 혼란에 빠져 단언했다.

"당연히, 어떤 면에선 그렇지 않지. 하지만 그럼에도! 보게나, 내 다음에 한번 오는 게 좋겠네!"

"그럼 적어도 가시기 전에 왜 여기 온 건지 말을 해주셔야죠!" 울리히가 요청했다.

"아, 아냐! 아무것도 아닌 그저 사소한 일이라고!" 그의 요청에 슈툼은 도망칠 심산으로 던지듯 대답했다.

"내 생각엔 '위대한 사건'이 곧 시작될 것이네!"

"말을 대령하라 말을! 프랑스로 향하는 배를 준비하라!" 울리히가 쾌활하게 소리쳐 대답했다.

아가테는 놀라서 그를 바라봤다.

"양해를 구합니다," 장군이 그녀를 향해 말했다. "당신은 무슨 말인지 전혀 모르시겠군요."

"평행운동이 영예로운 이념을 찾아냈대!" 울리히가 그녀에게 설명했다.

"아니야," 장군이 누그러뜨리며 말했다. "내가 하고 싶은 말은 모든 사람들이 기다리던 일이 이제 등장하기 시작했다는 거야!"

"아, 그래요!" 울리히가 말했다. "그건 이미 시작됐잖아요."

"아니라니까," 장군이 진지하게 대답했다. "여전히 아주 결정적으로 '아무도-뭔지-모른다'는 분위기가 있거든. 다음번에 자네 사촌 집에서 결정적인 회합이 있을 거야. 드랑잘Drangsal 부인이…"

"그게 누구죠?" 못 들어본 이름에 울리히가 끼어들었다.

"자네가 그간 너무 소원했던 거야!" 장군은 책망하듯 말했고 설명하기 위해 곧장 아가테에게 몸을 돌렸다. "드랑잘 부인은 시인 포이에르마울Feuermaul을 후원하는 분이에요. 자넨 그 시인을 모르나?" 그는 물었고 울리히 쪽에서 아무 반응이 없자 뚱뚱한 몸을 그를 향해 돌렸다.

"알아요. 서정시인$^{Lyriker}$이죠."

"시$^{Verse}$를 쓰는 사람이지." 장군은 의심스럽다는 듯 자기한테 낯선 단어를 회피하며 말했다.

"좋은 시를 쓰죠. 게다가 꽤 많은 희곡까지."

"내 노트를 안 가져와서 그건 모르겠네만. 아무튼 그는 인간은 선하다고 말하는 사람이야. 한마디로 드랑잘 부인은 인간은 선하다는 명제를 지지하는 분이야. 또한 사람들은 그것이 유럽의 명제이며 그 점에서 포이에르마울이 전도유망한 작가라고 말하지. 그녀의 남편은 세계적으로 명망있는 의사였고 따라서 그녀는 포이에르마울 역시 저명한 사람으로 만들기를 원할 거야. 아무튼 자네 사촌은 저명한 인사들과 교류하는 드랑잘 부인에게 지도권을 넘겨줄 위험에 처해 있다네."

장군은 이마에 맺힌 땀을 닦았다. 그러나 울리히는 그런 전망이 전혀 나쁘다고 생각하지 않았다.

"여보게, 자네도 알지 않나!" 슈툼이 책망했다. "자네 또한 사촌을 존경하면서 어떻게 그렇게 말할 수 있나! 경애하는 부인, 당신 오빠는 그렇듯 영감을 주는 부인에게 너무도 신의 없고 무례하게 대하는 것 같지 않나요?" 그는 아가테를 향해 말했다.

"저는 그 사촌에 대해 아무것도 몰라요." 그녀가 고백했다.

"오!" 슈툼은 말하더니 기사도적인 의도에 뜻밖의 천박함을 담고 아가테를 향한 모호한 양보를 섞은 채 말을 덧붙였다. "그녀가 최근에 뭔가 확실히 뒤떨어지긴 했지요!"

울리히와 아가테는 대답이 없었고 장군은 자신의 말에 해명이 필요함을 느꼈다. "자네는 왜 그런지 알잖아!" 그는 의미심장하게 울리히에게 말했다. 그는 디오티마의 정신을 평행운동에서 멀어지게 한 성과학에 관련된 일에 동의하지 않았고 아른하임과 그녀의 관계가 나아지지 않는 것에도 우려를 표했다. 하지만 아가테의 태도가 점점 더 냉담해지는 가운데 그는 그녀 앞에서 자신이 얼마나 더 그런 문제를 이야기할 수 있을지 알지 못했다. 그러자 울리히가 조용히 대답에 나섰다. "우리의 디오티마가 아른하임에 대한 예전의 영향력을 갖지 못하면 당신의 유전 사업에도 진전이 없는 건가요?"

슈툼은 울리히에게 부인 앞에서 하기엔 부적절한 농담을 하지 말아달라는 간곡한 몸짓을 보내는 동시에 경고의 뜻을 담은 날카로운 시선을 던졌다. 심지어 그는 둔한 몸을 젊은이처럼 신속하게 일으키는 힘을 발휘했고 제복 상의를 빳빳하게 잡아당겼다. 그에겐 여전히 아가테의 출신에 대한 근원적인 불신이 컸기 때문에 국방부의 비밀을 그녀 앞에서 누설하고 싶진 않았던 것이다. 울리히가 그를 곁방으로 인도하고 나서야 슈툼은 그의 팔을 붙들고 미소를 머금은 채 쉰 목소리로 말했다. "맙소사, 국가기밀을 누설해선 안 돼!" 그러고는 제3자에게는, 누이라 할지라도 유전에 관해서는 어떤 말도 하지 말라고 다짐시켰다. "좋아요." 울리히가 약속했다. "하지만 그녀는 내 쌍둥이 여동생이에요."

"쌍둥이 여동생이라도 안 돼!" 그 누이를 여전히 신뢰하지 못했던 장군은 단언했고, 그런 의심 때문에 쌍둥이 누이라는 말에 그는 당황조차 하지 않았다. "약속을 해줘!"

"나한테," 울리히는 감정이 격해져 말했다. "그런 약속을 강요할 필요가 없어요. 우리는 샴쌍둥이에요. 아시겠어요?" 이제 슈툼은 울리히가 순수한 대답을 내놓지 않고 자기를 놀리고 있다는 걸 깨달았다.

"그런 매력적인 부인이 설사 열 배나 자네의 누이라고 하더라도 자네와 거의 한몸이 되었다는 밥맛없는 말을 지어내는 것보다는 좀더 나은 농담이 있었을 텐데." 슈툼이 그의 말을 맞받아쳤다. 하지만 울리히가 은둔하는 데 대한 의심이 새삼 일어나 슈툼은 그의 근황에 대한 몇가지 질문을 던졌다. 새로운 비서는 나타났나? 디오티마와는 만났나? 라인스도르프에게 가겠다는 약속은 지켰는가? 자네 사촌과 아른하임 사이에 무슨 일이 있는지 알고 있는가? 그 모든 것을 이미 알고 있는 터라 통통한 회의주의자는 그저 울리히의 진실성을 떠보려는 것이었고 결과는 만족스러웠다.

"아무튼 부탁하네만 결정적인 회합에 늦지 않게 와주게나." 그는 꽉 끼는 외투의 단추를 채우느라 약간 숨을 몰아쉬면서 그에게 부탁했다. "그전에 전화를 하고 내 차로 데리러 올 테니 그리 알게!"

"그 지루한 회합이 언제 열리나요?" 울리히가 그닥 참여하고 싶지 않은 말투로 물었다.

"2주 안에는 열릴 것이네." 장군이 말했다.

"우린 디오티마에게 맞설 상대를 데려오겠지만 지금 외국에 있는 아른하임도 참석을 해야 할 거야." 그는 외투 주머니에 달린 금 장식줄을 손가락으로 두드렸다. "자네도 알겠지만 그가 없으면 '우리한테' 재미가 없을 테니까. 하지만 내가 말하는데," 그는 한숨지었다. "자네 사촌이 우리의 정신적인 지도자로 머물기를 바라마지 않는 바이네. 내가 완전히 새로운 관계에 적응해야 한다면 정말 끔찍할 거야."

이 방문으로 울리히는 자신이 혼자 떠나온 사회적 관계로 누이와 함께 돌아가게 되었다. 그는 전혀 원치 않더라도 자신의 귀환을 받아들여야만 했는데 그건 이제 그가 단 하루도 아가테와 숨어 지낼 수 없게 되었고 슈툼이 떠벌리기 좋은 이야깃거리를 간직하고 있기 때문이었다. '샴쌍둥이'들이 디오티마를 방문했을 때 그녀는 별로 탐탁지 않았지만 이미 그 기이하고 수상한 이름을 들어서 알고는 있었다. 존경받고 영향력있는 사람들이 항상 곁에 모인다는 여신 디오티마는 처음에 아가테의 예고 없는 등장을 매우 유감스럽게 생각했다. 마음에 들지 않는 여성 친척이 남성 사촌보다 자신의 지위에 더 큰 위험이 될 수 있는 데다 디오티마는 전에 울리히에 대해 아무것도 몰랐던 때만큼이나 새로운 사촌에 대해서도 거의 몰랐기 때문이다. 또한 모든 걸 먼저 알아야 하는 디오티마로서는 그 소식을 장군에게 들어야만 했기 때문에 더욱 화가 났다. 그래서 그녀는 아가테를 '고아가 된 누이'라고 불렀으며 이는 한편으론 자신을 진정시키기 위함이었고 다른 한편으론 좀더 많은 사람들이 그렇게 부르도록 하려는 의도였다. 이런 식으로 그녀는 그 남매를 받아들였다.

그녀는 아가테가 뿜어내는 사회적으로 흠잡을 데 없는 태도에 기분 좋게 놀랐고, 반면 경건한 기숙학교에서 받은 좋은 교육을 마음에 새기고 삶을 조소하는 동시에 경탄하며 받아들일 준비가 된—막상 자신은 울리히의 그런 태도를 비난했지만—아가테는 그 만남에서 뜻밖에도 막강한 젊은 부인의 자비로운 호감을 끌어냈지만 그럼에도 그녀의 위대함에 작용하려는 열망을 전혀 갖지 않았고 그런 관심조차 없었다. 손대지도 않았는데 신기하게도 빛을 생산해내는 거대한 발전 설비를 목격한 사람 같은 순진함으로 아가테는 디오티마를 경탄하며 바라보았다. 한번 디오티마의 마음을 얻은 이상, 특히 모든 사람들이 아가테를 마음에 들어하는 것을 목격한 이상 디오티마는 아가테의 사회적 성공을 위해 더욱 힘을 썼고 그건 그녀 자신의 명예를 더욱 높여주었다. '고아가 된 누이'는 동정어린 관심을 불러일으켰고 디오티마의 가까운 지인들은 누구도 그녀에 대해 들은 바가 없었다는 점에서 솔직한 놀라움을 표하기 시작했다. 또한 그것은 더 넓은 사교계를 거치면서 새롭고 놀라운 것이라면 황실이나 언론이나 모두 참여하는 불특정 다수의 즐거움으로 변모되었다.

여러 선택지 중 본능적으로 사회적 성공을 보장하는 가장 나쁜 것을 선택하는 호사가적 능력을 소유한 디오티마는 울리히와 아가테에게 탁월한 집단의 기억에 영원한 자리를 마련해주기 위해 간계를 짜냈다. 그건 그녀 자신도 갑자기 매료된 하나의 매력적인 이야기로서, 그녀의 사촌들이 거의 평생 떨어져 있다가 낭만적인 계기로 다시 합쳤으며 비록 그들이 운명의 맹목적인 의지에 따라 정반대의 삶을 살아왔음에도 스스로를 샴쌍둥이로 부른다는 것이었다. 처음에는 왜 디오티마가, 그리고 모든 사람들이 그 이야기에 마음이 끌렸는지 그리고 어떻게 남매가 함께 살기로 한 결정이 낯설면서도 자연스럽게 보였는지는 설명되기 어려웠을 것이다. 그건 다 디오티마의 지도자로서의 재능 덕분이었다. 그리고 이 두 현상은 그녀가 경쟁자의 술책에도 불구하고 자신의 부드러운 힘을 행사하고 있음을 보여주는 것이었다. 아른하임이 여행에서 돌아와 그 소식을 들었을 때 그는 한 고상한 모임에서 그러한 귀족적이면서 민중적인 힘에 경외를 표하는 장황한 강연을 하기도 했다. 심지어 어떤 곳에서는 아가테가 저명한 외국인 학자와의 불행한 결혼생활 때문에 오빠에게 와 있다는 소문이 돌기까지 했다. 당시 여론을 이끄는 모임은 지주들이 그러하듯 이혼을 호의적으로 바라보지 않았고 불륜으로 그럭저럭 살아갔기 때문에 나이든 사람들에게 아가테의 결정은 의지와 신앙심이 결합된 이중 표식처럼 여겨졌고 그 남매를 특히 좋아했던 라인스도르프 백작은 다음과 같은 말로 상황을 설명했다. "극장에서는 항상 혐오감을 일으키는 열정에 찬 극이 상연되고 있죠. 하지만 그들의 이야기야말로 시민극장이 하나의 모범으로 삼을 만한 내용입니다!" 마침 그 말을 할 때 자리에 있었던 디오티마가 대답했다. "최근 인간이 선하다는 게 하나의 유행처럼 전파되고 있어요. 하지만 제가 공부해보니 우리 성생활의 변칙과 혼란을 알고 있는 사람들은 그렇게 선한 사례는 매우 드물다는 걸 알 거예요!" 그녀는 백작의 칭찬을 축소한 것일까 아니면 확대한 것일까? 누이의 도착에 대해 일언반구도 없었기에 신뢰가 부족한 사람이라고 책망했던 울리히를 디오티마는 아직 용서하지 못했다. 하지만 자신이 개입함으로써 거둔 성공에는 자부심을 느꼈고 그런 자부심을 대답에 포함시킨 것이다.


## 28.
### 너무 지나친 유쾌함

아가테는 공동체가 제공하는 유익을 자연스럽게 이용하는 능숙함을 보여주었고 극도로 까다로운 모임 속에서도 안정된 태도를 유지했기에 오빠는 기뻤다. 지방에서 고등학교 교사의 아내였던 시절은 흔적도 없이 사라진 것 같았다. 그러나 울리히는 어깨를 으쓱하며 이런 말로 결과를 정리했다. "고귀한 신분들에게는 우리가 샴쌍둥이라고 불리는 게 마음에 드나봐. 그 사람들은 예술보다는 동물원에 항상 더 관심이 있지."

　암묵적 합의에 따라 그들은 일어나는 모든 일들을 그저 부차적으로 여겼다. 그들이 첫째날 목격했듯이 집안 살림살이 중 많은 것들은 교체되거나 새로 들여와야 했다. 하지만 언제 끝날지 모를 논쟁을 반복하지 않으려고 그들은 살림들을 그냥 내버려두었다. 울리히는 침실을 아가테에게 양보했고 자기는 그 사이에 욕실이 있는 드레스룸에 머물렀고 옷장의 대부분을 그녀에게 넘겨주었다. 그녀도 고통을 분담하겠다고 했지만 그는 성 라우렌티우스$^{Laurentius}$의 석쇠(3세기의 기독교 성인으로 달궈진 석쇠에서 순교했다―옮긴이)까지 끌어들이면서 거절했다. 아무튼 아가테는 오빠의 독신생활을 방해한다고는 생각지 못했는데 그가 스스로 매우 행복하다고 장담했고 그녀로서는 그가 전에 누리던 행복의 정도를 막연히 추측할 수밖에 없었기 때문이었다. 이제 그녀는 부르주아답지 않은 인테리어, 지금은 물건이 꽉 차서 거의 쓸모없어진 방들을 둘러싼 곁방과 드레스룸의 과도한 허영을 좋아했다. 그 공간에는 버릇없고 막돼먹은 요즘 시대에 무방비 상태로 맞서는 지난 시대의 섬세한 공손함 같은 게 있었다. 하지만 무질서한 습격에 맞선 그 아름다운 방의 소리없는 항변은 마치 우아한 곡선으로 만들어진 현악기가 줄이 끊어져 뒤엉킨 채 걸려 있는 것처럼 슬퍼 보였다. 아가테는 이 외딴 집을 오빠가 아무 감정이나 생각 없이 고르지 않았다는 것을 알았고―비록 그는 아무렇게나 고른 척을 하지만―그 오래된 벽에서는 완전한 침묵도 아니고 뚜렷이 들리지도 않는 열정의 언어가 터져 나오고 있었다. 하지만 그녀는 물론 울리히도 그 무질서를 향유할 뿐 다른 것은 알지 못했다. 그들은 불편하게 살았고 호텔에서 음식을 시켜먹었으며 모든 것에서 약간 과도한 유쾌함을 끌어냈는데 그런 분위기는 식탁에서가 아니라 피크닉을 나와 푸른 대지에서 험한 음식을 먹을 때와 비슷했다.

이런 상황임에도 도와줄 하인도 없었다. 울리히가 이 집에 들어오면서 잠시 데려왔던 잘 훈련된 하인—은퇴하고 싶어했던 노인으로 자잘한 것들이 정리되기만을 바랐던—은 울리히가 원했던 최소한의 일 이상은 하지 못했다. 하녀를 구하는 것 역시 포기해야만 했는데 보통의 하녀가 머물 만한 방 역시 다른 것과 마찬가지로 계획만 있었지 마련해보려는 시도는 매번 실패했기 때문이다. 울리히는 대신 자신의 여성 기사를 사교계의 정복자로 준비시키는 시종으로서 큰 진전을 이루었다. 그동안 아가테는 옷을 구입하는 일에 나섰으며 이제 그것들로 집은 가득 차게 되었다. 그 집 어디에도 여성을 위한 공간이 따로 없었기 때문에 그녀는 집 전체를 탈의실로 사용하는 습관을 가졌고 울리히는 원하든 원치 않든 그녀가 구입한 새 물건들에 관여해야만 했다. 방들 사이의 문은 열려 있었고 그의 운동기구들은 옷걸이나 모자걸이로 사용됐으며 그는 마치 킨킨나투스<sup>Cincinnatus</sup> (로마의 집정관으로 농사를 짓다가 독재관으로 부름을 받음—옮긴이)가 농사를 짓다 세상으로 나오듯이 책상에 앉아 있다가 다른 일로 불려나오곤 했다. 언제든 잠복해 있는 그 방해를 지나가겠지 하는 마음이 아니라 즐거운 마음으로 기다리면서 견뎌낸 것은 다시 젊어지는 듯한 새로운 느낌을 주기 때문이었다. 겉으로는 한가해 보이는 누이의 활기는 그의 고독 속에서 마치 차가워진 난로 안의 불씨들처럼 타닥거렸다. 우아한 유쾌함의 밝은 물결, 인간적 신뢰의 짙은 물결이 그가 살던 공간들을 채웠으며, 지금껏 자신의 의지대로만 움직여오던 본성을 빼앗아갔다. 하지만 이런 소진되지 않는 현재 가운데 가장 그를 놀라게 했던 것은 그것을 구성하는, 더할 수 없는 매우 하찮은 것들이 더해져서 완전히 다른 종류의 엄청난 총합이 만들어진 것이었다. 시간의 낭비를 참지 못하는 것, 그가 기억하는 한 자신을 한번도 떠난 적이 없고 고요했던 적이 없는 감정, 다시 말해 위대하고 중요하다고 생각한 일들에 늘 사로잡혀 있었던 그 강박이 놀랍게도 완전히 사라져버렸고 그는 처음으로 자신의 일상을 아무런 생각 없이 사랑하게 되었다.

아가테가 여성이 가질 법한 진지함으로 놀랍게도 수많은 우아한 물품들을 사서 그에게 내밀었을 때 그는 기쁨으로 숨이 턱 막힌다는 듯 과장된 몸짓을 해 보였다. 그는 여성의 기묘한 본성이 자신의 참여를 거부할 수 없게 강제한다는 듯 행동했는데 그 기묘한 본성은 동등한 인식 수준이라면 남성보다 더 감각적이었고 따라서 남성보다 계획적인 인간성에서 좀더 폭넓게 벗어났고 노골적으로 치장하는 것에 더 너그러웠다. 실제로도 그랬을 텐데 왜냐하면 구슬백으로 치장하기, 머리를 곱슬거리게 장식하기, 자수와 레이스로 아무 의도 없이 꾸미기, 무자비하게 유혹하는 색깔로 칠하기 같은 여러 작고 부드럽고 우스꽝스런 생각에 그는 관여했고 영리한 여성이라면 그 매력을 뚜렷이 꿰뚫어보는 오락사격장의 별 같은 아름다움들은 빛나는 광기의 끈으로 그를 휘감기 시작했기 때문이다. 아무리 바보 같고 조야하더라도 우리가 진지하게 받아들이고 보조를 맞추면 그것은 자신의 질서와 자기만의 도취시키는 향기, 그리고 내면의 의지를 발휘하고 만족을 주기 시작한다. 울리히는 이런 일을 누이가 새로운 옷들을 마련하는 일을 거들면서 체험했다. 그는 옷들을 가져가고 가져왔으며 그것들에 놀랐고 의견을 말했고 조언을 요청받았으며 입어보는 것을 도왔다. 그는 아가테와 함께 거울 앞에 섰다. 여성의 외모가 요리되기 좋게 털을 잘 태운 암탉을 떠올리게 하는 오늘날, 한때는 끊임없이 식욕을 자극했던, 그러나 그사이 조롱거리가 된 채 식어버린 이전 모습을 상상하기란 쉬운 일이 아니다. 분명히 재단사가 바닥에 단단히 꼬매놓았던 긴 치마는 놀랍게도 움직이고 있었고 그 안에 은밀하고 부드러운 속치마를 숨겼는데 비단으로 수놓은 화려한 속치마의 꽃잎들은 낮고 부드럽게 나풀대더니 갑자기 더 부드러운 천으로 넘어갔으며 그 부드러운 거품 속에서 처음으로 육체와 맞닿았다. 그 옷들이 매혹적으로 시선을 끄는 동시에 거부감을 준다는 면에서 파도를 닮았다면 또한 그 옷들은 중간기착지의 정교한 시스템이자 경이로운 것을 둘러싼 요새이며 자연스럽지 않음에도 숨막히는 어둠이 상상 속의 연약한 빛으로만 비춰지는, 교묘하게 빛이 차단된 연애 극장이었다. 울리히는 이제 매일 그 총체적인 준비가 내면에서 소진되고 분해되는 것을 목격했다. 그가 여성의 비밀을 언제나 빈 방이나 앞뜰 정도로 치부했기 때문에 오래전 의미를 잃었다면, 그 비밀들은 이제 그에게 어떤 출구도 목적도 없는 완전히 다른 것이 되었다. 이 모든 것들에 숨겨진 긴장이 반격에 나섰다. 울리히는 어떤 변화가 몰려오는지 말할 수 없었다. 그는 당연히 스스로를 남성적인 성향으로 인식했고 이따금 자신의 욕망을 다른 쪽에서 바라보며 매료되는 상황을 이해할 수 있었지만 종종 그것은 기이해 보였으며 그래서 그는 웃음으로 물리치곤 했다.

"밤새 여자 기숙학교의 벽이 내 주위로 솟아나 내가 그 안에 갇힌 것 같아!" 그가 항변했다.

"그게 끔찍해?" 아가테가 물었다.

"모르겠어." 울리히가 대답했다. 그러고는 그녀는 곤충을 잡아먹는 식물이며 자신은 그 식물의 꽃받침으로 기어들어가는 불쌍한 곤충이라고 말했다.

"너는 나를 꽃받침 속에 가두었고," 그가 말했다. "나는 지금 색깔과 향기와 빛의 한가운데 앉아서 내 본성을 거슬러 이미 너의 부분이 되어 우리가 유혹하게 될 남자들을 기다리고 있어!"

그리고 그가 그녀에게 '남편 될 사람을 마련해줄' 작정이었음에도 막상 누이가 남자들에게 끼치는 영향을 목격했을 때 그는 정말 묘한 느낌을 받았다. 질투는 아니었다. 무슨 자격으로 그럴 수 있단 말인가! 그는 자신보다 그녀의 이익을 우선시했고 적당한 남자가 나타나 그녀가 하가우어와 헤어짐에 따른 어중간한 상황을 벗어나길 바랐다. 그럼에도 누이를 갈망하는 남자들에 둘러싸인 그녀를 보았을 때, 또는 거리에서 그녀의 아름다움에 매혹된 한 남자가 동반자를 무시한 채 그녀를 뚫어져라 바라볼 때 그는 자신의 감정을 어찌해야 할지 잘 몰랐다. 그에게 남성적인 질투라는 간단한 해결책은 금지돼 있었기 때문에 그는 아직 밟아보지 못한 세계로 빠져 들어가는 느낌을 받았다. 경험을 통해 사랑을 얻기 위한 남성들의 곡예는 물론 여성들의 신중한 방어 기술도 잘 알고 있었던 그는 아가테가 구애를 받고 또 방어하는 모습을 보면서 고통을 느꼈다. 그에게는 그런 행동이 씩씩대고 힝힝거리며 입을 삐죽 내밀거나 크게 벌리는 말이나 쥐의 구애처럼 보였다. 그런 행동을 하면서 낯선 사람들은 자신을 뽐내고 상대방에게 호감을 끌어냈는데 아무 공감 없이 그들을 바라보던 울리히에겐 몸 안에서 마취 기운이 퍼져 나가는 것처럼 거슬리는 일이었다. 또한 그럼에도 그가 자기 안에 깊이 자리잡은 감정의 요구 때문에 그녀의 입장이 되어보려 할 때면, 그런 인내로 인해 혼란스러워진 나머지 정직한 사람에게 누군가 기만적으로 다가왔을 때의 수치심을 어렵지 않게 느끼곤 했다. 그런 감정을 아가테에게 이야기하자 그녀는 웃었다.

"우리 모임의 몇몇 여자들도 오빠한테 아주 관심이 많아." 아가테가 대답했다.

무슨 일이 벌어지는 걸까?

울리히가 말했다. "이건 근본적으로 세계에 대한 저항이야!" 그러고는 말을 이었다. "넌 발터를 알 거야. 우리는 오래전부터 서로를 더이상 좋아하지 않아. 그가 나를 화나게 하지만 나 역시 그를 화나게하거든. 하지만 그저 그를 바라보는 것으로도 그와 하나가 되는 것 같은 사랑스런 감정이 생길 때가 종종 있어. 보라구, 우리가 동의하지 않지만 이해되는 것이 삶에는 많이 있어. 그래서 우리가 남을 이해하기도 전에 동의하는 것은 하나의 동화처럼 아름다운 어리석음이자 봄에 물이 사방에서 계곡으로 모여드는 것 같은 일이지!"

그는 마음속으로 느꼈다. '지금이 그런 때야!' 그러고는 생각했다. '내가 아가테를 향해 한줌의 이기심이나 자기중심적인 마음을 가지지 않고 어떤 추하고 무관심한 감정도 없다면 그녀는 산처럼 큰 자석이 배에 박힌 못을 뽑아내듯이 나에게서 특성을 뽑아낼 거야! 나는 도덕적으로 원자 같은 상태로 녹아들 테고 그러면 나는 나도 아니고 그녀도 아닌 존재가 될 거야! 더 없는 행복이란 그런 상태가 아닐까?'

하지만 그는 겨우 이렇게 말했다. "널 바라보는 건 정말 재밌어!"

얼굴이 새빨개진 아가테가 말했다. "재밌다는 게 무슨 말이야?"

"아, 잘 모르겠어. 너는 종종 내 앞에서 쑥스러워하지." 울리히가 말했다. "하지만 너는 곧 내가 '그저 너의 오빠'라는 걸 알아채. 그리고 어떤 낯선 사람이 너한테 큰 관심을 보일 만한 상황을 내가 바라볼 때

너는 전혀 신경쓰지 않는 듯 보였어. 너한텐 갑자기 내가 엿보지 말아야 할 광경이라는 생각이 드나봐. 나는 곧장 시선을 돌릴 수밖에⋯”

“그런데 왜 그게 재밌는 거야?” 아가테가 물었다.

“왜 그런지 모른 채 다른 사람을 눈으로 좇는 게 아마도 행복이 아닐까.” 울리히가 말했다. “자신의 물건을 향한 아이들의 사랑 같은 것이지. 아이들의 지적 무능력을 제외하면⋯”

“오빠한테 재밌는 건 아마도,” 아가테가 대답했다. “오빠와 누이 놀이겠지. 남자와 여자 놀이는 이미 충분히 해서 그런 거겠지?”

“그런 이유도 있겠지.” 울리히는 그녀를 보며 말했다. “사랑이란 근본적으로 가까워지고 싶은 단순한 욕망이자 뭔가를 잡고 싶은 충동이거든. 사랑은 남자와 여자라는 두 극단으로 갈라져 있고 그 사이에선 엄청난 긴장, 좌절, 경련, 도착 같은 것들이 나타나지. 거기에 대해선 오늘날의 음식철학만큼이나 우스꽝스럽고 엄청나게 부풀려진 이데올로기가 존재하거든. 내가 확신하건대 표피의 얄팍한 자극과 전체 인격의 결합이라는 이념이 취소될 수만 있다면 대부분 사람들은 기뻐할 거야! 또한 조만간 더 단순한 성적 친교의 시대가 도래하여 이전에 남자와 여자를 형성했던 부서지고 낡은 충동의 더미 앞에 그것을 모른 체하는 소년과 소녀들이 서게 될 거야!”

“하지만 하가우어와 내가 그런 시대의 개척자였다고 말한다면 오빠는 나를 나쁘게 생각하겠지!” 아가테는 마치 잘 숙성된 와인처럼 씁쓸하게 웃으며 대답했다.

“난 이제 아무도 나쁘게 생각하지 않을 거야.” 울리히가 말하면서 미소지었다. “갑옷을 벗은 전사랄까! 정말 오랜 만에 그 전사는 피부에서 망치질된 쇳덩이 대신 자연의 숨결을 느꼈고 몸이 늘어지고 부드러워진 나머지 새가 자기를 낚아챌 수 있을 것만 같았지." 그는 단언했다.

그렇게 웃으면서, 아니 웃음을 멈추길 잊어버린 채 그는 누이를 바라보았고 그녀는 검은 스타킹을 신은 한쪽 다리를 흔들면서 탁자의 가장자리에 앉아 있었다. 그녀는 셔츠와 짧은 바지만 입고 있었다. 하지만 그녀의 본모습과는 다른, 그림처럼 파편화된 인상을 풍겼다. '그녀는 나의 친구이자 나를 황홀하게 하는 여자야.' 울리히는 생각했다. '하지만 그녀가 진짜 여자라는 건 얼마나 뒤엉킨 일인지!'

아가테가 다시 물었다. "정말 사랑 같은 건 없는 걸까?"

"아냐, 있어!" 울리히가 말했다. "하지만 사랑은 하나의 예외적인 상황이야. 우리는 그걸 구별해야 해. 우선 거기엔 피부의 자극으로 분류될 수 있는 육체적 체험이 있지. 그 체험은 도덕적 요소나 공감 없이 순수하게 감각적 쾌락만을 일깨우는 거야. 두번째로는 보통 육체적 체험과 강하게 연결되는 정감이 있는데 이것엔 변이가 거의 없어서 모든 사람들에게 똑같이 적용되지. 그런 한결같은 유사성을 볼 때 나는 그런 식의 사랑의 절정을 영혼이 아니라 육제적이고 기계적이라고 보고 싶어. 마지막으로 사랑에는 영혼의 체험이 있는데 그건 다른 두 측면과 꼭 관계가 있는 건 아니야. 우리는 신을 사랑할 수도, 세계를 사랑할 수도 있지. 아마 우리는 오직 신 아니면 세계만을 사랑할 수도 있을 거야. 아무튼 우리가 꼭 사람을 사랑할 필요는 없어. 만약 사람을 사랑한다면 육체적인 것이 전 세계를 끌어당겨서 모든 것이 뒤집히고…"

울리히는 말을 멈췄다.

아가테는 얼굴을 붉혔다. 만약 울리히가 아가테에게 사랑의 과정에서 자신들도 피할 수 없는 상상을 심어주려는 위선적인 의도로 일부러 그런 말을 선택하고 만들어냈다면 더할 나위 없는 성공이었다.

그는 생각지도 않았던 대화를 끊기 위해 성냥을 찾았다. "아무튼," 그가 말했다. "그것이 사랑이라면, 예외적인 것이고 일상의 사례로 보기는 어려울 거야."

아가테는 탁자보의 가장자리를 끌어당겨 다리 주위를 덮었다. "우리에 대해 듣고 본 낯선 사람들이 뭔가 기괴하다고 수군대진 않을까?" 그녀가 난데없이 물었다. "말도 안 돼!" 울리히가 주장했다. "우리 각자가 느끼는 것은 상대의 반대되는 성향 속에서 자기 자신이 희미하게 겹쳐지는 모습이야. 난 남자고 너는 여자야. 모든 사람에겐 자신 안에 희미하게 내재된, 혹은 억압된 반대 성향이 있다고들 하잖아. 터무니없을 정도로 자기 자신에게 만족하지 않는 이상 우리 각자는 그런 반대 성향을 추구하거든. 그렇게 나의 반대인간은 빛으로 걸어나와 너에게로 스며들고 너의 반대인간은 나에게로 들어오며 그들은 교환된 육체 속에서 경이를 느끼지. 그건 그들이 이전의 환경과 거기서 비롯된 전망에 큰 존경을 품지 않기 때문이야!"

아가테는 생각했다. '그 모든 것에 대해 그는 더 강하게 말한 적이 있어. 그런데 왜 그걸 약화시키는 걸까?'

울리히의 말은 그들이 이따금 사람들로부터 자유로울 때 자신들이 남자이자 여자이며 동시에 쌍둥이라는 사실에 감탄하는 그런 친구 같은 삶에 어울리는 것이었다. 두 사람 사이에 그런 합의가 있다면 개인으로 분리된 세계 속에서 각자 그들은 상대방에게 숨어서 보이지 않는 하나가 되는 매력, 옷과 몸을 바꿔치기하는 매력, 그리고 두 개의 가면 뒤에서 그걸 예감치 못한 사람들에게 둘이면서 하나의 속임수를 행하는 매력을 얻게 될 것이다. 하지만 이렇듯 장난스럽고 지나치게 과장된 즐거움—아이들이 종종 소음 가운데 있는 것이 아니라 그걸 만들어내듯이—은 이따금 더 높은 곳에서 내려와 남매의 마음에 그림자를 드리우고 침묵하게 하는 남매의 진지함과는 어울리지 않았다. 그래서 어느날 밤, 그들이 잠자러 가기 전 우연히 몇마디 말을 주고받을 때 울리히는 누이가 긴 잠옷을 입은 걸 보고는 농담을 던지고 싶어 이렇게 말했던 적이 있었다. "백년 전이라면 '나의 천사!'라고 소리치고 싶었을 텐데! 그 말이 낡아빠진 단어가 되어서 유감이군!" 그는 침묵했고 당혹감에 빠져 생각했다. '그녀를 위해 써야 할 유일한 단어는 그것이 아닐까? 친구도 아니고, 아내도 아닌! 사람들은 그렇게도 말하지. 너 천상의 존재여! 우스꽝스럽게 부풀려진 말이지만 그래도 자신을 믿을 용기가 없는 것보단 낫잖아!'

아가테는 생각했다. '잠옷을 입은 남자가 천사처럼 보이진 않아!' 하지만 그는 야성적이고 어깨가 딱 벌어져 보였으며 그녀는 그 헝클어진 머리의 강인한 얼굴이 자신의 눈에 그림자를 드리워주었으면 하는 생각이 들어 갑자기 부끄러워졌다. 그녀는 육체적으론 순수한 채로 감각이 고조되는 것을 느꼈다. 그녀의 피는 육체를 통과하며 강하게 물결쳤고 모든 힘을 안쪽에 남겨둔 채 피부를 타고 퍼져나갔다. 그녀는 오빠만큼 열광적인 사람은 아니었기에 자신이 느끼는 걸 느낄 뿐이었다. 그녀는 부드러울 땐 부드럽다고 느꼈고 도덕이나 사유 때문에 오빠를 사랑하는 동시에 두려워하긴 했지만 그렇다고 사유가 명석하거나 도덕적으로 빛을 뿜진 않았다.

그리고 날이 갈수록 다시금 울리히는 모든 것을 사유 속으로 끌어모았다. 근본적으로 그런 태도는 삶에 대한 저항이었다! 그들은 팔짱을 끼고 도시를 거닐었다. 키도 잘 맞았고 나이도 맞았으며 성향도 맞았다. 나란히 걸어갔기에 그들은 서로를 자주 바라볼 수 없었다. 서로에게 기쁨을 주는 키 큰 두 사람은 즐겁게 길을 나섰으며 매 걸음마다 자신들을 둘러싼 낯섦 가운데도 서로의 숨결을 느꼈다. 우리는 서로에게 속해 있어! 결코 기이하다고는 볼 수 없는 이런 감정이 그들을 행복하게 했고 반쯤은 그 감정 안에서, 또 반쯤은 거기에 맞서면서 울리히가 말했다. "우리가 오빠와 누이동생이란 데 만족하다니 너무 우스워. 세계는 아주 당연한 관계라고 하겠지만 우린 뭔가 특별함을 부여하지 않나?"

아마 그 말이 그녀에게 상처를 주었을지도 모른다. 그는 덧붙였다. "하지만 나는 항상 그걸 원했어. 아이였을 때 나는 입양해서 키운 여자와 결혼하겠다고 다짐했었지. 많은 남자들이 그런 상상을 해본다고 믿어. 진부하긴 하지. 하지만 성인이 되었을 때 나는 실제로 그런 아이와 사랑에 빠진 적이 있어. 비록 두세 시간에 불과하지만 말이야!" 그러고는 이야기를 이어나갔다.

"전차에서 있었던 일이야. 아마 열두살쯤 됐을 법한 한 어린 소녀가 젊은 아빠 아니면 나이든 오빠인 듯한 사람과 함께 차에 탔어. 그녀가 들어와서 자리에 앉고 또 무심하게 두 사람 몫의 차비를 차장에게 건네는 모습은 완전히 숙녀 같았어. 어디에도 어린애 같은 어리숙한 면이 없었지. 똑같은 태도로 그녀는 동승자와 이야기를 나눴고 그의 말을 묵묵히 들었어. 그녀는 아주 아름다웠지. 갈색의 통통한 입술, 짙은 눈썹에 약간 굽어진 코까지. 아마도 검은머리의 폴란드 소녀거나 남슬라브 아이였을 거야. 내 기억에 민속의상 같은 걸 입고 있었던 거 같아. 긴 재킷에 꽉 조이는 허리, 작은 레이스 장식에 목과 손목에는 주름이 잡혔는데 그 모습이 작은 인격체라 할 만큼 완벽했거든. 혹시 알바니아인이었을까? 나는 그녀가 무슨 말을 하는지 알아듣기엔 너무 멀리 앉아 있었어. 그녀의 진지한 얼굴 표정은 놀랍게도 세월을 벗어나 있었고 완전히 성숙해 보였지. 그럼에도 그녀는 작은 난쟁이 여성이 아니라 영락없는 아이의 모습이었어. 다른 한편으로 그 아이의 얼굴은 미성숙한 초보 성인처럼 보이지도 않았어. 마치 거장 화가가 첫 스케치로 끝낸 그림 위에 뭔가를 덧붙이면 오히려 처음의 위대함이 훼손되듯이 종종 여성의 얼굴은 이미 열두살에 정신적인 완성을 마치는 것 같았어. 인간은 그런 대상을 아무 육체적 열망 없이도 치명적으로 사랑할 수 있지. 나는 소심하게 다른 승객들을 둘러보는 나 자신을 깨달았어. 나한테서 모든 질서가 무너지는 것 같았기 때문이지. 나는 그 작은 소녀를 따라 내렸지만 거리의 인파 속에서 그녀를 잃어버렸어." 그는 짧은 이야기를 마쳤다.

잠깐 기다린 후에 아가테는 웃으면서 물었다. "그게 사랑의 시대가 지나가고 섹스와 우정만 남겨지는 것과 무슨 관련이 있는 거지?"

"아무 관련도 없지!" 울리히는 웃으면서 말했다.

누이는 생각을 해보더니 눈에 띄게 신랄하게 말했다. 그녀가 도착했던 밤에 그가 했던 말을 의도적으로 반복하는 것 같았다. "모든 사람들은 오빠와 누이 놀이를 좋아하지. 거기엔 정말 어리석은 생각이 담겨 있어. 그 어린 오빠와 누이들이 취하기만 하면 서로를 아빠, 엄마라고 부르거든."

울리히는 멈칫했다. 아가테가 옳았을 뿐 아니라 재능있는 여성들은 자기가 사랑하는 상대를 향한 가차없는 관찰자이기도 하기 때문이었다. 그들에겐 이론에 대한 취향이 없기 때문에 감정의 자극을 받을 때만 자신의 발견을 이용한다. 그는 모욕을 당한 기분이 들었다.

"물론 사람들은 심리적으로 설명하지." 그는 머뭇거리며 말했다. "우리 둘이 심리적으로 이상하다는 것만큼은 확실해. 반사회적인 성향이나 반항적인 기질처럼 근친상간의 경향은 유년기에 이미 감지되지. 심지어 충분히 고정적이지도 않은 성정체성도 마찬가지야. 비록 난 그렇진 않았지만…"

"나도 그랬어!" 기꺼이는 아니었지만 아가테가 웃으면서 끼어들었다. "여성을 좋아하지 않았으니까!"

"그게 뭐든 상관없어," 울리히가 말했다. "기껏해야 영혼의 창자 같은 것이겠지. 다른 세계는 배제한 채 완전히 자신 홀로 경배하고 경배받는 술탄의 욕망이라고 말할 수도 있겠지. 고대 동양에서 그것은 하렘(이슬람 세계에서 여성들만 머무는 규방을 뜻함—옮긴이)을 만들었고 오늘날 우리에겐 가족과 사랑, 그리고 반려견이 있지. 또한 누구도 접근하지 못하도록 타인을 완전히 독점하려는 시도는 인간 사회의 개인적 고독을 반영하는 것이라고 말하고 싶어. 그건 사회주의자들이라도 부정하지 못할 거야. 네가 그렇게 보고자 한다면, 우리는 그저 부르주아의 방종을 드러내는 것에 지나지 않을 거야. 저걸 봐, 얼마나 멋진 풍경이야!" 그는 말을 멈추더니 그녀의 팔을 잡아당겼다.

그들은 오래된 집들 사이의 작은 장터 가장자리에 서 있었다. 어느 위대한 지식인의 의고주의적인 동상 주위로 화려한 색깔의 채소가 놓여 있었고 굵은 삼베 파라솔이 펼쳐 있었으며 과일들이 굴러다니고 바구니들이 끌려다녔으며 개들은 진열된 귀한 물건에서 쫓겨났고 붉은 얼굴을 한 사람들도 보였다. 각자의 일로 격앙된 목소리들이 허공 중에 날카롭고 시끄럽게 울렸고 대지의 이곳저곳을 비추는 햇빛의 냄새가 진동했다.

"그저 바라보고 냄새만 맡아도 세상은 사랑스럽지 않아?" 울리히가 영감에 가득 차 물었다. "하지만 우린 세상을 사랑할 수 없지. 다른 사람들의 머릿속에 일어나는 일에 찬성하지 못하니까 말이야…" 그가 덧붙였다.

그곳이 아가테의 취향에 딱 맞는 구역은 아니었기 때문에 그녀는 대답하지 않았다. 하지만 그녀는 오빠의 팔에 자신의 몸을 밀착했고 그 행동은 그녀가 부드럽게 그의 입에 손을 댄 것으로 둘에게 이해되었다.

울리히가 웃으며 말했다. "나도 나 스스로를 좋아하지 않아! 항상 타인을 비난한 사람한텐 당연한 결과지. 하지만 나조차도 뭔가를 사랑할 수 있어야만 하고 그점에서 나도 아니고 그녀도 아닌, 그렇지만 그녀만큼이나 나이기도 한 샴쌍둥이 누이는 모든 것이 교차하는 유일한 지점임에 틀림없어!"

그는 다시 쾌활해졌다. 또한 아가테 역시 평소처럼 그의 기분에 잘 호응했다. 하지만 그들이 재회한 첫날 밤이나 이전처럼 대화를 이어나가지는 못했다. 대화는 구름 속의 성처럼 사라졌다. 그 성이 외딴 곳이 아니라 도시의 활기 넘치는 거리 위에 서 있었다면 사람들은 아마 믿지 않았을 것이다. 그들이 침묵하는 이유는 아마도 울리히가 자신을 움직이는 체험을 과연 어느 정도의 강도로 표현해야 할지 몰랐던 반면 종종 아가테는 그가 그런 체험을 오직 환상적인 일탈 정도로 생각한다고 믿었기 때문일 것이다. 또한 그녀는 사실이 다르다는 것을 그에게 증명할 수 없었다. 그녀는 언제나 그보다 적게 말했고 적절한 말을 찾지 못했으며 스스로를 신뢰하지 못했다. 단지 그녀는 그가 결심을 하지 못하고 있지만 그걸 피할 필요가 없다고 느낄 뿐이었다. 그렇게 그들은 어떤 깊이도 무게도 없는 유쾌한 행복 속으로 자신들을 숨겼고 아가테는 오빠만큼이나 자주 웃었지만 날이 갈수록 더 슬픔에 잠겼다.


29.
하가우어 교사가 펜을 잡다


하지만 아가테가 무시하던 남편에 의해 상황이 돌변했다.

이런 즐거운 날들이 끝나가던 어느날 아침 아가테는 루돌프 제국-황실고등학교의 흰 문장紋章이 인쇄된 크고 둥글고 노란 봉인지로 밀봉된 관청용지 규격의 두툼한 편지를 받았다. 그녀가 편지를 열지 않은 채 손에 쥐고 있을 때 갑자기 아무것도 없던 곳에서 2층 집이 나타났다. 잘 관리된 창문에는 유리들이 고요하게 달려 있었고 각 층마다 날씨를 알리는 흰 온도계가 갈색 틀 안에 놓여 있었다. 창 위에는 그리스식 박공과 바로크식 조가비 문양이 있었는데 벽에서 튀어나온 머리들과 신화 속 경비병들은 목공예로 만들어져 돌로 발라진 것처럼 보였다. 도시를 통과하는 거리들은 바큇자국이 깊게 파인 시골길처럼 갈색으로 축축하게 젖어 있었고 새로운 물건들을 진열한 채 양옆으로 늘어선 상점들은 마치 보도에서 긴 치마를 치켜올린 채 더러운 진창길로 건너갈지를 망설이는 30년 전의 부인 같은 모습을 하고 있었다. 아가테의 머릿속 장소! 아가테의 머릿속 유령! 그녀가 항상 떨쳐냈다고 생각하지만 여전히 사라지지 않는 불가사의한 것! 하

411

지만 더 불가사의한 것은 그 풍경과 항상 묶여 있다는 것이었다. 그녀는 정문 앞에서 시작해 친근한 집들의 벽을 따라 학교까지 이어진 길을 바라보았다. 그녀의 남편 하가우어가 하루에 네 번 오가던 길, 처음 그녀가 물약처럼 쓰디쓴 고통의 단 한방울도 피하지 않으려던 시절 하가우어를 집에서 직장까지 배웅하며 그녀 역시 자주 오가던 길이었다. '하가우어는 요즘 호텔에서 점심을 먹을까?' 그녀는 자문했다. '그는 내가 매일 아침 뜯어내던 그 달력을 요즘도 뜯고 있을까?' 그 모든 건 마치 절대 소멸하지 않을 듯이 어처구니없이 초현실적으로 생생하게 다시 삶에 들어왔고 소리없는 공포를 지닌 채 그녀는 무관심, 잃어버린 용기, 흠뻑 젖은 추함, 자기 자신의 불확실한 변덕으로 이뤄진 친근한 위협의 감정이 내면에서 자라는 것을 목격했다. 일종의 갈망을 품고 그녀는 남편이 보내온 두꺼운 편지를 펼쳐보았다.

교사 하가우어가 장인의 장례와 수도에서의 단기 체류를 마치고 집으로 돌아왔을 때 짧은 여행 후엔 대개 그러하듯 주변의 환영을 받았다. 일을 잘 마무리하고 이젠 여행용 신발을 집안용 신발—그걸 신으면 두 배로 일이 잘 되는—로 갈아 신는다는 편안한 생각에 잠겨 그는 원래의 일로 돌아왔다. 그가 학교로 출근하자 경비원들이 존경을 담아 인사를 건넸다. 하급 교사들을 만났을 때 그는 환영받는 느낌을 받았다. 교무과에는 자신이 없는 동안 감히 아무도 처리하고자 시도하지 않은 서류들과 업무가 기다리고 있었다. 서둘러 복도를 지나갈 때 그는 자신의 발걸음이 전체 건물에 영감을 주는 것 같은 느낌에 빠졌다. 고틀리프 하가우어는 각별한 사람이었고 그도 그걸 알았다. 유쾌함과 응원이 자기 안의 교육적 성취를 뚫고 이마에서 뿜어져 나왔고 학교 밖에서 누군가 아내의 안부와 소식을 물을 때면 그는 명예로

운 결혼의 의미를 아는 남자의 평온함으로 차분하게 대답했다. 남자
라는 존재는 아직 생산 능력이 있는 한, 결혼생활의 짧은 휴지기 동안
가벼운 멍에를 벗는 것 같은 해방감을 느낀다는 것은 잘 알려진 사실
이다. 또한 그 휴지기가 나쁜 행실과 연결되지 않더라도 기분전환 후
엔 자신의 행복을 되찾기 마련이다. 하가우어 역시 처음에는 아가테
의 부재를 그런 식으로 순진하게 받아들였고 얼마나 오래 아내가 떠
나 있었는지도 알지 못했다.

사실상 처음으로 그의 시선을 끈 것은 매일 아침 페이지가 찢겨나
가야 했기에 아가테의 기억 속에서 그토록 혐오스런 삶의 상징으로
남아 있었던 벽걸이 달력이었다. 그건 마치 벽에 어울리지 않는 얼룩
처럼 식당에 매달려 있었으며—종이회사의 새해 선물로 하가우어가
학교에서 집으로 가져와 달아놓은 것이다—그 암울함 때문에 아가
테는 달력을 견뎌냈을 뿐 아니라 관리하기까지 해야 했다. 아내가 여
행을 떠난 후 그가 달력 뜯는 일을 떠맡았다면 하가우어에게 아주 어
울리는 일이 되었을 것이다. 왜냐하면 그는 벽의 한 부분이 황폐해지
는 걸 참아내는 성격이 아니었기 때문이다. 그러나 다른 한편으로 그
는 끝없는 영원의 바다에서 어느 주 어떤 달에 와 있는지를 항상 알고
있는 사람이었고 학교에 훨씬 더 나은 달력까지 소유하고 있었다. 그
럼에도 그가 마침내 날짜를 맞추기 위해 팔을 올렸을 때 그에게는 나
중에 밝혀진 대로 운명의 불길함을 예고하는 기묘하고 우스꽝스러운
망설임이 찾아왔지만 그는 그 망설임을 자신을 놀라게도 하고 기쁘
게도 하는 부드럽고 기사도적인 감정으로 치부하고 말았다. 그는 아
가테가 집을 떠난 날짜의 달력 종이를 경의와 기억의 표시로 그녀가
돌아올 때까지 떼지 않고 놔두기로 결심했다.

그렇게 시간이 갈수록 벽걸이 달력은 하가우어에게 아내가 얼마나 오래 집을 떠나 있는지를 떠올리게 하는 곪은 상처처럼 돼버렸다. 가정을 아끼는 만큼이나 감정을 자제하는 동안 그는 아가테에게 자신의 소식을 전하면서 점점 더 절박하게 그녀가 언제 돌아올지를 묻는 엽서를 보냈다. 그는 답장을 하나도 받지 못했다. 이제 아내가 장례를 마치고도 왜 오래도록 그곳에 머무는지를 걱정스레 묻는 지인들의 말에 그는 밝게 대답하지 못했다. 하지만 그에게는 다행히 할 일이 아주 많았다. 학교 일 말고도 매일 자신이 속한 모임의 업무들이 있었고 초대와 문의, 지지, 비난, 수정 요청이 담긴 한무더기의 엽서와 잡지, 중요한 책들이 끊이지 않고 도착했기 때문이다. 하가우어의 인간적인 자아는 그곳을 지나는 낯선 나그네들에게 그리 좋지 못한 인상을 심어주는 변경에 거주했지만 그의 정신은 유럽을 집으로 삼았고 바로 그 이유로 아가테의 부재가 지닌 전체적인 중요성을 오랜 시간 간과하고 말았다. 그러던 어느날 결국 그는 아가테가 돌아가고 싶어하지 않으니 이혼에 동의해주었으면 한다는 소식을 건조하게 전하는 울리히의 편지를 받았다. 비록 예의 바르게 씌어지긴 했지만 아무런 배려 없이 짧게 작성된 그 편지에서 수신자인 자신의 감정이 마치 잎에 붙은 벌레를 떼어내듯 다뤄지고 있음을 하가우어는 역겨움 가운데 확실히 감지했다. 그의 내면에서 일어난 첫번째 방어는 '심각하게 받아들이지 말자'였다. 그 편지는 대낮을 환하게 채우는 긴급한 업무와 명예롭게 밀려드는 인정 가운데 조롱하는 유령처럼 놓여 있었다. 저녁이 되자 하가우어는 빈 집에 들어가 책상에 앉았고 그가 받은 소식은 없었던 것으로 하는 게 좋겠다는 짧고 품위있는 편지를 울리히에게 썼다. 하지만 그는 곧 그의 견해를 거부하는 새로운 답장을 받았고 편지에서 울리히는 그녀도 모르게 아가테의 요구를 거듭 전했으며 그의 고결한 도덕에 어울리는 법적 단계를 밟아나갈 것을 정중하게 요청하면서 그래야만 공개적인 논쟁이 가져오는 사악한 결과들을 바람직하게 피할 수 있다고 조언했다.

그제서야 하가우어는 상황의 심각함을 깨달았고 더 바랄 것이나 후회가 남지 않을 대답을 준비하기 위해 사흘의 시간을 마련했다. 그 사흘 중 이틀을 그는 누군가 자신의 명치를 때리는 듯한 고통 가운데 보냈다. '나쁜 꿈이야!' 그는 예민하게 수차례 중얼거렸고 힘껏 집중하지 않으면 현실에서 받은 요청을 잊어버릴 것만 같았다. 그 날들 동안 그의 가슴 속에는 상처받은 연인 같은 쓰라린 불쾌감이 작용했고 말로는 표현하기 힘든 질투가 일었는데 그것은 아가테의 체류에 원인을 제공했으리라 짐작되는 연적을 향한 것이 아니라 자신을 뒤로 물러나게 하는 이해할 수 없는 어떤 것에 대한 질투였다. 그 감정은 아주 단정한 사람이 무엇인가를 부수거나 기억하지 못했을 때의 치욕과 비슷했다. 또한 그 무엇인가는 아주 오래전부터 있었으나 더이상 기억하지 못하는 그의 마음속 장소에 고정된 것이자 강하게 의지했던 것인데 갑자기 부서져버린 어떤 것이었다. 창백하고 심란하며 아름답지 않다고 해서 과소평가할 수 없는 실제적인 고통에 빠진 채 하가우어는 돌아다녔고 마땅히 해야 하는 설명과 견뎌내야 하는 수치가 두려워 사람들을 피해 다녔다. 마침내 사흘째 되는 날 상황은 정리되었다. 하가우어는 울리히가 자신을 혐오하는 만큼 자신도 울리히를 애초부터 혐오했으며 지금껏 드러낸 적 없었던 그 혐오를 갑자기 표출하면서 결국 아가테의 모든 행동의 책임을 아내—분명히 집시처럼 불안한 오빠 때문에 머리가 이상해졌을—의 오빠에게 전가했다.

그는 책상에 앉아 남편으로서 이제 모든 것을 그녀와 직접 상의하겠다면서 아내의 즉각적인 귀환을 요청하는 짧은 편지를 썼다.

울리히에게서 온 답장은 여전히 간명하고 단호하게 거절 의사를 밝히고 있었다.

그러자 하가우어는 아가테에게 직접 연락하기로 결심했다. 그는 울리히와 주고받은 편지의 사본에다 신중하게 씌어진 긴 편지를 첨부해 보냈고 아가테가 마침내 관청 봉인지를 열자 그 모든 것들이 모습을 드러냈다.

하가우어는 벌어진 모든 일들을 믿을 수가 없었다. 그날 저녁 공적인 책무에서 '황폐한 집'으로 돌아온 그는 울리히가 마주한 것과 똑같은 한 장의 편지지 앞에 앉아 어떻게 시작해야 할지 몰라 고민하고 있었다. 하지만 하가우어의 인생에서 여러 차례 시도된 '단추의 방식'이 좋은 결과를 낳았기에 그는 이번에도 사용해보았다. 단추의 방식이란 아무리 동요를 일으키는 문제라 하더라도 자신의 문제에 질서있게 대처한다는 의미로, 단추가 없으면 옷을 한번에 벗음으로써 시간을 아낄 수 있다는 착각 때문에 단추를 옷에 꿰매버리는 실수를 피하는 것이다. 가령 영국 작가 서웨이$^{Surway}$는 지금 하가우어가 마주한 주제를 다룬 사람으로, 비참한 상황 속에서도 하가우어는 그의 견해를 자신의 것과 비교해 성공적인 사유 과정에서의 다섯 개의 단추를 찾아냈다. 1) 의미를 곧장 발견하는 데 어려움을 주는 사건을 관찰하기 2) 어려움을 더 자세히 구별하고 규정하기 3) 하나의 가능한 해결책을 추론하기 4) 추론의 결과를 합리적으로 전개하기 5) 추론의 승인 또는 거부로 이끌 추가적 관찰과 사유의 성공적인 결론. 하가우어는 공무원 클럽에서 테니스를 배울 때 비슷한 방법을 잔디-테니스

친교 사업에 적용해봤고 그것은 경기에 대한 상당한 정신적 매력을 더해주었다. 하지만 그는 그 방법을 순수한 감정적인 문제에는 적용해보지 못했는데 그의 일상적 내면이 주로 직업적인 업무에 매여 있었고 개인적인 일들에 대해선 '합당한 감정'에 의지했기 때문이었다. 합당한 감정이란 약간의 편향성을 띠긴 하지만 지역, 직업, 계급적으로 가장 가까운 사람들을 향해 보통의 백인들이 어떤 경우에도 받아들이고 익숙해질 수 있는 감정의 혼합을 뜻했다. 자신과 이혼하려는 아내의 기이한 열망에 단추의 방식을 적용하려는 시도는 연습 부족으로 쉽지 않은 일이었고 '합당한 감정'조차 개인적 문제에선 둘로 분열되는 경향을 보여주었다. 한편으로 자신과 같이 현대적인 사람은 신뢰관계를 끝내자는 제안에 어떤 방해도 해서는 안 될 의무가 있다고 하가우어는 들었다. 하지만 다른 한편으로 그게 마음에 들지 않으면 그런 의무를 벗어날 이유도 많다고 들었는데 오늘날 관계를 끊는 상황에서 널리 퍼진 경솔함은 절대 좋게 받아들여지지 않기 때문이다. 그런 경우 하가우어가 배웠듯이 현대적인 사람이라면 마땅히 '긴장을 풀어야' 하는데 그런 태도는 말하자면 주의를 분산시키고 몸가짐을 느슨하게 하면서 내면 깊은 곳에서 들리는 말을 경청하는 것이다. 그는 조심스럽게 생각을 멈추고 버려진 벽걸이 달력을 응시한 채 내면에 귀를 기울였다. 잠시 후 의식 깊은 곳에서부터 정확히 그가 생각했던 응답이 들려왔다. 그 목소리는 터무니없고 부당한 아가테의 요구를 들어줄 이유가 전혀 없다고 말하고 있었다.

하지만 교사 하가우어의 정신은 부지불식간에 서웨이의 단추 1에서 5까지 또는 그와 대등한 일련의 단추에 이르러 있었으며 자신이 관찰한 사건을 해석하는 데 새삼 어려움을 겪고 있었다. '나, 고틀리

417

프 하가우어는,' 그는 스스로 물었다. '이 황당한 사건에 책임이 있는
가?' 그는 자신을 시험해보았고 자신의 행동에서 어떤 오점도 찾아낼
수 없었다. '그녀가 사랑하는 다른 남자에게 책임이 있는가?' 그는 가
능한 해결책을 위한 추론을 이어갔지만 받아들이기는 힘들었는데 객
관적으로 생각하면 할수록 다른 남자가 아가테에게 자기보다 더 좋
은 것을 제공했다고 보기 어려웠기 때문이다. 게다가 이 문제는 다른
것과 달리 개인적 공허에 의해 쉽게 뭉개질 수 있었기 때문에 그는 더
정확하게 문제를 다뤄보기로 했다. 그때 지금껏 전혀 생각해보지 못
한 순간이 찾아왔고 갑자기 하가우어는 서웨이의 3번 단계에서 4번
과 5번까지 해결할 수 있는 실마리를 감지했다. 결혼한 이후 처음으
로 그는 이성에게 깊은 사랑이나 열정을 전혀 느끼지 못하는 여성들
에 대한 보고가 있었음을 떠올렸다. 또한 자신이 독신이었을 때, 의심
할 바 없이 관능적인 여성에게서 경험했던 완전히 개방적이고 몽상
적인 탐닉의 증거를 아내와 관련해선 전혀 기억할 수 없다는 사실에
고통을 느꼈다. 하지만 그건 그가 완전한 과학적 공평함을 가지고 제
3자에 의한 행복한 결혼생활의 파괴를 상상할 수 없게 해주었다. 결
국 아가테의 행동은 이런 행복에 대한 순전히 개인적인 반항으로 축
소되었는데 무엇보다 그녀가 어떤 의미있는 암시도 남기지 않고 떠
났고 그후에라도 그녀의 변심에 합리적인 근거를 마련했다고 보기에
는 시간도 너무 짧았기 때문이다. 하가우어는 아가테의 이해할 수 없
는 행동은 자신이 뭘 원하는지 모르는 사람들에게서 일어나듯, 염세
주의에 대한 유혹이 점점 커져가는 현상으로 이해될 수밖에 없다는
확신에 사로잡혔다.

아가테가 정말 그런 성향의 사람이었을까? 좀더 조사를 해봐야 할

문제였다. 하가우어는 펜 끝으로 수염을 긁으면서 생각에 잠겼다. 그녀는 평소 그가 '온화한 동료'라고 부를 정도였지만 그를 완전히 사로잡는 문제에 관해서 태만하기는 말할 것도 없고 매우 무관심한 태도를 보였다! 그녀의 내면에는 그는 물론이고 다른 사람들의 관심사와 잘 맞지 않는 뭔가가 있었다. 물론 여러 관심사에 저항만 한 건 아니었다. 그녀는 함께 웃기도 하고 진지하게 듣기도 했지만 이제와 잘 생각해보니, 수년간 뭔가 산만한 인상을 풍기고 있었다. 그녀는 사람들이 전하는 말을 듣기는 해도 절대 믿지는 못하는 것 같았다. 더 생각해볼수록 그녀는 건강하지 못할 정도로 무관심한 사람이었다. 종종 사람들은 그녀가 주변을 거의 파악하지 못한다는 인상을 받았다…. 그때 불현듯 하가우어는 자신도 모르게 펜을 들더니 의미심장한 동작으로 종위 위에 서둘러 뭔가를 쓰기 시작했다. "당신은 아마도 이상하다고 여길 거야." 그는 그렇게 썼다. "내가 제공할 수 있는 삶, 또 겸손을 다해 말하자면 그 순수하고 완전한 삶을 사랑하기에 당신이 스스로를 너무 선하게 생각했다고 하면 말이야. 지금 떠올려보니 당신은 그런 삶을 언제나 부집게로 잡듯이 잡고 있었지. 당신은 비록 겸손한 삶이 선사하는 것이라 해도 인간성의 부요함이나 도덕적 가치를 거부했지. 또한 당신이 그런 행동에 정당함을 느낄 거라고 인정할 수밖에 없지만 당신은 도덕적인 변화에 대한 의지를 발휘하는 대신 예술적이고 환상적인 해결을 선택했어!"

그는 이 문제를 다시 한번 생각했다. 자신의 배움을 거쳐간 학생 중에서 좋은 사례를 찾을 수 있을지 떠올려봤다. 그러나 이 작업을 시작하기도 전에 그의 마음속에는 지금껏 어렴풋한 불편함으로 잊혀진 채 남아 있던 것이 떠올랐다. 그 순간 아가테는 더이상 어떤 보편적인 접근도 불가능한 완전히 개인적인 사례로 여겨지지 않았다. 그녀가 특정한 열망에 현혹되지도 않은 채 그토록 삶을 포기할 준비가 돼 있다고 생각하면서 그는 필연적으로 현대 교육학에서 잘 알려진 기본 가정에 즐겁게 빠져들었는데, 그녀에겐 객관적인 사유 능력은 물론 외부 세계와 지적인 접촉을 유지하는 능력조차 결여돼 있다는 것이었다! 그는 재빨리 썼다. "아마 당신은 지금도 당신이 뭘 하고 싶어 하는지 정확히 알지 못할 거야. 하지만 당신이 아직 결정을 내리기 전에 경고하겠어! 당신은 삶을 이해하고 삶에 대면할 줄 아는 그런 사람과는 정반대에 있는 사람이야. 하지만 바로 그 이유로 당신은 내가 주는 도움을 가볍게 물리쳐서는 안 돼!"

사실 하가우어는 다른 것을 쓰고 싶었다. 인간의 지성이란 폐쇄적이고 고립된 능력이 아니기 때문에 지성의 결핍에는 이른바 도덕적 백치라고 하는 도덕의 결핍이 포함되며 그런 현상은 비록 주목을 덜 받긴 하지만 도덕의 결핍이 종종 어떤 방향을 향하든 이성적 힘을 잘못 이용하게 하거나 완전히 헷갈리게 하는 것과 비슷하다. 또한 하가우어는 자신의 정신적인 눈으로 확고한 전형을 떠올렸는데 그 전형은 이미 존재하는 규정에 따라 "스스로를 불규칙한 행동 양식 속에서만 표현하는 도덕적 백치의 충분히 지적인 변이"에 가까웠다. 하지만 그는 이 유익하고 교훈적인 표현을 사용하진 않았는데 한편으론 떠나버린 아내를 더 자극하지 않기 위함이었고 다른 한편으로는 비전문가들은 그런 표현을 적용할 때 오해를 불러일으키기 때문이었다. 하지만 객관적으로 하가우어가 이의를 제기한 현상들은 열등한 집단의 특징이었으며 결국 양심과 기사도 사이의 충돌에서 벗어날 방법으로 하가우어에게 떠오른 것은 아내에게서 관찰되는 불규칙한 행동을 보편적으로 광범위한 여성적 행동이자 사회적으로 열등한 행위로 취급하는 것이었다!

이런 견해를 밝히면서 그는 격앙된 말로 편지를 마무리했다. 경멸당한 연인이자 교육자의 예언자적 분노를 담아 그는 아가테의 반사회적이고 공동체를 멀리하는 위태로운 성향을 묘사하길, 삶의 문제에 적극적이고 창조적으로 마주하라는 "이 시대 사람들에게" 요구되는 바대로 행동하지 않고 오히려 "창유리 너머에서 현실과 유리되어" 병리적인 위험의 가장자리에 머문 채 의도적으로 고립을 자초하는 "열등한 변종"이라고 서술했다. "나한테 마음에 들지 않은 부분이 있다면, 당신은 뭔가 반대를 했어야만 했어," 그는 썼다. "하지만 당신의 마음은 우리 시대의 에너지에 대처할 준비가 되지 않았고 시대의 요청을 피한 것이 사실이야! 난 당신의 성향에 대해 경고하는 바이고," 그는 마무리를 지었다. "다시 말하건대 당신은 다른 누구보다도 믿을 만한 사람의 도움이 절박하게 필요해. 당신의 이익을 위해서 나는 지체없이 돌아올 것을 요청하며 당신 남편으로서의 책임감 때문에 당신의 요구를 들어줄 수 없음을 알아주면 좋겠어."

서명을 하기 전 하가우어는 편지를 다시 한번 읽으며 문제시되는 전형을 언급한 부분은 매우 만족스럽지 않았지만 수정하진 않았고 오직—자기 아내를 생각하려는 낯설고 자부심 가득한 노력을 떠올리면서 콧수염 사이로 강한 한숨을 내쉬고 도대체 '새로운 시대'에 관해 얼마나 더 말해야 하는지를 숙고하면서—책임감이란 단어가 있는 마지막 부분에 고인이 된 존경하는 장인의 소중한 유산에 대한 기사도적인 표현을 덧붙였다.

아가테가 그 편지를 다 읽었을 때 놀랍게도 이런 토로가 그녀에게 상당한 인상을 남겼다. 굳이 앉으려고 하지도 않고 선 채로 단어를 하나하나 다시 읽고 나서 아가테는 누이의 흥분을 놀란 채 바라보던 울리히에게 몸을 숙여 편지를 건넸다.


## 30.
## 울리히와 아가테가 뒤늦게 이유를 찾다

울리히가 편지를 읽는 동안 아가테는 의기소침한 채 그의 표정을 살폈다. 편지 위로 숙인 그의 얼굴에서는 조롱인지, 심각함인지, 걱정인지, 아니면 경멸인지 결정하지 못한 망설임이 엿보였다. 그 순간 사방에서 엄청난 무게가 그녀를 짓눌렀는데 그전까지는 비정상적일 정도로 가벼웠던 공기가 견디기 힘든 습기로 촘촘하게 두꺼워진 것 같았다. 그때 처음으로 아버지의 유언장에 했던 행동이 아가테의 양심을 압박했다. 그녀가 갑자기 자신의 잘못을 실제로 깨달았다고 한다면 부족한 말일 것이다. 오히려 그녀는 오빠까지 포함한 모든 사람들을 향해 실제적인 죄의식을 느꼈으며 감당할 수 없는 환멸에 빠져들었다. 자신이 했던 모든 일들이 그녀에겐 이해가 되지 않았다. 그녀는 남편을 죽이겠다고 말했고 유언장을 위조했으며 방해가 되는지 묻지도 않은 채 오빠의 삶에 끼어들었다. 자신의 환상에 한껏 취한 채 그런 일들을 벌인 것이다. 또한 그 순간 특히 그녀를 부끄럽게 한 것은 당연하고도 명백한 생각이 전혀 떠오르지 않았다는 것인데, 마음에 들지 않는 남편과 헤어지려는 여자라면 더 나은 남자를 찾거나 뭔가 자연스럽게 보상할 다른 것을 찾는 게 마땅했기 때문이다. 울리히조차 그런 점을 수차례 지적했지만 그녀는 도무지 듣지 않았다. 그녀는 무슨 말을 해야 할지 모른 채 서 있었다. 자신의 행동이 완전한 책임 능력이 없는 사람들의 행동과 완벽히 일치했기에 그녀는 그 나름의 방식으로 자신을 비난하는 하가우어가 옳다고 생각했다. 울리히의 손에 있는 편지를 보고 그녀는 마치 범죄로 기소된 자가 자신을 비난하는 옛 선생님의 편지를 들고 서 있는 것 같은 당혹감에 빠졌다. 물론 그녀는 단 한번도 하가우어가 자신에게 영향을 미칠 틈을 주지 않았다. 그럼에도 이젠 그가 이렇게 말해도 될 것 같았다. "나는 당신에게 실망했어!" 또는 "유감스럽게도 난 당신한테 실망한 적이 없지만 항상 당신이 나쁜 결말을 가져올 거라는 예감이 있었어!" 이런 어리석고 걱정스러운 생각을 털어내기 위해 그녀는 여전히 집중해서 편지를 읽으며 끝낼 기미를 보이지 않는 울리히를 더이상 지켜보지 못하고 끼어들고 말았다.

"그는 나에 대해 정확하게 썼어!" 그녀는 아주 태연하게 말했지만 반대 의견을 듣고 싶은 도전적인 욕망을 강력하게 표현했다. "또한 그가 그렇게 말하진 않았지만 아무 절박한 이유 없이 그와 결혼했던 것도 내가 책임질 능력이 없는 사람이었기 때문이고 지금 이렇게 별 이유 없이 헤어지려는 것도 다 같은 이유일 거야."

그때 울리히는 자신의 상상력이 뜻하지 않게 그녀와 하가우어의 밀접한 관계를 떠올리게 해준 구절들을 세번째 읽고 있었고 뭔가 이해하지 못할 말을 웅얼거렸다.

"내 말을 좀 들어봐!" 아가테가 요청했다. "내가 요즘 시대에 어울리고 경제적으로나 지적으로나 활동적인 여자야? 아니야. 내가 사랑받는 여자야? 그것도 아니지. 내가 공평하고 간결하며 보금자리를 꾸미는 좋은 아내이자 엄마인가? 전혀 아니지. 그럼 뭐가 남는 거지? 난 왜 이 세상에 있는 거지? 우리가 참여한 사교계란 것도 솔직히 말하자면 근본적으로 나한테는 하나도 안 어울리는 일이야. 또한 나는 교양있는 계층이 매료되는 음악, 시, 예술 같은 것들 없이도 아주 잘 지낼 수 있다고 생각해. 하지만 하가우어는 달라. 하가우어는 자기가 인용하고 조언하기 위해서라도 그 모든 게 필요한 사람이야. 적어도 그는 수집가로서의 기쁨과 만족을 항상 간직하고 있거든. 그러니 아무것도 하지 않는다는 이유로, 또한 도덕과 아름다움의 부요함을 거부한다는 이유로 그가 나를 비난하고 내가 공감과 관용을 배우기 위해서라도 오직 하가우어와 함께 있어야 한다고 말한다면 그게 옳은 게 아닐까?"

울리히는 편지를 그녀에게 돌려주더니 조용히 말했다. "사실을 똑바로 대면해보자. 넌 한마디로 사회적으로는 백치와 다름없잖아!" 그는 웃었지만 목소리에는 이 은밀한 편지가 그에게 남겨준 언짢은 흥분이 남아 있었다.

하지만 오빠의 그런 대답이 아가테에게 썩 적절하지는 않았으며 오히려 그녀의 우려를 더 키웠다. 그녀는 소심하게 비꼬면서 물었다. "그럴 거면 왜 오빠는 나한테 한마디 말도 없이 내가 하나뿐인 보호자를 떠나 이혼할 거라고 주장한 거야?"

"아 그건 아마도," 울리히가 발뺌하듯 말했다. "강하고 남성적인 목소리를 교환하는 건 유쾌할 정도로 쉽기 때문이었을 거야. 내가 주먹으로 책상을 치니까 그도 책상을 친 거겠지. 물론 다음에 나는 두 배로 강하게 책상을 쳐야만 했어. 그게 내가 그렇게 행동한 이유일 거야."

지금까지 아가테는 불쾌감 때문에 스스로 깨닫지 못했지만, 자신들의 장난 같은 오누이 놀이에서 오빠가 겉으로 지지하는 것과 반대의 행동을 은밀하게 할 때 격렬할 정도로 기뻤다. 왜냐하면 그가 하가우어를 모욕함으로써만 그녀가 돌아갈 가능성을 차단하는 목적을 이룰 수 있었기 때문이다. 하지만 지금 그런 비밀스런 기쁨의 자리엔 오직 깊은 상실감만 남았고 아가테는 침묵할 뿐이었다.

"우리가 간과해선 안 되는 것이 있어," 울리히가 말을 이었다. "말하자면 하가우어가 너를 얼마나 적절하게 오해하는 데 성공했는지를 보라고. 두고봐. 그는 탐정을 고용하지도 않고 사람들과 맺는 너의 관계의 약점을 파고드는 자기만의 방식으로 네가 아버지의 유언장을 가지고 한 일을 발견해내고 말 거야. 그러면 우리는 어떻게 방어해야 할까?"

그들이 함께 지낸 이후 처음으로 아가테가 하가우어에게 한 즐겁고도 유감스러운 장난이 남매 사이의 화제로 떠올랐다. 그녀는 격렬하게 어깨를 으쓱해 보였고 어딘지 모르게 움츠리는 자세를 취했다.

"물론 하가우어가 옳지." 울리히가 부드러우면서도 단호하게 그녀에게 견해를 말했다.

"그는 옳지 않아!" 그녀는 격정적으로 대답했다.

"부분적으로는 옳아!" 울리히가 끼어들었다. "이렇게 위험한 상황에서 우리는 인정할 건 확실하게 인정하면서 시작해야 해. 너의 행위 때문에 우리 둘은 감옥에 갈 수도 있어."

아가테는 놀란 눈으로 그를 바라봤다. 그녀 역시 알고 있었지만 그렇게 직설적인 언급은 처음이었다.

울리히는 상냥한 몸짓으로 대답했다. "하지만 그게 최악은 아냐."

그는 말을 이었다. "우리가 어떻게 네가 한 일과 행동 방식을 비난에서 모면하게 할지는…" 그는 만족할 만한 표현을 찾아보려 했으나 찾지 못했다. "그러니까 간단하게 말하자면 너의 행동은 어느 정도 하가우어가 말한 대로라는 거야. 그늘진 측면으로 기울어져 있어. 이미 손상된 것에서 비롯된 결함 같은 결손 증상이랄까? 하가우어는 세상의 목소리를 대변해. 비록 그의 입에서 그런 말이 나오는 게 우스꽝스럽지만 말이야."

"이제 담뱃갑*이 나오겠군." 아가테가 낮게 말했다.

"그래 그 말이 나올 차례지." 울리히가 단호하게 말했다.

"오래 참아왔던 말을 너한테 해야겠어."

아가테는 말을 막으려 했다. "모든 걸 없던 걸로 하는 게 좋지 않을까?" 그녀가 물었다. "내가 그에게 호의적으로 말하고 사과를 하는 게 어때?"

"그러기엔 이미 너무 늦었어. 그는 그걸 이용해서 널 돌아오게 할 거야." 울리히가 말했다.

아가테는 침묵했다.

울리히는 어떤 부유한 남자가 호텔에서 담뱃갑을 훔친 이야기를 시작했다. 그는 그런 식의 소유권 침해에는 오직 세 가지 이유가 있다는 이론을 펼쳤다. 궁핍이거나 직업, 이 둘이 아니라면 영혼이 손상되었기 때문이라는 것이다. "우리가 그것에 관해 이야기했을 때 넌 인간은 확신을 가지고도 그런 일을 할 수 있다고 반박했었지." 그가 덧붙였다.

"누구나 그냥 그런 일을 할 수 있다고 말했지!" 아가테가 끼어들었다.

---

* 3부 15장에 해명할 수 없는 범죄 행위에 대한 사례로 어떤 부자가 담뱃갑을 훔친다는 언급이 나온 바 있다.

"그래, 원칙을 가진다면."

"아니, 원칙이 아니야!"

"그게 그거야!" 울리히가 받아쳤다. "누군가 뭘 했다면 그 사람은 적어도 그 행동에 확신을 가져야만 해! 피할 순 없어! 아무도 '그냥' 하진 않아. 내적으로든 외적으로든 이유가 있는 법이라고. 그걸 구분하기가 쉽지 않지만 아무튼 우리가 지금 철학을 하자는 건 아니니까. 확실한 것은 누군가 아무 이유 없이 자기가 옳은 일을 한다고 느낀다면, 또는 어떤 근거도 없이 결정을 내린다면 그 사람은 아프거나 어딘가 결함이 있다고 의심받아 마땅하다는 거야."

확실히 울리히는 그의 생각과 흐름이 일치할 뿐 원래 의도보다 훨씬 멀리 나간 암울한 이야기를 꺼냈다.

"오빠가 하고 싶은 말은 그게 다야?" 아가테가 조용히 물었다.

"아니, 그게 다가 아니야." 울리히가 단호하게 대답했다. "이유가 없다면, 찾아야지!"

둘 중 누구도 이유를 찾아야 한다는 것을 의심하진 않았다. 하지만 울리히는 뭔가 다른 걸 원했고 잠시 침묵하더니 신중하게 말했다. "다른 세계와의 조화를 벗어나는 순간 너는 영원히 선과 악을 구별하지 못하게 될 거야. 네가 선하고자 한다면 세계가 선하다는 확신을 가져야만 해. 우리 둘 중 누구에게도 그런 확신이 없지. 우리는 도덕이 녹아버리거나 동요하는 시대에 살고 있어. 하지만 아직 오지 않은 세계를 위해 우리는 순수하게 남아 있어야 해!"

"오빠는 그런 순수가 미래의 세계가 도래하는 데 영향을 준다고 생각해?" 아가테가 반문했다.

"아니, 그렇게 생각하진 않아. 기껏해야, 그걸 이해하는 사람조차 올바르게 행동하지 않는다면, 그 세계는 확실히 오지 않고 몰락을 막을 수 없을 거라는 정도겠지!"

"그럼 오백 년 내에 변화가 있거나 아무 변화도 없다면 어떻게 할 거야?"

울리히는 머뭇거렸다. "나는 내 의무를 다할 뿐이야, 알지? 마치 군인 같은 거야."

아마도 아가테에겐 이 불행한 아침에 울리히가 말한 것과는 다른 부드러운 위로가 필요했던 것인지도 모른다. 그녀가 대답했다. "결국 오빠도 그 장군 친구와 다를 게 없네?"

울리히는 침묵했다.

아가테는 그만두려 하지 않았다. "오빠는 뭐가 의무인지도 확실히 모르고 있어." 그녀가 말을 이었다. "그게 오빠의 천성이니까, 그리고 즐거움을 주니까 하는 거야. 나도 똑같은 생각으로 한 거라고!"

그녀는 갑자기 통제력을 잃어버렸다. 강렬한 슬픔이 밀려왔다. 그녀는 한순간 눈물이 고였고 목으로 격렬한 흐느낌을 삼켰다. 그걸 숨기고 오빠에게 보이지 않으려고 그녀는 팔로 오빠의 목을 껴안고 얼굴을 그의 어깨에 묻었다. 울리히는 그녀가 울고 있으며 등이 떨리고 있음을 알아챘다. 부담스런 당혹감이 그를 덮쳤다. 그는 차가워진 자신을 느꼈다. 그를 감동시켜야 마땅할, 자신이 소유했다고 믿은 누이를 향한 부드럽고 행복한 감정들이 이제는 종적을 감췄다. 감정은 혼란에 빠졌고 작동하지 않았다. 그는 아가테를 쓰다듬으며 위로의 말을 속삭였지만 진심이 아니었다. 아무런 정신적 감흥이 없었기에 두 육체의 접촉 또한 마치 두 가닥의 지푸라기처럼 느껴졌다. 그는 아가테를 의자로 데려와 앉히고 자기도 몇걸음 떨어진 반대쪽에 앉음으로써 상황을 마무리했다. 그러고는 그녀의 항변에 대답을 내놓았다. "유언장과 관련된 일은 너에게 아무 기쁨도 주지 못했어. 앞으로도 마찬가지일 거야. 그게 무질서한 일이기 때문이지."

"질서라고?" 아가테는 눈물을 흘리며 소리쳤다. "의무?"

울리히가 그토록 냉정했기 때문에 그녀는 제정신이 아니었다. 하지만 이내 다시 웃었다. 혼자서 일을 끝내야 한다는 걸 깨달은 것이다. 그녀는 자신의 억지 웃음이 차가운 입술을 떠나 먼 곳에서 맴돌고 있음을 느꼈다. 반면 울리히는 이제 당혹스러움에서 벗어났고 육체적 동요가 없음에 오히려 기뻐했다. 그에게는 이런 것들 역시 그들 사이의 차이점에 틀림없다는 생각이 들었다. 그는 곧 깊은 고통에 빠져드는 아가테에게 말을 시작해야 했기 때문에 차이점에 대해 깊게 생각하지 못했다.

"내가 하는 말 때문에 상처받지 마," 그는 말했다. "또 그 이유로 날 비난하지 마! 질서나 의무 같은 말을 쓴 것은 옳지 않았다고 생각해. 설교처럼 들렸을 거야. 하지만 왜," 그는 다시 말을 바꿨다. "도대체 왜 설교는 경멸당하지? 그건 우리의 최고의 기쁨이 돼야 하잖아!"

아가테는 그 말에 답하고 싶은 마음이 전혀 없었다.

울리히는 질문을 내려놓았다.

"내가 정의로운 사람인 것처럼 꾸며낸다고 생각하지 마!" 그가 부탁했다. "내가 나쁜 짓을 하나도 안했다고 말하고 싶지 않아. 그저 몰래 하는 걸 싫어할 뿐이야. 나는 그냥 강도가 아니라 도덕의 약탈자를 사랑해. 난 너를 도덕의 약탈자로 만들고 싶었어," 그가 장난스럽게 말했다. "나약함으로 실수를 범해선 안 돼!"

"그런 명예는 나와는 상관이 없어!" 이제 그녀에게서 멀어진 미소

뒤에서 누이는 말했다.

"모든 젊은이들이 나쁜 일에 사로잡힌 지금 같은 시대가 있다는 건 정말 웃기는 일이야!" 그는 개인적인 차원의 대화에 거리를 두려고 일부러 웃으면서 말했다. "도덕적으로 섬뜩한 것에 끌리는 오늘날의 선호는 당연히 나약한 짓이야. 아마도 선한 것에 대한 부르주아적 싫증 같은 것이겠지. 그들은 단물을 다 빨아먹었거든. 나 자신도 원래 그렇게 생각하지만 지금 스물다섯에서 마흔다섯 사이의 사람들은 무조건 '아니야'라고 말해야 한다고 생각하지. 하지만 일종의 유행일 뿐이야. 곧 급격한 변화가 올 테고 젊은이들은 부도덕 대신에 다시 도덕을 단춧구멍에 붙이고 다닐 거야. 자기 생에서 어떤 도덕적 열광도 맛보지 못한 채 상황이 허락될 때만 흔해 빠진 도덕적 상투어를 늘어놓던 늙은 당나귀가 그때엔 갑자기 새로운 특성의 개척자이자 선구자가 될 거야!"

울리히는 일어서더니 여기저기를 불안하게 서성였다. "이렇게 말할 수 있겠지." 그가 제안했다. "선은 그 본성상 거의 상투어가 돼버렸고 악은 비판으로 남았다고 말이야! 부도덕은 도덕을 향한 강력한 비판이 됨으로써 신의 권리를 얻어낸 거야! 그건 삶이 다르게 펼쳐질 수 있음을 보여주지. 그건 거짓말을 응징해. 그것에 대해서 우리는 관대하게 감사를 표하지! 유언장 위조에 진심으로 열광하는 사람이 있다는 것은 재산의 신성함에 뭔가 오류가 있음을 증명하지. 비록 어떤 증명이 필요하지도 않겠지만 거기서부터 우리의 임무가 시작되는 거야. 이른바 유아살해나 그에 버금가는 끔찍한 범죄를 저지른 모든 범죄자의 행위를 우리는 그럴 수도 있다고 생각해야만 하니까 말이야…"

유언장을 언급함으로써 그녀를 우롱하긴 했지만 그는 누이와 시선을 마주치려고 헛되이 애를 썼다. 이제 그녀는 무의식적으로 방어 자세를 취했다. 그녀는 이론가가 아니었고 오직 자기 자신의 죄에 대해서만 해명할 수 있었다. 그의 비교 때문에 그녀는 새삼 모욕을 당한 기분이 들었다.

울리히는 웃었다. "우리가 그런 곡예를 부릴 수 있다는 건 장난처럼 보이지만 의미가 있지." 그가 확신하며 말했다. "우리가 우리 행동을 평가하는 데 뭔가 오류가 있음을 말해주거든. 그리고 실제로도 오류가 있고. 유언장을 위조하는 집단에서 너는 아마도 법적 규정의 신성함을 확실히 대변할 거야. 정의의 집단에서는 그런 신성함이 흐릿해지고 비정상이 되겠지. 하가우어가 무뢰한이 되면 너는 빛나는 정의가 될 거야. 그가 그렇게 단정한 사람인 게 유감일 따름이지! 한쪽이 올라가면 다른 쪽은 내려가게 마련이니까!"

그는 돌아오지 않을 대답을 기다렸다. 결국 그는 어깨를 으쓱하더니 다시 말을 이었다.

"우리는 네 행동을 위한 근거를 찾고 있어. 우린 존경할 만한 사람들이 비록 환상 속에서나마 범죄자들에게 호감을 보인다고 생각해. 거기에 덧붙이자면 범죄자들은 거의 예외없이 자신이 존경받을 만한 사람으로 여겨지길 바란다고 말하거든. 결국 우린 이런 개념에 도달할 수 있지. 범죄란 보통 사람들은 사소한 불규칙성 속에 흘려보낸 모든 것들을 범죄자들 자신이 내면에서 결합시켜 만들어낸 것이야. 말하자면 그것들은 환상 속에, 그리고 수많은 일상의 악과 야비함 속에 들어 있지. 이렇게도 말할 수 있어. 범죄는 공기 중에 있으면서 자신을 특정한 개인들에게 이끄는, 저항이 가장 작은 길을 찾는다고 말이야. 범죄란 도덕적으로 행동할 능력이 없는 개인들의 행동이며 본질적으로는 선과 악 사이의 구별에 있어서 인간의 보편적 부적응을 응축한 표현이라고도 말할 수 있을 거야. 그건 젊은 시절부터 동시대인들이라면 벗어날 수 없는 비판으로 우리를 가득 채웠던 것이지!"

"하지만 선과 악이란 뭐길래?" 아가테는 질문을 던졌고 울리히는 자신이 거침없이 던진 말이 그녀를 괴롭혔다는 사실을 여전히 깨닫지 못했다.

"거기까진 나도 모르겠어!" 그는 웃으며 대답했다. "이제야 처음으로 내가 악을 혐오한다는 걸 깨달았을 뿐이야. 바로 오늘까지도 그걸 얼마나 혐오하는지는 몰랐어. 아가테, 너는 그게 어떤 건지 모를 거야." 그는 생각에 잠겨 한탄했다. "말하자면 과학이 그렇지! 간단히 말해 수학자에게 5 더하기는 5 빼기보다 나쁠 게 없어. 연구자는 어떤 것에도 혐오를 가져서는 안 되고 상황에 따라서는 아름다운 여자보다 암세포에 더 기뻐하기도 하지. 지식인은 어떤 것도 진실이 아니며 완전한 진실은 모든 시간이 끝난 후에 나타난다는 걸 알아. 과학이란 비도덕적인 거야. 미지의 것을 향한 완전히 영광스러운 과학의 침입은 양심을 가지고 인간적으로 관여하는 우리의 습관을 빼앗아가지. 맞아, 그건 개인적 양심을 진지하게 받아들이는 기쁨을 한번도 허락하지 않아. 예술은 어떤가? 그거야말로 삶과 전혀 일치하지 않은 이미지들을 끊임없이 만들어내지 않나? 나는 위조된 이상주의라든가 누구나 코끝까지 옷으로 가리는 시대에 그려진 육감적인 누드를 말하는 게 아니야." 그는 다시 농담을 했다. "하지만 실제의 예술작품들을 떠올려보라고. 거기서는 칼을 돌에 갈 때 올라오는 타는 냄새 같은 게 나지 않아? 우주 같고 유성 같으며 천둥 같은 냄새지. 하늘에서 내려온 기분 나쁜 냄새랄까?"

이 부분에서 아가테는 유일하게 자발적으로 끼어들었다. "오빠도 전에 시를 썼다고 하지 않았나?" 그녀가 물었다.

"네가 그걸 기억한다고? 언제 내가 알려줬나?" 울리히가 물었다. "그래, 우리 모두 한때는 시를 쓰지. 심지어 난 수학자였을 때 시를 썼어." 그가 대답했다. "하지만 나이를 먹을수록 시는 형편없어지더군. 재능이 없어서라기보다는 무질서와 감정 과잉의 집시 같은 낭만주의가 점점 더 싫어져서…"

누이가 보일락 말락 고개를 저었는데 울리히는 그걸 알아챘다. "맞아!" 그가 주장했다. "시는 선한 행동이 그런 것처럼 그렇게 예외적인 현상은 아니야! 하지만 영혼이 고무된 순간 다음에 어떤 순간이 오느냐고 묻는다면? 네가 시를 사랑하는 걸 알아. 하지만 내가 말하고 싶은 건 시가 예술에서 풍기는 불 냄새를 날려버릴 정도는 아니라는 거야. 그런 불완전한 행위는 섣부른 비판에도 소진되고 마는 도덕과 비슷할 뿐이지." 그러고는 갑자기 원래의 주제로 돌아오더니 그는 누이를 향해 말했다. "지금 네가 나한테 기대하는 방식대로 하가우어 문제에 대응했다면 나는 회의적이고 태연하며 아이러니하게 행동했어야할 거야. 너 아니면 내가 가질지도 모르는 아주 고결한 아이는 아마도 진실하게 말하기를, 우리가 어떤 걱정도 없고 있어봤자 별 쓸데없는, 부르주아적이고 매우 안전한 시대에 살고 있다고 할 거야. 하지만 사실 너와 나는 나름 확신을 가지고 이미 많은 노력을 기울였고…!"

아마 울리히는 더 많은 이야기를 하고 싶었을 것이다. 사실 그는 누이를 위해 준비했던 말을 할까 말까 망설였는데 차라리 쏟아냈으면 더 좋았을 것이다. 왜냐하면 그녀는 갑자기 일어섰고 뭔가 어설픈 평계를 대며 나갈 준비를 했기 때문이다. "내가 도덕적으로 백치와 다름

없다는 게 결론인가?" 그녀는 억지로 농담을 지어내며 말했다. "오빠가 논쟁하며 말한 모든 걸 견디지 못하겠어!"

"우리 둘 다 도덕적인 백치야!" 울리히가 정중하게 다시 확인했다. "우리 둘 다!" 그리고 그는 언제 돌아올지 말도 하지 않고 떠나버리는 누이의 조급함 때문에 마음이 상했다.

## 31.
## 아가테는 자살을 하고 싶었고
## 한 남자를 알게 되었다

사실 아가테는 자제할 수 없이 흐르는 눈물을 오빠에게 보이지 않으려고 서둘러 자리를 떴다. 그녀는 모든 것을 잃어버린 사람처럼 슬펐다. 왜 슬픈지는 몰랐다. 울리히가 말하는 동안 슬퍼졌다. 왜 그랬는지는 그녀도 몰랐다. 그는 말이 아니라 다른 행동을 했어야 했다. 그게 어떤 행동인지는 몰랐다. 편지의 도착과 그녀의 분노 사이의 '어리석은 일치'를 대수롭지 않게 여기고 그가 언제나 그러하듯 말을 이어간 것은 옳은 일이었다. 하지만 아가테는 도망쳐야만 했다.

처음에 그녀는 그저 뛰기만 하면 될 것 같았다. 그녀는 집에서 일직선으로 곧장 뛰었다. 휘어진 길을 만났을 때도 한 방향을 유지했다. 그녀는 인간과 동물이 재앙을 피해 달아나듯이 도망쳤다. 왜냐고 묻지 않았다.

몸이 지쳐버렸을 때, 그녀는 자신의 의도를 명확히 깨달았다. 절대 돌아가지 않는 것!

그녀는 밤까지 걷고 싶었다. 발을 내디딜 때마다 집에서 멀어졌다. 밤의 경계선에 도달하면 어떤 결정을 내릴 거라고 그녀는 예감했다. 그 결정은 스스로 목숨을 끊는 것이었다. 엄밀히 말하자면 자살하겠다는 결정이 아니라 밤이 오면 어떠한 결정이든 내릴 거라는 기대였다. 절망적인 소용돌이와 충동이 그녀의 머릿속에 있는 기대의 배후에 자리잡았다. 그녀는 자살을 감행할 도구조차 챙겨오지 않았다. 독이 든 작은 캡슐은 서랍이나 여행가방 어딘가에 있을 것이다. 그녀의 죽음은 오직 더이상 돌아가지 않겠다는 열망이었다. 그녀는 삶에서 걸어 나가고 싶었다. 그 열망에서 걸음은 시작되었다. 그녀는 매 걸음마다 이미 삶에서 걸어 나갔던 것이다.

피곤해진 그녀는 야외에서 조용히 걷기 위해 숲과 풀밭을 찾아 나섰다. 그런 곳으로 가기 위해선 차를 타야 했다. 그녀는 전차에 올라탔다. 낯선 사람들 앞에서는 스스로를 자제하도록 교육받았던 터라 그녀가 차표를 끊고 도착지를 물을 때의 목소리에선 어떤 흥분도 알아챌 수 없었다. 그녀는 손가락 하나 꿈적이지 않고 등을 똑바로 펴고 조용히 앉았다. 그렇게 앉아 있는 동안 생각이 떠올랐다. 그녀가 미친 듯이 떠들 수 있었다면 기분이 더 나아졌을지도 모른다. 이런 생각은 마치 그녀가 헛되이 강제로 열어보려 애쓰는 거대한 꾸러미처럼 꽁꽁 묶여 있었다. 그녀는 울리히가 한 말이 거칠다고 생각했다. 그를 나쁘게 생각하고 싶지는 않았다. 그녀는 그런 권리를 포기했다. 그녀가 그에게 해준 것은 무엇인가? 그녀는 그의 시간을 빼앗으면서도 아무런 보상을 해주지 않았다. 그녀는 그의 일과 일상을 방해했다. 그의 일상을 떠올리면 고통이 엄습했다. 자신이 집에 머무는 한 어떤 여자도 그곳에 오지 못할 것 같았다. 아가테는 오빠에게 항상 여자가 있어야 한다고 확신했다. 그녀를 위해 그는 스스로를 억눌렀던 것이다. 또한 그녀는 아무것도 보상해줄 수 없었기에 이기적이고 나쁜 사람이 되었다. 순간 그녀는 돌아가서 부드럽게 오빠의 용서를 구하고 싶었다. 하지만 곧 오빠가 얼마나 차가웠는지를 기억해냈다. 분명히 그는 그녀를 받아들인 것을 후회했을 것이다. 그녀에게 지치기 전에 그가 한 말과 계획들을 떠올려보라! 이제 그는 더이상 그런 이야기를 하지 않았다. 남편의 편지에서 받은 엄청난 환멸이 다시금 아가테의 마음에 고통을 안겨주었다. 그녀는 질투를 느꼈다. 무감각하고 비열한 질투였다. 그녀는 오빠한테 자신을 맡기고 싶었고 스스로의 거부를 이겨내고 자신을 내던지는 사람의 열정적이면서도 무기력한 우정을 느꼈다. '난 오빠를 위해 훔칠 수도, 거리로 나설 수도 있어!' 그녀는 이런 생각이 우스꽝스럽지만 어쩔 수 없다는 걸 알았다. 농담을 섞어 너무도 뚜렷한 우월함으로 일관된 울리히의 대화는 이런 생각에 비웃음을 던지는 것 같았다. 그녀는 그의 우월함과 자신을 뛰어넘는 모든 지적 욕구를 추앙했다. 하지만 그녀는 왜 모든 생각은 항상 모든 사람들에게 똑같이 진실이어야만 하는지 알지 못했다. 스스로 수치스러워하면서도 그녀가 바란 것은 인간적인 위안이지 보편적인 훈계가 아니었다. 그녀는 용감하고 싶지 않았다! 그리고 잠시 후에 그녀는 자신의 행동을 자책했고 울리히의 무관심 외에 끌어낸 것이 없다는 생각 때문에 더 큰 고통을 느꼈다.

울리히의 행동은 물론이거니와 하가우어의 곤혹스러운 편지만으로는 그 이유가 충분히 설명되지 않는 이런 자기폄하는 감정의 폭발에 가까웠다. 그리 오래전도 아닌 유년 이후의 시절부터 사회적 요구와 직면해 아가테가 실패로 받아들인 모든 것은 내면 깊은 곳의 성향과 조화를 이루지 못하거나 심지어 그것에 반대되는 감정을 가지고 살아온 과정에서 영향을 받았다. 그녀의 성향이란 헌신과 신뢰로, 혼자서는 절대로 오빠처럼 편안하게 있을 수 없는 사람이었던 것이다. 그리고 만약 그녀가 지금껏 어떤 사람이나 사건에 영혼을 다해 자신을 내어줄 수 없었다면 세계를 향해서건 신을 향해서건 그녀에겐 팔을 내밀 수 있는 더 큰 헌신의 능력이 있었기 때문일 것이다. 실제로 이웃과 사이좋게 지내지 않음으로써 전체 인류에 헌신하는 잘 알려진 길이 있으며, 신을 향해 은밀하게 숨겨진 열망은 위대한 사랑을 지닌 채 은둔하는 인물에 의해 드러날 수도 있다. 그런 의미에서 독실한 범죄자는 남편을 찾지 못한 독실한 노파보다 더 지독하게 모순적이지 않다. 또한 완전히 이기적인 행동이라는 어리석은 모습을 갖춘, 하가우어에 대한 아가테의 행위는 그녀가 오빠 덕분에 깨닫게 되었지만 자신의 나약함 때문에 다시 잃어버릴 수밖에 없었다고 탄식한 그 강렬함만큼이나 참을 수 없었던 의지의 분출이었다.

그녀는 여유롭게 굴러가는 차 안에 더이상 있을 수가 없었다. 길 옆으로 지붕들이 점점 시골집처럼 낮아지자 그녀는 차에서 내려 나머지 길을 걸었다. 농가의 마당은 개방돼 있었고 출입구와 낮은 울타리 너머엔 수공업자들, 가축들, 뛰노는 아이들이 보였다. 공기는 평화로 가득 찼고 멀리 떠드는 목소리와 공구로 두들기는 소리가 들렸다. 이런 소리들은 나비 한 마리의 불규칙적이고 부드러운 움직임을 따라 밝은 공중으로 날아갔고 아가테는 그림자처럼 그들을 지나쳐 포도밭과 숲 쪽으로 솟아난 길로 미끄러지듯 나갔다. 하지만 통장이들이 일하는 마당에서 그녀는 멈췄고 거기서 망치들이 나무통을 때리는 소리를 들었다. 그녀는 늘 뭔가 만들어지는 걸 구경하기를 좋아했고 그

겸손하고 감각적이며 사려 깊은 수작업에서 기쁨을 느꼈다. 이번에도 나무망치의 두드림과 통을 둥글게 돌아가며 치는 사람들의 동작을 지루한 줄 모르고 바라보았다. 순간 그녀는 근심을 잊었으며 세계와의 편안하면서도 넋을 잃은 결합 속으로 빠져들었다. 그녀는 일반적인 필요에 따라 그렇게 다양하고 자연스럽게 뭔가를 만들어내는 사람들을 늘 숭배했다. 다만 정신적이고 실용적인 면에서 다양한 재능이 있었음에도 그녀는 그런 일을 직접 하고 싶지는 않았다. 삶은 그녀 없이도 완벽했다. 그러곤 갑자기, 그녀에게 그 이유가 확실해지기도 전에 어디선가 울리는 종소리를 들었고 다시 눈물이 나오는 걸 참지 못했다. 변두리 작은 교회는 아마도 내내 두 개의 종을 울려대고 있었을 테지만 아가테는 이제야 알아차렸고 그와 동시에 선하고 충만한 땅에서 쫓겨나 열정적으로 공중을 날아다니는 그 쓸모없는 종소리가 자신의 처지와 얼마나 닮았는지를 깨닫고는 압도당하고 말았다.

그녀는 이젠 귓가에서 떠나지 않는 종소리와 함께하면서 다시 서둘러 걸었고 재빨리 언덕 위의 마지막 집들 사이를 빠져나왔다. 그 언덕은 저 아래 포도밭에서부터 이어졌고 길을 따라 덤불이 늘어서 있었으며 위로는 숲이 밝고 푸르게 손짓하고 있었다. 그녀는 이제 어디로 가는지 알고 있었고 발걸음을 내디딜 때마다 자연으로 가라앉는 듯하여 기분이 좋았다. 종종 멈춰서 종소리가 여전히 들리긴 하지만 공중으로 높이 사라져 거의 들리지 않는 것을 확인했을 때 그녀의 심장은 감격과 힘든 육체 때문에 요동쳤다. 어떤 특별한 축제가 아닌 보통의 일상에서 자연스럽고 자족적인 생활과 공평하게 뒤섞인 이런 종소리를 들어본 적이 없는 것 같았다. 하지만 천 개의 소리를 내는 도시의 모든 언어 중에서 이것이 그녀에게 들린 마지막 소리였고 그 안의 무엇은 마치 그녀를 높이 들어올려 산으로 날려버릴 듯이 꽉 붙잡았다가 이내 다시 놓아주었으며 여느 시골의 찌륵찌륵대거나 윙윙거리며 촬촬거리는 소리와 다를 바 없는 작은 쳇소리가 되어 사라져버렸다. 그렇게 아가테는 한 시간여 산을 올랐고 마침내 기억 속에 간직된 작은 야생 덤불과 마주쳤다. 그곳은 숲 가장자리에 방치된 무덤으로 거기엔 거의 100년 전 자살해 그 유언에 따라 이곳에서 안식을 취하는 어느 시인이 묻혀 있었다. 언젠가 울리히는 그가 비록 유명하지만 좋은 시인은 아니었다고 말했고 '전망 좋은 곳에 묻히고 싶다'는 열망을 담은 다소 근시안적인 시에 날카로운 비평을 가했다. 하지만 아가테는 그들이 여기에 와서 비를 맞아 깨끗해진 비더마이어 Biedermeier 양식*의 글자를 함께 해독한 그날 이후부터 그 거대한 석판에 씌어진 글자를 좋아했다. 그녀는 삶으로부터 죽음의 사각형을 경계짓는, 거대하고 각진 결합부로 이뤄진 검은 사슬 위로 몸을 숙였다.

'나는 당신들에게 아무것도 아니었다.' 이것이 삶에 좌절한 시인이 묘비에 새겨넣은 말이었고 아가테는 똑같은 말이 자신에게도 해당될 거라고 생각했다. 푸른 포도원과 오전 햇살 속에서 천천히 연기를 흩뿌리는 낯설고 예감할 수 없는 도시 위쪽 숲속 돌출부 한켠에서 그런 생각을 하자 그녀의 마음은 새삼 움직였다. 그녀는 돌연 무릎을 꿇었고 사슬을 지탱하는 돌기둥에 이마를 댔다. 그 낯선 위치와 차가운 돌의 감각은 그녀가 고대하는 어딘가 뻣뻣하고 심약한 죽음의 평화를 그럴싸하게 보여주는 것 같았다. 그녀는 마음을 가라앉히려고 해봤지만 당장은 소용이 없었다. 새들의 지저귐이 귀를 파고들었다. 그렇게 다양한 새 소리가 있다니, 그녀는 놀랐다. 나뭇가지들이 흔들렸다.

---

* 1815~1848년 사이 새로운 도시 중산층의 감각에 호소한 예술 사조.

바람도 불지 않은 것 같았기 때문에 그녀는 나무가 스스로 가지를 흔든다고 생각했다. 갑작스런 정적 가운데 낮게 후두둑대는 소리가 들렸다. 그녀가 기댄 돌이 너무 미끄러워서 그 돌과 이마 사이에 서로의 접촉을 방해하는 얼음 조각이 들어 있는 것만 같았다. 얼마 되지 않아 그녀는 자신을 산란하게 하는 것이 자신이 붙잡으려 했던 것이라는 사실을 깨달았다. 그것은 스스로가 불필요하다는 근원적 감정, 아주 간단하게 몇마디로 하자면 자신이 없어도 삶은 너무나 완벽해서 아무것도 구하거나 행할 필요가 없다는 감정이었다. 이 끔찍한 감정은 본질적으로 절망이나 분노가 아니라 아가테에게 항상 익숙한 경청이자 주시였으며 거기엔 자신을 변호하려는 어떤 욕구나 가능성도 없었다. 그러한 배제의 상태는 거의 은둔 같았으며 모든 질문을 잊어버린 놀라운 상태였다. 그녀는 떠나버릴 수도 있었다. 어디로? 분명 어딘가 그런 곳이 있었다. 아가테는 모든 환상의 공허함을 확신함으로써 만족을 얻는 사람이 아니었다. 그런 확신은 실망스런 운명을 받아들이는 하나의 전투적이고 악의적인 금욕 같았다. 시험을 통과하지 못한 것들은 무엇이든 금지하기 위해 감정을 가능한 모든 검열에 종속시키는 울리히와는 다르게 그녀는 그런 문제에 관대했고 엄격하지 않았다. 그녀는 정말 어리석었다! 스스로를 향한 말이었다. 그녀는 숙고하려 하지 않았다! 그녀가 깊이 숙인 이마를 철 사슬에 도전적으로 갖다대자 다소 느슨해졌던 사슬은 다시 팽팽해졌다.

몇주 전부터 그녀는 신에 대해 생각하지 않은 채 다시 신을 믿기 시작했다. 세계를 겉으로 보이는 것과 다르게 인식하고 동시에 더이상 폐쇄적으로 살지 않고 빛나는 확신 속에서 살겠다는 마음의 상태가 울리히의 영향으로 그녀에게 내적인 변신이자 전체적인 변화를 가져왔던 것이다. 그녀는 자신의 세계를 마치 은신처처럼 열어 보이는 신에 대해 생각할 준비가 돼 있었다. 하지만 울리히는 그럴 필요가 없으며 그런 신앙은 체험할 수 있는 것 이상을 상상하는 해를 끼칠 뿐이라고 말했다. 그렇게 뭔가를 결정하는 것은 그의 일이었다. 하지만 그녀를 포기하지 않고 이끌어주는 것 또한 그의 일이었다. 그는 두 인생 사이의 문지방이었고 하나됨을 위한 그녀의 모든 열망과 다른 사람으로부터의 탈출은 우선 그에게로 향했다. 그녀는 우리가 삶을 사랑하듯 부끄럼 없이 그를 사랑했다. 그녀가 아침에 눈을 떴을 때 그는 그녀의 모든 신체 부분들을 깨웠다. 지금 그는 그녀의 어두운 고통의 거울 속에서 그녀를 보고 있었다. 그리고 아가테는 자신이 목숨을 버리고자 했던 결정을 다시 기억해냈다. 그녀가 죽을 의도를 가지고 집을 떠났을 때 그녀에겐 그를 대적하고 집을 벗어나 신에게로 도망친다는 기분이 들었다. 하지만 그런 의도는 시들어버렸고 그녀가 울리히에게 모욕을 당했다는 근원적 사실로 다시 가라앉았다. 그녀는 그에게 화가 났고 격한 기분은 여전했지만 새들은 노래했고 그녀는 다시 그 소리에 귀를 기울였다. 여전히 혼란스러웠지만 지금은 즐거운 혼란으로 다가왔다. 그녀는 자신뿐 아니라 울리히에게도 충격을 주는 뭔가를 하고 싶었다. 그녀가 자리에서 일어서 피를 돌게 하자 무릎을 꿇고 있을 때 생긴 무감각은 사라지고 사지에 따듯한 온기가 전해졌다.

그녀가 시선을 들었을 때 한 남자가 곁에 서 있었다. 그가 얼마나 오래 거기 있었는지 몰랐기에 그녀는 당황했다. 흥분으로 더 짙어진 그녀의 시선이 그의 시선과 만났을 때 그녀는 관심을 숨기지 않고 바라보면서 명백하게 따듯한 신뢰를 보내고 싶어하는 남자를 목격했다. 그 남자는 키가 크고 말랐으며 검은 옷을 입었고 턱과 뺨에는 금발의 짧은 수염이 나 있었다. 그 수염 아래로 도톰하고 부드러운 입술이 보였으며 그 입술은 금발 수염 여기저기 흩어진 회색 수염에 비하면 눈에 띄게 젊어 보여서 마치 입술은 빠트리고 수염만 나이를 먹은 것 같았다. 전체적으로 쉽게 파악하기 어려운 얼굴이었다. 첫번째 인상은 중학교 선생님을 떠올리게 했다. 그 얼굴의 엄숙함은 애초부터 딱딱한 나무로 조각된 것이 아니라 매일 작은 분노로 하루하루 딱딱해진 어딘지 좀더 부드러운 나무로 만들어진 것 같았다. 그러나 이 남성적인 수염이 그 소유자가 지시한 질서를 만족시키기 위해 부드럽게 심어졌다고 가정해보면, 원래 다소 여성적인 그의 얼굴 속에서 매일 끊임없는 의지가 부드러운 재료로 만들어내는 딱딱하고 금욕적인 세부를 이해할 수 있을 것이다.

아가테는 그의 얼굴을 어떻게 해석해야 할지 몰랐고 매력과 거부감 사이에서 머뭇거리며 그저 그 남자가 자신을 도와주고 싶어한다는 것만 알 수 있었다.

"삶은 의지를 무력화시키는 것만큼이나 강화시키는 기회도 제공합니다. 우리는 삶의 역경에서 도망치기보다는 그런 난관을 지배하려고 노력해야 하죠!" 낯선 남자는 더 잘 보기 위해 김이 서린 안경을 닦아내며 말했다. 아가테는 놀라면서 그를 바라보았다. 그는 상당히 오랫동안 그녀를 지켜본 것이 분명했는데 그의 말은 한참의 내적 독백에서 나온 듯했기 때문이다. 자신의 목소리에 놀란 그는 뒤늦게 꼭 갖춰야 할 예의를 차리느라 모자를 들어올렸다. 하지만 그는 재빨리 정신을 차리고 말을 이어갔다. "실례가 되지 않는다면 제 도움이 필요한지 여쭤봐도 될까요?" 그가 말했다. "제 생각에 우리는 종종 자신의 고통을 낯선 사람에게는 쉽게 털어놓는 것 같습니다. 제가 당신에게서 본 것 같은 아주 내밀한 충격까지도 말이죠."

낯선 남자가 아무 긴장 없이 말하는 것 같진 않았다. 분명 그는 선의의 의무감으로 가득 차 있었고 아름다운 여성의 일에 끼어들어 나란히 걷고 있는 지금 적당한 말을 찾아 애를 쓰고 있었다. 아가테가 곧장 일어서서 그와 함께 천천히 무덤이 있는 나무 숲을 벗어나 언덕 가장자리의 넓은 곳으로 걸었기 때문에 그들 중 누구도 골짜기 아래 쪽으로 갈지 그렇다면 어느 내리막길로 가야 할지 결정하지 못했다. 그 대신 그들은 언덕 위에서 상당한 거리를 걸으면서 이야기했고 다시 돌아왔으며 그러고는 한번 더 원래의 방향으로 걸어갔다. 누구도 상대방이 어느 쪽으로 가고자 했는지 몰랐으며 알려고 하지도 않았다.

"왜 눈물을 흘렸는지 말해주지 않으시겠습니까?" 낯선 사람이 어디가 아프냐고 묻는 의사처럼 부드러운 목소리로 물었다.

아가테가 고개를 저었다. "간단하게 설명할 수 있는 게 아니라서요." 그녀는 말했고 갑자기 그에게 부탁했다. "하지만 다른 질문이 있어요. 저를 알지도 못하는데 왜 도와줄 수 있다는 확신이 생겼는지 알고 싶어요. 저는 인간은 아무도 도울 수 없다고 믿는 편이거든요."

그녀의 동행인은 바로 대답하지 않았다. 그는 여러 번 말을 꺼내려고 했지만 다시 억지로 참는 것 같았다. 마침내 그가 입을 열었다. "아마 우리는 오직 자신과 같은 고통을 체험하는 상대만을 도울 수 있을 겁니다."

그는 침묵했다. 아가테는 남자가 알게 되면 분명 혐오를 느낄 자신의 고통을 그가 체험하겠다고 하니 웃음이 나왔다. 하지만 그녀의 동행인은 그녀의 웃음을 못 들었거나 아니면 불안에서 비롯된 무례한 반응으로 여겼다. 그는 생각하더니 조용히 말했다. "물론 우리가 누군가에게 고통을 어떻게 체험하는지 보여줄 수 있다고 상상해야 한다는 말은 아닙니다. 하지만 보십시오. 재앙 가운데의 불안은 전염이 되지만 반대로 빠져나오는 것도 전염성이 있습니다! 화재가 났을 때 빠져나오는 사람들을 보면 알 수 있지요. 모든 사람이 당황하면 오히려 화염 속으로 뛰어들지요. 단 한 사람이 밖에서 손짓하는 것만으로, 그저 출구가 저기 있다고 손짓하면서 이해할 수 없는 말로 소리치는 것만으로도 얼마나 큰 도움이 되나요…!"

아가테는 이 선한 남자가 마음속에 품은 끔찍한 상상에 웃음이 터져 나올 것 같았다. 하지만 그런 상상이 그와 잘 어울리지 않았기 때문에 그의 밀랍처럼 부드러운 얼굴을 섬뜩하게 만들었다.

"당신은 소방관처럼 말하는군요!" 그녀는 호기심을 숨기기 위해 일부러 귀부인의 천박한 조롱을 흉내내며 대답했다. "하지만 제가 어떤 재앙에 처해 있는지 당신도 분명히 생각해봤을 거 같은데요?" 그때 그녀의 의도와 상관없이 그런 조롱과 더불어 진지함이 드러났는데 그 남자가 그녀를 돕고 싶어한다는 단순한 생각이 자신 안에 그만큼이나 똑같이 솟아나는 단순한 감사를 불러오는 바람에 화가 났기 때문이었다. 낯선 남자는 놀란 채 그녀를 바라보았고 마음을 가라앉히고 나서 거의 책망하듯 말했다. "당신은 우리 인생이 단순하다는 것을 알기엔 아직 어린 것 같군요. 혼자 고민하면 엄청나게 복잡하지만 혼자 생각하기를 멈추고 어떻게 다른 사람을 도울 수 있을지 질문하는 순간 인생은 아주 단순해집니다!"

아가테는 말을 멈추고 생각에 잠겼다. 그녀의 침묵이건 그의 말이 날아간 솔깃한 저편이건 신경쓰지 않고 낯선 남자는 그녀를 외면한 채 말을 이어갔다. "개인적인 것을 과대평가하는 것은 현대의 미신입니다. 오늘날 인격을 계발한다거나 인생을 활짝 펼친다거나 삶을 긍정한다거나 하는 말들을 너무 많이 하지요. 하지만 이 모든 부정확하고 모호한 말들은 자신들의 반항이 품은 원래 의미를 은폐하기 위해 그저 안개를 덮어씌운다는 사실을 그 신봉자들로부터 가려버립니다. 그렇다면 무엇을 긍정해야 할까요? 뒤죽박죽 모든 것을? 발전은 항상 저항과 함께한다고 미국의 한 사상가는 말했습니다. 우리는 본성의 어느 한쪽을 억누르지 않고는 다른 쪽을 발전시킬 수 없어요. 그러면 인생을 활짝 펼친다는 건 무엇을 펼친다는 말일까요? 정신인가요, 본능인가요? 기분인가요, 개성인가요? 이기심인가요, 사랑인가요? 우리의 고귀한 본성을 펼치려면 겸손한 체념과 순종을 배워야만 합니다."

아가테는 자신을 걱정하는 것보다 다른 사람을 걱정하는 게 더 쉽다는 게 무슨 말인지를 생각했다. 그녀는 항상 자신을 생각하지만 자신을 염려하지는 않는 결코 이기적이지 않은 본성을 소유했으며 그건 늘 주변 사람들을 염려하는 자족적인 이타심이 아니었지만 항상 자신의 이득을 살피는 보통의 이기심과도 완전히 다른 것이었다. 그렇게 동행인이 한 말은 근본적으로 그녀의 본성에는 낯설었지만 어쨌든 그녀를 감동시켰고 그렇듯 힘차게 튀어나온 각각의 단어들은 그 의미가 마치 귀에 들리는 데서 그치지 않고 공중에서 보이는 것처럼 그녀의 눈앞에서 불안하게 요동쳤다. 그들이 비탈을 따라 내려갔을 때 아가테의 눈에는 깊게 굴곡진 골짜기의 장관이 펼쳐졌는데 그곳이 동행인에게는 목사의 설교단이나 교수의 강단처럼 다가왔다. 그녀는 멈춰 섰고 이제껏 손에 쥐고 아무렇게나 흔들던 모자로 낯선 사람의 말에 선을 그었다. "당신은," 그녀가 말했다. "나에 대해 제멋대로 상상을 하셨군요. 가만 듣고보니 그리 기분이 좋진 않네요!"

그녀에게 상처를 주고 싶었던 건 아니었기에 키 큰 신사는 놀랐고 아가테는 그를 다정하게 미소지으며 바라보았다.

"당신은 저를 자유로운 인격을 주장하는 사람으로 혼동하는 것 같군요. 게다가 뭔가 신경과민이고 불쾌한 인격을요!" 그녀가 주장했다.

"저는 단지 개인적 삶의 근본 조건에 대해 말했을 뿐입니다," 그는 사과하며 말했다. "또한 당신을 만났을 때 저는 뭔가 충고를 해줄 수 있겠다는 느낌을 받았어요. 오늘날 삶의 근본 조건은 여러모로 잘못 알려져 있지요. 현대의 과도한 신경증은 의지가 결여된 무기력한 내적 상태에서 비롯됩니다. 의지의 특별한 노력 없이는 누구도 유기체의 어두운 혼란에서 벗어날 통일성과 지속성을 얻지 못하기 때문이죠!"

통일성과 지속성이란 두 단어가 마치 아가테의 열망과 자책을 떠올리듯 다시 등장했다. "당신이 이해하는 바를 자세히 설명해주시겠어요?" 그녀가 부탁했다. "우리에게 목표가 있을 때만 의지가 생길 수 있는 건가요?"

"제가 이해하는 바는 중요하지 않습니다." 부드러우면서도 냉담한 목소리의 대답이 돌아왔다. "이미 인류의 위대한 문서들이 탁월한 명확함으로 우리가 해야 할 일과 하지 말아야 할 일을 말해주지 않았나요?"

아가테는 이 말에 당황했다.

"삶의 근본적인 이상을 세우기 위해서는," 동행인이 설명했다. "삶과 인간을 꿰뚫는 통찰이 있어야 하고 욕망과 이기심을 영웅적으로 억제하는 자제력이 있어야 합니다. 그건 수천년 동안 아주 소수의 개인들만 가진 능력이었죠. 그리고 이런 인류의 스승들은 언제나 같은 진리를 가르쳤습니다."

아가테는 자신의 젊은 육체와 피를 현자의 유골보다 낫다고 여기는 사람이면 누구나 그러하듯 본능적으로 저항했다.

"하지만 수천년 전에 등장한 인류의 계율을 오늘날의 관계에 적용할 수는 없어요!" 그녀가 소리쳤다.

"그런 계율들은 살아있는 체험과 자기인식에서 벗어난 회의주의자들의 주장처럼 그렇게 동떨어져 있지 않아요!" 그녀의 우연한 동행인은 씁쓸한 만족을 드러내며 말했다. "깊은 인생의 진리는 논쟁으로 전달될 수 없다고 플라톤이 이미 말했습니다. 인간은 그런 진리를 살아있는 의미와 자기 자신의 완성으로 지각하죠. 저를 믿으세요, 인류를 진실로 자유롭게 하는 것, 인류에게 자유를 빼앗는 것, 진실한 기쁨을 주고 그걸 파괴하는 것은 진보에 종속된 것이 아니에요. 그건 진짜로 살아있는 사람들이 귀를 기울이기만 하면 마음속에서 완벽하게 알게 되는 것입니다!"

'살아있는 의미'라는 말이 아가테의 마음에 들었지만 갑자기 뭔가 다른 것이 떠올랐다. "당신은 혹시 신을 믿나요?" 그녀가 물었다. 그녀는 호기심어린 눈으로 동행인을 바라보았다. 그는 대답하지 않았다.

"당신은 그러니까 성직자는 아니지요?" 그녀는 다시 물었고 턱수염을 보고 안심했다가 외모로 봤을 때 놀랍게도 그럴 수도 있다는 생각이 갑자기 들었다. 만약 이 낯선 남자가 '우리 고귀한 지배자, 거룩한 아우구스투스여!'라고 말했다고 해도 그녀가 그리 놀라지 않을 것을 생각해보면 이해가 될 것이다. 그녀는 종교가 정치에서 중요한 역할을 한다는 사실을 알았지만 우체국 직원이 반드시 우표수집가여야 한다는 요구가 지나친 것과 마찬가지로 기독교 정당이 믿는 사람들로 이뤄져야 한다는 가정을 공적 영역의 이념으로 심각하게 받아들이지 않는 태도에 익숙했다.

오랫동안 어딘가 머뭇거린 후에 낯선 남자가 대답했다. "저는 당신의 질문에 대답하지 않겠습니다. 당신은 모든 것에서 너무 멀리 나갔어요."

하지만 아가테는 활기찬 호기심에 사로잡혔다.

"당신이 누구인지 알고 싶어요!" 그녀는 듣기를 원했고 이건 남자가 완전히 거절할 수 없는 여성의 명백한 권한이었다. 뒤늦게 모자를 치켜올려 예의를 갖췄던 때처럼 그에게 어딘지 우스꽝스러운 불안함이 엿보였다. 그는 다시 모자를 형식적으로 들어올리기라도 할 것처럼 팔을 씰룩였고 이내 곧 사소한 장난을 치듯 포즈를 취하는 대신 한 생각의 군대가 다른 생각의 군대를 무찌르기라도 한 듯 뭔가 딱딱한 태도를 보였다.

"저는 린트너Lindner라고 하며 프란츠-페르디난트 고등학교의 교사입니다." 그는 대답했고 잠깐 고민하더니 덧붙였다. "대학의 강사이기도 하고요."

"그럼 우리 오빠를 알겠네요?" 아가테는 반갑게 물었고 울리히의 이름을 댔다.

"제 기억이 맞다면 그는 얼마 전 교육협회에서 수학과 인문학인가 뭐 그 비슷한 주제로 강연을 한 분이죠." 린트너는 덧붙였다.

"이름만 알아요. 맞네요, 그 강연에는 저도 참석을 했습니다." 이 대답에는 일종의 거부감이 엿보였지만 아가테는 다음 말 때문에 곧 잊어버렸다.

"당신의 부친은 저명한 법학자였죠?" 린트너가 물었다.

"네, 아버지는 최근 돌아가셨어요. 저는 지금 오빠 집에 머물고 있어요." 아가테가 서슴없이 말했다. "언제 한번 방문해주시지 않겠어요?"

"아쉽게도 저한테는 친교를 나눌 시간이 없습니다." 린트너가 불확실하게 시선을 떨구고 차갑게 대답했다.

"그럼 이 제안은 반대하지 말아주세요." 아가테는 그의 거절에 신경쓰지 않고 말을 이었다. "제가 언제 한번 찾아뵐게요. 저는 조언이 필요하거든요!" 그는 여전히 그녀를 '아가씨'라고 불렀기에 그녀는 말했다. "저는 결혼한 '부인'이에요." 그러고는 덧붙였다. "하가우어 부인이라고 합니다."

"그러니까 당신은," 린트너가 크게 말했다. "그 유명한 교육자인 하가우어 교사의 부인이군요?" 그는 흥분해서 유쾌하게 말을 꺼냈다가 끝으로 갈수록 머뭇거리는 톤으로 바뀌었다. 하가우어에겐 이중적인 면이 있기 때문이었다. 하가우어는 교육자 중에서도 진보적인 교육자였다. 린트너는 원래 그에게 적대적이었다. 그러나 방금 남자의 집에 방문하겠다는 불가능한 착상을 제안한 어떤 여성의 마음에 담긴 불투명한 안개 속에서 친숙한 적을 발견한다는 건 얼마나 신선한 일인가. 이런 두번째 감정을 벗어나 첫번째 감정으로 옮겨간 것이 그가 던진 질문의 톤에서 드러난 것이었다.

아가테는 남자의 기분을 알아챘다. 그녀는 자신과 남편이 처한 상황을 린트너에게 어떻게 말해야 할지 몰랐다. 그걸 말하면 그녀와 이 새로운 친구 사이의 모든 것은 즉각 끝나고 말 것이다. 그녀는 확실히 그런 인상을 받았다. 또한 그렇게 되면 매우 유감스러운 것이, 린트너에게는 그녀의 놀리는 취미를 충족시켜줄 많은 요소가 있을 뿐 아니라 신뢰할 만한 점도 있었기 때문이다. 그의 외모에서 비롯된 믿을 만한 인상 덕분에 절대 이기적인 사람이 아닌 것처럼 보였고 묘하게도 그 점이 그녀를 솔직하게 만들었다. 그는 모든 욕망을 가라앉혔으며 그래서 아가테의 솔직함은 아주 자연스럽게 터져나왔다.

"저는 이혼할 생각이에요!" 그녀는 마침내 고백했다.

침묵이 이어졌다. 린트너는 어쩐지 낙담한 것 같았다. 아가테는 그가 더욱 딱해 보였다. 마침내 린트너가 상처받은 듯한 미소를 지으며 말했다.

"당신을 만났을 때 어딘지 그럴 것 같다고 생각했어요!"

"그러니까 당신도 역시 이혼을 반대하는 사람이군요!" 아가테는 목소리를 높였고 분노를 마음껏 드러냈다. "뭐 당연히 그러시겠죠! 하지만 그게 얼마나 시대에 뒤떨어진 생각인지는 아시겠지요!"

"적어도 저는 당신처럼 그렇게 주저없이 생각할 수는 없습니다." 린트너는 신중하게 방어했고 안경을 벗어서 손에 쥐었다 다시 쓰고는 아가테를 바라보았다. "제가 보기에 당신에겐 의지가 별로 없어요." 그가 단언했다.

"의지라고요? 저한텐 이혼을 하려는 확고한 의지가 있어요!" 아가테는 소리쳤지만 합당한 대답이 아님을 깨달았다.

"오해하지 마세요." 린트너가 부드럽게 그녀를 저지했다. "물론 당신에게 적절한 이유가 있으리라고 짐작합니다. 하지만 다른 식으로 한번 생각해봅시다. 오늘날 널리 퍼진 자유도덕은 사실상 개인이 자신의 자아에 꽁꽁 묶여서 더 넓은 지평에서 살거나 행동할 수 없음을 보여주는 상징에 불과합니다. 그 경애하는 시인은," 그는 아까 시인의 무덤에서 아가테가 행한 뜨거운 성지 순례를 풍자할 의도로 질투를 곁들여 덧붙였는데 씁쓸한 뒷맛을 남길 뿐이었다. "젊은 부인들의 감각에 아첨하여 그들로부터 과대한 평가를 받았습니다. 그건 제가 결혼이 책임감있는 제도이자 열정에 대한 인간의 지배라고 당신께 말하는 것보다 훨씬 쉬운 일이에요! 그러나 인류가 불확실성에 맞서 올바른 자기인식으로 세운 외적인 보호수단을 제거하기 전에 사람들은 더 높은 전체에 맞서는 고립이나 불순종이 우리가 그렇게 두려워하는 육체의 환멸보다 훨씬 더 심각한 해를 끼칠 것임을 알아야 합니다!"

"그 말은 대천사를 위한 전투지침처럼 들리는군요." 아가테가 말했다. "하지만 저는 당신이 옳다고 보지 않아요. 당신과 좀더 걷고 싶네요. 왜 그렇게 생각하는지 나한테 말을 해주세요. 어느 쪽으로 가시죠?"

"전 집으로 가야 합니다." 린트너가 대답했다.

"제가 당신 집까지 함께 가면 부인이 싫어하실까요? 저 아래 시내에서 차를 잡을 수 있을 거예요. 저한텐 아직 시간이 있어요!"

"우리 아들이 학교에서 돌아올 겁니다." 린트너가 품위있게 거절하며 말했다. "우리는 정해진 시각에 식사를 하기 때문에 저는 집에 가야만 합니다. 제 아내는 몇년 전 갑자기 세상을 떠났습니다." 그는 아가테의 잘못된 추측을 바로잡아주었고 시계를 바라보더니 느닷없이 불안하게 말했다. "서둘러야 해요!"

"그럼 다음 기회에 꼭 말해주세요. 저한텐 중요한 일이니까요!" 아가테가 절박하게 청했다. "당신이 오고 싶지 않으면 내가 찾아갈 수 있어요."

린트너는 숨을 내쉬었지만 아무 말도 나오지 않았다. 마침내 그가 말했다. "하지만 당신은 부인이니 우리집을 방문할 순 없어요!"

"아니에요!" 아가테가 단언했다. "언젠가 제가 갈 테니 두고 보세요. 하지만 저도 언제인지는 몰라요. 곤란한 일은 없을 거예요!" 그렇게 그녀는 그와 작별하고 자신의 길로 나섰다.

"당신한테는 의지가 없어요!" 그녀가 낮은 목소리로 중얼거리며 린트너를 흉내내자 의지라는 말이 이내 신선하고 시원하게 입에서 맴돌았다. 자부심이나 강인함, 확신 같은 감정이 그 말 위에 겹쳐졌다. 심장에서 자부심에 찬 울림이 쿵쾅거렸다. 그 남자가 그녀를 기쁘게 한 것이다.


## 32.
## 그사이 장군은 울리히와 클라리세를
## 정신병원으로 데려간다


울리히가 혼자 집에 있는 동안 국방부 문화교육부의 부서장으로부터 30분 내로 개인적으로 할 이야기가 있으니 방문해도 되겠느냐는 문의전화가 왔고 25분 후에 장군의 업무용 마차가 문앞으로 거품을 물고 도착했다.

"아주 엉망진창이군!" 장군은 친구에게 소리쳤는데, 그 친구는 이번에는 정신의 빵을 가져오는 병사가 함께 오지 않았음을 알아차렸다. 장군은 제복 차림에다 훈장까지 달고 있었다. "자네가 아주 복잡한 일에 나를 끌어들였더군!" 그가 다시 말했다. "오늘 저녁 자네 사촌 집에서 큰 회합이 있지. 우리 장관께 그것에 관해 보고할 시간조차 없었네. 그런데 갑자기 소식이 오길, 적어도 한 시간 내로 우리가 정신병원에 가야 한다는 거야!"

"그런데 왜죠?" 울리히는 뭔가 떠오른 듯 물었다. "보통 그런 일은 미리 협의가 되지 않나요?"

"그렇게 많이 묻지 말게!" 장군이 간청했다. "그보다는 자네의 친구나 사촌한테 우리가 데리러 가겠다고 전화나 해보게!"

울리히는 클라리세가 생필품들을 사기 위해 들르는 소매상에 전화를 걸었고 그녀가 전화를 받으러 오는 동안 장군이 한탄하는 말을 들었다. 울리히의 부탁으로 성사된 클라리세의 모오스브루거 방문을 주선하기 위해 장군은 군병원의 병원장에게 문의했고 그는 또 모오스브루거가 최고 전문가들의 의견을 기다리고 있었던 대학병원의 병원장인 저명한 동료에게 의뢰를 해두었던 것이다. 하지만 이 두 신사들의 오해로 인해 클라리세의 방문 날짜와 시간이 곧장 정해졌고 방금 전에 병원 측은 극진하게 사과하며 슈툼 또한 그 저명한 정신과 의사의 방문자 명단에 실수로 포함되었으며 그의 방문을 기쁨으로 기다리겠다고 전해왔다는 것이다.

"메스껍군!" 장군이 말했다. 그건 독한 술 한잔이 필요할 때 그가 오래전부터 써온 표현이었다.

독주를 한잔 들이켜자 그의 긴장도 좀 풀렸다. "정신병원이 나와 무슨 상관인가? 자네 때문에 내가 가야 하다니!" 그가 한탄했다. "그 따분한 교수가 나한테 왜 왔느냐고 물으면 뭐라고 답해야 한단 말인가?" 그때 전화선 저편 끝에서 전장에서 승리에 환호하는 듯한 소리가 들렸다.

"정말 엉망이군!" 장군이 짜증을 내며 말했다. "하지만 난 오늘밤 회합에 대해 자네와 긴밀히 할말이 있어. 그리고 우리 국방부장관께도 그것에 대해 보고해야 하네. 그는 4시면 집무실에서 나가버리거든!" 그는 시계를 쳐다보았고 가망이 없음을 깨닫고는 의자에 꼼짝 않고 있었다.

"갈 준비가 됐습니다!" 울리히가 말했다.

"자네의 친애하는 동생은 가지 않나?" 슈툼이 놀라서 물었다.

"동생은 집에 없어요."

"아쉽군!" 장군이 유감을 표했다. "자네 누이동생은 내가 본 중 가장 경탄할 만한 여인이네!"

"그건 디오티마 아닌가요?" 울리히가 말했다.

"그래." 슈툼이 대답했다. "디오티마 역시 훌륭하지. 하지만 그녀가 성과학에 몰두한 이래 나는 어째 초등학생이 된 기분이야. 그녀를 우러러보는 일이 좋긴 하지. 항상 말하지만 전쟁은 단순하고 난폭한 수공업이야. 하지만 성적인 영역에서 이른바 장교가 초보자로 취급되는 것은 명예롭지 못한 일이지!"

그사이 그들은 마차에 올라탔고 빠른 속도로 출발했다.

"자네 여자 친구는 그래도 예쁘겠지?" 슈툼은 궁금한 듯 말했다.

"독특한 친구죠. 보면 아실 겁니다." 울리히가 대답했다.

"그러니까 오늘밤에는," 장군이 한숨을 내쉬었다. "뭔가가 시작될 거야. 난 사건이 벌어지길 기대한다네."

"그건 장군이 올 때마다 저한테 하는 말이에요." 울리히가 웃으면서 반박했다.

"그럴지도 모르지. 하지만 사실이야. 게다가 자네는 오늘밤 자네 사촌과 드랑잘 부인의 만남을 목격할 거야. 내가 자네한테 말했던 걸 잊지 않았겠지? 그러니까 드랑잘—자네 사촌과 나는 그녀를 이렇게 부른다네—은 모든 사람들에게 장광설을 늘어놓으며 자네 사촌을 오랫동안 성가시게 했지.* 오늘 두 사람의 결전이 있을 거야. 우리는 아른하임이 와서 의견을 표명해주기를 기대하고 있네."

"그래요?" 울리히는 오랫동안 보지 못했던 아른하임이 돌아왔는지도 모르고 있었다.

"물론이지. 며칠 동안 머물 거라네." 슈툼이 말했다.

"우린 사태를 파악하고 있어야… " 그는 갑자기 말을 멈추더니 아무도 예상치 못한 속도로 흔들리는 쿠션에서 마부석 쪽으로 튕겨나갔다. "멍청이 같으니," 그는 민간인 마부처럼 위장한 채 국방부의 말을 모는 병사의 귀에 대고 소리질렀다. 장군은 마차의 움직임에 따라 속절없이 흔들리면서 욕을 먹은 남자의 등에 매달렸다. "길을 돌아가고 있잖아!" 사복을 입은 병사는 등을 판자처럼 뻣뻣하게 펴고 장군이 떨어지지 않으려고 자신을 붙잡는 것을 무시한 채 고개를 정확히 90도 돌려 장군이나 말을 쳐다보지 않으면서 수직의 텅 빈 허공에 대고 가장 가까운 길은 도로작업 때문에 막혀 있지만 곧 다시 원래 길로 들어서겠다고 당당하게 보고했다. "그것 봐, 내 말이 맞았잖아!" 슈툼이 뒤로 물러서면서 쓸데없이 터져나온 자신의 성급함을 일부는 병사에게, 일부는 울리히에게 변명하며 말했다. "오늘 4시에 장관이 퇴근하기 전에 담당 상관에게 소식을 전해야만 하는데 저 녀석은 우회로로 가야 한다니… 장관은 오늘밤 개인적으로 투치에게 방문하겠다고 했다네!" 그는 울리히에게만 들리게 낮은 목소리로 덧붙였다.

---

* 드랑잘(Drangsal)에는 성가시게 한다(drangsalieren)는 뜻이 있다.

"그런 말은 없었잖아요!" 울리히는 그 소식에 놀라움을 표했다.

"뭔가 일어날 조짐이 있다고 이미 오래전부터 자네한테 말했잖아." 비로소 울리히는 무슨 조짐이 있는지 알고 싶었다. "장관이 원하는 게 뭐죠? 말해주세요." 그가 요청했다.

"그도 잘 몰라." 슈툼이 상냥하게 대답했다. "장관 각하는 지금이 적기라고 판단하시지. 나이든 라인스도르프도 지금이 적기라고 판단하고 있어. 참모총장도 마찬가지야. 많은 사람들이 그러고 있으면 그 안엔 뭔가 진실이 있다는 증거지."

"하지만 무엇을 위한 적기란 거죠?" 울리히가 파고들었다.

"우린 아직 알 필요가 없어," 장군이 훈계했다. "확실히 절대적인 조짐이야! 오늘 얼마나 많은 사람들이 올까?" 그는 멍하니 생각에 잠긴 듯 물었다.

"그걸 제가 어떻게 알겠어요?" 울리히가 놀라서 물었다.

"내가 말한 건," 슈툼이 해명했다. "정신병원에 몇명이 오느냐는 거야. 미안하네. 오해가 생기다니 우습지 않은가? 너무 많은 일들이 한꺼번에 몰려드는 날이 있지! 그래 몇명이나 될 거 같은가?"

"누가 올지 모르겠어요. 셋에서 여섯 명쯤 되겠죠."

"그러니까 내 말은," 장군이 진지하게 말했다. "세 사람이 넘어가면 차 한 대를 더 불러야 한다는 거야. 내가 제복을 입어서 그런 거 알지?"

"물론 알죠." 울리히가 그를 안심시켰다.

"정어리 통조림처럼 서로 붙어서 차를 타고 갈 순 없지."

"그렇죠. 하지만 절대적인 조짐이란 게 뭔가요?"

"하지만 거기서 차를 잡을 수 있을까?" 슈툼이 우려했다. "거긴 여우와 마주치는 데라니까!"

"가는 길에 한 대를 잡을 겁니다." 울리히가 확실하게 대답했다. "그러니 이제, 왜 지금이 뭔가 일어날 절대적인 조짐이 보이는 시기인 지 말해주세요!"

"할말이 없네." 슈툼이 대답했다. "내가 어떤 것에 대해 절대적이 라고 말하고 다른 가능성은 없다고 하면, 그걸 설명할 수 없다는 말이 랑 똑같은 거야! 그저 우리는 드랑잘이 일종의 평화주의자라는 걸 덧 붙일 수 있는데 아마 그녀의 후계자인 포이에르마울은 인류는 선하 다는 시를 쓰는 사람일 거야. 오늘날 많은 사람들이 그런 걸 신뢰하거 든."

울리히는 그 말을 믿지 못했다. "장군께선 얼마 전에 정반대의 말을 했어요. 행동하는 편에 있는 사람들은 강한 입장을 취하기를 바란다 고요!"

"그것도 맞지," 장군은 인정했다. "영향력있는 집단들은 드랑잘을 지지하고 있어. 그런 분야에 그녀는 뛰어난 이해력이 있거든. 사람들 은 애국운동에 인류애가 담긴 행동을 요청하고 있어."

"그런가요?" 울리히가 말했다.

"그래, 자네는 어떤 것에도 관심을 기울이지 않는군. 사람들은 걱정 하고 있어. 한 가지 기억을 떠올려보자면, 가령 1866년의 형제전쟁*은 프랑크푸르트 의회에서 모든 독일 민족이 형제임을 선언하면서 비롯 되었지. 물론 나는 국방부장관이나 참모총장이 이런 걱정을 한다고 조 금도 주장하고 싶지 않아. 그건 나만의 바보 같은 생각일 거야. 하지만 이런 일이 있으면 저런 일이 생기는 법. 그렇다는 거야! 무슨 말인지

---

* 프로이센-오스트리아 전쟁을 말함. 이 전쟁에서 프로이센이 승리함으로써 독일은 다민족 국가인 오스트리아를 배제하고 프로이센 중심의 소(小)독일주의로 통일을 이루었다.

알겠나?"

확실하진 않았지만 일리가 있는 말이었다. 장군은 매우 현명한 말을 덧붙였다.

"보라고, 자네는 항상 명징한 걸 원하잖아." 그는 동승자를 질책하듯 말했다. "그점에 대해서는 자네를 존경하네만 한번쯤은 역사적으로 생각해볼 필요도 있다네. 사건에 직접 참여한 사람들이 그것이 위대한 일이 되리라고 어떻게 미리 알 수 있겠나? 잘해야 위대한 일일 거라고 상상해보는 정도겠지! 역설적으로 말해보자면, 세계 역사란 그것이 일어나기 전에 씌어진다고 나는 주장하고 싶네. 늘 처음엔 일종의 허튼소리로 시작한다는 말이지. 결국 실행력 있는 사람들이 극히 어려운 과업에 마주하게 되는 것이네."

"맞습니다." 울리히가 인정했다. "하지만 이제 모든 걸 말해주세요!"

비록 순간 마음에 부담을 느낀 장군 스스로도 모든 걸 털어놓고 싶었지만 말굽이 부드러운 길에 올라서기 시작했을 때 갑자기 그는 또 다른 근심에 사로잡혔다.

"장관이 날 호출할 경우에 대비해 이렇게 크리스마스 트리처럼 차려입고 있네." 그는 소리치면서 자신의 밝은 청색 제복과 그 위에 매달린 훈장들을 가리켰다. "내가 이런 제복 차림으로 미친 사람들 앞에 나타나면 난처한 일이 벌어지지 않을까? 내 제복에 모욕을 주려는 사람이 있으면 어떻게 하지? 그렇다고 내 칼을 꺼낼 수도 없고 아무 말도 안하는 것 역시 위험하겠지?"

울리히는 제복 위에 의사 가운을 걸칠 수 있을 거라고 말하며 친구를 안심시켰다. 하지만 슈툼이 그 해결책에 충분히 만족을 표할 겨를

도 없이 두 사람은 지크문트를 대동하고 멋진 여름 원피스를 입은 채
초조하게 길을 걸어오는 클라리세와 마주쳤다. 그녀는 발터와 마인가
스트는 오지 않는다고 전했다. 두번째 마차가 잡히자 장군은 기뻐하
면서 클라리세에게 말했다. "경애하는 부인, 당신이 거리를 걸어 내려
올 때 천사처럼 보이더군요!"

하지만 병원 입구에 도착해 차에서 내릴 때 슈툼 폰 보르트베어 장
군은 홍조를 띤 채 어딘가 당황한 듯 보였다.


## 33.
## 광인들이 클라리세를 환영하다


클라리세는 손가락 사이에서 장갑을 비틀면서 창문을 바라보았고
울리히가 차비를 지불하는 동안 한순간도 가만히 있지 못했다. 슈툼
폰 보르트베어는 울리히의 행동을 막았고 마부석에 앉아 기다리던
마부는 두 신사가 서로를 말리는 동안 우쭐한 듯 미소를 짓고 있었다.
지크문트는 평소처럼 손가락 끝으로 외투에 묻은 먼지를 털어내거나
아니면 허공을 바라보았다. 장군이 낮은 목소리로 울리히에게 말했
다. "자네 친구는 아주 특이한 부인이더군. 그녀는 오는 내내 의지가
무엇인지에 대해 나한테 설명했다네. 하나도 알아듣지 못하겠더군!"

"원래 그래요." 울리히가 말했다.

"예쁜 여성이야." 장군이 속삭였다. "열네살짜리 발레리나 같더군.
그런데 왜 그녀는 우리가 '광기'에 빠지기 위해 여기에 왔다고 말하
는 거지? 세계는 지나치게 '광기를 잃어버렸다'고 말하던데? 그게 무

슨 말인지 아나? 심히 곤혹스럽더군. 나는 단 한마디도 대답할 수가 없었거든."

장군은 이런 질문을 하고 싶어서 일부러 마차의 출발을 지연시켰는데 대답을 하기도 전에 병원장 대신 손님들을 맞으러 온 사절 덕분에 울리히는 답변할 의무에서 벗어날 수 있었다. 사절은 병원장이 긴급한 일 때문에 바로 나오지 못하는 점에 양해를 구하면서 그들을 대기실로 안내했다. 클라리세는 계단이나 복도 하나하나를 빠짐없이 관찰했고 초록색 우단으로 덮인 의자 때문에 구식 기차역의 1등급 대기실을 떠올리게 하는 접견실에서도 가장 천천히 주위를 둘러보았다. 사절이 나가자 네 사람만 남았으며 모오스브루거와 얼굴을 마주할 생각을 하니 등골이 오싹하지 않느냐고 울리히가 클라리세에게 놀리듯 물어보기 전까지는 서로 아무 말도 없었다.

"아!" 클라리세는 경멸하듯 말했다. "모오스브루거는 여자를 그저 모조품으로만 알았어. 그래서 그런 일이 벌어진 거라고!"

장군은 뒤늦게 떠오른 생각으로 체면을 회복하려고 했다. "의지란 요즘 아주 현대적이죠." 그가 말했다. "애국운동 내에서도 이 문제에 큰 관심을 기울이고 있습니다."

클라리세는 그를 향해 미소지었고 긴장을 풀어보려고 팔을 뻗었다. "이렇게 기다리다보면 마치 망원경으로 볼 때처럼 다가오는 사람의 팔다리를 먼저 느끼게 돼요."

슈툼 폰 보르트베어는 다시 뒤처지지 않기 위해 생각을 모았다. "맞아요!" 그가 말했다. "그건 아마 현대의 육체단련 문화와 연관돼 있을 거예요. 우리는 그 문제도 다루고 있습니다!"

그러더니 조수와 실습생들 무리와 함께 병원장이 들어와서는 아주 상냥한 목소리로—특히 슈툼에게—긴급한 일에 대해 설명하고 그 일 때문에 원래 의도대로 직접 손님들을 안내하지 못하게 되었다고 말했다. 그는 안내를 대신해줄 사람으로 프리덴탈 박사를 소개했다. 프리덴탈 박사는 키가 크고 말랐으며 정수리의 머리카락을 부풀린 어딘가 여자 같은 체형의 남자였는데 자신을 소개하면서 웃을 때의 모습은 마치 죽음에 도전하는 묘기를 준비하러 사다리를 올라가는 곡예사처럼 보였다. 병원장이 지시하자 의료 가운이 지급되었다.

"환자들이 동요하지 않게 하기 위해서입니다." 프리덴탈 박사가 설명했다.

가운을 입은 클라리세는 어떤 기이한 힘이 밀려듦을 느꼈다. 그녀는 작은 의사처럼 서 있었고 자기 자신이 남자처럼, 그리고 하얗게 된 것처럼 느껴졌다.

장군은 거울을 찾았다. 그의 특이한 키와 품의 비율에 맞는 가운을 구하기는 어려운 일이었다. 마침내 하나 찾았을 때 그의 몸은 가운 속에 푹 싸여서 마치 아이가 긴 잠옷을 입은 것 같았다. "제 박차를 벗어야 하지 않을까요?" 그가 프리덴탈 박사에게 물었다.

"군의관들도 박차를 차요!" 울리히가 반박했다. 슈툼은 다시 한번 무기력하게 뒷모습을 보기 위해 애를 썼고 의료용 가운이 주름이 심하게 잡힌 채 자신의 박차를 가리고 있는 걸 보았다. 이제 그들은 움직일 준비가 되었다. 프리덴탈 박사는 무엇을 보든 당황하지 말라고 당부했다.

"지금까지는 모든 게 그런 대로 괜찮았어!" 슈툼이 친구에게 속삭였다. "하지만 전혀 내 관심사는 아니거든. 자네와 오늘밤 모임에 대해 이야기하는 데 시간을 다 쓰면 좋겠네만. 이보게 자네는 모든 걸 솔직히 말해주었으면 하지 않았나. 그건 아주 간단해. 말하자면 전세계는 무장하고 있다는 것이지. 러시아는 최신식 야전 포병대를 갖추고 있지. 들어본 적 있나? 프랑스는 2년의 의무복무 기간을 강력한 육군을 육성하는 데 쓰고 있어. 이탈리아는…"

그들은 올라왔던 때와 똑같은 구식의 호사스런 계단을 따라 내려가 몇차례 방향을 꺾은 후 작은 방들과 수직으로 꺾인 길들이 어지럽게 이어지고 천장에는 희게 칠해진 들보가 튀어나온 장소에 도착했다. 그들이 지나친 대부분의 방은 다용도실과 사무실이었는데 구식 건물의 심한 공간부족 때문에 비좁고 침울했다. 일부는 환자복을, 일부는 사복을 입은 으스스한 사람들로 북적북적했다. 어떤 문에는 '접수' 다른 문에는 '남자' 같은 푯말이 세워져 있었다. 장군의 말수가 줄어들었다. 그는 한순간 어떤 일이 벌어질 것이고 그 사건의 비길 데 없는 특성 때문에 강력한 정신집중이 필요하리라는 예감에 사로잡혔다. 그는 거부할 수 없는 이유로 자신이 홀로 고립되고 어떤 전문가도 없이 모든 사람이 정신병으로 충돌하는 곳에 혼자 남겨진다면 어떻게 행동해야 할지를 자문해볼 수밖에 없었다. 반면 클라리세는 항상 프리덴탈 박사보다 반 보 앞서서 걸었다. 환자들을 놀라게 하지 않으려면 흰 가운을 입어야 한다는 말은 마치 감정의 물결 속에서 구명조끼를 걸친 것처럼 그녀를 들뜨게 했다. 그녀는 애호하는 사유를 펼쳐보았다. 니체. "강한 것에 회의주의가 있을까? 강하고 끔찍하고 사악하고 문제적인 것을 위한 지적인 편애? 가치있는 적으로서의 공포에 대한 열망? 광기는 아마도 반드시 타락의 징후는 아닐 것이다?" 그녀는 그 말을 단어 하나하나 곱씹어보진 않았지만 인상적으로 기억하고 있었다. 그녀의 사유는 그것을 작은 꾸러미로 압축시켰고 마치 강도가 침입도구를 넣어두듯이 작은 공간에 훌륭하게 집어넣었다. 그녀에게 이 길은 반은 철학이었고 반은 불륜이었다.

프리덴탈 박사는 어느 철문 앞에 서더니 바지 주머니에서 열쇠를 꺼냈다. 그가 철문을 열자 건물의 보호구역에서 벗어났고 눈부신 빛이 순례자들에게 쏟아졌다. 그와 동시에 클라리세는 전에 한번도 들어본 적 없는, 공포스럽게 찢어지는 듯한 소리를 들었다. 씩씩했던 그녀도 놀라서 움찔하고 말았다.

"말울음 소리예요!" 프리덴탈 박사가 웃으며 말했다.

실제로 그들은 병원의 행정동을 따라 뒤쪽 관리동으로 이어지는 짧은 구간에 서 있었다. 오래된 바큇자국과 아늑하게 잡초가 자라난 여느 거리와 다를 바 없는 공간에 햇볕이 따듯하게 내리비치고 있었다. 프리덴탈을 제외한 모든 사람들은 지금껏 길고 아슬아슬한 길을 건너오다가 갑자기 일상적이고 편안한 길을 마주해서 적지 않게 놀랐고 심지어 어처구니없고 혼란스런 느낌마저 들었다. 갑자기 마주친 자유는 굉장히 평안했지만 어딘가 낯설어 보였고 그래서 다시금 익숙해져야만 했다. 모든 충돌에 더 큰 영향을 받는 클라리세는 커다란 낄낄거림으로 긴장을 해소했다.

여전히 웃으면서 프리덴탈 박사는 길을 앞서 나갔고 반대편 담장에 이르러 공원으로 들어가는 작고 육중한 쇠문을 열었다. "여기가 시작입니다!" 그는 부드럽게 말했다.

이제 비로소 그들은 비교할 수 없고 이해할 수 없는 전율뿐 아니라 전에는 상상할 수도 없었던 뭔가를 체험하리라는 예감으로 클라리세가 몇주 동안이나 불가해하게 사로잡혔던 그 세계에 마주한 것이다. 처음 여기 들어선 사람들은 한쪽으로 완만하게 솟아나 그 꼭대기의 큰 나무들 사이로 희고 작은 빌라 같은 건물들이 자리한 거대한 구식 공원과 그 풍경 사이의 차이를 전혀 구별할 수 없었다. 그 뒤로 떠오른 하늘은 아름다운 풍경을 선사했고 그 전망 좋은 곳에서 클라리세는 마치 천사들처럼 보이는 환자들이 간병인들과 무리지어 서거나 앉아 있는 것을 보았다. 슈툼 장군은 그 순간을 울리히와 다시 대화를 나눌 기회로 생각했다.

"이제 오늘밤 모임에 대해 좀더 대비해보자고." 그가 말했다. "자네도 알다시피 이탈리아, 러시아, 프랑스, 거기다 영국까지 무장을 하고 있네. 그리고 우리는…."

"당신들도 대포를 원하잖아요. 저도 알고 있습니다." 울리히가 끼어들었다.

"물론이지!" 장군이 말을 이었다. "나한테 말할 기회를 주게. 아니면 곧 정신병자들과 있어야 하니 조용히 말을 나눌 수 없을 거야. 내가 말하고 싶은 건 우리가 모든 대립의 한가운데 군사적으로 아주 위험한 위치에 있다는 거야. 그리고 이런 상황에서 사람들은—애국운동을 말하는 것이네—우리에게 막연히 인간적인 선을 요구할 뿐이거든!"

"당신들은 거기에 반대하죠! 그건 알고 있었어요."

"하지만 정반대라네!" 슈툼이 단언했다. "우리는 반대하지 않아! 우린 평화주의를 아주 진지하게 받아들인다네. 우린 그저 대포 예산안이 통과되길 원할 뿐이야. 그리고 우리가 그걸 이른바 평화주의와 손잡고 할 수 있다면, 우리가 세계 평화를 위협한다고 섣부르게 주장하는 제국주의적 오해를 막아내는 가장 좋은 방법이 될 거야. 우리가 실은 드랑잘과 어느 정도 동맹을 맺었다는 걸 자네한테 고백하겠네.

하지만 다른 한편으로 우리는 조심스럽게 접근해야 하네. 그러니까 그녀의 반대파, 즉 지금 우리 운동에도 포함돼 있는 민족주의적 경향은 평화주의에 반대하면서 군사적인 증강을 옹호하기 때문이지!"

그들이 거의 꼭대기에 이른 데다 프리덴탈 박사가 자신의 무리를 기다리고 있었기 때문에 장군은 끝을 맺지 못했고 쓰디쓴 표정을 지으며 말을 삼켜야만 했다. 천사들의 구역에는 낮게 울타리가 쳐져 있었고 인도자는 크게 신경쓰지 않으면서 이제 겨우 시작이라는 듯 그걸 뛰어넘었다. "평화로운 구역이죠" 그 의사는 설명했다.

거기엔 여자들만 있었다. 그들은 머리를 어깨까지 늘어뜨렸고 푸둥푸둥 살이 찌고 기형이며 유약해 보이는 얼굴 때문에 혐오감을 주었다. 그중 한 여자가 의사에게 곧장 달려오더니 편지 하나를 억지로 쥐여주었다. "항상 똑같은 내용이에요." 프리덴탈이 설명하고는 읽어주었다. "나의 연인 아돌프! 넌 어제 오니? 나를 잊어버린 거니?" 예순 살쯤 먹은 여인이 무감한 표정으로 곁에 서서 듣고 있었다. "너도 답장을 해야지?" 그녀가 요청했다. "물론이죠!" 프리덴탈 박사가 그녀 앞에서 편지를 찢으면서 약속했고 간호사에게 미소를 지었다. 클라리세가 곧장 말했다. "그런 짓을 하다니요!" 그녀가 말했다. "환자를 진지하게 대하셔야지요!"

"이리 오세요!" 프리덴탈이 대답했다. "여기서 시간을 낭비할 필요는 없습니다. 당신이 원하신다면 그런 편지는 수백 장 보여드릴 수 있어요. 제가 편지를 찢을 때 그 나이든 여인한테 아무 반응이 없었던 걸 보셨을 겁니다."

프리덴탈의 말이 맞았기 때문에 클라리세는 당혹스러웠고 머릿속이 혼란스러워졌다. 또한 그녀가 이 문제를 해결하기도 전에 그들을 기다리던 또다른 늙은 여자가 치마를 치켜올리더니 지나가던 남자들에게 천박한 스타킹 속 늙은 여인의 흉측한 넓적다리와 배를 보여주는 바람에 다시 혼돈에 빠졌다.

"저런 늙은 돼지!" 슈툼 폰 보르트베어가 낮은 목소리로 말했고 화가 치밀고 혐오감이 이는 바람에 정치에 관해서는 잠시 잊어버렸다.

하지만 클라리세는 그녀의 넓적다리와 얼굴이 비슷하다는 걸 발견했다. 그 넓적다리는 아마도 얼굴과 마찬가지로 살찐 육체의 타락을 보여주는 성흔<sup>聖痕</sup>이었으며 처음으로 클라리세에게 낯선 일치의 인상, 그리고 우리가 일상적인 개념으로 파악할 수 없는 다른 세계가 있다는 인상을 던져주었다. 또한 그 순간 그녀는 하얀 천사가 환자들로 변신하는 것을 알아채지 못했고, 그들 가운데를 걸어오면서도 누가 환자들이며 간호사들인지 구별하지 못했다는 사실을 깨달았다. 그녀는 몸을 돌려 뒤를 돌아봤지만 굽은 길을 돌아오는 바람에 이제 아무것도 보이지 않았고 마치 고개를 돌리고 걷는 아이처럼 동행인들 뒤에서 비틀거리며 걸었다. 그때부터 그녀의 인상은 더이상 누구나 받아들이는 사건의 투명한 흐름으로 그려지지 않았고 이따금 그 속에서 매끄러운 표면이 떠올라 기억 속에서 머무는, 거품이 이는 소용돌이로 표현되었다.

"이번에도 '조용한 구역'입니다. 여기엔 남자들만 있지요." 무리를 병동 문앞에 모으면서 프리덴탈 박사가 설명했다. 그들이 첫번째 침대에서 멈췄을 때 그는 신중하게 목소리를 낮춰서 방문자들에게 '우울성 마비 치매'라고 알려주었다.

"오래된 매독 환자야. 죄와 허무의 망상에 사로잡힌 사람들이지." 지크문트가 누이를 위해 그 단어를 설명해주었다. 클라리세는 외모로

466

봤을 때 높은 사회적 신분에 속했을 한 나이든 신사를 발견했다. 그는 침대에 똑바로 기대앉았고 50대 후반쯤 돼 보였으며 피부는 아주 희었다. 그의 잘 관리된 지적인 용모는 희고 풍성한 머리카락에 둘러싸여 있었고 싸구려 소설에서나 나올 법한, 비현실적으로 귀족적인 면모가 있었다.

"누가 저분을 그림으로 그려줄 수 없을까요?" 슈툼 폰 보르트베어가 물었다. "살아있는 지적 아름다움의 표본 아닌가. 그 그림을 자네 사촌에게 선물하고 싶군!" 그가 울리히에게 말했다. 프리덴탈 박사는 씁쓸한 미소를 짓더니 설명했다. "저 기품있는 표정은 얼굴 근육의 긴장이 이완되면서 나타난 겁니다." 그는 빠른 손동작으로 방문객들에게 환자의 경직된 눈동자를 보여주고는 그들을 다른 곳으로 이끌었다. 모든 걸 보여주기에는 시간이 부족했기 때문이다. 그의 침대 곁에서 들리는 모든 말에 우울하게 고개를 끄덕이던 그 노신사는 다섯 사람이 침대들을 건너 프리덴탈 박사가 선정한 또다른 사례를 보기 위해 멈춰 섰을 때에도 여전히 낮고 슬픔에 잠긴 목소리로 뭔가를 중얼거리고 있었다.

이번에는 자칭 예술가라고 하는 유쾌하고 뚱뚱한 화가로, 그의 침대는 밝은 창문 옆에 있었다. 그의 담요 위에는 종이와 수많은 연필들이 놓여 있었고 그는 하루종일 그것들을 가지고 작업을 했다. 클라리세에게 곧장 목격된 것은 그의 유쾌하고 쉴 새 없는 손동작이었다. '발터가 저렇게 그려야 하는데!' 그녀는 생각했다. 그녀의 관심을 알아차린 프리덴탈은 재빨리 뚱보에게서 그림 한 장을 낚아채 클라리세에게 건넸다. 화가는 누군가에게 방금 꼬집힌 계집아이처럼 행동하며 낄낄거렸다. 그러나 클라리세는 정확하면서도 완성된 필치로 그려진, 매우 감각적이고 평범한 전개 속에서도 거대한 구성을 담은 스케치를 보고 깜짝 놀랐다. 그 안에 여러 개성들은 조화롭게 펼쳐져 있었고 실내의 모든 것이 정확하게 묘사돼 있어서 전체적으로 아주 효과적이면서도 전문가의 솜씨가 느껴질 정도라 국립예술학교 출신의 작품으로 보아도 손색이 없었다. "얼마나 놀라운 솜씨인가요!" 그녀는 자기도 모르게 소리쳤다.

프리덴탈 박사는 흡족해하며 미소지었다.

"거 봐!" 화가가 박사를 향해 소리질렀다. "그 신사분이 좋아하시잖아! 그분한테 더 보여드려! 놀라운 솜씨라고 그러시잖아! 그 신사한테 보여드리라구! 당신은 날 비웃기만 하지만 그분은 좋아하시잖아!" 그는 다른 그림들을 가져와서는 자신의 예술을 인정하지 않지만 그럭저럭 잘 지내는 의사에게 기뻐하면서 말을 늘어놓았다.

"오늘은 자네하고 이야기할 시간이 없네." 프리덴탈이 대답했고 클라리세를 향해 증상을 설명해주었다. "그는 정신분열증은 아닙니다. 유감스럽게도 지금은 정신분열증 환자가 없네요. 정신분열증은 종종 빼어난 현대적 예술가들에게서 나타나지요."

"저 사람 또한 미친 건가요?" 클라리세가 의심스럽다는 듯 물었다.

"그렇지요!" 프리덴탈이 씁쓸하게 대답했다.

클라리세는 입술을 깨물었다.

그사이 슈툼과 울리히는 벌써 다른 병실의 입구까지 와 있었다. 장군이 말했다. "이걸 보니 전에 내 병사에게 멍청이라고 욕했던 게 정말 후회되는군. 다시는 그런 말을 하지 말아야겠어!" 그 병실에는 심한 정신박약 환자들이 여럿 보였다.

클라리세는 그들을 아직 보지 못한 채 생각에 잠겼다. '비록 부정당하고 불우하긴 하지만 그처럼 존경받고 인정받는 아카데믹한 예술에 필적할 정도로 유사한 누이가 정신병원에 있다니!' 이런 생각이 다음 번에는 표현주의 예술가를 보여줄 수 있다는 프리덴탈의 말보다 그녀에게 더 깊은 인상을 남겼다. 그녀는 이런 문제로 되돌아가기로 마음먹었다. 그녀는 고개를 숙이고 여전히 입술을 깨물고 있었다. 뭔가 잘못되었다. 그렇게 재능있는 사람들을 가둬두는 것은 명백한 잘못이었다. 의사들이 정신병에 관해서는 잘 알지 몰라도 예술을 종합적으로 파악하기는 어려울 것이다. 그녀는 행동이 필요하다고 느꼈다. 그게 뭔지는 분명하지 않았다. 하지만 그녀는 확신을 잃지 않았는데 방금 그 뚱뚱한 화가가 자신을 '그 신사분'이라고 불렀기 때문이었다. 그녀에게 그건 하나의 좋은 징조로 다가왔다.

프리덴탈은 호기심을 갖고 그녀를 관찰했다. 그의 시선을 느꼈을 때 그녀는 엷은 미소를 띠고 그에게 다가갔으나 뭔가 말을 하기도 전에 끔찍한 장면이 모든 생각을 정지시켜버렸다. 이 새로운 방에는 무서운 유령들이 줄을 지어 침대에 눕거나 앉아 있었다. 모든 육체들은 뒤틀리고 더럽고 기형 아니면 불구였다. 썩은 이빨에 기우뚱한 머리, 너무 크거나 너무 작거나 아니면 일그러진 머리들. 축 늘어진 턱, 거기서 뚝뚝 떨어지는 침, 음식도 할말도 없는데 뭔가를 갈아 부수는 듯한 동물적인 입의 움직임. 이들의 영혼과 세계 사이엔 매우 두꺼운 납덩어리가 놓여 있는 것 같았고 다른 방의 낮은 낄낄거림과 윙윙거림이 들린 후엔 어둡게 끙끙대며 투덜거리는 소리만 남은 축축한 침묵이 귀를 사로잡았다. 정신병원에서 체험하는 추악함 가운데서도 최고 등급의 정신박약 환자들이 모인 가장 충격적인 방에서 클라리세는 아무것도 구별할 수 없는 끔찍한 어둠 속으로 뛰어든 것 같은 느낌을 받았다.

그러나 안내자 프리덴탈은 어두운 방에서도 여러 침대들을 가리키며 설명을 이어갔다. "저기는 정신박약이고, 여기는 크레틴병입니다."

슈툼 폰 보르트베어는 귀를 기울였다. "크레틴병과 정신박약은 같은 거 아닌가요?" 그가 물었다.

"아닙니다, 의학적으로는 다른 점이 있지요." 의사가 견해를 밝혔다.

"흥미롭네요." 슈툼이 말했다. "평범한 삶에서는 절대 생각하지 못했을 문제들이군요!"

클라리세는 이 침대 저 침대를 옮겨다녔다. 그녀는 환자들을 뚫어지게 쳐다보면서 조금이라도 이해해보려고 했지만 아무것도 알아보지 못하는 얼굴에서 얻어낼 수 있는 것은 거의 없었다. 그들에게서 모든 환상은 사라져버렸다. 프리덴탈 박사는 그녀를 조용히 따라가다 설명했다. "선천성 흑내장 정신박약입니다." "결핵성 비대 경화증입니다." "정신박약 흉선…"

그사이 '얼간이'들을 충분히 봤다고 생각했으며 울리히도 그러리라 짐작한 장군은 시계를 쳐다보고는 말했다. "우리가 지금 어디 있는 거지? 낭비할 시간이 없어!" 그러고는 뜻밖의 말을 꺼냈다. "그러니까 자네가 명심해야 할 것은, 국방부가 한쪽에는 평화주의자, 다른 한쪽에는 민족주의자들에 둘러싸여 있다는 것이네…"

슈툼처럼 주변 상황에서 민첩하게 빠져나오지 못한 울리히는 그저 멍하니 그를 바라보았다.

"농담이 아니라네!" 슈툼이 말했다. "내가 말하는 건 정치야! 뭔가 일어나야 해. 우리는 그 지점에서 오래 머물러 있었네. 곧장 뭔가 행동을 취하지 않는다면 황제의 생일이 다가올 것이고 우리는 웃음거리가 될 거야. 하지만 무엇을 해야 한단 말인가? 이 질문은 논리적이야. 그렇지 않나? 그리고 내가 자네한테 말한 것을 대충 요약해보자면 한 무리의 사람들은 모든 인류를 사랑하도록 도와야 한다고 우리에게 요청하고 다른 무리의 사람들은 아무튼 타인들을 억눌러서라도 고귀한 혈통이 승리하도록 해야 한다고 요구한다네. 양쪽 다 나름의 이유가 있지. 그러니까 한마디로 말하자면 불상사가 발생하지 않도록 자네가 그들을 통합해야 한다는 말이야.”

“제가요?” 울리히는 친구의 폭탄발언에 스스로를 방어했고 아마 다른 장소였으면 그를 놀려댔을 것이다.

“당연히 자네지!” 장군이 확고하게 대답했다. “나는 기꺼이 자네를 돕겠지만 자네는 평행운동의 비서이자 라인스도르프의 오른팔 아닌가!”

“이 병원에 당신이 입원할 자리가 있는지 알아볼게요!” 울리히가 확신하며 말했다.

“좋아!” 전쟁 기술을 통해 예기치 않은 저항에 부딪히면 당황하지 말고 피하는 게 최선임을 알고 있는 장군이 말했다. “자네가 이곳에 자리를 마련해주면 나는 세상에서 가장 위대한 이념을 발견한 사람들을 만나게 되겠지. 이곳 밖의 사람들은 위대한 사유에 관심이 전혀 없더군.” 그는 다시 시계를 보았다. “교황이나 우주 같은 사람들이 여기 있다고들 하잖나. 아직 우리가 한 사람도 보진 못했지만 나는 그런 사람들을 고대하고 있다네! 자네 여자 친구는 끔찍할 정도로 세심하군.” 그가 불평했다.

프리덴탈 박사는 조심스럽게 클라리세를 정신박약자들과 떨어뜨렸다.

지옥은 흥미로운 것이 아니라 끔찍한 것이다. 만약 지옥을 인간화하지 않고—단테가 그러했듯 그곳을 작가와 저명인사들로 가득 채워서 처벌의 기술로부터 시선을 빼앗지 않고*—오히려 원래의 표상으로 그려내려고 했다면 가장 상상력이 넘치는 사람들조차 그 유치한 고문과 독창성이 떨어지는 육체의 탈구를 벗어나지 못했을 것이다. 하지만 상상할 수 없고 그래서 피할 수 없는 영원한 형벌과 고통에 대한 허무한 생각, 또한 그것을 거스르려는 어떤 시도에도 불구하고 사악함으로의 변화를 피할 수 없다는 가정에는 깊은 나락의 매력이 있다. 정신병원도 마찬가지다. 정신병원은 빈민구호 시설이다. 그곳은 지옥처럼 상상력이 고갈된 곳이다. 하지만 정신병의 원인에 대한 통찰이 없는 많은 사람들은 돈을 잃을 가능성만큼이나 언젠가 이성을 잃을 가능성을 두려워한다. 그렇게 많은 사람들이 갑자기 정신을 잃을까봐 두려워하는 현상은 주목할 만한 것이다. 자기 자신에 대한 과대망상은 급기야 정신병원이 정상인들로 가득 채워져 있을 거라는 두려운 과대망상을 낳는다. 클라리세조차 교육에서 주입된 막연한 기대감 때문에 약간의 실망을 겪었다. 프리덴탈 박사의 경우엔 그 반대였다. 그는 이런 방식에 익숙했다. 병영이나 다른 수용소와 비슷한 규율들, 긴급한 고통과 불만의 경감, 피할 수 있는 악화의 방지, 약간의 호전 또는 치유. 이런 것들이 그의 일상적 업무에 속했다. 충분히 관찰하고 충분히 알되 전반적인 문제들에 대해서 충분히 설명하지 못하는 것이 그의 정신적인 한계였다. 병실을 회진하면서 기침이나 감기, 변비, 욕창에 대응하는 약 외에 약간의 안정제를 처방하는 정도가 그의 주된 치료 업무였다. 그는 오직 평범한 세계와의 접촉을 통해 그

---

* 이탈리아 작가 단테의 대표서사시 『신곡』에서 주인공은 수많은 역사상의 인물들을 지옥에서 만나 이야기를 나누고 철학적 고찰을 모색한다.

대비가 뚜렷해질 때 자신이 사는 세상의 무시무시한 악행을 체험했다. 매일 있는 일은 아니었지만 면회가 그런 기회가 되었으며 그래서 클라리세가 목격한 것은 어느 정도 연출이 가미된 것이었고 그녀가 몰입에서 정신을 차릴 때면 그는 즉각 뭔가 새롭고 더욱 드라마틱한 것으로 나아갔다. 그래서 그들이 방을 벗어나자마자 건장한 어깨에 쾌활한 육군 상사 같은 얼굴을 하고 깨끗한 작업복을 입은 덩치 큰 사람들과 마주친 것이다. 그런 과정은 아주 조용히 진행되어서 마치 북을 낮고 빠르게 치는 듯한 효과를 가져왔다.

"이제 우리는 시끄러운 곳으로 갑니다." 프리덴탈이 예고했고 이미 엄청나게 큰 새장에서 나오는 듯한 외침과 꽥꽥거리는 울림이 가까이 들리기 시작했다. 그들이 손잡이가 없는 문 앞에 섰을 때 남자 간호사 한 사람이 문을 열쇠로 열었고 클라리세는 여태 그랬듯이 제일 먼저 들어가려고 했지만 이번에는 프리덴탈 박사가 그녀를 잡아 세웠다.

"여기서 기다리세요!" 그는 양해도 구하지 않고 의미심장하면서도 지친 듯이 말했다.

문을 열었던 간호사가 살짝 문을 밀면서 벌어진 틈을 자신의 육중한 몸으로 막아섰고 내부를 살피고 소리를 들어보고는 재빨리 안으로 뛰어들자 입구의 다른 한편에 자리를 잡고 있던 또다른 간호사가 그를 따라 들어갔다. 클라리세의 심장이 뛰기 시작했다.

장군이 감탄하며 말했다. "전방, 후방, 측면 엄호!" 이렇게 보호를 받으며 그들은 안으로 들어섰고 침대를 옮겨갈 때마다 거인 간호사들의 엄호를 받았다. 침대에 앉은 사람들은 팔과 눈으로 푸드득거리고 분노하며 소리를 질렀다. 자기만을 위한 공간을 향해 소리치는 듯한 그 모습은 마치 각자의 출신 섬에서 통용되는 방언으로 우짖는 새들이 한 우리에 갇혀 미쳐 날뛰며 대화에 열중하는 것 같았다. 어떤 사람들은 자유로운 반면 다른 사람들은 손만 조금 움직일 수 있게끔 침대에 묶인 상태였다.

"자살 위험 때문에 그렇습니다." 의사는 설명했고 병명을 일러주었다. 뇌성마비, 편집증, 조발성치매 같은 병들이 이 낯선 새들의 질병이었다.

처음에 클라리세는 혼란스런 인상 때문에 위축되었고 안정을 찾지 못했다. 그런데 누군가 멀리서 그녀에게 활기차게 손을 흔들고 아직 그 사이에 많은 침대가 놓여 있는데도 뭔가를 외치는 친근한 모습이 눈에 띄었다. 그는 그녀에게 달려오기 위해 필사적으로 끈을 풀면서 몸을 이리저리 움직였고 합창단을 능가할 만큼의 목청으로 불만과 분노를 표출했으며 점점 더 강하게 클라리세의 주의를 끌었다. 그에게 더 가까이 다가설수록 그가 분명히 자신을 향해 말하는 것 같은데 정작 무슨 말을 하는지 이해할 수 없어 클라리세의 마음은 불편해졌다. 마침내 그들이 그에게 갔을 때 고참 간호사가 의사에게 클라리세가 듣지 못할 낮은 목소리로 뭔가를 이야기했고 프리덴탈도 매우 근엄한 표정으로 뭔가를 지시했다. 그러더니 그는 장난을 섞어서 환자에게 말을 걸었다. 그 광인은 즉각 대답하지 않았지만 클라리세를 가리키는 몸짓을 하면서 갑자기 물었다. "저 신사는 누구죠?" 프리덴탈은 그녀의 오빠를 가리키며 이분은 스톡홀름에서 온 의사라고 대답했다.

"아니, 이분 말이오!" 환자는 클라리세를 고집스레 가리키며 대답했다. 프리덴탈은 웃으면서 그분은 빈에서 온 여성 의사라고 대답했다.

"아니, 이분은 남성이잖아요." 환자가 거듭 대답하더니 침묵했다. 클라리세는 심장이 고동치는 걸 느꼈다. 이 사람도 그녀를 남자로 보았던 것이다!

그러자 환자가 천천히 말했다. "그분은 황제의 일곱번째 아들이에요."

슈툼 폰 보르트베어는 울리히를 툭 쳤다.

"그건 사실이 아니에요, 친구." 감정이 격앙돼 한마디도 하지 못했던 클라리세가 환자를 향해 낮은 목소리로 말했다.

"그래도 당신은 일곱번째 아들이에요!" 그는 완고하게 대꾸했다.

"아니에요, 아니에요." 클라리세가 그에게 미소를 지으며 단언할 때 그녀는 연애 장면을 연기할 때 무대공포증에 입술이 뻣뻣해지는 것처럼 격정에 사로잡혔다.

"당신이 아들 맞아요!" 환자는 반복했고 그녀가 뭐라 이름짓지 못할 표정을 지으며 그녀를 바라보았다. 그녀는 무슨 대답을 해야 할지 전혀 떠오르지 않았고 그녀를 황제의 아들이라고 생각하며 계속 웃고 있는 광인의 눈을 그저 상냥하게 바라볼 수밖에 없었다. 그때 뭔가 특별한 일이 그녀에게 일어났다. 그가 옳을지도 모른다는 생각이 떠오른 것이다. 그의 반복된 주장이 가진 힘에 그녀의 내면은 무너졌고 자신의 생각에 대한 통제력을 잃어버렸으며 안개 속에서 뛰쳐나온 윤곽이 새로운 형상을 만들어냈다. 그는 그녀가 누군인지를 알고자 하는, 또한 그녀를 '신사'로 생각하는 첫번째 사람이 아니었다. 하지만 그녀가 기묘한 유대감에 사로잡혀 그의 나이라든가 여전히 얼굴에 각인된 세상에서의 삶의 흔적들을 가늠하지 못한 채 그를 바라보는 동안 완전히 불가해한 무엇이 그의 얼굴과 전체 인격에서 드러나기 시작했다. 마치 그녀의 시선이 머물기엔 그의 눈들이 갑자기 너무 무거워진 것처럼 보였다. 그 눈들은 미끄러지더니 떨어지기 시작했다. 그의 입술도 활발하게 움직이기 시작했고 무거운 물방울이 점점 더 커지면서 서로 합류하듯이 덧없는 재잘거림은 점점 더 선명한 음담패설과 뒤섞였다. 클라리세는 뭔가가 자신에게서 미끄러져 나가는 듯 스르르 이어지는 변화에 깜짝 놀랐고 자신도 모르게 두 팔을 그 가련한 사람에게 뻗었다. 그리고 누가 제지하기도 전에 환자는 그녀에게 뛰쳐나왔다. 그는 이불을 걷어내더니 침대 끝에 무릎을 꿇고 앉아서는 우리에 갇힌 원숭이처럼 수음을 하기 시작했다.

"짐승 같은 짓을 멈춰!" 의사는 빠르고 엄격하게 말했고 그와 동시에 간호사들이 남자와 이불을 함께 싸서 순식간에 아무 미동도 없는 보따리로 만들어버렸다. 클라리세의 얼굴이 붉어졌다. 승강기 안에서 갑자기 발밑의 감각이 사라지는 순간처럼 그녀는 아득한 혼란을 느꼈다. 순간 그녀에겐 이미 지나쳐온 환자들은 뒤에서, 그리고 아직 만나지 못한 환자들은 멀리 앞에서부터 자신을 향해 소리치고 있다는 생각이 들었다. 그리고 우연인지 아니면 흥분의 전염력 때문인지 그들이 서 있을 때만 해도 옆 침대에서 방문객들에게 온화한 농담을 던지던 상냥한 노인이 클라리세가 서둘러 떠나려 하자 역겨운 거품을 입에 물고는 뛰어올라 욕을 하기 시작했다. 예외없이 마치 모든 저항을 분쇄하는 무거운 날인처럼 간호사들의 주먹이 그를 찍어 눌렀다.

하지만 프리덴탈은 공연의 긴장감을 더 끌어올릴 줄 아는 마술사였다. 들어올 때와 마찬가지로 안내인들의 경호를 받으면서 방문객들은 다른 쪽 끝에서 병실을 떠났고 그들의 귀에는 갑자기 부드러운 정적이 감도는 듯했다. 그들은 리놀륨 바닥의 깨끗하고 친근한 복도를 지나 휴일 의상을 입은 어른들과 귀여운 아이들을 만났는데 그들은 신뢰와 예의를 갖춰 의사에게 인사를 건넸다. 그들은 친척들을 면회 온 방문객들이었고 다시금 마주친 건강한 세계의 인상은 매우 낯설게 다가왔다. 이렇듯 좋은 옷을 갖춰 입고 예의 바르고 겸손하게 처신하는 사람들은 얼핏 보기에 인형 아니면 아주 잘 만들어진 조화造花 같았다. 하지만 프리덴탈은 그들을 서둘러 가로질러 가더니 친구들에게 이제 살인자와 중범죄자 환자들이 있는 방으로 가겠다고 알려주었다. 그들이 새로운 철문 앞에 섰을 때 안내인들의 조심스런 태도와 행동은 뭔가 심각한 상황을 예고하고 있었다. 그들이 들어선 회랑으로 둘러싸인 격리된 마당은 돌은 많은데 식물은 거의 없는 현대적인 정원과 비슷했다. 그 안의 텅 빈 허공은 마치 침묵의 주사위 같았다. 잠시 후 그들은 사람들이 벽을 따라 조용히 앉아 있는 걸 보았다. 입구 근처에는 백치 같은 소년들이 아무 움직임 없이 더럽고 콧물투성이인 채로 쭈그려 앉아 있었는데 그 모습은 마치 그들을 문의 측면 기둥에 붙여보려는 어느 조각가의 그로테스크한 아이디어 같았다. 그들 곁에 다른 사람들과 떨어져 벽 앞에 앉아 있던 첫번째 사람은 칼라 없는 어두운 휴일용 정장을 입은 평범해 보이는 남자였다. 그는 들어온 지 얼마 되지 않았음이 분명했고 어디에도 소속되지 못하는 그 모습은 말할 수 없이 마음을 움직이고 있었다. 갑자기 클라리세는 자신이 발터를 떠나게 될 때 그에게 줄 고통을 떠올리고는 거의 울음을 터뜨릴 뻔했다. 처음 일어난 일이었지만 그녀는 재빨리 그 감정에서 벗어났다. 그녀가 보호를 받으며 스쳐지나간 다른 사람들의 모습은 보통 감옥에서 보이는 수감자들의 순응적 태도와 별반 다르지 않았다. 그들은 의사에게 수줍어하면서 공손하게 인사했고 사소한 요구를 늘어놓았다. 오직 한 젊은이만이 뻔뻔스럽게 불평을 하기 시작했는데 그가 무엇을 망각하고 있는지는 신만이 아는 일이었다. 그는 즉각 내보내줄 것을 요청했고 왜 자신이 여기 있는지 말해달라고 했다. 그러자 프리덴탈 박사가 그런 문제는 자신이 아니라 병원장이 결정할 문제라고 에둘러 대답했음에도 질문자는 고집을 꺾지 않았다. 그의 탄원은 점점 빠르게 도는 체인처럼 반복되기 시작했고 급기야 목소리에 공격성이 담기더니 협박으로 고조되었으며 결국은 무작정 달려드는 야수의 위협이 되고 말았다. 이 지경에 이르자 덩치들은 그를 의자에 강제로 앉혔고 그는 아무 대답도 듣지 못한 채 개처럼 조용하고 낮게 몸을 숙였다. 클라리세는 이제 그런 것에 익숙해졌고 평범한 흥분 이상은 느끼지 못했다.

마당의 끝에 두번째 철문이 있었고 간호사들이 그 철문을 두드리고 있었기에 그들에겐 지체할 시간이 없었다. 지금까지 문은 예고 없이 조심스럽게 열렸기 때문에 이런 모습은 새로웠다. 이 문에서 간호사들은 주먹으로 문을 네 번 쳤고 다른 편에서 나는 소음을 유심히 들었다.

"이 신호를 통해 안에 있는 모든 사람들은 벽 앞에 서게 됩니다." 프리덴탈 박사가 설명했다. "아니면 벽 근처의 벤치에 앉게 되지요."

실제로 문이 천천히 조금씩 열리자 일부는 묵묵히, 일부는 떠들어대면서 원을 그리며 모여 있던 사람들이 마치 잘 훈련받은 죄수들처럼 공손해졌다. 간호사들이 매우 조심스럽게 들어가는 중에도 클라리세는 갑자기 프리덴탈 박사의 소매를 잡더니 모오스브루거가 거기 있느냐고 흥분된 목소리로 물었다. 프리덴탈은 조용히 고개를 저었다. 그에게는 여유가 없었다. 그는 적어도 두 걸음 정도 환자와 거리를 유지해야 한다고 서둘러 방문객들에게 명심시켰다. 그런 조치를 취해야 하는 책임감 때문에 그는 압박을 받는 것 같았다. 환자들과 직원의 비율은 30 대 7이었고 세상과 동떨어져 벽으로 격리된 뜰에 정신병자들, 그것도 살인을 저질러본 환자들이 대부분이었기 때문이다. 평소 무기를 휴대하고 다니던 사람들은 다른 사람들보다 더 불안에 노출된 느낌을 받았다. 그래서 자신의 군도를 대기실에 두고 온 장군이 의사에게 "당신에겐 무기가 없습니까?"라고 물었을 때 아무도 그를 비난하지 않았다. "경계와 체험이 무기죠!" 이런 듣기 좋은 질문을 반기면서 프리덴탈이 대답했다. "어떤 반발의 조짐도 미연에 방지하는 게 무엇보다 중요합니다."

또한 실제로 대열에서 아주 작은 움직임이 일어나자 간호사들이 그에게로 달려가 재빠르게 그를 다시 자리에 주저앉혔으며 그것이 유일하게 폭력적인 사건인 것 같았다. 클라리세는 그들에게 동의하지 못했다. '의사가 이해하지 못하는 것은,' 그녀는 중얼거렸다. '여기서 감시도 받지 않고 하루종일 갇혀 있는 사람들은 서로한테 아무 짓도 하지 않는다는 거야. 그들에겐 낯선 세계에서 온 우리만이 위험한 거지!' 그녀는 한 사람과 이야기를 해보고 싶었다. 갑자기 그 사람과 이성적인 대화를 나눌 수 있겠다는 생각이 떠오른 것이다. 마침 입구 구석 근처에 중간 키에 덥수룩한 갈색 수염과 날카로운 눈빛을 한 강인해 보이는 남자가 있었다. 그는 팔을 꼰 채 아무 말 없이 벽에 기대 있었고 방문객들의 행동을 성난 듯이 바라보았다. 클라리세는 그에게 다가갔으나 프리덴탈 박사가 즉시 그녀의 팔을 붙잡아 제지했다. "이 사람은 안 됩니다." 그는 목소리를 낮춰 말했다. 그는 클라리세가 대화를 나눌 다른 살인자를 골라주었다. 그는 뾰족하게 바싹 깎은 죄수 머리를 한 땅딸막한 남자로 아마 의사는 그가 상냥한 편임을 아는 것 같았다. 불려온 그는 곧장 부동자세를 취하고 예사롭지 않게 두 줄의 묘비를 연상시키는 치열을 내보이며 친절하게 대답에 나섰다. "왜 여기에 왔는지 한번 물어보시죠." 프리덴탈 박사가 클라리세의 오빠에게 속삭였고 지크문트는 그 벌어진 어깨에 뾰족머리를 한 사람에게 물었다. "왜 여기에 왔나요?"

"당신도 잘 알잖아요!" 뭔가 부족한 대답이었다.

"난 잘 모릅니다." 쉽게 물러서고 싶지 않았던 지크문트는 일부러 어리석어 보이게 대답했다. "그러니 왜 여기 왔는지 말해주세요."

"당신도 잘 알잖아요!" 그는 큰 목소리로 같은 대답을 반복했다.

"왜 나한테 이렇게 무례한가요?" 지크문트가 물었다. "난 정말 잘 몰라요!"

'거짓말이야!' 클라리세는 생각했고 환자가 단순하게 대답하자 기뻐했다. "내가 원했기 때문이야!! 난 내가 원한 걸 할 수 있어!!!" 그는 반복해 말했고 치아를 드러내며 실룩거렸다.

"하지만 아무 이유 없이 무례하게 나오면 안 돼요!" 유감스럽게도 그 정신병자만큼이나 아무 생각도 떠오르지 않은 지크문트가 다시금 강조했다.

클라리세는 동물원에 갇힌 동물을 자극하듯 어리석은 역할을 연기하는 오빠에게 분노했다. "당신하고 상관없어! 나는 내가 원한 걸 했다고, 알겠어? 내가 원한 것을!!" 그 정신병 환자는 하사관처럼 호통을 치더니 웃었는데 입과 눈에는 웃음기란 전혀 없었고 오히려 기이한 분노가 서려 있었다.

울리히도 생각했다. '지금 저 친구와 둘만 있고 싶지는 않군.' 그 정신병자가 가까이 다가왔기 때문에 지크문트는 자리를 지키고 있기 힘들었고 클라리세는 그 사람이 오빠의 목을 움켜잡고 얼굴을 물어 버렸으면 싶었다. 프리덴탈은 자신의 의사 동료를 믿는 구석이 있었기 때문에 상황이 진행되는 대로 만족스럽게 내버려두었고 그가 난처해하는 걸 즐기기까지 했다. 그는 장면이 최고조에 이를 때까지 기다렸고 동료가 어떤 말도 할 수 없을 때가 돼서야 멈추라는 신호를 보냈다. 그러나 이번에는 클라리세에게 간섭하고 싶은 욕망이 일어났다. 정신병자가 북을 치듯 점점 강하게 대답을 하자 그녀는 더이상 견디지 못하고 환자에게 다가가 말했다.

"난 빈 출신이에요!"

아무렇게나 부는 나팔에서 들리는 소리처럼 아무 의미도 없는 말이었다. 그녀는 자신이 무슨 말을 하려고 했는지, 어떻게 그런 생각이 떠올랐는지, 그리고 그가 어느 도시 출신인지도 물어봐야 할지 알지 못했고 설사 그가 그걸 알았다 해도 그녀의 언급은 아마 더 무의미했을 것이다. 하지만 그녀에게는 엄청난 자기 확신이 있었다. 또한 실제로 이따금 기적이 일어나기도 하고, 기적은 특히 정신병원에서 잘 일어난다. 그녀가 그 말을 하고 흥분을 감추지 못한 채 살인자 앞에 섰을 때 갑자기 한줄기 빛이 그를 덮쳤다. 돌도 자를 것 같은 그의 이빨은 입술 아래로 사라졌고 날카로운 눈빛 위로 친절한 호의가 퍼져나갔다.

"오, 황금빛 빈! 아름다운 도시죠!" 그는 상투어를 다룰 줄 아는 예전 중산층의 자부심을 가지고 말했다.

"축하합니다!" 프리덴탈 박사가 웃으면서 말했다.

하지만 클라리세에게 이 장면은 매우 뜻깊었다.

"그럼 이제 모오스브루거를 만나러 갑시다!" 프리덴탈이 말했다.

하지만 일은 거기서 멈췄다. 그들은 조심스레 두 개의 뜰을 되돌아 나왔고 겉으로는 외딴 집처럼 보이는 공원 위의 건물로 올라갔으며 오랫동안 그들을 찾아다녔다는 듯 어딘가에서 헐레벌떡 뛰어오는 한 간호사를 만났다. 그는 프리덴탈에게 다가가더니 뭔가 긴 보고를 속삭였는데 이따금 질문을 하는 의사의 태도로 미루어 짐작건대 중요하고 곤란한 일이 있음에 틀림없었다. 결국 프리덴탈은 방문객들에게 돌아와 진지하면서도 유감스러운 태도로 한 병동에서 사고가 나서 호출을 받았는데 언제 끝날지 모르는 일이라 아쉽지만 여기서 견학을 중단해야 할 것 같다고 말했다. 그는 특히 첫줄에 선, 흰 가운 속에 장군제복을 입은 명사를 향해 이 말을 전했다. 슈툼 폰 보르트베어는 감사를 표하면서 안 그래도 병원의 탁월한 규율과 질서를 충분히 보았고 그래서 살인자를 더 보지 않아도 될 것 같다고 말했다. 반면 클라리세가 너무나 큰 실망과 당혹스러움을 표했기 때문에 프리덴탈은 다른 날을 잡아 모오스브루거를 비롯한 사람들을 만나게 해주겠다고 제안하면서 날이 확정되는 대로 지크문트에게 전화로 연락을 하겠다고 약속했다.

"매우 친절하시군요," 장군은 모두를 대신해 감사를 표했다. "하지만 저 개인적으로는 다른 업무 때문에 다시 오게 될지는 잘 모르겠군요."

이런 조건으로 다시 만날 약속이 협의되었고 프리덴탈은 길을 서둘러 오르막으로 사라졌으며 의사가 남겨둔 간호사의 안내를 받아 그들은 출구로 향했다. 그들은 길을 나서서 아름다운 너도밤나무와 플라타너스 사이의 비탈을 따라 지름길로 내려갔다. 장군은 흰 가운을 벗어서 마치 외출용 레인코트처럼 쾌활하게 팔에 걸쳤지만 더이상 대화를 나누지는 않았다. 울리히는 다시금 그날 밤 회합을 준비하기 위한 연설을 듣고 싶지 않았고 슈툼조차 귀가 이후의 일에 집중하느라 정신이 없었다. 하지만 슈툼은 곁에서 정중하게 함께 걷고 있는 클라리세와는 뭔가 즐거운 담소를 나눠야 할 것 같은 기분이 들었다. 그러나 클라리세는 넋이 나간 채 말이 없었다. '그녀는 그 돼지 때문에 아직도 마음이 괴로운 건가?' 그는 자문했고 기사도를 발휘해 그녀를 위해 상황에 개입하지 못했던 것을 해명해야 되나 싶었지만 다른 한편으론 아무 말도 안하는 게 상책인 듯도 싶었다. 그렇게 집으로 돌아가는 길은 아무 말 없이 침울했다.

울리히에게 클라리세와 그녀의 오빠를 데려다주도록 맡기고 차에 올라타고 나서야 슈툼 폰 보르트베어는 좋은 기분을 되찾았고 그 우울한 체험에 확실한 질서를 부여할 어떤 생각이 떠올랐다. 그는 가지고 다니던 큰 가죽지갑에서 담배 한 대를 꺼냈고 쿠션에 몸을 기대면서 푸른 첫 모금을 빛나는 공중에 내뿜었다. 그는 편안하게 말했다. "정신병자가 되는 건 정말 끔찍한 일이야! 이제서 생각해보니 우리가 거기 있는 내내 누구도 담배를 피우지 않더군! 건강할 때 사람들은 자신이 얼마나 우월한지를 깨닫지 못하는 법이거든!"

# 34.

## 위대한 일이 벌어지고 있다.

## 라인스도르프 백작과 인 강

그 분주한 날에 투치의 집에서 '위대한 밤' 행사가 열렸다.

평행운동이 영광과 빛 가운데 행진했다. 눈이 빛났고 장신구들이 빛났고 명성이 빛났고 정신이 빛났다. 정신병자라면 그런 저녁 모임에 눈과 장신구, 명성과 정신은 모두 같은 것이라고 결론을 내릴 수도 있을 것이다. 또한 그 사람의 말은 아주 틀린 것도 아니다. 이처럼 시즌 말미에 열리는 '행사'를 원칙적으로 인정하지 않는 몇몇과 마침 리비에라<sup>Riviera</sup>(이탈리아 북부 제노바 인근의 해안—옮긴이)나 북이탈리아 호숫가로 떠난 사람들을 제외하곤 모두 거기에 모였다.

그들 대신 전에 보지 못한 많은 사람들이 와 있었다. 긴 휴식 기간 때문에 참가자 명단에 구멍이 생겼고 디오티마의 신중한 습관과는 어울리지 않게 급히 새로운 사람들을 끌어들여 빈자리를 채웠던 것이다. 라인스도르프 백작은 정치적 이유에서 초대했으면 하는 사람들의 명단을 디오티마에게 넘겼고 자신의 살롱이 유지해온 배타성이 더 높은 목표 때문에 무너지자 그녀는 더이상 그런 배타성을 중요하게 생각하지 않았다. 사실상 백작 각하만이 이 축제의 기획자였다. 디오티마는 인간은 오직 짝을 이뤄 서로 도와야 한다는 생각을 견지하고 있었다. 하지만 라인스도르프 백작은 단호하게 주장했다. "소유와 교양은 역사적 발전 과정에서 책무를 다하지 못했습니다. 우리가 마지막 기회를 줘야만 해요!"

라인스도르프 백작은 항상 그 지점으로 돌아왔다.

"경애하는 친구, 아직도 결정을 내리지 못했습니까?" 그는 습관적으로 물었다. "지금이 최적의 때입니다. 모든 사람들이 파괴적인 목적을 품고 모여들고 있어요. 우리는 교양있는 사람들에게 균형을 회복할 마지막 기회를 줘야만 합니다." 하지만 인간적인 짝짓기의 풍성한 형태로 마음을 돌린 디오티마는 어떤 다른 견해에도 집중하지 못했다.

마침내 라인스도르프 백작은 그녀에게 경고했다.

"경애하는 친구, 알겠지만 이젠 당신이 누군지 적응을 못하겠군요. 우린 지금 모든 사람들에게 행동의 구호를 선포했습니다. 내가 내무부장관을 개인적으로… 그러니까 확실하게 말씀드리면 내가 그를 사임시킨 장본인입니다. 그건 높은 곳에서 벌어진 일이에요, 아주 높은 데서요. 하지만 이미 스캔들이 있었고 누구에게도 그걸 끝내려는 용기가 없었지요! 당신에게만 털어놓는 겁니다." 그는 말을 이었다. "또한 새로운 내각은 사안을 잘 알지 못하는 만큼 총리는 내무행정 개혁과 관련된 민중참여 부문의 요구 설문 작업에 우리가 박차를 가해줄 것을 나한테 요청했어요. 그런데 지금껏 가장 끈기있게 일하던 당신이 나를 위험에 빠트리는 건가요? 우리는 소유와 교양에 마지막 기회를 주어야만 합니다. 당신도 알다시피 그게 아니면…"

어딘가 불안정한 이 마지막 문장을 그는 매우 위협적으로 말했고 그래서 그가 원하는 바를 정확히 전달했으며 디오티마 역시 순순히 서둘러보겠다고 약속했다. 하지만 그녀는 다시 잊어버렸고 아무것도 하지 않았다.

어느날 라인스도르프 백작은 자신의 장기인 추진력에 사로잡혀 40마력에 달하는 마차의 속도로 그녀에게 곧장 달려왔다.

"아직 아무 조치도 취하지 않았습니까?" 그는 물었고 디오티마는 그렇다고 대답할 수밖에 없었다.

"당신은 인$^{Inn}$ 강(스위스 알프스에서 기원해 독일, 오스트리아를 거쳐 도나우 강에 합류하는 강—옮긴이)을 압니까, 친구?" 그는 물었다.

물론 디오티마는 도나우를 제외하고는 가장 유명한 강이며 조국의 지리와 역사에 여러모로 얽혀 있는 이 강을 잘 알고 있었다. 미소를 띠려고 애쓰면서도 그녀는 다소 의심스런 눈빛으로 방문자를 바라보았다.

그러나 라인스도르프 백작은 매우 엄숙했다. "인스브루크를 제외하면," 그는 입을 열었다. "인 계곡에는 얼마나 초라하고 우스운 오지들이 즐비합니까. 그에 비해 인 강은 우리에게 얼마나 당당한 강입니까! 전에는 절대 그런 생각을 못했어요!" 그는 고개를 가로저었다. "나는 오늘 우연히 도로지도를 보게 되었어요," 그가 마침내 핵심을 이야기했다. "그리고 인 강이 스위스에서 온다는 걸 깨달았지요. 아마 전부터 알고 있었던 사실일 거예요. 우리 모두가 알지만 한번도 거기에 대해 생각하지 않지요. 스위스 말로야$^{Maloja}$ 지역에서 강은 시작되는데 나도 가본 적이 있지만 그야말로 볼품없는 개천으로 우리의 캄프$^{Kamp}$ 강이나 모라바$^{Morava}$ 강과 비슷하지요. 하지만 스위스는 그것으로 무엇을 만들었습니까? 바로 엥가딘$^{Engadin}$ 협곡이지요! 세계적인 명소 엥가딘 말입니다! 그건 인 강의 엥가드$^{Engad-Inn}$입니다, 친구! 엥가드라는 말이 인 강에서 나왔다는 걸 생각해본 적 있나요? 저도 오늘에야 생각이 나더군요. 오스트리아의 참을 수 없는 겸손 때문에 우리는 우리에게 속한 것으로도 아무것도 만들어내지 못하는 거예요!"

이 대화 이후 디오티마는 서둘러 바라왔던 회합을 추진하기로 했다. 한편으론 백작 각하 편에 서야 한다는 걸 깨달았기 때문이고 다른 한편으론 그녀가 거부하다간 높은 신분의 친구를 극단으로 몰고갈 것 같은 두려움 때문이었다.

하지만 그녀가 그에게 회합을 약속했을 때 라인스도르프는 말했다.

"친애하는 부인, 부탁하건대 이번에는 당신이 '드랑잘'이라고 부르는 X를 꼭 초청해주길 바랍니다. 그녀의 친구 웨이든<sup>Wayden</sup>이 몇주째 그녀를 초대하라고 날 가만두지 않는군요."

다른 때 같으면 그 적수를 참아내는 걸 조국에 대한 배반행위로 간주했을 디오티마는 그 초대조차 약속했다.


35.
위대한 일이 벌어지고 있다.
정부서기관 메제리처


방들이 축제의 빛과 모인 사람들로 가득 찼을 때 '사람들은' 참석자 가운데 백작 각하와 그가 자리를 주선한 고위 귀족들뿐 아니라, 국방부장관 각하, 그리고 그의 격려로 지적<sup>知的</sup>인 인물이 된, 다소 과로한 상태의 슈툼 폰 보르트베어의 얼굴을 볼 수 있었다. 파울 아른하임도 목격되었다. (어떤 칭호 없이 간단하고 효율적으로 불린 그 이름에 대해 사람들은 주의깊게 숙고했다. 마치 왕이 반지를 손가락에서 빼 다른 사람에게 끼워주듯 자신의 육체에서 사소한 것들을 제거하는 인위적인 표현의 단순성을 사람들은 완곡어법이라고 불렀다.) 또한 사람들은 내각의 여러 명사들을 목격했다. (교육문화부 장관은 같은 날 성대한 제단 축성식 때문에 린츠에 가야 하느라 귀족의원 각하의 행사에 참석하지 못함을 개인적으로 알려왔다.) 그리고 사람들은 외국 대사관과 공사관에서 파견한 '엘리트'들도 놓치지 않았다. 또한 '산업, 예술, 그리고 학문' 분야의 명사들이 있었고 저절로 펜을 장악한 이들 세 부르주아 활동의 확고한 조합 가운데는 유서 깊은 근면의 비유가 자리잡았다. 또한 베이지, 장밋빛, 체리색, 크림색… 수가 놓이고, 둘둘 말리고, 세 단으로 접히고, 허리가 짧게 잡힌… 숙녀들은 이 노련한 펜들에게 관심을 보였다. 아들리츠<sup>Adlitz</sup> 백작 부인과 상업고문관 베크후버<sup>Weghuber</sup> 부인 사이에 세계적인 외과의사의 미망인이자 '자신의 집에 우리 시대의 지성들을 항상 호의적으로 받아들인' 그 유명한 멜라니 드랑잘 부인이 자리했다. 마지막으로 이런 분야의 맨 끝에 동떨어진 채로 무슨무슨 성씨의 울리히와 누이동생의 이름이 등장했다. 사람들은 '그의 이름은 그 고결하고 기쁜 애국사업에 희생적인 봉사로 헌신했다'고 할지 아니면 '차세대 주자'라고 기록해야 할지 망설였다. 오래전부터 사람들은 라인스도르프 백작의 이 측근이 자신의 후원자를 다시 한번 경솔한 일에 빠트릴 수 있다는 소문을 들었으며 그를 내막에 정통한 사람이라고 기록하고 싶어했다. 하지만 뭔가에 정통한 사람이 주는 가장 깊은 만족은, 특히 그 사람이 조심하는 경우엔 항상 침묵이었다. 이렇게 해서 개인으로서가 아니라 오직 '지위와 명성을 가진 모든 것'의 공동묘지를 위해 동원된 사회 지도층과 지식인들 앞에서 울리히와 아가테는 자신들의 성을 순수한 낙오자처럼 빈 칸으로 부여받은 것이다. 많은 사람들이 모였고 그 중에는 추밀고문관 형법학자 슈봉 교수도 포함되었는데 그는 정부의 설문조사 때문에 수도에 머무는 중이었고 또한 시인 프리델 포이에르마울도 있었는데 이 밤을 성사시키는 데 그가 정신적인 도움을 주었음이 잘 알려졌음에도 그런 정신적 도움은 직함과 고급 복장이 부여하는 더 확고한 중요성에는 아무런 영향도 미치지 못한 채 별개의 것으로 머물러 있었다.

허울뿐인 은행장 레오 피셸과 그 가족―울리히에게 도움을 받지 않고 디오티마의 모임에 참석권을 따내겠다는 게르다의 끈질긴 노력 덕분에, 그러니까 순간적으로 태만해진 디오티마의 태도 덕분에 참석한―은 관심의 구석에 파묻혀버렸다. 저명한 법조인의 아내이긴 하지만 이런 모임에선 겨우 문지방을 넘을 만한 수준인, 잘 알려지지 않은 보나데아란 사람은 워낙 출중한 외모로 놀라운 반응을 이끌어냈기에 나중에 잘 차려입은 귀부인들 틈에 포함되기까지 했다.

이 감시하는 듯한 대중의 호기심을 끄는 것은 당연히 한 인간이었다. 카카니엔의 메트로폴리스 위로 우뚝 솟은 많은 사람들이 있었지만 당시 가장 뛰어난 사람은 서기관 메제리처Meseritscher였다. 그의 이름의 기원이 된 발라히시-메제리치Wallachisch-Meseritsch에서 태어난 그는 자신이 설립한 『의회와 사회』지의 발행인이자 수석편집장, 수석통신원이며 이전 세기의 60년대에 뜨겁게 빛을 발하던 자유주의의 광휘에 이끌려 발라히시-메제리치에서 부모님이 경영하던 술집을 물려받기를 포기하고 언론인의 길을 택했던 것이다. 그는 곧 경찰의 움직임을 담은 소소한 지역 뉴스를 신문사에 보내는 통신사를 설립함으로써 당시의 자유주의적 분위기에 기여했다. 소유자의 근면함과 신뢰, 그리고 양심에 힘입어 이 초보 통신사는 신문과 경찰로부터 호평을 받았다. 그뿐 아니라 곧 다른 상급 기관들로부터 주목을 받아 그 기관들이 책임지고 싶진 않지만 알리고 싶은 소식을 전달하는 데 이용되었고 마침내 공식 분야에서 비공식적 정보를 뽑아내는 특권적 지위를 차지할 때까지 물질적 지원과 우대를 받았다. 엄청난 에너지와 지칠 줄 모르는 열정의 소유자 메제리처가 이런 성공을 목격했을 때 그의 활동 범위는 법정과 사회의 영역으로 확대되었으며 이런 일이 늘 눈앞에 아른거리지 않았다면 고향인 메제리치를 떠나 수도로 오는 일도 없었을 것이다. 빈틈없는 참가자 관리가 그의 특기로 작용했다. 사람과 사람의 평판에 대한 그의 기억력은 워낙 비범해서 살롱에서의—마치 감옥에서처럼—빼어난 관계를 손쉽게 보증해주었다. 그는 거대한 세계가 스스로도 파악하지 못하는 것들을 알고 있었으며 마르지 않는 헌신으로 모임에서 만나는 사람들을 다음날 아침이면 서로 친한 사이로 만들어주었는데 그런 재주는 지난 수십년간 모든 결혼계획이나 재단사와의 문제 따위를 믿고 맡긴 나이든 신사를 보는 것 같았다. 결국 축제와 행사에서 그 부지런하고 활동적이며 항상 봉사할 준비가 된 친절하고 작은 남자는 시市의 유명인사가 되었으며 인생의 말년에 이르러 그런 공적인 모임들은 그가 참석함으로써만 확실한 가치를 인정받았다.

메제리처의 인생 연륜은 그가 정부서기관으로 임명되었을 때 최고조에 달했는데 그 직함에는 특별한 의미가 있기 때문이었다. 카카니엔은 세계에서 가장 평화로운 나라지만 한때 전쟁은 더이상 없을 것이라는 순진한 확신에 빠진 나머지 공무원들에게 장교에 해당하는 계급을 부여하는 게 좋겠다고 결정하고 심지어 그들에게 제복과 휘장을 지급하기까지 했다. 정부서기관의 계급은 황제-왕실 군대의 중령에 해당되었다. 아주 높은 계급이 아니었음에도 메제리처에게 주어졌던 계급이 특이했던 이유는 다른 모든 깨질 수 없는 것과 마찬가지로 확고한 카카니엔의 전통에 따르면 그는 오직 제국서기관이 됐어야 마땅하다는 점 때문이었다. 제국서기관은 그 용어에서 짐작되는 바와 달리 정부서기관보다 오히려 낮은 직함이었다. 제국서기관은 겨우 대위 정도에 해당하는 계급이었던 것이다. 메제리처가 제국서기관이 됐어야 마땅한 이유는 그 직함이 다름 아닌 궁정이발사나 전차제조업자처럼 자유직업군에 속하는—작가나 예술가도 같은 이유에서 이 직업군이었다—공무원들에게 부여되었기 때문이다. 반면 정부서기관은 당시 더 확실한 공무원 직함이었다. 그럼에도 메제리처가 그 직함을 처음이자 마지막으로 받은 것은 단순히 직함 자체의 고귀함 이상의, 이 나라에서 무슨 일이 일어나든 너무 심각하게 받아들이지 말라는 일상적 요구 이상의 의미를 드러낸 것이었다. 부당한 직함 은 그 지칠 줄 모르는 기록자가 법원, 국가, 사회와 얼마나 가깝게 지내는지를 정교하고 신중하게 증명했던 것이다.

메제리처는 당대 많은 언론인들의 귀감이 되었고 중요한 작가단체의 이사진으로 활동했다. 금으로 칼라를 단 제복 한벌을 맞췄지만 오직 집에서만 종종 입는다는 소문도 있었다. 그건 사실이 아닐 가능성이 컸는데 메제리처의 내면 깊이 각인된 고향 술집에 대한 기억 속에서 좋은 술집 주인은 절대 술을 마시지 않았기 때문이다. 또한 좋은 술집 주인은 모든 손님들의 비밀을 알고 있었지만 자기가 아는 걸 다 이용해 먹지는 않았다. 그는 절대 논쟁에서 자기 생각을 밝히는 일이 없었고 사실과 일화, 또는 위트를 섞어서 유쾌하게 설명하고 말할 뿐이었다. 그렇듯 메제리처는 모든 모임에서 아름다운 여인들과 뛰어난 남자들에게 인정받는 통신원이었지만 사적으로는 한번도 좋은 재단사를 구해본 적이 없는 사람이었다. 그는 정치의 배후에 있는 모든 비밀을 알았지만 단 한줄이라도 정치적인 글로 엮이지 않았고 아무것도 이해하지 못하면서도 당대의 모든 발견과 발명에 정통했다. 그는 그런 것들이 존재하고 함께 있다는 걸 아는 것만으로 완전히 만족했다. 정직하게 자신의 시대를 사랑했고 매일 시대의 존재를 세계에 알렸기 때문에 시대는 그의 사랑에 어느 정도 보답했다.

메제리처가 들어서자 디오티마는 그를 알아보고 곧장 이쪽으로 오라는 손짓을 했다.

"경애하는 메제리처," 그녀는 최선을 다해 사랑스럽게 말했다. "백작 각하가 의회에서 한 연설을 우리의 의중을 전달한 것이라거나 문자 그대로의 뜻으로 받아들이진 않으셨겠지요?"

그러니까 백작 각하는 장관의 퇴각과 관련해, 그리고 자신의 우려에 화가 치민 나머지 의회에서 한 연설 때문에 이목을 끌었던 것이다. 연설에서 그는 건설적인 협동의 정신과 엄격한 원칙을 보여주지 못한 장관을 비난했을 뿐 아니라 열정에 이끌려 보편적인 관찰로 나아갔는데 납득하기 힘든 방식으로 언론의 중요성을 언급함으로써 그 절정에 이르렀다. 그는 기사도적이고 독립적이며 공정한 크리스천이 자신과 반대편에 선 기관을 향해 던질 수 있는 모든 비난을 그 '막강해진 기관'에 쏟아부었다. 이런 연설 때문에 디오티마는 문제를 외교적으로 풀어보려 했고 라인스도르프 백작의 원래 의도를 해명하기 위해 더 우아하고 이해하기 어려운 말을 찾는 동안 메제리처는 유심히 그 말을 듣고 있었다. 하지만 그는 갑자기 손을 그녀의 팔에 얹더니 넓은 아량으로 말을 보냈다.

"부인, 그렇게 흥분하실 게 뭐 있습니까." 그는 간단하게 말했다.

"백작은 우리의 좋은 친구입니다. 그가 지나친 과장을 했어요. 하지만 그라고 기사가 되지 못하란 법 있나요?" 그러고는 여전한 친분을 증명하기 위해 그는 덧붙였다. "이제 그를 만나러 가보겠습니다!"

그게 바로 메제리처였다! 자리를 뜨기 전에 그는 다시 돌아서서 디오티마에게 친밀하게 물었다. "포이에르마울은 어떻게 된 건가요, 부인?"

디오티마는 아름다운 어깨를 으쓱해 보이며 웃었다. "그리 놀랄 만한 일은 아니에요, 서기관님. 좋은 의도로 오겠다는 분들을 돌려보냈다는 말은 듣고 싶지 않아요."

'좋은 의도라니 훌륭하군!' 메제리처는 라인스도르프 백작에게 가는 길에 생각했다. 그러나 백작을 만나기 전, 정확히 말해 자기 생각이 끝나기도 전에 집주인이 친근하게 길을 막아섰다. "메제리처, 공식적인 정보라는 게 신통치 않군요," 투치 국장이 웃으며 말했다. "그래서 비공식적인 소식통을 찾아 당신께 왔습니다. 오늘 참석한 포이에르마울에 관해서 말씀 좀 해주실 수 있나요?"

"무슨 말을 하라는 건지요, 국장님?" 메제리처가 하소연하듯 말했다.

"사람들은 그가 천재라던데요!"

"제가 듣고 싶은 말이군요!" 메제리처가 대답했다.

새로운 소식이 빠르고 확실하게 보도되려면, 우리가 알고 있는 이전 소식과 별다른 것이 없어야 한다. 천재 역시 예외는 아니어서 진짜로 인정받은 천재의 중요성에 대해서 우리 시대는 재빨리 동의에 이른다. 하지만 모든 사람이 똑같이 인정하지 않는 천재는 다르다! 그런 천재는 이른바 아주 엉뚱한 것을 소유했으나 그것을 혼자만 가진 것이 아니기 때문에 여러 면에서 잘못 판단될 수도 있다. 정부서기관 메제리처에게는 애정과 주의를 쏟으며 돌본 확실한 천재들의 목록이 있었지만 새로운 목록을 추가하는 걸 좋아하진 않았다. 나이를 먹고 경험이 많아질수록 그는 떠오르는 예술가적 천재들, 특히 자신의 직업과 인접 분야인 문학의 천재들을 단순히 언론업무를 천박하게 방해하는 무리들로 바라봤고 자신의 인물 소식란에 실리기 전까지는 당연히 그들을 싫어했다. 포이에르마울은 당시 아직 가야 할 길이 멀었고 일단 어느 수준에 도달해야만 했다. 그런 점에서 정부서기관 메제리처는 포이에르마울을 선뜻 받아들이지 못했다.

"그가 위대한 시인이 될 거라고들 하던데요." 투치 국장이 머뭇거리며 다시 말했고 메제리처는 확고하게 대답했다. "누가 그러던가요? 신문 문예란의 비평가들 아닌가요? 국장님, 그게 의미가 있을까요?" 그가 말을 이었다. "전문가들은 그렇게 말합니다. 하지만 전문가들이란 어떤 사람들인가요? 많은 전문가들은 반대로 말하지요. 오늘은 이렇게 말하다가 내일은 다르게 말하는 전문가들도 많이 봤습니다. 그들의 말이 정말 중요한가요? 진정한 평가는 어리석은 자들에게서 받아야 하고, 그래야만 믿을 만합니다! 제가 생각하는 바는 이렇습니다. 중요한 사람이 무엇을 하는지는 도착하고 떠나는 일 빼고는 알 수 없어야 한다!"

우울한 열정에 빠져 말하는 그의 눈은 투치를 향했다. 투치는 단념한 듯 아무 말이 없었다.

"오늘 무슨 일이 있는 겁니까, 국장님?" 메제리처가 물었다.

투치는 웃으면서 멈칫했고 어깨를 들어 보였다. "아무것도, 정말 아무것도 아니에요. 그저 약간의 열망이랄까요. 포이에르마울의 책을 읽어보셨나요?"

"무슨 내용인지는 압니다. 평화, 우정, 선 같은 것들이지요."

"그러니까 그를 높게 평가하시지는 않는군요?" 투치가 말했다.

"맙소사!" 메제리처가 몸을 꿈틀대기 시작했다. "제가 전문가라도 되나요?…" 그 순간 드랑잘 부인이 둘을 향해 다가왔고 투치는 예의를 갖춰 한두 걸음 그녀에게 다가섰다. 그때 라인스도르프 백작을 둘러싼 원에 하나의 틈을 재빨리 목격한 메제리처는 이번에는 멈추지 않고 백작의 근처에 닻을 내렸다. 라인도르프 백작은 장관, 그리고 몇몇 다른 신사들과 대화를 나누고 있었지만 서기관 메제리처가 모두에게 정중한 경의를 표하며 다가오자 즉시 돌아서서 그를 맞이했다.

"메제리처," 백작은 절실하게 말했다. "오해가 생기지 않도록 약속해주십시오. 신문사의 신사분들은 무슨 기사를 쓰게 될지 몰라서요. 그러니까 지난번 이후로 상황은 조금도 변하지 않았습니다. 뭔가 달라진 것이 있을 수도 있겠지만 우리는 잘 모릅니다. 당분간은 어떤 간섭도 없었으면 합니다. 그러니 부탁하건대 당신 동료들 중 누가 묻더라도 오늘밤은 투치 국장 부인의 개인적인 행사일 뿐이라고 좀 대답해주세요!"

메제리처의 눈꺼풀은 천천히 그리고 걱정을 담아 수뇌부의 조치를 이해한다는 뜻을 전했다. 그리고 하나의 신뢰가 다른 신뢰를 낳듯 그는 입술을 적셔 원래 눈에 담겨 있어야 할 빛을 뿜으며 물었다. "그러면 백작, 제가 포이에르마울에 대해 좀 여쭤봐도 되겠습니까?"

"뭐 안 될 이유가 있나요?" 라인스도르프 백작이 놀라며 대답했다. "포이에르마울에 대해선 말할 게 아무것도 없어요. 그는 웨이든 남작 부인이 졸라대는 바람에 초청된 겁니다. 달리 뭐가 있겠어요? 혹시 뭐 아는 거라도 있나요?"

서기관 메제리처는 지금껏 포이에르마울 문제를 심각하게 받아들이지 않으려 했고 오히려 그가 일상적으로 경험하는 여러 사회적인 경쟁관계 중 하나로 여겼다. 하지만 라인스도르프 백작조차 그 중요성을 강력하게 부인하는 걸 보고는 생각을 바꾸지 않을 수 없었고 뭔가 중요한 것이 준비되고 있다고 확신했다. '그들이 무엇을 할 수 있을까?' 그는 이곳저곳을 걸으면서 생각에 빠졌고 국내외 정치의 가장 대담한 가능성들을 떠올려보았다. 그러나 잠시 후 그는 짧게 결론을 내렸다. '아무것도 아닐 거야!' 그러고는 언론사 일에는 더이상 신경을 쓰지 않기로 했다. 그런 몰입은 자신의 삶과 너무 모순적인 것처럼 보였기 때문이다. 메제리처는 위대한 사건을 믿지도 않았지만 좋아하지도 않았다. 만약 누군가 매우 중요하고 아름답고 위대한 시대에 살고 있음을 확신한다면, 그 사람은 뭔가 중요하고 아름답고 위대한 일이 여전히 일어날 수 있다는 생각을 받아들일 수 없을 것이다. 메제리처가 만약 산악인이었다면 그는 감시탑을 산꼭대기가 아니라 산중턱에 세우는 것이 사실상 옳다는 견해를 밝혔을 것이다. 그에게 그런 비유가 떠오르지 않았기 때문에 그는 약간의 꺼림칙함을 가지고 포이에르마울을 자신의 기사에 그 이름조차 언급하지 않겠다는 결심에 만족했다.

36.
위대한 일이 벌어지고 있다.
지인들을 만나다


디오티마가 메제리처와 이야기하는 동안 사촌 곁에 서 있던 울리히는 잠시 혼자 있게 된 그녀에게 물었다.

"너무 늦게 와서 죄송합니다. 드랑잘 부인과의 첫 만남은 어땠나요?"

디오티마는 염세적인 시선으로 무거운 속눈썹을 치켜떴다가 이내 내리깔았다.

"당연히 즐거웠지요." 그녀가 말했다. "그녀가 나를 찾아왔어요. 우린 오늘 뭔가 합의를 이룰 거예요. 그건 아무래도 상관없어요!"

"당신도 알지만!" 울리히가 말했다. 그의 목소리는 그들의 옛 대화를 떠올리게 했고 대화의 결말을 지으려는 것처럼 들렸다.

디오티마는 고개를 돌려 어리둥절한 듯 사촌을 바라보았다.

"저는 당신께 이미 말했습니다. 이제 모든 것은 거의 끝났고 아무것도 남지 않았어요." 울리히가 주장했다. 그는 말을 해야 할 것 같았다. 그날 오후 집에 도착했을 때 아가테가 와 있었지만 곧 자리를 떠났다. 이 자리에 오기 전 그들은 몇마디 말을 주고받았을 뿐이다. 아가테는 정원사 부인을 불러서 그녀의 도움으로 옷을 입었다. "당신께 경고했어요!" 울리히가 말했다.

"뭘 경고했다는 거죠?" 디오티마가 천천히 물었다.

"아, 모르겠어요. 모든 것에 대해 경고했죠!"

사실 그는 자신이 경고하지 않은 것이 무엇인지 알지 못했다. 그녀의 이념에 대해서, 야망에 대해서, 평행운동에 대해서, 사랑에 대해서, 정신에 대해서, 기념해에 대해서, 사업에 대해서, 살롱에 대해서, 열정에 대해서 경고했다. 또한 감상주의에 대해서, 무심한 방치에 대해서, 무절제와 지나친 억제에 대해서, 불륜과 결혼에 대해서도 마찬가지였다. 이렇듯 그가 경고하지 않은 것은 없었다. '이게 다 그녀의 모습이지!' 그는 생각했다. 그녀가 한 모든 행동은 우스꽝스러웠고, 그럼에도 그녀가 아름다웠기 때문에 슬프게 느껴지기도 했다.

"당신에게 경고했는데도," 울리히가 재차 말했다. "이제 당신은 오직 성과학의 문제에만 관심을 기울인다고요?"

디오티마는 그 말을 무시했다. "드랑잘의 애제자에게 재능이 있는 거 같나요?" 그녀가 물었다.

"물론이죠," 울리히가 대답했다. "재능있고 젊고 미완인 사람이죠. 그의 성공과 그 여인은 그를 파멸시킬 겁니다. 이 나라에서 태어난 아기들은 자신들이 지적인 발전을 통해 제거되고 말 대단한 본성을 가진 존재라는 말을 듣고 이미 파멸당하고 맙니다. 그는 종종 좋은 착상을 내놓지만 바보 같은 말을 하지 않고는 단 10분을 넘기지 못하죠." 그는 디오티마의 귀에 대고 말했다. "그 부인에 대해 더 아는 게 있나요?"

디오티마는 알아보기 힘들 정도로 머리를 살짝 흔들었다.

"그녀는 위험할 정도로 야망에 차 있어요." 울리히가 말했다. "하지만 당신의 새로운 연구 차원에선 흥미로운 인물일 겁니다. 아름다운 여인이라면 무화과 잎을 입을 만한 곳에서 그녀는 월계수 잎을 걸치지요! 나는 그런 여자들을 싫어합니다!"

디오티마는 웃기는커녕 미소조차 짓지 않았다. 그녀는 '사촌'에게 귀를 기울일 뿐이었다.

"남자로서의 포이에르마울을 어떻게 생각하나요?" 그가 물었다.

"불쌍하지요." 디오티마가 속삭였다. "너무 일찍 살이 쪄버린 새끼 양 같다고나 할까요."

"뭐 어떻습니까. 남성의 아름다움은 그저 이차적 성징일 뿐이에 요." 울리히가 말했다. "그에게서 우선적으로 주목을 끄는 점은 미래 에 성공할 희망이 크다는 겁니다. 포이에르마울은 10년 이내에 국제 적인 명사가 될 겁니다. 드랑잘과의 관계가 그걸 보장해줄 테고 그녀 는 아마 그와 결혼하겠지요. 그에게 명성이 유지된다면 아마 행복한 결혼이 지속될 거예요."

디오티마는 생각에 빠지더니 진지하게 그 말을 수정했다. "행복한 결혼은 어떤 규율 속에서 스스로를 판단하는 법을 배운다는 전제에 의 지하지요!" 그러고는 마치 당당한 배가 정박해 있던 부두를 떠나듯이 그의 곁을 떠났다. 그렇게 닻줄을 풀고 떠날 때 그녀는 여주인으로서 할 일이 있었기 때문에 그를 쳐다보지도 않은 채 겨우 고개만을 끄덕 인 채 자리를 떴다. 하지만 그녀는 나쁜 뜻으로 그렇게 한 것은 아니었 다. 오히려 울리히의 목소리는 마치 젊은 시절의 옛 음악처럼 들렸다. 심지어 그녀는 그의 인격을 성과학적으로 조명했을 때 어떤 결과에 이 를지를 조용히 자문해보기까지 했다. 이상하게도 이런 문제를 자세히 연구해왔음에도 울리히에게 적용할 생각까지는 못했던 것이다.

울리히는 눈을 치켜떴고 북적거리는 틈을 통해—아마도 갑자기 자 리를 뜨기 전에 디오티마의 시선이 이미 쫓아갔을 그 시각적 통로를 따라서—반대 쪽 방에서 파울 아른하임과 포이에르마울이 대화를 나

누고 그 곁에 드랑잘 부인이 상냥하게 서 있는 광경을 보았다. 그녀는
두 남자를 소개시켰다. 담배를 든 손을 쳐들고 있는 아른하임은 마치
무의식적으로 자신을 방어하는 것처럼 보였지만 겉으론 매우 친절하
게 웃고 있었다. 포이에르마울은 담배를 손가락에 낀 채 활기차게 말
했는데 주둥이를 어미의 젖에 문지르는 탐욕스런 송아지처럼 문장들
사이로 담배를 빨아들이고 있었다. 울리히는 그들이 무슨 말을 하는
지 짐작할 수 있었지만 굳이 생각해보고 싶지는 않았다. 그는 사람들
과 떨어진 채 고립감에 만족하며 누이를 찾고 있었다. 완전히 낯선 사
람들 틈에서 그녀를 발견했을 때 뭔가 서늘하고 차가운 것이 그의 산
만함을 뚫고 나왔다. 그때 슈툼 폰 보르트베어가 손가락 끝으로 부드
럽게 갈비뼈 사이를 찔렀고 그와 동시에 다른 쪽에서 추밀고문관 슈
붕 교수가 다가왔지만 사이에 끼어든 빈의 동료들에 막혀 몇걸음 앞
에서 걸음을 멈추고 말았다.

"마침내 자네를 찾았구먼!" 장군이 기뻐하며 속삭였다. "국방부장
관이 '지평'$^{Richterbilder}$이 뭔지를 궁금해서 말이야."

"왜 하필 지평이랍니까?"

"글쎄 잘 모르겠네. 아무튼 지평이 뭔가?"

울리히가 대답했다. "영원한 진실이지만 진실하지도 않고 영원하
지도 않으며 오히려 당대의 사람들에게만 유효한 방향성 같은 것이
지요. 철학적이고 사회학적인 표현이며 보통 잘 쓰지 않는 말이에요."

"아, 그렇군." 장군이 말했다. "아른하임이 그렇게 주장했지. 인간
이 선하다는 가르침은 그저 지평일 뿐이라고 말이야. 포이에르마울
이 대답하길 자신은 지평이 뭔지 모르지만 인간은 선하며 그것은 영
원한 진실이라고 하더군. 라인스도르프 백작은 말했지. '완전히 옳습

500

니다. 누구도 악을 원할 수는 없기 때문에 악한 인간은 존재하지 않지요. 악한 사람들은 그저 잘못된 길로 인도된 겁니다. 오늘날 사람들은 불안한 상태인데, 이런 시대에는 어떤 것도 확고하게 믿지 못하는 회의주의자가 많이 등장하기 때문입니다.' 난 그가 오늘 오후 우리와 함께 정신병원에 있었어야 한다고 생각했네! 아무튼 그 역시 이해하지 않으려는 사람들에게는 강요할 필요가 있다고 생각하는 것이지. 그래서 장관도 지평이 뭔지 알고 싶어했던 거야. 난 빨리 장관에게 갔다올 테니 여기서 움직이지 말고 가만히 있게. 자네와 긴급히 해야 할 말이 더 있고 그후에 장관에게 데려갈 테니!"

울리히가 장군에게 자세한 설명을 요청하기도 전에 투치가 스치듯 지나가며 말을 걸어왔다. "우리집엔 정말 오랜만이군요!" 투치는 그의 팔을 잡고는 말을 이었다. "언젠가 우리는 평화주의의 침공을 마주할 거라고 제가 예견했던 것을 기억하나요?" 그는 순간 상냥하게 장군의 눈을 바라봤지만 슈툼은 서둘러 자신은 군인으로서 다른 지평을 가지고 있으며 어떤 명예로운 확신에도 반대할… 이라고 말하다 그 문장의 나머지와 함께 사라져버렸다. 장군은 항상 투치에게 화가 났으며 그런 상태가 생각에 도움을 주지 않았기 때문이었다.

투치 국장은 장군의 뒷모습을 즐겁게 바라보다가 '사촌'에게로 몸을 돌렸다.

"그 유전 사업은 당연히 속임수일 뿐이에요." 국장이 말했다.

울리히는 놀란 눈으로 그를 바라봤다.

"유전에 대해 아무것도 모른다는 말인가요?" 투치가 물었다.

"알아요." 울리히가 대답했다. "당신도 안다는 사실이 놀라울 뿐입니다." 그러고는 무례하지 않게 덧붙였다. "당신은 숨기는 일에 일가

견이 있군요!"

"꽤 오래전부터 알고 있었어요." 투치는 자랑스레 말했다. "포이에르마울이 오늘 여기 있는 것도 아른하임이 라인스도르프를 통해 마련한 일이에요. 그의 책을 읽어본 적 있나요?"

울리히는 그렇다고 대답했다.

"골수 평화주의자죠!" 투치가 말했다. "그리고 내 아내가 드랑잘이라고 부르는 여성은 그를 열정적으로 돌봐줍니다. 그녀는 원래 평화주의에 관심이 없었고 오직 예술가들에게만 신경을 썼지만 그 시인을 열렬히 돌본 이래로 지금은 평화주의라면 죽음도 불사할 사람이 되었죠." 투치는 잠시 숙고하더니 울리히에게 말했다. "평화주의가 당연히 중요한 일이고 유전은 주의를 돌리는 유인 작전일 뿐이에요. 그래서 사람들은 평화주의자 포이에르마울을 앞세우는 겁니다. 그렇게 하면 모두가 '아, 저건 유인 작전이구나'라고 생각하고 그 뒤에 있는 유전이 중요한 거라고 믿게 되기 때문입니다. 탁월한 전략이지만 너무 영리하게 꾸며져서 사람들을 속이진 못할 겁니다. 아른하임이 갈리치아의 유전지대를 차지하고 군대와 공급계약을 맺으면 우리는 당연히 국경을 방어해야 합니다. 우리는 또한 아드리아 해안에 해군을 위한 석유기지를 건설해야 하고 그러면 이탈리아는 불안해지겠지요. 우리가 이런 식으로 이웃 나라들을 자극하면 자연스럽게 평화 요구나 평화 선전이 커질 테고 러시아의 차르가 영구 평화를 향한 이념을 가지고 전진한다면 심리적인 기반이 마련된 것을 목격할 겁니다. 그것이 바로 아른하임이 바라는 것이지요!"

"당신은 반대하나요?"

"전혀 반대하지 않습니다." 투치가 말했다. "하지만 제가 언젠가 말

했듯이 모든 수단을 동원하여 얻은 평화만큼 위험한 건 없지요. 당신
도 기억할 겁니다. 우린 얼뜨기 호사가들에 맞서 스스로를 지켜내야
하죠!"

"하지만 아른하임은 군수산업 사업가잖아요!" 울리히가 웃으면서
대답했다.

"물론 그렇습니다!" 투치는 약간 격앙된 채 속삭였다. "제발 이 사
안을 그렇게 단순하게 생각하지 마세요! 맞아요, 그는 계약을 챙길 거
예요. 그리고 우리 이웃들은 무장을 할 겁니다. 두고보세요. 결정적인
순간 그는 평화주의자로 정체를 드러낼 거예요! 평화주의는 지속적
이고 확실한 군수산업이지요. 반면 전쟁은 위험 부담이 큰 사업이에
요!"

"제가 보기에 군대는 그걸 나쁘게 생각하지 않더군요." 울리히가
화제를 돌려 말했다. "그들은 그저 아른하임의 사업으로 대포를 바꾸
고 싶을 뿐 다른 의도는 없어요. 또한 오늘날 전체 세계는 오직 평화
를 위해 무장합니다. 그래서 그들은 평화주의자들의 도움으로 무장을
하는 건 정당하다고 생각하죠!"

"그 사람들은 그런 일이 어떻게 실행되리라고 짐작하나요?" 투치
는 울리히의 농담을 무시하고 추궁했다.

"전 그들이 거기까지 나아간 것 같진 않아요. 당분간은 감정적 입장
을 취하겠지요."

"물론입니다!" 투치는 그 말이 나올 줄 알았다는 듯 흥분해서 말했
다. "군대는 전쟁에만 집중하고 다른 모든 것은 해당 부서에 맡겨야
하죠. 하지만 그러기 전에 그들은 얼치기 정신으로 전체 세계를 위험
에 빠트리고 싶어합니다! 다시 한번 강조하지만 외교에서 평화에 대

한 부적절한 언급보다 위험한 것은 없어요! 평화에 대한 요구가 더이상 멈출 수 없을 정도로 최고조에 이를 때마다 전쟁이 일어났어요! 기록으로 증명해드릴 수도 있습니다!"

그때 슈붕 교수는 동료들에게서 벗어났고 집주인에게 소개를 받기 위해 울리히에게 친근하게 다가왔다. 울리히는 형법 분야의 저명한 학자가 정치 영역의 권위있는 국장과 마찬가지로 평화주의를 비난할 거라는 말로 그를 맞았다.

"하지만 제발," 투치가 웃으면서 방어했다. "당신은 나를 완전히 오해하고 있어요!"

슈붕 역시 잠시 기다렸다가 한정책임능력에 대한 자신의 견해가 절대 잔인하거나 비인간적으로 비춰지지 않기를 바란다는 항변의 말로 비로소 대화에 끼어들었다.

"완전히 반대입니다!"

그는 마치 강단에 선 노ᴮ 배우처럼 팔 대신 목소리를 펼치며 단언했다. "인류의 평화는 우리에게 확실한 엄격함을 요구합니다! 국장님께서 이 문제에 관한 저의 최근 노력들을 들어보신 적이 있다고 가정해도 될까요?" 이제 그는 집주인에게 직접 말을 걸었는데 정신이 온전치 못한 범죄자의 한정책임능력이 단지 범죄자의 생각에서 기인했는지 아니면 의지로부터 기인했는지에 대한 논쟁에 관해서 투치 국장은 아무것도 들은 바가 없었지만 예의상 교수의 모든 말에 동의했다. 슈붕은 자신이 끼친 영향에 만족해하면서 오늘밤 회합에서 목격한 진지한 인생관을 칭찬하기 시작했고 여기저기 대화에서 '남성적인 엄격함'이나 '도덕적 건강성' 같은 말들을 자주 들었다고 설명했다. "우리 문화는 열등한 인간들, 도덕적 정신박약아들에 너무 많이 오염돼 있어요." 그는 개인적인 견해를 덧붙이면서 물었다. "하지만 오늘밤의 진정한 목적은 무엇인가요? 저는 여러 사람들을 거치면서 인간의 타고난 선에 대한 루소식의 견해가 자주 언급되는 걸 듣고 깜짝 놀랐습니다."

이 질문을 받은 투치는 미소지으며 침묵했으나 마침 장군이 돌아왔고 슈붕에게서 벗어나고 싶었던 울리히는 장군을 소개하면서 이분이야말로 여기 참석한 사람들 중 그 질문에 답할 가장 적합한 사람이라고 말했다. 슈툼 폰 보르트베어는 펄쩍 뛰며 부인했지만 슈붕은 물론 투치도 그를 놓아주지 않았다. 울리히가 잘됐다며 기뻐하면서 물러서자마자 한 오랜 지인이 그에게 말을 걸며 붙잡았다. "우리 아내와 딸도 여기 와 있네." 은행장 레오 피셸이었다.

"한스 제프는 국가시험에 합격했다네." 피셸이 말했다. "어떻게 생각하나? 그는 이제 박사학위 시험만 통과하면 되지! 우린 저 위에 코너에 앉아 있어." 그는 가장 멀리 떨어진 방을 가리켰다. "우린 아는 사람이 거의 없군. 게다가 자네도 오랫동안 보지 못했지! 자네 부친 문제로, 그렇지 않나? 한스 제프가 오늘밤 모임에 초대해줬어. 아내도 꽤 오고 싶어했고. 그 녀석이 아주 쓸모없진 않단 말이야. 그는 반쯤 공식적으로 약혼한 셈이지. 게르다와 말이야. 아마 몰랐겠지? 하지만 자네도 알다시피 딸아이는 그를 사랑하는지 아니면 그저 머릿속으로 생각만 하는지를 모르겠단 말이야. 잠시 건너가서 만나보지 않겠나?"

"나중에 가보겠습니다." 울리히가 약속했다.

"그래, 있다 보자고!" 피셸은 다짐하더니 말이 없었다. 그러더니 그가 속삭였다. "저분이 집주인 아닌가? 소개 좀 시켜주지 않겠나? 우린 아직 기회가 없었거든. 집주인도 안주인도 우리는 모른다네."

하지만 울리히가 그쪽으로 가려 하자 피셸이 그를 돌려 세웠다. "그런데 그 위대한 철학자는? 그는 어디 있나?" 피셸이 물었다. "내 아내와 게르다는 당연히 그에게 푹 빠져 있지. 하지만 유전은 무슨 일 인가? 잘못된 루머라는 말이 있지만 나는 믿지 않네. 그들은 언제나 부인하지! 자네도 알겠지만 이런 거라네. 내 아내는 하녀가 거짓말을 하고 비도덕적이며 건방지다고 화를 내곤하지. 영혼의 결함 때문이 라는 거야. 하지만 내가 집안의 평화를 위해서 조용히 하녀에게 임금 을 올려주겠다고 약속하면 그런 결함은 돌연 사라져버리거든! 영혼 에 대한 이야긴 없어지고 모든 건 단번에 질서를 되찾는데 아내는 왜 그런지를 모르지. 언제나 그렇지 않나? 그들의 부인을 믿기엔 유전은 너무나 막대한 사업적 가능성을 품고 있는 거야."

피셸은 뭘 좀 알아가지고 아내에게 돌아가고 싶어하는데 정작 울 리히가 아무 말이 없자 다시 말하기 시작했다. "이곳이 아름답다는 건 인정해야 할 거야. 하지만 내 아내는 그 기이한 말들이 무슨 뜻인지 알고 싶어한다네. 도대체 포이에르마울은 어떤 사람인가?" 그는 덧붙 였다. "게르다가 말하길 위대한 시인이라고 하더군. 한스 제프는 사람 들을 홀딱 자기한테 빠트리는 야심가에 불과하다고 하던데?"

울리히는 진실은 그 중간 어디쯤에 있을 거라고 대답했다.

"그거 괜찮은 말이군!" 피셸이 고마워했다.

"진실은 그러니까 항상 중간에 있는데 오늘날 사람들은 극단에 치 우쳐서 그 점을 잊어버리지! 난 매번 한스 제프에게 말한다네. 누구나 견해를 가질 수 있지만 뭔가 쓸모있는 견해만이 계속 살아남는데 그 런 견해야말로 다른 사람들을 이해시켰음을 보여주기 때문이라고 말 이네!" 레오 피셸 안에서 뭔가 중요한 것이 미묘하게 변화되었음에도 울리히는 유감스럽게도 그걸 들여다보지 않고 그저 게르다의 아버지를 투치 국장 무리에 서둘러 데려갔다.

그사이 슈툼은 달변가가 되어 있었는데 자리를 떠나는 울리히를 말리지 못한 데다 말을 하고 싶은 강한 욕구에 사로잡히는 바람에 곧바로 말이 터져 나왔기 때문이다.

"오늘밤 모임을 뭐라고 설명할 수 있을까요?" 그는 슈붕 고문관의 질문을 상기시키며 목소리를 높였다. "저는 그 신중한 질문의 의도에 맞춰 주장하고 싶습니다. 아무것도 아니라고 말입니다! 농담이 아닙니다, 여러분." 그는 어느 정도 자부심을 가지고 말했다. "오늘 오후 저는 대학의 정신병원을 견학하다가 만난 한 젊은 여성과 대화를 나누다 우연히 그녀가 원하는 것이 무엇인지를 물었고 그걸 알아야 모든 걸 제대로 해명할 수 있다고 말했습니다. 그런데 그녀는 생각을 자극하며 흔치 않게 총명한 대답을 하더군요. 그녀는 이렇게 말했습니다. '우리가 모든 것을 해명해야 한다면, 세상의 어떤 것도 바뀌지 않을 겁니다!'"

슈붕은 고개를 흔들며 이 주장에 찬성하지 않음을 내비쳤다.

"그녀가 무슨 말을 하는지 잘은 모르겠습니다." 슈툼이 한발 물러섰다. "그리고 그 의견에 동의할 필요도 없지만 뭔가 진실한 것이 느껴지는 건 어쩔 수 없어요! 아시겠지만 가령 저는 백작 각하와 평행운동에 조언을 해주는 내 친구에게 신세를 지고 있어요." 그는 겸손하게 울리히 쪽을 가리켰다. "그는 매우 큰 교훈을 주죠. 하지만 오늘 여기서 형성되는 것은 교훈에 대한 혐오입니다. 그래서 저는 처음 제가 했던 주장으로 돌아온 겁니다!"

"하지만 당신이 원하는 건," 투치가 말했다. "…제 말은 국방부장관은 오늘 애국적인 결단, 그러니까 대포의 재무장을 위한 공적 기금의 모금 같은 게 추진되었으면 한다고 사람들이 말하더군요. 당연히 공적인 의지로 의회에 압력을 가하기 위한 시위의 효과가 있겠지요."

"제가 오늘 들었던 많은 것들도 그런 내용이었던 것 같군요!" 추밀고문관 슈붕이 동의했다.

"그건 훨씬 더 복잡한 사안입니다, 국장님!" 장군이 말했다.

"그럼 아른하임 박사는요?" 투치가 솔직하게 물었다. "탁 터놓고 말해보지요. 장군은 아른하임이 그저 대포 문제와 연계된 갈리치아 유전만 원한다고 확신하나요?"

"저는 저와 연관된 것만 말할 수 있습니다, 국장님." 슈툼은 한발 물러서면서 다시 말했다. "모든 것은 더욱 복잡해지고 있어요!"

"당연히 복잡해지겠지요!" 투치가 미소를 지으며 대답했다.

"물론 우리는 대포가 필요합니다," 장군이 열을 올리며 말했다. "그리고 당신이 언급한 바대로 아른하임과 일하는 게 유익할 수도 있습니다. 하지만 거듭 말하지만 저는 문화 담당자로서 제 견해를 말할 수 있을 뿐이니 차라리 하나 물어보겠습니다. 정신이 담기지 않은 대포는 무슨 소용이 있나요?"

"그럼 왜 포이에르마울 씨와의 관계에 그렇게 가치를 부여하는 걸까요?" 투치가 조롱하듯 물었다. "그건 순전히 패배주의예요!"

"죄송하지만 그 의견에 반대합니다." 장군이 결연하게 말했다. "그건 시대정신이에요! 오늘날 시대정신에는 두 흐름이 있지요. 가령 백작 각하—그는 저쪽에 장관과 함께 있고 저는 거기서 대화하다 방금 온 겁니다—는 시대가 요구하는 행동의 슬로건을 내걸어야 한다고 말합니다. 또한 실제로 오늘날 사람들은 인류의 위대한 사유에 백년 전보다 훨씬 덜 매료되죠. 하지만 다른 한편으로 인류의 사랑이라는 신념에는 당연히 가치가 있기 때문에 백작은 이렇게 말합니다. 누군가 스스로의 행복을 원하지 않으면, 어떤 경우엔 그걸 강제해야 한다고 말이죠! 그렇듯 백작 역시 하나의 흐름을 선호하지만 다른 하나를 회피하지도 않죠!"

"그 말이 완전히 이해되지는 않는군요." 슈붕 교수가 이의를 제기했다.

"쉽게 받아들이기 힘든 말이죠." 슈툼이 기꺼이 동의했다. "제가 시대정신의 두 흐름에 대해 말한 지점에서 다시 시작해봅시다. 하나의 흐름은 인간은 본성을 그대로 따르기만 하면 천성적으로 선하다고 말합니다."

"어떻게 선하단 말인가요?" 슈붕이 끼어들었다. "오늘날 누가 그런 순진한 생각을 한단 말입니까? 우리는 18세기의 이상주의 세계에 사는 게 아니잖아요!"

"그 문제라면 제가 물러서야겠군요," 장군은 화가 난 듯 방어에 나섰다. "단순한 평화주의자들, 생식하는 사람들, 비폭력주의자들, 자연의 삶으로 돌아가자는 사람들, 반지성주의자들, 양심적 병역거부자들을 떠올려보세요. 당장 모든 사람들이 떠오르진 않지만 그들은 이른바 인류에 신뢰를 가진 사람들이고 하나의 큰 흐름을 형성하고 있습니다. 하지만," 그는 상냥스러운 태도로 기꺼이 덧붙였다. "당신이 원하신다면 정반대 입장에서 시작할 수 있습니다. 인간들은 절대 스스로 옳은 일을 하지 않기 때문에 억압당해 마땅하다는 게 사실이라는 입장에서 우리는 출발할 수 있습니다. 사람들은 아마 이런 의견에 더 쉽게 동의할 거예요. 대중에겐 강한 팔이 필요하고 단지 말이 아니라 행동으로 사람들을 다루는 지도자가 필요합니다. 한마디로 행동의 정신이 필요한 겁니다. 인간 사회는 딱 두 부류로, 즉 필요한 교육을 받은 소수의 자유민과 더 높은 열망 따위는 없이 그저 맡은 일을 억지로 하는 수많은 사람들로 구성돼 있습니다. 대략 그렇지 않습니까? 또한 경험으로 인해 이런 인식이 우리 평행운동에서도 점점 길을 개척해왔기 때문에 그 첫번째 흐름—제가 방금 말한 것은 시대정신의 두번째 흐름이니까요—은 인류의 사랑과 믿음이라는 위대한 이상이 완전히 사라질 수도 있다는 공포와 마주해 경악하고 있는 것입니다. 그래서 마지막 순간에 아직 구할 수 있는 것들을 구하기 위해 포이에르마울을 우리 운동에 보낸 세력이 움직인 것이죠. 이러면 처음 시작했던 것보다 훨씬 쉽게 이해되지 않습니까? 아닌가요?"

"그럼 무슨 일이 일어납니까?" 투치가 물었다.

"아무것도 안 일어날 겁니다." 슈툼이 대답했다. "우리 평행운동에는 이미 수많은 흐름들이 있었어요."

"그 두 흐름 사이에는 그러나 견디기 힘든 모순이 있군요!" 법률가로서 모호함을 참아낼 수 없었던 슈붕 교수가 반대하고 나섰다.

"자세히 살펴보면 그렇지 않습니다." 슈툼이 보충했다. "다른 흐름 역시 당연히 인류를 사랑합니다. 다만 먼저 권력으로 인류를 개조할 수 있다는 전제에서 말입니다. 말하자면 그저 기술적인 차이일 뿐이죠."

여기서 피셀 은행장이 말을 꺼냈다. "제가 늦게 왔기 때문에 아쉽게도 대화 전체의 맥락을 모르겠습니다. 하지만 그럼에도 제 견해를 말해보자면, 저는 인간에 대한 존중이 그 반대보다는 근본적으로 우위에 있다고 생각합니다. 오늘밤 저는, 물론 예외적인 경우겠지만, 다른 생각을 가진 사람들, 특히 다른 민족들을 향한 야만적인 견해를 들었습니다." 양쪽 구레나룻 사이 깨끗이 면도된 턱, 비스듬히 걸친 코안경 덕분에 그는 인류와 무역의 자유라는 위대한 이상을 간직한 영국의 귀족처럼 보였는데 그처럼 비난받을 견해를 내보인 사람이 자신의 미래의 사위이자 '시대정신의 두번째 흐름'에 인생항로를 맡긴 한스 제프라는 사실은 말하지 않았다.

"야만적인 견해라고요?" 장군이 보완하듯 물었다.

"끔찍하게 야만적이었죠." 피셸이 확언했다.

"아마도 말이 '격해진' 게 아닐까요. 말을 주고받다보면 흔히 그렇게 되잖아요."

"아니에요!" 피셸이 강하게 반박했다. "아주 불경스럽고 혁명적인 견해였어요! 아마 당신은 우리의 선동적인 젊은 세대들을 만나보지 못했을 거예요, 장군. 저는 그런 젊은이들이 여기 초대되었다는 사실에 놀랐습니다."

"혁명적인 견해라고요?" 그 말이 전혀 마음에 들지 않았던 슈툼은 자신의 둥근 얼굴이 지을 수 있는 가장 차가운 냉소를 지어 보였다. "은행장님, 유감스럽지만 먼저 말해두겠는데 저는 혁명적인 견해에 완전히 반대하지는 않습니다. 물론 진짜 혁명을 일으키지 않는 한에서 그렇죠! 혁명에는 종종 지나친 이상주의가 들어 있어요. 또한 혁명을 허용하느냐 하는 문제에 관해서 전체 조국을 하나로 묶어야 하는 평행운동은 그들이 어떤 표현방식을 사용하든 건설적인 힘을 거부할 권리는 없습니다!"

레오 피셸은 침묵했다. 슈봉 교수는 행정기관에 속하지 않은 고위직 인사의 의견에는 관심을 두지 않았다. 투치는 꿈을 꾸듯 다른 생각에 빠져 있었다. '첫번째 흐름$^{Strömung}$… 두번째 흐름.' 형상이 비슷한 두 단어가 떠올랐다. '첫번째 막힘$^{Stauung}$… 두번째 막힘.' 하지만 그는 그 말들을 정확히 기억하지 못했고 울리히와 나눈 대화에서 나온 말인 것도 같았다. 다만 아내에 대한 이해하기 힘든 질투가 그의 내면에서 깨어났고 그 질투는 자신이 도저히 풀 수 없는 불가사의한 매듭으로 이 무해한 장군과 연결돼 있었다. 침묵 때문에 정신을 차린 투치는 자신이 주제에서 벗어난 말 때문에 곁길로 빠지지 않았다는 것을 군부의 대표에게 보여주려 했다.

"제가 요약해보자면, 장군," 그가 말을 꺼냈다. "군벌이 원하는 바는,"

"하지만 국장님, 군사 파벌이란 없습니다!" 슈툼이 곧장 가로챘다. "사람들은 항상 군사 파벌을 이야기합니다만 군대는 그 본질상 파벌을 초월해 존재합니다!"

"그러면 군부라고 하지요." 투치는 그의 간섭에 매우 언짢은 티를 내면서 말했다. "당신은 군대에 요구되는 것은 대포뿐이 아니라 거기에 걸맞은 정신이라고 말했습니다. 당신들의 대포에 과연 어떤 정신이 깃들어야 한다고 보십니까?"

"너무 멀리 나가셨군요, 국장님!" 슈툼이 단호하게 말했다. "이 자리는 오늘밤 모임에 대해 저한테 해명해달라는 요청에서 시작되었고 저는 누구도 제대로 설명할 수 없다고 말씀드렸으며 그것이 제가 지지하는 유일한 관점입니다! 만약 시대정신에 제가 말씀드린 두 흐름이 있다면 그 두 흐름 역시 '해명'을 선호하진 않죠. 오늘날 사람들은 충동의 힘, 혈통의 힘 같은 것을 선호합니다. 제가 그런 힘에 동의하진 않지만 거기에 뭔가 있는 것은 사실입니다!"

이 말을 들은 피셀은 군대가 대포를 얻기 위해 심지어 반유대주의와 타협하는 것은 비도덕적이라면서 다시 한번 격분했다.

"하지만 은행장님!" 슈툼이 그를 진정시켰다. "첫째로 사람들이 이미 적대적이어서 독일인은 체코인과 마자르인에 맞서고, 체코인은 마자르인과 독일인에 맞서고, 그리고 모든 사람이 모든 사람에 맞서 있는 상황에서 약간의 반유대주의는 사실 별로 중요하지 않아 보입니다. 두번째로 오스트리아 장교단은 늘 국제적인데 수많은 이탈리아인, 프랑스인, 스코틀랜드인들이 있으며 이름만 봐도 알 수 있을 정도죠. 우리 보병 중에 콘<sup>Kohn</sup>(콘은 유대인이 쓰는 성씨다—옮긴이) 장군이란 사람은 올뮈츠<sup>Olmütz</sup>(체코 공화국의 도시 올로모우츠의 옛 이름—옮긴이)의 군단장입니다!"

"하지만 상당히 무리하신 거 아닌가 싶네요." 투치가 그 틈을 끼어들었다. "당신은 국제적인 데다 전투적이고 민족운동과 평화주의까지 틀어쥐고 일을 벌이고 싶어하죠. 그건 전문적인 외교가 감당하기에도 벅찬 일이에요. 평화주의를 이용해 군부정치를 시도하는 건 오늘날 유럽에서 가장 노련한 전문가들이나 하는 일입니다!"

"하지만 우린 정치를 하려는 게 아닙니다!" 슈툼이 너무 큰 오해에 한탄이 나온다는 목소리로 다시 한번 방어에 나섰다. "백작 각하는 소유와 교양에 그들의 정신을 통합시킬 마지막 기회를 주려는 거예요. 오늘밤은 거기서 비롯된 겁니다. 시민정신이 완전히 하나가 되지 못하면 당연히 우리는 그런 처지에…"

"어떤 처지 말입니까? 정말 궁금하군요!" 투치는 이어질 말을 성급하게 다그치며 목소리를 높였다.

"당연히 어려운 처지입니다." 슈툼은 신중하고 겸손하게 말했다.

신사 넷이 이런 대화를 나누는 동안 울리히는 백작 각하와 국방부 장관 그룹의 호출을 받지 않도록 그들의 눈을 피해 게르다를 찾았다.

그는 멀리 벽 근처에 앉아 있는 게르다를 발견했는데 그녀의 어머니는 곁에서 경직된 채 살롱을 바라보고 있었고 한스 제프는 불안하고 반항적인 태도로 다른 편을 향해 서 있었다. 지난번 울리히와의 유감스런 만남 이후 게르다는 더 말랐고 그가 그녀에게 다가갈수록 아름다움은 점점 더 앙상하게 드러났지만 오히려 그 모습은 치명적인 매력을 내뿜었고 힘없이 처진 어깨 위의 얼굴은 방과 두드러지게 대비되었다. 그녀가 울리히를 보았을 때 짧은 홍조가 뺨에 피어오르더니 이내 더 심하게 창백해졌고 심장에 고통을 느끼면서도 무엇 때문인지 그걸 꽉 쥐지 못하는 사람처럼 자기도 모르게 상체를 움직였다. 그의 머릿속에 스쳐지나간 한 장면 속에서 그는 동물적인 우월함에 의지하여 거칠게 그녀의 육체를 흥분시키고 그녀의 의지를 모욕했다. 지금 그 육체는 옷 속을 그에게 내비치며 자신을 자랑스럽게 드러내라는 모욕당한 의지의 명령을 받으면서 떨며 앉아 있었다. 게르다는 그에게 화가 난 것 같지는 않았지만 어떤 대가를 치르고라도 그와 '끝장'을 보고 싶었다. 그는 모든 걸 가능한 오래 맛보기 위해 눈에 띄지 않게 발걸음을 늦췄고 이런 선정적인 머뭇거림은 완전히 하나가 될 수 없었던 두 사람의 관계와 잘 어울리는 것 같았다. 울리히가 가까이 다가가 그를 기다리는 그녀의 얼굴에서 떨림 외에 아무것도 보지 못했을 때, 그림자 같기도 하고 한줄기 온기 같기도 한 무게 없는 뭔가가 그에게 떨어졌고 그를 조용히 지나치면서도 의도를 숨기지 않은 채 그를 쫓아왔을 게 분명한 보나데아를 알아보았고 그녀에게 인사를 건넸다. 세계는 우리가 아름답다고 느끼면 아름다운 것이다. 잠시 그에게는 자신이 두 여인을 묘사했듯이 풍만한 것과 야윈 것의 순진한 대조가 마치 수목한계선의 목초지와 바위 사이의 차이처럼 크게 다가왔고 죄책감에 빠진 미소를 지으면서 평행운동에서 내려와야겠다는 느낌에 사로잡혔다. 게르다는 그 미소가 천천히 떨어져 자신에게 뻗은 손으로 내려앉는 것을 보았고 순간 그녀의 눈썹은 떨렸다.

그때 디오티마는 아른하임이 젊은 포이에르마울을 백작 각하와 국방부장관이 있는 그룹으로 데려가는 것을 목격했고 노련한 전술가인 그녀는 하인들에게 다과를 들고 방에 침입하도록 함으로써 모든 만남을 중단시켜버렸다.


## 37.
## 어떤 비유

앞서 묘사된 식의 대화는 수십 차례 있었고 모든 대화들은 쉽게 설명할 수 없지만 그냥 넘어갈 수 없는 공통점이 있었다. 서기관 메제리처가 그러하듯 어떤 사람들이 왔고 무슨 옷을 입었으며 이런저런 말을 했다는 식으로 그 현란한 모임을 자세히 열거함으로써 묘사하지 않는다면 말이다. 사실 그런 방법을 많은 사람들은 순수한 서사적 예술이라고 불렀다. 그러므로 프리델 포이에르마울은 비참한 아첨꾼이 아니었고 한번도 그런 적이 없으며 오히려 메제리처 앞에서 그에 대해 "메제리처는 우리 시대의 호메로스입니다! 아니, 진심으로 그렇습니다"라고 말할 때 그저 시대에 합당한 착상을 적절한 자리에서 말한 것뿐이었다. 메제리처가 거북스럽다는 태도를 보이자 그는 "서사적으로 흔들리지 않는 '그리고' 덕분에 모든 사람들과 사건이 서로 나란히 연결되는 모습이 제 눈에는 매우 위대하게 비춰집니다!"라고 덧붙였다. 포이에르마울이 『의회와 사회』의 편집인을 붙잡아둘 수 있었던 것은 그 편집인이 아른하임을 만나지 않고는 그 집을 떠나지 않을 작정이었기 때문이다. 하지만 메제리처는 여전히 포이에르마울을 거명될 만한 참석자 명단에 올리지 않았다.

백치와 크레틴병 환자의 차이를 정밀하게 구분하지 않더라도, 어느 수준의 백치에게는 '아버지 그리고 어머니'라는 생각이 친숙함에도 불구하고 '부모'라는 개념까지는 미치지 못하는 경우를 기억해야 한다. 이런 단순하고 나란히 늘어놓는 '그리고'가 바로 메제리처가 사회 현상을 결합하는 방식이었다. 더 나아가 기억해야 할 것은 사유의 단순한 물질성을 가진 백치들은 비밀스런 방식으로 감정에 반응한다는 것이다. 또한 시인들 역시 실재하는 사물을 정신으로 표현할 때 똑같은 방식으로 감정에 직접 반응한다. 그러니까 프리델 포이에르마울이 메제리처를 시인이라고 불렀다면 그는 또한 그를—말하자면 비슷하게 모호한 감정으로, 그리고 갑작스런 깨달음에 가까운 상념으로—모든 인류에게 뜻깊은 의미로 백치라고 부를 수도 있을 것이다. 왜냐하면 시인과 백치의 공통점은 어떤 폭넓은 개념으로도 포괄될 수 없으며 어떤 분석과 추상화로도 밝혀질 수 없는 정신상태이기 때문에, 가장 저급한 결합으로서의 이러한 정신상태는 자신의 한계 속에서 가장 단순한 연결어, 즉 어쩔 수 없이 서로를 나열하는 '그리고'로 자신을 가장 잘 표현하게 되며 이는 스스로의 정신적 허약함을 더 복잡한 관계로 대체해준다. 또한 세계는 그 정신적 풍부함에도 불구하고 그런 정신박약과 비슷한 상태에 있다고 주장할 수 있을 것이다. 실로 벌어지는 사건을 전체 속에서 이해하려 할 때 우리는 이런 주장을 피해갈 수 없을 것이다.

그런 관찰을 처음 시도하거나 거기에 참여한 사람들만이 영리한 사람들이라는 말은 아니다! 그런 지적 탁월함은 절대 한 개인에게 의지하지 않으며 개인이 추진하는 일이나 오늘밤 디오티마의 집에 온 어느 정도 교활한 사람들에 의해 추진된 일에도 의지하지 않는다. 왜냐하면 가령 슈툼 폰 보르트베어 장군은 쉬는 시간에 백작 각하와 대화를 나누면서 상냥하면서도 완강하고 공손하면서도 솔직하게 이의를 제기했기 때문이었다.

"백작 각하, 제가 강력하게 반대하는 걸 너그럽게 봐주시길 바랍니다. 자신의 인종에 자부심을 가진 사람들에게는 오만함만 있는 게 아니라 호감을 주는 귀족적인 점도 있습니다!" 그는 자신의 말이 무엇을 의미하는지 정확히 알았지만 그 말로 무엇을 전했는지는 정확히 알지 못했는데 그런 민간인 투의 언사는 두꺼운 장갑을 끼고 성냥갑에서 성냥 하나를 잡으려는 것처럼 뭔가 과잉돼 있기 때문이었다. 그리고 장군이 참지 못하고 백작 각하에게 다가서는 것을 본 후 장군의 곁을 떠나지 못하던 레오 피셀은 이렇게 덧붙였다.

"우리는 사람을 인종으로가 아니라 그 업적으로 평가해야 합니다!"

백작 각하 역시 논리에 맞게 대응했다. 그는 방금 소개받은 피셀은 행장을 무시하고 슈툼에게 대답했다.

"시민들에게 인종이 왜 필요한 거죠? 귀족 시종장 하나에게 열여섯 명의 귀족 조상이 있어야 한다는 말을 항상 오만이라고 비난해오던 시민계급이 지금은 무엇을 하고 있습니까? 그걸 모방하고 과장해서 따라하죠. 물론 열여섯 이상의 조상은 명백한 속물주의입니다!" 백작은 화가 났기 때문에 그렇게 이야기하는 것도 합당했다. 인간이 이성을 소유했다는 건 이론의 여지가 없으나 문제는 그걸 사회에서 어떻게 사용하느냐는 것이다.

백작은 평행운동에 자신이 한때 추동하기도 했던 '민족적인' 요소가 침입하자 화가 났다. 수많은 정치적이고 사회적인 견해들이 그를 민족주의로 몰아세웠다. 정작 백작 자신은 단지 '국민'만을 인정하는데 말이다. 그의 정치적 동지들은 충고했다. "그들이 인종과 순수함, 혈통에 대해 말하는 걸 듣는다 해서 해가 될 것은 없네. 누가 다른 사람들이 말하는 걸 진지하게 받아들인단 말인가!"

"하지만 그들은 인간이 짐승이라도 되는 것처럼 말하지 않나!" 인간의 존엄에 대해 가톨릭의 견해를 간직한 라인스도르프 백작은 반발했다. 그는 자신이 대농장주임에도 닭이나 말의 품종을 개량할 때나 쓰는 원칙을 신의 자녀들에게 적용하는 것은 용인하지 못했던 것이다. 그의 동지들이 대답했다. "그리 깊이 생각할 필요는 없네! 그리고 아마 그게 그들이 지금껏 떠들어온 인도주의나 외국에서 유래한 혁명사상에 대해 이야기하는 것보다는 나을 거야." 거기서 백작은 마침내 깨달음을 얻었다. 그러나 백작은 디오티마에게 초대하라고 강요했던 포이에르마울이 평행운동에 새로운 혼란을 가져오고 자신을 실망시킨 것에 다시 한번 화가 났다. 그 시인을 치켜세운 웨이든 남작부인의 압박에 그만 굴복하고 말았던 것이다. "당신 말이 옳습니다," 라인스도르프 백작은 인정했다. "이런 식으로 가다간 우리는 독일화의 오명을 뒤집어쓸 거예요. 그리고 모든 인류를 사랑해야 한다고 말하는 시인을 초대해도 나쁘지 않을 거라는 당신 말도 옳아요. 하지만 보시다시피 투치 부인에게 갑자기 그 초대를 제안할 순 없어요!"그래도 웨이든은 절대 물러서지 않았고 또다른 명백한 이유를 만들어냈으며 결국 라인스도르프는 그의 초대를 디오티마에게 요청하겠다는 약속을 하고 말았다. "난 그러고 싶지 않지만," 그는 말했다. "사람들을 이해시키기 위해서 강한 팔뿐 아니라 아름다운 말이 필요하다는 당신의 말에 동의할 수밖에 없군요. 지금껏 모든 일이 너무 천천히 진행돼왔다는 당신 말도 옳아요. 우리에겐 진정한 열정이 남아 있지 않지요!"

하지만 지금 그는 만족하지 못했다. 백작은 자신이 남들보다 똑똑하다고 생각할 때조차 절대 다른 사람들을 멍청하다고 여기지는 않았는데 왜 여기 모인 똑똑한 사람들은 그토록 덜떨어진 인상을 주는지 알 수 없었다. 사실 삶은 사적인 영역뿐 아니라 신앙과 과학이라고 평가되는 공적인 분야에서도 지적인 상황이었지만 그에게는 완전히 책임능력을 상실한 상태에 있는 것처럼 보였다. 항상 들어보지도 못한 새로운 이념들이 솟아올랐고 열정이 타올랐다가 날이 갈수록 다시 식어버렸다. 사람들은 이런저런 지도자들을 뒤쫓고 이런저런 미신에 걸려 넘어졌다. 한번은 황제에게 환호를 보냈고 다음번엔 의회에서 혐오에 가득 찬 선동적인 연설을 했지만 아무 결론도 이끌어내지는 못했다! 만약 이것을 백만 배 작게 축소해서 한 사람의 머리 크기에 집어넣을 수 있다면 거기에는 예측 불가능함, 망각, 무지, 미친 듯 날뛰는 이미지—지금껏 생각해볼 기회가 없었지만 라인스도르프 백작이 미친 사람 하면 항상 떠올리는—가 정확하게 들어 있을 것이다. 백작은 자신을 둘러싼 신사들 한가운데 침울하게 서서 평행운동이 시대의 진실을 밝혀야 한다고 생각하면서도 신앙에 관해서는 어떤 생각도 떠올릴 수 없었는데 그에게 신앙은 아마도 높은 교회 벽의 그림자처럼 편안한 위로로 다가올 뿐이기 때문이었다.

"우습군!" 그는 잠시 후 생각을 중단하고 울리히에게 말했다. "적당히 거리를 두고 바라보면 그건 가을날 과일나무에 모여든 찌르레기 무리를 떠올리게 할 거야."

울리히는 게르다를 만나고 돌아와 있었다. 그들의 대화는 처음 기대에 미치지 못했다. 게르다는 가슴속에 박힌 쐐기를 뽑아내는 듯한 괴롭고 짧은 대답 이상은 하지 않았다. 한스 제프가 말을 더 하면 할수록 그는 그녀의 수호자처럼 행동했고 이런 타락한 분위기에서도 주눅들지 않음을 보여주려 했다.

"당신은 위대한 인종 연구가 브렘스후버<sup>Bremshuber</sup>를 모르나요?" 한스는 울리히에게 물었다.

"그는 어디 사나요?" 울리히가 물었다.

"라<sup>Laa</sup> 강변의 셰르딩<sup>Schärding</sup>에 살아요." 한스가 대답했다.

"직업이 무엇인가요?" 울리히가 물었다.

"그게 뭐 중요한가요!" 한스가 말했다. "새로운 사람들이 등장하는 시대예요! 그는 약사입니다!"

울리히는 게르다에게 말했다. "약혼을 했다고 들었어!"

게르다는 다른 대답을 했다. "브렘스후버는 다른 종족에 대한 가차없는 억압을 요구해요. 그게 관용이나 경멸보다는 덜 잔인하다는 거죠!" 깨진 문장 조각을 애매하게 끼워 맞춰 억지로 내뱉는 동안 그녀의 입술은 다시 떨렸다.

울리히는 그녀를 빤히 쳐다보더니 고개를 흔들었다.

"이해가 안 되는군." 작별의 인사로 손을 내밀면서 그는 말했다. 그리고 지금 라인스도르프 곁에 선 그는 무한한 공간 속의 별처럼 순수해진 것 같았다.

"우리가 거리를 두고 바라보지 않으면," 잠시 후 라인스도르프 백작은 천천히 새로운 생각을 이야기했다. "마치 자기 꼬리를 잡으려는 개처럼 그 문제가 머릿속을 맴돌 겁니다. 한번 보세요," 그는 덧붙였다. "저는 제 친구들에게도 양보했고 웨이든 남작부인에게도 양보했으며 우리가 말하는 걸 누군가 듣는다면 각각의 세부적인 것들은 현명해 보일지 모르지만 우리가 찾고자 하는 고귀한 정신적 관계들은 일관성도 없는 장황한 독단처럼 보일 겁니다!"

아른하임이 데려온 국방부장관과 포이에르마울 주위로 모여든 한 무리의 사람들 속에서 포이에르마울은 인류애를 발휘하며 활발하게 말을 이어갔고 좀 떨어진 곳에서 이제는 뒤로 물러난 아른하임 주위로 다른 무리의 사람들이 모여 있었는데 울리히는 이 무리에서 한스 제프와 게르다를 목격했다. 포이에르마울이 외치는 소리가 들렸다. "우리는 인생을 배움을 통해서가 아니라 선을 통해 이해합니다. 우리는 인생을 믿어야 합니다!" 교수 드랑잘 부인이 바로 뒤에 똑바로 서서 그의 말이 옳음을 증언했다.

"괴테 역시 박사는 아니었어요!"

그녀의 눈에 포이에르마울은 괴테와 아주 비슷해 보였다. 국방장관 역시 꼿꼿하게 서서 마치 사열하는 병사들의 경례에 손을 들어 익숙하게 응대하듯 계속 미소를 짓고 있었다.

라인스도르프 백작이 울리히에게 물었다. "도대체 포이에르마울은 어떤 자인가요?"

"그의 아버지가 헝가리에 공장들을 소유했답니다." 울리히가 대답했다. "제 생각엔 인鑄과 관련된 공장인 것 같고 마흔살이 넘은 노동자가 하나도 없다는군요. 뼈가 괴사되는 직업병 때문입니다."

"그건 알겠고, 그의 아들은요?" 노동자들의 운명은 라인스도르프의 관심사가 아니었다.

"원래 대학에 갈 예정이었답니다. 법학이라고 들었어요. 아버지는 자수성가한 사람이고 아들이 공부에 의욕이 없어서 속이 상해 있어요."

"왜 공부에 의욕이 없는 거지요?" 요즘 들어 꼼꼼해진 라인스도르프 백작이 다시 물었다.

"누가 알겠습니까," 울리히는 어깨를 으쓱해 보였다. "아마도 '아버지와 아들' 현상 아닐까요. 아버지가 가난하면 아들은 돈을 밝히죠. 아버지가 돈이 있으면 아들은 인류를 사랑하게 되고요. 우리 시대의 아버지-아들 문제를 들어보신 적이 없나요?"

"그래요, 들어본 적이 있어요. 그나저나 왜 아른하임은 포이에르마울을 후원하는 걸까요? 유전과 무슨 연관성이라도 있나요?" 라인스도르프가 물었다.

"백작도 그걸 아시나요?" 울리히가 목소리를 높였다.

"당연히 난 모든 걸 압니다." 라인스도르프는 관대하게 대답했다. "하지만 아직도 이해가 되지 않는 건 이런 거예요. 사람들이 서로 사랑해야 하는 것과 그러기 위해 정부가 강해야 한다는 것은 이제 익숙해진 일입니다. 그런데 왜 갑자기 이것이 '양자택일'의 문제가 된 것일까요?"

울리히가 대답했다. "각하는 항상 전체 민족이 자발적으로 참여해 아래로부터 점점 고양되는 운동을 원했습니다. 그렇게 돼야 한다고 요!"

"아, 그건 사실이 아니에요!" 라인스도르프가 흥분하며 반박했지만 더 말하기도 전에 슈툼 폰 보르트베어가 오는 바람에 대화가 끊겼다. 슈툼은 급히 울리히에게 물어볼 것이 있어서 아른하임 모임에서 달려온 참이었다.

"각하, 방해해서 죄송합니다." 장군이 말했다. "하지만 말해주게," 그는 울리히를 향해 돌아섰다. "인간이 이성을 무시하고 오직 열정에만 이끌릴 수 있는가?"

울리히는 멍하니 그를 바라봤다.

"저 무리에 맑시스트가 한 사람 있더군." 슈툼이 설명했다. "그가 주장하길 인간의 경제적 하부구조가 이데올로기적 상부구조를 절대적으로 규정한다는 거야. 또한 심리분석가 하나가 그에 반대하며 주장하길, 이데올로기적 상부구조는 절대적으로 한 인간의 충동적 하부구조에 의해 만들어진다는 거야."

"그렇게 단순하지는 않지요." 그 논쟁에서 빠져나가길 바라면서 울리히가 말했다.

"그거야 나도 늘 하는 말이네! 하지만 아무 소용 없는 말이지." 장군은 곧장 대답하고는 울리히에게서 눈을 떼지 않았다. 하지만 이젠 라인스도르프마저 대화에 끼어들었다. "당신도 알겠지만," 그는 울리히를 향해 말했다. "그 비슷한 걸 대화 주제로 삼아보고 싶군요. 하부구조가 경제적이건 성적이건 간에 내가 말하고 싶은 건 이거예요. 왜 사람들은 상부구조를 신뢰하지 않는 거죠? 사람들은 흔히 세계는 미쳤다고 말해요. 결국 사람들은 그게 진실이라고 믿게 될 겁니다!"

"그게 대중의 심리입니다, 백작!" 박식한 장군이 다시 끼어들었다. "대중에 관해서라면 제가 잘 알죠. 대중은 오직 충동에 의해 움직이고 당연하게도 충동은 대부분의 개인들에게 공통적이죠. 아주 논리적이죠! 그러나 결론적으로는 당연히 비논리적이에요. 대중은 비논리적이고 논리적인 사고를 오직 과시용으로만 사용합니다. 그들이 실제로 이끌리는 단 하나의 것은 암시예요! 당신이 나한테 신문, 라디오, 영화산업, 그리고 다른 문화수단들을 건네준다면 수년 안에—내 친구 울리히가 언젠가 말한 것처럼—나는 사람들을 식인종으로 만들 수 있을 겁니다. 그래서 인간에겐 강한 지도자가 필요한 거예요! 폐하는 그걸 나보다 잘 알아요! 하지만 아주 뛰어난 개인조차 어떤 상황에서는 논리적이지 않을 수 있다는 말—비록 아른하임이 주장하는 말이라도—을 나는 믿을 수 없습니다."

이렇듯 매우 우발적인 논쟁을 위해 울리히는 친구의 손에 무엇을 건네줄 수 있었을까? 마치 낚싯바늘에 물고기 대신 수초가 걸려 있듯이 장군의 질문에는 혼란스런 이론의 다발이 걸려 있었다. 인간은 그저 열정에 따라서, 그러니까 오늘날 사람들이 가정하듯 욕망의 무의식적인 흐름이라든가 쾌락의 부드러운 미풍에 따라서 행동하고 느끼고 심지어 생각하는 것일까? 아니면 오늘날 우리가 가정하듯 이성과 의지를 따르는 것일까? 최근 유행하는 생각처럼 성적 충동 같은 특별한 열정을 따르는 것일까? 아니면 오늘날 또한 가정되듯 성적 충동이 아니라 경제적 조건에 따른 심리적 영향을 따르는 것일까? 복잡한 구조물인 인간은 많은 측면에서 관찰될 수 있고 이론적인 상像 가운데 이런저런 축을 선택할 수 있다. 그러면 부분적인 진리들이 드러나고 그런 진리들이 천천히 서로 관통하면서 진리는 더 높이 자라나게 된다. 그런데 정말 더 높이 자라는 걸까? 부분적인 진리만을 유효한 것으로 생각할 때마다 우리는 대가를 치러야 했다. 다른 한편으론 이런 부분적인 진리가 과대평가되지 않았다면 우린 그것에조차 이르지 못했을 것이다. 이런 식으로 진리의 역사와 감정의 역사는 여러 면에서 연결돼 있지만 감정의 역사는 상대적으로 어두운 영역에 남아 있다. 사실 울리히의 생각에 의하면 감정의 역사는 역사가 아니라 난잡한 쓰레기에 불과하다. 가령 재밌는 것은 열정적인 사유를 의미하는 중세 시대 인간의 본성에 대한 종교적 사유는 이성과 의지에 매우 강하게 근거하고 있었다. 반면 열정이라곤 담배를 너무 많이 피우는 것밖에 없는 오늘날의 지식인들은 감정을 모든 인간의 근본으로 바라본다. 그런 생각이 울리히의 머릿속을 스쳐지나갔기에 당연히 그는 슈툼의 말에 대답하고 싶은 마음이 없었다. 슈툼도 대답을 기다린 것이 아니라 아른하임 모임 쪽으로 가기 전에 잠시 마음을 진정시키고 싶었을 뿐이다.

"라인스도르프 백작 각하!" 울리히는 부드럽게 말했다. "제가 오래전에 정확성뿐 아니라 영혼에도 요구되는 모든 문제들을 해결할 세계사무국을 세우자고 했던 제안을 기억하시나요?"

"똑똑히 기억하지요." 라인스도르프가 대답했다. "내가 그걸 추기경한테 말했더니 그가 몹시 웃었었죠. 그래도 그는 당신이 너무 늦게 나타났다고 말했어요!"

"그게 바로 당신이 전에 부족하다고 한탄하던 것이었어요!" 울리히가 말을 이어나갔다. "당신은 오늘날 세계가 예전에 원하던 것을 더 이상 기억하지 못하고 있음을, 세계의 분위기가 납득할 만한 이유 없이 변하고 있음을, 세계가 끊임없이 격앙돼 있어서 아무 결과도 이끌어내지 못한다는 것을 알고 있습니다. 또한 우리가 인류의 머릿속에서 벌어지는 그 모든 일들을 한 사람의 머릿속에 집어넣을 수 있다고 상상한다면, 그 사람은 정신적인 열등함으로 간주되는 그 악명 높은 일련의 결함 증상들을 틀림없이 보여줄 것입니다."

"탁월하게 정확하군요!" 그날 오후 새롭게 습득한 모든 것에 뿌듯함을 느끼는 듯 보이던 슈툼 폰 보르트베어가 소리쳤다. "그건 그 병의 모습… 아쉽게도 그 정신병의 명칭을 또 잊어버렸지만 그 모습과 정확히 일치하네요!"

"아니에요," 울리히가 웃으며 대답했다. "특정한 정신병의 모습이 아닙니다. 왜냐하면 정상인과 정신병자를 구별하는 기준은 정상인은 모든 정신병을 가진 반면 정신병자는 오직 하나의 병을 지녔기 때문이죠!"

"탁월하게 옳은 말이에요!" 슈툼과 라인스도르프는 약간 다른 표현을 쓰긴 했지만 한목소리로 외쳤고 말을 덧붙였다. "하지만 정확히 무슨 말인가요?"

"그게 의미하는 바는," 울리히가 주장했다. "만약 제가 도덕에서 감정, 환상 등을 포함하는 모든 관계의 규칙을 이해한다면, 그 각각은 다른 것을 표준으로 삼아 일종의 안정감을 얻지만 도덕 안에서 그 모든 것을 합해놓으면 정신이상 상태를 벗어나지 못한다는 의미입니다!"

"너무 멀리 나갔군요!" 라인스도르프 백작은 선량하게 말했고 장군도 덧붙였다. "하지만 모든 사람은 각자 자신의 도덕을 가져야 하네. 누구에게도 고양이를 좋아하라거나 개를 좋아하라고 강요할 순 없지!"

"강요할 수도 있지 않나요, 백작 각하?" 울리히가 집요하게 질문했다.

"글쎄, 예전에는 그랬죠." 라인스도르프 백작은 종교적인 확신에 따라 '진리'는 어디에나 있다고 생각하면서도 능숙하게 둘러댔다. "예전에는 더 훌륭했죠. 그런데 지금은?…"

"그래서 우리는 항구적인 종교전쟁 상태에 머물러 있죠." 울리히가 말했다.

"종교전쟁이라고 했나요?" 라인스도르프가 호기심에 차서 물었다.

"그럼 뭐라고 할까요?"

"그래요, 나쁘지 않네요. 오늘날의 삶에 대한 아주 좋은 표현이에요. 아무튼 나는 항상 당신한테 훌륭한 가톨릭 정신이 숨어 있음을 알고 있었어요!"

"저는 아주 타락한 신자입니다." 울리히가 대답했다. "저는 신이 있었다는 걸 믿지 않고 오히려 이제 올 거라는 걸 믿습니다. 단, 우리가 지금껏 해온 것보다 신을 위해 더 나은 지름길을 만드는 한에서 말이죠!"

백작은 품위있는 말로 이 견해를 거부했다. "그건 내 수준을 벗어나는 말이군요!"

## 38.
## 위대한 일이 벌어지고 있다.
## 그러나 사람들은 모른다

하지만 장군은 소리를 질렀다. "지금 나는 즉시 국방장관 각하에게 돌아가야 하네만 자네는 모든 걸 나한테 설명해줘야 할 거야, 내가 놓아주지 않을 테니까! 난 저분들의 양해를 얻어 곧 돌아오겠네!"

라인스도르프는 무슨 말을 하고 싶어하는 눈치였고 그의 머릿속에서 생각이 활발하게 일어났지만 울리히와 그는 단 한순간도 둘만 있지 못했고 매력적인 백작을 차지하려고 몰려드는 사람들에 둘러싸여 있었다. 울리히가 방금 했던 말은 당연히 대화 주제가 되지 못했고 또한 그 외에는 누구도 그런 문제를 생각하지 않았는데 그 순간 팔 하나가 뒤에서 그의 팔로 미끄러져 들어왔고 아가테가 나타났다.

"나를 방어해줄 근거를 찾고 있었어?" 그녀는 심술궂게 쓰다듬는 사람처럼 물었다.

울리히는 그녀의 팔을 잡고 주변을 둘러싼 사람들을 피해 비켜섰다.

"집으로 가면 안 될까?" 아가테가 물었다.

"안 돼," 울리히가 말했다. "벌써 갈 수는 없지."

"다가오는 시대가 놓아주지 않는 거겠지. 그 시대 때문에 여기에 순수하게 머물러야 하는 건가?" 아가테가 그를 놀리듯 말했다.

울리히가 그녀의 팔을 세게 잡았다.

"감옥에 있으라는 말이 차라리 나한테 더 나을 거 같아!" 그녀가 귀에 대고 속삭였다.

그들은 둘만 있을 만한 장소를 찾았다. 모임은 이제 최고조로 달아올랐고 참석자들은 서서히 무리를 만들어갔다. 시간이 갈수록 전체적으로 두 그룹이 뚜렷이 구별되었다. 국방부장관 주위로는 평화와 사랑이 언급되었고 아른하임 주변으로는 독일의 온건함은 독일의 무력이 제공하는 그늘 속에서 가장 잘 번성한다는 담론이 진행되고 있었다.

진지한 의견을 절대 거부하지 않고 새로운 견해에 각별한 애정을 느끼는 아른하임은 호의적으로 듣고 있었다. 그의 걱정은 유전 사업이 의회에서 반대에 부딪히지 않을까 하는 것이었다. 그는 슬라브 정치인들의 반대는 피할 수 없겠지만 친독일 성향 의원들의 동의는 얻을 수 있으리라 희망했다. 정부 내에서는 크게 중요하게 여기지 않는 외교부의 뚜렷한 반대를 제외하고는 모든 일이 잘 돌아갔다. 내일 그는 부다페스트로 떠날 예정이었다.

적대적인 '관찰자'들은 아른하임은 물론 다른 명사들 주변에 많이 있었다. 그들은 모든 것에 '예'라고 말하고 가장 친절한 사람들이란 점에서 확 티가 났던 반면 다른 사람들은 다양한 의견을 가지고 있었다.

투치는 그런 적대적 관찰자 중 하나를 설득해보려고 했다. "여기서 나온 말들은 아무 의미도 없습니다. 절대 의미가 없어요!" 상대방은 그의 말을 믿었다. 그는 의회의원이었다. 하지만 그는 여기서 뭔가 악한 일이 진행되고 있다는, 원래의 생각을 바꾸지 않았다.

반면 백작 각하는 또다른 질문자에게 그날 밤의 의미를 이렇게 변호했다. "선생님, 1848년 이후 심지어 혁명조차 오직 수많은 말로만 이뤄져왔습니다!"

그런 차이점들을 보통의 단조로운 삶이 받아들일 만한 일탈로 간주한다면 잘못일 것이다. 또한 이런 오류는 심각한 중요성을 품고 있음에도 '그건 감정의 문제다' 같은 표현에서 자주 발생하며 그것 없이 우리의 정신적 안정은 생각할 수조차 없게 되었다. 그 없어서는 안 될 표현은 삶에서 꼭 있어야 할 것과 있을 수 있는 것을 분리시켰다.

"그런 표현은," 울리히가 아가테에게 말했다. "정해진 질서와 사적으로 마련된 자유공간을 분리시키지. 달리 말해 이성적으로 사유된 것과 비이성적으로 활동하는 것을 분리시켜. 보통 그렇듯이 중요한 일에서 인간성은 강제되지만 사소한 일에서 인간성은 의심스러울 정도로 제멋대로임을 인정한다는 의미야. 우리는 와인과 물, 무신론자와 경건한 신자 사이를 마음대로 선택하지 못하면 차라리 감옥에 가는 게 낫다고 생각하지. 하지만 우리는 감정의 문제에서 우리에게 선택권이 있다고 믿지는 않아. 오히려 허용된 감정과 허용되지 않은 감정 사이에는 아주 모호한 경계선이 있을 뿐이지."

팔짱을 끼고 모임에 대해 이야기하면서 은신처를 찾는 두 사람은 낯설어졌다가 다시 하나가 된 기쁨을 야생적이면서도 비밀스럽게 느꼈지만 울리히와 아가테 사이의 감정은 허용되지 않는 쪽이었다. 반면에 우리가 같은 인간들을 모두 사랑하느냐 아니면 그중 일부를 없애버려야 하느냐의 선택은 둘 다 명백히 허용된 감정의 문제였는데, 만약 그렇지 않다면 그 문제가 디오티마의 집에 각하도 있는 상황에서 극렬하게 두 집단으로 나뉘면서까지 격렬히 논의되진 않았을 것이기 때문이다. 울리히는 '감정의 문제'를 발견한 것이 감정을 일으키는 데 가장 나쁜 역할을 했다고 주장하고는 누이에게 오늘밤 자신이 받은 진기한 인상을 설명하려던 순간 오늘 아침 중단됐던 대화를 뜻하지 않게 이어갔는데 그건 대화를 정당화하려는 의도처럼 보였다.

"널 지루하지 않게 하려면," 그가 말했다. "어디서부터 시작해야 할지 잘 모르겠어. 내가 도덕에 대해 이해한 바를 말해도 될까?"

"그래 말해봐." 아가테가 대답했다.

"도덕은 한 사회의 행동의 규율이야. 그러니까 감정과 사유 같은 내적 동력의 규율이지."

"짧은 시간에 엄청난 발전이네!" 아가테가 웃으며 대답했다. "오늘 아침만 해도 오빠는 도덕이 뭔지 모른다고 했잖아!"

"당연히 모르지. 그래도 설명은 얼마든지 할 수 있어. 가장 오래된 도덕은 신이 삶의 세세한 부분까지 계시한 규율들이겠지…"

"아마 그게 최고의 설명일 거야!" 아가테가 말했다.

"하지만 가장 그럴 듯한 것은," 울리히가 힘줘 말했다. "도덕은 다른 모든 규율과 마찬가지로 억압과 폭력에 의해 드러난다는 거야! 지배 권력을 쥔 사람들은 자신들의 권력을 보장해줄 규칙과 원칙들을 다른 사람들에게 강제하거든. 또한 도덕은 스스로를 위대하게 만들어줄 사람들에게 호의적이거든. 그렇게 함으로써 도덕은 모범을 보이지. 또한 동시에 도덕은 반작용에 의해 변화되지. 그 변화는 물론 짧게 설명하기엔 너무 복잡하고 결코 사유 없이는 일어나지 않지만 사유를 통해서가 아니라 오직 실천을 통해 일어나기 때문에 결국 우리가 얻는 것은 신의 천국처럼 모든 것을 독립적으로 펼쳐 보이는 어마어마한 조직이야. 이제 모든 것은 이러한 원圓과 관련되지만 이런 원은 아무것에도 관련되지 않아. 다른 말로 하자면 모든 것은 도덕적이지만 도덕은 그 자체로 도덕적이지 않다는 거야!…"

"도덕은 얼마나 매력적인지." 아가테가 불쑥 내뱉었다. "오늘 내가 어떤 선한 사람을 만난 거 알아?"

이런 갑작스런 상황에 울리히는 좀 놀랐지만 아가테가 린트너와의 만남에 대해 이야기하기 전에 그는 자기 생각의 경로에 그 이야기를 끼워 넣으려 했다. "오늘날 선한 사람은 얼마든지 만날 수 있어," 그는 말했다. "하지만 나한테 시간을 좀 준다면 왜 악한 사람이 꼭 함께 있는지를 말해줄게."

그들은 대화를 나누면서 소음을 피하고자 곁방에까지 이르렀고 울리히는 어디로 가야 할지 고민해야만 했다. 디오티마의 방과 심지어 라헬의 작은 방까지 떠올랐지만 거기엔 들어가고 싶지 않았고 결국 아가테와 그는 한동안 사람들의 옷이 걸려 있는 곁방에 그냥 머물렀다. 울리히는 이어나갈 말을 찾지 못했다. "다시 한번 처음부터 시작해야겠군." 그는 초조하고 당황한 몸짓을 취하며 말했다. 그러더니 갑자기 말문을 열었다. "너는 선한 일을 했는지 악한 일을 했는지는 알고 싶어하지 않지. 네가 불안해하는 건 선이든 악이든 아무 근거 없이 행했다는 점 때문이야!"

아가테가 고개를 끄덕였다.

그는 누이의 두 손을 잡았다.

이름 모를 식물의 향기를 풍기는 누이의 생기 없는 피부는 그의 눈앞에서 살짝 가슴이 파인 옷 사이로 드러났고 순간 현세의 개념을 모두 잃어버렸다. 맥박의 고동이 한쪽 손에서 다른 손으로 움직였다. 초월적인 세계에서 기원한 깊은 해자가 그녀와 그를 세상에 없는 곳으로 둘러막는 것 같았다.

울리히에겐 그런 상태를 규정할 말이 갑자기 생각나지 않았다. 그는 자신이 종종 사용했던 말들을 마음대로 사용하지도 못했다. '우리는 순간의 영감에 의해 행동하지 말고 마지막까지 지속되는 상황에 따라 행동하자.' '그런 식으로 우리는 뭔가를 되찾기 위해 돌아갈 수 없는 중심부로 이끌려가는 거야.' '주변과 그 변화하는 상태로부터가 아니라 단 한번의 불변하는 행복으로부터.' 그런 문장들이 입속에 맴돌았고 대화중이었다면 사용할 수도 있었을 것 같았다. 하지만 그와 누이 사이에서 그 순간 급작스럽게 직접 인용하기는 불가능했다. 그런 상황에 그는 대책없이 화가 났다. 그러나 아가테는 그를 확실하게 이해했다. 또한 처음으로 그 '단단한 오빠'가 바닥에 떨어진 계란처럼 껍질이 산산이 부서져 내면을 드러내 보인 것에 기뻐해야 마땅했다. 그러나 놀랍게도 이번엔 그녀의 감정이 그와 보조를 맞출 준비가 돼 있지 않았다. 아침과 오후 사이 린트너와의 기이한 만남이 있었고 이 남자는 그저 그녀의 호기심과 놀라움을 불러일으켰을 뿐이지만 그런 작은 낱알은 숨겨진 사랑의 무한한 반사를 제어하기에 충분했다. 울리히는 그녀가 말을 꺼내기 전에 그녀의 손에서 이런 기운을 느꼈고 결국 아가테는 아무 대답도 하지 않았다.

그는 이 뜻하지 않은 거부가 조금 전 그녀에게 들었던 말과 관련이 있음을 짐작했다. 자신의 감정이 응답받지 못해서 혼란스럽고 부끄러워진 그는 고개를 저으며 말했다.

"그런 사람의 선에 많은 걸 기대하다니 화가 나는군!"

"그럴 거 같아." 아가테가 인정했다.

그는 그녀를 바라보았다. 그는 누이의 이번 체험은 자신의 보호 아래 마주쳤던 어떤 구애보다 깊은 의미가 있음을 알아챘다. 심지어 울리히는 그 남자와 조금 아는 사이였다. 린트너는 공적인 장에 나선 적이 있었다. 그는 애국운동의 첫번째 회합에서 '역사적 순간'이란 주제로 짧은 연설을 했는데 서툴고 진지하고 산만한 연설에 당황스러울 정도의 침묵이 이어졌었다…. 울리히는 무의식적으로 주위를 둘러보았다. 하지만 오늘 참석자 중에서 그 남자를 본 기억은 없었다. 그가 알기에 그 남자는 첫 모임 이후로 초대받은 적이 없었던 것이다. 아마 지식인들의 모임 같은 다른 곳에서 그를 이따금 보았던 것이 분명했고 그의 책 한두 권을 읽었던 기억도 났다. 그가 기억에 집중할 때 끈끈하고 혐오스런 액 같은 초미세한 과거의 흔적이 판단을 이끌어냈다. "따분한 당나귀 같은 사람이야! 우리가 어느 정도 고상한 삶을 원한다면 교사 하가우어와 다를 바 없는 그런 사람을 진지하게 받아들여선 안 돼!"

그는 아가테를 설득했다.

아가테는 침묵했다. 그녀는 그의 손을 세게 잡았다.

그는 아주 부조리하지만 그걸 멈출 수는 없다는 느낌을 받았다! 그 순간 사람들이 곁방으로 들어왔고 남매는 뒤로 물러섰다.

"안으로 다시 들어갈까?" 울리히가 물었다.

아가테는 싫다고 말했고 나갈 곳을 찾아 두리번거렸다.

울리히는 다른 사람들을 피하기 위해선 부엌으로 들어갈 수밖에 없다고 생각했다.

거기엔 유리잔이 가득했고 쟁반 위에는 케이크들이 놓여 있었다. 요리사들은 열심히 일에 열중했다. 라헬과 졸리만은 평소처럼 서로 속삭이지 않고 따로 떨어진 채 가만히 음식이 채워지길 기다렸다. 남매가 들어오자 어린 라헬은 무릎을 굽혀 인사했고 졸리만은 검은 눈으로 눈인사만을 전했다. 울리히가 말했다. "안이 너무 더운데 여기서 음료수 한잔 마실 수 있을까?"

그는 아가테와 함께 창가 자리에 앉았고 만약 누가 그들을 발견하더라도 허물없는 두 친구가 잡담을 주고받는 것처럼 보이게끔 접시와 잔을 놓아두었다. 그들이 앉았을 때 울리히는 작게 한숨을 지으며 말했다. "우리가 린트너 교수를 선하게 보는지 아니면 견딜 수 없는 사람으로 보는지가 바로 감정의 문제인 거야!"

아가테는 사탕 껍질을 벗기는 데 몰두하고 있었다.

"말하자면," 울리히가 말을 이었다. "감정은 옳거나 그른 것이 아니야. 감정은 사적인 문제에 머물지! 그건 제안이나 공상, 설득의 처분에 넘겨졌어! 너와 나는 저 안에 있는 사람들과 다르지 않아! 저 사람들이 뭘 원하는지 알아?"

"아니, 하지만 그게 무슨 상관이야?"

"상관이 있을지도 모르지. 그들은 두 파당을 만드는데 한 파당은 다른 파당과 마찬가지로 옳기도 하고 그르기도 하거든."

아가테는 대포나 정치를 믿느니 그 방식이야 어리석더라도 인간의 선함을 믿는 게 나을 거라고 말했다.

"네가 알게 된 그 남자는 어때?" 울리히가 물었다.

"아, 그건 말할 수 없어. 그는 선한 사람이야!" 누이는 대답하고 웃었다.

"너는 라인스도르프 눈에 선해 보이는 것을 의지할 수 없듯이 너한테 선해 보이는 것에도 의지할 수 없어!" 울리히는 화를 내며 대답했다.

두 얼굴은 웃고 있으면서도 흥분으로 뻣뻣해졌다. 공손하고 명랑한 표현의 가벼운 흐름은 더 깊은 반대 흐름에 막혀 있었다. 라헬은 작은 모자 아래의 머리카락 뿌리에서 그런 분위기를 감지했다. 하지만 스스로 너무 비참한 기분이었기 때문에 좋은 시절에 대한 기억과 마찬가지로 그런 분위기는 전보다 훨씬 더 씁쓸하게 느껴졌다. 그녀 뺨의 아름다운 곡선은 희미하게 타올랐고 눈동자의 검은 불꽃은 낙심으로 어두워졌다. 만약 울리히가 그녀의 아름다움을 누이와 비교해볼 만한 기분이었다면 한때 검게 작열하던 라헬의 빛은 무거운 마차가 밟고 지나가 부서져버린 한 조각의 석탄처럼 되었다고 생각했을 것이 분명했다. 하지만 울리히는 그녀를 주시하지 않았다. 라헬은 임신한 상태였고 졸리만 외에는 아무도 그 사실을 몰랐다. 게다가 졸리만은 불행에 처한 현실을 이해하지 못한 채 낭만적이고 유치한 계획으로 대처하고 있었다.

"수세기를 거치며," 울리히가 말을 이었다. "세계는 사유의 진리를 알았고 그리하여 어느 정도는 합리적으로 사유의 자유를 인식하게 되었지. 같은 시기에 감정은 엄밀한 진리의 교육을 받지 못했고 활동의 자유도 갖지 못했어. 하지만 마음에 드는 행동을 위해 특정한 기본규칙과 근본감정이 요구될 때 한 시대의 모든 도덕은 유독 감정을 엄격하게 통제했지. 감정 외의 것들은 개인의 판단, 사적인 감정 놀이, 예술의 막무가내 시도, 학문적인 논쟁에 맡기면서 말이야. 그러니까 도덕은 감정을 도덕의 필요에 맞게 적응시켰고 도덕이 감정에 의존하면서도 감정을 발전시키는 일엔 소홀했던 것이지. 도덕은 질서이자 감정의 조화거든." 여기까지 하고 그는 말을 멈췄다. 라헬이 위대한 사람들의 일에 전처럼 열렬한 관심을 보이지 않는데도 그는 그녀의 흥분된 시선이 자신의 열중하는 얼굴에 꽂히는 느낌을 받았다.

"부엌에서 도덕에 관한 이야기를 늘어놓다니 우스운 일이군." 그는 당황한 채 중얼거렸다.

아가테는 호기심에 차서 유심히 그를 바라보았다. 그는 누이 쪽으로 몸을 더 기울이면서 짧게 장난스런 미소를 지었다. "하지만 이건 전체 세계에 맞서 무장하는 열정적인 상태의 다른 표현일 뿐이야!"

울리히의 의도와는 달리 마을 훈장님처럼 처신하며 불편한 모습을 보였던 아침의 의견대립은 다시 반복되었다. 어쩔 수 없었다. 도덕은 그에게 지배의 수단이나 지혜로운 사유가 아니었고 가능성의 무한한 전체를 살아가는 것이기 때문이었다. 그는 체험의 단계에 따라 도덕의 능력이 향상될 수 있음은 믿었지만 대부분의 사람들이 그러하듯 순수하지 못한 사람은 도덕적으로 향상될 수 없다는 식의 인식의 단계에 따른 도덕 능력은 믿지 않았다. 그는 도덕을 믿었지만 어떤 특정한 도덕은 믿지 않았다. 일반적으로 도덕은 삶에 질서를 부여하는 경찰의 명령 같은 역할을 한다고 이해된다. 또한 삶은 명령에 순종하지 않기에 도덕은 완전히 성취될 수 없는 것처럼 보이며 이런 궁색한 현실 때문에 이상적으로 보인다. 하지만 도덕을 이런 수준으로 끌어내리면 안 된다. 도덕은 환상이다. 그가 아가테에게 보여주고 싶어한 것도 그런 환상이었다. 두번째로, 환상은 제멋대로가 아니라는 것이다. 환상을 변덕에 넘겨주면 대가가 뒤따른다.

울리히의 입에서 말이 맴돌았다. 그는 여러 시대에 걸쳐 이성은 나름대로 발전해왔으나 도덕적 환상은 정체된 채 폐쇄되고 말았다는 주목되지 못한 차이점에 내해 말하고 싶었다. 다음과 같은 결과가 이어졌기 때문에 더욱 말하고 싶었다. 우선, 모든 비관에도 불구하고 전체 역사의 변화를 통해 이성과 그 형성은 상승하는 직선을 그려온 반면, 감정과 이념, 삶의 가능성의 파편들은 켜켜이 쌓인 채 영원히 부수적인 것으로 나타났다가 사라진 것이다. 또다른 결과는 이런저런 의견을 가질 수많은 가능성이 있었지만 그런 가능성들이 삶의 규칙의 영역으로 확장되자마자 그것을 통합시킬 가능성은 사라진 것이다.

그 결과 서로를 이해할 수 없었던 여러 의견들은 치고받으며 싸우게 되었다. 그래서 이 모든 것의 결과는 인간의 감정적 특성은 고정된 받침대가 없는 나무통에 든 물처럼 이리저리 출렁거리게 된 것이다. 또한 그날 저녁 울리히에게는 머릿속을 맴도는 생각 하나가 있었다. 그건 오래된 생각이었고 그날 밤의 일들을 통해 연달아 진실로 입증되었으며 울리히는 아가테의 잘못이 어디에 있는지 그리고 모두가 원한다면 어떻게 그것을 제거할 수 있는지를 보여주고 싶었다. 사실 그는 우리가 우리 자신의 환상을 발견하는 것조차 신뢰하기 어렵다는 점을 고통스럽게 입증하고자 했던 것이다.

이제 아가테는 궁지에 몰린 여자가 굴복하기 전에 재빨리 저항에 나서듯 얕은 한숨을 내쉬며 말했다.

"그러니까 우리는 모든 것을 '규칙에 따라서' 해야 한다는 건가?" 그녀는 그의 미소에 대답하듯 그를 바라보았다.

그가 대답했다. "맞아, 하지만 단 '하나의' 규칙에 따라서지!"

이 말은 그가 하고자 했던 것과는 완전히 다른 말이었다. 그 말은 다시금 삶이 꽃처럼 마법적인 고요 속에서 자라는 샴쌍둥이와 천년 왕국의 영역에서 나온 말이었고 허황되더라도 고독하고 기만적인 사유의 경계를 가리키는 것이었다. 아가테의 눈은 쪼개진 마노瑪瑙 같았다. 만약 그가 이 순간 조금 더 말을 꺼내거나 손을 그녀에게 얹었다면 곧 사라져버려 그녀가 무슨 일인지 규정할 수 없는 일이 벌어졌을 것이다. 그래서 울리히는 아무 말도 하고 싶지 않았다. 그는 칼을 잡고 과일을 깎기 시작했다. 갈라졌던 오누이 사이의 거리가 엄청난 친근함으로 녹아들어서 기뻤다. 하지만 그 순간 방해를 받아서 그는 더 기뻤다.

야영하는 적들을 놀라게 하는 정찰대장의 교활한 눈으로 부엌을 정탐하러 들어온 사람은 바로 장군이었다. "방해해서 죄송합니다!" 그는 들어서면서 크게 말했다. "그렇지만 부인, 당신 오빠와의 밀회가 큰 죄가 될 순 없지요!" 그러고는 울리히를 향해 말했다. "여기저기서 사람들이 자네를 기다리고 있네!"

　울리히는 아가테에게 하고 싶었던 말을 장군에게 하려고 했다. 하지만 먼저 그는 물었다. "'사람들'이란 누구인가요?"

　"장관에게 자네를 데려가려 했지!" 슈툼 장군이 비난하듯 말했다.

　울리히가 손사래를 쳤다.

　"이미 늦었어," 선량한 장군이 말했다. "그 늙은 신사는 방금 가버렸거든. 하지만 내가 바라기는, 친절한 부인이 더 나은 자리로 옮기시는 대로 자네가 '종교전쟁'에 대해 한번 더 기억을 되살려준다면 무엇을 뜻하는지 물어보고 싶었다네."

　"방금 그 이야기를 하고 있었습니다." 울리히가 대답했다.

　"참으로 흥미롭군!" 장군이 소리쳤다. "부인 역시 도덕에 관심이 있으셨군요?"

　"오빠는 도덕에 관해서만 이야기하는걸요." 아가테가 미소지으며 대답했다.

　"그것이 오늘의 주요 화제였어요!" 슈툼이 탄식을 내뱉었다. "가령 라인스도르프는 불과 몇분 전에 도덕이 음식만큼이나 중요하다고 말했습니다. 그 말을 이해하진 못하겠지만요!" 그렇게 말하면서 그는 아가테가 내민 사탕을 받기 위해 기쁘게 몸을 숙였다. 장군이 한 농담에 아가테는 그를 위로했다. "저도 이해하지 못하겠네요." 그녀가 말했다.

"장교와 부인은 도덕을 지켜야 하지만 도덕에 대해 이야기하는 걸 좋아하진 않죠!" 장군은 떠오르는 대로 말을 이어갔다. "그렇지 않습니까, 부인?"

라헬은 앞치마로 열심히 닦은 부엌 의자 하나를 가져다주었는데 때마침 도덕에 대한 말을 듣고는 마음이 찔리는 바람에 눈물이 나올 뻔했다.

슈툼은 다시 울리히를 독려했다. "이것이 종교전쟁과 무슨 관계인가?" 그러나 울리히가 뭔가 말하기도 전에 장군이 다시 끼어들었다. "자네 사촌도 아마 자네를 찾기 위해 여러 방들을 헤매고 있겠지만 내가 여기에 먼저 온 것은 군사훈련 덕분이라네. 그러니 난 시간을 충분히 활용해야지. 저 안에서 벌어지는 일은 그리 신통치 않으니 말이네. 사람들은 우리한테 대놓고 욕을 하겠지. 또한 디오티마는—그걸 어떻게 말해야 할까?—너무 태만했어. 무슨 결정이 났는지 아나?"

"누가 결정을 했는데요?"

"많은 사람들이 이미 자리를 떴네. 몇몇 사람들은 남아서 경과를 유심히 지켜보고 있지." 장군이 상황을 전했다. "그러니까 누가 결정했는지는 말할 수 없네."

"먼저 무슨 결정이 났는지 말해주면 더 좋겠군요." 울리히가 말했다.

슈툼 폰 보르트베어는 어깨를 으쓱해 보였다. "좋아. 하지만 다행히도 사업 원칙에 대한 결정은 나지 않았네." 그가 설명했다. "천만 다행으로 책임있는 사람들은 모두 제때 자리를 떴기 때문이야. 그러니까 개별결의, 제안, 소수의견 등만이 결정됐다고 할 수 있지. 거기에 대해 공식적으로 아무것도 아는 게 없다고 나는 의견을 낼 거라네. 자네 비서에게는 기록에 아무것도 들어가지 않도록 말해둬야 할 거야. 죄송합니다, 부인," 그는 아가테를 향해 말했다. "너무 사무적인 말을 했군요!"

"하지만 무슨 일이 일어났던 거죠?" 아가테가 물었다.

슈툼은 많은 것을 품어 안는 듯한 태도를 취했다. "부인이 그 젊은 사람을 기억한다면 포이에르마울은 원래 우리가 초청한 사람인데… 어떻게 말해야 할까요? 그러니까 그가 시대정신의 대표자였기 때문이고 더욱이 우리는 반대편의 대표자를 초대해야만 했기 때문이었습니다. 그러면서도 우리는 불행하게도 지금 문제시되는 것들에 대해 정신적 자극을 가하면서 이야기할 수 있기를 바랐습니다. 당신 오빠도 그 사실을 압니다, 부인. 그건 라인스도르프와 아른하임을 장관과 함께 불러서 라인스도르프가 애국적인 견해에 반대하지 않는다는 것을 보여주기 위함이었습니다. 그리고 대체로 볼 때 나는 절대 실망하지 않았지요." 그는 다시 친근하게 울리히를 향했다. "일은 잘 진행되고 있었지. 하지만 그사이 포이에르마울이 다른 사람들과…" 여기서 슈툼은 아가테를 위해 뭔가 덧붙일 필요가 있다고 느꼈다. "말하자면 한쪽 대표자는 인간은 대체로 평화롭고 사랑이 많은 존재로 선하게 대해야 한다고 주장한 반면 그 반대편의 대표자는 인간의 질서를 위해서는 상한 주먹 외에는 필요한 게 없다고 주장했지요. 포이에르마울은 반대편 사람들과 논쟁을 벌였고 그들은 누가 말릴 새도 없이 하나의 공통결의에 합의하고 말았습니다!"

"공통결의라고요?" 울리히가 확인하듯 물었다.

"맞아. 좀 장난 같지만 그렇게 설명할 수밖에 없네." 자신의 말이 뜻하지 않게 코믹해진 것에 뒤늦게 스스로 만족하면서 슈툼이 말했다. "누구도 예측할 수 없었다네. 그리고 내가 어떤 결의였는지를 말하면 자네는 믿지 않을 거야! 내가 오늘 오후 공무 겸 모오스브루거를 방문했기 때문에 전체 내각은 내가 그 결의에 관여했다고 확신하고 말 거야!"

여기서 울리히는 웃음을 터뜨렸고 슈툼이 이야기를 이어나가자 이따금 같은 식으로 끼어들었다. 오직 아가테만 웃음의 이유를 이해했던 반면 그의 친구는 그때마다 거듭 화를 내면서 울리히가 신경질적으로 보인다고 말했다. 하지만 일어난 일이 울리히가 방금 누이에게 설명했던 사례와 딱 들어맞았기 때문에 그는 기뻐하지 않을 수 없었다. 포이에르마울 그룹은 아직 구원할 수 있는 것을 구원하기 위한 마지막 순간에 등장했다. 그런 경우에 목표는 의도했던 것보다 모호해지는 경향이 있었다. 젊은 시인 프리델 포이에르마울—비록 헝가리의 작은 도시 출신이지만 빈의 옛날을 꿈꾸며 슈베르트를 닮기 원했기 때문에 좀더 친근한 모임에선 페피$^{Pepi}$라고 불리는—은 오스트리아의 사명을 믿을 뿐 아니라 인류를 믿었다. 그를 배제했던 평행운동 같은 사업은 애초부터 그를 불안하게 했을 것이 분명했다. 어찌 오스트리아의 악보로 만들어진 인류의 사업 또는 인류의 악보로 씌어진 오스트리아의 사업이 그 없이 번성할 수 있겠는가. 그는 이런 말을 어깨를 으쓱하면서 오직 친구 드랑잘에게만 했지만, 고국에 영예를 선사한 미망인이자 지난해 디오티마에 의해 점령되었던 지적인 미의 살롱을 접수한 여주인인 그녀는 자신이 접촉한 모든 영향력있는 사람들에게 그 말을 했다. 그래서 만약 조치를 취하지 않으면 평행운동이 위험에 처할 거라는 소문이 나돌기 시작했다. 이와 같은 '만약'이라는 말과 위험에 처할 거라는 가정은 당연하게도 다소 모호한 채로 남아 있었는데 먼저 디오티마가 포이에르마울을 초청하도록 해야 했

542

고 그래야 사람들이 눈으로 확인할 수 있기 때문이었다. 하지만 애국 운동과 관련해 위험이 있을 거라는 예고는 아버지의 나라, 즉 조국은 전혀 인정하지 않으면서 국가와 강제로 결혼해 학대당하는 어머니 같은 민족은 인정하는 경계심 많은 정치인들에 의해 어느 정도 감지되고 있었다. 그 정치인들은 평행운동이 분명히 새로운 억압의 근거지가 될 것이라고 불신하고 있었다. 또한 그들이 의심을 정중하게 숨긴다 하더라도 그런 예감을 회피하려는 의도보다는—독일인 가운데도 절망하는 인문주의자들이 있긴 하지만 전체적으로 그들은 압제자에다 국가의 기생충으로 남아 있었기에—독일 스스로 민족주의적 위험성을 인정하는 유용한 증거들에 더 큰 의미를 부여했다. 그 결과 드랑잘 부인과 시인 포이에르마울은 이렇다 할 숙고도 없이 사람들이 자신들의 수고에 보내준 공감에 깊이 고무되었고 감정에 충실한 사람으로 유명한 포이에르마울은 국방부장관에게 직접 사랑과 평화에 관한 조언을 전달해야겠다는 생각에 사로잡혔다. 왜 국방부장관이며 그에게 무엇을 요청할지는 명확하지 않았지만 그 생각은 자체로 눈부시고 극적이어서 추가적인 보완이 필요없을 정도였다. 변덕스러운 장군 슈툼 폰 보르트베어도 같은 생각이었는데 그는 교양을 쌓을 욕심으로 니오티마 모르게 드랑잘의 살롱에 이따금 드나들었다. 이런 행동은 무기제조업자 아른하임이 위험의 일부라는 원래의 생각이 사상가 아른하임은 모든 선의 중요한 일부라는 생각으로 바뀌게 만드는 데도 일조했다.

지금까지는 참석자들의 생각대로 모든 것이 진행되었고 포이에르마울과 장관의 대화는—드랑잘 부인의 도움에도—인간사가 으레 그렇듯이 포이에르마울의 정신적인 번득임과 장관 각하의 참을성 있는 경청 외에는 이렇다 할 성과를 내지 못했다. 그러나 포이에르마울 역시 아직은 여력이 있었는데 그의 군대는 젊거나 나이든 작가들, 궁정 고문들, 사서들, 평화주의자들, 한마디로 자신의 옛 조국과 그 인간적인 사명을 위해 연합하고 싶어하는, 또한 역사적인 삼두마차 또는 빈 <sup>Wien</sup> 도자기의 부활을 꿈꾸는 모든 연령과 계층의 사람들로 구성돼 있었고 이 충성스런 자들은 저녁 내내 손에 칼만 들지 않았지 쉽게 물러서지 않는 적들과 다양한 접촉을 맺는 가운데 의견이 맹목적으로 충돌하는 다양한 대화들을 주고받았다. 국방부장관과 헤어지자 포이에르마울은 이런 충돌의 유혹에 직면했고 드랑잘 부인은 알 수 없는 일로 잠시 한눈이 팔려 있었다. 슈툼 폰 보르트베어는 한 젊은이와 매우 활기찬 대화를 나눴다고 보고했는데 그의 묘사에 따르면 그 젊은이는 한스 제프일 가능성이 높았다. 아무튼 그 젊은이는 자신들이 해결하지 못할 모든 죄를 뒤집어씌우는 데 희생양을 이용하는 사람들 중 하나였다. 민족주의적 오만함은 그런 희생양 만들기의 특별한 경우인데 그들은 순수한 확신을 가지고 자기 자신의 혈연도 아니고 가능한 자신과 닮지도 않은 무리 중에서 희생양을 선택한다. 현재 잘 알려진 바와 같이 화가 났을 때 분노를 다른 사람에게—비록 그 사람은 아무 잘못이 없더라도—표출하면 큰 안도감을 얻는다. 하지만 큰 상관이 없는 사람에게 사랑을 표출하고 얻어내는 안도감에 대해선 알려진 바가 없다. 그럼에도 사랑 역시 별 상관이 없는 사람에게 표출될 수밖에 없는데, 그렇지 않으면 표출될 기회가 없기 때문이다. 포이에르마울은 성실한 젊은이로 자신의 이익을 위한 싸움에는 불쾌해질 수도 있었다. 하지만 그의 희생양은 '인간'이었고 보편적인 인간을 떠올릴 때 그는 자신의 부족한 선의를 절대 억누를 수가 없었다. 반면 한스 제프는 원래는 착한 청년으로 한번도 은행장 피셸을 속일 마음을 먹지 않았다. 그의 희생양은 '비독일인'이었고 그는 자신이 변화시킬 수 없는 모든 것에 대한 원한을 비독일인들에게 덮어씌웠다. 그들이 처음 서로 무슨 대화를 나눴는지는 신만이 알 것이다. 슈툼의 설명에 따르면 그들은 자신들의 희생양에 올라타 서로에게 맞선 것이 분명해 보였다.

"그런 일이 어떻게 일어났는지 잘 모르겠네. 갑자기 사람들이 몰려왔고 주변에 군중이 생겨났으며 결국 그 방에 있는 모든 사람들이 그들을 둘러쌌지!"

"그들이 무슨 논쟁을 벌였는지 아시나요?" 울리히가 물었다.

슈툼이 어깨를 으쓱거렸다. "포이에르마울이 사람들에게 소리쳤네. '당신들은 미워하기 원하지만 그럴 수 없을 거예요! 모든 사람은 사랑하게끔 태어났기 때문이죠!' 뭐 그 비슷한 말이었지. 다른 사람들도 그에게 소리쳤지. '사랑하길 원한다고? 하지만 당신은 그럴 능력이 없을 거야, 당신은, 당신은⋯' 내가 군복을 입고 있을 땐 거리를 두었어야 해서 더이상 말하기가 어렵군."

"오," 울리히가 말했다. "그게 핵심이군요!" 그러고는 아가테의 시신을 좇기 위해 몸을 돌렸다.

"하지만 핵심은 결의였지!" 슈툼은 상황을 떠올렸다. "그들은 서로 잡아먹을 듯 했는데 그 와중에 아주 손쉽게 공통의, 그러니까 완전히 합의된 결의가 나온 거야!"

슈툼의 둥근 얼굴에 굳은 진지함이 드러났다. "장관은 자리를 이미 떠났다네." 그가 말했다.

"그래서 그들은 무슨 결의를 했나요?" 남매가 물었다.

"정확히 말하긴 어려워," 슈툼이 대답했다. "왜냐하면 나도 곧 자리를 떠야 했고 그들의 대화는 아직 끝나지 않았기 때문이지. 게다가 그런 걸 알아채기는 쉽지 않거든. 그 결의는 뭐랄까 모오스브루거에 찬성하면서 군대에는 반대하는 것이었어!"

"모오스브루거라고요? 어떻게 그런 일이?" 울리히는 웃었다.

"어떻게 그런 일이?" 장군이 악의에 차 그 말을 따라했다. "자네는 웃으며 쉽게 말하지만 나한테는 조롱을 당해 마땅할 일이네! 적어도 하루종일 보고서를 써야 할지도 모르지. 그런 사람한테 '어떻게 그런 일이'가 말이 되나? 아마도 오늘 여기저기서 교수형을 옹호하면서 관대한 처벌에 반대했던 그 나이든 교수의 잘못일 거야. 아니면 지난 며칠 신문이 그 괴물의 문제를 다시 도마 위에 올려놓은 탓일지도 모르지. 아무튼 갑자기 그에 대한 이야기가 나왔네. 퇴출돼야 마땅할 말이었어!" 그는 전에 없이 확고하게 말했다.

그 순간 빠르게 아른하임과 디오티마, 그리고 투치와 라인스도르프 백작까지 차례로 부엌에 들어왔다. 곁방에 있던 아른하임이 부엌에서 나는 목소리를 들었던 것이다. 아른하임은 몰래 자리를 뜨려고 했는데 갑작스런 소란 덕분에 이번에는 디오티마와의 솔직한 대화를 피하고 다음날부터는 다시 얼마간 이곳을 떠날 수 있겠다는 희망에 유혹됐기 때문이었다. 하지만 호기심 때문에 그는 부엌을 훔쳐보다가 아가테와 시선이 마주쳤고 예의상 그냥 물러설 수 없게 된 것이다. 슈툼은 곧 그에게 밖의 상황에 대한 질문을 퍼부었다.

"장군께 글자 하나 틀리지 않게 전할 수 있습니다." 아른하임이 미소지으며 대답했다. "너무나 많은 내용들이 아주 기묘해서 은밀하게 받아적고 싶은 충동을 피하기 어려웠어요."

그는 지갑에서 카드 몇장을 꺼내 속기로 적은 글씨들을 해독하여 제안된 성명의 내용을 천천히 읽어주었다.

"'애국운동은 포이에르마울 씨와 누구누구의…' 다른 사람들의 이름은 제가 모르겠군요. '제안으로 다음과 같이 결의한다. 누구나 자기 자신의 이념을 위해 죽을 수 있지만 타인의 이념을 위해 누군가를 죽음으로 내몬다면 그는 살인자다!' 그게 제안된 것입니다." 그러고는 말을 덧붙였다. "제가 보기에 거기서 뭐가 달라질 것 같지는 않습니다."

장군이 목소리를 높였다. "그게 원문이에요! 나도 그런 결의를 들었습니다! 이런 지적 논쟁이라니, 정말 신물이 나는군요!"

아른하임이 완곡하게 말했다. "안정과 지도력을 바라는 오늘날 젊은이들의 바람이 드러난 것이죠."

"젊은이들만이 아닙니다." 슈툼이 혐오를 드러내며 말했다. "대머리들조차 거기에 동의하던데요!"

"그렇다면 대체로 지도력에 관한 요청이군요." 아른하임이 상냥하게 고개를 끄덕이며 이어갔다. "오늘날 일반적인 현상이지요. 그 결정은 제가 정확히 기억한다면 요즘 유행하는 책에서 가져온 거예요."

"그런가요?" 슈툼이 물었다.

"네." 아른하임이 말했다. "물론 우리는 그 결정을 일어나지 않을 일로 봐야 합니다. 하지만 우리가 그 안에 표현된 영혼의 요구를 활용할 줄 안다면 그건 아마 가치가 있을 겁니다.

장군은 어딘가 안도하는 눈치였다. 그는 울리히를 향해 물었다.

"자네한테는 우리가 뭘 할 수 있겠다는 생각이 있나?"

"물론입니다!" 울리히가 대답했다.

아른하임의 주의력은 디오티마 때문에 흩어졌다.

"그렇다면 제발!" 장군은 낮게 말했다. "말해보게! 난 우리한테 주도권이 남아 있는 게 더 좋을 거 같아!"

"진짜 일어난 일을 마음속에 떠올려봐야 합니다." 울리히가 서두르지 않고 말했다. "한쪽에선 그저 가능하다는 이유로 사랑을 원한다면서 다른 쪽을 비난하고 다른 쪽에선 그런 말은 미움만을 원하는 거랑 다를 바가 없다고 응수한다면 이 사람들한텐 전혀 오류가 없는 겁니다. 그건 모든 감정에 똑같이 유효하거든요. 오늘날 미움에는 뭔가 온화한 면이 있지요. 또한 다른 한편으로 타인을 위한 진실한 사랑이 무엇인지를 느끼기 위해서는,…" 울리히는 느닷없이 말했다. "저는 그런 두 인간은 아직 존재한 적이 없다고 주장합니다!"

"정말 흥미롭군," 장군이 재빨리 끼어들었다. "도대체 자네가 어떻게 그런 걸 주장할 수 있는지 내가 전혀 이해할 수 없기 때문이네. 하지만 난 오늘 벌어진 일에 대해 내일 아침 보고서를 써야 하고 그래서 말인데 이런 점을 좀 고려해줬으면 하네! 군대에서 제일 중요한 것은 항상 진보적인 것을 보고해야 한다는 것이라네. 비록 패전중일지라도 반드시 낙관적이어야 하지. 그게 우리 직업의 일부라네. 지금 일어난 일을 어떡하면 진보적으로 기술할 수 있겠나?"

"그러면," 울리히가 눈을 찡긋하며 조언했다. "도덕적인 환상이 보복을 가했다고 쓰세요!"

"하지만 군대에서 그런 말을 쓸 수는 없지!" 슈툼이 화를 내면서 대꾸했다.

"그럼 말을 다르게 바꿔보시죠." 울리히는 심각하게 말을 이었다. "이렇게 써보세요. 모든 창조적 시간은 진지했다. 심오한 도덕 없이 심오한 행복은 없다. 어떤 단단한 기반에서 나오지 않은 도덕은 없다. 확신에 의지하지 않는 행복은 없다. 동물조차 도덕 없이는 살지 않는다. 하지만 오늘날 인류는 더이상 이런…"

슈툼은 눈에 띄게 침착해진 어투로 가로막았다. "친구, 나는 부대의 도덕이나 전투 도덕, 또는 귀부인의 도덕 같은 것에 대해선 말할 수 있네. 그건 언제나 특별한 경우들이지. 난 군사적인 복무 같은 전제가 달리지 않는 도덕을 포함해 환상이나 신 같은 문제에 대해선 말할 수 없다네. 자네도 잘 알잖나!"

디오티마는 부엌 창가에 서 있는 아른하임을 보았는데 그날 밤 그저 조심스런 말만 서로 나누어서 그런지 기묘하게 비밀스런 모습이었다. 그때 디오티마는 모순적이게도 울리히와 끊겼던 대화를 이어나가고 싶어졌다. 그녀의 머릿속은 여러 방향으로 동시에 침입해 들어오는 편안한 자포자기에 지배되었는데 그런 절망감은 상냥하고 고요한 기대로 순화되어 거의 사라져버렸다. 오랫동안 예견된 위원회의 붕괴는 그녀에게 아무 상관이 없었다. 아른하임의 배신 역시 마찬가지였다. 그녀가 들어오자 아른하임이 그녀를 바라봤고 한순간 예전에 그들이 함께했던 생기있는 공간의 느낌이 찾아왔다. 하지만 이내 그녀는 아른하임이 몇주간 자신을 피해왔던 것을 기억했고 '성적인 겁쟁이'라는 생각 덕분에 그녀는 무릎에 다시 힘을 얻어 위엄있게 그를 향해 나갔다.

아른하임은 그녀의 시선, 머뭇거림, 그리고 둘 사이의 거리가 녹아드는 것을 보았다. 그들이 수도 없이 함께했던 얼어붙은 길 위로 그 길이 다시 녹을지도 모른다는 예감이 자리잡았다. 그는 다른 사람들로부터 등을 돌리고 있었지만 마침내 디오티마와 그는 돌아서서 다른 편에 있던 울리히, 슈툼 장군 등의 나머지 사람들을 향해 다가갔다.

비범한 사람들의 영감에서부터 민중적인 키치까지 울리히가 도덕적인 환상, 또는 그냥 감정이라고 부르는 것들은 수백년 동안 완전한 숙성 없이 발효 상태에 머물러 있었다. 인간이란 존재는 열광 없이는 살아갈 수 없는 존재다. 또한 열광이란 모든 사람들의 감정과 사유가 같은 정신에 머무는 상태다. 사람들은 그와 반대로 열광이란 감정이 압도적으로 강렬해—황홀경에 빠져서!—다른 모든 것들을 끌어들이는 상태라고 생각하지 않을까? 아니면 열광에 대해 아무 말도 하고 싶지 않을까? 아무튼 그건 그렇고, 다른 견해도 일리가 있다. 하지만 그런 열광의 영향력은 막을 수 없다. 감정과 사유는 그 전체 안에서 서로의 도움을 통해서만 유지되며 어떻게든 같은 방향을 향해야 하고 서로에게 마음을 빼앗겨야 한다. 또한 도취, 상상, 암시, 믿음, 확신 같은 모든 수단을 동원하여, 때로는 단순화시키는 어리석음의 효과를 동원해서라도 우리는 그 비슷한 상태를 만들어내기 위해 노력해야 한다. 종종 우리는 진실이어서가 아니라 우리가 믿어야 하기 때문에 이념을 믿는다. 또한 우리가 열정을 질서있게 간직해야 하기 때문에, 삶의 벽에 난 구멍을 막지 않으면 우리의 감정이 사방으로 새어나갈지 모른다는 착각 때문에 이념을 믿는다. 아마도 올바른 길은 일시적인 착시 상태에 굴복하지 않고 적어도 순수한 열광의 조건을 찾아보는 것이 아닐까. 하지만 대체로 감정에 기초하는 결정은 번쩍이는 이성으로 내릴 수 있는 결정보다 절대적으로 많고, 인간을 감동시키는 모든 사건은 환상에서 비롯됨에도 순수하게 이성적인 문제들만이 객관적인 질서를 획득하며, 비이성적인 문제들에 관해서는 공동의 노력이라는 이름에 걸맞거나 그런 절박한 필요에 조금의 통찰이라도 내비치는 어떤 시도도 일어나지 않는다.

장군의 납득할 만한 저항에 맞서 울리히는 대체로 그렇게 말했다.

그날 밤 행사에서 울리히가 본 것은, 비록 거친 면이 있었고 악의적인 해석으로 심각한 결과에 이를 수밖에 없었지만, 무엇보다 끝없이 이어지는 무질서한 모습들이었다. 그 순간 울리히에게 포이에르마울은 인류애만큼이나 중요하지 않게 보였고 민족주의는 포이에르마울만큼이나 중요하지 않게 보였다. 슈툼은 울리히에게 개인적인 견해에서 어떻게 구체적인 진보의 사유를 끌어낼 수 있느냐고 헛되이 물었다.

"그럼 이렇게 보고하세요," 울리히가 대답했다. "그건 천년의 종교전쟁이라고 말이죠. 한 세대가 다른 세대에 떠넘긴 '헛된 감정'의 잔해가 산처럼 쌓여가는 동안 인류가 아무런 조치도 취하지 않고 이렇듯 종교전쟁을 방기한 시대는 없었습니다. 그러니 국방부는 마음을 가라앉히고 다가올 대규모 재앙을 기다려야겠지요."

울리히는 어떤 예감도 없이 다가올 운명을 예언했다. 그의 관심사는 현실적인 사건이 아니었고 오히려 그는 자신의 행복을 위해 싸우고 있었다. 행복을 방해하는 모든 것을 사이사이에 끼워 넣으려고 했다. 그래서 그는 자주 웃었고 사람들로 하여금 비웃거나 과장한다고 오해하게끔 만들었다. 그는 아가테를 위해 과장했다. 그는 이 마지막 대화를 포함해 그녀와 대화를 이어나갔다. 사실 그는 그녀에 맞서는 사유의 방벽을 세웠고 어떤 곳에는 작은 빗장이 있다는 걸 알았다. 이 빗장이 벗겨지면 모든 것이 감정에 의해 흘러넘치고 묻히게 될 것이다! 사실 그는 끊임없이 이 빗장에 대해 생각하고 있었다.

디오티마가 곁에 서서 웃고 있었다. 그녀는 누이를 위해 울리히가 애쓰고 있음을 느꼈고 애처로운 감동을 받았다. 그녀는 성과학을 잊어버렸고 내면의 뭔가가 활짝 열렸다. 그건 분명 미래였지만 그녀의 입술 또한 조금은 열려 있었다.

아른하임이 울리히에게 물었다. "그러면 당신은… 우리가 뭔가를 할 수 있다는 말입니까?" 이 질문을 할 때 그의 말투는 과장 뒤에 숨겨진 심각성을 알고 있었지만 그 심각성조차 과장을 담고 있었다.

투치는 디오티마에게 말했다. "어떤 일이 있어도 이 행사에 대한 이야기가 밖으로 공개되지 않도록 해야 해."

울리히가 아른하임에게 대답했다. "거의 틀림없지 않나요? 오늘날 우리는 너무나 많은 감정과 삶의 가능성을 마주하고 있어요. 그건 우리의 이성이 엄청난 숫자의 사건과 이론의 역사에 직면할 때마다 극복해야 하는 어려움들과 닮아 있지 않나요? 또한 그 이성을 위해서 우리는 제가 당신한테 설명할 필요조차 없는 무제한적이고 강력한 방법들을 발전시켜왔지요. 저는 그 비슷한 것이 감정을 위해서도 가능하지 않은지 당신께 묻습니다. 의심할 바 없이 우리는 우리가 왜 여기에 있는지 알고 싶어합니다. 그런 욕망은 세상의 모든 폭력의 주요 원천이지요. 이전 시대는 자신의 부족한 수단을 이용해 욕망에 답하고자 했지만 위대한 체험의 시대는 자신이 정신에서 지금까지 아무것도…"

재빨리 뜻을 파악하고 끼어들고 싶었던 아른하임은 간청하듯 손을 그의 어깨에 얹었다. "그건 아마 신과의 관계가 더욱 밀접해지는 것이겠죠!" 그는 경고하듯 가라앉은 목소리로 말했다.

"그렇게 끔찍한 것은 아닐 텐데요?" 울리히는 성급한 불안을 조롱하듯 날카롭게 물었다. "전 그렇게 비약하지는 않았어요!"

아른하임은 곧 정신을 가다듬더니 미소지었다. "우리는 오랫동안 보지 못했던 사람이 변하지 않은 채 그대로이면 기뻐하지요. 요즘 드문 일이니까요!" 그가 말했다. 사실 그가 기뻐한 이유는 이런 호의적인 대처로 겨우 안정감을 찾았기 때문이었다. 울리히는 자신에게 제안되었던 그 난처한 자리로 화제를 돌릴 수도 있었지만 아른하임은 울리히가 무책임하고 비타협적인 태도로 현실과의 접촉을 경멸하는 것을 고마워했다. "우리는 언제 그 문제에 관해 다시 이야기를 나눠야 합니다." 아른하임이 진심을 담아 덧붙였다. "저한테는 당신이 우리의 이론적 태도를 어떻게 현실에 적용시키려는지가 분명하지 않아요."

울리히는 그 문제가 여전히 분명하지 않다는 걸 잘 알았다. 그가 의미한 것은 '연구하는 삶'이나 '학문의 빛 가운데 있는' 삶이 아니었고 오히려 '감정에 대한 추구'였으며 진리가 중요하지 않다는 전제에서 진리에 대한 추구와 비슷한 것이었다. 그는 아른하임이 아가테 쪽으로 건너가는 모습을 바라보았다. 거기엔 디오티마도 서 있었다. 투치와 라인스도르프 백작이 사라졌다 나타났다. 아가테는 모든 사람과 대화를 나누면서 생각에 잠겼다. '왜 그는 모든 사람과 이야기하지? 나를 데리고 가야 하는데! 그는 나한테 한 말을 싸구려로 만들고 있어!' 그녀가 전해들은 그의 말들은 대부분 그녀의 마음에 들었지만 그럼에도 상처를 주었다. 울리히에게서 나온 모든 것은 다시금 상처가 되었고 그녀는 그날 두번째로 갑자기 그에게서 도망쳐야겠다는 생각에 빠졌다. 그녀는 자신의 일방성 때문에 그가 질려버렸을까봐 절망했고 얼마 후면 여느 커플들처럼 지난 저녁의 일을 이야기하며 집으로 돌아갈 것을 생각하니 견딜 수가 없었다!

그러나 울리히는 생각을 이어가고 있었다. '아른하임은 절대 이해하지 못할 거야!' 그는 덧붙였다. '과학적인 사람은 감정이 제한돼 있고 실용적인 사람은 더욱 그런 경향이 있지. 사람이 팔로 뭔가를 들어 올리려면 다리가 단단하게 땅에 고정돼 있어야 하는 법이거든.' 평상시의 그는 그런 사람이었다. 그런데 생각에 빠지는 순간 감정의 문제를 숙고하면서도 어떤 감정이 스며드는 것에 매우 조심스러워했다. 아가테는 그런 태도를 차갑다고 말했다. 하지만 그는 우리가 완전히 다른 사람이 되려면 치명적인 모험에 나선 사람처럼 먼저 삶을 포기해야 한다는 것을 알고 있었다. 우리는 무엇이 어떻게 돌아갈지 예견할 수 없기 때문이다! 그는 그렇게 하고 싶었고 그 순간 더이상 어떤 두려움도 없었다. 그는 오랫동안 누이를 바라보았다. 활기찬 대화의 연극에 전혀 감동하지 않는 진지한 얼굴이었다. 그는 함께 나가자고 그녀에게 말하려고 했다. 그러나 그가 자리를 벗어나기 전에 다시 다가온 슈툼이 말을 걸었다.

착한 장군은 울리히를 좋아했다. 그는 이미 국방부에 대한 그의 농담을 용서했고 '종교전쟁'에 대한 이야기를 꽤나 좋아했는데, 그 말에는 군용 헬멧에 끼운 떡갈나무 잎이나 황제의 생일에 외치는 만세 소리처럼 어딘가 축제 같고 군사적인 면모가 있기 때문이었다. 장군은 친구의 팔을 붙잡고 대화소리가 들리지 않는 곳으로 데려갔다. "자네도 알겠지만 모든 사건은 환상에서 비롯된다는 자네의 말이 마음에 들어." 그가 말했다. "물론 공적인 입장이 아니고 개인적인 견해라네." 그는 울리히에게 담배를 건넸다.

"집에 가야겠습니다." 울리히가 말했다.

"자네 누이는 대화를 무척 즐기는 것 같은데 방해하지 말게나." 슈툼이 말했다. "아른하임이 그녀의 환심을 사려고 무척 애를 쓰더군.

아무튼 내가 말하고 싶은 건, 이제 누구도 인류의 위대한 이념에 기쁨을 느끼지 않는다는 것이네. 자네가 다시 활기를 불어넣어야 할 거야. 내 말은, 시대는 새로운 정신을 품었고 자네가 그 정신을 손에 넣어야 한다는 거야!"

"왜 그런 생각을 했죠?" 울리히가 믿지 못하겠다는 듯 물었다.

"그냥 떠오른 생각이야." 슈툼은 그 말을 무시하고 급하게 말을 이었다. "자네도 역시 질서를 추구하지. 자네가 하는 모든 말에서 그런 면이 보인다네. 그렇다면 이렇게 자문해보고 싶네. 인간은 더 선해져야 하는가 아니면 더 강한 팔이 필요한가? 그 질문에는 오늘날 결정을 내려야 할 문제가 있지. 이미 말한 바 있지만 자네가 평행운동에서 다시 역할을 맡아준다면 내 마음이 편할 거 같네. 그렇게 많은 말이 나와도 우리는 무슨 일이 일어나는지 모르니 말이야!"

울리히가 웃었다. "제가 뭘 하려는지 아나요? 이제 여기에 오지 않으려고 합니다!" 그는 행복하게 대답했다.

"도대체 왜?" 슈툼이 극구 말리며 말했다. "그렇게 되면 자네가 한 번도 실제적인 권력을 갖지 못했다는 사람들의 말이 옳았다는 걸 보여줄 뿐이야."

"그 사람들한테 제 생각을 말하면 다들 그렇게 말할 거예요!" 울리히는 웃으며 대답했고 친구 곁을 떠났다.

슈툼은 화가 났지만 곧 선량함을 되찾았고 이별하면서 말했다. "이 이야기는 심하게 복잡하군. 나는 사실 이 풀리지 않는 문제들과 맞설 진짜 백치가 나타나면 가장 좋을 거라고 종종 생각했네. 그러니까 잔 다르크<sup>Jeanne d'Arc</sup> 같은 사람이야말로 우리에게 도움이 될 거라는 말이지."

울리히의 시선은 누이를 찾았지만 발견하지 못했다. 그가 디오티마에게 동생에 대해 물었을 때 라인스도르프와 투치가 거실에서 돌아와 모든 사람들이 떠났다고 알려주었다.

"내가 즉시 말했습니다," 백작이 그 집의 여주인에게 즐겁게 보고했다. "그들이 말한 것은 진심이 아니었다고요. 그리고 드랑잘 부인에게는 정말 구원을 던져주는 생각이 있더군요. 오늘 모임이 다음에 이어지도록 결정했다는 겁니다. 포이에르마울인가 하는 그 친구는 자신이 쓴 긴 시를 낭독할 거랍니다. 그러면 분위기가 훨씬 더 차분해질 겁니다. 저야 다급한 상황이니만큼 당신도 찬성할 거라며 당연히 동의했지요!"

그때서야 울리히는 아가테가 갑자기 자리를 벗어나 혼자 집으로 갔다는 사실을 알게 되었다. 그녀는 자신의 결정 때문에 그를 방해하고 싶지 않다는 말을 남겼다.

이번에 펴내는 『특성 없는 남자』 4권은 3부 「천년왕국으로(범죄자들)」의 1-38장을 옮긴 것으로 로베르트 무질이 1932년에 펴낸 원서의 2권에 해당한다. 무질은 1930년 『특성 없는 남자』 1권을 펴낸 이후 곧바로 후속권 작업에 돌입하여 2년 후에 2권을 출간했다. 그러나 3권을 준비하던 중 1942년 갑작스런 뇌졸중으로 사망함에 따라 『특성 없는 남자』 2권은 무질이 생전에 펴낸 마지막 책으로 남고 말았다.

『특성 없는 남자』 원서 1권을 번역한 1-3권에 이어, 원서 2권을 번역한 4권 출간으로 무질이 생전에 펴낸 『특성 없는 남자』 1, 2권이 북인더갭에서 완간되었다. 1권을 번역 출간한 지 근 10년이 지나 4권이 나올 때까지 지켜봐주시고 기다려주신 독자님들께 감사드리고, 또 뒤늦게나마 완간의 약속을 지킨 것을 역자로서 다행으로 생각한다.

---

\* 이 글에서 로베르트 무질에 관한 전기적 사실은 다음 문헌들을 참고했다. Matthias Luserke, *Robert Musil*, J. B. Metzler, 1995; Wilfried Berghahn, *Robert Musil*, Rowohlt, 1963.

## 미완성, 문학의 순간과 영원

4권 옮긴이의 말을 준비하면서 역자의 머릿속에는 '미완성'이란 화두가 떠올랐다. 맨 처음 『특성 없는 남자』를 접했을 때부터 이 소설이 미완성이란 점, 그럼에도 독일어권 소설 가운데 가장 뛰어난 작품에 속한다는 사실에 묘한 매력을 느꼈다. '어떻게 끝내지도 못한 작품이 소설사에 남을 명작이 될 수 있었을까?' 아마 이런 의문에서 비롯된 끌림이지 않았을까 싶다.

작가와 그가 살았던 시대상을 보면 왜 이 소설이 미완성으로 남게 되었는지 짐작할 수 있다. 무엇보다 결정적인 사건은 이 소설이 출간된 이후 오스트리아가 독일 나치에 의해 합병되면서(1938년) 책이 금서 조치를 당했을 뿐 아니라 저자도 망명길에 오를 수밖에 없었던 상황이다. 안 그래도 경제적 곤란과 건강상의 문제 때문에 소설 작업에 어려움을 겪던 작가에게 이런 역사적 조건은 최악의 집필 환경으로 다가올 수밖에 없었을 것이다.

역사적 배경 뒤에 소설 완성을 방해하는 아주 흥미로운 요소가 하나 더 있었는데, 그것은 저자 스스로 작품의 완성을 끊임없이 지체하는 글쓰기 태도를 고집했다는 사실이다. 글쓰기에서 무질이 겪은 어려움은 글을 쓰는 것이 아니라, 씌어진 글을 그냥 내버려두는 것이었다. 무질에게는 한번 쓴 글을 끊임없이 고치는 습관이 있었다. 물론 적당한 퇴고는 더 완벽한 작품을 탄생시키는 좋은 습관이지만, 무질은 그 정도가 심해서 강박적으로 작품의 디테일에 집착했고 새로운 구상이 계속 떠올라 거의 잠을 이루지 못할 정도였다. 『특성 없는 남자』의 1권이 마무리될 무렵 이런 강박증이 극심해진 나머지 무질은 정신과 의사를 찾아갔고, 심리적 요인으로 인한 업무장애 판정을 받기까지 했다.

2권까지 무사히 출간되기는 했지만 무질은 완전히 만족하지 못한 상태에서 책을 펴내야 한다는 사실에 압박을 받았다. 또한 저자는 2권이 미완성 상태로 출간됨으로써 독자들이 결론을 오해하지나 않을까 하는 우려에도 사로잡혔다. 특히 울리히와 아가테가 어떤 최종적인 구원을 찾아나설 것이라는 예감을 독자들에게 줄까봐 저자는 걱정했다고 한다.

저자의 이런 태도는 교정쇄 상태에서 진행된 후속권 작업에도 영향을 끼쳤다. 저자는 죽기 직전까지 교정지 위에서 수정작업을 이어갔는데 결국 만족하지 못한 채 후속권을 완성하지 못하고 말았다. 저자의 사후 부인 마르타 무질에 의해 그때까지 수정한 부분을 반영한 3권이 나오긴 했지만, 저자가 작품을 끊임없이 수정하고 있었고 끝내 만족하지 못했다는 사실 때문에 3권을 완성된 판본으로 보기에는 무리가 있다. 또한 뒷부분의 많은 분량의 원고는 구상을 담은 메모 상태로 남겨졌다.

하나의 예술작품이 미완성 상태로 남았다는 것은 분명 결핍과 실패를 드러내는 일일 것이다. 무질이 작품을 끊임없이 수정하는 태도는 정상적인 퇴고가 아니라 강박증에서 비롯된 습관이었다는 판단 역시 틀린 말은 아닐 것이다. 하지만 무질의『특성 없는 남자』를 진지하게 읽어본 사람이라면 이런 판단에 흔쾌히 동의하기 힘든 것도 사실이다. 왜냐하면 이 작품이 미완성이라는 사실은 문학의 본질이 완성에 있지 않고 그런 완성을 의심하고 부정하는 사유에 있다는 작가의 태도를 웅변하고 있기 때문이다. 역설적이지만 무질에게 문학의 본질은 하나의 사유와 묘사에 온 정신을 투여하는 순간성에 다름 아니었으며 그런 순간성 덕분에 이 작품은 영원한 지속성을 부여받은 것은 아닐까, 그래서 저자가 잠을 이루지 못하고 사로잡힌 강박 때문에 우리는 이런 미완성 대작을 손에 쥐게 된 것이 아닐까 하는 생각까지 가져보는 것이다.

무질의 또다른 소설『생도 퇴를레스의 혼란』에서 주인공 퇴를레스는 수학에서 허수나 무한수의 존재에 대해 의문을 품고 수학 선생님을 찾아가 그런 수들이 과연 존재하는지를 묻는다. 허수나 무한수는 개념 속에서만 존재하지만 그렇다고 존재하지 않는다고도 할 수 없는 모호한 정신을 의미한다고 역자는 생각해보았다. 무질에게 소설이란 그런 모호한 정신을 거의 무한대에 가깝게 밀고 나간 의지의 산물이라고 할 때 완성이란 개념은 애초부터 불가능한 것이었을지도 모른다. 무질에게는 사실보다는 가능성이, 진보적 이상보다는 존재하지 않는 유토피아가 더 중요했기 때문이다. 그렇다면 진실에 가까이 수렴하되, 결코 완성되지 않는 이런 지적 모험은 3부에 이르러 어떻게 전개되었을까?

## 다른 상태를 향한 꿈같은 여정

『특성 없는 남자』의 구상은 이미 1905년경, 그러니까 저자의 20대 중반 무렵 일기 속에 등장하기 시작하는데 원래의 구도는 크게 세 가지 이야기를 품고 있었다. 그 하나는 평행운동이었고 두번째는 울리히와 아가테 남매의 이야기였으며 마지막은 클라리세의 모험이었다. 이중 두 가지 구상이 소설에 실현되었는데 1, 2부가 평행운동 중심으

로 진행되었고, 3부는 울리히-아가테 남매의 만남이 주된 줄거리가
되었다. 다행인 점은, 처음에는 뒤섞여 있던 구상이 시기적으로 분리
된 것이다. 만약 1, 2부의 이야기가 3부가 함께 진행되었다면 독자들
은 안 그래도 사유로 가득한 소설에 또 하나의 어려운 주제가 중첩되
는 어려움을 감내해야 했을 것이다.

3부는 아버지의 죽음을 맞아 울리히가 평행운동의 소용돌이 속을
빠져나와 고향에 돌아가는 장면으로 시작된다. 고향집에서 울리히는
그간 잊고 있었던 여동생 아가테를 만나고 그녀가 남편 하가우어를
떠나고 싶어한다는 고백을 듣는다. 그러니까 3부는 남매가 아버지의
장례식을 계기로 여러 모험을 감행하면서 도덕에 대한 깊은 대화를
나누고 대도시 빈으로 함께 돌아와 평행운동의 인사들과 조우하는 과
정을 큰 줄거리로 삼고 있다.

이런 줄거리 가운데 가장 부각된 인물은 3부에서 본격적으로 등장
한 울리히의 누이 아가테일 것이다. 아가테는 사랑하던 첫 남편을 병
으로 일찍 잃고, 두번째 남편과는 헤어지기로 결심한 상태였다. 그녀
는 오빠에게 강렬한 인상을 남기는 몇가지 범죄적 사건을 저지르는
데, 그중 제일 먼저 독자들을 충격에 빠트리는 것은 아버지의 관에 그
녀의 '가터벨트'를 집어넣은 사건일 것이다. 이 사건은 두 가지 면에
서 아가테의 캐릭터를 드러내는 중요한 의미를 갖는다. 우선 그녀가
아버지의 권위로 상징되는 법이나 규율, 가부장제에 절대 짓눌리지
않는 새로운 도덕적 모험을 상징하는 인물로 등장한다는 점이다. 또
하나는 지적인 사유를 펼치는 오빠 울리히에 대비되는 매우 직관적
이고 감정적인 행동을 감행하는 성격을 가졌다는 사실이다. 그러니까
아가테를 등장시킴으로써 저자는 울리히 중심으로 이끌어가던 소설

에 강력한 상대를 마주세운 것이다.

그러나 아가테를 울리히와 충돌하는 정반대의 인물로만 볼 수는 없다. 오히려 그녀는 울리히가 마음속에 늘 품고 있지만 감행하지 못하는 것들을 과감하게 시도하는 인물에 가깝다. 울리히가 사유와 머뭇거림을 대변한다면, 아가테는 감정과 행동을 대변한다. 두 남매는 내면에 숨겨진 다른 면모를 서로에게서 목격한다.

『특성 없는 남자』3부의 핵심에는 이렇듯 심리적 거울에 다름 아닌 남매가 나누는 도덕에 관한 대화가 자리한다. 아가테의 강렬한 범죄 행위는 가터벨트 사건에서 멈추지 않고 곧 아버지의 유언장 위조로 이어진다. 여기서 '범죄'는 단순히 사회적 규율을 해치는 행위가 아니라 도덕의 의미가 무엇인지를 되묻는 계기로 작용한다. 다시 말해 범죄는 인간의 특성을 규정하는 사회적이고 역사적인 맥락 밖에서 자아를 재구성하는 시도, 즉 '다른 상태'와 만나기 위한 남매의 실험적 공간을 의미한다고 볼 수 있다.

이 공간에서 도덕은 우리가 흔하게 떠올리는 반듯한 규율의 세계와 전혀 상관이 없다. 우선 여기에서의 도덕은 어떤 불가항력의 위대함에 짓눌린 것이 아니라, 자유롭게 유동하는 기능적 개념의 도덕이다. 울리히는 이를 '다음 걸음'의 도덕이라 부르는데, 행위의 좋고 나쁨이란 그 행위 자체로는 판단될 수 없고 그 다음 행위의 의미에 따라 정해진다는 것이다. 아가테는 오빠의 말에 호응해 "누군가 도덕적으로 엄청난 속도로 날아가 새로운 진보에 도달할 수 있다면 그는 후회란 걸 알지 못할 것"(103쪽)이라고 말한다. 남매에게 도덕은 어느 한순간 완성되는 것이 아니라 그 '다음 걸음'을 향해 끝없이 연기되는 것이라 할 수 있을 것이다.

이처럼 남매는 도덕을 제도나 법이 아니라, 인간이 추구하는 '다른 상태'로 본다. 울리히에게 다른 상태란 "우리가 묶여 있던 규율에서 벗어난 꿈같은 상태"(141쪽)를 의미하며 아가테에게는 "선이나 악 같은 건 없고 오직 믿음만이, 또는 의심만이 있는"(같은 쪽) 상태를 의미한다. 그러나 오늘날 도덕의 모습은 이런 상태와 전혀 다르다. 울리히는 현대의 도덕은 '성취'일 뿐이며 "권력과 문명과 영광을 가져다준다면 빼앗고 속이고 죽여도 좋다는 규칙을 지지하는 국가"(109쪽)에 의해 뒷받침된다고 말한다. 그리하여 오늘날 '실행력'이라는 것은 내면적으로 할 일이 없다는 것을 의미하며 마치 "나폴레옹이라도 된 것 같은 자세로 겨우 아홉 개의 나무 핀을 넘어뜨리는 볼링 선수"(110쪽)의 행동에 불과하다고 풍자한다. 아가테 역시 부르주아의 삶에 내재된 편안하고 안락한 삶을 '속임수'로 규정하며 그런 삶은 "어떤 더 높은 것의 지시를 받지 않은 채 아무렇게나 쌓아둔 물건 같은"(283쪽) 것이며 아이들의 무리를 상냥하게 바라보다가 갑자기 자신의 아이가 없다는 걸 깨닫고 불안에 빠져드는 것과 비슷하다고 비판한다.

## 도덕과 전쟁 사이에서

3부의 주요한 한쪽이 남매의 대화를 통해 실험되는 '다른 상태'의 가능성에 있다면, 다른 한쪽은 1, 2부에서 이어져온 평행운동의 종말과 전쟁의 가능성으로 나아가고 있다. 평행운동을 통해 영혼과 사업의 합일을 꿈꾸었던 아른하임이 실은 갈리치아의 유전개발 사업의 배후에 있다는 사실이 드러나면서 평화적 애국사업의 위상은 점점 흔들리기 시작한다. 아른하임에게 배반당한 디오티마는 평행운동에 관심을 끊은 채 '성과학'에 몰두하고 성관계를 통해 부부관계를 회복하는 일에만 매진한다. 군부의 지식인 슈툼 장군은 유전 사업과 군부의 이익을 조율하기 위해 막후에서 활동하며 외교관 투치는 이 모든 사태 뒤에 놓인 허울 좋은 '평화주의'의 모습을 비관적으로 관망한다. 겉으로는 모든 민족을 포용하는 듯 보이는 라인스도르프 백작의 내면 역시 적대적 민족주의와 다를 바 없는 전체주의로 기울어져 있다. 시인 포이에르마울이 외치는 평화주의조차 전쟁이 임박했음을 알리는 불길한 징조로 다가올 뿐이다.

소설이 미완성으로 끝나는 바람에 미궁 속으로 빠져든 평행운동이 이후 어떻게 전개되는지는 알 수 없다. 또한 소설 후반에 등장한 새로운 인물들, 가령 정부서기관이자 기자인 메제리처, 시인 포이에르마울과 그를 후원하는 드랑잘 부인, 교사 린트너 등의 면모가 제대로 드러나지 못하는 아쉬움을 남긴다. 등장인물 중 드물게 행동을 감행하는 인물 클라리세도 모오스브루거를 찾아 정신병원을 방문하지만 결국 그를 만나지는 못한다.

아마 저자는 이 모든 것들에 대해 더 할 말이 있었을 것이고, 상황이 허락했더라면 어떤 식으로든 소설을 끝냈을 거라고 역자는 믿는다. 다만 거듭 강조하자면 무질에게 소설의 본질은 완성이 아니라 '문학적 순간의 황홀함'에 있었다. 지금으로선 그 빛나는 순간으로 가득 채워진 이 대작 소설에 깊은 경의를 표하는 것으로 아쉬움을 달랠 수밖에 없다.


『특성 없는 남자』를 1권에서 3권까지 펴내면서 옮긴이의 말을 쓸 때마다 꼭 감사의 말을 전한 사람이 있다. 바로 처음부터 끝까지 원고를 수차례 읽으면서 교열해주었고 편집에 조언을 아끼지 않은 편집자이자 소설가 김조을해 작가다. 그 수고가 너무 고마웠고 또 이번 3부만큼은 아주 색다른 여성 캐릭터들이 등장하는 만큼, 4권 양장판에는 특별히 「편집자의 말」을 부탁해 수록했다. 역자가 미처 하지 못했던 독창적인 작품 해석을 「편집자의 말」에서 만나볼 수 있을 것이다.

『특성 없는 남자』 1-3권 합본양장판에 이어 4권 양장판이 발간됨으로써 북인더갭 양장본 두 권은 로베르트 무질이 1930년과 1932년에 발간한 형식을 그대로 따른 판본이 되었다. 1-3권 때와 마찬가지로 번역 원서는 로베르트 무질 전집(Gesammelte Werke, Rowohlt 1978)을 사용하되 영어본(The Man without Qualities, Sophie Wilkins 번역, Vintage 1995)도 참고했다. 무질의 문장은 상당히 길어서 읽기 힘든 면이 있으나 역자는 문장을 단문으로 끊기보다는 가급적 원문의 긴 호흡을 살려보려고 노력했다. 무질의 긴 문장이 주는 아이러니한 매력과 아름다움이 조금이라도 전달되었기를 바란다.

독자님들의 입장에선 너무 더디고 게을렀을 역자의 작업을 지금껏 지켜봐주신 데 다시 한번 깊은 감사의 말씀을 드린다. 역자에겐 두 가지 과제가 남아 있다. 하나는 기존 번역을 가다듬어 쇄를 거듭할수록 더 정확하고 섬세한 판본을 내놓는 것이고 또 하나는 무질의 사후 출간된 3권 중 메모 형태의 유고는 제외하더라도 교정쇄 상태로 끝까지 수정된 부분까지는 번역을 이어가는 것이다. 부디 거기까지 힘이 닿기를 기도할 뿐이다.

2024년 1월

안병률

김조을해*

## 프롤로그-자기애

열아홉에 과부가 된 여자가 있다. 이삼년 지나 아버지의 뜻에 따라
재혼을 했지만 결혼(재혼)생활은 수치스러울 뿐이다.

"그러면 왜 다른 남자를 찾아보지 않았니? 아니면 공부를 하거나 독립
적인 생활을 해보지 그랬어?"(28쪽)

다 맞는 말이지만 여자는 고개만 가로젓는다. 그런데 잔인한 돌직
구를 던진 이 사람은 후에 다음과 같은 고백도 남긴다.

"나는 이제 네가 누군지 알아. 너는 나의 자기애야!"(341쪽)

---

* 편집자이자 소설가. 작품으로 장편 『힐』과 단편집 『마시멜로 언덕』이 있다.

**초고**

로베르트 무질의『특성 없는 남자』3부(천년왕국으로-범죄자들)가 드디어 마무리되었다. 무질이 고릿적 소설가로 잊혀선 안 되는데, 북인더갭 라인업답게 고통스러운 지루함을 타협해선 안 되는데, 기다려준 독자님들을 실망시켜선 안 되는데… 편집의 처음과 나중이요 알파와 오메가는 역시 '노심초사'가 아닐까 싶다.

물론 가혹했다. 처음엔 늘 그렇듯 흰 것은 종이요, 검은 것은 글자였다. 원고는 과묵했다. 무질의 호흡, 무질의 도발, 무질의 불친절함, 무질의 사유, 무질의 신경쇠약에 다시금 익숙해지기 위해선 당류가 절대적으로 필요했다. 그리고 얻어낸 첫 단어, 행동.

**행동**

애국운동(평행운동)은 확실히 기가 꺾였다. 뭔가가 일어나야 한다는 맹목적인 의지는 무엇을 준비하고, 어떻게 실행하며, 누구를 위한 것인지도 모른 채 '새로운 정신은 행동의 정신'(166쪽)이라고 거칠게 수렴된다. 평화를 지키기 위해 무기 공장은 돌아가고, 군은 싼 가격에 석유를 공급받기 위해 재벌과 결탁해 유전을 개발중이다. 세상 누구도 그것을(!) 원하지 않는다고 외치지만, 광기의 전쟁을 사업 아이템으로 버무리고, 계획된 폭력을 허수아비 시인의 감상으로 포장하면서 순진한 평화까지 싸잡아 타락시켰다. 누가? 인간이! 유럽은 '뭔가'를 겁 없이 고대하고 있다.

그 와중에, 어느 늙은 추밀고문관은 세상을 떠난다.

## 아가테

아버지의 부고를 받고 고향집에 도착한 울리히와 미리 와 있던 여동생 아가테가 만나면서 3부는 시작된다. 고결한 여신으로 칭송돼온 디오티마와 애국운동의 명예비서로 위촉된 울리히가 소설 1, 2부의 주축이었다면, 3부에서는 다크호스 아가테가 등장한다. 아가테는 도덕과 비도덕, 선과 악에 대해 오빠와 팽팽한 논박을 이어간다. 공수攻守를 넘나들며 상대를 압박하는 울리히의 동생답게 아가테도 당돌함과 자유분방함으로 노련한 오빠에 맞선다. 이들의 긴장감 넘치는 갑론을박과 잠시 떨어져 있는 사이 각각 풀어헤치는 복잡하고도 도발적인 사유는 이 작품에서 놓칠 수 없는, 아니 놓쳐서는 안 될 관전 포인트다.

바야흐로 오스트리아-헝가리 제국의 1914년 봄, 상주로서 장례의 모든 절차를 맡아야 할 오누이는 성인이 되어 만난 어색함도 금방 잊고 일단 큰일부터 치른다. 이제, 오래된 저택에 덩그러니 남은 두 남매.


### 나쁜 짓 1
"하지만 훈장들은 반납돼야 한다고 들은 것 같은데?"
"그래서 아버지는 복제품을 만들어두었지. 관을 닫기 전에 복제품을 원본으로 바꿔서 가슴에 달아달라고 했어."(45쪽)


### 나쁜 짓 2
하지만 아가테는 이미 허리를 숙여 거들을 느슨하게 잡아주는 넓은 비단 가터벨트를 풀더니 관을 덮은 천을 열고 아버지의 주머니 속에 그걸 넣었다. (…) "무슨 짓을 하는 거야?"(63쪽)

### 나쁜 짓 3

"그저 몇 단어만 고치면 나의 의무 상속분은 이미 지불된 것이 된다고. 이제 와서 그걸 누가 알겠어?"(189쪽)

### 선과 악

도발적이고도 망측스럽다. 하지만 또 얼마나 아슬아슬하면서도 통쾌한가. 3부의 부제 '천년왕국으로-범죄자들'을 힌트 삼아 위의 '나쁜 짓'을 분석하자면, 아가테는 백치 아니면 사기범이다. 그렇다면 오빠 울리히는? 왜 이래, 뭐하는 거야, 하지 마 등의 뻔한 말만 반복하며 동생을 말리는 척하지만, 울리히는 내면의 열망을 대신해주는 동생의 과감함에 이미 굴복했다. 오빠는 동생의 거침없는 행동을 보며 나의 또다른 자아, 내가 숨겨왔던 얼굴, 내가 억눌렀던 본성, 즉 비이성적이고 무지성적이며 비상식적이고 기습적이며 충동적인 날것의 '나'를 정면으로 마주한다.

"그녀에겐 정의와 불의가 더이상 일반적인 개념이나 수많은 사람 사이에서 맺어진 약속처럼 보이지 않았고 오히려 나와 너 사이의 마법적인 만남, 어떤 것으로도 비교할 수 없고 어떤 방법으로도 측량될 수 없는 창조물의 첫번째 착란처럼 여겨졌다."(195쪽)

### 샴쌍둥이

이렇게 되면 이들의 관계는 단순한 오누이가 아니다. 이들은 세상의 원칙과 질서를 죄책감 없이 무시했고 결연하게 비웃었다. 니체까지 들먹이며 동생을 가르치려는 오빠에게 아가테는 결정타를 날린다.

"빈약한 원칙일 뿐이야! (…) 그런 원칙에 따라 내가 결혼을 한 거지!"

(190쪽)


정해진 도덕을 따라 살 수 없었던 자유영혼의 일갈일 수도 있지만, 27년 동안 자신을 한순간도 아끼며 사랑하지 못했던 한 여성의 뒤늦은 탄식일지도 몰랐다. 아버지의 뜻에 따라 결혼도 했고 재혼도 했지만, 행동하지 않는 도덕주의자인 오빠 앞에서까지 그 억압을 참을 수는 없었다. 아가테에게 가슴이 터질 것 같은 희망과 기쁨은 물론, 때로는 비수로 찌르는 듯한 상처와 모욕을 준 오빠라는 존재는 이제껏 아가테가 만나보지 못한 또다른 '나'이자 내가 바라던 찬란한 '나', 내가 찾던 반쪽의 완전한 '나'였지만, 결국엔 동생을 통제하고 비난하며 아가테를 몰아세운다.

세상에 둘만 남겨진 고독한 남매가 영혼의 뒷모습을 발견한 듯 애틋하게 밀고 당기는 애정행각(?)은 이러한 바탕 위에서 시작되었다. 근친상간이나 신성모독이라는 터부를 넘어 현실에서 그들을 규정할 단어가 마땅치 않았기에 무질은 아가테의 입을 빌려 그들을 이렇게 명명했음이 분명하다.


"남매로는 여전히 부족해! (…) 우리는 샴쌍둥이가 돼야 해."(355쪽)


하지만 사람들은 남매를 비난할 것이다. 이들의 결정과 선택은 한철 스캔들에 지나지 않을 것이다. 그러니 이들이 살아갈 세상을 새로이 찾아 나서지 않는 한 남매는 잊히고 말 것이다.

"그거 알아," 울리히가 그 말에 대답했다. "우리가 천년왕국으로 들어 간다는 거?"(199쪽)

예수가 재림하여 천년을 다스리는 동안 도래한다는 그 지상낙원을 울리히는 미리 선포해버렸다. 그들은 모순으로, 혼돈으로, 위험으로 기꺼이 빠져든 것이다. 이제야 찾은 나의 또다른 '자아'를 방치하지 않기 위해 오빠는 농담처럼 천년왕국을 운운했지만, 아가테는 오빠를 전심을 다해 믿었다.

오누이로 대변되는 이 세상의 정신머리는 어쩌면 돌아버렸을지도 몰랐다. 인간 안에 잠복해 있는 악을 숨기고 싶지도 않고, 그 악을 굳이 이기고 싶지도 않았던 오누이(=이 세상의 정신머리)는 넘치는 탐욕으로 실천을 자행하는 세상의 급물살을 이겨낼 수 없었다. 그 결과가 유럽의 1914년이다. 아마도 무질은 세상이 미쳐 돌아간다는 것, 그래서 다같이 망하는 길 위에서 평화를 위장한 전쟁을 선택하고, 그 '행동'을 신성시하는 꼬락서니들을 향해 아가테와 울리히의 입을 빌려 환멸을 토로했는지도 모른다.

### 재교

"이걸 아가테에게 알려야 해. 도덕은 우리 삶의 모든 순간적인 상태를 지속되는 상태에 종속시키는 것이라고!"(298쪽)

아무리 생각해도, 성인이 된 두 남매가 의지하며 함께 살기로 한 결정부터 좀 무모했다. 아가테는 재혼한 남편 하가우어에게 돌아가지 않겠다고 오빠를 만나자마자 선언한 터였다. 자신의 몫을 미리 받았다고 군이 유언장을 위조한 까닭도 이혼 시 남편과 재산을 분할해야 할 상황까지 헤아린 결과였음이 분명하다. 아가테로서는 하가우어와 한푼도 나누고 싶지 않은 것이다. 하가우어는 옳은 사람이고, 진보적인 교사에다, 성실한 남편이지만 아가테는 이토록 끔찍하게 선한 남편을 통해 '선함'의 '악함'을, 다시 말해, 단추를 하나하나 끼우듯 영혼도 없고 생명도 없이 선한 사람에게 그만 진저리를 치는 것이다. 하지만 아가테가 영원히 참는다면 상황은 달라진다. 아가테는 안정적인 가정에서 촉망받는 교육자의 아름다운 아내로 살롱 생활을 소박하게나마 이어갈 수 있을 것이다. 즉 기존의 도덕에 굴종한 결과 기득권을 얻을 것이다. 그런데 참지 못한다면? 같이 사는 사람만이 알 수 있는 남편의 기계적인 선함을 발설해버린다면? 속되고 계산적인 남편의 욕망을 까발린다면? 그래도 세상은 남편 하가우어를 믿을 것이다. 그는 백인 남성이고 선한 사람이고 도덕적인 데다 진보적인 교사니까.

### 나쁜 짓 4

"그는 필연적으로 현대 교육학에서 잘 알려진 기본 가정에 즐겁게 빠져들었는데, 그녀에겐 객관적인 사유 능력은 물론 외부 세계와 지적인 접촉을 유지하는 능력조차 결여돼 있다는 것이었다!"(420쪽)

하가우어가 아가테에게 편지를 쓰다 말고 아내에 대해 깨달은 사실을 장쾌하게 서술한 부분이다. 이리하여 아가테는 선한 남편으로부터 '마이너스 변종'으로 분류당한다. 다시금 읽어도 뼈아픈 대목이다. 이혼을 앞두고 무슨 소린들 못하겠느냐마는, 교육자랍시고 교육학 지

식까지 끌어와 아내를 금치산자나 한정치산자 취급하는 인간을 아가
테는 남편이라고 믿고 살았다. 하가우어가 두 번 선했다간 아가테는
격리병동에 갇히지 않았을까 싶다. 아가테의 탄식이 귓가에서 사라지
지 않는다.

"나 스스로를 조금이라도 가치있게 여겼다면, 내가 이렇게까지 되지는
않았을 텐데."(97쪽)

### 디오티마-변신

그러니 이제 누구도 영혼을 논하지 않는다. 아니 영혼이란 게 존재
하긴 하나? 이제는 행동이다, 과학이다, 힘의 균형이다, 성性이다.

위대하고 선한 존재, 빛나는 영혼의 소유자 디오티마는 인생 한때
의 반짝임, 혹은 넘어짐, 내지는 유혹의 골짜기에서 막 방향을 꺾었
다. 철강 재벌 아른하임과는 결별만 남은 듯하니 아내의 눈치만 살피
던 남편 투치에게는 살 길이 열린 셈이다. 그런데 묘하게도, 3부에 등
장한 디오티마는 남자들의 세계에서 '숭배'당하다 꼭두각시로 전락
한 인상을 지울 수 없다.

고결하고 성스런 여신으로 등극할 때부터 위험했다. 특히 슈툼 장
군은 디오티마를 성녀로까지 바라보지 않았는가. 인간에게 성녀가 웬
말인가. 언젠간 끌어내리려는 심보도 고약하지만(슈툼과 아른하임은
물밑 진행중인 유전 사업을 디오티마에게는 절대적으로 함구한다.
'완벽하게 남자들의 일'이라는 논리 때문이다) 한 존재의 전인격을
이렇게 간단하고 편리하게 규정해버리면 다음에 어떤 캐릭터가 이어
지든 김이 빠질 건 불 보듯 뻔하다.

결국엔 가정을 지켰고, 남편에게 헌신하리라 다짐했고, 타인들에겐 불가능하지만 남편에게라도 빛나는 영혼을 불어넣기로 결심한 여성이 지금의 디오티마다. 옛날 디오티마가 아니다. 이 모든 건 심리학과 생리학 서적의 도움으로 가능했다. 원대한 이상, 공적인 운동의 리더, 사회적 살롱가의 화려한 셀럽이었던 때와 비교하면 다소 급박하게 변조된 인상이다. 가정과 남편을 배반하지 않기 위해 영혼을 불사르는 디오티마는 서둘러 안주한 듯한 느낌이다. 하지만 질투인지, 스스로를 향한 탄식인지, 울리히와 보나데아의 관계를 추궁하던 디오티마는 나쁜 남자 울리히의 정곡을 찌르는 명대사를 남긴다.

"당신은 연애 상대를 동등하게 대하지 않고 그저 당신의 보충물로 대했고 그래서 결국 실망한 거예요. 활기차고 조화로운 성애로 가는 길은 오직 더 엄격한 자기훈련을 통해서만 가능하다는 생각을 하지 못했나요?"(228쪽)

이 한마디라도 내뱉지 않았다면, 디오티마는 한없이 초라한 부인으로 잊혔을 것이다.

### 보나데아-혁신

성녀 아니면 창녀라는 이분법에 보나데아를 끼워넣을 생각은 없다. 하지만 금욕적인 디오티마와 색정증을 앓는 보나데아는 억압의 기제 아래 나타나는 상반된 캐릭터로 크게 구분지을 수 있을 것이다. 성과학을 아무리 연구하면 뭐하겠는가. 숭배당한다는 건 결국 박제당한다는 의미 아니겠는가. 그러니 꾸준히 경멸당해온 보나데아에게는 무궁무진한 기회가 열렸다. 보나데아만큼 현실적이고 세속적이며 솔직한 인물은 없다. 디오티마와 열심히 공부한 결과 보나데아는 경험에 이론까지 장착했다. 2부에서 울리히에게 비참하게 버림받던 보나데아는 3부에서 빛을 발한다. 어쩌면 보나데아는 울리히의 영혼까지 뒤흔들 파괴적인 한방을 날릴 유일한 여성 캐릭터일지도 모른다.

"남성에게 그저 행동이 아니라 여성에 대한 올바른 인식에서 나온 행동을 요청하는 거야!"(319쪽)

울리히의 곁을 서성대는 유부녀 보나데아는 질투심에 불타 디오티마의 성과학 클래스, 일명 사랑학 교실(!)의 제자가 되었다. 하지만 보나데아는 배워서라기보다는 육체로 맛볼 수 있는 쾌락의 최고점에서 역설적이게도 균형감을 찾았을 가능성이 높다. 디오티마의 딱딱한 지식에 보나데아의 수많은 임상(?) 경험이 더해졌기에 둘의 협업은 울리히에게 유의미한 공격을 감행할 만큼 훌륭했다. 하지만 그 후 틀을 뛰어넘기보다는 더 견고히 지키며 각자의 삶을 옹호하는 길을 두 여성은 선택한다. 가정의 그늘이 언제까지 그들을 인도할지는 독자님들의 상상에 맡긴다. 가정이란 왕국을 지배하며 생의 만족을 찾겠다는 논리는 내 안에 갇히기 쉬운 위험한 발상이지만, 어쨌든 무질은 두 여성에게 거기까지만 길을 내준 것이다.

"그녀는 남편에게 관대하라고 말했어. 그리고 뛰어난 여성은 결혼을 지배함으로써 뜻깊은 행복을 찾는다고 주장했지. 그녀는 어떤 불륜보다 그걸 더 높게 평가했어. 나 또한 항상 그렇게 생각해왔고!"(312쪽)

### 클라리세-이중존재

하지만 울리히의 포스에 살짝 주눅이 든 여성 클라리세는 여전히
투쟁중이다. 클라리세는 '지적인 얼음판 위를 마음대로 왔다갔다하
는' 울리히를 사랑한다. 아니 동경한다. 하지만 클라리세는 현실의 언
어로 자신을 표현하기엔 지나치게 예민하다. 긍휼과 사랑이 넘치고
세상 모든 것에 죄책감을 느낀다. 동정심이 끓어오른다. 클라리세의
오빠이자 의사인 지크문트가 누이의 상태를 정신장애의 징후로 단정
하자, 발터는 아내인 클라리세를 옹호한다.

"하지만 보편적인 체험과 일치하지 않는 모든 것을 장애로 취급하는
그런 미신이야말로 우리 삶의 죄이자 죄의 형상일 거야! 클라리세는
거기에 대항하는 내면의 행동을 요청하지."(372쪽)

소설 속 인물 가운데 유일하게 아파하는 사람. 클라리세는 개인의
삶을 뛰어넘어 사회의 사건사고에 '상처받은 책임감'으로 괴로워하
다가 살인마 모오스브루거가 있는 정신병원까지 찾아간다. 하지만 반
사회적인 폭력조차 '낭만적'으로 해석하는 클라리세의 시각은 분명
왜곡되었다. 한편 '떠버리'에 불과한 스승이자 손님인 마인가스트는
클라리세를 부추기며 자극하지만 클라리세는 계시를 받은 예언자처
럼 존재의 맹점을 꿰뚫어본다. 떠버리에 의해 규정당하고 해석당하면
서도 클라리세는 저돌적이다. 휘둘리는 듯싶다가도 상대를 완전히 제
압한다.

"우리가 집에 없을 때 당신은 그들을 부르지요. 소년들과 젊은 남자

들!"(376쪽)

불안정하고 비현실적인 인물이지만 무질은 그러한 문제적 인물을 통해 암시적인 불화살을 날리고야 만다. 클라리세는 신비한 '이중존재'가 맞다.

### 삼교

사견이지만, 소설은 좀 만만한 게 매력이다. 밤은 깊었지만 잠이 안 올 때, 맘 놓고 널브러지고 싶은 어느 날, 혹은 타인의 이야기를 엿듣고 싶은 그런 날, 즉 스스로에게 한줌의 평화를 선사하고 싶은 순간, 소설은 빛을 발한다(역시 사견이다). 그런데 이런 날 『특성 없는 남자』 같은 책은 탈락이다. 일종의 셀프디스지만, 이 점이 이 책의 반전 매력이기도 하다. 의외로 『특성 없는 남자』는 헐렁한 소설이다. 아마 주된 이유는 최악으로 치닫던 개인적 상황에 비해 무질의 의욕이 과했던 탓이 아닐까 싶다. 인물들의 행동과 선택이 헐거워지면서 소설을 마무리해도 시원치 않을 판국에 새 인물들을 마구 등장시킨다. 눈이 빠지도록 세 번을 읽으니 저자의 조급했던 마음이 보인다.

도덕적으로나 사회적으로 백치와 다름없다는 평을 남편과 오빠에게 동시에 받은 아가테는 오빠의 집을 뛰쳐나온다. 어디로 갈까. 어디로 갈 수 있을까. 아가테가 교외의 언덕에서 만난 린트너라는 인물이나, 결정적인 회합의 날 등장하는 메제리처라는 서기관과 드랑잘 부인, 그리고 시인 포이에르마울에 이르기까지, 무질은 아마도 소설을 더 이어가고 싶었나보다. 아가테와 울리히의 2차전이나 또는 눈물의 화해, 내지는 유럽의 광기, 또는 회합의 결과 등 주요 인물과 관련된 사건들이 대충이라도 마무리되며 소설이 끝나지 않을까 기대했던 독자라면 모두 의아할 듯하다.

그런데 1, 2부를 이끌어왔던 평행운동이라는 거대담론이 사라지고, 울리히의 주변 인물들이 개성을 뽐내며 등장하면서 오히려 소설은 더 말랑해졌다. 인물들의 개성이 치열하게 경합하는 가운데 21세기에 읽어도 소름 돋을 만한 사유와 감수성이 심상하게 툭툭 튀어나오니, 이런 게 고전이 아닐까 싶다. 무질을 예언자적 작가라 일컫는 게 결코 과장이 아닌 것이다.

회합의 밤에 그 장소에 합류했던 아가테는 '자신 때문에 그를 방해하고 싶지 않다는 말'을 남기고 먼저 사라진다. 길고 길었던 소설은 그렇게 끝이 난다.

## 에필로그-헤어질 결심

완전범죄란 없다고들 한다. 과연 그럴까? 『특성 없는 남자』를 마무리하며 그 까닭을 생각해보았다. 어떤 행동을 죄인 줄도 모르고 행했는데 벌을 받았다 치자. 그때서야 깨닫는다. 이런 게 죄구나, 사람은 죄를 지으면서 똑똑해지는 것이다. 선과 악의 기준에 눈을 뜨며 형이상학을 깨닫다보니 죄에 대해 느슨해지는 것이다. 그럴 수도 있지, 나만 그런가? 그러니 완전범죄가 불가능해지는 것이다. 죄에 대해 더이상 민감하질 못하니까.

그럼, 완전(한)소설도 없을까. 군더더기 없이 딱 맞아떨어지는, 결말도 뚜렷하고, 이야기도 재밌고, 주제도 선명한!

원고를 씹어먹어도 시원치 않을 자세로 무질의 소설을 검토하다든 생각인데, 아마도 소설은 완전할 필요가 없는 장르일 듯싶다. 죄

많은 인간에겐 '나'와 '내면'의 완충지대가 필요한데, 이 완충지대에서 인간은 죄를 걸러내고, 윤리와 도덕을 시험하고, '어떻게 살아야 하는가'를 사유하며 세상의 출구를 탐색할 것이다. 그 과정을 통해 무질처럼 어마무시한 텍스트를 뽑아내는 사람이 있는가 하면, 약탈과 폭력, 혹은 무기력함, 내지는 탐욕과 성공, 명예, 건강 등 '중심도 없는 거대한 질문의 순환'(336쪽) 속에서 처절하게 뭔가를 찾아내는 사람도 있을 것이다. 그런 존재들을 허구화한 게 소설이다. 그러니 완전한 소설이 정말 있다면 아마도 불편하고, 불안정하고, 불쾌하고, 불쌍한(?) 그 무엇이지 않을까 싶다.

먼저 자리를 뜬 아가테의 미래를 상상해본다. 많은 인물이 등장하지만, 아가테가 길을 찾길 바라는 맘을 숨길 수가 없다. 독자님들도 각자 편들어주고 싶은 인물을 찾아, 혹독하고도 괴로운 일독의 체험으로 로베르트 무질을 기억해준다면 편집자는 더 바랄 것이 없겠다. 그러한 소망을 품고 새 원고와 새로운 사랑에 빠질 채비를 하며 무질의 원고와는 이제 '헤어질 결심'이다. 그런데 무질의 사유에서, 아니 무질의 압박에서, 더 정확히 말하자면 무질의 강박에서 벗어날 수 있을까… 참, 아가테는 어디로 갔을까. 다시 오빠 집으로 갔을까, 아니면 하가우어에게?… 그것도 아니라면 천년왕국을 찾아?…

**1880**  11월 6일 오스트리아-헝가리 제국 클라겐푸르트 Klagenfurt(현 오스트리아)에서 태어났다. 아버지 알프레트 무질Alfred Musil은 당시 클라겐푸르트에서 엔지니어로 일했으며 1890년부터는 브륀Brünn(현 체코의 브르노) 공과대학의 교수로 재직했다. 어머니 헤르미네 베르가우어Mermine Bergauer의 부친은 보헤미아(현 체코의 중서부 지방) 출신의 철도 엔지니어였다. 양가의 전통으로 무질도 기술관료로 진로를 추천받았고 청소년기까지 군사기술학교에서 공부했다.

**1881-1891**  유년 시절 아버지의 직장을 따라 호무토프Chomutov(현 체
(1~11세)  코), 슈타이어Steyr(현 오스트리아) 등을 옮겨 다니다가 브륀에 정착한다. 무질에게는 먼저 태어난 엘자Elsa라는 누이가 있었는데 유아 시절에 사망했다. 죽은 누이에 대한 모호한 동경은 무질에게 각별한 문학적 동기가 되었다. 작가의 어

린 시절 아버지의 지인으로 집에 드나들면서 어머니와 친
밀한 관계를 유지했던 하인리히 라이터<sup>Heinrich Reiter</sup> 역시
작가의 내면에 영향을 끼쳤고 작품의 모델이 되기도 했다
(단편 「통카」<sup>Tonka</sup>에서 히아친트 삼촌으로 묘사됨). 1891년 무렵
『특성 없는 남자』 중 발터의 실존 인물인 구스타프 도나트
<sup>Gustav Donath</sup>와의 우정이 시작되었다.

**1892–1897**    아이젠슈타트<sup>Eisenstadt</sup> 군사기술중등학교 및 메리쉬-바이
(12~17세)    스키르헨<sup>Mährisch-Weißkirchen</sup> 군사기술고등학교 졸업. 기숙
사 학교에서 보낸 이때의 경험을 토대로 나중에 첫 장편
『생도 퇴를레스의 혼란』<sup>Die Verwirrungen des Zöglings Törleß</sup>을
쓴다.

**1897**    빈의 군사기술사관학교에 입학했으나 몇달 만에 브륀 공
(17세)    과대학으로 옮기고 이 무렵부터 19세기의 작가들, 특히 니
체, 도스토예프스키, 랠프 월도 에머슨, 마테를링크 등의
작품을 탐독하면서 습작을 시작한다.

**1901**    작가 낭독회에 참여하는 등 처음으로 아버지의 뜻에 반하
(21세)    는 행동을 하면서 스스로를 작가로 규정하기 시작했고 이
때부터 수년간 아버지가 원하는 기술관료 직업과 본인이
원하는 작가로서의 정체성이 충돌했다. 이 무렵 헤르마 디
츠<sup>Herma Dietz</sup>와 사귀기 시작한다. 이 여성은 단편 「통카」의
실존 모델이 된다.

| | |
|---|---|
| **1902**<br>(22세) | 당대 최고의 물리학자이자 실증주의 철학자인 에른스트 마흐<sup>Ernst Mach</sup>의 강연을 듣고 영향을 받기 시작한다. 슈튜트가르트 공과대학에서 조교로 근무. |
| **1903**<br>(23세) | 헤르마 디츠와 함께 베를린으로 이주. 베를린 대학(현 훔볼트 대학)에서 철학, 심리학, 수학, 물리학 등을 공부한다. 이후 형상심리학자이자 철학자인 카를 슈툼프<sup>Carl Stumpf</sup> 교수의 지도로 박사 과정을 시작. |
| **1905**<br>(25세) | 일기에 소설 『특성 없는 남자』에 관한 첫 메모가 등장한다. 친구 구스타프 도나트의 연인이자 『특성 없는 남자』 중 클라리세의 실존 모델인 알리스 샤를레몽<sup>Alice Charlemont</sup>과 교유함. |
| **1906**<br>(26세) | 전해에 탈고했으나 여러 차례 출판사에서 반려되었던 『생도 퇴를레스의 혼란』 원고가 빈에서 출간돼 알프레트 케르<sup>Alfred Kerr</sup> 등 평론가들에 의해 호평을 받는다. 마르타 마르코발디<sup>Martha Marcovaldi</sup>와 처음으로 만남. 당시 그녀는 첫 남편과 일찍 사별하고 이탈리아 출신의 상인과 재혼한 상태였다. |
| **1908**<br>(28세) | 철학, 심리학, 수학의 박사학위 시험에 통과하고 『마흐 이론의 비평에 대한 논고』<sup>Beiträge zur Beurteilung der Lehren Machs</sup>로 박사학위를 취득한다. 단편 「마법에 걸린 집」<sup>Das verzauberte</sup> |

Haus, 「조용한 베로니카의 유혹」<sup>Versuchung der stillen Voronika</sup>
발표.

**1909**
(29세)

그라츠<sup>Graz</sup> 대학의 알렉시우스 마이농<sup>Alexius Meinong</sup> 교수
로부터 조교직을 제안받았으나 거절한다. 이로써 학자의
길을 단념하고 본격적인 작가의 길로 들어선다.

**1910**
(30세)

아버지의 소개로 빈 공과대학의 사서로 취업.

**1911**
(31세)

마르코발디와 이혼한 마르타와 결혼한다. 무질 부부는 평
생 함께 살았으나 자녀는 없었다. 「조용한 베로니카의 유
혹」과 「사랑의 완성」<sup>Die Vollendung der Liebe</sup>을 묶은 단편집
『합일』<sup>Vereinigungen</sup> 출간.

**1914**
(34세)

『노이엔 룬트샤우』<sup>Neuen Rundschau</sup> 지의 편집자가 됨. 릴케
와 카프카를 만났고 카프카의 소설과 로베르트 발저<sup>Robert</sup>
<sup>Walser</sup>의 산문집을 호평함. 전시 예비군 장교로 린츠의 중대
에 배치되었다가 이탈리아 북부의 전선으로 차출됨.

**1916**
(36세)

병을 얻어 여러 군병원을 전전하다가 프라하로 이송돼 카
프카를 방문. 전방에 나가기 어렵게 되자 전시 프로파간
다 매체인 『군사신문』<sup>Soldaten-Zeitung</sup>의 편집자로 1918년까
지 복역한다.

| 1919<br>(39세) | 토마스 만과 교유한다. 장편 『특성 없는 남자』 구상에 대해<br>공개적으로 이야기하기 시작. |
|---|---|

| 1921<br>(41세) | 희곡 『몽유병자들』 *Die Schwärmer* 발표. 단편 「그리지아」 *Grigia*<br>발표. |
|---|---|

| 1922<br>(42세) | 단편 「통카」 발표. 연극평론가로 활동함. |
|---|---|

| 1923<br>(43세) | 알프레트 되블린의 추천으로 『몽유병자들』이 클라이스트 상<br>을 수상. 오스트리아 독일작가협회의 부회장으로 임명됨(회<br>장은 후고 폰 호프만스탈). |
|---|---|

| 1924<br>(44세) | 앞서 발표한 「통카」 「그리지아」와 새 작품 「포르투갈 여인」<br>*Die Portugiesin*을 묶어 단편집 『세 여인』 *Drei Frauen* 발표. 빈 시<br>예술상 수상. 희곡 『빈첸츠 그리고 유력한 남자들의 여자친<br>구』 *Vinzenz und die Freundin bedeutender Männer* 출간. 1월과 10월<br>에 어머니와 아버지가 사망한다. |
|---|---|

| 1925<br>(45세) | 새로운 대작 소설 『특성 없는 남자』를 출간하는 조건으로 베<br>를린의 로볼트 출판사가 작가에게 생계비를 지원하기 시작.<br>소설 「쌍둥이누이」 *Zwillingsschwester*를 빈과 프라하의 잡지에<br>발표. |
|---|---|

| 1927 | 릴케의 죽음을 애도하는 연설 발표. |
| (47세) | |

| 1928 | 단편 「지빠귀」$^{\text{Die Amsel}}$ 발표. |
| (48세) | |

| 1929 | 『몽상가들』이 베를린에서 초연됨. 원작이 심하게 축약돼 내 |
| (49세) | 용 파악이 어려워진 것에 작가가 공개적으로 항의함. 심리 |
| | 적 요인으로 인한 업무장애 판정을 받아 소설 작업이 일시 |
| | 중단됨. 게르하르트-하우프트만 상 수상. |

| 1930 | 『특성 없는 남자』 1권(1-2부, 123장)이 베를린 로볼트 출판사 |
| (50세) | 에서 출간됨. 150건 정도의 서평이 발표되면서 상당한 관심 |
| | 을 이끌어내지만 경제적 도움은 되지 못함. |

| 1931 | 빈에서 베를린으로 이주. 『특성 없는 남자』 2권 작업 중 경 |
| (51세) | 제 사정이 더 불안정해짐. |

| 1932 | 『특성 없는 남자』 2권(3부, 38장)이 출간됨. 1권 때의 절반 정 |
| (52세) | 도의 서평이 발표됨. 예술사학자 쿠르트 글라저$^{\text{Kurt Glaser}}$ |
| | 가 무질 부부의 생계를 지원하기 위해 베를린에 무질 협회 |
| | $^{\text{Musil-Gesellschaft}}$를 설립. |

| 1933 | 토마스 만 등의 추천으로 프로이센 예술아카데미의 창작지 |
| (53세) | 원금을 받음. 3월 로볼트 출판사가 생계지원 중단을 통보. |
| | 베를린에서 다시 빈으로 이주. |

| | |
|---|---|
| **1934**<br>(54세) | 베를린의 무질 협회가 해산되고 빈에 새로운 무질 협회가 꾸려짐. |
| **1935**<br>(55세) | 그간 발표한 소설과 산문 등을 모아 산문집 『생전의 유고』 Nachlass zu Lebzeiten 출간. |
| **1936**<br>(56세) | 뇌졸중 발발로 병고에 시달리다 회복. 소설 작업이 더욱 어려워짐. |
| **1938**<br>(58세) | 오스트리아가 나치 독일에 흡수 합병됨. 나치가 독일과 오스트리아에서 『특성 없는 남자』를 금지 서적으로 지정함. 무질 부부가 『특성 없는 남자』 원고를 가지고 스위스 취리히로 망명. 조각가 프리츠 보트루바Fritz Wotruba와 교유. 개신교 목사 로베르 르죈Robert Lejeune이 무질 부부의 생계를 지원함. |
| **1939**<br>(59세) | 취리히에서 제네바로 이주. |
| **1940**<br>(60세) | 20여 명의 청중들 앞에서 생애 마지막 작품 낭독회를 가짐. |
| **1942**<br>(62세) | 4월 15일 스위스 제네바에서 뇌졸중으로 사망. 욕실에 쓰러진 무질을 부인 마르타가 발견했으나 이미 숨진 뒤였다. 부인의 증언에 의하면 살아 있는 듯한 모습이었다고 한다. 8명의 조문객 앞에서 르죈 목사가 추도사를 낭독함. |

**1943** 마르타 무질이 스위스 로잔에서 무질이 교정쇄 상태로 수정하던 후속 장들과 나머지 유고를 바탕으로 『특성 없는 남자』 3권을 자비로 출간.

**1949** 에른스트 카이저$^{Ernst\ Kaiser}$가 무질의 작품을 재조명하는 기사를 발표. 마르타 무질 사망.

**1952** 아돌프 프리제$^{Adolf\ Frisé}$가 편집한 『특성 없는 남자』 3권짜리 판본이 새롭게 출간됨으로써 본격적인 관심을 불러일으킴.

특성 없는 남자
4권 양장판

초판 1쇄 발행 2024년 1월 25일

지은이 로베르트 무질
펴낸이 안병률
펴낸곳 북인더갭
등록 제396-2010-000040호
주소 10364 경기도 고양시 일산동구 고봉로 20-31 617호
전화 031-901-8268
팩스 031-901-8280
홈페이지 www.bookinthegap.com
이메일 mokdong70@hanmail.net

ⓒ 북인더갭 2024

ISBN 979-11-85359-48-9  03850